Alex

Die Geschichte des Jungen Alexander Zinser,
der in der Nachkriegszeit,
Mitte der 1950er Jahre,
im Arbeitermilieu des Hamburger Stadtteils Barmbek aufwächst.
Nur wenige Personen bestimmen den engen Rahmen seines Umfelds.
Menschen,
die in der Erzählung auffallend oft ihre Erwähnung finden.
Fragmente. Gedankenfetzen. Geschnürte Erinnerungspakete.
Geschehnisse, die, in ihrer Gesamtheit betrachtet,
letztendlich einen flüchtigen Einblick
auf seine Zeit zulassen.

PETER OEBEL

Alex

adlibri Verlag

Das Umschlagbild zeigt die Gedenktafel des während
der „Operation Gomorrha" 1943 zerstörten
Hauses Reyesweg Nr. 24 in Hamburg-Barmbek.

Die Karte auf Seite 447 zeigt einen Ausschnitt aus einem
Stadtplan von Hamburg aus dem Jahr 1945.

Erstausgabe, Oktober 2014
Copyright © für diese Ausgabe:
adlibri Verlag.
www.adlibri.de
Umschlagfoto der Gedenktafel:
Ulrich Pister-Senger, Hamburg
Umschlagfoto Hintergrund:
Copyright © KlettMedia
Redaktion und Lektorat: Rainer E. Kirsten
Umschlagkonzept und -gestaltung: Wibcke Klett
Gestaltung und Satz: KlettMedia, Freiburg (Elbe)
Herstellung: BoD, Norderstedt
Printed in Germany 2014
ISBN 978-3-89927-040-2
Auch als e-Book lieferbar:
ISBN 978-3-89927-041-9

Für Hanna

Ich schaue dich an und erkenne dich?

1955 – 1960

Gedanken
für den Anfang

Wer kann schon in des Menschen Seele schauen, kann das, was einen Menschen ausmacht, wirklich und wahrhaftig und ohne jede Fälschung und ohne jeden Irrtum ausmacht, tatsächlich ergreifen? Nein, ich denke, dieser Schritt ist zu groß, da findet sich keine Möglichkeit. An dieser Stelle sind zu viele Missverständnisse versammelt, mischen sich doch viel zu viele Vorurteile unter das uns zur Verfügung stehende Unterscheidungsvermögen. Letzteres längst nicht immer beabsichtigt, was allerdings innerhalb meiner jetzigen Gedanken kaum eine gewichtige Rolle spielt. Man hat sich längst daran gewöhnt, dass es so ist, wie es ist, und das sogenannte In-irgendeine-Schublade-Stecken findet stets wie gerne eine Anwendung. Und ja, ich bin mir doch ziemlich sicher, dass der eine oder andere unserer Nächsten – so, in dieser richtunggebenden, imaginären Weise eben – tatsächlich erst zu dem moduliert wird, was sich uns und der Welt dann letztendlich offen zeigt. Vielleicht ist es nicht so ganz falsch, wenn man jenen Prozess, der sich, wie gesagt, eigenständig aussät, hegt und pflegt, als eine Art selbst erfüllende Prophezeiung bezeichnet.

Diese einleitenden Zeilen sollen nun kein destruktives Plädoyer sein, keine Anklage etwa gegen das Unvermögen, sich selber und andere aufrichtig einschätzen zu können, das liegt fernab meiner Gedanken. Das, was wir sehen, was wir erkennen, das reicht in aller Regel für das gewohnte, althergebrachte Miteinander aus. Nein, bei dem Versuch, einen Menschen – in dem von mir hier gemeinten Sinne! – hinlänglich zu erkennen, in seinem unverfälschten Inneren gar wie in einem gut geschriebenen Buch zu blättern, zu lesen und zu verstehen, zeigt sich jegliches Gelingen bereits im Ansatz hinter einer gigantischen Hürde verborgen, und das, was man gerne für ein Erkennen halten mag, ist letztendlich eine vom Dasein geprägte Maskierung, eine innerhalb einer Wechselwirkung gewachsene Schminke, eine sich so über die Jahre ergebende Verstellung, eine Verstellung, für die genau genommen niemand zur Verantwortung zu ziehen ist. Wer nun aber ist der Mensch, der uns auf der Straße gegenübersteht, wer ist der Mensch, mit dem wir sprechen, der Mensch, mit dem wir zusammenarbeiten, der Mensch, mit dem wir einige unserer Lebensjahre gemeinsam denselben Weg beschreiten und Pläne schmieden, der Mensch, der uns als Freund, Vater, Mutter, Sohn, Tochter, Schwester und

Bruder doch so nahesteht und – was hat ihn letztlich zu dem gemacht, was wir so fest glauben erkannt zu haben?

Doch wie selbstverständlich gehen wir in einer nahezu geregelten Gesetzmäßigkeit davon aus, dass wir ihn kennen, unseren Nächsten, dass wir ihn klar einschätzen und beurteilen können, und jener Faden gibt uns in der Konsequenz das Recht, so denken und glauben wir es zumindest, den Menschen uns gegenüber sogar verurteilen zu können. Klar, diese unsere Verurteilung wird von uns längst nicht immer als eine solche bezeichnet, wir schneiden hier – bewusst wie unbewusst – problemlos jegliches Negative ab, geben kaum einem Zweifel Raum, der uns vielleicht als einen oberflächlichen Bewerter kennzeichnen könnte, als einen voreingenommenen Richter gar. Schließlich verfügen wir ja über ein ausreichendes Kontingent an Menschenkenntnis, über eine recht beachtliche Lebenserfahrung, über eine nicht zu vernachlässigende Grundweisheit. So oder ähnlich, so zeigt sich unsere erhabene Selbsteinschätzung. Und auch das nehmen wir anders wahr, ganz anders, nach außen hin jedenfalls. Letztlich zwingen wir uns dazu, eine derartige Glorifizierung unserer Person nicht offen einzugestehen: Wir kennen den Menschen eben gut, von dem und über den wir sprechen, und das reicht uns völlig aus! So unsere Denke, in Kürze vorgestellt. Ausnahmen bestätigen selbstverständlich auch diese Regel. Tatsächlich aber habe ich keinerlei Bedenken, davon auszugehen, dass wir Erdenbürger – alles gegeneinander abgekürzt und unter dem Strich betrachtet – in dieser Weise *funktionieren*. Dabei wäre es doch so wichtig, davon bin ich überzeugt, die Geschichte unseres Nächsten näher kennenzulernen, den Weg zumindest ein wenig, den unser Gegenüber – freiwillig wie unfreiwillig! – in seinem Leben beschritt, um dergestalt das von ihm Erlebte in unsere Bewertung mit einbeziehen zu können. Da kann es uns dann passieren, dass plötzlich ein ganz anderer Mensch vor uns steht, in positiver wie in negativer Hinsicht, einer, den wir vorher doch nicht so gut kannten, wie es uns unsere vertraute Überzeugung gerne glauben lassen möchte, und die Strecke von einer Be-urteilung zu einer Ver-urteilung, ja die mag dann vielleicht um einige Gedanken länger geworden sein.

Der Weg, den der heranwachsende Alexander Zinser – der Protagonist meiner Erzählung – ging, war wahrhaftig kein besonderer, jedenfalls nicht in dem von mir gemeinten Sinne. Weder war er außergewöhnlich lang noch außergewöhnlich schwierig zu gehen. Nein, es war ein Weg, der sich nicht mehr und nicht weniger verschachtelt zeigte, als es die zahlreichen anderen Pfade taten, die die Menschen um ihn herum beschritten. Vor allem aber war es *sein* Weg. Sehr überlegt habe ich als Zeitrahmen, in dem diese meine Geschichte spielt, zwischen Anfang des Jahres 1955 bis Ende des Jahres 1960 gewählt. Jahre, in denen sich in der Bundesrepublik Deutschland vornehmlich das vollzog, was man allumfassend mit dem Schlagwort »Wirtschaftswunder« umschreibt. Eine Zeit, in der Alexander Zinser vom sechsjährigen ahnungslosen zum zwölfjährigen ahnenden Jungen heranwuchs. Genau in dieser Zeit, die nunmehr über ein halbes Jahrhundert der Vergangenheit angehört, wurden für – für, nicht von! – Alexander Zinser die für sein künftiges Leben ausschlaggebenden Weichen gestellt. Meine Geschichte endet genau an der Stelle, an der normalerweise für Jungen der Abschnitt des Lebens beginnt, der Pubertät genannt wird. Menschen, Weichensteller, innerhalb wie außerhalb seines Familienkreises, wirkten ihm als richtungweisend, und längst nicht jeder von denen war dazu berufen, ein Richtungsweiser zu sein. Inwieweit nun jene Menschen das bewusst oder unbewusst taten, freiwillig oder unfreiwillig, liebend gerne, aus einer gewissen Überzeugung heraus oder gar mit Abscheu und allein einer gewissen Routine verantwortlich, das kann nur vermutet werden, liegt weit abseits und allein im Bereich des Spekulativen.

Hamburg, so um die Mitte des 20. Jahrhunderts: Nachhaltig hat der Zweite Weltkrieg – sein Ende liegt noch nicht lange zurück – unzählige der Überlebenden mit den unterschiedlichsten Prägungen geformt. Was hat der Krieg aus diesen Menschen gemacht? Nicht zuletzt auch Opfertäter, Opfer eines Wahnsinns, die zu Tätern wurden. Letzteres tatsächlich auch noch nach dem Krieg und fallweise schleichend. Das gilt selbstverständlich auch für die Menschen der beiden Hamburger Stadtteile St. Pauli und Barmbek, den beiden Orten, an denen Alexander Zinser seine Kindheit verbrachte. Mein Blick auf diese Kindheit sucht weder in den leisen Spätauswirkungen des vergangenen Krieges noch in den lauten Spontaneitäten des Wirtschaftswunders einen Schuldigen, einen Hauptverantwortlichen gar, einen für etwaig völlig irrelevant gestellte Weichen. Wenn ich diese genannten Prägungen dennoch als Mittelpunkt meiner Erzählung empfinde, dann möchte ich das allein als einen deutlichen Hinweis verstanden wissen, als einen unübersehbaren Hinweis darauf, dass das Mitschwingen eben solcher Prägungen, wo, wann, in welcher Form und in welcher Intensität auch immer es sich einzuschleichen versteht, stets ein gewichtiges Mitspracherecht beansprucht. Diese aus einer gewissen Not, Angst und Ratlosigkeit herausmodulierten Schattierungen der Seelen – das Erbe des Krieges! –, hier gigantisch groß und dort winzig klein, die in den Nachkriegsjahren und inmitten des Aufblühens des Wirtschaftswachstums gleichsam die stummen Begleiter des Scheiterns und der Hoffnungen waren, ich möchte sie nicht in Vergessenheit geraten sehen. Nein, nicht zuletzt sind sie es doch, die das Feld mehrerer Generationen – die Erben des Krieges! – ganz wesentlich mit bestellten.

Wer kann schon in des Menschen Seele schauen, kann das, was einen Menschen ausmacht, wirklich und wahrhaftig und ohne jede Fälschung und ohne jeden Irrtum ausmacht, tatsächlich ergreifen? Diese eingangs von mir gestellte Frage stelle ich auch gegen Ende meiner Einleitung, und ich bleibe dabei: Nein, ich denke, da findet sich keine Möglichkeit. An dieser Stelle sind zu viele Missverständnisse versammelt, mischen sich doch viel zu viele Vorurteile unter das uns zur Verfügung stehende Unterscheidungsvermögen. Mit dieser Ansammlung von Verkennungen und Engstirnigkeiten, zusätzlich dotiert mit der angestaubt spießigen Atmosphäre, die das alteingesessene Milieu des Arbeiterviertels Barmbek nun mal kennzeichnete, wurde Alexander Zinser in einer Weise konfrontiert, dass sie ihn prägten. Gleichwohl ihm diese Erkenntnis, ja ihre Bedeutung – in jenen Tagen, in denen er seinen Weg beschritt – verborgen bleiben sollte. Dieser Blickwinkel zeigte sich ihm erst Jahrzehnte später, zu einem Zeitpunkt, als bereits die meisten Schritte seiner Lebensreise weit hinter ihm lagen.

Erstes Kapitel

1955 - 1958

Wurzeln

Der Reyesweg – Die Eltern

Der Reyesweg in Barmbek, ein eher kleiner Seitenweg jenes Hamburger Stadtteils – immer wenn ich an diese Straße denke, an die Mietshäuser-Reihe, die
sich, wenn man aus dem Pinelsweg kommt, links der Straße entlang zieht,
dann rückt sich mir stets zuerst das Treppenhaus hinter dem Eingang mit
der Hausnummer 24 in Erinnerung. Weshalb das so ist, das vermag ich nicht
genau zu deuten. Vielleicht liegt es daran, dass das Treppenhaus noch in der
Fertigstellung war, als ich mit meinen Eltern dort einzog und ich dergestalt die
Bauarbeiten – die sich noch über mehrere Tage nach unserem Einzug hinzo-
gen – verfolgen konnte. Wer weiß, möglich ist es immerhin. Sieben Jahre alt war
ich damals, und einem Jungen in diesem Alter prägt sich ein solches Geschehen
ein. Das Treppengeländer wurde gerade montiert, und da unsere Wohnung
eine von den zweien war, die sich in der vierten Etage befanden, war allein der
Aufstieg ohne einen Handlauf ein gewisses Abenteuer für mich. So jedenfalls
sagen es mir jetzt meine Erinnerungen. Überall waren Handwerker am arbeiten, werkelten Maler, Maurer, Schlosser und Elektriker. Das zu montierende
Geländer war eine stabile Konstruktion aus Eisen, und dann und wann blitzten
über Sekunden grell die Schweißelektroden auf, die gerade einen der vielen
senkrecht verlaufenen Rundstäbe des ebenfalls runden Handlaufs am unteren
Ende mit den metallenen Stützelementen an den Stufen verschmolzen. Es roch
zugleich nach glühendem Eisen und verbrannter Farbe, und es war nahezu
ohne Unterbrechung unangenehm laut. Letzteres besonders deshalb, weil der
Bodenbelag des gesamten Treppenhauses mit Terrazzo erstellt war und dieser
überaus harte Untergrund gerade seinen Endschliff erfuhr. Spitz schrill künde-
te die Schleifmaschine immer wieder von ihrer mühseligen Arbeit, und der zu
einem dichten Strahl gebündelte, graue Schleifstaub schoss konsequent in alle
Richtungen. Auch jetzt kann ich sie jederzeit aufschreien hören, wenn ich es
denn möchte, die kräftige Maschine, und der Flint-Feuerstein-Geruch – wenn
ich den Geruch, den das Schleifen von Kieselsteinen verursacht, mal so nennen
darf – liegt mir dann ebenfalls sofort wieder in der Nase ...

Irgendwann war das Treppenhaus dann fertig. Zwar roch es noch lange nach Farbe, wenn ich mich recht erinnere, aber zusammen mit den letzten Handwerkern hatte sich zumindest der Flint-Feuerstein-Geruch ziemlich schnell verabschiedet. Stolz lag er nun da, der aus geschliffenen und polierten, schwarzen und weißen Steinchen genährte Terrazzo des Treppenhauses, und das mit grauer Farbe gestrichene Geländer verlieh dem gesamten Raume, vom Erdgeschoss bis über die vierte Etage hinaus und dann bis zu den Trockenböden des Dachgeschosses, eine gewisse schlichte Sachlichkeit. Ja, vier bewohnbare Etagen mit je zwei Mietwohnungen gab es im Haus Reyesweg Nummer 24, und mit den beiden im Erdgeschoss insgesamt zehn Wohnungen. Für mich war der Umzug hierher zunächst eine angenehme Wende in meinem Leben. So empfand ich es damals. So konnte ich es auch nur empfinden. Ich, der kleine Junge Alexander Zinser, der gerade aus der dreistöckigen Mietshäuser-Reihe in der Clemens-Schultz-Straße, aus der ersten Etage des Hauseingangs mit der Nummer 96 im Hamburger Stadtteil St. Pauli, hierher ziehen durfte, hinaus aus einem Milieu, das sich im Jahre 1955 noch auffällig in der Orientierung befand – um es mal ganz, ganz vorsichtig auszudrücken – und hinaus aus einer Mieter-Gemeinschaftswohnung, in der meine Eltern mit meiner Schwester Barbara und mir allein ein einziges Zimmer bewohnten. Hier, im Reyesweg Nummer 24, da hatten wir nunmehr immerhin zweieinhalb Zimmer, mit einer Küche und einem Badezimmer – den Abstellraum auf dem Dachboden nicht zu vergessen. Ich kann mich noch gut daran erinnern, dass ich am ersten Tag dort, unmittelbar bevor ich mich zum Schlafen in mein Bett legte, mein Spielzeug noch schnell im unteren Teil des Küchenschranks unterbringen wollte, und das, weil ich es einerseits nicht anders kannte – bis dahin verstaute ich meine wenigen persönlichen Sachen immer in dem unteren Teil eines Schrankes – und ich andererseits längst noch nicht realisiert hatte, dass ich nunmehr, zusammen mit meiner Schwester, ein eigenes Zimmer zur Verfügung hatte. Aber klar – schnell habe ich mich dann an den Luxus gewöhnt, den mir, von da an und für die kommenden Jahre, das Reich von knapp acht Quadratmetern bot.

Wie oft mag ich wohl in den folgenden Jahren diese vielen Stufen, von der vierten Etage bis hinab in das Erdgeschoss, mit dem gebührenden Lärm hinuntergesprungen sein, um dann – wie in einem einzigen Atemzug – durch die Haustür und hinaus zum Spielen zu laufen, natürlich immer wieder sehr zum Ärger einiger Mitbewohner des Hauses, wie es sich denken lässt. Wie oft nahm ich nicht nur jede dritte oder vierte Stufe dabei als Zwischenstation, sondern sprang gleich einen gesamten Treppenlauf bis zum nächsten Treppenabsatz hinunter, was immerhin zehn Stufen ausmachte! Und ja, eine solche monströse Landung war immer wieder eine große Verlockung für mich, eine, der ich eben nicht immer widerstehen konnte, eher nicht, und um die entsprechenden Kommentare der Nachbarn, die mir durch die spontan aufgerissenen Türen hinterher gerufen wurden, kümmerte ich mich vernachlässigbar wenig. Meine Erinnerung sagt mir gerade, dass selbst die diesbezüglich unzähligen Reglementierungsversuche meiner Eltern auf diese gewaltige Sprungfreude keinen nennenswerten Einfluss ausübten. Nach rundweg zehn gewaltigen Sprüngen, immer eine Hand am grauen Handlauf des Geländers und auf dem Terrazzo landend, war ich aus dem Hause und lief in Richtung meiner Freiheit. Da konnte drinnen geschehen, was da wolle. So kann man es sagen. Weshalb ich aber im Zusammenhang mit dem Reyesweg allem voran an das Treppenhaus des Hauses mit der Nummer 24 denke, das kann ich nicht erklären, genauso wenig wie ich es deuten kann, dass hiermit eng einhergehend der besagte Terrazzoboden in Schwarzweiß ebenfalls in der allerersten Reihe meiner Erinnerungsgemächer einen Platz einnimmt.

»ZERSTOERT 1943 ✶ 1955 AVFGEBAVT« – genau so ist es noch heute auf einer Gedenktafel aus rotem Ziegel zu lesen, die an der Hauswand links von der Haupteingangstür in rund zwei Meter Höhe angebracht ist und die derart auch an diesem Haus – immer noch still mahnend – an die Zerstörungen erinnert, die die Luftangriffe der Alliierten im Zweiten Weltkrieg besonders auch in Barmbek anrichteten. Damals habe ich anfangs auf der Tafel tatsächlich »zerstört und avgebavt« gelesen – avgebavt –, weil die beiden U's in dem Wort für mich eindeutig V's waren. Da über den Zweiten Weltkrieg, der in diesen meinen Kindertagen gar nicht mal so lange der Vergangenheit angehörte, kaum oder besser gesagt gar nicht gesprochen wurde, besonders in den Schulen nicht, hat mir auch niemand erklärt, was genau es mit diesen Gedenktafeln auf sich hat. Allein die vielen Ruinen in jenem Stadtteil Barmbek, die vielen zu Steinhaufen generierten Überreste von ehemaligen stattlichen Gebäuden, die es in ihrer derzeitigen Form zuließen, dass ich von dem geöffneten Fenster meines Zimmers aus nahezu ungehindert bis hin zu meiner knapp zwei Kilometer entfernten Schule blicken konnte, hätten einiges erahnen lassen können. Erahnt hatte ich damals, im Alter von sieben, acht oder neun Jahren, zwar noch nichts, nein, aber in den dunklen, kühlen und muffig riechenden Räumen der Ruinen habe ich mit Hingabe gespielt. So meine Erinnerungen. Die Ruinen rund um den Reyesweg waren aber nicht das einzige Erbe, das mir der Krieg hinterließ, auch die Gedenktafel an der

Hauseingangstür mit der Nummer 24 setzte diesbezüglich keine absolute Grenze. Ich kann mich erinnern, dass sich im Rahmen meines Erwachsenwerdens hierzu noch einiges gesellte, was sich mir früher oder später – eher später – als eine weitere Hinterlassenschaft erweisen sollte, und bereits die Tatsache, dass es sich hier allein um zwar fühlbare, aber keineswegs real fassbare Dinge handelte, erklärt vermutlich den Umstand, dass jenes Vermächtnis für mich nicht sogleich als ein solches erkennbar war. So jedenfalls möchte ich es, nun mit einigem Abstand und im Nachhinein betrachtet, beurteilen.

An die allerersten Eindrücke, die mit dem Umzug von der Clemens-Schultz-Straße in den Reyesweg im Zusammenhang standen und mir nachhaltige, also prägende Gedanken vermittelten, erinnere ich mich auch heute noch gerne: Ich saß neben meinem Vater und zusammen mit dem Fahrer vorne im Führerhaus eines kleinen Möbeltransporters, und wir bogen – vom Pinelsweg kommend – rechts in die Straße ein, die von da an und für viele Jahre mein Zuhause sein sollte. Es gab, wie sich schnell herausstellte, damals kaum einen Anwohner, der ein eigenes Auto besaß. Es war früher Vormittag an einem Werktag, und die gesamte Straße lag wie leer gefegt vor uns. Viele der Anwohner waren um diese Zeit außer Haus. Die Berufstätigen gingen ihrer geregelten Arbeit nach, die Schulkinder waren in der Schule. Allein das grobe Kopfsteinpflaster der Fahrbahn, das beidseitig von einem Bürgersteig gesäumt wurde, präsentierte sich in einer Art, die durchaus als dominant bezeichnet werden konnte. Gleich vorne links und zu Beginn der Mietshäuser-Reihe gab es zwischen einigen Hauseingängen ein paar Geschäfte. Kleine, privat geführte Läden, wie man sie damals von überall her kannte. Ein Milchladen, ein Kolonialwarengeschäft und eine Drogerie. Der Milchmann und der Händler hatten – was die Größe betrifft – je ein bescheidenes Schaufenster für ihre Auslagen, versehen mit einem entsprechenden Schriftzug, der bogenförmig und mit großen Lettern auf die Scheibe gemalt war. Was die Gestaltung der Maueröffnungen so wie der Fensterrahmen betrifft, so brauchten sich diese – eine Mischung zwischen dem Rundbogenfenster der Romantik und dem Spitzbogenfenster der Gotik, eingefasst in einer senkrecht verlaufenden Klinkersteineinfassung – keinesfalls verstecken. Die Drogerie hatte, weil an der Ecke Pinelsweg-Reyesweg befindlich, gleich zwei solcher Schaufenster zur Verfügung, was auf Anhieb recht großzügig, ja sogar etwas feudal wirkte. Jeder der drei Läden war mit einer von Hand gefertigten Eingangstüre aus Holz ausgestattet – in Form und Farbe ähnlich gehalten wie all die anderen Haustüren der Häuserreihe –, in denen in Kopfhöhe ein kleines, viereckiges Fenster eingelassen war. Zwischen den Läden befand sich eine staatlich geführte Leihbücherei, deren Fenster zwar keinen Schriftzug aufwies, das sich dessen ungeachtet aber trotzdem von außen in jeder Hinsicht gleichwertig präsentierte.

So wie es mir damals als Kind sofort auffiel, allerdings mehr unbewusst, so müsste es eigentlich auch heute noch jedem Besucher, der den Reyesweg das erste Mal von dieser Seite her kommend betrachtet, sofort auffallen, dass sich dieser dunkel geklinkerte Häuserreihenabschnitt, in dem sich seinerzeit diese Läden befanden, grundlegend von den an diesem Block anschließenden Häusern unterscheidet. Das liegt in der Hauptsache daran, dass es sich hier um eine im Jahre 1928 erbaute und zum Teil unter Denkmalschutz stehende Wohnanlage handelt, deren Zentrum der sogenannte »Heinrich-Groß-Hof« ist, benannt nach dem ehemaligen Vorsitzenden der »Schiffszimmerer-Genossenschaft«. Dieses Wohnensemble wurde von den Bombardierungen des Zweiten Weltkrieges weitestgehend verschont. Hingegen handelt es sich bei den an diesem Wohnensemble anschließenden Häusern ausnahmslos um Häuser der 50er Jahre, der sogenannten Jahre des Wiederaufbaus, die aus gutem Grunde möglichst schnell und obendrein allein zweckgebunden erstellt wurden. Was die Architektur anbelangt, lässt sich da dann auch nichts besonders Nennenswertes finden.

Von der Straße und vom Niveau des Bürgersteigs aus gesehen lagen die besagten Läden sowohl höher als auch einige Meter zurückgelegen, und somit musste man ein paar Stufen nehmen, um sie zu erreichen. Bis auf jene Strecke der Ladenzeile hatte die gesamte Straßenseite jeweils zwischen den kurzen Hauseingangswegen Vorgärten. Relativ großzügig gehaltene Rasenflächen, die entweder mit immergrünen Hecken umsäumt und mit einem gusseisernen Gitter oder ohne Hecken und mittels einer massiven Klinkerstein-Mauer eingefasst waren. Hier nun, in diesem Bereich der Straße, hatte man die Gärten ausgelassen und dafür, als Zutritt zu den Geschäften und den jeweils dazwischen liegenden Hauseingängen, Raum für eine lang gezogene, parallel zu den Läden verlaufende Stufenanlage geschaffen, eine Stufenanlage, die mit einem weitläufig auslaufenden Bogenschwung den Reyesweg noch ein Stück weit mit dem Pinelsweg verband. Den für die Architektur der Wohnanlage – samt den Läden! – Verantwortlichen kann man bestimmt keinen Mangel an Ideen vorwerfen. Das alles wirkte auf mich, den siebenjährigen Jungen aus dem Stadtteil St. Pauli, ziemlich erhaben.

»Da drüben, Alex, da werden wir dir gleich ein paar Bonbons kaufen.« Mein Vater zeigte im Vorbeifahren auf das Schaufenster mit der Aufschrift

»Gerkens Kolonialwaren«. Nur wenige Minuten später hielt ich eine spitze Tüte mit einigen hellgelben Zitronenbonbons in meiner Hand. Das Haus mit der Nummer 24 lag nur noch wenige Sekunden entfernt. Der Möbeltransporter hielt parallel zum Kantstein an, und noch bevor wir die neue Wohnung im vierten Stock betraten, hat mein Vater sein Versprechen eingelöst, ist mit mir kurz zurück und in den Laden gegangen und hat mir, nach einem freundlichen Gespräch mit Herrn Gerkens, diese Auswahl empfohlen. Diese kleine Geste meines Vaters, die hat mir damals unverzüglich den nötigen Trost vermittelt, einen Trost, der allemal immer dann notwendig ist, wenn eine kleine Seele eine ihr unbekannte Insel betreten soll, selbst dann, wenn jenes Neuland eigentlich von ihr herbeigesehnt wird. Ob und inwieweit mein Vater sich dereinst dessen bewusst war, das vermag ich nicht zu sagen. Anbei, jene gelben Zitronenbonbons, deren Sorte es immer noch gibt, sind zwar recht hart, im gleichen Maße sauer – und die Rundungen münden letztendlich in einer unangenehmen Scharfkantigkeit, die dummerweise dazu neigt, dem Genießer die Mundwinkel vorübergehend leicht zu verletzen. Aber immer wenn ich auf sie stoße, wo immer und wann immer es auch sein mag, dann sehe ich in ihnen den zwar schroffen, aber verlässlichen Boten eines wirksamen Trostspenders. Auch dieser Gedanke aus meiner Kindheit gehört zu denen, die ich mir möglichst lange erhalten möchte.

Die Tatsache, dass mein Vater, Heinrich Zinser, ein Seemann war, genauer gesagt ein Schiffskoch und als solcher ständig unterwegs, mag erklären, weshalb wir es in der Enge der Räumlichkeiten, die unserer vierköpfigen Familie in der Clemens-Schultz-Straße zur Verfügung standen, überhaupt aushalten konnten. Mein Vater hielt sich über viele Monate hinweg durchgehend auf den Weiten der Meere auf, kam lediglich dann für einige Wochen Urlaub im Jahr zu Besuch – zu Besuch, so empfand ich es als Kind! – zu uns nach Hause. So gesehen waren wir im Grunde eher eine dreiköpfige Familie, meine Mutter, meine Schwester und ich, und zu dritt, da hatten wir es in unserem Zimmer – mit gemeinschaftlicher Küchenbenutzung über den Flur – zwar wirklich nicht leicht, aber es war schlecht und recht auszuhalten. Und nun hier, im Reyesweg, im Haus mit der Nummer 24 und dort in der vierten Etage, hier hatten wir immerhin eine zwar kleine, aber doch eigene Wohnung. Vierundfünfzig Quadratmeter und das, wie gesagt, vornehmlich zu dritt! Es gab dort tatsächlich und zu meiner großen Überraschung das, was man ein

»Kinderzimmer« nennt. Eben jenes besagte, rund acht Quadratmeter große Reich! Da der Raum, der immerhin zwei Kindern als Kinderzimmer gerecht werden sollte, dafür nicht nur relativ klein, sondern zudem noch länglich geschnitten war, hatte mein Vater für meine Schwester und für mich kurzerhand, Raum sparend, zwei Betten übereinander – Etagenbetten – gebaut.

Mein Vater konnte gut bauen – oder sagt man besser werken? –, er war ein begabter und äußerst geschickter Handwerker. Wenn er zuhause war, dann baute, bastelte und renovierte er zumeist. Es gab nach so vielen Tagen seiner Abwesenheit auch immer irgendeine Arbeit, die – lange vernachlässigt – nun aber allmählich eine konkrete Erledigung forderte, was sich sicherlich denken lässt. Aber wie gesagt, meistens war er ja weg. »Zusammengerechnet habe ich mehr Jahre meines Lebens auf dem Wasser verbracht als auf dem Lande!«, so verkündet er es bei jeder passenden Gelegenheit, und das nicht ohne Stolz. Und ja, nicht selten dauerten seine Reisen weit über zwölf Monate. Für mich, als Heranwachsenden, war es alles andere als einfach. Es schmerzte mich sehr, wenn der geliebte Vater irgendwann nach einigen Wochen Urlaub, die mir stets wie nur wenige Tage vorkamen, wieder seine Koffer packte, um dann, nach einer innigen Umarmung, wieder für viele Monate vollständig aus meinem Leben zu verschwinden.

So ein Abschied atmet sich schwer für ein Kind, das kann man ohne zu übertreiben so sagen. Eine bestimmte jener Trennungen setzt mir mein Erinnerungsvermögen besonders oft in die Gegenwart: Es war an einem warmen Spätnachmittag im Sommer mitten in den Schulferien, und ich spielte mit einigen Nachbarskindern – alle so um die zehn Jahre alt, wie ich – vor unserem Haus Verstecken. Mittig auf dem Kopfsteinpflaster der Straße setzten wir einen Ball auf einen runden Sieldeckel. Einer von uns schoss ihn dann möglichst weit die Straße hinunter. Der zuvor per Abzählreim ausgewählte Sucher rannte dem Ball sofort nach dem Schuss hinterher, nahm ihn auf und schritt dann – nun aber rückwärtsgehend – schnell wieder zum Ausgangspunkt zurück, um ihn dort wieder auf dem Sieldeckel abzusetzen. In der Zwischenzeit versteckte sich die Horde hinter irgendwelchen Hecken und Mauern in Nähe der angrenzenden Hauseingänge. Lag der Ball wieder auf dem Sieldeckel – dem »Mal« – mussten spätestens jetzt alle in ihrem Versteck sein. Jetzt begann der spannende Teil dieses besonderen Versteckspiels. Um nun die versteckten Mitspieler ausfindig zu machen, musste sich der Suchende immer wieder von dem Mal entfernen, um dann, sobald er einen Versteckten entdeckt hatte, jenen bei seinem Namen zu nennen, während er gleichzeitig – und das war eine grundlegende Bedin-

19

gung – den Ball berührte. Für jenen aus dem Versteck geholten »Gefangenen« war die Spielrunde damit sofort beendet. Genau diese Situation aber – nämlich dass der Suchende sich vom Mal entfernte – konnte nun von den verborgenen Mitspielern genutzt werden, um aus ihren Verstecken heraus stracks zu dem Ball zu rennen. Gelang es jenem Rennenden dann, den Ball auf dem Mal zu berühren, *bevor* der Suchende den Herannahenden sah, ebenfalls zurück lief und laut seinen Namen rufend den Ball berührte, dann war er ein »Freige-schlagener« und gehörte damit zu den Gewinnern der Spielrunde. Wenn alle Kinder gefangen oder freigeschlagen waren, war diese Spielrunde damit beendet.

Ich war bis über beide Ohren im Spiel vertieft, als plötzlich die Haustür geöffnet wurde. Mein Vater kam mit langen Schritten heraus, ging auf mich zu, sah mich an. Ich hielt inne. Im gleichen Atemzug war das Spiel für mich beendet. Das gerade auf der Straße Geschehene lag auf einmal unerreichbar weit zurück, lag stumm im Hintergrund, war nur noch wie im Traum existent. Als würde vor mir ein mächtiger Deich gebrochen sein, überfluteten die gewaltigen Wassermassen meines Erahnens mein ungeschütztes Dorf der Geborgenheit. Mein Vater fand die Worte nicht, die für mich, für mein Empfinden, auch nur halbwegs hätten passend sein können. Aus dem Pinelsweg bog ein Taxi ein. Das Taxi fuhr vor, hielt an. Der Fahrer stieg aus, blickte kurz in die Runde, trat hinter das Auto, öffnete wortlos den Kofferraum, schnappte sich die zwei Koffer, die links und rechts neben meinem Vater auf dem Kopfstein-pflaster der Straße standen, und lud sie ein. Er schloss den Deckel und setzte sich wieder hinter das Lenkrad. Mit wenigen Worten erinnerte mein Vater mich noch schnell an den kommenden Urlaub, den wir für das nächste Jahr geplant hatten, was mir vermutlich etwas Trost spenden sollte. Seine Stimme zitterte leicht. Mein Vater roch nach »Kölnisch Wasser« von »4711«. »Zum Flugplatz bitte!«, wandte sich mein Vater zum Chauffeur, gab mir einen Kuss auf die Wange und verschwand im hinteren Teil des Wagens. Langsam fuhr das Taxi an. Eine Hand winkte von innen an der Heckscheibe des Taxis, ein Schatten nur, ein lautloser Gruß. Ich sah dem Wagen wortlos nach, bis er am Ende der Straße meinem Blick entschwand. Mir war, als würde der Kragen meines vom Herumtoben verschmutzten Hemdes leicht nach Kölnisch Wasser duften. Die Situation kostete meine ganze Kraft. Ein echter Junge weint nicht, jedenfalls nicht ein Barmbeker Straßenjunge, wie ich einer war. Das tat ich auch nicht. Nicht vor meinen Freunden, nein, nicht hier und nicht jetzt und niemals – niemals! – nach außen. Selbstverständlich wusste auch ich bereits seit Tagen von der unmittelbaren Abreise meines Vaters, konnte – oder wollte? – es aber nicht realisieren ... Das liegt nun zwar schon einige Jahrzehnte zurück, dennoch steigen in mir manchmal Zweifel auf, ob ich es jetzt, jetzt, wo ich selbst ein Vater von drei erwachsenen Kindern und auch lange schon ein Großvater bin, realisiert habe, was damals wie selbstverständlich geschah. Mit meinem Vater habe ich darüber nie sprechen können.

Meine Mutter, Anneliese Zinser, nahm diese Trennungen gelassener entgegen als ich. Zumindest von außen betrachtet gewann man den Eindruck. Sie schien sich an die Situation gewöhnt zu haben, hat sich, wie ich annehme, irgendwann auf das Leben eingestellt, das eine Ehe mit einem Seemann bedeutet. Aus meiner jetzigen Sicht heraus war das in jener Zeit der Fall. Einerseits war der Umzug in den Reyesweg, die neue, eigene Wohnung, für sie in gewisser Hinsicht so etwas wie eine Befreiung, eine, die sie über vieles hinwegtröstete, und andererseits hatte sie mit sich selbst genug zu tun, was sie ebenfalls ausreichend ablenkte. Beides sollte sich mir so nach und nach und über die Jahre hinweg immer deutlicher zeigen. Solange ich denken kann, litt meine Mutter unter Depressionen, unter Angstzuständen, wie sie es nannte. Ihr Kranksein, worin auch immer es letztendlich bestanden haben mag, machte ihr mal mehr und mal weniger zu schaffen. Im Verlauf der Zeit ließ sie sich immer stärkere Tabletten verschreiben, von denen sie dann auch im zunehmenden Maße mehr einnahm, als es ihr der Arzt verordnete. Es gab sogar Phasen, in denen das Fläschchen »Aneural 400 Milligramm – 36 Dragees« – so hießen die Dinger, die sie einnahm –, das eigentlich für gut drei bis vier Wochen reichen sollte, in nur fünf Tagen leer auf ihrem Nachtschrank stand. Und später dann – ich mag so um die zwölf Jahre alt gewesen sein – übernahm ich in solchen Tagen des Öfteren den Gang zum Hausarzt, um ihn um die vorzeitige Ausstellung eines neuen Rezeptes zu bitten, im Auftrage meiner Mutter, versteht sich, die doch außerstande war, selbst dort in der Praxis zu erscheinen. Dem Arzt war die Situation bekannt, er kannte unsere Familie genau, mochte im Ergebnis die Bitte weder seiner Patientin noch einem Jungen abschlagen, der doch um das Wohlergehen seiner Mutter so besorgt war. Klar, es gab auch andere Tage. Jene Tablettensucht meiner Mutter war nur ein welkes Blatt am Baume meiner Kindheit. Meine Mutter und ich, wir passten eigentlich ganz gut zusammen, bildeten an sich eine ganz brauchbare Einheit. Wir kamen auch an diesen problembeladenen Tagen in irgendeiner Weise über die Runden. Hier half nicht zuletzt die Tatsache, dass wir beide eine ausgeprägte Hinneigung zum Lesen hatten, gute Bücher liebten, ausgesprochen gerne interessante Kinofilme sahen und lange Diskussionen über deren Inhalt schätzten.

Das Verhältnis zwischen meiner Mutter und meiner Schwester – das war eher angespannt. Es wurde oftmals gestritten und länger lauthals diskutiert. Letzteres lag, wie ich vermute, nicht zuletzt auch daran, dass meine Schwester sich gerade im Endstadium der sogenannten Abnabelungsphase befand, um es mal vorsichtig auszudrücken, und bekanntlich ist das nicht unbedingt die Zeit, in der sich Mutter und Tochter in friedsamer Harmonie ergehen. Insbesondere was die Arbeit meiner Schwester betraf, ergaben sich ständig irgendwelche Spannungen. Da sie keine gute Schülerin war, ziemlich miserable Zeugnisse hatte und mit einem dementsprechenden Abschluss die Schule verließ, ergab sich in Folge für sie keine Möglichkeit für eine halbwegs vernünftige Berufsausbildung. Nicht etwa, dass sie arbeitsscheu war, nein, das trifft es nicht, sie arbeitete fleißig, tat ihre Pflicht und verdiente ihr Geld, aber immer eingebunden in einem zweitrangigen, vagen Arbeitsverhältnis und ohne die geringste Aussicht auf eine Lehrstelle, auf eine anerkannte Ausbildung. Zeitweise war sie sowohl als Kindergärtnerin als auch als Platzanweiserin in einem Kino tätig und über einen gewissen Zeitraum sogar als Bürokraft einer großen, alteingesessenen Hamburger Firma, die sich weltweit mit dem Im- und Export von Tee beschäftigt. Aber, wie gesagt, all jene Tätigkeiten waren allein minder bezahlte Beschäftigungsverhältnisse, deren Beendigungen noch dazu abzusehen waren. Die sich daraus zwangsweise ergebenden Unstetigkeiten waren es wohl, die diese besagten Mutter-Tochter-Spannungen nährten. Aber auch da ergab sich eine Fügung, die diese Problematik angenehm abschwächte. Meine Schwester lernte relativ schnell Ulrich, ihren zukünftigen Ehemann, kennen, die beiden heirateten baldigst – was Barbara betraf, noch mit der Einwilligung der Eltern sowie einer Sondergenehmigung seitens der zuständigen Behörde, weil sie noch deutlich unter 21 Jahre alt und somit unmündig war – und sie zog aus. Nun allerdings war es nicht etwa eine zweiköpfige Familie, die in der vierten Etage des Hauses mit der Nummer 24 wohnte, diese Bezeichnung würde dem Sachverhalt nicht gerecht werden, nein, nun wohnten allein zwei Menschen in einer nunmehr ausreichend geräumigen Wohnung, die versuchten, ihren ureigenen Weg durch das Leben zu finden, mit Zielsetzungen allerdings, die auch an der Stelle nicht unterschiedlicher sein konnten, als sie es waren, wo durchaus eine runde Gemeinsamkeit zu erwarten gewesen wäre. Auch diese Erkenntnis drängte sich mir keineswegs sofort auf, sondern sollte mich erst viele Jahre später auf eine Kausalität aufmerksam machen, der ich situationsbedingt kaum erfolgreich ausweichen konnte.

Zweites Kapitel
Die Schule – Die Großeltern

Im Alter von sechs Jahren wurde ich eingeschult, besuchte bis zu unserem Umzug nach Barmbek für einige Monate die Schule in der Seilerstraße im Hamburger Stadtteil St. Pauli. Die Schule lag von der Clemens-Schultz-Straße aus nur einen kurzen Fußweg entfernt. Ich hatte als Erstklässler eine junge Lehrerin, in die ich tatsächlich – und das in meinem Alter! – schon verliebt war. Ja, ich erinnere mich, dass ich sogar einmal von meiner Lehrerin träumte, und selbst der Inhalt des Traumes ist mir bis dato genauestens erhalten geblieben. Nicht verwunderlich also, dass ich immer noch ihren Namen weiß: Fräulein Nekel – man sagte damals zu einer unverheirateten Frau tatsächlich »Fräulein« –, so hieß die freundliche, attraktive Person, von der ich heimlich schwärmte. Der sogenannte »Klassenbeste« war ich in dieser Zeit, hatte in nahezu allen Fächern immer die beste Benotung, auch daran erinnere ich mich genau. Hin und wieder traf ich in den Pausen auf dem Schulhof meine – große – Schwester, die damals ebenfalls in diese Schule ging. Letzteres ergab sich nur für eine sehr kurze Zeitspanne. Nicht etwa bedingt durch unseren Umzug war das der Fall, der natürlich meine Umschulung erforderlich machte, sondern weil meine Schwester, die einige Jahre älter war als ich, ihre schulische Laufbahn bereits einige Wochen vor unserem Wohnortwechsel beendet hatte.

Meine neue Schule in Barmbek befand sich in der Von-Essen-Straße. Dort gab es keine Lehrerin, in die ich mich hätte verlieben können, falls doch, dann ist sie mir leider nie begegnet. Nein, das, was man landläufig Pädagogen nennt, das ist in jenen Jahren an dieser Schule kaum erwähnenswert vertreten gewesen, eher nicht. So meine Meinung im Nachhinein. Selbstverständlich kann ich nicht ausschließen, dass andere Schüler das anders erfahren hatten als ich und von daher auch zu einer anderen Beurteilung gelangt sind. Bereits der Start nach meiner Umschulung war ein echter Reinfall, und alles, was dann folgen sollte, eine manifeste Vervielfältigung jenes Versagens. Ohne an dieser Stelle auf Einzelhalten einzugehen, mag ich sagen, dass mein eigentlich in jeder Hinsicht freundlicher Schulstart in St. Pauli in Barmbek dann jäh eine Abbremsung erfuhr, eine kompromisslose Abbremsung, die es einfach nicht mehr gestattete, dass der Zug namens Schule, in dem ich saß, jemals wieder richtig Fahrt aufnehmen konnte. Es liegt mir fern, hierfür allein die Schuld bei den Lehrern der Schule zu suchen, mit denen ich mich, wie angedeutet, nicht sonderlich gut verstand, das wäre sicherlich zu schwarzweiß gemalt. Dessen aber ungeachtet konnte ich es damals als Kind nicht verstehen, dass, von den Lehrern aus betrachtet, allein immer ich der Schuldige sein sollte, denn das war in der Tat eine Schwarzweiß-Malerei, und zwar in ihrer höchsten Vollendung.

»Kellerschreck«, so nannten wir Schüler den Lehrer, der hauptsächlich für den Werkunterricht der höheren Klassen zuständig war, was vermutlich nicht zuletzt daran lag, dass er dieses Fach im Untergeschoss der Schule und dort in ihrem hinterletzten Winkel lehrte. Gleichwohl hatte der Mann sich diese Bezeichnung aber auch dadurch erworben, dass er sich uns Schülern gegenüber normalerweise recht unnahbar zeigte, und das verlässlich mit einem ziemlich grimmigen Gesichtsausdruck. Jenen kleinen, runden, eher schon dicken Menschen, der stets in einem grauen langen Arbeitskittel umherlief und mir immer wieder begegnen sollte und der jedes noch so kleine Vergehen der ihm anvertrauten Kinder bemerkte, notierte und sofort relativ streng ahndete, habe ich noch aus einem anderen Grunde in Erinnerung. Das ist allerdings eine Geschichte, die sich zwar an einer ganz anderen Ecke des Schulgeschehens ereignete und auch erst einige Jahre später, die aber für den Geist der Schule bezeichnend war, einen Geist, der auch zuvor durch die Flure schwebte. Kellerschreck war eine der beiden Aufsichtspersonen, die die Schüler betreuten, die einen Schwimmunterricht erhielten. Der Schwimmunterricht wurde im Bartholomäusbad erteilt, und zwecks dazu ging die zum Unterricht gemeldete Gruppe stets geschlossen von der Schule Von-Essen-Straße in das Bad in der Bartholomäusstraße, was einen Fußweg von ungefähr zwanzig Minuten ausmachte. Dort dann angekommen, warteten die beiden Betreuer bereits und erwarteten, dass sich die Gruppe – Jungen und Mädchen selbstverständlich getrennt – unverzüglich umzog und unter die Dusche stellte. Nun befanden sich die Umkleideparzellen für Frauen und Mädchen am Rande der zum Becken hin geöffneten und nur durch ein Geländer abgegrenzten oberen Etage, die von der gegenüberliegenden Seite – und dort von einer bestimmten Stelle aus – problemlos einzusehen war. Dort, und genau an der besagten Stelle, stand hin und wieder unser Lehrer Kellerschreck, der mit richtigem Namen Munte hieß, und sah den Mädchen beim Umkleiden zu. Irgendwann hatte ich es entdeckt, wie er, halb hinter einem gekachelten Wandvorsprung verborgen, stur kerzengerade und parallel zur Wand, ganz offensichtlich für einige Minuten seine sogenannte »Aufsichtspflicht« wohl etwas zu wörtlich nahm.

Dem Pädagogen Kellerschreck standen wir dann nur kurze Zeit später wieder gegenüber, genau genommen stand er mir ganz besonders gegenüber. Und das kam so: Wir Jungen waren, wie immer nach dem Umkleiden, damit beschäftigt, das Duschzeremoniell zu absolvieren, und wir übten uns in der Disziplin, diesen Vorgang möglichst zügig zu erledigen. Worin genau nun mein Verbrechen bestand, das kann ich nicht einmal sagen, vermutlich habe ich wieder irgendwelche Faxen gemacht, oder ich stand nicht ordnungsgemäß in der Reihe. Wie dem auch sei, urplötzlich kam Kellerschreck auf mich zu, blicke verbissen drein, packte mich im Nacken und nahm mich aus der Schlange. Kellerschreck hatte, wie bereits gesagt, die Angewohnheit, all das, was er für ein falsches Verhalten hielt, auf der Stelle mit einer Strafe zu quittierten. Meine Strafe bestand nun darin, dass ich sofort und allein unter »die eiskalte Dusche« musste.

Zum Verständnis: Ausnahmslos jedes Abseifen mit Warmwasser, vor und nach dem Schwimmunterricht, endete mit einem kurzen Kaltwasserduschen! Die Kaltwasserdusche hatte eine Strahl-Regulierung, die mittels eines schwergängigen Drehverschlusses umständlich eingestellt werden musste. Die Lehrer-Schwimmunterricht-Ordnung besagte nun eindeutig, dass der Strahl erst dann richtig eingestellt war, wenn der Verschluss voll linksherum, also ganz bis zum Anschlag, aufgedreht war. Im stetigen Wechsel musste jeder Junge reihum diese Aufgabe für jeweils einen Duschvorgang übernehmen, was für den jeweils Auserwählten zweifellos ein unangenehmes Unterfangen war, wenn man bedenkt, dass jener eben nicht lediglich unter dem Strahl hindurch hüpfen konnte – im Vorbeigehen sozusagen –, sondern so lange das kalte Wasser ertragen musste, bis letzten Endes die maximale Durchflussmenge erreicht wurde. So richtig freiwillig tat das jedenfalls keiner von uns.

So stand ich da, den schwergängigen Verschluss der Dusche langsam linksherum aufdrehend, der mir währenddessen immer wieder aus meiner vor Kälte zittrigen Hand glitt. Aus dem zudem noch ungewöhnlich großen Brausekopf – ein verkalkter Topf aus Zinkblech, der mich wie ein Dämon schadenfroh anzugrinsen schien – schoss das eiskalte Wasser in fingerdicken Strahlbündeln prasselnd auf meinen Kopf und Körper hernieder. Irgendwann dann, nach einer gefühlten Ewigkeit, hatte ich meine Aufgabe erledigt und somit die verhängte Strafe vollends verbüßt. Der Gerechtigkeit war wieder einmal Genüge getan. Kellerschreck wies mich, ohne ein einziges Wort zu sagen, nur mit einem Fingerzeig am ausgestreckten Arm, dort an den Rand des Schwimmbeckens, von wo aus einige gekachelten Treppenstufen in das

Wasser führten. Hier begann immer der Unterricht. Ja, ich muss wohl ein überaus schlimmer Schüler gewesen sein. Wenigstens würde das erklären, dass ich, Alexander Zinser, es war, der diese gefürchtete Einrichtung »Kaltwasserdusche einstellen« wohl am häufigsten zu bedienen hatte, und es kam leider nicht selten vor, das muss ich zu meiner Schande eingestehen, dass ich das innerhalb dieser zwei Unterrichtsstunden gleich zweimal erledigen musste – zum Aufdrehen als Erster und zum Abdrehen als Letzter der Reihe.

Nun würde ich es stark übertreiben, wenn ich sagen und behaupten würde, dass nur solche Lehrkräfte an der Schule Von-Essen-Straße anzutreffen waren wie der der Spezies Kellerschreck. Es gab dort auch andere Lehrer, ganz andere, mit denen man dann auch andere Erfahrungen machen durfte. Dennoch waren aber solche Charaktere, wie jener Lehrer Munte einer war, unglücklicherweise derart großzügig vertreten, dass sie den benannten Geist der Schule dominant mit geprägt haben. Das war bedauerlich für die heranwachsenden Menschen, insbesondere für diejenigen Schülerinnen und Schüler, die dem dadurch zwangsweise generierten Druck letztlich nicht standhalten konnten. Für die damalige Einstellung und Motivation der Pädagogen vom Schlage Kellerschreck gibt es vielleicht eine simple Erklärung: Die geschilderten Erfahrungen machte ich zwischen meinem siebten und zwölften Lebensjahr, also zwischen den Jahren 1955 und 1960. Viele der Lehrkräfte waren immer noch geprägt von dem Gedankengut der nationalsozialistischen Erziehung – ob und wenn ja inwieweit sie sich in dieser Zeit immer noch damit identifizierten, das bleibt natürlich eine Spekulation! – und gaben die Grundzüge des in den Jahren von 1933 bis 1945 geübten Erziehungswesens bewusst wie unbewusst an die ihnen anvertrauten Seelen weiter. Auch hier kommt die Gesetzmäßigkeit zu Wort, die eine jede Ursache mit einer Wirkung verheiratet. All die vielen Kellerschreck-Pädagogen – sie waren ein weiteres Erbe, das der Krieg mir und meiner Generation hinterließ.

Einige der für die damalige Zeit noch geläufigen Eigenarten, ich nenne sie weiterhin unumwunden Blödsinnigkeiten, waren kaum den unterrichtenden Pädagogen, sondern eher dem Verständnis zuzuordnen, das man seitens der Erziehungs- und Bildungswissenschaft in jenen Jahren hatte. So durfte ein Linkshänder nicht mit der linken Hand schreiben! Nein! Ich war von Geburt an ein Linkshänder und musste gezwungenermaßen mit meiner rechten Hand schreiben. »Später, solltest du tatsächlich einmal so viel Geld verdienen, Alexander, dass du dir ein eigenes Auto leisten kannst, einen Volkswagen, beispielsweise, dann wirst du merken, dass der Steuerknüppel nur mit der rechten

Hand zu bedienen ist.« So die mich strafenden Blickes belehrende Frau Zimker, die das Diktat diktierte und peinlich genau darauf bestand, dass ich den Federhalter in der rechten – in der *hübschen* – Hand hielt. Nicht etwa, dass jene Lehrkraft nun aus Rücksichtnahme – die durchaus angebracht gewesen wäre – etwas langsamer diktierte, etwa damit ich, der sich verständlicherweise sehr schwer damit tat, mit der rechten Hand zu schreiben, eine Aussicht auf Gelingen hätte, nein, sie plapperte ihren Reim in den Raum und ging – wieso auch immer – davon aus, dass auch ich das gefälligst zu schaffen hätte. Traf das nicht zu, was in der Regel der Fall war, und es mir nicht gelang zu verbergen, dass sich der Halter wieder einmal in meiner linken Hand befand, dann hielt sie entweder inne, um mich zu korrigieren, oder sie wählte die für mich unangenehmste Variante: Sie ließ mich zu ihr nach vorne kommen und gab mir einen zwar leichten, dennoch aber stark an eine Ohrfeige erinnernden Watschen. Manchmal trug sie einen großen Tellerring am Ringfinger ihrer rechten Hand, mit der sie die Strafe vollzog, den drehte sie, da sie die Angewohnheit hatte, mit der Außenhand von innen nach außen auszuholen, unmittelbar vor der Strafvollstreckung sorgsam nach innen, um mich mit dem Stein nicht zu verletzen, wie ich vermute. Auf dem Weg von meinem Platz – ich saß gewöhnlich ganz hinten in der letzten Reihe rechts – in Richtung der rot angelaufenen Pädagogin konnte ich die Tellerring-Dreh-Maßnahme aus dem Augenwinkel heraus beobachten, wusste dann natürlich, was nun auf mich zukam. Weniger der Schlag war es, den ich fürchtete, er fiel wie gesagt eher angedeutet und somit leicht aus, nein, dieses vor der gesamten Klasse vollzogene demütigende Ritual war mir im höchsten Maße peinlich. Bis dato ist es mir nicht klar, wie es einem erwachsenen Menschen – und erst recht einer ausgebildeten Pädagogin! – nur in den Sinn kommen kann, dass man aus einem Linkshänder so mir nichts dir nichts einen Rechtshänder zaubern kann. Selbstverständlich nutzte ich während des Schreibens jede Atempause, um meine deutlich überforderte rechte Hand zu schonen, legte, zwecks Fingerübungen, den Federhalter für Sekunden aus der Hand. Verständlicherweise befahl mir meine angeborene Gewohnheit, dass ich nach der Unterbrechung den Halter in die linke Hand nahm. Dies geschah höchst automatisch und vom Kopf her befohlen, in sich geschlossen und somit nur logisch.

Na ja, es vergingen einige Jahre, und – dem Himmel sei Dank! – es wurden Linkshänder akzeptiert. Auch seitens der Pädagogen der Schulen. Übergangslos, per Anordnung sozusagen. Die – aufgrund eines kompromisslos fehlenden Verständnisses für das absolut Normale verursachte – Idiotie, die konnte sich zwar lange, dennoch aber auch nur begrenzt behaupten. Mittlerweile kann ich sowohl mit der rechten als auch mit der linken Hand schreiben. Eine kuriose Fähigkeit, die ich einer bodenlosen Dummheit verdanke und die mir bis dato geblieben ist. Heute wird kein Hamburger Linkshänder mehr zwecks intensiver Untersuchung in das Universitätskrankenhaus Eppendorf geschickt, weil man in dieser durchaus positiven Laune der Natur eine Abartigkeit erkennt, die es zwingend wie umgehend zu therapieren gilt. Heute ist das unvorstellbar. Ich war noch in Eppendorf, ich wurde noch über Tage und Stunden untersucht, wurde nach den Gründen meiner Abartigkeit gründlichst abgetastet. Man machte sich eben ernsthafte Sorgen um einen Linkshänder. Die Eltern taten es, ebenso wie die übrige Familie, die Lehrer und die Ärzte.

An einen der Lehrer, an Herrn Schulz, habe ich gute Erinnerungen. Er war über einen gewissen Zeitraum mein Klassenlehrer. Herr Schulz war ebenfalls recht streng, allerdings auf eine Weise, die ich akzeptieren konnte, und ich denke, dass ich nicht der einzige Schüler war, der das so empfand. Ich mochte ihn. Er hatte die Angewohnheit, wenn er der Klasse vorlas, dies nicht – wie die anderen Lehrkräfte es hielten – von dem Katheder aus zu tun, sondern sich mit dem Buch vorne und mittig zwischen die Tisch- und Stuhlreihen zu setzen. Ich sehe ihn jetzt direkt vor mir, wie er in seinem schlicht grauen Anzug vor der Klasse auf dem Stuhle sitzt und, etwas vornüber gebeugt, die Unterarme auf den Oberschenkeln gelagert, mit beiden Händen das aufgeklappte Buch hält ... Mit leiser Stimme las er uns vor und mit einer sachlichen, neutralen Betonung. Zwischendurch, wenn die Geschichte es erlaubte, hielt er kurz inne, hob etwas den Kopf, blickte ernst, aber nicht unfreundlich in die Klasse. Dann las er weiter. Nicht, dass ich ihn allein in dieser Haltung lesend in Erinnerung habe. Er wechselte in gewissen Abständen seine Position, richtete sich dann auf, rückte auf dem Stuhl bis an die Lehne zurück, schlug die Beine übereinander und fuhr dann, das Buch nun auf ein Knie abgelegt, mit der Lesung fort. Seine Art gefiel mir, sie wirkte auf mich irgendwie vertraut. Ob ich es derzeit hinlänglich realisierte, dass er sich mittels dieser kleinen Geste mitten unter uns mischte – die wir doch für gewöhnlich von oben herab belehrt wurden –, dass er näher rückte, dergestalt für diese Minuten einer von uns war, das möchte ich bezweifeln, das kam mir damals vermutlich nicht in den Sinn. Herr Schulz muss Probleme mit seinem Magen gehabt haben, das war nicht zu übersehen. Ein andauerndes Schlucken verriet es mir, ein Schlucken, das mit dem gewöhnlichen Schluckbedürfnis eines Menschen nichts gemeinsam hatte. Er versuchte, es so gut es ging zu verbergen, war bemüht, sein krankhaftes

Schlucken, das natürlich stets mit einer Unterbrechung seines Sprechens verbunden war, mit einer ohnehin fälligen Sprachpause zu synchronisieren. Recht blass sah er in diesen Momenten aus, blass im Gesicht und leicht auf der Stirn schwitzend. Ich empfand Mitleid mit dem Mann, dem es augenscheinlich nicht gut ging und der es trotzdem für notwendig hielt, sich für uns derart zu beherrschen. Herr Schulz unterrichtete Deutsch, Mathematik, Geschichte und Religion, und besonders im Rahmen des Religionsunterrichts erwies er sich als ein ausgezeichneter Leser und Geschichtenerzähler.

Lehrer Schulz war dann auch der einzige Lehrer aus der Schule Von-Essen-Straße, den ich später als Erwachsener gerne wiedersehen wollte. Der Wunsch ging in Erfüllung. Knapp eineinhalb Jahrzehnte nach meiner Ausschulung traf ich ihn wieder. Da mir seine Anschrift nicht bekannt war, suchte ich die Schule auf und erkundigte mich im Sekretariat nach ihm. Er war längst pensioniert. Auf meine an die Schulsekretärin gerichtete Nachfrage verwies man mich an Herrn Heike. Herr Heike war dereinst mein Turnlehrer. Ein groß gewachsener Mann mit blank polierter Glatze, der im Rahmen der von ihm zelebrierten »Leibesertüchtigung« oft wie gerne lauthals seine Anweisungen kommandierte und des Öfteren ein Nichtbefolgen mit einem mehr oder weniger kräftigen Schlag in den Nacken der Schüler belohnte. Mittlerweile war Lehrer Heike der Schuldirektor. Wie es schien, erinnerte sich Direktor Heike nicht an mich, eine Gegebenheit, an der ich auch absolut nichts ändern wollte, ja die ich innerlich mehr als nur begrüßte. Nach einem der Situation angepassten Wortwechsel gab er mir die gewünschte Telefonnummer von Herrn Schulz heraus. Lehrer Schulz hingegen erinnerte sich sofort an mich, und es interessierte ihn mein Werdegang, wie er während unseres Telefonats durchblicken ließ. Wir verabredeten uns, trafen uns dann einige Tage darauf im Hamburger Stadtpark im Landhaus Walter auf einen Kaffee. Wir sprachen über dies und über das. Er hatte viele Fragen an mich, seinen ehemaligen Schüler Alexander Zinser. Insbesondere interessierte er sich für den Stand der Dinge in Sachen »Zeugen Jehovas«, der Religionsform, die mir – ich denke, dass man das so sagen kann – gewissermaßen mit in die Wiege gelegt wurde. Auch nach all den Jahren hatte er meine damalige Überzeugung nicht vergessen, was sicherlich daran lag, dass er sich mit dem Ergebnis meiner religiösen Erziehung ja auch oft genug konfrontiert sah, und dass allein mein Großvater jenes Fundament zementierte, das hatte er ebenfalls noch in Erinnerung.

Über unsere gemeinsame Zeit in der Von-Essen-Straße sprachen wir, bis auf eine einzige Ausnahme, während unseres Treffens nicht. Auf meine vorsichtig formulierte Frage hin, ob es ihm denn damals nicht aufgefallen sei, dass so einige aus seinem Kollegium im Grunde gar nicht in der Lage waren, mit einer größeren Gruppe von Heranwachsenden fertig zu werden, geschweige denn sie zufriedenstellend zu unterrichten, sah er mich für viele Sekunden nur ernst an und unterbrach dann sein Schweigen: »Ich denke, Alexander, ich weiß genau, wovon du gerade sprichst. Einige meiner Berufskollegen waren mit ihrer Arbeit restlos überfordert, was entsprechende Ergebnisse zeitigte. Eine Tatsache, die breit gefächerte Gründe hatte, aber auch eine Realität, die keinesfalls mit dem zu vereinbaren war, was sowohl die Schülerinnen und Schüler, nebst deren Eltern – und natürlich auch die betroffenen Lehrer selber! – mit Recht erwarteten. Es war kein einfacher Weg, für beide Parteien nicht.« Zum Abschied habe ich meinem Lehrer noch einmal beteuert, wie sehr ich die Stunden geliebt habe, in denen er uns aus einem Buch vorlas, ja wie viel innere Ruhe es mir damals schenkte und was mir auch heute noch, nach all den Jahren, diese Erfahrung bedeutet. Lehrer Schulz traf ich danach niemals wieder. An seine letzten an mich gerichteten Worte muss ich manchmal denken.

Nun gut. Es ist, wie es ist. Und dennoch – sollte ich den mir in Erinnerung gebliebenen Lehrkräften der Schule Von-Essen-Straße später im Jenseits einmal begegnen, was ich weder hoffe noch in Erwägung ziehe, dann werde ich, so mein fester Vorsatz, gerne mitverantwortlich dafür Sorge tragen, dass Kellerschreck eine Partnerin (oder einen Partner) bekommt, die ihn (der ihn) sexuell befriedigt, so dass er künftig nicht mehr meint, darauf angewiesen sein zu müssen, jungen Mädchen heimlich beim Umziehen zuzusehen. Frau Zimker würde ich sorgsam langsam eines meiner längeren Buchmanuskripte diktieren, das sie selbstverständlich sowohl mit ihrer rechten als auch mit ihrer linken Hand (ganz wie sie es möchte) aufnehmen kann. Herrn Schulz werde ich nach bestem Wissen und Gewissen dabei behilflich sein, dass er künftig den innerhalb seiner Kreise auftauchenden und offenbar erkennbaren Diskrepanzen im Miteinander, seiner unabwendbaren Verantwortung entsprechend, zu begegnen versteht. Herrn Heike werde ich Händchen haltend und in meinem besten Umgangston nachhaltig versichern, dass er Schuldirektor auf Lebenszeit (Jenseits-Lebenszeit müsste es dann wohl besser heißen) bleiben darf, wenn er – ja wenn er nur niemandem mehr in den Nacken schlägt, nein, auch keinem Barmbeker Straßenjungen, und ich denke und hoffe, dass er mit diesem Entscheid dann nicht gar etwas überfordert ist. In das Fräulein Nekel aus der Schule Seilerstraße im Hamburger Stadtteil St. Pauli bin ich leider nicht mehr verliebt, das muss ich an dieser Stelle gestehen (ihr aber nicht unbedingt mitteilen), der Altersunterschied hat hier ein letztes, deutliches Wort gesprochen.

———

Meine Großeltern, die Eltern meiner Mutter, waren geschieden, die Eltern meines Vaters längst tot. Anders habe ich es nicht kennengelernt. Mein Großvater war das, was man in Hamburg Schipper nennt. Als Angestellter eines kleinen Fährbetriebes fuhr er mit seiner Barkasse auf der Elbe – zumeist innerhalb des Hamburger Hafens – und erledigte kleine wie größere Auftragsfahrten. Für mich war er der Hafenkapitän. In den ersten Jahren meiner Kindheit lebte er allein und auf sich gestellt. Hans Quandt sah man selten anders gekleidet als hanseatisch – in einem dunkelblauen Zweireiher und einer sogenannten Schippermütze auf dem Kopf, und da er vom Aussehen her stark an den deutschen Schauspieler Hans Albers erinnerte, umgab ihn das Flair einer charismatischen Erscheinung. Auch seine Lebenseinstellung zeigte sich als etwas Besonderes. Allein schon wie mein Großvater hauste, als wir, meine Eltern, meine Schwester und ich, in der Clemens-Schultz-Straße wohnten, war bemerkenswert. In der Clemens-Schultz-Straße, einige hundert Meter von unserem Etagenzimmer entfernt am anderen Ende der Straße, gab es einen verhältnismäßig großen Platz, auf dem mehrere Zigeunerfamilien in ihren Wohnwagen lebten. Für die damalige Zeit, nur wenige Jahre nach Kriegsende, war das kein seltenes Bild in Hamburg. Hans Quandt hatte sich ebenfalls auf dem Platze niedergelassen, lebte gleichermaßen in einem Wohnwagen, lebte inmitten von Menschen, denen das Leben keine andere Wahl ließ. Der Hafenkapitän Hans Quandt allerdings, der hätte anders wohnen können. Am Geld lag es jedenfalls nicht, genauso wenig wie es an Möglichkeiten mangelte, eine für sein Alter angemessene Bleibe in einem der umliegenden Häuser zu bekommen. Nein, jenes Leben, ein Dasein, das von einem Hauch Nomadenleben begleitet war, gewürzt mit einer gewissen Prise Freiheit, das lag meinem Großvater ganz offensichtlich.

Auch mir, seinem einzigen Enkelsohn, gefiel die Art und Weise, wie er sein Leben gestaltete, sehr. In seiner Nähe lag immer etwas Geheimnisvolles in der Luft, etwas, was für mich zwar nicht greifbar. dafür aber deutlich spürbar war. Besonders in der Zeit, in der ich ein Junge im Alter von vier, fünf und sechs Jahren war, habe ich es so empfunden. Seinen Wohnwagen, ganz aus dunklem Holz per Handarbeit gefertigt und mit zwei freundlichen Fenstern nebst Klappläden versehen, sehe ich im Geiste noch heute dort auf dem Platze stehen. An einer der beiden Querseiten führte eine stabile dreistufige Treppe aus dicken Holzbohlen zur Eingangstür. Jede Leiste des Wohnwagens war in regelmäßigen Abständen mittels Messingschrauben, deren Köpfe für mich wie reines Gold leuchteten, solide fixiert. Es war ganz sicher der kostbarste Wagen dort in der Platzgemeinschaft. Dort, in jener Wohnung auf Rädern, hatten wir viel miteinander erlebt. Gerne nahm ich immer wieder in dem Wagen eine Mahlzeit ein, die mein Großvater uns auf einem kleinen zweiflammigen Gasherd bereitete. Er konnte ganz ausgezeichnet Bratkartoffeln herstellen, die er stets mit einer Messerspitze Currypulver würzte. Eine Angewohnheit, die ich übernommen habe, die mir heute noch anhängt. Ich mag sowohl die leicht bräunlich-rötliche Färbung als auch den Duft, die das Gewürz den Kartoffeln verleiht. Es riecht – auch hier und jetzt! – nach Schiff, nach Meer, nach Indien und – ja, es riecht nach dem kleinen Wohnwagen meines Großvaters, der für einige Jahre mitten auf dem von Zigeunern bewohnten Platz im Hamburger Stadtteil St. Pauli stand.

Ich stand meinem Großvater nahe, außergewöhnlich nahe sogar. Er war in meiner frühsten Kindheit mein ganz großes Vorbild. Ich sollte wohl hinzufügen: Und genau betrachtet war er auch mein einziges Vorbild. Und ich habe viel von ihm lernen können. Einerseits recht praktische Dinge, wie man – um ein Beispiel zu nennen – ein Schiff (eine Barkasse) im Hafen an einem der Poller des Anlegers festmacht. Oder – ein weiteres Beispiel – wie man mit dem gebräuchlichsten Handwerkszeug (Hammer, Säge, Feile und Schraubendreher) umzugehen hat, um zumindest die allergröbsten Handwerksarbeiten selbst erledigen zu können, die in einem Haushalt üblicherweise nun mal anfallen. Für diese speziellen Unterweisungen schien ich ihm weder zu jung noch zu klein gewesen zu sein, womit er sich ein weiteres Mal als ein echter Sonderling erwies. Der Erfolg gab ihm jedoch recht. Er zeigte mir Hamburg, rund um das Gebiet des Hafens. Mit ihm an der Hand betrat ich das erste Mal die Räumlichkeiten der großen Hamburger Museen, bestieg die Turmstufen des Michels und das Plateau des Bismarck-Denkmals. Von ihm erlernte ich das Schachspiel. Er zeigte mir, wie man zwecks Reinigung fachgerecht eine Petroleumlampe zerlegt und – natürlich auch, wie man sie danach wieder ordnungsgemäß zusammenzubauen hat. Er lehrte mich die Natur zu achten, die großen wie kleinen Dinge in ihr, lehrte mich Ehrfurcht vor den Gewalten der Natur. Schnell wurde ich gut Freund mit der starken Kraft des Windes und den am Himmel erhaben vorbeiziehenden Wolken. Ich war nicht nur der Enkelsohn meines Großvaters, in gewisser Weise war ich auch sein Freund.

Er liebte mich, brauchte mich, nahm mich ernst. Andererseits hatte Hans Quandt aber noch eine weitere Wegweisung für mich parat, eine Belehrung, deren Essenz sich erst im Nachhinein, erst etliche Jahre später, ganz anders darstellen sollte, als sie sich mir in jenen Tagen, so arglos einfach und ohne den geringsten Beigeschmack eines Zweifels, präsentierte.

Mein Großvater war ein streng gläubiger Christ, wobei die Betonung nicht unbedingt auf *streng* liegen sollte. Vielleicht wird es ihm gerechter, wenn ich sage, dass er ein *überzeugter* Christ war. Er besaß eine stabile Gottgläubigkeit, die er sich allerdings uneingeschränkt allein aus der Sicht einer relativ kleinen, religiösen Gruppierung heraus gebildet hatte. Er war ein überaus überzeugter Anhänger der Zeugen Jehovas. Sein Gott hieß Jehova, und jener Gott wurde für ihn hier auf Erden allein durch die Führung einer amerikanischen Ebene vertreten, die ihren Hauptsitz in Brooklyn, New York, hatte (bis dato sogar immer noch hat!) und die der ansonsten weise Mann keinesfalls als Sekte erkannte. Diese Führung wusste genauestens, was auf unserem Erdenrund bislang geschehen war und ebenso auch, was demnächst geschehen würde – alles mittels des Segens des himmlischen Vaters und mit der Bibel in der Hand, versteht sich. Diese Überzeugung gab er an mich, seinen Enkel, weiter, in guter Absicht, das versteht sich ebenfalls. Lange bevor ich in der Schule mit dem Religionsunterricht konfrontiert wurde, erfuhr ich von den grundlegenden Ereignissen der biblischen Geschichten. Mein Großvater kannte die historischen Begebenheiten, von denen die Bibelaufzeichnungen berichten, genauestens, hatte er doch die Bücher der Heiligen Schrift, von Moses bis Offenbarung, über Jahre wiederholt gelesen, ja intensiv *studiert*, wie er es nannte. Er war aufrichtig bemüht, seine erworbenen Erkenntnisse möglichst kompromisslos an mich weiterzugeben, und da er ein wirklich guter Erzähler war, hörte ich ihm gerne und interessiert zu.

So erfuhr ich von dem Garten Eden, dem Paradies, aus dem sowohl Adam als auch seine Frau Eva jäh vertrieben wurden, erfuhr von den vielen weiteren dramatischen Geschichten, die dieser folgen. So geschah es, dass ich bereits im Vorschulalter – Hand in Hand mit meiner kindlichen Fähigkeit, Fantasiegebilden Vertrauen zu schenken und eng angelehnt an meinen Großvater – den armen Abel bedauerte, der durch die Hand seines Bruders Kain so hinterhältig hingemeuchelt wurde. Ich erbaute, zusammen mit der Hilfe meines geduldigen Unterweisers, die nützliche Arche des treuen Gottesanbeters Noah, erfuhr von den zehn Plagen, die den ungerechten ägyptischen Pharao endlich zur Einsicht führen sollten, wanderte mit den Söhnen Israels sowohl mitten durch das Rote Meer als auch anschließend endlose vierzig Jahre durch die Wüste. Wiederholt staunte ich über die ausgewogene Weisheit des Königs Salomo. Gerne hörte ich, immer und immer wieder, die so spannend wie tieftragische Geschichte von Schadrach, Meschach und Abednego, den mutigen drei Männern im Feuerofen, die – lediglich wegen ihres Bestrebens, Gott zu dienen – äußerst streng bestraft werden sollten. Ich zitterte um den treuen Daniel, den Darius, der König von Babylon, kurzerhand in eine Löwengrube werfen ließ. Die Schreiber und Propheten der Bibel wurden mir ebenso vertraut wie der Sohn Gottes, Jesus Christus, nebst seinen Jüngern und Aposteln. Geschichtliche Zusammenhänge wurden mir erklärt. Soweit es mir mein Alter mit dem Verstand eines heranwachsenden Kindes ermöglichte, erlernte ich die Fähigkeit, die ineinandergreifenden Verbindungen zwischen den Begebenheiten der Geschichte – Verknüpfungen, die von Adam und Eva an bis in unsere heutige Zeit hinein reichen – zu beurteilen. Und immer einzig und allein aus dem Blickwinkel meines Großvaters heraus und somit immer allein aus der Sicht der Zeugen Jehovas betrachtet, wohlgemerkt.

Irgendwann, es müsste so in der zweiten Hälfte der 1950er-Jahre gewesen sein, verkaufte er seinen Wohnwagen und zog in eine kleine Einzimmerwohnung mit Küche und Bad. Dem Hamburger Stadtteil St. Pauli blieb er treu, sein neues Zuhause befand sich in der Ölmühle – einer kleinen Nebenstraße jenes Stadtteils. Hans Quandt hat dann später sogar noch einmal geheiratet, blieb mit seiner Frau dort wohnen. Als mein Großvater im Jahre 1969 verstarb, hielt ich mich aus beruflichen Gründen über einen längeren Zeitraum in Berlin auf. Ich kam zu spät, konnte mich nicht mehr von ihm verabschieden. Viele Jahre später erst, ich war längst ein erwachsener Mann geworden, sollte sich in mir der Verdacht regen – bis zum unangezweifelten und uneingeschränkten Erkennen meinerseits vergingen nochmals viele Jahre! –, dass der Glaube, den er mir von Kindesbeinen an in mein Herz pflanzte und der mich auf meinem Weg durch mein Leben immer in irgendeiner Form begleitete, unterm Strich gesehen auch nur auf einem der vielen Irrtümer beruhte, die auf unserem Erdenrund durchweg vehement vertreten sind. Jenen Glauben hatte ich zwar niemals in der Weise ausgeübt, wie mein Großvater Hans Quandt es tat, weder die strengen Dogmen noch die in diesen Kreisen gelebte Tristheit der Zeugen Jehovas waren mit meiner Lebensauffassung in Einklang zu bringen. Dennoch aber saß die Pflanzung der biblischen Lehre, die aus ihr resultierenden sogenannten *Wahrheiten,* weitaus tiefer in meinem Inneren, als es meiner Seele gut tat.

Meine Großmutter, Erna Quandt, lebte seit ihrer Scheidung von meinem Großvater allein und gleichwohl in Hamburg, und beides bis zu ihrem Tod im Jahre 1976. Sie besuchte uns, meine Mutter und mich, in regelmäßigen Abständen im Reyesweg. Meistens kam sie an den Wochenenden, blieb dann über Nacht oder sogar ein paar Tage darüber hinaus. Eine schöne Zeit, eine, die ebenfalls ein gutes Stück meiner frühesten Jugend ausmachte und die mich auf lange Sicht prägen sollte. Erna Quandt, eine schlanke, kleine Frau und, bedingt durch ihre geringe Körpergröße, eine zerbrechlich wirkende Erscheinung, war vom Charakter her wohl das, was der zum Vorurteil neigende Volksmund gerne als »Randgruppenerscheinung« bezeichnet. Ich zeichne es etwas genauer: Sie passte zweifellos in die Bohème. Meine Großmutter habe ich als einen gutmütigen, unkomplizierten Menschen in Erinnerung, jedenfalls gab sie sich mir gegenüber ausnahmslos so. Von ihr lernte ich das Brettspiel »Mensch ärgere dich nicht«, was wir immer und immer wieder miteinander spielten und wobei ich mich, schon wenn es sich abzeichnete, dass ich verlor, dem mahnenden Namens des Spiels zum Trotz sündhaft ärgerte. Erna Quandt rauchte leidenschaftlich gerne filterlose Zigaretten der Marke »Juno«. In dem Zusammenhang erfuhr ich wiederholt eine zwar banale, aber voll und ganz zweckdienliche Maßnahme: Ich habe es mehrfach beobachten können, dass sie die nahezu abgebrannte Zigarette im unteren Bereich mit einer ihrer Haarnadeln durchstach! Sie tat das, weil sich der Rest – ein kurzer Stummel – nicht mehr problemlos allein mit den Fingern fassen ließ. Derart ausgerüstet, die Nadel als Griffmöglichkeit, lieferte ihr die Zigarette für einige Sekunden länger den begehrten Genuss. Mir kam die Aktion jedenfalls jedes Mal etwas lächerlich vor, und sie stieß auf mein Unverständnis. Wie auch immer, so war sie eben. Meine Großmutter hatte fast ausnahmslos ein Buch zur Hand. Sie las gerne und sie las viel. Zumeist las sie das, was man schwere Literatur nennt, Werke so in Richtung Fjodor Michailowitsch Dostojewski und Gerhart Hauptmann. »Das macht sie nur schwermütig, Alex!«, sagte ihre Tochter, meine Mutter, des Öfteren zu mir. Schwermütig war sie aus meiner Sicht heraus aber nun wirklich nicht. Oder aber wir hatten eine unterschiedliche Ausdeutung des Wortes Schwermut, meine Mutter und ich?! Nein, Erna Quandt war weder depressiv noch sonst in irgendeiner Weise niedergeschlagen, aber belesen, belesen war sie. Eine ihrer weiteren Gepflogenheiten, die mir auffiel, war die Hinneigung zum gefilterten Kaffee. Sie bereitete das Gebräu außergewöhnlich stark zu und trank es dann auch pechschwarz. Es ergab sich in diesen Tagen, dass ich, ihr Enkel, jenen ungewöhnlichen Hang zum

Kaffee von ihr übernahm. Zwar nicht von einem Tag auf den anderen, aber so peu à peu wurde ich zum echten Kaffeetrinker, was für einen Jungen, der noch keine zehn Jahre alt war, durchaus als ungewöhnlich zu bezeichnen ist. Meine beiden Großeltern gleichzeitig zusammen – das erlebte ich nie, das konnte es nicht geben! Das lag nicht etwa in einer verworrenen Aneinanderreihung von irgendwelchen Zufällen begründet, war nicht deshalb unmöglich, weil es sich, aus welchem Grunde auch immer, einfach nicht ergab, was übrigens auch alles andere als normal gewesen wäre, nein, sie mieden sich beide konsequent! Meines Erachtens nach ging dieses Distanzieren eher von meiner Großmutter – von Erna Quandt – aus als von meinem Großvater Hans Quandt, aber ganz sicher bin ich mir da nicht. Für mich, der doch beide Menschen vorbehaltlos liebte, war dieses rätselhafte Benehmen eine traurige Angelegenheit, an die ich mich nicht gewöhnen konnte. Was den Rest der Familie betraf, der hatte sich scheinbar an jenen Zustand hinlänglich gewöhnt. Hin und wieder geschah es, dass das Thema »Erna und Hans« thematisiert wurde, zumeist im Rahmen irgendwelcher Gespräche, die sich zwischen meinen Eltern ergaben, beispielsweise wenn mein Vater mal wieder für einige Wochen Urlaub vom Meer machte. Dann saß ich oft bei ihnen, hörte ihnen zu, fing den einen oder anderen diesbezüglichen Gesprächsfetzen auf. Gleichwohl ich den Gesprächen nichts entnehmen konnte, was mir jenes Meiden hätte aufklären oder zumindest etwas beleuchten können. Es blieb für mich ein Rätsel! Diese Tür blieb für mich fest verschlossen, lag in jenen Jahren im völligen Dunkel. Manchmal mischte ich mich in die Gespräche ein, hakte nach, stellte Fragen. Das natürlich aus meinem vollkommenen Unwissen heraus und stets von der Einfalt meiner kindlichen Naivität begleitet. Meine Eltern wichen meinen Fragen aus, bogen ab und wechselten das Thema, wenn der vorher lockere Erfahrungsaustausch scheinbar eine Richtung einzuschlagen drohte, der an dieser Stelle – für mich! – für etwas mehr Licht hätte sorgen können. In dieser Angelegenheit waren meine Eltern mir damals zwar keine nennenswerte Hilfe, die Antworten auf meine Fragen blieben aus, dieses ganz bewusste Hüten und Pflegen eines gewissen Geheimnisses nun aber vor mir zu verbergen, das war ihnen allerdings nicht lange möglich.

Meine Frage, ob meine Großmutter Erna Quandt es letztlich war, die ein Zusammentreffen mit ihrem geschiedenen Mann Hans Quandt so konsequent vermied – und wenn ja, wieso sie es tat –, diese Frage sollte für mich unbeantwortet bleiben und bis zum heutigen Tag allein in der Sackgasse der Spekulationen, der Vermutungen münden.

Drittes Kapitel

Gewesenes

Aus der Vergangenheit in die Gegenwart versetzt
und in der Sprache eines Erwachsenen
in mehr oder weniger weiten Sprüngen erzählt.

1959

»Mach doch bitte die Tür auf!« Ich halte kurz den Atem an, horche, ob sich
drinnen jetzt vielleicht irgendetwas tut ... Nein. Totenstille. Nichts rührt sich.
Alles ruhig. Ich konnte es ja nicht erahnen, dass es wieder einmal so weit sein
würde. Hätte ich es geahnt, dann wäre ich heute Morgen selbstverständlich
nicht in die Schule gegangen, ohne vorher meinen Wohnungsschlüssel einzu-
stecken. Er hat etwas Entwürdigendes für mich, der Versuch, durch den Schlitz
der Briefklappe hindurch eine sprachliche Verbindung mit meiner Mutter auf-
zunehmen. Beschämt und ratlos zu gleichen Teilen knie ich auf der Fußmatte,
halte im unteren Bereich der Wohnungstür mit der rechten Hand das dünne
Aluminiumblech hochgeklappt und sehe in den kleinen viereckigen Flur hinein.
Die beiden Türen zum Schlaf- und Wohnzimmer sind geschlossen. Sie liegen
der Wohnungstüre gegenüber, und so kann ich das durch den Briefschlitz hindurch gut erkennen. Die Türen zur Küche und zu meinem Zimmer, die jeweils
links und rechts von mir in einem toten Winkel und somit außerhalb meines
Blickfeldes liegen, die sind, wie ich vermute, ebenfalls geschlossen. Ansonsten
wäre es im Flur deutlich heller. Bis auf die zum Badezimmer sind alle Türen
der Wohnung mit einer geriffelten Glasscheibe ausgestattet, aber die am Tage
allein durch die Scheiben in den Flur hinein dringende Helligkeit, die ist in der
Regel nicht nennenswert. Momentan gelangt kaum Licht in den Flur hinein,
was meine Vermutung nährt. Die Lampe, die mittig von der Decke hängt, sie
liegt für mich ebenfalls außerhalb meines Sichtfeldes, ist ganz offensichtlich
ausgeschaltet. Ich blicke auf die Tür des Schlafzimmers, an deren Scheibe die
Dunkelheit förmlich zu kleben scheint. »Inmitten dieser bedrückenden Dunkelheit liegt sie in ihrem Bett und wartet auf Besserung!« Das möchte mir
die Logik diktieren. »Hinter dieser Tür liegt sie seit Langem reglos am Boden,
weil sie gestorben ist!« Das diktiert mir meine Fantasie.

»Öffne mir die Wohnungstür«, wieder halte ich kurz den Atem an und lausche in die Stille. »Bitte!« Meine aus gutem Grunde möglichst gedämpft gesprochenen Aufforderungen scheint der blank geschliffene Terrazzo-Boden des Treppenhauses dennoch unsinnig zu verstärken. Ich werde das Gefühl nicht los, dass meine Appelle von der vierten Etage hinab und stracks durch das gesamte Treppenhaus hallen. Drinnen keine Regung. Weiterhin alles still. Sie muss zuhause sein, meine Mutter, das spüre ich. Sind es vielleicht die sogenannten Kreislaufstörungen, die ihr seit Jahren so gut wie regelmäßig ziemlich zu schaffen machen, oder sind es gar die vielen Tabletten? Oder – oder hat sie etwa wieder Alkohol getrunken? »Du musst etwas besser auf deine Mutter aufpassen«, so ermahnte mich vor Kurzem der sie behandelnde Arzt Doktor Weser. »Sie muss unbedingt von den vielen Tabletten wegkommen!« Ich gebe es vorerst auf, lasse die Klappe des Briefschlitzes zurück in ihre Ausgangsposition federn, stelle meine Schulmappe an die Seite und mache mich auf den Weg hinunter in Richtung Erdgeschoss. Langsam, soweit es die Situation zulässt auch lautlos schreite ich die Stufen hinunter, springe nicht, wie ansonsten üblich, wenn es hinaus zu den Freunden geht – jede dritte, vierte oder fünfte Stufe dabei als Zwischenstation nehmend – die Treppen hinunter. Nein, nach dem, was sich soeben abspielte, was eventuell der eine oder andere der Mitbewohner hinter seiner Wohnungstüre lauschend mitbekommen hat, will ich mich nun zwar tunlichst von hier entfernen, dabei aber möglichst wenig – besser noch gar kein – Aufsehen erregen. Ob es mir gelingt, das kann ich noch nicht sagen. Wenn ich erst einmal draußen auf der Straße angekommen bin, dann ist es mir auch ziemlich schnell wieder egal.

Was kann ich jetzt tun? Aus dem Haus raus, links den Reyesweg hinunter und dann ganz bis zum Ende gegangen, steht gleich links um die Ecke, im Pfenningsbusch, eine Telefonzelle. Von dort aus könnte ich Barbara, meine Schwester, anrufen. Ich könnte mir aber auch mein Fahrrad aus dem Keller schnappen, das ich dort mal wieder ganz gegen die Hausordnung abgestellt habe, und gleich zu ihr nach Winterhude fahren. Den letzten Gedanken verwerfe ich. Die schwere Kellertür ist sicherlich abgeschlossen, und an den Kellerschlüssel, der bei uns am Schlüsselbrett im Flur hängt, komme ich zurzeit ja nicht ran. Die zwei für ein Telefonat erforderlichen Groschen hingegen, die habe ich in der Tasche, eine Tatsache, die ich sofort als eine willkommene Entscheidungshilfe betrachte. »Gut«, sage ich mir, »die Telefonzelle an der Ecke, die soll es dann wohl sein.«

»Und, was machen wir jetzt?«, ich sehe es direkt vor mir, wie meine Schwester den Telefonhörer nervös in der Hand wiegt und sich bemüht, besonders ernst dreinzuschauen, was sie immer macht, wenn sie aufgeregt ist, »Da kommt ihr Junge aus der Schule und kann nicht in die Wohnung hinein! Ich fasse es nicht! Soll Ulrich kommen?« Bevor mein Schwager Ulrich von Winterhude nach Barmbek gefahren ist, ist mindestens eine Dreiviertelstunde vergangen, und einen Schlüssel zur Wohnung haben die beiden letztlich auch nicht. »Lass nur, Barbara, ich wollte nur fragen, ob du vielleicht weißt, was da los ist. Ich gehe sofort zurück und versuche es weiter.« – »Du rufst mich aber sofort noch einmal an, wenn was passiert ist! Ja? Das musst du mir versprechen!« Eine großartige Hilfe kann mir meine Schwester im Augenblick auch nicht sein, das erkennen wir beide. Nach einem weiteren kurzen Wortwechsel beenden wir das Gespräch. Ich hänge den schwarzen Hörer an den Haken, der aus der linken Seite des Automaten aus einem Schlitz ragt. Mit einem deutlichen Klicken wird mir die Beendigung zeitgleich bestätigt. Es ist mir zu warm hier in der Zelle, und wie immer riecht es hier auch unangenehm. Ein Gemisch aus kaltem Zigarettenrauch und erwärmter Farbe! Die meisten Seiten des aufgeklappten Telefonbuchs, das vor mir auf der weiß angestrichenen Konsole liegt, haben Eselsohren von unterschiedlichen Größen. Der Aschenbecher unterhalb der Konsole ist randvoll mit ausgedrückten Zigarettenkippen, die zudem noch mit grauen Ascheflöckchen übersät sind. Die Ränder der rechten oberen Telefonbuchseite sind rundum wahllos mit Notizen – meist handelt es sich um Zahlen – versehen, die dort sowohl mit Bleistift als auch mit Kugelschreibertinte eingetragen wurden. Die Unordnung hier ist kaum erträglich. Mit einem dumpfen Geräusch fällt der Eisenrahmen der Telefonzellentür hinter mir wieder in seine Ausgangsposition zurück. Ich mache mich auf den Heimweg, atme tief die klare Luft des Tages in mich hinein.

Im zweiten Anlauf habe ich auf Anhieb mehr Erfolg. Gleich nach dem ersten Betätigen des Klingelknopfes höre ich Schritte hinter der Wohnungstür, die sich nur wenige Sekunden darauf langsam öffnet. Der Flur bekommt jetzt Licht aus dem Treppenhaus. An meiner Mutter vorbei und durch die geöffnete Tür des Schlafzimmers blicke ich auf die rechte Seite des Doppelbetts, die sie für sich beansprucht. Ich blicke auf das zerwühlte Bettzeug. Die Bettdecke hängt seitlich am Boden herunter, berührt einen der drei schmalen Umrandungsteppiche, die zweimal im rechten Winkel das gesamte Bett umsäumen. Die Vorhänge vor der Balkontür sind zugezogen. Der Raum liegt immer noch im Dunkel. Ich schnappe mir meine Schulmappe, gehe mit drei Schritten seitlich an meiner Mutter vorbei in den Flur und lasse die Tür hinter mir ins Schloss fallen. »Gott sei Dank!«, denke ich mir, »die Hürde ist genommen. Das wäre jedenfalls schon mal geschafft!« Ich erinnere mich an die überaus peinliche Konstellation, als unsere Nachbarin – Familie Dau wohnt auf selbiger Etage uns gegenüber – einmal während einer ähnlichen Situation plötzlich in ihrem Türrahmen steht und mir mit der zwar freundlich, aber etwas verblüfft klingenden Frage: »Ist alles in Ordnung, Alexander?« ihre Hilfe anbot. Nachdem sie dann wohl alles gesehen hatte, was sie zu ihrem Bedauern nicht durch das runde Guckloch ihres Türspions erkunden konnte, verschwand sie dann schelmisch lächelnd, aber ohne ein weiteres Wort zu verlieren, wieder in ihrer Wohnung. Heute ist das anders. Meine Mutter blickt mich mit einem entschuldigenden Lächeln verlegen an, während sie bemüht ist, ihr Haar zu ordnen. So im Morgenmantel sieht sie immer etwas bemitleidenswert aus. Ein Anblick, der vermutlich zu ihrer momentanen Verfassung passt. Wie automatisch begeben wir uns beide in die Küche, setzten uns an den Tisch, der direkt an der Wand zum Badezimmer steht, und sprechen miteinander. Was das Miteinandersprechen betrifft, darin sind wir geübt, oder – besser gesagt – sind wir sogar Experten. Wir sprechen viel miteinander und eigentlich auch über alles. Das hat sich im Verlaufe der Jahre so ergeben. Ja, und heute, hier und jetzt, sprechen wir eben auch.

—

»Ich habe auch ohne deine Nietenhose wirklich mehr als genug Wäsche zu waschen! Das nächste Mal ist sie aber ganz sicher mit dabei ...« Meine Mutter richtet sich langsam auf, während sie sich mit dem Rücken ihrer rechten Hand über die Stirn wischt, und sieht mich für Sekunden an. Die Badewanne ist bis zur Hälfte mit dampfender Lauge gefüllt, in der, teilweise ganz vom Schaum bedeckt, diverse Hemden und andere Bekleidungsstücke schwimmen. »Heute ist die Buntwäsche dran!«, hatte sie gesagt. Am vorderen, abgerundeten Rand der Wanne ragt eine Wäscheruffel aus dem Wasser, auf der ein großes, eckiges Stück Kernseife lagert. »Dieser schwere Stoff lässt sich nur sehr schwer reinigen, und *so* schmutzig kann deine Hose doch noch nicht sein.« Was soeben wie eine klare Feststellung formuliert wurde, ist – zumindest unterschwellig – eher eine Frage an mich, eine Frage, die eigentlich an meine Vernunft appellieren soll. »Na ja, *sauber* ist allerdings etwas anderes«, ich blicke auf die zusammengelegte Jeans, die ich in meinen Händen halte und somit auf die eine oder andere dunkle Stelle im Bereich der Knie, die da ganz sicher nicht hingehören, »und sie riecht auch schon etwas muffig ...« – »Zeig mal her, das muss ich mir erst einmal genauer ansehen.« Nach zwei Schritten steht meine Mutter an dem schmalen Fenster des Badezimmers und öffnet es weit. »Aber zuerst muss unbedingt etwas frische Luft herein. Dieser feuchte Dunst ist unerträglich für mich!« Recht hat sie. In dem gesamten Raum herrscht ein dicker, nach Reinigungsmittel riechender Nebel, der einem das Atmen nicht leicht macht. »So, und an welcher Stelle nun ist diese Hose deiner Meinung nach so dreckig, dass sie unbedingt noch heute von mir gewaschen werden muss?« Wir sehen uns an. Ich blicke auf ihre nassen Hände, die sich mir auffordernd entgegenstrecken, blicke zeitgleich auf die gelben Gummihandschuhe, die aus ihrer Schürzentasche ragen. »Wieso ziehst du die Dinger denn nicht an?«, ich zeige auf die Handschuhe. »Die sollen deine empfindliche Haut doch vor dem aggressiven Scheuern schützen, wie du selber immer betonst!« Meine Frage wird zwar nicht beantwortet, dafür allerdings meine Jeans umgehend einer gründlichen Sicht- und Geruchskontrolle unterzogen.

Es ist wirklich alles andere als leicht, was meine Mutter dort in dem eng geschnittenen, länglich gezogenen Badezimmer in regelmäßigen Abständen so alles zelebriert, wenn es mal wieder um das Waschen der Wäsche geht. Das ist mir natürlich klar, ich habe es ja oft genug beobachten können, was das für sie bedeutet: Zuerst den kupfernen Badeofen anheizen, der am Kopfende der Badewanne senkrecht bis fast an die Decke ragt, mit Kohle natürlich, mit der man im Sommer, beispielsweise, nun auch nicht unbedingt etwas zu tun haben will, dann relativ lange warten, bis das Wasser endlich heiß genug ist, dann die Wanne möglichst volllaufen lassen, und nicht zuletzt das stundenlange, mühevolle Reiben der zu reinigenden Hemden, Hosen und Strümpfe auf dem Waschbrett. Ganz zu schweigen vom mehrfachen Ausspülen und Wringen der Wäsche. Und das lästige Aufhängen der Stücke, die dann – wenn es innerhalb der Wohnung geschehen soll – überall äußerst störend in der Gegend herum baumeln. Schön ist das nicht gerade, aber eben notwendig. In der Regel hängt sie das Meiste gleich vor Ort im Badezimmer auf, an den vier blauen Nylon-Leinen, die mein Vater ihr oberhalb der Wanne und quer von Wand zu Wand durch den Raum gespannt hat. Der Rest hängt dann entweder am auseinander geklappten Wäscheständer, der immer dort aufgestellt wird, wo er zurzeit am wenigsten stört, oder sogar in der Küche, an der Wand über dem Elektroherd, an der Wäschespinne, deren einzelne Plastikarme zwecks dazu waagerecht herausgeklappt und arretiert werden können. Das Letztere dient meiner Meinung nach am Allerwenigsten der Dekoration – bedenkt man, dass die klammfeuchten Sachen dort stundenlang senkrecht über den Töpfen und Herdplatten hängen!

»Die kannst du aber nun wirklich noch ein paar Tage anziehen, Alex, die zwei kleinen Flecken kann ich dir problemlos auch ohne Wäsche entfernen.« Wortlos schaue ich zu, wie zwei flinke Hände mittels einer zuvor angefeuchteten Handtuchspitze an den Hosenbeinen meiner Jeans herumrubbeln. »So, lass die Stellen einen Augenblick lang trocknen, dann sind die Flecken verschwunden! Ich kann diese schweren Dinger wirklich nicht ununterbrochen mit der Hand waschen. Aber wie gesagt, das nächste Mal sind sie wieder dran. So machen wir das – ja?« Bevor ich antworten kann, halte ich die Hose wieder in meinen Händen. »So, vorerst ist genug gelüftet!« Sie geht zum Fenster und schließt es wieder. »Ich muss jetzt aber sehen, dass ich mit meiner Arbeit allmählich weiterkomme.« Sie mag keine Jeans, daraus macht sie kein Geheimnis, und nicht nur wegen des aufwendigen Waschens. »Muss der Junge nun unbedingt auch noch mit so einer neumodischen amerikanischen Nietenhose herumlaufen«, hatte sie im halb verärgerten und halb verunsicherten Ton gesagt, als mein Vater mir auf mein Drängen hin eine *Lee* gekauft hatte, »die werden hierzulande doch hauptsächlich von diesen sogenannten Halbstarken getragen, die momentan überall wie Pilze aus dem Erdboden schießen und die es immer wieder allein auf Krach und Randale abgesehen haben.« Mein Vater sieht das ganz anders, in dieser Beziehung ist er irgendwie – ja, irgendwie weltoffener. »Da übertreibst du aber«, hatte er ihr mit dem leichten Unterton der Belehrung prompt geantwortet. »In Amerika tragen Jung und Alt solche Baumwollhosen, immer schon, sie sind unverwüstlich und von daher sehr, sehr praktisch. Man muss sie ja nicht immer tragen, die Sonntagshose soll sie ja nicht ersetzen.« Wie auch immer, so richtig wird sich meine Mutter wohl kaum an diese Mode gewöhnen können, jedenfalls nicht so schnell. Jeder meiner Freunde läuft inzwischen mit einer »Lee« herum, ausnahmslos jeder. Die Kämpfe, die zur Durchsetzung des Tragen-Dürfens vorausgingen, die sind erahnbar, da unterscheiden sich die Einstellungen der Eltern kaum von der Einstellung meiner Mutter, so habe ich es jedenfalls verstanden, was mir von jenen Seiten aus berichtet wurde.

Ich drehe mich um und gehe über den Flur in Richtung meines Zimmers. Aus den Augenwinkeln heraus kann ich noch soeben wahrnehmen, dass sich meine Mutter wieder tief über die Badewanne beugt. Auch durch die geschlossene Tür meines Zimmers ist es noch hörbar, das hohl-blechern klingende Schnarren, das entsteht, wenn ein nasses Stück Tuch mit rhythmischen Bewegungen über das geriffelte Blech einer Wäscheruffel gerieben wird. Ich hänge meine Jeans über die Lehne meines Stuhles, so, dass die gereinigten Stellen nach außen weisen, dass sie Luft bekommen und möglichst schnell trocknen können. Ich gehe zum Fenster, stütze mich mit meinen Handflächen am Fensterbrett ab, beuge mich vor und sehe hinaus, blicke über die Dächer der vor mir liegenden Häuser hinweg in die Unendlichkeit. Mein Vater und ich, wir kauften das umstrittene Objekt vor einigen Monaten in dem Berufsbekleidungsgeschäft in der Dehnhaide, dort liegen die Nietenhosen im Schaufenster aus. Die alte, ganz in Schwarz gekleidete Dame, der der Laden gehört und die dort als einzige Person verkauft und die Kunden berät, die hatte nach dem Kauf, als Abschluss sozusagen, nachdem sie mir die zusammengelegte Hose nebst Kassenbon in einer großen Plastiktüte ausgehändigt hatte, meinem Vater noch eine Zigarette und mir einen Himbeerbonbon angeboten. »Bitte, mein Herr! Mögen Sie vielleicht eine dieser Zigaretten nehmen?«, hatte sie freundlich lächelnd gesagt, als sie meinem Vater ein geöffnetes Holzkästchen und mir eine runde, ebenfalls geöffnete Blechdose entgegen hielt. »Und der junge Mann«, sie sah mich gleichermaßen freundlich lächelnd an, »mag wohl eine jener roten Süßigkeiten?«

Kein Zweifel, meine Mutter ist zurzeit mit Großreinemachen beschäftigt. Der Staubsauger ist schon im Treppenhaus ab der dritten Etage deutlich zu hören. Das hatte ich mir allerdings anders vorgestellt, oder besser gesagt – bis vor nur wenigen Sekunden hatte ich die Hoffnung, dass sie mit ihrer Arbeit durch ist, wenn ich aus der Schule komme. Samstags ist es für mich so eine Art Ritual, gleich nach der Schule die Schulmappe in die äußerste Ecke meines Zimmers zu stellen und dann unverzüglich im Wohnzimmer das Fernsehgerät einzuschalten. Vom Ablauf passt das eigentlich ganz gut zusammen: Samstags habe ich nur zwei Stunden Unterricht und somit kann ich bereits vormittags über meine Zeit verfügen, beziehungsweise konkret das freie Wochenende einläuten. Um diese Zeit wird dann zumeist für eine knappe halbe Stunde die eine oder andere Folge irgendeiner jener unterhaltsamen amerikanischen Fernsehserien gezeigt, und wenn ich mich nach Schulschluss auf dem Heimweg etwas beeile, ja dann sitze ich rechtzeitig genug im Sessel, um diese sich bietende Möglichkeit der Entspannung in vollen Zügen genießen zu können. All das kann aber natürlich nur dann klappen, wenn Anneliese Zinser rechtzeitig mit dem Reinmachen des Wohnzimmers fertig wird – damit steht und fällt alles! –, und das Zimmer nimmt sie sich gewöhnlich als Letztes vor. Ich kann es mir so richtig vorstellen, wie es in unserem Wohnzimmer jetzt aussieht: Der große Wohnzimmerschrank ist ein Stück weit von der Wand gerückt – was jedes Mal mit einem enormen Kraftaufwand verbunden ist, dessen Bewältigung man meiner Mutter kaum zutraut –, so weit, dass man dahinter soeben noch den Staub absaugen kann. Des Weiteren stehen sämtliche im Raum befindlichen beweglichen Gegenstände – wie Standbilderrahmen, Vasen, Decken und Deckchen, Buchstützen nebst Büchern, Schalen usw. – möglichst auf dem Wohnzimmertisch positioniert, damit die dadurch frei gewordenen Flächen dann ausgiebig entstaubt und feucht abgewischt oder gar poliert werden können. Selbstverständlich haben sich stattdessen überall so Utensilien wie Wischeimer, Feudel, Handfeger, Kehrschaufel und Staubtücher breitgemacht, und irgendwo steht ganz sicher auch das Fläschchen mit der etwas penetrant riechenden Möbelpolitur.

Jetzt, wo ich in der vierten Etage angekommen bin und direkt vor der Wohnungstür stehe, empfinde ich das Dröhnen des Staubsaugers fast als eine widerwärtige Bedrohung. Wenn man bedenkt, was zu diesem Zeitpunkt im Grunde mein Vorhaben ist, kann ich mich von der monoton röhrenden Maschine doch auch nur bedroht fühlen. Ich lange an meinem Schlüsselbund nach dem Wohnungsschlüssel, stecke ihn ins Schloss, halte – wieso auch immer ich das tue – kurz inne, schließe die Tür auf und betrete den Flur. Ganz wie ich es befürchtet hatte: Der alles übertönende Lärm kommt ausgerechnet aus dem Wohnzimmer! Das war's dann wohl. »Goodbye, du ›Guter Start ins Wochenende‹, dann werde ich es eben am nächsten Samstag noch einmal mit dir versuchen!« Aber ich bin trotzdem ziemlich sauer, das möchte ich hier klargestellt wissen! Der Stecker des Staubsaugers steckt in der Steckdose im Flur, die sich mittig an der schmalen Wand, zwischen Wohn- und Schlafzimmertür, anbietet. Von dort schlängelt sich sein schwarzes Kabel wie eine dürre Schlange durch die geöffnete Tür ins Wohnzimmer hinein. Ich lasse die Wohnungstüre hinter mir zurück ins Schloss schnappen, stelle meine Schulmappe vor der Garderobe auf den Boden und folge der Kabelschlange bis in das Zimmer hinein, dem sich meine Mutter gerade mit so viel Kraft und Energie widmet. Ganz wie ich es erwartet habe: Der große, schwere Schrank steht rund zwanzig Zentimeter schräg von der Wand abgerückt, die gesamte Dekorations-Armee lagert auf dem Tisch, und unmittelbar vor mir steht ein halb mit Schmutzwasser gefüllter Eimer, über dessen Kante ein nasser Feudel hängt. Die besagte Politur grüßt mich stolz und erhaben von der ganz offenbar bereits polierten Oberfläche des Radios herunter – und ja, unverkennbar entsendet sie von dort ihren ureigenen Duft, der sich augenblicklich mit der frischen Luft zu vereinen scheint, die von draußen durch die geöffnete Klappe des Oberlichtfensters in den Raum hineindringt.

»Hallo – haalloo!« Um gegen den lärmenden Motor eine echte Chance zu haben, spreche ich mit einer der Situation angemessen Lautstärke. »Halloo, keinen Schrecken kriegen – ich bin wieder da!« – »Mensch, Alex!«, wie elektrisiert richtet sich meine Mutter ruckartig auf und dreht sich zeitgleich zu mir um. »Jetzt hast du mir aber einen echten Schrecken eingejagt!« Mit geübtem Handgriff zieht meine Mutter kurz an dem langen, verchromten Rohr, an dessen äußerem Ende die Teppichdüse steckt, was bewirkt, dass der Staubsauger unverzüglich über seine beiden Kufen in Richtung ihrer Person gleitet und unmittelbar vor ihren Füßen zum Stehen kommt. Sie bückt sich und schaltet ihn ab, was schlagartig für eine willkommene Ruhe sorgt. »Wieso bist du denn schon wieder zurück? Ist es denn schon so spät?« Beide blicken wir zur Uhr auf dem Wohnzimmerschrank. »Oh, ja! Mein Gott, wie die Zeit vergeht, wenn man in seine Arbeit vertieft ist. Habt ihr übers Wochenende Hausaufgaben aufbekommen? Lass mich hier noch schnell die Sache zu Ende bringen, ja? Ich beeile mich, will mich dann auch etwas ausruhen, bin auch so gut wie durch mit der gesamten Wohnung.« Ohne meine Antwort abzuwarten, bückt sich meine Mutter erneut und schaltet den Motor wieder ein. Mit einem leichten, aber entschlossenen Fußtritt, gerichtet gegen eine der beiden Kufen, stößt sie den Sauger zurück in Richtung Wohnzimmermitte – was ihr offenbar die von ihr gewünschte Bewegungsfreiheit gewährleisten soll? – und lässt dann erneut die Düse über den Teppich gleiten. Ich sehe mir das Geschehen noch für die Unendlichkeit einiger Sekunden an, fliehe über den Flur, wo ich mir meine Schulmappe schnappe, und begebe mich in mein Reich.

Einen Drachen hatten wir gebaut, mein Großvater und ich, einen Drachen, der allerdings anfangs nicht flog. Genauer gesagt hatten nicht *wir* den Drachen gebaut, sondern *er* – mein Großvater – baute ihn. In die Luft steigen wollte er zuerst trotzdem nicht. Ich erinnere mich noch genau daran: Um nichts in der Welt war er dazu zu bewegen, sich auch nur fünf Meter weit vom Erdboden in Richtung Wolken zu entfernen, zumindest nicht gleich nach seiner Fertigstellung im Rahmen der Erprobung. Woran es letztendlich lag, dass er anfangs nicht flog, das hatten wir nicht herausbekommen, mein Großvater und ich.

Eigentlich hatte unser Machwerk alles, was ein richtiger Drachen haben sollte, da fehlte nichts. Jedenfalls war das die Meinung meines Großvaters, der ich mich ohne jede Einschränkung anschloss. Sechseckig war er, der Drachen, was mich allerdings schon damals etwas nachdenklich machte. Einen sechseckigen Drachen hatte ich vorher noch nie zu Gesicht bekommen, und ich kann auch nicht sagen, wieso Hans Quandt nun ausgerechnet bei unserem Wolkenstürmer von der bekannten und allseits bewährten Form so gänzlich abwich und eine solche ausgefallene Form wählte. Nun ja, das Ergebnis der ersten Flugversuche hat dann ja auch meinen Zweifel bestätigt: Der Drachen blieb in dieser Phase stets in Bodennähe, so als wolle er sich partout nicht von uns trennen. Dabei erweckte er nach seiner Fertigstellung keineswegs den Eindruck, als könne er uns jemals eine derartige Enttäuschung antun. So meine Erinnerung. Mein Großvater war ziemlich enttäuscht, ja sogar sichtlich verärgert, als er zu der Überzeugung gelangte, dass es wohl immer nur bei dem Versuch bleiben würde, den Drachen an einer langen Schnur in die Lüfte steigen zu lassen, das konnte er nicht vor mir verbergen.

Ich mag wohl so um die fünf oder sechs Jahre alt gewesen sein, als wir auf dem Heiligengeistfeld unermüdlich hin und her liefen, mein Großvater und ich, und uns alle Mühe gaben, den sechseckigen Drachen in die Luft steigen zu lassen, und wie gesagt – anfangs vergeblich. Groß war er nicht gerade, unser Drachen, eher etwas klein sogar, was mir ebenfalls nicht gefiel. Mir schwebte damals ein großer, viereckiger Drachen vor, gefertigt aus einem hell leuchtenden, transparenten Papier, als es hieß: »Was meinst du, Alex, wollen wir zusammen einen Drachen bauen?« Ich dachte da an einen Drachen, der einen langen Schwanz aus lauter bunten Papierstückchen hinter sich herzog, und ja, er sollte möglichst zwei freundliche Kulleraugen und einen lachenden Mund haben. Unser Drachen hingegen erfüllte keinen dieser Wünsche, nicht einen einzigen. Er war ziemlich klein, hatte exakt doppelt so viele Ecken wie von mir gewünscht, seine Bespannung war nicht leuchtend rot und transparent, sondern aus einem tristen, graublauen Packpapier, und ein Gesicht hatte er ebenfalls nicht, ganz zu schweigen von einem freundlich grinsenden. Natürlich war ich trotzdem glücklich, als er endlich fertig war, ungeachtet der Tatsache, dass ich bereits während seiner Entstehung so nach und nach bemerken musste, wie mein Großvater alles außer Acht ließ, was mir meine Vorstellung von einem *richtigen* Drachen diktierte. Als würde er sehr wohl gewusst haben, dass sein Enkel nicht zufrieden war, hatte mein Großvater ja auch immer wieder aufs Neue betont, dass *seine* Konstruktion der einzig richtigen Bauweise entsprach. »Es ist gar nicht gut, wenn ein Drachen so groß ist, Alex«, hatte er mir mehrfach erklärt, »das macht ihn letztlich nur unstabil und somit verletzlich!«

Der allein nach seinen Vorstellungen gefertigte sechseckige kleine Drachen, der mag ja tatsächlich stabiler gewesen sein als seine viereckigen, großen Artgenossen, aber fliegen, fliegen wollte er trotzdem nicht. Jedenfalls nicht anfangs. Ich sehe es noch genau vor mir, wie mein Großvater mich sein Machwerk halten ließ, auf der Stelle stehend und stets mit einer Hand genau dort, wo sich die schmalen, dünnen Holzleisten kreuzten, und er sich langsam rückwärtsgehend – dabei beständig die Schnur von einem Stück Rundholz abwickelnd – so weit von mir entfernte, bis ich ihn kaum noch sehen konnte. »Loslassen, Alex! Lass los!«, rief er dann plötzlich laut, nachdem er eine kurze Zeit stehen blieb, zu mir hinübersah und die Schnur dabei möglichst straff zog. Ich ließ los, womit mein Teil der Zusammenarbeit erledigt war. Er hingegen drehte sich schlagartig um und rannte – nun das Rundholz mit der aufgewickelten restlichen Schnur hoch über seinen Kopf haltend – so schnell er konnte in der zuvor von ihm eingeschlagenen Richtung weiter. In der Hoffnung, dass der Drachen durch sein Rennen Aufwind bekam und nichts anderes tat, als stracks in die Lüfte zu steigen – was aber nicht passierte! – hielt Hans Quandt seine Geschwindigkeit noch für einige Sekunden konstant durch, verlangsamte dann deutlich seinen Lauf, um dann irgendwann vollends zum Stehen zu kommen. Genau so hatten wir beide es zwar mehrfach geduldig wiederholt, aber alles Festhalten, Rückwärtsgehen, Zurufen und Davonrennen half nichts – unser Drachen stieg nicht höher als drei oder vier Meter, drehte sich dabei mehrfach wild um seine eigene Achse, um im Endeffekt dann, stets nach nur wenigen Sekunden »Flugzeit«, jählings zu Boden zu stürzen. Zwischen den einzelnen Versuchen musste selbstverständlich immer und immer wieder die schlaff im Staub des Heiligengeistfeldes liegende Schnur zurück auf das Rundholz gewickelt werden – akkurat! –, eine Pflicht, die recht anstrengend war und uns, einhergehend mit jedem weiteren Versuch, zunehmend lästiger wurde.

Da wir uns in der Regel so ziemlich in der Mitte des riesigen Platzes abmühten, hatte ich immer einen der beiden gewaltigen Bunker aus dem Zweiten Weltkrieg im Blickfeld, jene gigantischen Betonbauten, die mir bereits damals äußerst unheimlich vorkamen und die auf mich bis heute ununterbrochen bedrohlich wirken. Mein Großvater hat mir zwar einiges von diesen Bunkern erzählt – die ihn auf irgendeine Weise immer noch zu interessieren scheinen? –, Begebenheiten, die längst der Vergangenheit angehören, allerdings habe ich kaum noch in Erinnerung, was genau es nun mit diesen widerlichen Bauwerken auf sich hatte. »Jetzt wird er jedenfalls für Rundfunk und Fernsehen genutzt!«, meine ich ihn einmal sagen gehört zu haben, als er von dem einen der beiden Ungetüme sprach, »und in dem anderen hat sich inzwischen die eine oder andere Firma ihre Büroräume eingerichtet«. Trotzdem, was mich betrifft, so halte ich meine gewachsene Abneigung aufrecht, sie ist gerechtfertigt. Nein, sie passten schon damals nicht zueinander – wie ich jetzt nach all den Jahren denke –, der kleine sechseckige Drachen, der anfangs nicht fliegen wollte, das riesige Heiligengeistfeld und die beiden am Rande des Platzes befindlichen, grauen Bunker-Burgen. Vielleicht lag es aber auch nur daran, dass sich unsere empfindliche Bastelei aus Holzleisten, Packpapier, Paketband und Klebstoff so schwer damit tat, die von uns erwarteten Flugrunden zu leisten, wer weiß, möglich ist es immerhin.

»Ich glaube, es liegt an seinem Schwanz!« So urteilte mein Großvater zwischendurch mit dem Brustton der Überzeugung. »Ja, Alex, der Schwanz ist vermutlich etwas zu lang geraten und von daher zu schwer für den Drachen!« Mehrfach hatte mein Großvater daraufhin die Länge des Drachenschwanzes verändert. Und nicht allein das, auch wählte er während der unzähligen Startversuche die unterschiedlichsten Abstände zwischen mir – der den Drachen vor dem Körper und oberhalb der Brust in die Höhe zu halten hatte – und ihm, der einhergehend mit seinem laut gerufenen Kommando: »Loslassen, Alex!« sofort mit dem Laufen begann. Aber ob es nun nach allem tatsächlich an der Verkürzung des Schwanzes lag oder nicht, das kann ich nicht einschätzen. Irgendwann war es dann endlich so weit – zu unserem Erstaunen stieg der Drachen! Ja, ich kann zwar nicht mehr genau sagen, wann, wie und weshalb es uns an diesem Tag gelang, aber für uns gänzlich unvorbereitet, wie aus heiterem Himmel sozusagen, verließ unser kleiner Drachen den Bereich Erde und stieg kurz entschlossen hoch in die Lüfte. Ein erhabener Moment! Abwechselnd sah ich mal zu dem immer höher steigenden Drachen auf und mal hinüber zu meinem Großvater, der sich alle Mühe gab, mittels gezieltem Anziehen und Nachgeben des Wolkenstürmers die Drachenschnur stets möglichst straf zu halten. Auch aus der Entfernung konnte ich es meinem Großvater ansehen, wie stolz er nun war. Ich lief zu ihm hin und beobachtete sehr genau, wie er es erreichte, dass die Schnur sich immer senkrechter stellte, was offenbar schwerer war, als es aussah. Mit zusammengekniffenen Augenlidern gegen das Sonnenlicht blinzelnd folgte ich dem kleinen Sechseck, das – als hätte es jetzt selber eine unbändige Freude an der Freiheit des unbegrenzten

Raumes – immer höher und höher in Richtung Unendlichkeit zog und von unserem Standort aus immer schwerer mit bloßen Augen zu erkennen war. Mit Vergnügen beobachteten wir, wie der mehrfach geänderte Schwanz des Drachen, der nunmehr perfekt zu passen schien, flatternd und schlängelnd dem Flug seines sechseckigen Herren folgte, wobei er in einer galanten Leichtigkeit immer aufs Neue ein »S« in den Himmel schrieb.

Und ja, jeder einzelne der kleinen zusammengefalteten Papierfetzen, die, in regelmäßigen Abständen an eine kurze Schnur geknotet, an sich den Drachenschwanz erst ausmachten, erinnerte mich an die elegante »Fliege« aus feiner Seide, die der Holländer Ludwig van Geldern – ein entfernter Bekannter meiner Eltern? – zu seinem ebenso eleganten hellblauen Hemd trug, als er meiner Mutter und mir einmal in der Clemens-Schulz-Straße einen kurzen Besuch abstattete.

———

Im Grunde ist es längst nicht so schlimm, wie es seitens meiner Mutter immer dargestellt wird: »Alex, das ist nun wirklich das Letzte, was sich deine ehrenwerten Kumpane da ausgedacht haben«, sagt sie, »das Allerletzte!« Gut, etwas gewöhnungsbedürftig ist er natürlich, der Gedanke, dass man sich alte Zigarettenkippen in den Mund steckt – ausgebrannte Zigaretten, die zuvor jemand völlig Fremder im Mund hatte –, das muss ich schon zugeben. Dessen ungeachtet aber kann ich nicht erkennen, weshalb es nun so ganz und gar unmöglich sein soll. »Igittigitt, was für ein Schweinkram«, so meine besorgte und sichtlich angewiderte Mutter. »Wer weiß denn, welche gefährlichen Krankheiten der eine oder andere dieser Männer hat, die diese Tabakreste auf die Straße werfen?« – »Man muss aber doch auch nicht immer gleich das Allerschlimmste denken«, so meine diesbezügliche Überlegung. »Ansonsten macht man sich nur unnötig verrückt!« Ein vernünftiger, vertretbarer Standpunkt, wie ich meine, einer, den übrigens auch meine Freunde mit mir teilen. Wenn die Gute wüsste, dass nicht allein meine Freunde – »Kumpane«, wie sie sie etwas abfällig nennt – sonder tatsächlich auch ihr eigener Sohn die weggeworfenen Kippen von der Straße aufsammelt und jene Reste dann irgendwann zu Ende raucht. Ahnen wird sie es vielleicht. Doch ja, sie muss es vermuten, ansonsten würde sie mich wohl kaum so eindringlich davor warnen. Jedenfalls bietet das Aufsammeln der weggeworfenen Zigarettenkippen eine gute Gelegenheit, hier und dort ein paar Züge kostenlos zu qualmen. Ich kann zwar nicht mehr genau sagen, wer von uns die Idee zuerst hatte, ob Jan,

Michael, Dicki oder ich selber – Heinz und Klaus sind ohnehin für derartige Unternehmungen nicht zu haben –, was ja auch völlig uninteressant ist, aber die beharrlichsten Sammler sind zweifellos mein Freund Jan und ich. Davon kann man ausgehen!

Um Zigarettenreste zu sammeln, schlendern wir manchmal gemeinsam durch die Straßen, Jan und ich, und dabei immer den Blick fest vor uns auf den Boden gerichtet, um ja keinen der ersehnten, noch rauchbaren Stummel zu übersehen. Für uns kommen nur Filterzigaretten-Reste infrage. Das Papier von filterlosen Zigarettenkippen ist zumeist von den Vorbesitzern zu sehr angesabbert und obendrein vom Ausdrücken so stark verformt, dass sie tatsächlich besser als *Schweinkram* zu bezeichnen sind. Klar, am liebsten sind uns logischerweise die Restexemplare, die besonders lang sind, die – aus welchen Gründen auch immer – noch längst nicht bis dicht an den Filter heran geraucht wurden. Letztere findet man besonders häufig vor irgendwelchen Einkaufsläden, die nicht mit einer Zigarette in der Hand betreten werden dürfen. So manch ein eiliger Raucher wirft dann seine dreiviertel – oder auch nur bis zur Hälfte! – angerauchte Zigarette zu Boden, tritt kurz drauf, um die Glut zu löschen, und geht dann in das Geschäft hinein. Derartige Fundstücke werden selbstverständlich sehr gerne in Empfang genommen, ungeachtet der Tatsache, dass sie vom Austreten manchmal eher flach denn rund sind, was ja mehr als verständlich ist. Jan sammelt seine von der Straße aufgehobenen Kippen in eine alte, flache Zigaretten-Blechschachtel mit der Aufschrift »Simon Arzt« hinein, die er irgendwann und irgendwie einmal von seinem Vater abstauben konnte. Meine stecke ich gewöhnlich in eine leere Lux-Zigarettenschachtel, dort sind sie zwar nicht so vornehm, aber ebenso sicher aufgehoben. Doch, verstehen kann ich es, wenn meine Mutter ihre Bedenken anmeldet, so ganz wohl ist mir bei der Sache auch nicht. Wenn ich so darüber nachdenke ... Andererseits hilft es ja alles nichts – auf diese Weise kommen wir Jungens jedenfalls jederzeit zielsicher an Tabak heran, der uns nicht einmal einen einzigen Pfennig kostet.

Im Grunde ist es ein schöner und zugleich abenteuerlicher Gedanke, dass man das, was man benötigt oder eben nur einfach gerne hätte, frei auf den Gehwegen der Straße finden kann. Ich kann mich noch daran erinnern, allerdings nur verschwommen – ich war vielleicht so um die drei oder vier Jahre alt? –, dass meine Großmutter mit mir sogar einmal Kaffeebohnen direkt von der Straße aufgesammelt hat. Ja, richtige, echte Kaffeebohnen! Es geschah im Freihafen – oder zumindest im Gebiet des Hafens? –, als wir jene unreifen, noch grünen Bohnen in einen kleinen, roten Plastikeimer hineinsammelten, den ich ansonsten mit in die Sandkiste des Spielplatzes in der Paulinenstraße nahm. Die von uns mit Mühe aufgelesenen Bohnen waren offenbar während ihres Transports vom Schiff in eine der Lagerhallen aus den zentnerschweren Säcken gerieselt, die vom Aus-, Ein- und Umladen an den Nähten gerne mal ein Stück weit aufplatzen, ein Umstand, mit dem während dieser Tätigkeit immer gerechnet werden muss. Den halben Eimer voll konnten wir tatsächlich gewinnen, so sagt es mir jedenfalls meine Erinnerung. Die grünen Kaffeebohnen hat meine Großmutter dann noch eigenhändig rösten müssen. Etwas umständlich geschah das, auf einer Herdplatte in der Küche, in der Clemens-Schulz-Straße. Es roch – oder besser gesagt, es duftete – in diesen Minuten der Röstung in der gesamten Wohnung natürlich ganz besonders nach Kaffee, ein süßlich-warmer Duft, der mir heute noch in der Nase liegt. »Und der Kaffee ist ganz ausgezeichnet, Anneliese«, so hatte meine Großmutter über das Endergebnis unserer gemeinsamen Bemühungen geurteilt, als sie die zwei ersten Aufgüsse dann letztlich in die Tassen gefiltert hatte, »mehr kann man von einem Kaffee nun wirklich nicht erwarten!« Diesen Kaffee brauchte sie dann auch nicht künstlich mit dem Pulver von »Pfeiffer & Diller« nachzuschwärzen beziehungsweise zu strecken, wie sie es später oft und gerne bei jeder sich bietenden Gelegenheit betonte: »Das war seit langer, langer Zeit endlich mal wieder ein Kaffee so richtig nach meinem Geschmack und eben nicht so ein erbärmlicher Muckefuck!« – »Heutzutage ist der Kaffee längst nicht mehr so rar und wertvoll wie in jenen Zeiten und von daher zum Glück auch vergleichsweise bezahlbar!« – immer wieder führt es meine Mutter schwärmerisch an. »Heute kann Gott sei Dank sogar der *kleine* Mann den Kaffee 250-Gramm-weise einkaufen. Das war längst nicht immer so, Alex, das kannst du mir glauben!«

———

»Du kannst es getrost in den Mülleimer werfen, für den Haushalt werde ich es jedenfalls ganz bestimmt nicht mehr benutzen!« Bereits bevor ich ihr das Glas anbot, war es mir sonnenklar, dass meine Mutter ganz genau so reagieren würde, wie sie reagierte. Allein mein Ordnungssinn hat mich dazu überredet, es ihr zumindest kurz anzubieten. »War ja nur 'ne Frage. Gut ausgewaschen habe ich es allerdings, daran sollte es nicht liegen.« Ich halte das Glas in Kopfhöhe gegen das Licht und suche es ein letztes Mal nach etwaigen Gebrauchsspuren ab. Die Schnecken, die es noch bis vor wenigen Minuten beherbergte, habe ich bereits durch die Toilette gespült, tot natürlich, sie waren alle gestorben, lagen reglos am Boden des Glases. »Kein einziger Fleck mehr zu sehen – das Glas ist wie neu!« Gurken waren in dem Glas – Gewürzgurken von *Kühne*, bevor ich es als Behausung für die Tiere nutzte. Unwillkürlich muss ich jetzt an das ganze Theater denken, das ich mit meinem Wunsch anzettelte, ein eigenes Haustier besitzen zu dürfen. Einen kleinen Hund wollte ich oder eine Katze vielleicht, oder zumindest ein Kaninchen oder Meerschweinchen, so meine Vorstellung. Eigentlich hätte es mir von vornherein klar sein müssen, dass ich mit einem derartigen Verlangen gegen eine Mauer rennen würde, und trotzdem ... »Wir können keine Haustiere halten, Alex, weder einen Hund noch eine Katze, noch ein Kaninchen oder Meerschweinchen!«, so meine obergenervte Mutter, wenn wieder einmal die Sprache darauf kam. »Mal ganz abgesehen von der Tatsache, Alex, dass unsere Hausordnung die Haltung von Hunden und Katzen auf der Etage unmissverständlich verbietet, ist es auch völlig gegen meine eigene Überzeugung, einen Hund auf engstem Raum in einer Wohnung zu halten«, so mein Vater, und »man stelle sich das bitte nur mal kurz vor: einen Hund, der, um gesund zu bleiben, tagtäglich sehr viel Auslauf benötigt, in einer Wohnung in der vierten Etage!«

All mein Drängen nutzte nichts, nein, nicht das Geringste. Weder brachte mich mein mehrmaliger Hinweis weiter, dass Kurdamms – von der dritten Etage rechts im Haus – doch auch einen Hund halten, einen kleinen Schnauzer oder so ähnlich, der dann und wann im Treppenhaus erscheint, bevor er von einem der beiden Herrschaften an der Leine »Gassi geführt« wird, noch der Hinweis darauf, dass gleich nebenan im Haus die Eltern meines Freundes Klaus Bürger sogar einen großen Hund – die Schäferhündin Kora – in ihrer Wohnung halten, in einer Wohnung, die auch nicht größer ist als unsere. »Der Hund von Herrn und Frau Kurdamm ist uralt, der benötigt nicht mehr so viel Freiraum.« So die Erklärung meiner Eltern. »Den haben die schon eine Ewigkeit. Die können sich jetzt natürlich nicht mehr von dem Tier trennen, das kann niemand von denen verlangen. Aber wenn der mal stirbt, Alex, dann war's das auch. Die werden sich dann ganz sicher keinen Hund mehr anschaffen! Ja, und die Bürgers nebenan ...« Was die etwaige Anschaffung von Kaninchen oder Meerschweinchen betraf, Haustiere, mit denen ich mich in Anbetracht der Lage letztlich durchaus zufriedengegeben hätte, so bekam ich im Grunde ähnliche Argumente zu hören. Selbstverständlich wurde es auch wiederholt und leicht triumphierend von meinen Eltern ins Feld geführt, dass wir doch ebenfalls ein Haustier besitzen. Ja, »Hansi«, den Zeisig, den mein

Vater irgendwann einmal vor Jahren aus Mosambik mitgebracht hatte und den wir seitdem in der Küche, oben und genau mittig auf dem Küchenschrank, in einem von Heinrich Zinser eigenst in Handarbeit gebautem Vogelbauer halten. (Übrigens finde ich es irgendwie komisch, dass man meinen in Bayern wohnenden Cousin, Hans Joachim Mittermayer, ausgerechnet ebenfalls »Hansi« nennt!) So ging das eine ganze Weile hin und her. Erfolglos, was mein Ansinnen betraf! Mein anfangs noch unnachgiebiges Drängen, das ebbte mit der Zeit ab, bis es irgendwann völlig zum Erliegen kam.

»Nun wirf es endlich weg, Alex, wir können es ganz bestimmt nicht mehr benutzen, das Glas ist eklig!« Sichtlich angewidert verzieht meine Mutter ihren Mund, verleiht ihrem Wunsch Nachdruck, das Glas endgültig verschwinden zu lassen. Die Schnecken – zehn genau, in verschiedenen Größen – hatte ich vor einigen Wochen auf Anraten meiner Mutter, die mir mit ihrem Vorschlag einen Gefallen erweisen wollte – als Trost sozusagen –, für ein paar Groschen gekauft. »Solche Schnecken leben auch, machen so gut wie keine Arbeit, und du hast immerhin ein paar eigene Tiere, die du in Ruhe beobachten und mit denen du dich beschäftigen kannst!« Schnecken – ausgerechnet Schnecken! Mir kam der Gedanke gleich mehr als nur absonderlich vor: Schnecken! Letztlich habe ich sie dann aber doch gekauft. Kurz vor dem Rondeel Kino, genau auf derselben Seite in dem kleinen Zooladen, der Kaninchen, Meerschweinchen und andere Kleintiere so wie deren Futterbedarf verkauft. Dort stehen auch zwei Aquarien im Fenster, eckige Glaskästen, in denen kleine, flache Fische schwimmen, einige von denen so farbenfroh bunt, dass man auf die Idee kommen könnte, sie seien liebevoll von Künstlerhand gefärbt. In diesen randvoll mit Wasser gefüllten Aquarien gibt es außer jenen flachen, bunten Fischen auch so etwas wie eine Landschaftsebene, gestaltet aus verschieden großen Steinen am Boden, zwischen denen sich tiefgrüne Wasserpflanzen senkrecht in die Höhe schlängeln. Und die besagten Schnecken eben, die man dort – aus welchem Grunde auch immer? – zusätzlich aussetzt. Sechs, sieben oder gar mehr Wasserschnecken lassen sich jederzeit erblicken. Schnecken, die samt ihrem muschelförmigen Gehäuse irgendwo lautlos wie langsam an einer der vier senkrechten Glasscheiben entlangschleichen, nicht ohne dabei eine hauchdünne Schleimspur zu hinterlassen. Transparente, wässerige Schlieren, die dem aufmerksamen Beobachter nicht verborgen bleiben, nein, das kann selbst der Schmutzfilm nicht verhindern, der außen wie innen an der für gewöhnlich ungeputzten Schaufensterscheibe klebt und sich dergestalt alle Mühe gibt, dass das Hindurchsehen-Können etwas erschwert wird.

Für einige Wochen fühlten sie sich augenscheinlich ganz wohl, die lautlosen Wasserschnecken in ihrem runden Gurkenglas-Aquarium von Kühne, jedenfalls hatte ich diesen Eindruck gewonnen. Ganz wie zuvor in ihrer eckigen Bleibe im Schaufenster des Zooladens schlierten jene Tierchen nun in ihrem runden Zuhause die Glasgrenzen in allen ihnen möglichen Richtungen entlang. Einige Exemplare der länglichen Wasserpflanzen hatte mir die Verkäuferin im Laden für mein Aquarium mitgegeben, tiefgrüne Blätter, die ich als die einzige Dekoration auf den Boden des Glases legte. »Die benötigen nicht viel«, hatte die alte Dame mir beruhigend versichert, als sie mir zusätzlich ein kleines röhrenförmiges Döschen aus Pappe auf den Tresen stellte. »Wechsle hin und wieder das alte Grünzeug gegen frisches aus und füttere die Schnecken einmal die Woche mit einer geringen Menge dieses Trockenfutters.« Sie zeigte auf das Pappröhrchen. »Ein gestrichener Teelöffel voll sollte reichen. Du wirst schnell selber merken, was du wann zu tun hast!« Doch, eine gewisse Zeit lang ging es meinen Gästen gut, denen ich auf der Fensterbank meines Zimmers einen festen Platz zugewiesen hatte. Wurde das Wasser trübe, dann wechselte ich es vorsichtig aus, und mehrfach ließ ich mir frische Schlingpflanzen von der Verkäuferin des Zooladens geben. Gefressen hatten meine Schnecken wirklich nicht viel, das Futter schien für Monate zu reichen. Zugegeben, meine Begeisterung hielt sich in Grenzen. Das Beobachten der Schnecken hat mich nicht lange in seinen Bann gezogen, was ich, im Nachhinein betrachtet, auch mehr als nur verständlich finde. Und so nach und nach drängte sich mir immer deutlicher die Frage in den Vordergrund, ob es wirklich der richtige Schritt gewesen war, sich diese stummen und stinklangweiligen *Haustiere* anzuschaffen. Aber – einige Dinge erledigen sich völlig von allein, und auch ohne dass sie dabei großartig Unannehmlichkeiten bereiten. Das traf dann auch auf meine heimische Wasserschneckenzucht zu: Die Schleich-Schlier-Aktivitäten ließen von Tag zu Tag merklich nach – irgendwann hielten sich die Tierchen nur noch im unmittelbaren Bereich des Glasbodens auf – und innerhalb kürzester Zeit lagen sie insgesamt reglos auf dem kreisrunden Boden des Gurkenglases. Tot! Meine Schnecken waren alle gestorben! Milchig glitschig ragten ihre leblosen Körper ein kleines Stück weit aus ihren Schneckenhäusern heraus, und das getrübte Wasser vermittelte dem Betrachter des Ganzen einmal mehr einen überaus tristen Anblick.

»Vielleicht bringst du den Mülleimer besser gleich hinunter in den Keller und entleerst ihn dort in einem der Ascheimer, Alex, er ist ohnehin so gut wie voll!?« In einer Hand das Kartoffelschälmesser und in der anderen eine halb geschälte Kartoffel, blickt meine Mutter in den Bereich unterhalb des Spülbeckens, weist mit einem Kopfnicken auf den weißen Emaille-Eimer, aus dem der Hals des Gurkenglases seit einigen Sekunden zwischen Rand und schräg aufgelegtem Deckel einige Zentimeter weit herausragt. »Ansonsten schneiden wir uns womöglich noch mit dem Glas in die Hand, wenn wir weitere Abfälle obendrauf packen. Wir können dann auch bald essen.« Das Messer in ihrer Hand trennt jetzt die restliche Schale von der Kartoffel. Nunmehr, mit dem Eimer an der Hand und auf der Schwelle der geöffneten Wohnungstür stehend, kann ich noch deutlich das Plumpsgeräusch vernehmen, das die nunmehr sauber geschälte Kartoffel verursacht, die soeben – zu einigen ihresgleichen – in den halb mit Wasser gefüllten Kochtopf fällt, der auf der Wachstuchdecke des Küchentisches steht.

Von hier oben aus gesehen, am Fenster meines Zimmers in der vierten Etage stehend, zeigt sich der Reyesweg momentan recht friedlich. Momentan? Eigentlich ist die Straße immer friedlich. Es fällt mir im Moment nur einmal mehr auf, kommt mir in diesem Augenblick einmal mehr in den Sinn … Er hat aufgehört, der Nieselregen. Die restliche Feuchte, die auf der balligen Oberfläche des Kopfsteinpflasters langsam, dennoch aber ganz offensichtlich von der Sonne weggetrocknet wird, blinkt immer mal wieder bläulich-grau zu mir empor. »Dieses kleine Schauspiel liefern mir die vorbeiziehenden Wolken«, höre ich mich denken, »die sich, wie riesige Wattebäusche, etappenweise immer mal wieder geschickt zwischen Sonne und Erde mogeln.« Direkt unter mir und parallel zum Kantstein parkt ein olivgrüner Mercedes. Der Benz ist zur Stunde das einzige Auto auf der Straße. Die sich aufbauende Wärme ist bemüht, auch sein Dach geduldig zu trocknen. Zunehmend zieht sich die seichte Wasserpfütze mittig auf dem grünen Blech zusammen. Man muss schon bereit dazu sein, für einige lange Minuten jene Erscheinungen zu beobachten. Um diese kleinen Veränderungen wahrzunehmen, reicht allein ein flüchtiges Hinschauen bei Weitem nicht aus. Die Gabe, das zu können, inne zu halten, konzentriert hinzusehen, abzuwarten und zu beobachten, die habe ich von meinem Großvater gelernt, der mich mehrfach auf die allerkleinsten Dinge in der Natur hingewiesen hat, die das Leben uns Erdenbürgern bietet. Obwohl ich im Grunde sicherlich alles andere als ein geduldiger Mensch bin, habe ich das von ihm übernommen. Was mein Großvater bei seinem Enkel als eine gewisse Reife ansieht – ich weiß, dass er so denkt! –, das hält meine

Mutter manchmal für etwas bedenklich. »Der Junge sieht eben genau hin! Er blickt immer öfter über den Tellerrand hinaus und nimmt zunehmend das Wesentliche wahr, erkennt, was vielen Menschen leider für immer verborgen bleibt!« So mein Großvater und ohne jeden Zweifel mit etwas Stolz. »Das andauernde Vor-sich-hin-Starren, so, als würde er sich gedanklich ganz weit weg vom eigentlichen Geschehen befinden, das ist nicht normal, jedenfalls nicht für einen Jungen seines Alters!« So meine besorgte Mutter.

Mitunter ist sie besorgt, meine Mutter, besorgt wegen meiner Angewohnheit, gerne mal für eine längere Zeitspanne einfach nur vor mich hin in die Luft zu starren. Gelegentlich macht sie sich darüber Sorgen – gelegentlich, manchmal! –, längst nicht immer. Normalerweise sieht sie mich freundlich lächelnd an, wenn sie ihren Sohn wieder einmal dabei ertappt, dass er hoch konzentriert dasitzt und einfach nur »Löcher in die Luft« starrt. »Na, Alex, grübelst du wieder?« »Grübeln« nennt sie diese meine Angewohnheit, und wenn sie mich darauf anspricht, dann ist es gewöhnlich in einem Tonfall, der ebenfalls einen gewissen Stolz offenbart, ja es schwingt sogar stets so etwas wie Bewunderung mit. Eine Wertschätzung eben für die scheinbar angeborene Fähigkeit ihres Sohnes, über bestimmte Dinge intensiver nachdenken zu können, als es die Mehrheit der ihr bekannten Menschen für gewöhnlich kann. Ich kann zu all dem nichts Genaues sagen. Ich weiß nicht, ob es nach den allgemeingültigen Verhaltensregeln der Familie, Nachbarn und Lehrer letztendlich gut oder schlecht für mich ist, was ich mir da zur Gewohnheit gemacht habe. Ich bin außerstande zu beurteilen, ob ich es mit meinem Tick über- oder untertreibe. Ich spüre allerdings sehr deutlich, dass ich unmittelbar vor diesem Nachsinnen – dem Grübeln, um bei der Wortwahl meiner Mutter zu bleiben – vorerst einem inneren Bedürfnis nachgeben muss, einer Sehnsucht, wenn man so will, und sich daraus dann, mit nur wenigen Ausnahmen, etwas Beruhigendes, ja Erlösendes für mich entwickelt. Ich möchte meine Grübel-Macke jedenfalls nicht missen, begegne ihr mit weitaus mehr Vertrauen als mit Misstrauen, werde sie von daher pflegen und behüten, egal wie es wer und wann be- oder verurteilt. So meine ureigene Entscheidung.

Die Leute, die da unten auf der Straße gehen, die scheinen sich lautlos zu bewegen. Eine Täuschung, die einerseits an der relativ großen Distanz liegt, aus der ich sie wahrnehme, und andererseits an dem geschlossenen Fenster, das sich zwischen mir und dem Reyesweg behauptet. Ich öffne das Oberlicht, habe somit eine Brücke zwischen dem Drinnen und dem Draußen. Jetzt kann ich zwar einen frischen Luftzug atmen, die Menschen dort unten aber immer noch nicht hören. Es sind ja auch nicht viele Menschen unterwegs. Dort drüben beispielsweise, auf der gegenüberliegenden Straßenseite, da geht lautlos eine ältere Dame, die sich am Arm eines ebenfalls lautlos gehenden Herren eingehakt hat. Der Mann ist auch ziemlich alt. Ein Ehepaar? Es sieht ganz danach aus. »Wieso eigentlich«, frage ich mich, »wieso sieht es ganz danach aus?« Ich kann mir die Frage auch nicht beantworten. Wenn zwei ältere Menschen – ein Mann und eine Frau – miteinander eingehakt lautlos die Straße entlanggehen, dann ist es eben ein altes, lautloses Ehepaar. So einfach ist das – Punkt! So wie ich es sehe, schlendern die beiden hier nur entlang. Sie kommen irgendwoher und gehen irgendwohin. Einkaufen wollen sie vermutlich nicht hier im Reyesweg. Jedenfalls haben sie weder eine Einkaufstasche noch ein Einkaufsnetz dabei und eine Milchkanne ebenfalls nicht. Sie gehören nicht hierher, wohnen nicht in dieser Straße, ansonsten würde ich sie schon einmal gesehen haben. Oder sind sie mir vorher nur nicht aufgefallen? Das glaube ich zwar nicht, kann es aber trotzdem nicht völlig ausschließen. Jetzt sind sie genau auf der Höhe von Hoppes Gemüseladen, schreiten langsam an der Eingangstür vorbei. Die alte Frau, die rechts von ihrem Mann geht, blickt während des Vorbeigehens kurz hoch und zur Seite, wirft einen Blick in das Schaufenster von Hoppe. Jetzt sind sie vorbei, gehen lautlos weiter, blicken wieder stumm vor sich hin auf den Gehweg.

Das Haus mir schräg gegenüber, auf dessen fensterlose, hellrot geklinkerte Giebelwand ich jetzt blicke, ein Wohnblock ähnlich dem, in dem wir wohnen, nur dreistöckig und wesentlich neuer, erstreckt sich exakt quer zum Reyesweg und endet mit seiner anderen Giebelwandseite zum Alten Teichweg hin. Ein schmaler Fußweg, von dem aus die jeweiligen Eingänge zu erreichen sind, verbindet diese beiden parallel laufenden Straßen miteinander. Zwar liegt es schon eine geraume Zeit zurück – wie viele Jahre genau es sind, das müsste ich nachrechnen –, aber ich kann mich noch sehr genau an die Zeit erinnern, in der das Haus erbaut wurde. Reesing hieß der Mann mit Nachnamen – sein Vorname war mir nie bekannt, und ob er noch lebt, das kann ich nicht sagen –, von dessen Geld der Bau finanziert wurde. So erzählte man es sich jedenfalls auf der Straße, und so erzählte es mir auch mein Vater. »Herr Reesing hat einen gehörigen Zuschuss von unserem Vater Staat bekommen, damit er diesen Wohnblock überhaupt erbauen kann«, so die Erklärung meines Vaters. »Allerdings muss er nun über viele Jahre hinweg die Wohnungen für einen relativ niedrigen Mietpreis vermieten, da es jetzt Sozialbauwohnungen sind!« Weshalb ich mich an diese Bauphase noch so gut erinnere, das liegt nicht allein daran, dass es für uns Jungen sowieso eine höchst unterhaltsame und somit willkommene Abwechslung bedeutete, all die vielen Baumaßnahmen beobachten und genau verfolgen zu können, nein, das hat noch einen weiteren und weitaus triftigeren Grund, zumindest für mich: Herr Reesing hatte ein Pferd namens Bobby, einen gutmütigen braunen alten Gaul, der durchgehend, vom ersten Spatenstich bis zum Einzug der ersten Mieter, mit dabei war! Als Herr Reesing mit dem Bauen begann, beziehungsweise als die von ihm beauftragten Arbeiter anfingen, auf dem freien Bauplatzgelände – eine wild bewachsene Wiese, auf der wir Kinder gerne spielten – mit einem Bagger das Fundament für die Kellergrube auszuheben, war es tatsächlich eine seiner allerersten Maßnahmen, ganz hinten rechts auf dem Grundstück, dort, wo später der Platz für die Teppichklopfstange eingerichtet wurde, einen Stall für Bobby zu bauen. Nichts Besonderes, nichts Großes, nein, ein per Bretter zusammengenagelter Holzverschlag, in dem Bobby ausreichend Platz fand, um darin die Nacht sowie die besonders kalten Regentage zu verbringen. Wo Herr Reesing wohnte, wo er herkam und in welcher Weise er Bobby vorher untergebracht hatte, das habe ich nie erfahren, das hat mich auch nicht interessiert. Ja, Herr Reesing hatte ein Pferd – und gemeinschaftlich mit diesem Pferd begann dieser Mann sein Vorhaben in die Tat umzusetzen! Das war was! Und das wurde nicht allein von Alexander Zinser bewundert, wie sich denken lässt, sondern von so einigen Jungen und Mädchen aus dem Reyesweg.

Woran es letztlich lag, das kann ich nicht mehr sagen, es kann von mir nur noch vermutet werden, aber irgendwie sollte es ausgerechnet mir gelingen, zu Herrn Reesing ein besonderes Verhältnis aufzubauen. Ich war es, der mehrfach auf Bobby ritt, und immer in Begleitung von Herrn Reesing, der den gutmütigen Gaul sicherheitshalber durchgehend am Zaumzeug festhielt. Vom Bauplatz ausgehend ging es dann hoch zu Ross rechts den Reyesweg entlang, an der Ecke wieder rechts herum in den Damerowsweg, am Ende der Straße abermals rechts herum in den Alten Teichweg, an der nächsten Ecke rechts herum in den Pinelsweg und letztlich an der kommenden Ecke – abermals rechts herum – wieder in den Reyesweg und zurück zum Bauplatz. Jedes Mal ging es also, durchgehend und sehr weit ausholend, mit Bobby, Herrn Reesing und mir um den gesamten uns gegenüberliegenden Häuserkomplex herum, ja, einschließlich der riesigen Fläche der Behelfsheimsiedlung mit ihren vielen kleinen Flachdachbaracken. Das war ohne jeden Zweifel etwas ganz Besonderes. Der gute Herr Reesing konnte aber noch mit einer zweiten Überraschung aufwarten, mit einer, die mich beinahe ebenso wie die erste überraschte: Herr

Reesing besaß auch einen Hund, einen großen, behäbig einherschreitenden Schäferhund, der augenscheinlich ebenso alt und gutmütig war wie Bobby. Das allein war aber nicht das Besondere. Für jenen Hund, dessen Name mir nicht mehr einfallen will, hatte Herr Reesing auf dem Baugelände ebenfalls eine feste Bleibe eingerichtet, und auch an einer Stelle, die bis zuletzt vom eigentlichen Baugeschehen verschont bleiben sollte. Von der Straße aus gesehen, mehr im vorderen Bereich des Geländes, also nicht allzu weit vom Gehweg entfernt, der ein Stück parallel zum Bauplatz verlief, stand eine Hundehütte für das Tier bereit. Die Hundehütte – wie man sie kennt, eine größere Holzkiste mit einem an den Längsseiten etwas überstehendem Dach, auf das Teerpappe genagelt ist, und einem ovalen Einstieg vorne – wurde aber nur über die Arbeitstage als solche benutzt. Nach Feierabend und an den Wochenenden nahm Herr Reesing den Hund mit zu sich nach Haue. Auch das ist kaum etwas Erwähnenswertes, nichts Besonderes. Nein, das eindeutig Außergewöhnliche an dieser Hundehütte war die Tatsache, dass sie immer dann, wenn sie leer stand, wenn sie über einen längeren Zeitraum nicht benutzt wurde, mir zur freien Verfügung stand – mir! –, was in der Konsequenz bedeutete, dass ich sie tatsächlich auch nutzte. Ja, über Tage und Wochen hat mir in jener Zeit kaum etwas mehr Geborgenheit vermittelt als die wunderbare Möglichkeit, in stillen Stunden, besonders an den Wochenenden, jene Hundehütte *selber* als heimlichen Unterschlupf benutzen zu können! Letzteres lag zweifellos vornehmlich daran, dass mir mein Großvater bereits die spannenden Abenteuer von Tom Sawyer und Huckleberry Finn vorgelesen hatte. Ich richtete mich ebenso konsequent und fernab allen Geschehens ein, wie es in diesen abenteuerlichen Vagabunden-Geschichten von Mark Twain die beiden Lausbuben und Straßenjungen taten – und mit demselben Motiv! –, auch ich wollte so wenig wie möglich von den üblichen Banalitäten des Alltags belästigt werden. So lag ich dann des Öfteren für so manche Stunde – der Länge nach und auf dem Bauch, weil es mir sitzend ziemlich schnell zu eng wurde – in meiner Holzkiste und lauschte dem Regen, der mit dicken Tropfen gerne mal auf das Dach klopfte, rauchte dabei genüsslich die eine oder andere Pfeife und sann dabei ausgiebig über das Leben nach. Mit einem Ende an einem Brett befestigt, schlängelte sich vor der Hütte eine rostige Kette – mit der der Hund manchmal von seinem Herrchen gesichert wurde – der Länge nach im Grase. Von der Tatsache, dass die Hundehütte in dieser Weise eine zusätzliche Aufgabe erfüllte, wusste Reesing nichts.

Reesings Pferd Bobby und die Hütte seines Schäferhundes – Erfahrungen, die ich dank seiner Bautätigkeit, vor allem aber dank seiner Freundlichkeit machen durfte, Erlebnisse, die ich nicht missen möchte und die mir mein Leben lang wohl in Erinnerung bleiben werden. Nun hat all das längst ein Ende erfahren. Nichts deutet mehr auf die wild bewachsene Wiese hin, auf der wir einst spielten, und der dreistöckige, rot geklinkerte Wohnblock erweckt den Eindruck, als würde er bereits eine halbe Ewigkeit dort stehen. Dahinten rechts, der Platz mit der Teppichklopfstange – einige Quadratmeter Gehwegplatten inmitten einer grünen Rasenfläche –, auch an dieser Stelle erinnert rein nichts mehr an den grob zusammengenagelten Stall, in dem Bobby die Nächte verbrachte. Auch kann es sich, wie ich stark vermute, wohl niemand der dort drüben vorbeigehenden Passanten vorstellen, dass gleich dort, wo der immer noch parallel zum Grundstück verlaufende Fußweg seitlich endet und der gepflegte Rasen beginnt, inmitten unzähliger, wüst durcheinander gestapelter Baumaterialien über viele Wochen eine Hundehütte stand – und mehr noch! –, in der gelegentlich ein Pfeife rauchender Tom Sawyer in sich versunken dem Regen lauschte. Meine Gedanken ...

Auf unserer Straßenseite, ein paar Meter links, zwei Eingänge weiter, hat soeben ein Mann das Haus mit der Nummer 20 verlassen. Mit wenigen Schritten am Ende des Eingangsbereichs angekommen, geht er stracks nach links in Richtung Pfenningsbusch. Dieser schlanke, große Mensch ist mir nicht unbekannt, allerdings kenne ich ihn allein vom Sehen her, ansonsten hatte ich noch niemals mit ihm zu tun. Immer wenn ich ihn sehe, ist er so gekleidet, wie er jetzt gekleidet ist: Anzug, schwarze Schuhe, helles Oberhemd und Krawatte – ab Herbst und bis über den Winter zusätzlich einen grauen Hut und einen schweren, dunklen Mantel – und eine braune lederne Aktentasche unter dem Arm. Es scheint mir fast sicher zu sein, dass er irgendwo in der Stadt und dort in einem der vielen Büros arbeitet. Er ist eine von den wenigen Personen aus der Nachbarschaft, die derart vornehm gekleidet zur Arbeit gehen können. Nicht alleine mir fällt dieser gut angezogene Herr auf. »Der geht vermutlich zu Fuß zum U-Bahnhof Dehnhaide«, hörte ich meine Mutter einmal zu meiner Großmutter sagen, »und nimmt dort die Bahn bis in die Innenstadt!« – »Könnte so sein«, denke ich mir, »die Leute unserer unmittelbaren Nachbarschaft hingegen, die zum Barmbeker Bahnhof wollen, die überqueren in der Regel sofort, wenn sie aus dem Haus kommen, die Straße, gehen quer über die Wege der Behelfsheimsiedlung bis zum Alten Teichweg und von dort dann zum U- und S-Bahnhof Barmbek.« Der Weg von uns bis zu den beiden Bahnhöfen, der ist so gut wie gleich lang. Und nicht nur das, die Strecke bis zum S-Bahnhof Friedrichsberg, die ist ebenso lang, worauf übrigens mein Vater sehr stolz zu sein scheint. »Wir wohnen hier ausgesprochen verkehrsgünstig«, betont er gerne, »genau im Zentrum zwischen drei Bahnhöfen, die man schnell und gut zu Fuß erreichen kann und von denen aus alle paar Minuten die Züge in alle möglichen Richtungen fahren – ratzfatz sind wir sowohl mitten in der City als auch in den Walddörfern!«

Dort drüben, in dem Wohnblock auf der anderen Straßenseite – rechts von Reesings Haus – im ersten Stockwerk links, da werden soeben die beiden Balkontürflügel geöffnet, nicht ganz, nur einen kleinen Spalt weit. Ein Arm wird jetzt hinausgestreckt, mit einem kleinen, bräunlich-gelben Tuch in der Hand. Mit kräftigen, flinken Bewegungen schlägt die Hand das Tuch mehrfach senkrecht aus. Die dadurch verursachten Geräusche dringen zu mir herüber, ich kann sie deutlich hören. Ein Staubtuch, das zum weiteren Gebrauch an der frischen Luft kurz ausgeschüttelt wird! Ich kenne das, meine Mutter macht das ähnlich so. Die Hand hält jetzt inne. Das Tuch hängt für Sekunden senkrecht, gehalten zwischen zwei Fingern. Der Arm wird nun nebst Tuch zurückgezogen. Die Aktion ist beendet. Nur während des ersten, forschen Ausschlagens floh eine kleine Staubwolke explosionsartig aus dem Tuch und löste sich auf, indem sie sogleich auf Nimmerwiedersehen in die Atmosphäre entschwand – das konnte ich erkennen. Während der dann folgenden Bewegungen tat sich nichts dergleichen, jedenfalls nichts für mich Erkennbares. Die Balkontürflügel werden nun wieder geschlossen. Das ruckartige Heranziehen der Flügel so wie das unmittelbar darauf folgende Einrasten des Türriegels ist von meinem Fenster aus ebenfalls unüberhörbar. Unwillkürlich muss ich an die beiden von vorhin denken, die sich – für mich! – völlig geräuschlos bewegten. Momentan ist niemand mehr auf der Straße zu sehen, wie leer gefegt zeigen sich Fahrbahn und beide Gehwege. Nun ist das Kopfsteinpflaster mehr trocken denn nass. Das Dach des am Kantstein parkenden Mercedes ist ebenfalls trocken, jedenfalls von der vierten Etage aus betrachtet. Die Wolken ziehen immer noch in luftiger Höhe an mir vorbei, filtern – als wollten jene riesigen Wattebäusche mir unbedingt mitteilen, wer hier den ausschlaggebenden Ton angibt – weiterhin die wärmenden Strahlen der Sonne.

———

Sitting Bull – Stammeshäuptling der Lakota-Sioux, so lautet die in geschwungenen Lettern auf dem Buchdeckel geführte Überschrift, die oberhalb des Schwarzweiß-Fotos – der Abbildung eines ernst und klar dem Betrachter entgegenblickenden Mannes mit einer Adlerfeder im pechschwarzen Haar – abgedruckt ist. Ich liege in meinem Bett und halte zwei von den drei Büchern in meinen Händen, die ich mir heute Nachmittag für ein paar Tage aus der Leihbücherei ausgeliehen habe. *Geronimo – Kriegshäuptling der Bedonkohe-Apachen*, so lautet der Titel des zweiten Buches, dessen Buchdeckel ähnlich gestaltet ist. Nun muss ich mich entscheiden, für welches der beiden Bücher ich mich für die kommende Stunde interessieren will. Das dritte Buch, es liegt unmittelbar vor meinem Bett auf dem Boden, beinhaltet ebenfalls einige ausgewählte Berichte über das Leben eines berühmten Indianers. Letztgenanntes Werk ist, was den heutigen Leseabend betrifft, aus verschiedenen Gründen bereits ausgeschieden. Ich habe es für einen späteren Zeitpunkt vorgesehen. Lange schon habe ich es mir zur Gewohnheit gemacht, hin und wieder anstelle von Romanen historisch belegbare Literatur zu lesen. Von den weit über siebzig in den Vereinigten Staaten und im Orient spielenden Abenteuerromanen, die der Schriftsteller Karl May schrieb, besitze ich rund zwei Dutzend Bände, die nicht nur aneinandergereiht in meinem Bücherregal stehen, sondern die ich auch alle gelesen habe. Aber irgendwann gefiel mir der Gedanke nicht mehr so recht, dass all die wunderbaren Abenteuer, die sich für mich über diese – zugegeben recht spannend geschriebenen – Seiten entfalteten, auf keinem soliden Fundament ruhen. Womit ich jene Geschichten, in denen Winnetou, Old Shatterhand und Kara Ben Nemsi im Mittelpunkt stehen, keineswegs gänzlich missen möchte, nein, waren sie es doch, die mir die Brücke zu dem Verlangen nach dem Realen erbauten, die mir die Türe öffneten zu dem faszinierenden Raume des tatsächlich Gewesenen.

Von selber erahnen konnte ich es nicht, dass die sogenannte Realität, die mir die vielen, spannend in Szene gesetzten Wild West Filme vorspielten – und das im wahrsten Sinne des Wortes – und die wir heranwachsenden Barmbeker Straßenjungen so gerne am Sonntagnachmittag in den umliegenden Kinos sahen, dass diese – wie gesagt sogenannte – Realität eine ungemein geschminkte war, eine, die in der Regel mit der Wahrheit rein nichts gemeinsam hatte. Nein, erahnen konnte ich es nicht. Aber erlesen durfte ich es, ja, schwarz auf weiß erfahren, und nicht zuletzt in und aus den Büchern der Leihbücherei. Sowohl zum Weihnachtsfest als auch zu meinem Geburtstag wünsche ich mir Bücher. Mitunter ist die Umsetzung jenes Wunsches, für die, die mich an solchen Tagen beschenken wollen, alles andere als leicht. Es hat in der Tat manchmal etwas – ich nenne es mal so – Unromantisches, was in der Natur der Sache liegt und somit verständlich ist. Da ich mir nicht gerne irgendein Buch schenken lassen möchte und ich die Auswahl in der Regel gerne selbst treffe, bekomme ich dann und wann einen gewissen Betrag ausgehändigt, damit ich mir das gewünschte Buch selbst aussuchen und kaufen kann. Letztendlich zwar eine für alle Beteiligten brauchbare Verabredung, die aber von keinerlei Überraschungseffekten begleitet wird. Und ja, mein Vater, der sich zu diesen Anlässen zumeist mit seinem Schiff irgendwo auf dem weiten Meer befindet, kann sowieso nicht anders handeln, als seinem Sohn einen Geldbetrag zu senden. Gewöhnlich sind es entweder zwanzig Deutsche Mark, fünf Amerikanische Dollar oder zwei Englische Pfund, die in dem Umschlag stecken, je nachdem, aus welchem Hafen er ihn abschickt. Die Dollar- oder Pfundnoten, die tausche ich dann in der Bank um, der Wert des Betrages ist in jedem Falle so gut wie einheitlich. »An Alexander Zinser, 2 Hamburg 22 Reyesweg 24« – so steht es auf dem blaurot umrandeten Luftpostbrief, der verlässlich einige Tage vor meinem Geburtstag oder rechtzeitig zum Weihnachtsfest in unserem Briefkasten steckt.

Bücher in seinem Besitz zu haben, das erachte ich als das sichere Zeichen eines gewissen Wohlstandes, eine Tatsache, an deren Ursprung – und ich habe des Öfteren darüber nachgedacht – ich keine Erinnerung habe. So gesehen betrachte ich die regelmäßigen Leihbücherei-Aktionen immer als so eine Art gütlicher Vergleich. Wie auch immer, meine Gedanken drohen sich mal wieder in Richtung Unendlichkeit zu verlieren. Es ist schon spät. Ich muss mich entscheiden. Ich lege den Apachen Geronimo beiseite und lasse mich von dem Sioux Sitting Bull besuchen.

Sommer 1959 –
gegen Ende der Ferien

»Der merkt es ganz bestimmt nicht. Die haben noch nie was bemerkt. Die haben andere Dinge im Kopf!« Genau wie ich hat mein Freund Jan sich ein aufgerolltes Handtuch unter den Arm geklemmt, in deren Mitte sich jeweils eine Badehose befindet. Seid gut zwanzig Minuten sind wir beide auf dem Weg ins Freibad, dürften in einer knappen Viertelstunde unser Ziel endlich erreicht haben. Im Gleichschritt gehen wir nebeneinander her und unterhalten uns über unser heutiges Vorhaben. »Schön wäre es natürlich, wenn die Sache klappen würde«, zumindest möchte ich meinem Freund gegenüber meine vorsichtigen und auch nicht gänzlich unberechtigten Bedenken anmelden dürfen, »aber irgendwie wäre es mir äußerst unangenehm, wenn es auf irgendeine Weise schiefgehen sollte.« Jan spuckt im hohen Bogen vor sich auf die Gehwegplatten, bevor er mir hierauf eine Antwort gibt. Nach einer kurzen Pause sieht er mich von der Seite an. »Wir müssen selbstverständlich aufpassen, Alex, das schon, aber daran hindert uns ja auch niemand. Wir haben bisher doch immer ganz gut aufgepasst. Oder?« Übermütig grient er in sich hinein, geht einen Schritt schneller und holt erneut zu einem Spucken aus. So kenne ich ihn, so und nicht anders. Leider ist längst nicht immer seine bemerkenswerte Sorglosigkeit von dem von ihm erhofften Erfolg gekrönt, was ausgerechnet *er* gewöhnlich als Letzter bemerkt, in der Regel kurz nachdem er aus allen Wolken gefallen ist, auf denen er vorher so sanft durch die Straßen Barmbeks schwebte. Abrupt stellen wir unsere Unterhaltung ein, konzentrieren uns, jeder für sich, auf den vor uns liegenden Weg und sortieren unsere Gedanken, die sich in unseren Köpfen im Kreise drehen. Ein stilles Abkommen, eins, das wir nicht zu verabreden brauchten, eins, was, wie ich stark annehme, so lange vorhalten wird, bis wir letztendlich im Freibad Dulsberg angekommen sind und dort in der Schlange der Wartenden an der Kasse stehen. Meine Gedanken ...

Vom Bademeister des Freibades Dulsberg war soeben die Rede. Genauer gesagt sprachen wir von dem Bademeister, der – von den gerade diensthabenden Bademeistern – heute das Papiersammeln mit einer Freikarte belohnen wird. Wer genau von denen das nun sein wird, das können wir selbstverständlich nicht wissen, und es ist auch ganz und gar nicht etwa so, dass uns irgendeiner von denen näher bekannt ist. In der Regel treten sie zu zweit, zu dritt oder sogar zu viert auf, diese völlig in Weiß gekleideten Aufpasser, je nachdem, wie viel im Freibad los ist. Ja, und wenn im Sommer Hochbetrieb herrscht, wenn sich die Massen in den Becken tummeln und überall auf den Wiesen, dicht an dicht gedrängt, Menschen auf bunten, ausgebreiteten Handtüchern liegen, dann sind jene Herren heilfroh, wenn einige der Jungen und Mädchen sich bei ihnen bereit erklären, etwas von dem Papier einzusammeln, das hier wie dort achtlos weggeworfen wird. »Alleine kommen wir jedenfalls nicht mehr dagegen an«, hat uns mal einer der Bademeister so ganz nebenbei gestanden. »Wir können uns auch nicht zerreißen. Entweder wir achten auf die Sicherheit im Wasser, was doch unsere allererste Pflicht und Aufgabe ist, oder wir markieren hier so langsam aber sicher die männlichen Putzfrauen!« Und genau für dieses freiwillige Papiersammeln, das dem Personal hilft, das Gelände des Freibades so einigermaßen sauber und ordentlich zu halten, bekommt man eine Freikarte ausgehändigt. Eine Freikarte bedeutet in dem Falle, dass der Besitzer einer solchen einmal – ohne bezahlen zu müssen! – das Freibad Dulsberg benutzen kann. Einfach die Karte stolz an der Kasse vorzeigen und durchgehen, das war's dann. Eine gute Idee, eine sehr gelungene Einrichtung, und zwar zweifellos für beide Parteien! Immerhin ersparen sich die Herren Bademeister einen großen Teil einer recht mühseligen Arbeit, die sie ansonsten – wie auch immer das gehen soll? – alleine verrichten müssten, und der fleißige Sammler spart bei seinem nächsten Besuch des Freibads die 20 Pfennige Eintrittsgeld. Ein faires Geschäft also.

Nun, ganz so mühselig, wie man es vielleicht annehmen könnte, ist das Papiersammeln nun auch wieder nicht. Nein, jedenfalls nicht, wenn man es so hält, wie Jan und ich es uns für den heutigen Tag vorgenommen haben. Was das betrifft, so haben wir bereits einschlägige Erfahrungen mit dieser Tätigkeit gemacht, das heißt – mit dem, was *wir* unter Papiersammeln verstehen. Aus der Sicht des in Weiß gekleideten Aufsichtspersonals läuft die Sache folgendermaßen ab: Man meldet sich in dem Büro der Badeanstalt – ein kleines, gemauertes Flachdachgebäude mit weiß getünchten Steinen –, dort, wo die Bademeister ihren Ausgangspunkt haben, und lässt sich, nach kurzer Absprache, einen Drahtkorb aushändigen. Einen jener leichten, ovalen Körbe mit einem Drahtbügel und Holzgriff, mit denen auch das Papiersammeln auf dem Schulhof bewerkstelligt wird. Mit dem Korb in der Hand begibt man sich dann umgehend genau in den Bereich des Geländes, der einem zugewiesen wurde. Den Blick möglichst fest auf den Boden gerichtet, schreitet der Sammler dann sorgsam die Wiese ab und sammelt möglichst viel von dem dort umherliegenden Papier auf. Ist der Korb dann irgendwann voll, was durchaus nicht von jetzt auf jetzt geschieht, dann begibt sich der fleißige Helfer sofort zurück zum Ausgangspunkt und entleert den gefüllten Korb letztlich in einen entsprechend großen, tonnenförmigen Drahtkorb, der an der langen, fensterlosen Außenmauer des Bürogebäudes steht. Letzteres allerdings nie – nie! –, bevor der für das Sammeln zuständige Bademeister sich den herbeigebrachten, gefüllten Korb angesehen und somit die Arbeit des Sammlers als erfolgreich geleistet bestätigt hat. Jener reißt dann von einer Rolle eine der begehrten Eintrittskarten ab, die ab sofort als die ersehnte Freikarte gilt, und händigt sie dem Helfer aus. So läuft die Sache ab. Allerdings, und wie gesagt, aus der Sicht des in Weiß gekleideten Aufsichtspersonals, das sich die Durchführung der Aktion »Kein Papier auf der Wiese!« genau in dieser Form vorstellt.

Wir, mein Freund und ich, wir machen das etwas abweichend, erledigen das geringfügig anders, erledigen das so, dass sich die Mühseligkeiten durchaus innerhalb erträglicher Grenzen halten. Die erste Phase des Unternehmens, die läuft noch genau so ab, wie es sich seitens der Auftraggeber vorgestellt wird: Wir melden uns im Büro, nehmen den Drahtkorb entgegen, lassen uns ein Gebiet zuordnen und machen uns unverzüglich auf den Weg dorthin. Nur was die dann folgende Etappe betrifft, die haben wir nach unseren Vorstellungen entsprechend geändert.

»So richtig voll scheint es heute wohl nicht zu sein?« Mein Blick auf die lang gezogene Anordnung von unzähligen Fahrradständern erlaubt mir diese Vermutung, da sich zwischen den zurzeit dort abgestellten Fahrrädern immer wieder größere Lücken zeigen. Wir sind da, sind noch etliche Minuten schweigend die scheinbar nie enden wollende Straße Alter Teichweg entlangmarschiert und soeben, rechts vom Bürgersteig, auf den Weg zum Freibad abgebogen. Linksseitig des Weges und gleich an seinem Anfang beginnt auch jener Parkplatz für Fahrräder. Ein ziemlich langer, schmaler und parallel zum Weg verlaufender Platz, an dem beidseitig, längsseits und dicht an dicht die metallenen gebogenen Rohre scheinbar nur darauf warten, dass jeweils zwischen zweien von ihnen der Vorderreifen eines abzustellenden Fahrrads geklemmt wird. Dort, wo der Fahrradparkplatz endet – nur wenige Meter weiter –, geht es dann links ab direkt zum Eingang des Freibads. Mit etwas Verspätung bestätigt Jan meine Einschätzung. »Ja, stimmt, voll ist es nicht gerade. Es ist aber auch noch ziemlich früh am Tage. Die meisten kommen erst deutlich nach dem Mittagessen her.« Jan zeigt auf die Kasse am Eingang: »Dort stehen auch kaum Leute. Umso besser, keine Schlange, gleich sind wir drinnen.« Das, was wir, gleich hinter dem Eingang, drinnen zu sehen bekommen, das bestätigt unsere Vermutung einmal mehr. Nein, voll ist es wirklich nicht, noch nicht! Gut, für einen Samstagvormittag an einem der letzten Schulferientage ist soweit alles völlig normal, und brennend heiß – so richtig sommerlich warm – zeigt sich das Wetter heute auch nicht. Ohne zu zögern begeben wir uns gleich zu dem Büro der Bademeisterei. »Was, noch vor dem Umziehen wollt ihr beiden Fleißigen schon Papier sammeln?« Der heute für das Sammeln zuständige Mann verheimlicht seine Verwunderung nicht. »Möchtet ihr euch nicht zuerst einmal in aller Ruhe einen Platz auf der Liegewiese suchen, die Handtücher ausbreiten und eure Klamotten gegen eine Badehose tauschen?« Für einige Sekunden sieht er abwechselnd Jan und mich fragend an. Unser Schweigen scheint ihm als Antwort zu genügen. »Gut, ganz wie ihr es wünscht. Mir soll es recht sein.« Mit einem Kopfnicken in Richtung der offenstehenden Bürotür weist er uns den nächsten Schritt. »Dann lasst uns kurz hineingehen, damit ich euch die Körbe geben kann.« Wir folgen dem Mann, der mit weißem Hemd, weißen Shorts und weißen Socken – die in weißen Latschen stecken – gekleidet ist und betreten gemeinsam mit ihm das Gebäude. »Solange ihr sammelt, dürft ihr eure Handtücher gerne hier bei mir lassen. Legt sie am besten dort hinten auf den Tisch, sofern ihr es denn wollt.«

Wir haben sein Angebot angenommen, haben unsere Handtuchrollen samt den darin befindlichen Badehosen bei ihm im Büro auf den Tisch gelegt und haben uns dann, nur mit den Körben an den Händen, sofort an die Arbeit gemacht. »Da ganz hinten, dort, wo sich am Ende noch einige Umkleidekabinen befinden – seht ihr? –, da könnt ihr sammeln«, hatte er uns noch mit auf den Weg gegeben. »Meinetwegen könnt ihr dort auch zu zweit sammeln. Die Fläche ist groß genug, und dort liegt meist einiges an Müll herum!« Gesagt, getan. Nun sind wir genau dort, wo das graue Flachdachgebäude mit den »Umkleidekabinen für Damen« – wie es ausdrücklich angeschrieben steht –die hintere Grenze des Geländes bildet. »Gut, nun lass uns die Körbe mit Papier füllen, einige Minuten abwarten und zurück zum Bademeister gehen.« Jan sieht mich fragend an, so, als würde er mit meinem Zögern oder gar Widerspruch rechnen. »Ja, machen wir. Hier hinten, so weit ab vom Schuss, da sollte es tatsächlich keine Probleme geben.« Wir stehen mit dem Rücken an der Wand des Gebäudes und blicken uns nach allen Seiten hin um. Auf diesem Teil des Geländes liegen momentan kaum Menschen auf der Wiese, nur wenige lassen sich hier blicken. So meine Gedanken. Jan scheint Gleiches zu denken. »Es wird hier so schnell auch kein Bademeister auftauchen. Was sollte er hier auch groß wollen?« – »Da hinten links, dort, wo die Rasenfläche an eine Reihe großer Sträucher stößt und damit ihre Richtung ändert, wo dieser Abschnitt der Liegewiese beendet ist und in einen anderen übergeht, dort steht meist einer der großen Papierkörbe – glaube ich wenigstens.« Mit ausgestrecktem Arm und Zeigefinger weise ich in die besagte Richtung, die meiner Meinung nach jetzt von uns in die engere Wahl gezogen werden sollte. »Da lass uns mal nachschauen ...« Mit den Körben an der Hand schreiten wir unserem vorerst gesteckten Ziele entgegen. Und es verhält sich fürwahr so – wir stapfen wahrlich auf verlorenem Posten –, kaum Leute und entsprechend auch kaum Papier auf dem Rasen. Klar, hier und dort und in großen Abständen liegt etwas Weggeworfenes: Hier ein auseinandergefaltetes Stück

Kaugummi-Papier, dort ein abgelutschter Eisstiel und dahinten eine leere Zigarettenschachtel – so, oder ähnlich so –, aber all das Entdeckte zusammen reicht doch längst nicht aus, um eine groß angelegte Sammelaktion zu rechtfertigen. Nein, irgendwie, eindeutig nicht.

»Wieso der Mann uns ausgerechnet hierhin geschickt hat, und dann auch noch zu zweit, das ist mir ein Rätsel. Oder meinte er gar nicht diesen Bereich?« Jan meldet jetzt einen Zweifel an, den ich auf Anhieb nachvollziehen kann. Ich bleibe stehen und überlege kurz. »Das ist doch scheißegal! Hauptsache ist doch, dass wir während des Umfüllens von niemandem beobachtet werden. Oder?« Jan überlegt kurz und nickt dann. »Stimmt! Wenn die Körbe voll sind, dann sind sie voll, da fragt dann keiner mehr nach.« Wir gehen einige Schritte weiter. »Du hast dich nicht geirrt«, Jan hat den Korb zuerst entdeckt, »da hinten steht tatsächlich einer, und der scheint auch ziemlich voll zu sein.« An dem besagten Korb angekommen, einem von den vielen großen Papierkörben, die in der gesamten Badeanstalt in Abständen anzutreffen sind und in die eigentlich jegliches Papier hineingeworfen werden soll, bleiben wir stehen, machen ein möglichst gelangweiltes Gesicht und schauen uns erneut in alle Richtungen um. Jan macht Anstalten, seinen Korb abzusetzen: »Wir sollten unsere Körbe besser auf den Boden stellen, die könnten uns ansonsten verraten!« Recht hat er. Ich stelle meinen ebenfalls ab. Aber nein, bis auf nur wenige Ausnahmen sind wir allein. Das scheint zurzeit die einsamste Ecke des gesamten Geländes zu sein. Jedenfalls werden wir nicht bemerkt. Von niemandem! Lediglich dünn, wie aus weiter Ferne, dringt das Gelächter und Gejohle von den Kindern und Jugendlichen zu uns hinüber, die sich in den Wasserbecken vergnügen, während wir mit vollen Händen das Papier aus dem großen Papierkorb holen und damit flugs unsere kleinen Körbe füllen. Schnell geht das, sehr, sehr schnell sogar. In nur wenigen Sekunden haben wir unser Ansinnen komplett in die Tat umgesetzt. Unsere Körbe sind voll. Das war's – für uns ist das *mühselige* Papiersammeln zunächst einmal beendet! Nun heißt es nur noch: schnell hin zum Büro des Bademeisters, die vollen Körbe vorzeigen und zwei der begehrten Freikarten in Empfang nehmen.

»Na, das hat sich aber gelohnt. Die laufen ja fast über!« Voller Anerkennung blickt der Mann in den weißen Shorts auf unsere prall gefüllten Körbe. »Und schnell seid ihr, das muss ich schon sagen. Da müssen sich ja Unmengen an Papier auf dem Rasen verteilt haben.« Jan und ich blicken uns an, haben, wie ich stark annehme, denselben Gedanken im Kopf: »Wir hätten mit der Abgabe vielleicht doch besser etwas warten sollen!« Aber – alles ist in bester

Ordnung. Während der Bademeister zufrieden in das Büro schreitet, um unsere Handtuchrollen und die dicke Rolle mit den vielen Eintrittskarten zu holen, dürfen wir inzwischen unsere Körbe in dem großen Papierkorb ausleeren, der an der langen, fensterlosen Außenmauer des Bürogebäudes steht. Mit den ausgeleerten Drahtkörben gehen wir unserem Gönner entgegen. »Hier, bitte, eure Sachen.« Mit einer freundlichen Geste werden uns die Handtücher überreicht und zugleich die Körbe abgenommen. »Und hier nun auch euer Lohn – die Freikarten!« Eine Karte bereits halb von der Rolle abgetrennt, hält der Mann plötzlich inne und schaut uns fragend an. »Oder – «, man sieht es ihm förmlich an, dass er eine gute Idee zu haben glaubt, »wo ihr doch so schnell seid – wollt ihr vielleicht beide noch einmal losziehen? Ihr könntet euch doch locker noch eine weitere Freikarte verdienen!« Der Gedanke ist uns allerdings auch schon gekommen, wir haben ihn nur nicht auszusprechen gewagt. Ohne im Geringsten zu zögern, sagen wir zu, nehmen jeder nun eine Karte entgegen und geben unsere Handtuchrollen wieder in die Obhut unseres Auftraggebers. Während wir uns nach den Körben bücken, die zwischen uns und ihm auf dem Boden stehen, hält der Bademeister kurz Ausschau nach einem neuen Gebiet, in das er uns sinnvollerweise als nächstes entsenden könnte. »Was meint ihr, vielleicht ist es gar nicht so verkehrt, wenn ihr noch einmal auf demselben Wiesen-Abschnitt sammelt, oder liegt da nichts mehr?«

Auf dem Weg in die Schule setzt sich leider ein Versäumnis in die erste Reihe meiner Gedanken: Ich habe gestern meine Hausaufgaben nicht gemacht. »Wieder einmal nicht gemacht!«, so müsste ich es korrekterweise formulieren. Gestern, nach der Schule, da hatte ich wahrhaftig anderes im Kopf als das blöde Abzeichnen irgendeiner langweiligen Landkarte aus dem Atlas, die einen bestimmten Teil unserer Republik trist – flach und eckig eben – aus der Vogelperspektive darstellt. Am späten Nachmittag haben meine Mutter und ich, nach unzähligen Überlegungen innerhalb eines langen Gesprächs, schlussendlich einen vernünftigen Plan geschmiedet, nach dem das Leben – ihr Leben! – wieder ein besseres, ein besser erträglicheres sein könnte. Den Tag habe ich dann mit Lesen beendet. Es muss spät in der Nacht gewesen sein, als mir das Buch aus den Händen geglitten ist. Das werde ich der Lehrerin zwar nicht erzählen – selbstverständlich nicht, das fehlte mir noch –, *was* ich ihr aber gleich zwecks Entschuldigung vortragen könnte, das will mir auch nicht einfallen. »Heimatkunde«, wenn ich das Wort schon höre.

»Wir sind viel zu früh, Alex, kommst du noch kurz mit zum Bäcker?«
Heinz unterbricht meine sorgenvollen Gedanken. Ohne es zu merken, habe
ich soeben den vor mir Gehenden eingeholt, und wir gehen jetzt nebeneinander. Zwar verabreden wir uns normalerweise nicht, aber es ergibt sich immer
mal wieder, dass wir uns auf dem Schulweg begegnen. »Klar machen wir das!
'ne andere Frage: Hast du die Hausaufgaben für die Frotzer gemacht, ich meine,
hast du die Karte gezeichnet?« »Karte gezeichnet? Habe ich gemacht. Waren
lediglich mit einem dicken Stift einige Ländergrenzen auf der Zeichnung zu
umrahmen, die wir in der letzten Frotzer-Stunde aus dem Atlas abgezeichnet
hatten. Ging schnell. Ist aber erst morgen dran.« – »Morgen erst dran?«
Erleichtert bleibe ich stehen. Auf den Mut, den mir Heinz soeben schenkte,
setzt sich umgehend eine andere Sorge mit ihrem breiten Hintern drauf: »Zu
heute müssen wir die Berichtigung der letzten Mathearbeit abgeben. Schulz
wird sie gleich in den ersten Minuten der ersten Stunde einsammeln.« Das
ist zu viel auf einmal für mich. Hier scheint jetzt alles verloren zu sein. Ich
gebe auf. Was ich nun wann und für wen machen soll, das ist mir nunmehr
egal. »Wenn du willst und wir nach dem Bäcker noch etwas Zeit vor dem
Einlass haben, dann kannst du die berichtigten Ergebnisse der Rechentürme
gerne von mir abschreiben.« Heinz ist ein Netter. Wir helfen uns gegenseitig. Allerdings auch das ohne eine feste Verabredung. »Eine Hand wäscht die
andere!«, heißt unsere Devise, und die gilt immer. Wer einen kritischen Blick
auf meine schulischen Leistungen wirft, der wird nicht unbedingt zu mir
sagen wollen: »Du bist ein guter Schüler, Alexander Zinser, weiter so!«, um
es mal ganz, ganz vorsichtig auszudrücken. Aber unter uns Jungs wird jeder
gebraucht. Alles, was mit dem Malen und dem Zeichnen zu tun hat, das kann
ich mit einem würdigen Abstand am besten. Von daher ist es bestimmt kein
Zufall, dass ich es war, ich, Alexander Zinser, der bis dato für so manchen aus
der Klasse, der sich nicht mit seiner – für ein geschriebenes Diktat oder eine
Rechenarbeit – errungenen Zensur nach Hause traute, kurz entschlossen die
Unterschrift der Eltern fälschte. Wer Derartiges kann, der ist auch gefragt,
und, wie ich stark vermute, das nicht allein in den Unterstufen der Schule
Von-Essen-Straße.

Wir stehen an der Verkaufstheke der Bäckerei Hansen und somit inmitten einer Schlange gedämpft johlender Schülerinnen und Schüler, die solche
oder ähnlich solche Absichten hegen, wie Heinz und ich es gerade tun: Zwei
oder drei der köstlichen Punschkugeln mit Streusel zu je 5 Pfennige sollen
es sein! »Ausgefegte Bäckerstube« werden jene Meisterwerke des Kondi-

torhandwerks von uns genannt, von denen fast jeder, der sie einmal probiert hat, einfach nicht lassen kann, und das trotz der Tatsache, dass einem nach dem Verzehr leider nicht selten ein leichtes Gefühl von Übelkeit überkommt. Die paar Groschen, die mir meine Mutter zeitweilig für die Schule zusteckt und mit denen ich auch heute meine Ration Punschkugeln bezahlen werde, die sind eigentlich für einen jener Milch- oder Kakaotrunks gedacht, die in den Pausen vom Hausmeister-Ehepaar ausgegeben werden. Alternativ auch gerne »für ein gesundes Franzbrötchen«, so jedenfalls die Vorgabe meiner Mutter. Aber auch in dem Punkt kollidiert zeitweise ihre Vorstellung mit meiner Auswahl, und an dieser Stelle habe ich nun mal eindeutig den längeren Hebel. Manchmal sammle ich auch das Milchgeld, bis die Summe ausreicht, um eine 11er Packung Zigaretten aus dem Automaten zu ziehen – diese Entscheidungen selber treffen zu können schenkt mir ein nettes Stückchen Freiheit, Ungebundenheit, die mir viel bedeutet und die ich um keinen Preis hergeben werde.

19:30 Uhr, Bogenallee 14 im Hamburger Stadtteil Harvestehude, Versammlungsort der Zeugen Jehovas: »Liebe Brüder, für die nun folgenden Stunden haben wir ein erbauendes Programm für euch vorbereitet!«, kündigt der Bruder – der gut gekleidete Herr mit Anzug und Krawatte, der soeben die Bühne betrat – an, während er sein Skript auf die Ablage des Stehpultes legt. »Aber vorher singen wir noch gemeinsam ein Lied und sprechen ein Gebet. Wollen wir jetzt bitte unsere Plätze einnehmen!« »Brüder, wollt ihr bitte eure Plätze einnehmen«, hatte vor nur wenigen Sekunden zuvor auch ein Diener (ein mit einem Amt versehener Bruder) der Versammlung zugerufen, der unmittelbar vorher schnellen Schrittes zwischen die Gänge der Stuhlreihen ging und mit diesen Worten die Personen ansprach, die in kleineren Gruppen zusammenstanden. Dem einen oder anderen legte er dabei mit einer entsprechend netten Geste die Hand auf die Schulter. Gehorsam lösten sich die Grüppchen – meist Brüder oder Schwestern, die sich mit einem Terminkalender in der Hand für den Felddienst (das Missionieren von Tür zu Tür) verabredeten – auch sofort auf. Auch wir, mein Großvater und ich, setzten uns daraufhin postwendend auf einen der vielen Stühle. Zuvor hatte mein Großvater in mehreren Anläufen versucht, mit einigen Personen ins Gespräch zu kommen, Menschen, mit denen er so etwas wie ein freundschaftliches Verhältnis pflegt. Leider vergeblich. Stets wurden er oder sein vermeintlicher Gesprächspartner von irgendwelchen der vielen Anwesenden freundlich lächelnd begrüßt – in den meisten Fällen sogar per Handschlag und länger anhaltendem Händeschütteln. »Schön, dass ihr da seid!« – »Schön, euch zu sehen!« – »Hans, wie geht es dir?« – »Ist das dein Enkel Alexander?« Freundliche Worte dieser Art galten dann zum Teil vorwiegend mir – über diese Phrasen auf Umwegen –, mir, dem Enkelsohn von Bruder Quandt, der ja nicht allzu oft zu diesen Treffen kommt. Die Fragen nach seinem Befinden befriedigend zu beantworten, dafür blieb meinem Großvater nicht die Zeit, weil ihre Fragesteller, bereits im Begriff weitere, andere Personen zu begrüßen, hurtigst an uns vorbeieilten. Nach der Versammlung wird er es vermutlich noch einmal versuchen.

Musik erklingt. Einige der regelmäßig anwesenden Zeugen sind in der Lage, ein Instrument zu spielen, und haben sich für den Gesang zu einer kleinen Musikantenbande formiert, sitzen vor einem Mikrofonständer und erzeugen die gewünschte musikalische Untermalung per Hand. Im Königreichssaal (zentraler Treffpunkt der Zeugen Jehovas) erheben sich die Menschen. Gesungen und das Gebet gesprochen wird im Stehen. Alle setzen sich dann wieder. Wir setzen uns auch. Ich nehme eine möglichst bequeme Sitzposition ein und blicke in die Runde. Einige der Anwesenden sind mir vom Sehen her bekannt. Hier sitzen ganze Familien, und mit ein oder zwei von ihnen pflegt mein Großvater meines Wissens sogar einen engeren Kontakt. Schon über Jahre hinweg geht das so. Ich bin nicht alleine mit meiner Idee, in die Runde zu sehen. Blicke treffen sich. Hier ein Lächeln, dort ein kurzes Nicken, ein angedeuteter Gruß. Der Redner auf der Bühne kommt mir irgendwie auch bekannt vor. Er lächelt in die Runde. Er ist vermutlich ebenfalls ein Diener der Versammlung. Mit den unterschiedlichsten missionarischen Aufgaben betraut, steht er häufiger auf der Bühne. Jetzt verliest er den ersten Teil der Programmgestaltung des heutigen Abends. Auch die Personen, die nacheinander dann die Bühne betreten, sind mir vom Sehen her bekannt, allerdings auch nur *irgendwie*. Sie halten die ihnen zugeteilten Bibel-Lesungen und Kurzpredigten zwar mehr oder weniger recht wacker, dennoch aber, nach meinem Empfinden, mit einer außergewöhnlichen Fadheit. Schließlich ist es längst nicht jedem gegeben, von einer Bühne herunter zu einem größeren Publikum zu sprechen. Einige lesen schlecht, können eigentlich nicht richtig lesen. Auch nach Jahren können sie es nicht. Andere wiederum sprechen und lesen recht gut, auch nach Jahren noch. Mir ist langweilig, ich blicke – nach gefühlten Jahren! – auf meine Junghans-Uhr, die ich zu meinem letzten Geburtstag bekam. Die Langeweile diktiert mir eine Unzufriedenheit, die ich kaum verbergen kann. Ich finde auf meinem harten Holz-Klappstuhl zunehmend schwerer eine annehmbare Sitzposition. Zuhören, nur weil gesprochen wird – nein, das war noch nie meine stärkste Seite. Nicht in der Schule und hier eben auch nicht.

»Zuhören, weil jeder zuhört!«, oder »Zuhören, weil angeordnet!« sind keine Befehle, die ich an meine Sinne weitergeben kann. Versucht habe ich es. Doch, das kann man wirklich sagen. Allein schon, um den Repressalien seitens der Pädagogen auszuweichen, die einen als Kind – stets bei Nichtbeachtung dieser Signale – auf dem Weg zum Erwachsenwerden unaufhörlich bedrohn. Aufgrund der mir scheinbar angeborenen Unfähigkeit, mir generell alles und jederzeit anhören zu können, scheiterten diese Versuche bis dato kläglich. Das kann man so sagen. Mein physischer Körper hat sich dann stets leichter mit den Folgen der Repressalien abgefunden, als mein geistiger Körper es je gekonnt hätte, wenn er die Folgen, die ein lebloses Konsumieren jeglicher Botschaften mit sich brächten, hätte ertragen sollen. Ein schräges »Pst!« lässt mich aus meinen Gedanken hochschrecken. Ich blicke in die Runde. Mit mir scheint alles in Ordnung zu sein. Was mein etwas unruhiges Verhalten betrifft, das hat mein Großvater bereits – freundlich, aber in seiner Art sehr bestimmt – auf das hier im Saale gewünschte Maß reduziert. Aber zwei Reihen vor uns, rechts, hat sich allem Anschein nach eine etwa Zwölfjährige mit ihrer Mutter unterhalten. Obwohl es sich scheinbar um einen flüchtigen Dialog handelte, der zudem vermutlich mit gesenkten Häuptern und gedämpfter Stimme erfolgte, fühlte sich die ältere Schwester, die unmittelbar hinter den zwei »Schwätzern« in der Reihe sitzt, abgelenkt. So in etwa, das kann ich dem Mienenspiel der drei entnehmen, muss es sich abgespielt haben. Ganz offensichtlich ist die leidige Angelegenheit nun aber bereinigt, das aus dem Gleichgewicht geworfene Konzentrationsvermögen der Schwester wieder hergestellt. Ernst dreinschauend, den Kopf in leichter Schräglage, lauscht sie dem missionarischen Programm. Auf dem Schoß hält sie einen kleinen Schreibblock, in der rechten Hand einen Schreiber. In regelmäßigen Abständen entstehen Notizen. Mir wird es langsam zu warm in meiner Ausstaffierung. In einer langen grauen Flanell-Hose, einem langärmeligen weißen Hemd und einer Blouson-Jacke steckend und zudem stocksteif auf einem unbequemen Stuhle harrend, halte ich das für völlig normal.

Was mir hingegen nicht normal vorkommt, ist der Aufzug, der hier erwartet wird. »Wenn wir schon mal gemeinsam in die Versammlung gehen, Alex, dann kann es dir doch nicht so schwer fallen, eine dem Anlass angemessene Garderobe zu tragen.« Mein Großvater hatte mich rechtzeitig präpariert, hatte sorgsam darauf geachtet, dass sein Enkel hier in einer Weise erscheint, die sich möglichst nah an die hier im Saale erwartete Kleiderordnung lehnt. Dennoch bin ich der Einzige unter den männlichen Anwesenden, der keine Krawatte trägt. Selbst den Jüngsten hat man einen Schlips umgebunden. Das blieb mir erspart. Ich frage mich, wie es einem Menschen nur möglich sein kann, sich mit dergestalt zugeschnürtem Halse einer brauchbaren Konzentration zu unterwerfen. Vielleicht ist es ja auch gar nicht möglich? Ich blicke zur Bühne auf. Inzwischen haben die Redner gewechselt. Auch der jetzige Sprecher kommt mir bekannt vor. Ein netter Mensch, aber ein schlechter Redner. Es gelingt mir nicht, ihm zuzuhören, nein, aber dafür sehe ihm zu. Es gibt Reden, die müssen gesehen werden – und nur das! –, so meine Meinung. Der Versuch, mich zwischen seine Gedanken zu setzen, dem Redner auf der Bühne zu folgen, scheitert einerseits an der Tatsache, dass diese Versammlungsansprachen gewohnheitsmäßig todlangweilig sind und andererseits daran, dass die gewählten Themen nicht dazu geeignet sind, Zuhörer meines Alters zu begeistern. Seine Zeit ist um. Er verlässt die Bühne. Er setzt sich auf seinen Stuhl in der ersten Reihe, gleich vor der Bühne. Ein anderer Diener betritt die Bühne, lächelt ebenfalls in die Runde. »Wir kommen jetzt zur nächsten Aufgabe, auf die sich Bruder Kelter vorbereitet hat.« Jetzt ist es mir wirklich zu warm hier im Saale, auch ohne Krawatte. Hallo, Gedanken – sie versuchen wie immer davonzulaufen –, wo wollt ihr denn noch ganz mit mir hin? Ich sehe auf die Bühne. Bruder Kelters Darbietung ist beendet. Er verlässt die Bühne, schweift ebenfalls ab. »Wenigstens etwas«, denke ich mir. Nach einer Ewigkeit ist der erste Teil der Programmgestaltung des heutigen Abends endlich zelebriert. Eine Pause von circa 15 Minuten wird angesagt.

Auch während dieser Zeit gelingt es meinem Großvater nicht, ein halbwegs vernünftiges Gespräch zu führen. Die Pause ist beendet. Ein zuvor angekündigter Redner betritt die Bühne, stellt sich an das Pult und ordnet einige Notizen. Er rückt seine Brille zurecht, räuspert sich und wirft noch schnell einen flüchtigen Blick auf die Uhr, die an der ihm genau gegenüberliegenden Wand, auf der anderen Seite des Saales, ihren festen Platz behauptet. Er redet – stets freundlich und nett in die Runde der Anwesenden lächelnd – einige unverbindliche Worte der Einleitung und kommt dann relativ schnell zum eigentlichen Kernpunkt seiner Ansprache. Er soll, laut der Führungsebene der Zeugen Jehovas, die Anwesenden zu einem vermehrten Felddienst *ermuntern*. Das soll er, und das tut er auch. Er spricht von den fleißigen Vorbildern des Urchristentums, geht näher auf deren vorbildliches

Verhalten ein. Er nennt Zahlen und Zeiten und verbindet beides miteinander. Eine Bibelstelle wird genannt, sie wird von fast allen Anwesenden in der eigenen Bibel nachgeschlagen, der Vers wird vom Redner vorgelesen und kommentiert. Auch seine Zeit ist irgendwann um, die ihm zugeteilten Minuten sind nun verstrichen. Ihm verbleibt nur noch der Hinweis auf den nun folgenden Programmpunkt sowie auf den Bruder, der ihn gleich halten wird. Der zum Felddienst ermunternde Redner legt seine Notizen auf die Bibel, nimmt beides in die Hände und verlässt die Bühne. Er schreitet zu seinem Platz, setzt sich auf einen Klappstuhl, der ganz außen an einem der Gänge steht. An seiner rechten Seite, gleich neben dem Stuhl, steht eine Aktentasche auf dem Boden. Er greift nach der Tasche. Die Tasche landet mit einem gekonnten Schwung auf seinen Knien. Er öffnet sie und verstaut seine Notizen. Die Tasche wird geschlossen und zurück an ihren Platz gestellt. Der Bruder schlägt die Beine übereinander und blickt – leicht vornübergebeugt und den Kopf über die rechte Schulter gedreht – in die Runde. Unsere Blicke treffen sich. Er lächelt mich – oder meinen Großvater? – kurz an. Nun sieht er wieder weg. Er schaut auf die Bühne. Die Hoffnung, eine passable Sitzposition zu bekommen, habe ich längst verworfen. Mein Rücken meldet sich vehement, mir ist heiß, und ich schwitze.

In immer kürzeren Abständen sehe ich auf meine Junghans. Ich blicke in Richtung meiner Schuhe: Meine Hose ist doch eine Idee zu kurz, stelle ich nicht ohne Bestürzung fest, und eigentlich habe ich in der letzten Nacht nicht genügend Schlaf bekommen. Der Ablauf der nächsten Ansprachen und missionarischen Ermunterungen ist durchaus mit dem vorangegangenen Gesabbel vergleichbar, auch was den Inhalt betrifft. Ich sehe zu den Fenstern an meiner rechten Seite. Sie sind alle geschlossen. Die Klappen der Oberlichter sind bei zweien der Fenster einen schmalen Spalt geöffnet. Dicke weiße Gardinen hängen von dicken runden Gardinenstangen herab. Mir scheint, sie sieben die geringe Menge an frischer Luft durch, jener Luft, der gestattet wird, hier einzudringen und die ich atmen darf. Das helle Licht des Raumes drückt auf meine Augen. Mein Rücken schmerzt immer stärker. Das längere Sitzen unter derartigen Bedingungen bin ich nicht gewohnt. Das übertrumpft sogar noch die Schule. Ich wende mich nach links, blicke zu dem Bruder – ein Diener –, der mit leisen, kleinen Schritten im hinteren Quergang des Saales auf und ab schreitet. Der von mir beobachtete Bruder hält ein Notizbuch und einen Bleistift in seinen Händen. Er zählt über die Köpfe der Sitzenden hinweg die anwesenden Personen.

Wieder und wieder blicke ich in die Runde. Alles dreht sich im Kreise. Ich blicke auf den Boden, schenke dem weiteren Verlauf auf der Bühne keine Aufmerksamkeit mehr. Nicht nur, weil ich es nicht mehr will, nein, auch weil ich es wirklich nicht mehr kann. Ich bin nun nicht mehr in der Lage, meinen Sinnen den dazu benötigten geistigen Klimmzug erfolgreich abringen zu können. Mit dem besten Willen nicht. So wie ein Trans-Europa-Express, der ohne anzuhalten mit voller Geschwindigkeit auf Gleis 12 durch den Hamburger Hauptbahnhof rast, so zieht das Geschehen an mir vorbei. Die Zusammenkunft ist beendet! Sie ist beendet? Weder den abschließenden, verbindlich freundlichen Worten des Redners noch der Ankündigung eines Liedes, das immer am Schluss einer Versammlung gesungen wird, kann ich meine Beachtung schenken. Die Menschen erheben sich von ihren Plätzen. Mein Großvater und ich, wir erheben uns auch. Ein Lied wird gesungen. Ich singe nicht mit. Ein Gebet wird gesprochen. Ich bete mit. Es ist schon spät. Wir gehen. Wir müssen noch zum Bahnhof, mein Großvater und ich, müssen noch eine Strecke mit der U-Bahn fahren. Meine Gedanken ... Hier, an diesem eigenartigen Ort, inmitten jener frommen Menschen ist mein geliebter Großvater – der starke Mann und Hafenkapitän Hans Quandt – der demütige Bruder Quandt. In seinem Inneren ist er wohl kaum ein anderer, nach außen hin aber schon. Ich spüre das, und es macht mich nachdenklich, ja verunsichert mich zutiefst.

Dessen aber ganz ungeachtet mag ich diese *heiligen* Zusammenkünfte der Zeugen Jehovas sowieso nicht! Ich kann sie nicht ausstehen. Sie liegen mir ebenso schwer im Magen wie meine Schule. Beides – die Zeugen-Versammlung wie diese Schule – sollte man im Atlantischen Ozean versenken, umgehend und bitte möglichst an der tiefsten Stelle.

Sommer 1959 –
gegen Ende des Sommers

»Da werden sie dich ganz schnell wieder so richtig aufpäppeln«, hat meine Mutter zu mir gesagt und dabei sowohl mittels ihrer Stimme als auch mittels ihrer Gesichtszüge ihre uneingeschränkte Wertschätzung beteuert. »Das wird dir ganz bestimmt sehr, sehr gut tun!« Nach Lüneburg soll es gehen – oder in die Nähe Lüneburgs? –, so steht es auf dem Benachrichtigungsschreiben, das wir heute Vormittag in der Post hatten. »Das Schullandheim, das sich in einer ruhigen Lage befindet, nimmt seit über fünfundzwanzig

Jahren Kinder und Jugendliche auf, die aufgrund eines körperlichen Rückstandes einer besonderen Pflegezuwendung bedürfen«, steht auf dem Zettel und: »Der eigens auf diese Situation zugeschnittene Tagesablauf und die Ernährung, die diszipliniert wie sorgsam eingehalten werden, stellen den Erfolg ausnahmslos sicher.« Ich hatte die Angelegenheit schon beinahe wieder komplett vergessen, hatte zumindest nicht mehr damit gerechnet, dass mich die Sache so schnell wieder einholen würde. »Vielleicht solltest du deinen Alexander mal für eine Zeit lang verschicken?«, lautete die Idee meines Großvaters, der sich immer mal wieder zu Worte meldet, wenn wieder einmal über mein Untergewicht gesprochen wird. Meine Großmutter und mein Schwager, die halten sich da zwar deutlich zurück, sehen das aber letztes Endes ähnlich so. Da mache ich mir nichts vor. »Nach Lüneburg ins Schullandheim«, höre ich mich denken, »das hat mir gerade noch gefehlt!« Dass ich nicht so viel wiege, wie ich es eigentlich altersgemäß tun müsste, jedenfalls nach irgend so einer Tabelle des Schularztes, das habe ich inzwischen begriffen, und auch was meine Körpergröße betrifft, hinke ich vermutlich etwas hinterdrein. Mag sein, dass das so ist, dessen ungeachtet aber möchte ich nicht gleich verschickt werden – *verschickt!* –, wie ein Paket etwa, das mit der Post von einem Ort zum anderen versandt wird.

Mit einem großen Glas Limonade in der Hand – Ahoi Brausepulver »Waldmeister«, in kaltem Wasser aufgelöst und mit einem Strohhalm darin – sitze ich auf unserem Balkon auf einem Küchenstuhl und bin bemüht, die letzten Tage des sich langsam verabschiedenden Sommers zu genießen. Der Blick von hier oben bietet mir genügend Motive, die mich angenehm und ausreichend ablenken. Obwohl der riesige, in sich geschlossene Innenhof, auf den ich von hier aus schaue, ausschließlich von den vier Rückseiten der langen Mietshäuser-Reihen des Reyesweg, Damerowsweg, Kraepelinweg und Pinelsweg gebildet wird und die meisten der Anwohner in der überwiegenden Zeit des Jahres im Grunde genommen von ihm nichts außer einer tristen Teppich-Klopfstangen-Atmosphäre erwarten, kann ich persönlich diesem Bereich weitaus mehr abgewinnen: Die hohen, schlanken Pappeln, die sich scheinbar an der Höhe der vierstöckigen Häuser orientieren und sich so verhalten, als läge es in ihrer Absicht, kerzengerade in den Himmel hinein zu wachsen ... die Birken, Büsche, Sträucher und Hecken, die im Laufe der Jahre angepflanzt wurden und für die sich – außer der bestellten Gärtner, die alle paar Monate kurz mal nach dem Rechten sehen – nun niemand mehr ernsthaft verantwortlich fühlt ... diese anhaltende Ruhe abseits jedes Straßenlärms ...

Die sogenannte Verschickung, die bereitet mir allerdings ernsthafte Sorgen. Ich will hier nicht weg, will nirgendwo anders wohnen und schlafen müssen als in meinem Zimmer, in meinem ureigenen Reich, zuhause, im Reyesweg. Auch nicht vorübergehend will ich mich trennen, nicht für Tage und erst recht nicht für Wochen! Dieser Schularzt, der vermutlich alles in die Wege geleitet hat, der fällt mir langsam gehörig auf den Wecker. »Der meint es doch nur gut mit dir«, so sieht das meine Mutter. »Das, was so ein Landheim für dich tun kann, das kann ich dir hier nicht bieten«, schwärmt sie, »und die verstehen dort etwas von einer gesunden Ernährung!« Mag ja alles sein, und ich will das gerne glauben, aber ich kann mich trotzdem nicht für diesen Weg begeistern. Freiwillig werde ich mich da nicht fügen!

»Zwei Wochen sind für ihren Sohn Alexander Zinser bewilligt und vorgesehen«, lässt uns das Benachrichtigungsschreiben seitens der Behörde wissen, wenn ich es richtig verstanden habe. »Bitte setzen sie sich in den nächsten Tagen mit ihrem Hausarzt in Verbindung, der das beigefügte Formular ausfüllen und an uns zurückschicken wird!« – »Scheint alles bereits perfekt eingefädelt zu sein«, so meine Gedanken, »muss nur noch von Doktor Weser bestätigt und unterschrieben werden und – ab die Post nach Lüneburg!« Noch in diesem Jahr und in den Herbstferien, wenn ich es richtig verstehe. Selbst wenn es außerhalb der Ferien geschehen könnte – somit wenigstens die Schule für mich ausfiele! –, würde ich es ablehnen, aber so? Dafür noch die schönen freien Tage opfern? Nein, ich lasse es mir nicht einreden, für mich ist das nichts! Auch wenn meine Mutter nicht müde wird, stets und ständig darauf hinzuweisen, dass sie mir die *wertvolle* und *gezielte* Ernährung, die mich dort erwartet, nun mal nicht bieten kann. »Alex, du hast einiges aufzuholen, daran gibt es keinen Zweifel. In deinen ersten Lebensjahren, da gab es bei uns im Lande nicht alles zu kaufen, in einigen Fällen selbst das nicht, was ein Heranwachsender unbedingt benötigt. Und wir hatten auch nicht immer das Geld dafür. So allmählich geht es zwar wieder, so nach und nach rückt sich alles wieder zurecht, und dennoch – ich mache mir Sorgen.« Aus meiner Sicht heraus ist für mich nichts erkennbar, was ihr derartige Sorgen bereiten sollte, obwohl ich meine, sie zumindest verstanden zu haben. Ich möchte eben nicht *woanders* hin, schon gar nicht gleich für längere Zeit. Von Klaus Bürger – der bereits einmal in so ein Landheim verschickt wurde – weiß ich, was einen dort erwartet. »Da herrscht Zucht und Ordnung, mein Lieber, das kann ich dir aber flüstern!«, so ein Auszug aus seinem Erfahrungsbericht. »Da geht abends pünktlich – pünktlich! – um 08:00 Uhr das Licht aus, und dann heißt es: »Strickte Ruhe im Zimmer!« Du schläfst mit mindestens vier Mann auf der Bude, manchmal sind es auch fünf oder sogar sechs. Und morgens, gleich nach dem Aufstehen, da machst du als Erstes dein Bett, und die braungraue Wolldecke, auf der an einem Ende der Namenszug des Heimes in großen Buchstaben aufgedruckt ist, die hast du – fein säuberlich zusammengelegt – am Fußende des Bettes zu platzieren, und gefälligst immer so zusammengelegt, dass die Schrift genau oben zu liegen kommt!« Schwarzbrot, mit Butter und Sauerkraut drauf, soll Klaus Bürger dort mehrfach zum Frühstück bekommen haben, wie er mir beteuerte, und während des Frühstücks, da schritt jeden Morgen eine Heimschwester von Tisch zu Tisch und hat jedem Jungen einen großen Esslöffel mit Lebertran verabreicht. Lebertran – igitt igitt! Nein danke, all das erspare ich mir lieber.

Und dann ist da noch meine leidige Bettnässerei! Sie lässt es meiner Meinung nach ganz und gar nicht zu, das ich woanders als zuhause übernachte. Zwar passiert es mir längst nicht mehr so häufig wie beispielsweise noch vor ein, zwei Jahren, dennoch aber kommt es immer mal wieder vor, dass ich morgens in einem völlig durchnässten Bett aufwache. Mein Nachtzeug, das Bettlaken und die Matratze – alles klitschnass! Wenn mir das im Landheim passiert, mehr oder weniger unter den Augen meiner Zimmergenossen, das wäre unvorstellbar peinlich für mich. Dem Personal könnte ich ein derartiges Malheur ebenfalls nicht verheimlichen. Meinen Pyjama, den könnte ich notfalls noch rechtzeitig verstecken, aber das Bettzeug ... Nein, vor dieser Situation fürchte ich mich entsetzlich. Meine Eltern haben sich inzwischen mit der Krankheit – Krankheit? Ist es eine Krankheit? – ihres Sohnes abgefunden, jedenfalls im Großen und Ganzen gesehen ist das der Fall. Was hätten sie auch großartig anderes tun können, nachdem mehrere Arztbesuche keinerlei Abhilfe schaffen konnten. »Das gibt sich bestimmt mit der Zeit«, so unser Doktor Weser tröstend, der mir damals ziemlich ratlos vorkam. »Da kann ich, als Hausarzt, momentan nichts für den Jungen tun!« Mit meiner Mutter – die mit mir auch diesen letzten Arztbesuch unternahm – hatte er damals noch einige Worte unter vier Augen gewechselt. »Abschließende Ratschläge«, wie ich auf dem Heimweg erfuhr, Hinweise, die er allein meinen Eltern gab. Wie gesagt, etwas zurückgegangen sind jene Fälle. Das schon, aber vor jedem Einschlafen besucht mich noch kurz die Angst, die quälende Furcht davor, dass es – ausgerechnet in dieser Nacht! – wieder geschehen könnte. Meine Freunde wissen nichts von meinem Leid. Ich habe nie mit ihnen darüber gesprochen, dass ihr Kamerad Alexander Zinser ein Bettnässer ist. Es geht sie auch nichts an. Gerne wäre ich von dieser widerlichen Last befreit, an die ich zwar nicht ununterbrochen denken muss, die mir aber nichtsdestoweniger fest im Nacken sitzt.

Wenn man von hier oben, vom Balkon in der vierten Etage, hinunter auf die Erde schaut, dann hat das etwas von – ja! – Freiheit für mich. So empfinde ich es jedenfalls. Vielleicht liegt es ja daran, dass ich hier für Minuten uneingeschränkt alleine bin, dass ich sehr sicher sein kann, dass ich hier, an diesem Platz, mit keiner unangenehmen Überraschung rechnen muss. Hier kreuzt niemand meinen Weg oder taucht – wie aus dem Nichts heraus – plötzlich von irgendwoher auf. Weder werde ich hier von irgendjemandem vermutet noch von irgendjemandem erwartet. Der Balkon, der bietet mir eine Zone des Alleinseins, der Sicherheit. Mag sein, dass es sich so verhält und dass das der Grund ist, weshalb ich mich hier, auf dieser nur wenige Quadratmeter großen Freiheit, tatsächlich geborgen fühle. Was benötigt der Mensch schon großartig mehr als eine ruhige Zeit auf dem Balkon, ausschließlich zusammen mit einigen Micky-Maus-Heften und einem großen Glas Ahoi-Brause? Jedenfalls keinen vierzehntägigen Aufenthalt in einem Schullandheim, in dem peinlich genau auf das richtige Falten der beschrifteten Wolldecken geachtet wird, bevor einem dann, etwas später, Schwarzbrot mit Sauerkraut und ein großer Löffel mit Lebertran eingetrichtert wird. Auf Ideen kommen die Leute – und ganz besonders die Schulärzte! –, da kann man nur noch mit dem Kopf schütteln, da ist das Ende von weg. Was meine Ernährung betrifft, da befürchtet meine Mutter stets und ständig, dass sie etwas falsch macht, dass ich »zu kurz komme«, wie sie es gerne formuliert. »Das ist nun wirklich nicht das Gesündeste«, mahnt sie, wenn ich mir Zucker auf mein Butterbrot streue, »davon gehen auf Dauer deine Zähne kaputt!« Jans Eltern sehen das genauso, wie er mir bestätigt hat. Mal ganz abgesehen von der Leidenschaft, ebenfalls wie ich so ab und an gerne ein Zuckerbrot zu essen, sind Jans Essgewohnheiten allerdings tatsächlich auffallend eigenartig. Hin und wieder kauft er sich beispielsweise beim Bäcker an der Ecke einen kleinen Würfel Hefe, den er dann sofort und alleine genüsslich verzehrt, so als hätte er eine ganz außergewöhnliche Delikatesse ergattert. Und nicht allein das, Jan kippt sich manchmal eine kleine Ladung pures Salz in die Handfläche, die er dann mit Hingabe aus seiner Handfläche leckt. Salz! Das mit der Hefe, das kann ich ja noch irgendwie verstehen, ich würde sie zwar nicht in solchen Mengen essen, wie Jan es macht, dennoch, ihren Geschmack, den mag ich auch, aber pures Salz?

Noch weiß ich zwar beim besten Willen nicht, wie ich es anstellen soll, aber um die viel gelobte Verschickung muss ich irgendwie herumkommen, auch wenn sie mir schon so gut wie komplett geplant erscheint. Wie ich vermute, spielt hier zusätzlich noch eine ganz andere Sache eine Rolle. Hier soll möglichst das eine mit dem anderen verbunden werden: Sowohl für Anneliese Zinser als auch für Erna Quandt ist – wie ich stark vermute – der Gedanke, dass Alexander Zinser einfach mal für ein paar Tage von der Bildfläche verschwindet, alles andere als unangenehm, um es mal ganz, ganz vorsichtig auszudrücken. Selbstverständlich bin ich mir darüber im Klaren, dass ich meine Familie ganz schön in Trab halte – ebenfalls recht vorsichtig gesagt – und hiervon nun eine kleine Pause zu erlangen, das ist eine Zielsetzung, die ich selbstverständlich nachvollziehen kann. Ich bin eben anstrengend! Dass sie mich lieben, daran hege ich keinen Zweifel, und dennoch … »Und ich hatte so gehofft, dass er jetzt mal für zwei, drei Wochen seinen Rand hält«, hörte ich meine Großmutter zu ihrer Tochter schalkhaft sagen, als ich im vergangenen Jahr an Mumps erkrankte und mich bereits nach nur knapp einer Woche rein nichts mehr in meinem Bette hielt. Gut, ich weiß ja, wie das gemeint ist. Nein, nein, keiner der beiden wünscht sich allen Ernstes, dass ich ernsthaft krank werde. Und niemand würde mich *verschicken* wollen, nur um mich für einen längeren Zeitraum *los* zu sein.

Man kann selbstverständlich auch etwas anderes nehmen. Dafür kommen gleich mehrere Dinge infrage. Aber eine Wäscheklammer hat sich hierfür bestens bewährt. Das heißt, um genau zu sein, es wird nur eine halbe Klammer dafür benötigt. Gleich hier, im Eingangsbereich der Haustür, werde ich es jetzt erledigen. Keine große Angelegenheit, die Sache ist wie immer schnell getan. Mein Fahrrad steht jetzt – Lenker und Sattel auf den Gehwegplatten gelagert – umgedreht vor mir und wartet auf seinen neuen »Motor«. Es kommt jetzt einerseits darauf an, jene halbe Wäscheklammer möglichst so zu befestigen, dass der gewünschte Klappereffekt gewährleistet ist, und andererseits, dass das Befestigungsmaterial – hier ein dickeres Gummiband – nicht so schnell erlahmt. Klar, das Holzstück darf während der Fahrt auch keinesfalls zwischen die Speichen geraten, womöglich noch so, dass es das Rad urplötzlich blockiert. Das wäre natürlich mehr als fatal. Letzteres ist es auch, was mein Vater immer mal wieder befürchtet: »Was soll der Blödsinn, Alex, kannst du das Fahrrad nicht einfach mal so belassen, wie es ist? Wenn dir das mitten im Straßenverkehr passiert, dann kann das schlimme Folgen haben – für nichts und wieder nichts!« Unrecht hat er da nicht, wenn er sich darüber ärgert, das ist mir klar, und trotzdem ... Man muss doch nicht immer gleich vom Schlimmsten ausgehen. Wie üblich werde ich meinen Motor wieder am Hinterrad befestigen. Irgendwie ist dort der ideale Platz. Das Material habe ich in der Tasche. Eine halbe Wäscheklammer zu bekommen, das ist nicht das Problem, obwohl meine Mutter hierzu auch schon den einen oder anderen kritischen Einwand abgegeben hat. Vielmehr ist es nicht so einfach, ein entsprechend stabiles Gummiband aufzutreiben. Die ganz normalen Gummibänder, die, die sich in der Regel in jeder Küche in einer der Küchenschrank-Schubladen finden lassen, die sind nur bedingt geeignet, die reißen bereits nach nur kurzem Einsatz an der nächsten Straßenecke. Nein, was hier herhalten muss, das sind entweder die roten, breiten und dicken Gummis, die für die Einmachgläser bestimmt sind, oder die zwar wesentlich schmaleren, dennoch aber recht stabilen weißen Gummis, die unterhalb des Bauchnabels die Unterhosen am Körper halten und dann und wann mal ausgewechselt beziehungsweise neu eingezogen werden müssen, weil sie völlig ausgeleiert sind. Da bei uns niemand Obst oder Gemüse einmacht, haben wir die erstgenannten eher nicht im Hause. Die Unterhosengummis lagern allerdings fast immer griffbereit im Nähkorb, sauber aufgerollt auf einem Stückchen Pappe.

Heute habe ich einen guten Meter von den besagten weißen Ersatzgummis ergattert. Es handelt sich allerdings so ziemlich um den Rest, der sich auf der Pappe gewickelt im Nähkorb befand. Das wird natürlich irgendwann zur Sprache kommen, wird vermutlich – zeitverzögert – etwas Ärger geben. Vor meinem Rad kniend, halte ich rund zwei Handbreiten unterhalb des Schutzbleches das Stück Holz an das rechte Rohr der Hinterradgabel – und zwar so, dass während der Fahrt eine gewisse Länge des Holzes gerade noch so eben von den Speichen des drehenden Rades berührt werden kann – und beginne mit dem fachgerechten Umwickeln des Gummis, was mit dem mehrfachen Verknoten der beiden Enden seinen Abschluss finden wird. Die Haustür wird geöffnet. »Na, Alexander, will es nicht mehr, musst du es reparieren?« Herr Starzinger – zweite Etage links im Haus –, ohne aufzublicken, erkenne ich ihn an der Stimme. »Ja, ist aber bereits so gut wie erledigt!« Dem muss ich es ja nicht gleich auf die Nase binden, was der eigentliche Grund meines auf dem Kopf stehenden Fahrrads ist, der denkt in dem Punkt nämlich ähnlich wie mein Vater. »Na, dann mal viel Erfolg!« War mir sowieso klar, dass Herr Starzinger nicht so genau hinsieht, was ich da tue. Er ist zumeist zwar recht freundlich zu mir, zeigt aber in der Regel kein sonderliches Interesse an dem, was wir Jungen so treiben. Mein »Danke, Herr Starzinger!« hat er vermutlich schon nicht mehr hören können, so schnell war er um die Ecke und weg.

So, das wäre geschafft, das müsste eigentlich klappen, jetzt schnell das Rad wieder umdrehen, auf die Räder stellen und sofort eine kurze Probefahrt machen. Schon während des Schiebens – das kurze Stück vom Hauseingang bis zur Fahrbahn der Straße – bemerke ich, dass ich die Klammer goldrichtig positioniert habe. Das gleichmäßige Klappern meines neuen Motors lässt da keinen Zweifel zu. Natürlich ist die ganze Angelegenheit drehzahlabhängig: Je schneller ich mit dem Rad fahre, je schneller sich also das Hinterrad dreht, desto intensiver ist das rasselnde Klappergeräusch. Das werde ich in nur wenigen Sekunden im Original erleben können. Dass die Leute auf der Straße wenig Verständnis für das aufbringen, was wir Jungen dem Klapper-Gerassel abgewinnen können, ist mir zwar verständlich, aber da hilft alles nichts, da müssen die durch. Es ist ja auch nur vorübergehend zu ertragen – oder besser gesagt: vorüber*fahrend*?! –, was diese in ihrer Ruhe gestörten Nachbarn gerne als eine schier unerträgliche Lärmbelästigung bezeichnen. »Das kann doch nicht angehen! Habt ihr Rotzjungen denn nur noch Blödsinn im Kopf?«, tönt es dann nicht selten. »Euch sollte man mal ganz gehörig die Ohren lang ziehen!« So, oder ähnlich so, wurde auch mir mehrfach die eine oder andere Missfallenskundgebung deutlich und lauthals hinterhergerufen. Was das betrifft, so wird mich nichts mehr ernsthaft überraschen können. Ich kenne das bereits zur Genüge, weiß, was mich da jederzeit erwarten könnte.

Laut übertönt mein neuer Motor alle Fahrgeräusche, die mein Fahrrad ansonsten noch verursacht, selbst das Schütteln des defekten Gepäckträgers wird von der in den Speichen ratternden Wäscheklammerhälfte locker übertrumpft. Mit beiden Händen den Lenker fest umklammernd und den Oberkörper tief vornübergebeugt, trete ich mit all meiner Kraft in die Pedale, fahre – nein, ich rase! – über das holperige Kopfsteinpflaster geradewegs den Reyesweg entlang in Richtung Pfenningsbusch. Von meinem Gefühl her sitze ich auf einem knatternden, schnittigen Motorrad – mindestens das! – und genieße in tiefen, vollen Zügen die unendliche Freiheit, die auf dieser Welt allein eine superkräftige Maschine in der Lage ist, einem Menschen zu verleihen. Ohne den Blick von der Fahrbahn gänzlich abzuwenden, sehe ich zeitgleich seitwärts hinunter zu der Klammer, kontrolliere ihren festen Halt, den das mehrfach um Holz und Gabel gewickelte Gummiband gewährleisten soll. So wie es aussieht, erfüllt das Material das von ihm Erwartete voll und ganz.

Knatternd rase ich an Hoppe vorbei. Gerade verlässt eine ältere Dame den Gemüseladen. An jeder Hand ein beladenes Einkaufsnetz, bleibt sie kurz in der Tür stehen und sieht zu mir auf. Irgendetwas scheint die Frau jetzt in meine Richtung zu sprechen?! Bevor es mir möglich ist, etwaig Gesprochenes real wahrzunehmen, bin ich bereits wieder so viele Meter von Hoppes entfernt, dass es allein bei einer Vermutung bleibt.

Links von mir, auf gleicher Höhe, zeigt sich mir der Hauseingang Nummer 16, in dem Jan wohnt. Einige Meter weiter dann der große, graue BMW V8, das einzige Auto, das sich momentan im gesamten Reyesweg sehen lässt. Diese Nobelkarosse ist ein sogenanntes Dienstfahrzeug – so hört man es hinter vorgehaltener Hand aus der Nachbarschaft munkeln –, »ein Dienstwagen, den der Chauffeur nach Feierabend mit nach Hause nehmen darf!« An der Ecke bremse ich per Rücktritt kräftig ab, rolle rechts an den Kantstein heran und bleibe für einige Minuten dort stehen. Nichts klappert mehr. Ruhe! – Gegenüber ist der Bäckerladen Leudke, an dessen Hauswand, gleich links neben der Schaufensterscheibe, dicht an dicht zwei Briefkästen hängen. Ein blauer und ein gelber Briefkasten hängen dort. Der in einem besonders leuchtenden Blau lackierte Kasten, der ist allein für die Zustellung der Luftpost gedacht, für die Briefe, die per Flugzeug transportiert werden müssen. – Nicht mehr als drei Leute stehen dort am Tresen, das kann ich auch aus dieser Entfernung und durch die Schaufensterscheibe hindurch erkennen. Ich blicke mich um: Bis auf die alte Dame, die sich inzwischen in entgegengesetzter Richtung auf den Weg gemacht hat, ist keine weitere Menschenseele in der Straße zu sehen. Sie wackelt beim Gehen seitwärts hin und her, die Alte, was ihrem Erscheinungsbild etwas Albernes und Unbeholfenes zugleich verleiht. Sie tut mir leid. Ich würde ihr gerne helfen. Wieso radele ich nicht einfach zu ihr hin und frage sie freundlich, ob ich vielleicht die zwei schweren Einkaufsnetze zu ihr nach Hause tragen soll? Ich könnte die Netze sogar über meinen Fahrradlenker hängen. Den Gedanken verwerfe ich, denke auch nicht, dass sie das will. So wie die Frau baumeln die beiden Einkaufsnetze ebenfalls hin und her. Im Takte ihrer behäbigen Schritte geschieht das. Auch das ist von meinem Standort aus gut zu erkennen.

———

Hier oben, auf einem der vier verklinkerten Pfeiler der alten Eisenbahnbrücke hockend, hat man seine Ruhe. Zwar befindet sich die von mir gewählte Sitzfläche nur etwas mehr als zwei Meter über dem Fußweg unter mir, wenn überhaupt – dieser Abstand reicht dennoch aber aus, um dem allgemeinen Alltagsgeschehen den Rücken zu kehren. Gleich hinter mir beginnt der aufgeschüttete Bahndamm, ein mit langen Gräsern wild bewachsener Hügel, der ziemlich steil ansteigend bis direkt an die Geleise führt, auf dem hauptsächlich die S-Bahn-Züge verkehren, die in regelmäßigen Abständen die beiden Bahnhöfe Barmbek und Friedrichsberg miteinander verbinden. Hin und wieder, eher selten, fährt hier ratternd ein mehr oder weniger langer Zug mit Dampflokomotive als Antrieb vorbei, dessen sich bereits lange vor seinem Eintreffen ankündigendes Getöse mich aber auch heute kein bisschen stören würde. Der aus der Ferne sich nähernde Lärm würde sich dann langsam, aber stetig steigern, bis der Zug sich auf meiner Höhe befindet, um dann wieder genau so stetig abzunehmen, bis letztlich das in der Ferne verhallende Gepolter beim besten Willen nicht mehr zu hören ist. Was hingegen die S-Bahn-Züge betrifft, die registriere ich kaum noch, die rauschen hier mit einem kurzen Zischen in beide Richtungen vorbei. Ab und zu kommen hier unter mir Passanten vorbei, die mich gewöhnlich aber nicht bemerken oder, wenn doch, kaum wahrnehmen. Letzteres liegt nicht zuletzt auch daran, dass der Pfeiler, den ich mir zwecks Rückzug ausgesucht habe, ein ganzes Stück vom Gehweg zurückliegt. So lässt es sich aushalten. Meine Gedanken ...

»Da kann einer sagen was er will, aber du konntest dein Fahrrad überall unangeschlossen abstellen, es hat niemand gewagt, es zu stehlen – niemand!« Genau so hatte es meine Mutter mit Überzeugung in die Runde gesagt, und ihr Gesichtsausdruck verlieh ihren Worten Nachdruck. Für mich ist es immer wieder interessant zu erfahren, mit welchen höchst unterschiedlichen Meinungen das Geschehen einerseits be- und andererseits verurteilt wird. »Der Zweite Weltkrieg und das ganze Drumherum« – wie oft war das bereits das Thema Nummer eins innerhalb unserer Familie, und nicht nur das, immer und immer wieder wird darüber gesprochen, wie es zu dieser weltweiten Katastrophe überhaupt kommen konnte. »Das stimmt, Anneliese, das stimmt. Aber da hat die pure Angst das letzte Wort gesprochen, und ob das der Weisheit letzter Schluss ist, das, wage ich zu bezweifeln!« So kenne ich ihn, meinen Schwager, er weiß zwar nur zu gut, dass seine Schwiegermutter keinesfalls im Nachhinein noch eine Lanze für die damals unter Adolf Hitler herrschende Ordnung brechen will, dennoch nutzt er jede sich bietende Möglichkeit, um die Fragwürdigkeit solcher Aussagen in das richtige Licht zu stellen. So verstehe ich jedenfalls seine Einwände, von denen mir einige in der Erinnerung liegen. Vor rund zwei Wochen war es, als sich bei uns zu Hause während eines Sonntagnachmittag-Kaffeetrinkens das Gespräch über den Krieg rein zufällig ergab. Zu viert saßen sie um den Wohnzimmertisch herum und diskutierten bei Kaffee und Kuchen: meine Mutter, meine Großmutter, meine Schwester und mein Schwager. »Das, was Atsche da mit dem Deutschen Volk und für das Deutsche Volk in der Welt angezettelt hat, das ist mit nichts zu entschuldigen!«, so oder ähnlich so formulierte es Erna Quandt, die sich zuvor eine ganze Weile sichtlich zurückgehalten hatte. »Das kann man drehen und wenden, wie man will, aber da ist nichts, was es zu beschönigen gibt!« Mit den Augen rollend, nahm sie sich mit der rechten Hand ihre Kaffeetasse vom Tisch und drückte mit der linken Hand einen qualmenden Zigarettenstummel im Aschenbecher aus. Barbara, meine Schwester, die beschränkte sich vorrangig darauf, den jeweiligen Redner gebannt und mit einem gewissen Respekt anzuschauen, so als würde sie – nach ihrem jeweiligen Mienenspiel zu urteilen – sowohl das eine als auch das andere von dem Gesagten durchaus absegnen können, jedenfalls hatte ich den Eindruck.

Von mir, dem passiven Zuhörer, der etwas abseits mit einem Buch in den Händen auf dem Fußboden unterhalb des Fensters saß, hatte man gar nicht erst einen Kommentar erwartet. Wie auch? Von dem, was ich aus dieser Zeit weiß, kann ich mir keine eigene Meinung bilden, weder habe ich in diesen besagten Tagen gelebt, noch hat man mich über das Geschehene hinlänglich informiert. In der Schule beispielsweise, da erfahre ich etwas über alles Mögliche, aber reinweg nichts über den jüngst vergangenen Krieg – nichts! Dort erzählen mir die Lehrer ohne Einhalt dies, das und jenes, angefangen von den Straßen erbauenden Römern der Antike über die klugen Hanse-Kaufleute des Mittelalters bis hin zu Wallenstein, der vor über dreihundert Jahren im Dreißigjährigen Krieg eine gewichtige Rolle spielte, aber nichts über den Menschen namens Adolf Hitler, dessen Beweggründe und Taten für mich allein im Rahmen des engsten Familienkreises und dann eher hinter vorgehaltener Hand Erwähnung finden. »Man muss versuchen zu verstehen, wie es dazu kommen konnte«, hatte irgendwann irgendjemand aus der Kaffeetrinkrunde angemerkt. »Das ist wichtig, damit sich von Deutschland aus so etwas Schlimmes niemals wiederholen kann!« – »Die Amis haben eine gewisse Mitschuld daran, dass es zu diesem Krieg überhaupt kommen konnte!«, das wurde ebenfalls irgendwann von irgendjemandem mit dem Brustton der Überzeugung in den Raum gestellt. Ob es innerhalb des Gesprächs zu einer Einigung gekommen ist, das kann ich nicht sagen, mein Buch hatte es dann doch geschafft, mich vollends vom Gesprächsgewirr abzulenken. Allerdings hatte ich auch zu keiner Zeit den Eindruck gehabt, dass eine Einigung in irgendeiner Weise eigentlich erwartet wurde. Vielmehr diente das jeweils Angemerkte meiner Meinung nach allein als kleiner Beitrag zu einem großen Gesprächsstoff, zu dem jeder Anwesende jederzeit etwas sagen konnte, ohne sich dabei – wie auch immer – festlegen zu müssen. Gestritten wurde nicht, nein, alles blieb an diesem Nachmittag bei einer gesitteten Gemütlichkeit, einer Behaglichkeit, die bei derartigen Treffen längst nicht immer gewährleistet ist.

Ein aus der Ferne herannahendes, gewaltiges Grummeln kündigt nun tatsächlich einen jener Züge an, die mit einer Dampflokomotive angetrieben werden – keine S-Bahn! –, das lässt sich aufgrund des massigen Geräusches stark vermuten. Ich sitze auf meinen Händen, die Beine baumeln am verklinkerten Pfeiler hinunter. Ich drehe mich um, blicke über meine Schulter auf die langen Halme der Gräser, die den Bahndammhügel vollends für sich eingenommen haben. Dicke Hummeln fliegen summend von Halm zu Halm, schaffen es so ganz nebenbei, dass sich die spontan belasteten Grasstängel kurzfristig in weitem Bogen hinunter in Richtung Boden neigen, um dann Sekunden später – wieder vom Gewicht der Insekten befreit – zurück in ihre Ausgangsposition zu federn. Wenn man sich gut darauf konzentriert, dann ist es jetzt wahrnehmbar: Im Bereich des Bahndamms erzittert tatsächlich die Erde, leicht zwar, kaum merklich, aber immerhin. Doch, ich bin mir jetzt sicherer, es handelt sich eindeutig um eine Dampflok! Es muss auch diesmal wieder ein überaus langer Zug sein, der da über die rostigen Geleise donnert. Auf irgendeine Weise (?) kann ich das, noch vor seinem Eintreffen hier, anhand der Gesamtheit der von mir empfundenen Hinweise ausmachen. Kurz entschlossen erhebe ich mich, eile schnellen Schrittes den Hügel hinauf und bleibe unmittelbar vor den Geleisen stehen. Von links, noch sehr weit von mir entfernt, aus der Richtung kommend, in der der Barmbeker Bahnhof liegt, naht er, der Zug. Recht hatte ich! Wie von mir angenommen handelt es sich um eine lange Schlange von Anhängern, die von einer schwarzen, dampfenden Lokomotive gezogen werden. Von meiner Position aus ist es mir momentan nicht möglich, das Ende des Zuges zu erkennen. Eine dicke, wild wirbelnde weißgraue Rauchfahne steigt pulsierend aus dem Schornstein der Lok. Sofort nach ihrem Austritt wird die Rauchfahne vom Fahrtwind ausgerichtet. Sie weht ein ganzes Stück weit oberhalb der Anhänger nahezu parallel zum Zug in Richtung dessen Endes, um sich letztlich, ganz allmählich schräg ansteigend, in Richtung Himmel aufzulösen. Zu beiden Seiten der Lokomotive, links wie rechts ihrer mächtigen Räder, entweicht ebenfalls ein heller Dampf, der zwar gleichermaßen vom Fahrtwind unverzüglich nach hinten gezogen wird, sich aber immer recht schnell in dem Bereich zwischen den Eisenbahnschienen und dem Räderwerk der Anhänger verliert. Jetzt, im Moment, muss ich mich nicht sonderlich konzentrieren, um das Erzittern der Erde wahrzunehmen, nein, er zittert, der Boden, das ist nun eindeutig spürbar.

Die Lokomotive ist jetzt exakt auf meiner Höhe. Nur wenige Meter trennen mich von dem schwarzen, stiebenden Kraftprotz, der unentwegt hellen Dampf in alle mögliche Richtungen entlässt. Ein Gebirge aus runden wie eckigen Eisenplatten zieht in Sekunden an mir vorbei. Dicker, rußgeschwärzter Stahl, der von tausenden Nieten in dieser Form fest zusammengehalten wird und für einen kurzen Augenblick sogar in der Lage ist, mir den Blick auf den wolkenlosen Himmel zu versperren. Ein beeindruckendes Bild! Eine Erscheinung, die mir Ehrfurcht einflößt, die mich gleichermaßen anzuziehen und abzustoßen versteht. Für einen kurzen Moment habe ich das Gefühl, als würde der Luftzug, den die an mir vorbeistampfende Maschine verursacht, mich problemlos ansaugen und mitreißen können. Das Hemd, das ich über meiner Hose trage, flattert nervös an meinem Körper. Meine Haare werden wild durcheinandergewirbelt. Im gleichmäßigen Takt rattern die stählernen Räder der Waggons über die Brücke, lassen die Unebenheiten in dem rostigen Schienenstrang zu Worte kommen, die diesen Rhythmus verursachen. Ich kann nicht anders – wie automatisch zähle ich auch heute die Anhänger dieses langen Zuges. Es sind ausschließlich Tank- und Kohlewaggons, die die Dampflok hinter sich herzieht. Einige von ihnen sind mit dicken Schriftzügen versehen. Ohne dass ich einen Einfluss darauf habe, lenkt mich das Lesen dieser Beschriftungen von meinem eigentlichen Vorhaben ab. »Fünfunddreißig!«, höre ich mich noch denken, als der ganze Zauber unwiderruflich an mir vorbei ist. Ich bin sicher, dass es deutlich mehr Waggons sind, die nun unaufhaltsam weiter in Richtung Friedrichsberg gezogen werden. Wie zu erwarten nimmt der Lärm langsam, aber stetig wieder ab. Mein Hemd flattert nicht mehr. Brav hängt es wieder an meinem Körper herunter. In nur wenigen Sekunden wird das Summen der Hummeln wieder zu vernehmen sein, die sich ganz offensichtlich von dem gewaltigen Schauspiel zu keinem Zeitpunkt in ihrem emsigen Tun haben unterbrechen lassen. Ich wende mich ab, verlasse meine Position, gehe langsam den wild bewachsenen Hügel hinunter, setze mich wieder auf den verklinkerten Pfeiler.

Mein Blick geht zu dem Kohlenhöker hinüber, der auf der genau gegenüber-liegenden Straßenseite sein Revier hat. Dort die Bude mit dem Firmenschild über der Eingangstür, dahinter die nach allen Seiten hin offene Überdachung, unter der die unterschiedlichsten Koks- und Brikettsorten bergeweise lagern. Eine große Waage – ein metallenes Gestell mit einer Schütte – steht auf dem Platz, mit der die Kohlen in einem Arbeitsgang gewogen und unmittelbar danach in Säcke gefüllt werden können. Soweit es mir bekannt ist, wiegt jeder Sack einen Zentner. Wohin man auch sieht, alles liegt in ein tiefes Schwarz gehüllt, was ich von einem Kohlenhöker-Lagerplatz ja auch nicht anders er-warte. Wir kaufen unseren Kohlevorrat auch dort am Platz, lassen das, was wir für den Winter benötigen, rechtzeitig von diesem Höker anliefern und direkt auf unseren Dachboden schaffen. Einer der Lastwagen steht schräge vor der Überdachung, die hintere Klappe der Ladefläche ist senkrecht herunter-geklappt. Drei Männer, kohlrabenschwarz im Gesicht, sind dabei, den Wagen zu beladen. Zum Schutz vor dem Kohlenstaub stecken ihre Köpfe in einer Art Kapuze, deren Tuch über den Nacken und bis weit über die Schultern reicht. Im Wechsel tragen zwei der Männer auf ihrem Rücken die prall gefüllten Säcke aus dem Lager bis an den Wagen heran und setzen ihre schwere Last dann, rückwärts stehend, auf der Kante der Ladefläche ab. Auf der Ladefläche stehend nimmt sie der dritte in Empfang und verteilt die Säcke – so wie es aussieht, nach einem gewissen System geordnet? – umgehend auf dem Wagen. Die noch zu transportierenden Säcke stehen gleich vorne unter der Überda-chung. Ein beachtlicher Haufen, der trotz der emsigen Hin- und Herlauferei scheinbar nicht kleiner wird. Die kräftigen Männer müssen noch einige Zent-ner ... »Stopp. Stopp!«, befehle ich mir selber. »Was genau hatte Schwager Ulrich seiner Schwiegermutter geantwortet, als sie sich über die damals in Deutschland allzeit gesicherten Fahrräder äußerte?« Meine Gedanken, sie überschlagen sich, ja sie laufen mir nach allen Seiten hin strebend unkontrol-liert davon. Wie spät es jetzt wohl sein mag? Mich überkommt plötzlich so etwas wie ein unsicheres Gefühl. Schluss! Ich mag mich hier am Bahndamm nicht mehr länger aufhalten. Für heute reicht es mir. Ich möchte jetzt nur noch möglichst schnell weg von diesem Ort. Ich möchte – nein, ich muss! – spätes-tens jetzt nach Hause gehen. Vorsichtig und somit zeitraubend von meinem Pfeiler hinunterklettern schließe ich aus. Ohne noch weiter zu überlegen setze ich mich an die Kante der gemauerten Sitzfläche, beuge mich vor, setze zum Sprung an – stoße mich mit beiden Handflächen vom Podest ab – und lande unten am Fuße des Pfeilers. Vor mir der quer verlaufende Gehweg.

Viertes Kapitel

Erzieher oder so – vielleicht ein Lehrer? – ist er. So genau habe ich es nie in Erfahrung gebracht. Herbert Bannhofer – sein Name, der irgendwie mit zur Familie gehört. Ich glaube, jene Zugehörigkeit läuft über einen Zweig des Familienstammbaumes, von dem auch meine Großmutter, Erna Quandt, abstammt. Aber wie gesagt, genau sagen kann ich es nicht, ich glaube es eben nur. Was ich hingegen genau sagen kann, was ich ohne jeden Zweifel weiß, ist, dass er, Herbert Bannhofer, innerhalb unseres Familienkreises ein recht beachtliches Ansehen genießt. Mit Familienkreis meine ich hier im Besonderen meine Mutter, meine Großmutter, meine Schwester und, allerdings mehr am Rande, meinen Vater. So, in dieser Reihenfolge etwa, wird der Mann von ihnen mehr oder weniger bewundert. Und ja, besonders meine Mutter muss eine Hochachtung vor Herbert Bannhofer haben. So mein Eindruck aus der Erfahrung heraus. »Herbert ist Erzieher in Hahnöfersand«, schwärmt sie wiederholt und mit ehrfurchtsvoller Miene, »ist Lehrer in der Jugendstrafanstalt.« Wie auch immer. Die grobe Richtung scheint zu stimmen: Immer wenn dieser Mann in unserer Familie auftaucht, dann wird es deutlich, dass er, wie automatisch, mit einem Prädikat versehen wird, das ihn – wie man in unseren Kreisen (leider) zu sagen pflegt – als einen *besseren* Menschen auszeichnet. Den Orden bekommt er jedes Mal aufs Neue! Doch, ja, so und nicht anders verhält es sich mit dem Erzieher aus Hahnöfersand. Das erwähnte In-unserer-Familie-Auftauchen, das ist eher symbolisch zu verstehen. Gemeint ist, dass man im Haus Reyesweg Nummer 24 so dann und wann über Herbert Bannhofer spricht. »Herbert hat Abitur!« – »Herbert ist hochstudiert!« – »Herbert wohnt in der besten Gegend Hamburgs, in einem hochherrschaftlichen Haus!« – »Herbert ist aus gutem Hause!« – »Herberts Frau ist eine sehr patente Person!« Klar, hin und wieder bleibt es nicht beim Sprechen allein, hin und wieder erscheint Herbert persönlich, erscheint im Reyesweg in der vierten Etage, besucht uns in unserer kleinen, bescheidenen Barmbeker Wohnung, stattet meiner Mutter und mir einen Besuch ab. Meiner Mutter und mir – weil mein Vater sich dann ausnahmslos mit seinem Schiff auf irgendeinem der Sieben Weltenmeere befindet. Dann kommt er, der hochgelobte Erzieher aus Hahnöfersand mit Abitur, dann kommt Herbert Bannhofer.

Seine Stimmlage, die werde ich vermutlich nie vergessen. Von bestimmten Menschen bleibt ganz sicher etwas hängen, auch dann, wenn man zu dieser

Person seit Langem keinen Kontakt mehr hat und zudem auf jegliche Erinnerung zu ihr verzichten möchte. Es hallt etwas nach, ob es einem gefällt oder nicht, zumindest für eine lange Zeit. Was mir von Herbert Bannhofer bleiben wird, und da bin ich mir sicher, das ist nicht zuletzt seine Art zu sprechen. Herbert Bannhofer hat die ganz besondere Gabe, sich affektiert und süßlich-überheblich zu artikulieren, und zwar zeitgleich, was sich auch nicht unbedingt widerspricht. Eine Begabung, von der er auch ohne jede Unterbrechung Gebrauch macht. Ob und wenn ja inwieweit letzteres tatsächlich bewusst oder unbewusst geschieht, das kann weder ich noch – wie ich annehme – Herbert Bannhofer selbst beurteilen. Herbert Bannhofer gehört zu der Gruppe von Menschen, die ich wohl niemals in mein Herz schließen könnte, zählt zu denen, die ich äußerst unsympathisch finde, die ich einfach nicht mag. Das gebe ich jederzeit offen zu! Meiner Familie ist diese Aversion, die ich hege, zweifellos bekannt. Zumindest wissen meine Mutter, meine Großeltern und meine Schwester von meiner Abneigung. Bei meinem Vater bin ich mir nicht so sicher. Mit den Erstgenannten habe ich mehrfach und ausführlich darüber gesprochen, mit meinem Vater hingegen so gut wie nie, was in der Natur der Sache liegt. Ich erinnere mich da an eine Erfahrung, die ich vor einiger Zeit machte und die in einem engen Zusammenhang mit jenem Menschen steht. Eine Erfahrung, die meine Antipathie einmal mehr und nachhaltig genährt hat. Wie so oft im Leben hat auch diese Begebenheit eine ganz bestimmte Vorgeschichte, die bei der Gesamtbetrachtung allemal eine Rolle spielt und die innerhalb meiner jetzigen Gedanken somit nicht unerwähnt bleiben darf:

Einige meiner Freunde spielen leidenschaftlich gerne Fußball, trainieren regelmäßig, wie viele Jungen aus unserem Stadtteil, im »SC Urania Hamburg«, einem Fußballverein, den es seit Beginn der 1930er Jahre gibt. Zwar bolze ich ebenfalls oft und gerne mit einem Ball, in der Regel inmitten der Behelfs-heimsiedlung, die im Reyesweg genau gegenüber unserer Mietshäuser-Reihe liegt, aber – und das gebe ich zu – so groß ist meine Freude am Fußballspielen wirklich nicht, dass sie mich je zu einer Vereinszugehörigkeit gedrängt hat. Allerdings konnte ich mich einer Zugehörigkeit trotzdem nicht ganz erwehren. Für einige Monate war ich tatsächlich Mitglied des »SC Urania«, hatte mit einigen meiner engsten Freunde aus dem Reyesweg auf dem vereinseigenen Platz in der Habichtstraße trainiert und gespielt. In dieser Zeit hat sich meine Abneigung gegen ein Vereinsfußball-Engagement endgültig bestätigt, und ich trat flugs wieder aus. Das war wirklich nichts für mich. Zurück blieben bis dato zwei Dinge: erstens die Erinnerung daran, dass man mir seitens des

Trainers eine mangelnde Disziplin vorwarf, und zweitens die sorgfältig verarbeitete Spieltracht, bestehend aus Trikot und Stutzen, die, wie das Vereinslogo, in Grün-blau gehalten ist. Beides habe ich mir erhalten, den Vorwurf des Trainers unfreiwillig und die Bekleidung anstandslos. Hier nun, in dieser meiner Erinnerung, spielen die Stutzen der grün-blauen Ausstaffierung eine Rolle, oder, etwas genauer gesagt, *einer* der beiden grünen Strümpfe – aus derb wie dick gestrickter Baumwolle und einem breiten blauen Rand – spielt eine Rolle, nur einer. »Was könnte nun, ausgerechnet im Zusammenhang mit diesem einen Stutzen, dazu geführt haben, dass meine Abneigung gegen den Hahnöfersand-Erzieher Herbert Bannhofer sich derart verstärkte?« Diese Frage stelle ich mir heute nicht das erste Mal. Obwohl mir die Antwort längst bekannt sein sollte und eigentlich auch bekannt ist, frage ich mich das immer wieder. Aber das ist erst die eine Hälfte der Vorgeschichte, die andere Hälfte rundet das Bild vielleicht ausreichend verständlich ab.

In meinem knapp acht Quadratmeter großen Reich, meinem Zimmer im vierten Stock, stehen außer meiner Koje – die Etagenbetten blieben auch nach dem Auszug meiner Schwester –, einem kleinen Stahlregal, das mir als provisorischer Tisch dient, einem Stuhl und einem Bücherregal lediglich noch ein runder gusseiserner Ofen und eine kleine Kommode. Für mehr reicht der Platz nicht aus. Im unteren Bereich dieser Kommode, gleich unterhalb der beiden Schubladen und hinter zwei verschließbaren Türen, habe ich unter anderem auch das Trikot nebst Stutzen untergebracht. Gewaschen und ordentlich zusammengelegt lagern nunmehr beide dort als Erinnerungsstücke einer vergangenen Zeit. Hauptsächlich allerdings ist dieses Schränkchen für mich so etwas wie ein *geheimes* Fach, ein Aufbewahrungsort für Dinge eben, die ich gerne im Verborgenen halten möchte. Hinter seinen Türen halte ich, beispielsweise, eine Zeit lang die Geschenke zurück, die ich für meine Familie rechtzeitig vor dem Weihnachtsfest gebastelt und eingekauft habe, und ja, mein Tagebuch – das liegt dort ebenfalls, vor ungewünschten Einblicken gesichert. Eine weitere Möglichkeit der Geheimhaltung als dieses kleine Schränkchen mit seinem verschließbaren Bereich habe ich nicht.

An dem Tag, als ich die besagte Erfahrung mit Herbert Bannhofer machte, da hatte ich ebenfalls eine Sache hinter den Türen der Kommode versteckt, die ich unter allen Umständen für eine Weile unter Verschluss halten wollte: eine Flasche, dreiviertel gefüllt mit Kräuterlikör! Das tat ich keineswegs grundlos. Am Abend zuvor hatte ich wieder einmal mit meiner Mutter ein längeres Gespräch bezüglich ihrer Gesundheit geführt, und wir kamen wieder einmal zu der Erkenntnis, dass sie nicht nur endlich ihren übertriebenen Tablettenkonsum in den Griff bekommen musste, sondern dass es in ihrer Situation auf jeden Fall zu vermeiden war, Antidepressiva im Zusammenhang mit Alkohol einzunehmen. (Zwar ist meine Mutter sicherlich keine Alkoholikerin, dennoch ist an manchen Tagen bei ihr ein Umgang mit Alkohol zu beobachten, den sie – in Verbindung mit ihren Depressionen, Angststörungen und Panikattacken – etwas besser kontrollieren und entsprechend dosieren sollte.) Sie sah das ohne einen Widerspruch ein, und wir einigten uns letztlich darauf, dass ich – in dem Fall sogar als ihr Aufpasser! – das Gläschen mit den Aneural-Dragees an mich nehme und ihr daraus dann tagtäglich die vom Arzt empfohlene Dosis einteile. Das sollte klappen. So unsere feste Absprache. So unser hoffnungsvoller Verbleib. Bevor ich dann an dem besagten Tag das Haus verließ, um mich mit meinen Freunden zu treffen, nahm ich vorsorglich diese Flasche Kräuterlikör aus der kleinen Hausbar des Wohnzimmerschranks – der einzige Alkohol, der sich dort befand –, deponierte die Flasche stillschweigend in meiner Kommode, verschloss die Türen und steckte den Schlüssel in meine Tasche. Ich war dann ziemlich lange mit meinen Freunden unterwegs, kam erst nach einigen Stunden zurück.

Ich schloss die Wohnungstür auf – öffnete sie – und wusste sofort: Dort drinnen – da ist längst nicht alles in einer annehmbaren Ordnung! Es herrschte eine Stille, die durchaus zu der verbrauchten Luft passte, die mir entgegenschlug. Eine bedrückende, morbide Atmosphäre war es, von der ich begrüßt wurde. Die Tür zum Schlafzimmer meiner Mutter war geschlossen. Hinter der Scheibe der Tür lag alles im Dunkel. Mit langen Schritten ging ich in mein Zimmer – ein Blick auf meine Kommode, die immer noch verschlossen war. Instinktiv schloss ich sie auf, sah hinein, sah auf die Flasche: Einer der beiden wollenen Fußballstutzen war fest über sie gestülpt, so dass allein ihre Konturen sich abzeichneten. Ich nahm die Flasche, zog den Strumpf ab und sah nun, dass sie so gut wie leer war …

Mit ebenso langen Schritten war ich an der Schlafzimmertür, öffnete sie leise, sah hinein: Meine Mutter lag in ihrem Bett, hatte sich bis über beide Ohren zugedeckt. Sie schlief, atmete tief und fest. Die dicken Vorhänge vor der Balkontür waren geschlossen. Kaum Licht drang von dort in den Raum hinein. Eine Weile überlegte ich, was zu tun sei, dann schloss ich die Tür genau so vorsichtig, wie ich sie zuvor geöffnet hatte. Später dann – zur vorgerückten Stunde, als meine Mutter sich wieder einigermaßen *fühlte* – erfuhr ich im Verlaufe des Abends, was geschehen war. Onkel Herbert hatte meiner Mutter einen Besuch abgestattet. Unmittelbar nachdem ich ging, muss er gekommen sein. Nach dem Kaffee wurde etwas geplaudert, und dann wurde ein Gläschen Likör gewünscht. Die Suchenden – ich vermute stark *der* Suchende! – wurden dann in meinem Zimmer, in meiner Kommode, überraschend schnell fündig. Aus dem ersehnten Gläschen wurden dann zwei, drei und mehr ... So die Variante meiner Mutter, die während ihrer Schilderung nicht müde wurde zu beteuern, wie unendlich leid ihr alles tat. Meine Frage, wieso sich der Hahnöfersand-Erzieher Herbert Bannhofer überhaupt die Zeit für diese vielen Besuche nimmt – den jüngst vergangenen inbegriffen –, die blieb weitestgehend unbeantwortet. Ausreichend klären konnte ich hingegen, wie es dem Onkel Herbert gelang, die von mir vor meinem Fortgang fest verschlossene Kommode zu öffnen: Er hatte schnell erkannt, dass es sich bei dem Schloss um ein simples, gängiges Fabrikat handelt, mit dem so ziemlich jedes Möbel dieser Art ausgestattet ist – und dass von daher die Schlüssel problemlos untereinander austauschbar sind – und hier konnte sofort einer der vielen Schlüssel aushelfen, die in den Türen und Klappen unseres Küchenschranks stecken.

Abgesehen von dem eigentlichen Motiv und den Folgen dieser Handlung war sie mehr als nur anmaßend, jene bissig dreiste Geste, zum Abschluss noch den Strumpf über die leere Flasche zu ziehen. Es ist mir kaum möglich zu beschreiben, was ich damals empfunden habe, als ich mit dieser billigen Ironie so überraschend konfrontiert wurde ... Zwar sollte ich den hoch studierten Favoriten des engeren Familienkreises an dem Tage nicht persönlich antreffen, dennoch sah ich ihn in diesen Stunden im Geiste immer wieder vor mir: Affektiert und süßlich-überheblich grinste mich seine Physiognomie selbstbewusst an. Eine imaginäre Erscheinung, die mir lange erhalten bleiben wird. Meine Großmutter konnte auch mit der von mir gemachten Herbert-Bannhofer-Erfahrung nur wenig anfangen, eher gar nichts. Als ich ihr die Geschichte irgendwann einmal erzählte, da sah sie mich nur eine Weile an, blickte währenddessen wortlos durch mich durch und zündete sich eine Zigarette an. Mit meinem Vater habe ich darüber nie sprechen können.

———

Hoch und weit ausholend schwingt mich die Schaukel durch die Lüfte – ein schier unbeschreibliches Glücksgefühl, das mir da gerade beschert wird. Auf einem dicken, vom Regen und der Sonne gezeichneten Holzbrett sitzend, hänge ich an zwei Ketten und genieße seit gut einer Stunde die scheinbare Schwerelosigkeit meines Körpers. Rhythmisch knarrend meldet sich das schwere

Eisenrohrgestell der Schaukel, und zwar immer dann, wenn der allein vom Schwung bestimmte Umkehrpunkt erreicht ist, wenn ich die Richtung von »in das Himmelsblau hinein« nach »und zurück zur Erde« wechsle. Eine Kommunikation, der es immer wieder gelingt, mich in ihren Bann zu ziehen, ja die mich stets in eine Art Trancezustand zu versetzen versteht. Obwohl ich eigentlich dem Spielplatzalter entwachsen bin, komme ich öfters hierher, statte der Schaukel auf diesem Spielplatz einen Besuch ab. Zwar ist er vom Reyesweg aus nur über einen längeren Spazierweg zu erreichen, aber ich schätze die Ruhe sehr, die ich in aller Regel an genau diesem Orte immer mal wieder finden darf. Wieso das so ist, wie es ist, weshalb nun von den zahlreichen Spielplätzen in meinem Stadtteil ausgerechnet dieser diese Ausgewogenheit für mich parat hält, das kann ich nicht einmal sagen. Jedenfalls bin ich hier hin und wieder vollkommen alleine. Ein Zustand, den ich immer wieder aufs Neue suche und den ich – wenn ich ihn gefunden habe – dankbar als Geschenk annehme. Hier und jetzt, per Schaukel so bedingungslos der guten Mutter Erde entrückt, zumindest von meiner Empfindung her, kann ich zeitgleich auch einen gewissen Teil meiner Sorgen zurücklassen. Und wenn es mir auch nur für einen begrenzten Zeitraum ermöglicht wird – was ja von vornherein feststeht –, diese Sorglosigkeit tief einzuatmen, so ist und bleibt es doch für mich ein äußerst wertvolles Geschenk, das mir der Gott im Himmel überreicht. Das, was hier geschieht, hier auf diesem Platz und mittels dieser Schaukel, das geht nur mich etwas an, ist von daher eines meiner bestgehüteten Geheimnisse.

Ein leichter Nieselregen sorgt für eine angenehme Frische. Die Konturen der zahlreichen, den Platz umsäumenden Bäume und Büsche liegen in einem klaren Licht. Ein Licht, das das Grün der Spätsommertage wohltuend unterstreicht. Heute ist es leicht bewölkt, nicht bedrohlich düster etwa, nein, nur eben etwas bewölkt. Mit einem dezenten Grau zugezogen – ein Schleier, durch den sich hier und dort immer wieder einige Sonnenstrahlen hindurch mogeln können – ist die Luft aber schon. Nicht wie vor einigen Tagen, als sich hier ein nahezu wolkenloser Himmel in einer imposanten Blaufärbung zeigte, ein Firmament, dem die klare Luft eine grenzenlose Ausdehnung gestattete, die für das Auge bis tief in die Atmosphäre reichte. Auch ist es heute keineswegs windstill. In den Wipfeln der größeren Bäume kündet die rhythmisch rauschende Bewegung des Blattwerks von den Strömungen in den oberen Bereichen. Hier unten, an zwei blanken Ketten hängend und auf einem Brett sitzend, vermischt sich mir der atmosphärische Wind mit dem Fahrtwind der Schaukel. Jeweils einige Glieder der Kette in den zu Fäusten geformten Händen haltend, stützt sich mein Oberkörper aus den Ellenbogen heraus ab. Immer im stetigen Wechsel, mal in Richtung vor und mal in Richtung zurück, sorge ich für den gewünschten Schwung. Für eine Zeit will ich jetzt meinen Flug unterbrechen. Ich halte an, bleibe aber auf dem Brett – nunmehr an der senkrecht gespannten Kette – mit herunterbaumelnden Beinen sitzen. Ich starre vor mich auf den Boden … Mir ist, als würden sich in dem Sand unter meinen Füßen plötzlich die Konturen der übereinander eingetretenen Fußspuren verformen. Es scheint, als sei jede der Linien jetzt klammheimlich bemüht, die ihnen zugewiesene Position zu wechseln, so als wollten sie insgesamt ihren Standort verlassen, um künftig noch wirrer ineinander laufen zu können. So will es mir mein Blick deuten! Ein angenehmes Schwindelgefühl durchfährt meinen Kopf, erklärt mir meine unerwartete Wahrnehmung. Keine ablenkenden Geräusche begleiten diesen wunderbaren Morgen auf seinem Weg durch den Tag. Die ausgeglichene Ruhe, die diesen Ort durchfließt, beseelt meine Gedanken, ja verleiht ihnen Flügel. Sie möchte aber auch den Fragen weit die Tore öffnen, die scheinbar niemals müde werden, zaghaft aber bestimmt, immer und immer wieder bei mir anzuklopfen und in meinem Kopfe um Einlass bitten.

»Dein Vater, der soll gefälligst nicht immer so tun, als gehöre er zu den ganz besonders Frommen, und das nur, weil er ständig zu seinen ›Zeugen Jehovas‹ rennt!« Was nur meint mein Vater, wenn er in einem barschen – eher schon in einem wütenden – Ton gegenüber meiner Mutter solche oder ähnliche Aussagen macht? »Ein Wort von mir – und der gute Mann landet im Gefängnis!« Woran denkt mein Vater in seiner Erregung, wenn er so über meinen Großvater spricht? Wie erklärt sich das In-das-Gefängnis-Bringen? Wieso redet mein Vater nicht weiter, wenn ich ihn darauf anspreche, und wieso blickt meine Mutter mit gesenktem Kopf zu Boden, wenn ich versuche, es zu hinterfragen? Mein Großvater weicht mir ebenfalls aus, wenn ich mich mit meinen Fragen an ihn wende. »Später, Alex, später, werde ich dir auch das erklären. Nur das: Dein Vater ist ein Katholik. Die Katholiken verdrehen gerne die Wahrheit. Es sind Scheinheilige, jawohl, Heuchler sind es. Und sie sind alles andere als gottgefällig! Es ärgert ihn, dass deine Mutter und du durch mich das richtige Verständnis bezüglich unseres Schöpfers erlangen, die reine Wahrheit eben, die er euch nicht geben kann und auch nicht geben will!« Wenn er so zu mir spricht, mein Großvater, dann wirkt es auf mich jedes Mal sehr überzeugend, ungeachtet der Tatsache, dass er meinem Vater damit ein schlechtes Zeugnis ausstellt. »Das hat alles seine Richtigkeit, Alex, überlasse das mal ruhig deinem Opa ...« Die mögen sich eben nicht, mein Vater und mein Großvater, und der Grund ist für mich nicht zu begreifen. Was mich betrifft – ich mag sie beide. Und mein Vater wirkt auf mich ebenso glaubwürdig, wenn er sich abfällig über Hans Quandt, über den Vater meiner Mutter äußert. Er reist ständig um die ganze Welt, ist ohne jeden Zweifel sehr lebenserfahren und wird schon wissen, was er zu schlussfolgern hat.

»Was soll das, Zinser, wieso schleppst du *das* Zeug mit in die Schule?«, so vor einigen Tagen Herr Schulz, mein Klassenlehrer, als er sichtlich verärgert eine Ausgabe der Zeitschrift »Der Wachtturm« unter meinem Tisch hervorzog. Selbige hatte ich auf Anraten meines Großvaters mit zum Religionsunterricht gebracht. »Die kannst du deinem Lehrer ruhig mal zeigen, wenn ihr das nächste Mal über Gott sprecht«, hatte er gesagt. Aus einem größeren Stapel »Wachttürme« hatte mein Großvater gezielt eine ganz bestimmte jener Ausgaben hervorgezogen, schlug sie auf und wies nach kurzem Blättern auf eine Überschrift, die da lautete: »Der Name Gottes – wer kennt ihn?« – »Besonders *dieser* Artikel dürfte für den Mann hochinteressant sein! Deinen Mitschülern kannst du das auch mal zeigen, es sollte auch sie interessieren ...« Immer, wenn ich während des Religionsunterrichts meine Kenntnisse bezüglich der biblischen Geschichten mit einbringe, dann zieht Herr Schulz im Endeffekt meine Ansichten gerne etwas ins Lächerliche. Nicht, dass er mir nicht zuhört, wenn ich meine Meinung äußere, das ist es nicht. Meine Kommentare scheint er sogar zu schätzen, insbesondere immer dann, wenn es um eine sinnvolle Zusammenfassung irgendeiner der grundlegenden Bibelgeschichten geht, denn hier kenne ich mich mittlerweile einigermaßen gut aus. Nein, er mag es anscheinend nur nicht haben, wenn ich, sein Schüler, vor der gesamten Klasse genau die Rückschlüsse präsentiere, die ich aus dem ziehe, was mich mein Großvater lehrte. »Bitte hier keine Werbung für die Zeugen Jehovas, Alexander!« Es wird mir wohl immer unerklärlich bleiben, wie es sein kann, dass ein so kluger Mensch wie mein Klassenlehrer einfach nicht begreifen kann – oder nicht begreifen will? –, dass allein die Zeugen Jehovas der Wachtturm Bibel- und Traktat-Gesellschaft die »Wahrheit« besitzen, und dass Gott allein diesen Menschen – mein Großvater hat es mir anhand der Bibel des Öfteren bewiesen – seine Gunst schenkt. »Du und dein Opa – ihr seid mir schon so muntere Zeugen unseres Gottes im Himmel!« – »Worauf will Lehrer Schulz mir mit diesen Worten – gesprochen mit einem ironisch-mürrischen Tonfall – einen

Hinweis geben«, so frage ich mich, »und wieso kann es ihm nur so unglaublich leichtfallen, all meine diesbezüglichen Hoffnungen mit nur einer einzigen flüchtigen Handbewegung vom Tisch zu fegen?«

Dieses und Weiteres geht mir durch den Kopf. Fragen über Fragen. Fragen, auf die ich auch heute, hier und jetzt keine Antwort finden werde. Und dennoch tut es mir gut, dass ich sie mir in aller Ruhe stellen und durchdenken kann ... Die Konturen der Fußspuren unter meinen von der Schaukel herunterbaumelnden Füßen, die zeigen sich mir jetzt nicht mehr verschwommen. Sie haben wieder ihre eigentliche Position eingenommen. Oberschenkel und Hintern melden sich mit einem leichten Schmerz. Das starre Sitzen auf dem harten Brett ist der Auslöser. Die Beine kräftig bewegend – im Wechsel, mal ausgestreckt nach vorn und dann wieder in den Knien angewinkelt nach hinten – gebe ich mir den Schwung für den nächsten Flug durch die Lüfte. Ich schaukle weiter. Zeitgleich nimmt das Eisenrohrgestell der Schaukel – rhythmisch knarrend – wieder die Kommunikation mit mir auf. Ich genieße diese Freiheit, atme sie mit jedem meiner Atemzüge tief ein. Eingedenk der Tatsache, dass ich mir diesen Freiraum einfach nahm, dass ich ihn eigenmächtig inszenierte, wird er von einem leicht mulmigen Gefühl begleitet. »Ja, Alex, wieder einmal hast du die Schule geschwänzt«, höre ich mich denken, »und nun solltest du vielleicht so langsam auch mal darüber nachdenken, wie du das heute deiner Mutter und morgen deinem Lehrer erklären willst!« Was soll's – mit mulmigen Gefühlen dieser Art kenne ich mich aus, ja bestens sogar, ich kann mit ihnen umgehen. Da wird mir sicher noch das Passende einfallen. Und notfalls schreibe ich mir die Entschuldigung selber.

———

Natürlich mache ich mir so meine Gedanken, wie es mit meiner Mutter auf längere Sicht weitergehen soll, natürlich! Wie könnte es auch anders sein. Wo sie doch ständig unter irgendwelchen »Kreislaufstörungen« – oder wie auch immer ihre Krankheit zu bezeichnen ist? – leidet. Selbstverständlich kann ich das nicht auf die leichte Schulter nehmen, was da mehr oder weniger regelmäßig mit ihr passiert, wenn sie sagt: »Ich fühle mich heute nicht ...« Ich merke doch auch, dass sich da irgendetwas anzubahnen scheint. Oder? So wie es momentan aussieht, kann Herr Doktor Weser ihr jedenfalls kaum helfen. Einerseits verschreibt er ihr Tabletten, und andererseits warnt er dringend davor, sie einzunehmen. Also was denn nun? Wie soll das alles enden? »Anneliese, du musst ins Universitätskrankenhaus Eppendorf. Du musst dich dort in eine professionelle Therapie begeben. Die können dir ganz bestimmt helfen!« Vielleicht schätzt meine Großmutter es richtig ein, wenn sie sich mit ihrer Meinung wiederholt dafür einsetzt, dass dieser Schritt als der einzig richtige erkannt wird. Vielleicht ist es so, wie sie es empfiehlt. Jene Maßnahme zieht ihre Tochter, meine Mutter, auch seit einigen Tagen in Erwägung – so sagt sie es jedenfalls. »Die sind absolut auf der Höhe, die Ärzte dort im Eppendorfer Krankenhaus!«, so hört man es von ihr in letzter Zeit immer öfter, und das mit der ihr ureigenen Art, per Tonfall und Gesichtsausdruck eine uneingeschränkte Wertschätzung zum Ausdruck zu bringen. Immer dann, wenn sie sich mit ihrer Mutter darüber unterhält, was denn nun in dieser Angelegenheit unternommen werden sollte, dann kann ich sie so erleben. Und sie haben sich bereits mehrfach darüber unterhalten, nicht nur ein- oder zweimal. Bisher blieb es allerdings allein bei dem Austausch von Meinungen, Erwartungen, die alle in die eine Richtung lenken. Es blieb bei den Beteuerungen, blieb bei dem Vorsatz, der da lautet: »Ja, ich will das jetzt aber wirklich mit dem erforderlichen Ernst angehen!« Ich meine bemerkt zu haben, dass es meiner Mutter bereits jedes Mal schon sehr hilft, wenn sie derartige Gespräche überhaupt mit irgendjemandem führen kann, ja, mit ihrer Mutter, mit mir oder mit wem auch immer. Doch, ich habe das Gefühl, dass allein das bereits so etwas wie eine Art Therapie für sie bedeutet. Aber ich kann mich natürlich auch täuschen. Und was die besagte Universität betrifft, »deren professionelle Therapie ganz bestimmt helfen kann«, so komme ich keinesfalls ins Schwärmen, nicht wenn ich an die Erfahrungen denke, die ich bereits selber mit diesem Krankenhaus gemacht habe.

Es liegt bereits etwas länger zurück. So um die drei Jahre vielleicht? Ganz genau weiß ich es nicht. Auf Anraten des Schularztes, der uns Schüler einmal pro Jahr in der Schule Von-Essen-Straße begutachtet, hatte man mich ins Eppendorfer Krankenhaus beordert beziehungsweise meiner Mutter wärmstens ans Herz gelegt, dass sie ihren Jungen dort einmal gründlichst untersuchen lassen sollte. Allein die Tatsache, dass ich ein Linkshänder bin, ein Mensch, der einfach nicht mit seiner rechten Hand schreiben will, hatte den Arzt davon überzeugt, dass er diesen Rat dringend geben muss. Irgendeiner der Lehrkräfte hatte den Schularzt darauf hingewiesen, hatte ihn aufmerksam gemacht auf den Linkshänder Alexander Zinser. Wer das war, das kann ich heute nur noch raten. Frau Zimker vielleicht? Passen würde es jedenfalls. Das Wärmstens-ans-Herz-Legen, das geschah per Mitteilung, genauer gesagt per Zettel, der in einem zugeklebten Umschlag steckte. Das Messen und Wiegen meines Körpers, das war die Angelegenheit einer Krankenschwester, das hatte ich bereits zu dem Zeitpunkt hinter mir. »Hier, Alexander, stecke diesen Brief von mir sorgsam in deine Tasche und gib ihn heute nach der Schule sofort zuhause deinen Eltern«, hatte der Mann mir gesagt. »Sofort!« Er legte mir seine Hand auf die Schulter und sah mich dabei ernst an. »Sofort, hörst du, sofort, das ist wichtig!« Eigentlich hatte er mir – als ich endlich dran war, aufgerufen wurde, aus der Schlange der Wartenden hervortrat und in Unterwäsche und Socken letztlich vor ihm stand – nur kurz in meinen weit geöffneten Mund geschaut, den Rücken und die Brust mit seinem Stethoskop abgehorcht und dann diesen Brief übergeben. Dort, auf dem Zettel, der in dem Brief steckte, war in wenigen Sätzen vermerkt, weshalb aus seiner Sicht eine spezielle Untersuchung nun unumgänglich sei. »Nunmehr ist es aus meiner Sicht heraus dringend geboten ...«, stand dort, und »... unverzüglich einzuleiten.« So oder so ähnlich lautete die Mitteilung. Ich las den Zettel, meine Mutter hatte ihn offen auf dem Küchentisch liegen gelassen. Die genaue Adresse – mit der wir auf dem Gelände des Universitätskrankenhauses Eppendorf das Gebäude finden sollten, das es aufzusuchen galt – und eine Telefonnummer waren ebenfalls vom Arzt gewissenhaft angemerkt. Darunter dann, inmitten eines verwischten, eckigen Tintenstempelabdrucks, stand seine unleserliche Unterschrift.

Wir sind dann irgendwann dort vorstellig geworden, meine Mutter und ich. Was mich betraf, so war ich mit der Unternehmung selbstverständlich keineswegs einverstanden. Sie hingegen schon. »Die wollen dir dort nur helfen, Alex, sieh das doch endlich einmal ein. Du weißt doch selber nur zu gut, welche Probleme du all den Lehrern der Schule mit deinem Mit-der-linken-Hand-Schreiben bereitest.« Meiner Meinung nach verhielt es sich genau umgekehrt: Nicht *ich* bereitete als Linkshänder den Lehrern Probleme, nein, sondern die Lehrer bereiteten *mir* welche, ja, weil sie kompromisslos auf dem Mit-der-rechten-Hand-Schreiben beharrten. Und was genau nun an meinem Körper untersucht, gegebenenfalls als vielleicht nicht ganz in Ordnung erkannt und dann abgeändert werden könnte – und wie überhaupt? –, das konnte mir niemand aus meiner Familie auch nur annähernd verständlich machen.

Trotz der Anschrift, die ja auf dem Zettel sorgfältig vermerkt war, erwies es sich alles andere als leicht für uns, im Universitätsklinik Eppendorf das Haus zu finden, in dem wir eintreffen sollten. Auf dem riesengroßen Gelände stehen bekanntlich unzählige Pavillons aus rotem Backstein, die obendrein noch nahezu alle ein und dieselbe Form haben, und da nun auf Anhieb das richtige

Gebäude zu finden, das ist nicht unbedingt leicht. Letztlich standen wir vor der richtigen Eingangstür, und das sogar noch zur verabredeten Uhrzeit. Ordnungsgemäß angemeldet waren wir zum Glück. Meine Mutter hatte unter der auf dem Zettel angegebenen Telefonnummer im Krankenhaus angerufen und sich einen Termin geben lassen. Den Tipp hatte sie von ihrer Mutter bekommen. »Ruf vorher lieber an, Anneliese«, hatte sie geraten, »und vereinbare mit denen einen festen Termin. Ansonsten erscheint ihr dort – nach umständlicher Anreise per Bahn – und bekommt dann an der Rezeption lediglich Tag und Stunde genannt, an der die Untersuchung innerhalb der *nächsten* Wochen stattfinden wird. Ohne vorherige Verabredung wird zu dem Zeitpunkt nichts Weiteres geschehen. Die schicken euch erst einmal wieder weg!« Von der Telefonzelle aus hatte sie dann angerufen. Damit war der erste Schritt getan. Bereits am Telefon hatte sie dann erfahren, dass wir wohl damit rechnen müssen, dass es nicht bei einem einzigen Termin bleibt. »Wie ich die Angelegenheit einschätze«, so die sachlich-freundliche Stimme der Schwester von der Aufnahme, »sollten Sie sich auf eine langwierige Untersuchungsreihe einstellen, die von dem behandelnden Facharzt normalerweise nicht an einem einzigen Tag erfolgen kann. Wir haben da unsere Erfahrungswerte.«

Rund drei Wochen hatten wir auf diesen Termin gewartet, aber – so eilig war die Angelegenheit ja nun auch wieder nicht, dass sie hätte über das sprichwörtliche Knie gebrochen werden müssen. Im Hause selber verlief alles recht reibungslos, was uns einmal mehr bestätigte, dass es gut war, erst nach einem vorherig abgesprochenen Termin zu erscheinen. »Nehmen Sie bitte noch einen kleinen Moment dort im Warteraum Platz«, hieß es, gesprochen von einer Frau in einem weißen Kittel, die hinter einem kleinen Empfangstresen stand und mit der flachen Hand über den Flur wies. »Der Doktor wird Sie gleich empfangen.« Meine Mutter meinte, ihre Stimme erkannt zu haben. »Mit der Schwester habe ich vor Wochen das Telefonat geführt«, flüsterte sie mir im Warteraum zu, »jetzt ist sie allerdings wesentlich freundlicher.« Nach knapp einer Viertelstunde erschien der Mann dann auch, der Doktor, der mich, den Linkshänder, etwas genauer unter die Lupe zu nehmen hatte, der Spezialist, der möglichst erkennen sollte, welche Abartigkeit in mir dafür verantwortlich zu machen sei, dass ich nicht, wie jeder *normale* Mensch, mit der rechten – mit der *hübschen* – Hand schrieb, und der unterm Strich dann auch entscheiden sollte, was mit mir künftig zu geschehen hätte. Wie es sich schnell herausstellte, war die Angelegenheit längst nicht so einfach, wie man es sich vorgestellt hatte, oder besser gesagt, wie meine Familie sich das vorgestellt hatte, meine Mutter, meine Großmutter, meine Schwester und mein Schwager Ulrich. Inwieweit sich der besagte Spezialist für Linkshänder von dem Vorhaben einen Erfolg versprochen hatte, das kann ich nicht einschätzen. Nein, jedenfalls wurde auch dort, in dem roten Backstein-Pavillon des Universitätskrankenhauses Eppendorf – und allein per Handauflegen – aus dem geborenen Linkshänder Alexander Zinser nicht der zum Rechtshänder umerzogene Alexander Zinser. So »mir nichts dir nichts« ist das auch in einem Universitätskrankenhaus nicht möglich, wie es uns die Erfahrung lehrte.

»Vielleicht ist es besser, Frau Zinser, wenn ich erst einmal kurz mit Ihrem Sohn alleine spreche«, hieß es gleich zu Beginn. »Sie können dann etwas später gerne wieder dazukommen, ja?« Mit einer Hand auf dem Rücken und mit der anderen auf eine offen stehende Tür im Flur weisend, beorderte mich der Doktor – dessen Namen ich längst vergessen habe – in seinen Behandlungsraum. »Du gehst bitte dort hinein, Alexander«, und zu meiner Mutter gewandt: »Behalten Sie bitte Platz. Ich rufe Sie dann herein, wenn es so weit ist.« – »Ja, ist gut, Herr Doktor. Die Unterlagen haben Sie ja bekommen. Ich werde hier solange warten ...« Meine Mutter setzte sich wieder zurück auf ihren Stuhl im Warteraum, sah uns noch so lange nach, bis der Arzt mit mir hinter der Tür verschwunden war. Drinnen erwies sich der Behandlungsraum als wesentlich kleiner, als ich ihn mir vorgestellt hatte. Vier Wände, die alle so gut wie dieselbe Länge hatten. Kein Fenster. Helles Licht von der Decke – Leuchtstoffröhren. Alles recht eigenartig. Auch die Einrichtung überraschte mich etwas: Ein eher bescheidener Schreibtisch, mehr zur hinteren Wand des Raumes gerückt. Hinter dem Schreibtisch ein alter, verschnörkelter Bürostuhl aus Holz mit einer gebogenen Rückenlehne, auf dem der Doktor nun saß. Vor dem Schreibtisch drei neue, einfach gehaltene Holzstühle, im Halbkreis aufgestellt. Ein kleiner Tisch, direkt an der rechten Wand, darauf eine Apparatur, deren Sinn und Zweck ich ihr nicht ansehen konnte. Ein weiterer kleiner Tisch, mittig, an der gegenüberliegenden, linken Wand. Auf dem Tisch lag und stand nichts. Ein paar Bilder und ein Jahreskalender hingen an den Wänden. »Nimm Platz, Alexander. Du kannst dir einen Stuhl aussuchen!« Mit einer einladenden Geste zeigte mein Gegenüber auf die drei Stühle. Ich setzte mich auf den linken Stuhl. Gebannt fiel mein Blick auf die Platte des Schreibtisches vor mir, die links wie rechts, und besonders zu ihren schmalen Seiten hin, über und über von mehrfach kreuz wie quer aufeinandergestapelten Heften belagert wurde. So sagt es mir meine Erinnerung ...

Jetzt, wo ich für eine Weile ganz für mich alleine hier in der Wohnung bin, wo ich allein im Wohnzimmer sitze und etwas die Stille genießen darf, die mir das zurzeit herrschende Schweigen beschert, da kommen mir plötzlich all diese Gedanken wieder zurück. – Mit hinter dem Kopfe verschränkten Armen und weit ausgestreckten Beinen sitze ich bequem auf dem Wohnzimmersessel, der dem Fenster gegenübersteht, und schaue durch das Oberlicht in das Blau des Himmels hinein. Aus diesem Blickwinkel heraus kann ich nichts als die vorbeiziehenden Wolken sehen, die ganz weit hinten in der Ferne – ja, und wieder wie riesige Wattebäusche – gemächlich an mir vorbei schweben. Die gesamte Universitätskrankenhaus-Eppendorf-Aktion, die war damals ein totaler Reinfall, und ich kann es mir kaum vorstellen, dass ausgerechnet diese Menschen dort meiner Mutter großartig weiterhelfen können, wo doch letztlich das, was sie belastet, irgendwie nicht greifbar – ja nicht einmal zu beschreiben ist. Was wird er ihr heute bezüglich ihrer Kreislaufstörungen sagen, ihr Hausarzt, der Herr Doktor Weser? Wird er ihr ebenfalls – wie meine Großmutter es tat – raten, in Eppendorf vorstellig zu werden? Sie wollte ihn heute auf jeden Fall darauf ansprechen. Sie hat mir jedenfalls mehrfach beteuert, dass sie es beabsichtigt. Wie ich die Sache einschätze und wie ich es befürchte, wird sie nur wieder mit einem Fläschchen Aneural 400 Milligramm – 36 Dragees in der Tasche erscheinen, wird sich kurz danach dann gleich wieder *gut fühlen*. Zumindest für eine gewisse Zeit wird es so sein. Wie dem schlussendlich auch sei, gleich werde ich es ohnehin erfahren, was heute bei dem Gespräch in der Praxis-Sprechstunde herausgekommen ist. Wenn sie auf dem Heimweg nicht noch schnell einige Einkäufe erledigt, dann müsste sie in Kürze zurück sein.

Nein, ich komme nicht ins Schwärmen, wenn ich an die Erfahrungen denke, die ich selber mit dem Krankenhaus gemacht habe, wirklich nicht. Nun muss ich mir gerechterweise aber eingestehen, dass ich – der ich in der Regel leider eher schlechte Erfahrungen mache, wenn meine Linkshändigkeit, weshalb und wo auch immer zur Sprache kommt! – mich ziemlich voreingenommen gebe. Davon kann ich mich so schnell auch nicht lösen.

»Ich werde dir jetzt ein paar Fragen stellen, Alexander, und du versuchst bitte, diese Fragen so gut du kannst zu beantworten«, so aus dem Munde des Mannes, der mir gegenüber auf dem alten, verschnörkelten Bürostuhl aus Holz (mit gebogener Rückenlehne) saß. »Und lass dir Zeit!« Inzwischen hatte sich jener Arzt eine recht voluminöse Hornbrille auf die Nase gesetzt, die mir absolut zu groß, zu schwarz und auch zu eckig erschien. Vor sich, auf dem

Schreibtisch einige Formularblätter in den Händen haltend, blickte er während der Befragung im stetigen Wechsel mal auf diese Blätter herab und dann wieder zu mir herüber. Zwischendurch notierte er mit einem Füllfederhalter etwas auf den Seiten, die ihm ganz offensichtlich als so eine Art Anleitung dienten. Innerhalb dieser Pausen, wenn er denn schrieb, herrschte eine bedrückende Stille in dem fensterlosen Raum. Was er niederschrieb, das konnte ich noch nicht einmal vermuten. Darüber hatten wir auch kein einziges Wort miteinander gewechselt. Wenn ich es mir so richtig überlege, dann mag ich mir die einzelnen Schritte, die innerhalb der gesamten sogenannten Untersuchung erfolgten, absolut nicht mehr ins Gedächtnis zurückrufen. Nein, in keinem einzigen dieser Schritte schimmerte für mich so etwas wie eine nachvollziehbare Vernunft durch, eine, die auch nur ansatzweise mit meiner so nachhaltig bemängelten Abartigkeit im Zusammenhang stehen könnte. Vielleicht war die Untersuchung vom Ansatz her gut gemeint – doch, ich vermute es sogar, dass sie das war – und dennoch war sie ganz sicher von vorne bis hinten überflüssig, ja völlig blödsinnig! Und ja, auch wenn es jetzt vermessen klingt, das wage ich zu beurteilen, das habe ich – alleine ich, Alexander Zinser! – bereits damals unverzüglich so entschieden! Eine Entscheidung, von der ich mich bis dato nicht abgewandt habe und ganz sicher auch künftig niemals abwenden werde. Wieso sollte ich mich auch heute noch groß daran erinnern wollen, was genau diese Hornbrille alles mit mir anstellte, um schlussendlich doch noch dahinterzukommen, wieso und weshalb der ihm anvertraute Patient, der Schüler Alexander Zinser, sich so beharrlich weigerte, anstelle mit seiner linken Hand mit der richtigen, mit der *hübschen* Hand zu schreiben? Auch diese äußerst anstrengende Station meines Daseins, die sollte, kann und werde ich lieber getrost zu den Akten legen.

Nach dieser anfänglichen Befragung wurde ich unter anderem getestet, inwieweit ich denn in der Lage wäre, mittels einer Puppenstube, die aus mehreren Zimmern bestand – die, wie es gewöhnlich ist für Puppenstuben, nach vorne hin alle offen waren – und den dazugehörigen Puppen-Spielzeugmöbeln sowie einigen puppenähnlichen Figuren (Mann, Frau, Kind und Schäferhund), eine *normale* Lebenssituation zu konstruieren. »Stelle doch einmal alles genau so auf, Alexander, wie du meinst, dass es aufgestellt werden sollte: Hier, von diesen Möbeln, diesen Menschen und diesem spreche ich.« Unmittelbar vor der Puppenstube, die irgendwann irgendwer genau auf den Tisch gestellt hatte, der mir zuvor als völlig leer auffiel, kippte die Hornbrille – aus einem Pappkarton heraus – die besagten Möbel und Figuren aus. »Mach das in aller Ruhe. Du kannst dir getrost Zeit dabei lassen. Ich gehe inzwischen aus dem Raum und unterhalte mich ein paar Worte mit deiner Mutter.« Zwar hatte ich kein Verständnis für diese Aufgabenstellung, hatte aber dennoch alles so getan, wie es mir aufgetragen wurde. Innerhalb kürzester Zeit standen die Möbel an ihrem Platz, und die kleine Gummipuppen-Familie nebst Gummipuppen-Hund positionierte ich so, dass sich ein gemütliches Beisammensein in der Wohnstube ergab. Es waren nur wenige Minuten vergangen, als plötzlich die Tür geöffnet wurde und mein Auftraggeber zusammen mit meiner Mutter den Raum betrat. Nun saßen wir zu dritt am Schreibtisch – die Hornbrille dahinter und wir davor – und betrachteten mein Werk aus der Distanz von nur wenigen Metern. »Oha, Alexander, das hast du in der Tat perfekt gemacht. Alles steht so, dass es ein harmonisches Bild ergibt!« Pause. Ganz offensichtlich war der Hornbrillen-Doktor etwas überrascht über das Ergebnis, was ich anfangs nicht recht verstehen konnte. Er erweckte den Eindruck, als hätte er mir das Ergebnis eher nicht zugetraut (?). *Was* denn nun von mir – dem Linkshänder! – hier unterm Strich gesehen erwartet wurde, das kann ich ebenfalls nur vermuten.

»So einer wie der, der ist offenbar nicht ganz richtig im Kopf, und das sollte doch wohl problemlos nachzuweisen sein!«, ich denke, dass das so seine Gedanken waren. Wenn ich mir jetzt, im Nachhinein, die damalige Situation noch einmal vor Augen führe, dann hätte ich dem Manne den Gefallen eigentlich getrost tun können. Ja! Vielleicht hätte ich jene Spielzeuge für Kleinkinder besser in einer Weise zusammenstellen sollen, dass sie den guten Herrn Doktor an die typischen Begleiterscheinungen erinnerten, die ein gerade beendeter *Raubüberfall* hinterlässt, an einen Akt von Vandalismus, den die arme Gummipuppen-Familie in ihrem Hause erdulden musste. Und ich hätte mir für meine Zusammenstellung auch deutlich mehr Zeit nehmen müssen, hätte so tun müssen, als hätte das Ergebnis meine ganze innere Kraft gekostet. Ich gehe davon aus, dass ich, Alexander Zinser, dann besser in sein Weltbild gepasst hätte. Aber gut, all das ist lange her, gehört zu meiner Vergangenheit. – Jedenfalls ist bei all dem nichts Vernünftiges herausgekommen. Das, was in den darauf folgenden Untersuchungsterminen geschah, insgesamt zwei oder sogar drei Mal erschien ich dort in dem roten Backstein-Pavillon, das ist mit dem, was ich am ersten Tag erlebte, durchaus vergleichbar. Und das in jeglicher Hinsicht. Es wurden Fragen gestellt und Fragen beantwortet. Mal waren es einige auf weißen Tafeln abgebildete geometrische Figuren, die man mir vor die Nase hielt und über die ich mich möglichst tiefgründig äußern sollte, dann wieder wurde ich gebeten, möglichst schnell die eine oder andere Rechenaufgabe zu lösen. Und so weiter und so fort.

Einmal haben wir – Doktor Hornbrille und ich – sogar *unseren* roten Backstein-Pavillon verlassen und sind auf dem Gelände gemeinsam zu einem *anderen* roten Backstein-Pavillon gegangen. »Alexander, und nun werden wir dort drüben noch eine spezielle Messung vornehmen, und das war's dann auch schon für heute. Es tut absolut nicht weh, dauert allerdings etwas länger.« Recht hatte der Mann, zumindest was diese Maßnahme betraf: Es tat wirklich nicht weh, dauerte dafür aber ziemlich lange. Meine Gehirnströme wurden noch gemessen. Das war sie, die spezielle Messung, von der er sprach. Meine Mutter hatte mir dann auf dem Heimweg in einfachen Worten erklärt, was ihr wiederum zuvor der Doktor in einfachen Worten erklärt hatte: »In dem Fall, Frau Zinser, um ganz sicher sein zu können, dass hier bestimmte Krankheitsverläufe vollumfänglich auszuschließen sind, halten wir ein EEG – eine Elektroenzephalografie – wirklich für angebracht!«, hieß es. Meines Wissens mündete das gesamte Universitätskrankenhaus-Eppendorf-wieso-Linkshänder-Unterfangen letztendlich in nur einem einzigen Brief, in einem einzigen Schreiben, das der Herr Hornbrillen-Doktor an den Herrn Schularzt schrieb. »In den nächsten Tagen werde ich meine Diagnose dem Kollegen persönlich senden, Frau Zinser, dann sehen wir weiter.«, das waren seine diesbezüglichen Worte, die er während des abschließenden Gesprächs an meine Mutter richtete. Danach habe ich nie wieder etwas von der Sache gehört. Nie wieder! Aber dann und wann muss ich dran denken, an das ganze Brimborium-Theater, das ja nun heutzutage – wo man niemanden mehr dazu zwingt, mit der rechten Hand zu schreiben – Gott sei Dank nicht mehr veranstaltet wird. – Selbstverständlich gehe ich felsenfest davon aus, dass ich damals wirklich einzig und allein wegen meiner Art, mit der linken Hand zu schreiben, untersucht wurde. Obwohl – manchmal bin ich da etwas verunsichert. Manchmal hege ich gewisse Zweifel daran. Aber nein. Ich täusche mich da vermutlich. Immerhin wurde mir seitens meiner Mutter fest versprochen, dass meine Bettnässerei auf keinen Fall erwähnt wird. Mehrfach hatte sie mir das versichert! »Alex, aber wenn ich es dir doch sage: Es geht dort ausschließlich darum, dir möglichst eine brauchbare Unterstützung zukommen zu lassen, die dir die Umgewöhnung – vom Linkshänder zum Rechtshänder – erleichtert. Dass du ab und zu … – Nein, das ist in dem Zusammenhang uninteressant und wird von mir ganz, ganz bestimmt nicht angesprochen!«, so ihre glaubwürdige Beteuerung.

Ein nur leises, metallenes Geräusch aus dem Treppenhaus: Ein Schlüssel wird in das Schloss der Wohnungstür gesteckt und in dem Schloss gedreht. Die Tür wird geöffnet (der Schlüssel aus dem Schloss gezogen) und gleich danach wieder geschlossen. Meine Mutter – sie ist zurück! Jetzt steht sie im Flur, atmet mehrmals tief durch. »Die vielen Treppen bis hoch in die vierte Etage sind es, die ihr zu schaffen machen«, denke ich mir. Schritte. Ein Rascheln. Eine Tasche – oder ein Einkaufsnetz? – wird auf dem Küchentisch abgesetzt. »Hallo, Alex, bist du da? Hat leider etwas länger gedauert. Der Warteraum von Weser war brechend voll heute. Habe auf dem Rückweg noch schnell einige Sachen eingekauft. Wo steckst du – im Wohnzimmer?«

—

»Du musst gehorchen, Alex!«, wie oft habe ich diesen Satz in der Vergangenheit bereits gehört. Gehorchen, nichts als gehorchen! Irgendetwas Gutes muss wohl dran sein an diesem Hinweis, sonst würde man ihn nicht stets und ständig und von allen Seiten her um die Ohren geschlagen bekommen. Das Gehorchen – mal findet es innerhalb einer äußerst freundlichen, ja beinahe schon sehr liebevollen Empfehlung eine Erwähnung und mal im Rahmen einer mit großer Ernsthaftigkeit formulierten Ermahnung. Letzteres nicht selten unmittelbar nach einer bereits angekündigten Strafe, die für ein aufgefallenes Fehlverhalten verhängt wurde. »Das Gehorchen-Können, das ist ausnahmslos für jeden Menschen von allergrößter Wichtigkeit!« So, oder ähnlich so, klingt es beispielsweise, wenn mein Großvater dieses Wort in den Mittelpunkt stellt. Und: »Wer nicht gehorchen kann, Alex, glaube mir, der kommt letztlich nicht zurecht mit seinem Leben!« Hingegen – ein weiteres Beispiel – hört es sich völlig anders an, wenn mir die Vertreter der Schule, die Lehrer, mit dem Gehorchen kommen: »Alex! So geht das nicht! Ich will es nicht noch einmal sagen müssen! Zur Strafe wirst du … Du musst gehorchen! Merke dir das endlich für die Zukunft!« Wie auch immer, so oder so, ob nun mit freundlicher Geduld gesprochen oder mit einem eindeutig bedrohlichen Unterton eher schon geschrien, egal, der Hinweis auf das Sich-fügen-Müssen lässt sich jedenfalls nicht so schnell erfolgreich abschütteln. Zwar kann ich nicht einmal vernünftig begründen, warum es sich so verhält, aber irgendwie will es mir einfach nicht gelingen, mit dem Gehorchen zurechtzukommen. Vorübergehend schon, das ja, aber keineswegs – wie von einigen Nörglern gefordert – auf Dauer. Da zeigt sich das Resultat meiner Bemühungen in etwa so, als würde ich immer und immer wieder erneut denselben Versuch unternehmen, eine Drehtür zuzuschlagen. Außer, dass kurzfristig mal ein lauer Windzug weht, geschieht da nichts Weltbewegendes.

Die Vorkommnisse – insbesondere die der jüngsten Vergangenheit – haben es immer wieder gezeigt, dass ich mich verdammt schwer damit tue, das von mir dringlichst erwartete Fügen zur Zufriedenheit aller zu präsentieren. Und genau an dieser Stelle sei doch bitte die Frage gestattet, *wem* ich denn, bitteschön, gehorchen soll. Ja doch, so einfach, wie es sich anhört, so einfach ist es längst nicht immer. Nein! So diktiert es mir jedenfalls mein Empfinden. Klar, in den meisten Fällen ist es hinlänglich eindeutig, was man von mir wann und wie verlangt, und ich kann – spätestens im Nachhinein – die Erwartung auch nachvollziehen, aber manchmal ist es für mich eben alles andere als unmissverständlich, was ich als das richtige Verhalten – das richtige Fügen – erkennen soll. Dann kann ich noch so lange darüber nachdenken, was von mir gefälligst zu tun oder zu lassen sei, es hilft dann alles nichts, ich komme einfach nicht dahinter. In solchen Fällen bleibt es dann leider dem Zufall überlassen, ob meine Entscheidungen nun als gut bezeichnet werden, also als ein Gehorchen erkannt werden, oder ob ich mal wieder kräftig daneben gegriffen habe. So sehe ich das. Wie es scheint, ist das besagte Sich-fügen-Können relativ. Vermutlich gibt es ein richtiges und ein nicht ganz so richtiges Sich-fügen-Können. Das würde mir jedenfalls einiges erklären. Ebenso muss es wohl so sein, dass das Gehorchen-Müssen sich mit dem zunehmenden Alter verändert: Von einem noch sehr jungen Menschen wird *dies* Gehorchen erwartet und von einem deutlich älteren Menschen dann *jenes* Gehorchen. Meine Beobachtungen unterstreichen diese meine Vermutung jedenfalls immer wieder aufs Neue.

Wenn es nach meinem Großvater geht, da bin ich mir sicher – dann ist die Sache mehr als nur sonnenklar. Er nimmt sofort eine seiner Bibeln in die Hand und empfiehlt mir dringlichst, auf das Wort Gottes zu hören, ja seinen strengen, aber liebevollen Anordnungen uneingeschränkt Folge zu leisten – was immer das auch in der Konsequenz heißen soll. Mein Vater sieht es allerdings anders. Jener Ratschlaggeber wiederum hält rein nichts von diesem Gehorsam. Er bezeichnet – da bin ich mir ebenfalls sicher – jenes Gehorchen als unaufrichtig, trügerisch und somit als ausgesprochen falsch. Allerdings können beide – sowohl Hans Quandt als auch Heinrich Zinser – die von ihnen vertretene Meinung stichhaltig begründen, sind sich somit beide ebenfalls ohne jeden Zweifel sicher, dass sie mir den allein richtigen Weg weisen können. Hingegen sind – was den Gehorsam betrifft – die Anordnungen der Lehrer merklich eindeutiger. Das muss ich zugeben. Allerdings wirkt auch das aus dieser Ecke Kommende auf mich längst nicht immer ausreichend glaubwürdig. Nein. Einige Lehrer – manche Befehle von ihnen – werfen für mich ebenfalls immer wieder Fragen auf. Fragen, auf die ich einfach keine zufriedenstellenden Antworten bekomme. Wenn ich deren entschiedene Anordnungen mit deren Verhalten uns Schülern gegenüber vergleiche, dann will das eine einfach nicht zu dem anderen passen, was sich, wie bereits angedeutet, vielleicht dadurch erklären mag, dass das Müssen wohl tatsächlich vom Alter der Menschen abhängt (!?). Hier zeigt sich immer wieder aufs Neue, dass die geforderte Folgsamkeit mit einer Strenge durchgesetzt wird, die für duldsame Erklärungen keinen Raum lässt. Hier soll Respekt allein mit Disziplin errungen werden.

Da ist das Verhalten meiner Mutter noch am glaubwürdigsten für mich. Anneliese Zinser schwört zwar auch auf das Gehorchen, was sie mir gegenüber auch in regelmäßigen Abständen meint betonen zu müssen, sie ist aber so gut wie jederzeit durchaus dazu bereit, von Fall zu Fall mit mir über diesen Gedanken und seine genaue Bedeutung zu verhandeln. Die Tatsache, dass ich manchmal mit *meiner* Meinung problemlos *ihre* Meinung ändere, was wirklich nicht selten der Fall ist, die wirft einerseits zwar mindestens eine weitere Frage auf, nämlich die, ob sie unter Umständen vielleicht sogar gar keine ureigene Meinung hat, lässt mich andererseits aber immerhin hoffen, dass das Gehorchen-Müssen auch für einen heranwachsenden Menschen keine bewegungslose, fest eingemauerte Angelegenheit ist. Von welcher Seite ich es auch betrachte – eines scheint mir klar zu sein: Was mich betrifft, mich, Alexander Zinser, so wird es mir niemals möglich sein, mich einem bedingungslosen Gehorchen zu unterwerfen! Das zu können, sofort und uneingeschränkt auf Zuruf zu funktionieren, das halte ich ganz und gar nicht für eine Verhaltensweise, die man unbedingt beherrschen sollte, ja für die es sich je lohnen könnte, dass man konsequent seinen eigenen Willen widerstandslos zurücksetzt. »Reiß dich gefälligst am Riemen, Alex!«, so klingt es aus der einen Ecke. »Du musst nicht immer das letzte Wort haben wollen, Alex!«, so aus der anderen, und damit ist dann reinweg nichts anderes gemeint als: »Halte deine Schnauze und tue gefälligst das, was man dir sagt!«

»Halte deine Schnauze und tue gefälligst ...« – Nein, zugeben würden sie es sicherlich nie, die Personen, die mir so begegnen, und es wird natürlich auch längst nicht immer ganz so drastisch formuliert ausgesprochen, dennoch aber ist es auffallend oft die Botschaft, die übermittelt wird. »Wenn Erwachsene sich unterhalten, haben Kinder – möglichst auch Jugendliche – tunlichst ihren Mund zu halten!« – zwar ist es bereits eine ganze Weile her, als ich diesen

Satz zuletzt zu hören bekam, aber an dem Mienenspiel meiner »erwachsenen« Gesprächspartner meine ich es immer mal wieder deutlich ablesen zu können, dass aber genau das gedacht und von mir erwartet wird. Wenn Heranwachsende – Kinder und Jugendliche – miteinander reden, dann »halten« etwaig anwesende Erwachsene auch nicht immer passenderweise ihren Mund, was ich auch gar nicht erwarte, was aber gerecht wäre. Allein schon auf die Idee würde doch niemand von denen kommen, die gerne mit Nachdruck auf dem »Kinder müssen sich fügen« bestehen. Davon kann man getrost ausgehen.

Irgendwie hat Jan doch nicht so ganz unrecht mit seiner Behauptung, das muss ich schon zugeben. Zwar sind wir längst nicht immer einer Meinung, das genaue Gegenteil ist dann schon eher der Fall, jedenfalls oft, aber was das Sammeln betrifft – da liegt er nicht so ganz falsch mit seiner Einstellung. »Du mit deiner blöden Briefmarkensammlung«, hatte er zu mir gesagt, »du stellst doch bloß immer wieder aufs Neue fest, dass du kaum noch eine vernünftige Serie zusammenbekommst. Und da kannst du noch so viel in deinem dicken, dämlichen Briefmarken-Michel-Katalog blättern, der macht dir dann nur einmal mehr deutlich, dass reinweg nichts von dem, was du unsortiert vor dir auf dem Tisch ausgebreitet liegen hast, in irgendeiner Weise zusammengehört!« Gut, ich kenne meinen Freund Jan, er ist ein äußerst ungeduldiger Mensch und das Sammeln von Briefmarken ist eindeutig nichts für ihn. Aber davon mal ganz abgesehen trifft seine Einschätzung letztlich zu. Es ist manchmal wirklich schier zum Verzweifeln: Da glaubt man, dass man mittels einer plötzlich gefundenen Briefmarke, die man mühselig aus dem Kästchen mit den unzähligen unsortierten Briefmarken herausgefischt hat, nun endlich – endlich! – eine weitere komplette Serie besitzt – Format, Zahnung, Stempel und Farbe stimmen perfekt! – und dann stellt sich nach genauerem Hinsehen wieder einmal schlagartig heraus, dass die Drucktechnik, mittels welcher jenes gefundene Exemplar gefertigt wurde, geringfügig von der Drucktechnik abweicht, mittels der die Marken gefertigt sind, zu denen die gefundene Marke auf den ersten – und auch zweiten! – Blick zu passen scheint. Die Marke hält dem Vergleich mit dem besagten Katalog einfach nicht stand! Sie passt eindeutig nicht zu den bereits fein säuberlich nebeneinander ins Album gesteckten Marken, die seit ewigen Zeiten auf die letzte noch fehlende warten, damit sie zusammen dann zu einer vollständigen Serie werden können.

Mit den Füßen auf der ersten Stufe, die von hier aus nach unten führt, sitze ich seit einigen Minuten vor unserer Wohnungstür, auf der Kante des glatten, kalten Treppenabsatzes der vierten Etage, und mache mir so meine Gedanken. Vornüber gebeugt, die Ellenbogen auf den Knien und den Kopf zwischen den Händen gelagert, blicke nach unten und warte darauf, dass die geschliffenen schwarzweißen Steinchen vor meinen Augen so langsam zu schwimmen beginnen. Ganz offensichtlich kann ich mich wieder einmal nicht entschließen, was ich unternehmen sollte. Das heißt, *sollte* ist hier eindeutig die falsche Bezeichnung, es zwingt mich momentan ja nichts und niemand zu irgendetwas. Die Schule ist beendet, das Mittagessen bereits im Magen, und den Hausaufgaben werde ich mich später widmen. Ich habe einige Stunden Zeit. Vielleicht mache ich die Schularbeiten auch erst morgen, unmittelbar vor dem Läuten zur ersten Stunde, in einem toten Winkel hinter der Turnhalle. Was haben wir eigentlich auf? Habe ich es mir überhaupt notiert? Ich komme nicht drauf. Auf beides nicht. Egal. Da kann ich jetzt sowieso nichts mehr dran ändern. Es wird schon irgendwie klappen …

»Ich sammle weiterhin Bierdeckel!«, hatte Jan mich im triumphierenden Ton wissen lassen. »Da passt jedenfalls immer alles zueinander, und meine Bierdeckelsammlung wächst ständig.« Da hat er zwar ebenfalls recht, eine Bierdeckelsammlung ist wesentlich leichter zu ergänzen als eine Briefmarkensammlung, aber hier stellt Jan einen Vergleich an, der eigentlich nicht erlaubt ist. Ich gehe davon aus, dass er sich dessen insgeheim bewusst ist. Würde ich ihn aber darauf ansprechen, dann käme es gewiss recht schnell zu einem Streit. Es macht eben absolut keinen Sinn, mit ihm kritisch über Dinge diskutieren zu wollen, über die er sich bereits seine für ihn typische Jan-Holtan-Meinung gebildet hat. Bierdeckel hatte ich auch mal gesammelt, so wie es eigentlich jeder meiner Freunde getan hat oder immer noch tut. Von Kneipe zu Kneipe bin ich mit ihnen gezogen. Wir sind rein und haben den Wirt freundlich und mit unserer bescheidensten Höflichkeit gefragt, ob wir – bitte! – einige dieser Pappuntersetzer »für unsere Bierdeckelsammlung« von ihm bekommen könnten. Es hat zwar längst nicht immer geklappt, nicht jeder Wirt hatte Verständnis für unser Anliegen, was ich wirklich sehr gut verstehen kann, aber der eine oder andere Kneipenbesitzer hat uns eben doch mit dem Erhofften versehen, hat uns einige seiner Deckel – nicht selten tatsächlich einen beachtlichen Stapel! – ausgehändigt. Das, was wir unter den von uns im Laufe der Zeit mit Mühe ergatterten Schätzen mehrfach oder mindestens doppelt hatten, das haben wir dann hin und wieder untereinander getauscht.

Zumindest auf einer Seite dieser eckigen oder kreisrunden Deckel wird immer in irgendeiner Form für das jeweilige, in der Wirtschaft ausgeschenkte Bier geworben, mit den unterschiedlichsten Ideen, was Form, Bild und Farbe betrifft, und einige dieser Ausführungen erwiesen sich für uns sofort wie kompromisslos als die *ganz Wertvollen* ihrer Art. Einen »Elbschloss«-Deckel für einen »Wicküler«-Deckel, einen »Schultheiss« für einen »Holsten«, einen »Hannen Alt« für einen »Beck's« – so lautet immer noch die zurzeit gültige Währung.

Ich hebe meinen Kopf, nehme meine Ellenbogen von den Knien und schlage – auf der Suche nach einer bequemeren Sitzposition – meine Beine übereinander. So allmählich macht es sich bemerkbar, dass ich seit geraumer Zeit auf dem harten, kalten Boden des Treppenhauses hocke. Angenehm ist es für mich jedenfalls nicht. Da – Geräusche im Treppenhaus! Unter mir wird jetzt eine Wohnungstür geöffnet und fast zeitgleich wieder geschlossen. Kaum ist die Tür zurück in ihr Schloss gefallen, klappern Schlüssel an ihrem Schließblech. Eilige Schritte sind vernehmbar. Schritte, die sich in Richtung Erdgeschoss entfernen. Schritte, die auf dem Terrazzo verhallen. Es hört sich ganz nach der ersten oder zweiten Etage an. Nein, nein, ich bin mir jetzt ziemlich sicher, dass es sich um die zweite Etage handelt. Nein, wirklich, kein Zweifel – es ist die zweite Etage, die sich da meldet! Ich nehme die Stellung der übereinandergeschlagenen Beine wieder zurück, was mehr automatisch als bewusst geschieht, stelle sie nun nebeneinander und senke meinen Kopf, blicke wieder auf die geschliffenen Steine des Terrazzo-Bodens. Sie schwimmen diesmal nicht, die Steine! Oder doch? – Vielleicht sollte ich mich doch etwas früher um die Hausaufgaben kümmern, rechtzeitiger. So wie es aussieht, bahnen sich da Probleme an, und dann ist der tote Winkel hinter der Turnhalle auch nicht unbedingt der Weisheit letzter Schluss ...

Alles Mögliche haben wir schon gemeinsam gesammelt, Jan und ich, wirklich alles Erdenkliche. Außer Briefmarken natürlich. Für Briefmarken ist Jan – wie gesagt – nicht zu begeistern. Wenn ich beispielsweise nur daran denke, wie wir stundenlang durch unsere Straßen gezogen sind, den Blick immer stursteif auf die Gehwege gerichtet. »Kronkorken« waren da das Ziel – nach möglichst gut erhaltenen Flaschenverschlüssen hielten wir Ausschau. Meist waren unsere Fundstücke allerdings eher staubig und verschrammt, was alles andere als ein Wunder war, wenn man bedenkt, dass sie sich bereits über Tage, Wochen und Monate – und das in jeder Wetterlage – zwischen den Grand-Schottersteinen befanden, als wir auf sie stießen. Oder sie waren stark verbogen, waren vom Öffnen mit dem Flaschenöffner quer rüber scharfkantig verknickt. Allein *die* Kronkorken waren stets voll akzeptabel, die wir von Zuhause ergattern konnten. Was mich betrifft, so kam Letzteres allerdings sehr selten vor. Wenn bei uns zuhause Limonade und Bier in Flaschen anzutreffen sind – egal, ob mit oder ohne Kronkorkenverschluss –, dann ist das durchaus als eine Ausnahme anzusehen. Wir kaufen in der Regel immer erst dann – in mehr oder weniger größeren Mengen – solche Getränke ein, wenn eine Feier ins Haus steht, wenn wir Gäste erwarten. Ansonsten beschränkt sich unser Einkauf allein auf das, was wir so ab und zu – als Ausnahme sozusagen – über die Tage innerhalb der Woche benötigen. Jene Flaschen haben zudem meist einen Bügelverschluss aus Porzellan, der selbstverständlich fest an der Flasche verbleibt und somit immer wieder benutzbar ist. Normalerweise kaufen wir am Freitag ein. Bei Gerkens, Hoppe und White, dem Krämer-, Gemüse- und Milchladen in unserer Straße, tun wir das, und hin und wieder steht dann schon mal die eine oder andere Flasche »Sinalco«-Limonade auf dem Einkaufszettel. Jans Eltern handhaben das ganz anders: Familie Holtan lässt sich neuerdings die Limonadenflaschen gleich kistenweise die Treppen hoch und direkt vor die Wohnungstür tragen. »Vorlo Getränke« – so steht es mehrfach und in großen Buchstaben auf dem Lieferwagen geschrieben, der in regelmäßigen Abständen bei ihnen vorfährt und gleich zwei oder sogar drei Kisten anliefert. »Das werden wir uns auch irgendwann einmal leisten, Alex«, so meine Mutter vor einigen Tagen, »ich befürchte nur, dass man dann nur noch am Trinken ist, wenn erst einmal die Limonade in solchen Mengen in der Speisekammer zur Verfügung steht, und dann wird es mir zu teuer!« Wie auch immer, dank Vorlo war Jans Kronkorken-Sammlung jedenfalls um ein Mehrfaches größer als die meinige, und seine Deckel waren weder staubig noch verschrammt. Gut, die Spuren des Flaschenöffners waren nicht zu übersehen, Jans Eltern gaben sich auf sein Drängen hin zwar alle Mühe, jene scharfen Kanten zu vermeiden, aber der Erfolg war längst nicht immer befriedigend. Irgendwann haben wir das Sammeln von Kronkorken dann eingestellt. Plötzlich eigentlich und ohne irgendeine Absprache. Jedenfalls erinnere ich mich an keine. Ich denke, das lag gewiss nicht zuletzt auch daran, dass die *Vorlo*-Brausedeckel derartig überhandnahmen, was sich ja von selbst versteht, dass sie irgendwie erdrückend wirkten, ja dass sie das Sammeln von Kronkorken insgesamt – von einem Tag auf den anderen, sozusagen – unattraktiv machten.

»Was ist los, Alex, kommst du nicht in die Wohnung hinein?« Frau Marschner aus der dritten Etage links – mit einem prall gefüllten Wäschekorb kommt sie langsam die Treppe hoch. Ich habe ihr Kommen nicht bemerkt. »Doch, doch, alles in Ordnung!« Ich erhebe mich und trete an die Seite. »Soll ich Ihnen den Korb tragen helfen?« Es ist unschwer zu erkennen, dass es der alten Frau nicht leicht fällt, den übervollen Korb mit der nassen Wäsche die Stufen hochzutragen. »Nein danke, Alex, das schaffe ich schon noch alleine. Bis zum Trockenboden ist es ja nicht mehr weit.« Auf meinem Treppenabsatz angekommen, bleibt Frau Marschner für einige Sekunden direkt neben mir stehen und sieht mich fragend an. »Willst du nicht raus auf die Straße, Junge? Draußen scheint die Sonne. Das geschieht auch nicht jeden Tag!« Ohne meine Antwort abzuwarten, wirft die Frau einen kurzen Blick auf ihre Wäsche, so als wolle sie sich vergewissern, dass während ihres Treppensteigens auch kein Stück aus dem Korb gefallen ist, und macht sich weiter auf den Weg nach oben zum Dachboden. Ich sage nichts, blicke ihr stumm hinterher, bemerke, wie sie während jedem ihrer auffallend behäbigen Schritte leicht hin und her wankt. Ich setze mich wieder auf meinen kantigen Platz zurück. »Spätestens bis die wieder von den Wäscheleinen zurückkommt«, sage ich mir, »sollte ich von hier aber verschwunden sein!«

Selbst Zigarettenpackungen haben wir eine Zeit lang gesammelt. Mit Hingabe! Das heißt – genauer gesagt sammelten wir die ausgeschnittenen Vorder- und Rückseiten der Schachteln. Nicht nur, dass von allen erdenklichen Sorten immer genügend leere Packungen auf den Straßen herumlagen, nein, unsere eigenen Familien haben uns da bestens unterstützt. Ganz im Gegensatz zu der Zeit, in der wir diese Kronkorken sammelten und bei mir zu Hause ja nun wirklich niemand etwas Nennenswertes für mich tun konnte, war die Sache bezüglich unserer Zigarettenpackungs-Sammlung ganz anders gelagert: Jans Eltern qualmten zwar beide, aber in meiner Familie taten das sowohl mein Vater, meine Großmutter *und* mein Schwager! Gut, mein Vater war in dieser Beziehung eher zu vernachlässigen, er war ja kaum da, aber das, was Erna und Ulrich so wegrauchten, das konnte problemlos mit der Familie Holtan mithalten. Waren es bei Jan stets die Marken »Overstolz« und »Senoussi«, so waren es bei mir die Marken »Juno« und »Muratti privat«, die unsere stolzen Sammlungen verlässlich versorgten. Und war mein Vater nicht auf See, dann kamen bei mir noch die beiden Marken »North State« und »Gold Dollar« hinzu. Die Tatsache, dass wir, Jan und ich, selber die eine oder andere Packung leerten – schließlich rauchten wir ebenfalls ganz gerne mal eine Zigarette –, die war in jenen Tagen eher zu vernachlässigen. Mit dem Konsum unserer Familien konnten und wollten wir natürlich nicht mithalten. Das allermeiste aber fanden wir während der Suche auf den Gehwegen und in den Papierkörben unserer Straßen, wo die Vielfalt natürlich weitaus größer war. Von den – wie auch immer – ergatterten Zigarettenpackungen haben wir dann mit der Schere die Vorder- und Rückseiten herausgeschnitten – möglichst akkurat und parallel, was, wenn gelungen, auch irgendwie den Wert des Objekts ausmachte – und sie dann schlussendlich in die Sammlung aufgenommen.

Am liebsten waren uns die Marken, die ihre Zigaretten in etwas dickere Packungen stecken, in Schachteln aus dünner Pappe, die in jeder Lage ihre kantige Form beibehalten. Das präzise Herausschneiden der gewünschten Seitenteile ist bei diesen Packungen natürlich ein Kinderspiel, und hinzu kommt, dass die Teile auch später wesentlich stabiler bleiben als die aus Papier, sie verknicken eben nicht so schnell, was sie für uns eindeutig wertvoller macht. Zuletzt besaßen wir derartig viele jener ausgeschnittenen »Bilder«, dass wir sie tatsächlich nur noch in größeren Einkaufstüten transportieren konnten, und da wir uns nicht allein zuhause mit unseren Schätzen beschäftigten, *mussten* wir sie so dann und wann mit uns herumtragen. So, wie wir das, was wir innerhalb unserer Bierdeckel- und Kronkorkensammlungen mehrfach besaßen, untereinander tauschten, so tauschten Jan und ich auch unsere Zigarettenbilder – die wir meinten, entbehren zu können oder aber haben zu müssen – untereinander aus. Oft saßen wir bei ihm oder bei mir in den Eingangsbereichen der beiden Häuser, direkt vor der Haustür – jeder mit einer prall gefüllten Plastiktüte an seiner Seite – und widmeten uns unserer beider Sammlungen. Mit der Zeit erwiesen sich diese Tauschgeschäfte allerdings als stinklangweilig. Die Bilder wiederholten sich einfach zu häufig, und wir sahen immer weniger Gründe, die einen etwaigen Tausch hätten begründen können. Zuletzt erledigten wir das Tauschen mittels eines von uns selbst erdachten Spiels: Im Wechsel und ohne hinzusehen griffen wir in unsere Tüten, zogen – somit blind! – jeweils ein Bild heraus und legten sie übereinander vor uns hin. Immer dann, wenn das zuletzt gelegte Bild auf ein gleiches Bild zu liegen kam – *Lux* auf *Lux*, *Astor* auf *Astor*, *Overstolz* auf *Overstolz* usw. –, gehörte der gesamte bereits angehäufte – mehr oder weniger große – Stapel demjenigen Spieler, der das letzte Bild gelegt hatte. Das war eine ganze Weile ausreichend spannend, ersetzte die eigene Entscheidung und gab somit dem Austausch den benötigten und zuvor vermissten Schwung.

Und wieder – Geräusche im Treppenhaus –, jetzt aber eindeutig über mir! Eine Tür knarrt kurz an. Schritte? Ach ja – Frau Marschner! Sie hat ihre nasse Wäsche jetzt aufgehängt und kommt vom Trockenboden zurück, will zurück in ihre Wohnung. Zügig, aber dennoch so geräuschlos wie nur möglich stehe ich auf und gehe die Treppen hinunter. Auf Zehenspitzen sozusagen. Sie muss es ja nicht unbedingt mitbekommen, dass ich vor ihr fliehe. Eigentlich zum Lachen, was ich hier tue. Wenn das jetzt einer der Nachbarn mitbekommen würde, wie ich hier so schattenhaft schleichend durch das Treppenhaus stolziere, ich, der ansonsten gerne laut die Treppen hinunter bis ins Erdgeschoss springt. – Eines steht jedenfalls für mich fest: Wenn ich erwachsen bin, und vorausgesetzt, dass ich mir das dann auch leisten kann, dann sammle ich ganz andere Dinge als Bierdeckel, Kronkorken und Zigarettenschachteln. Dann sammle ich vielleicht Schallplatten oder alte chinesische Münzen? In jedem Fall werde ich gute Bücher sammeln. Bis dahin werde ich mich mit meinen Briefmarken zufriedengeben.

»So schön hatte ich ihn mir gar nicht vorgestellt« – mit einem angefeuchteten Geschirrtuch wischt meine Mutter behutsam die Oberfläche des Kühlschranks ab, »ein ›Linde‹ – der bürgt für Qualität!« Gestern wurde sie geliefert, die heiß ersehnte Haushaltshilfe. »Der passt gut in die Küche, oder?« Sie tritt einen Schritt zurück und begutachtet die neue Errungenschaft in einer leicht schrägen Körperhaltung. »Und er nimmt auch weitaus weniger Platz weg, als ich befürchtet hatte!« Man kann ihr die empfundene Freude förmlich ansehen. Von meinem Platz am Küchentisch aus werfe ich abwechselnd einen Blick auf den Kühlschrank und auf seine Bewunderin. »Ja«, antworte ich, »dort in der Ecke steht er gut.« Links vom Küchenfenster und dann mit der Rückseite zur längs verlaufenden Wand haben die Transporteure das gute Stück abgestellt, was anders auch kaum möglich war, weil sich allein dort eine Steckdose befindet, auf die jene Technik nun mal angewiesen ist. »Wann willst du ihn denn einräumen?« Ich sehe es meiner Mutter an, dass ihr die Frage etwas ungelegen kommt. »Da kannst du noch so oft an ihm herumwischen, leer wird er uns kaum nützen.« – »Das hat doch keine Eile ...« Immer noch in schräger Haltung und ohne den Blick von dem nagelneuen Kühlschrank zu lösen, versucht sie, ihr Zögern zu begründen. »Lass mich doch! Wir sind nun all die Jahre ganz gut ohne einen Kühlschrank ausgekommen – da kommt es auf einen Tag mehr oder weniger doch nun wirklich nicht mehr an!« Nein, das kommt es sicher nicht. Und trotzdem würde ich es gut finden, wenn all die Sachen, die jetzt in der Speisekammer nicht unbedingt kühl genug stehen, endlich mal – so nach und nach – dort im *Linde* vernünftig einsortiert werden.

In der Küchen-Speisekammer, rechts vom Küchenfenster, einem kleinen Raum von knapp einem Quadratmeter Bodenfläche und rund zwei Meter Höhe bis zur Decke, steht nichts so richtig kalt. Wie sollte das auch geschehen? Zwar hat die Kammer kein Fenster, und somit dringt kein Tageslicht herein, aber das war's dann auch schon. Die linke Wand der Kammer gehört zur Außenmauer des Hauses, und in ihr gibt es einen kleinen eingelassenen Klinkerstein, der mehrere senkrecht verlaufende schmale Schlitze hat. Durch jene Lüftungsschlitze – wenn man sie denn so benennen will –, die mittels eines Schiebers auch nach Bedarf mehr oder weniger abzuschotten sind, gelangt etwas geregelte Frischluft hinein, was allerdings und verständlicherweise spätestens im Hochsommer leider eine entgegengesetzte Wirkung hat. In diese Speisekammer hinein hatte mein Vater gleich nach unserem Einzug einige raumfüllende Regalbretter montiert, auf die die im Haushalt üblicherweise benötigten Vorräte bis dato gelagert werden. Zumeist handelt es sich um Konserven und eben das, was man in geschlossenen Tüten und Kästen problemlos über einen längeren Zeitraum in einer solchen Kammer lagern kann, wie beispielsweise Mehl, Salz, Zucker, Gewürze usw.

»Bei ›Brinkmann‹ – da kann man solche Geräte ganz fantastisch kaufen!« Mit dem trockenen Teil des Geschirrtuchs poliert Anneliese jetzt mehrfach den blanken Hebelgriff der Kühlschranktür, während sie gleichzeitig aus dem Schwärmen nicht herauskommt. »Die haben mit Sicherheit die größte Auswahl in Hamburg und noch dazu eine ganz erstklassige Beratung!« Zwischen meinen Eltern war die Anschaffung eines Kühlschranks lange *das* Gesprächsthema Nummer eins. In den Tagen seines letzten Landurlaubs sprachen sie fast täglich über diesen Kauf, bis der Entschluss dann irgendwann feststand. »Wir sollten in die Spitalerstraße zu ›Brinkmann‹ gehen«, hatte mein Vater überzeugend vorgeschlagen. »Die sind einigermaßen preisgünstig, und über einen zuverlässigen Kundendienst verfügen die dort auch.« Sie sind dann kurz darauf beide mit der Bahn in die Innenstadt gefahren und haben ihren Vorsatz – genau wie zuvor ausgiebig besprochen – in die Tat umgesetzt. Vom Kauf bis zur Anlieferung vergingen dann rund vier Wochen. Als gestern die Leute mit dem großen Karton vor unserem Haus vorfuhren, war Heinrich Zinser bereits wieder seit einigen Tagen mit seinem Riesentanker auf dem Meer.

Was das Putzen, Wischen und Polieren des Kühlschranks betrifft, so betrachtet meine Mutter ihre Tätigkeit jetzt allem Anschein nach als beendet. Unter fließendem Wasser wringt sie das Geschirrtuch aus, hängt es zum Trocknen über den Beckenrand und setzt sich zu mir an den Tisch. »Wir sollten unserem Vater in den nächsten Tagen einen Brief schreiben und ihm berichten, wie gut alles geklappt hat. Das interessiert ihn natürlich!« Mein Blick richtet sich auf die Steckdose, in der der Stecker des Kühlschranks steckt. Aus irgendwelchen Gründen befindet sich jene Steckdose nicht in der Nähe des Bodens und somit vom Kühlschrank verdeckt, sondern in über eineinhalb Meter Höhe, links vom Fenster an der Wand. Von der Steckdose bis zur Oberkante des Kühlschranks – umgekehrt natürlich auch – hängt das Anschlusskabel nun sozusagen in der Luft, was mich jetzt irgendwie stört. Ich denke, der Kühlschrank sollte entweder wesentlich höher gebaut sein oder die Steckdose wesentlich tiefer liegen. Auf jeden Fall dürfte das Kabel nicht so offensichtlich zu sehen sein. Das würde ein deutlich besseres Bild abgeben. Meine Mutter scheint meine Gedanken zu erraten. »Jedenfalls sind Kabel und Stecker weiß, Alex, und nicht so hässlich schwarz wie gewöhnlich. Und man kann jederzeit problemlos den Stecker aus der Dose herausziehen, was ansonsten – läge die Steckdose hinter dem Kühlschrank in Bodennähe – nicht möglich wäre. Das ist ebenfalls ein Vorteil! Ich bin jedenfalls sehr damit zufrieden, so wie es ist.« Zum Wochenende haben sich Barbara und Ulrich bei uns zu Kaffee und Kuchen angemeldet, um sich bei der Gelegenheit auch gleich den Linde anzusehen, versteht sich. »Wir werden uns demnächst wohl auch einen Kühlschrank kaufen«, hörte ich meine Schwester vor Kurzem schwärmen, »letzten Samstag haben wir uns bei Brinkmann bereits einige Modelle angesehen. Dort stehen ja wirklich genug Geräte in den Schaufenstern.« Familie Holtan besitzt schon lange so ein praktisches Gerät. »Darauf möchte ich nicht mehr verzichten müssen!«, hatte Frau Holtan mir mal gesagt, als sie eine gut gekühlte Milchflasche aus dem Seitenfach der weit geöffneten Tür zog. Wenn ich mich recht erinnere, dann haben die einen von »Bosch« – ich meine den elegant geschwungenen Schriftzug jetzt direkt vor meinen Augen zu haben. Ja, »Bosch« – so prangt es mit chromglänzenden Buchstaben an der schneeweißen Tür.

»Betreten der Baustelle verboten«, steht auf dem am Zaun befestigten Schild in dicken Buchstaben, »Eltern haften für ihre Kinder!« Dort, wo bis vor wenigen Wochen noch ein großer freier Platz war, gleich bei uns an der Ecke, wo man vom Reyesweg im weiten Bogen linksherum in den Damerowsweg einbiegt, da wird jetzt emsig gebaut. Ein über Eck stehendes Mietshaus mit mehreren Eingängen soll es werden, einige Eingänge werden zum Reyesweg gehören und einige zum Damerowsweg. Drei oder vier Stockwerke hoch soll das Haus insgesamt werden, mit jeweils zwei Wohnungen pro Etage. So erzählt man es sich jedenfalls auf der Straße, aber ganz genau weiß man es natürlich noch nicht. Im Groben scheint das wohl zu stimmen, wie ich meine. Der Rohbau ist bereits ein ganzes Stück fortgeschritten, und das, was da nun zu sehen ist, das widerspricht den Gerüchten nicht. Bislang bildete das Haus, in dem der Bäcker Leudke unten im Parterre seinen Laden hat, die Spitze des Reyesweg-Straßenabschnitts. Das wird sich, einhergehend mit der Fertigstellung des neuen Gebäudes, dann natürlich geändert haben. »Tja, so verändert sich das Bild unseres Stadtteils unaufhaltsam«, kommentiert Jans Vater – mit einer Brötchentüte in der Hand – die Baustelle, als ich ihn vorgestern vor dem Bäcker kurz antraf, »und das gilt nicht allein für Barmbek, das gilt für ganz Hamburg!« – »Da hat Jans Vater recht«, sage ich mir, während ich – immer parallel zum Bauzaun – so weit den Bereich des Bauplatzes abschreite, wie es mir vom Gehweg aus möglich ist. »Zurzeit wird tatsächlich nahezu in jeder zweiten oder dritten Straße unserer Gegend irgendetwas Neues gebaut.« Manchmal müssen zuerst noch ganze Schuttberge abgetragen und beseitigt werden, große wie kleine Steinhaufen, die von den im Krieg zerstörten und in sich zusammengefallenen Häusern stammen, bevor an selber Stelle ein neues Haus entstehen kann, und manchmal – so wie hier an der Ecke – ist das bereits seit Langem geschehen, und das Grundstück – ein über die Jahre mit allen möglichen Gräsern wild bewachsener Platz – kann ohne umfangreiche Aufräumarbeiten bebaut werden.

Das Hinweisschild, das Unbefugten – allen voran Kindern – den Aufenthalt auf dem Gelände streng verbietet, haben Jan und ich in den vergangenen Tagen mehrfach konsequent außer Acht gelassen. Kein Wunder, wir sind doch beide viel zu neugierig, um uns das entgehen zu lassen, was so ein Ort an Abenteuern zu bieten hat. Spätnachmittags, wenn die letzten Arbeiter ihre Tätigkeiten längst eingestellt und die Baustelle für den Tag verlassen haben, dann ist es ein Leichtes für uns, das zu erkunden, was uns brennend interessiert. Und da ist einiges, was infrage kommt. Der das entstehende Haus rundum eingrenzende Bauzaun aus zusammengenagelten Brettern – mehrere aneinandergereihte Rahmen von rund zwei Meter Höhe und drei Meter

Breite, zwischen denen ein rostiges, großmaschiges Drahtgitter hängt – ist für uns keine Hürde, jedenfalls keine, die wir nicht leicht überwinden können. Einerseits können wir an nahezu jeder Stelle problemlos über diesen Zaun steigen, andererseits sind die einzelnen Rahmenelemente – dort, wo das eine ein weiteres ablöst – teilweise nur locker zusammengestellt, sodass sie an solchen Übergängen ohne Weiteres so weit auseinandergerückt werden können, dass sich ein genügend großer Spalt zum Durchschlüpfen bildet. Ja und wie gesagt, das Schild: »Betreten der Baustelle verboten, Eltern haften für ihre Kinder!«, das einsam und verlassen in Kopfhöhe direkt dort an einem Zaunelement angebracht ist, wo sich während der Bauarbeiten der Haupteingang zur Baustelle befindet, das Schild kann unseren entfachten Entdeckerdrang nun wirklich nicht im Geringsten bremsen.

Irgendwann war es dann so weit, und wir verschafften uns das erste Mal an einer Stelle einen Zutritt. An einem Abschnitt, von dem wir annehmen konnten, dass er am wenigsten von den vorbeigehenden Passanten beachtet wurde, bogen wir einen Draht auseinander, der zur Befestigung mehrfach um zwei senkrechte Bretter gewickelt war, und zogen mit vereinten Kräften eins der beiden Zaunteile so weit vor, bis sich der gewünschte Eingang ergab. Gleich während dieser allerersten Begehung hatten wir erkannt, dass wir gleich hinter dem Zaun die Befriedigung unserer Neugierde zugleich mit etwas Nützlichem verbinden konnten: Überall – innerhalb wie außerhalb des Rohbaus – lagen Holzreste herum, sahen wir haufenweise die von Brettern und Bohlen abgesägten Enden unterschiedlichster Länge liegen. »Brennholz, das sich ausgezeichnet zum Heizen unserer Öfen eignet!« – das war's, was uns beiden sofort durch den Kopf schoss. Das war doch was! Selbstverständlich sind wir auch durch die dunklen, verlassenen Räume des Rohbaus geschlichen, hatten vom tropfnassen Keller bis in die oberen Etagen hinein nahezu jeden Raum inspiziert, soweit es die Gegebenheiten zuließen. Aber relativ schnell trat all das in die zweite Reihe unseres Vorhabens, wo wir doch von dem vielen Holz wussten, das sich hier finden ließ. Natürlich musste die Sache zuerst einmal gut durchorganisiert werden. Es musste von uns etwas Geeignetes beschafft werden, in dem sich jene Schätze verstauen und nach Hause transportieren ließen. Wir konnten die Enden ja unmöglich stückweise mitnehmen. Aber auch das stellte kein unüberwindbares Problem dar. Auch diese Aufgabenstellung löste sich gewissermaßen von ganz alleine. Nicht nur die begehrten Holzreste ließen sich überall zwischen den herumliegenden Werkzeugen und Baumaterialien finden, sondern auch einige leere Tüten, in denen zuvor Zement angeliefert wurde. Besonders in unmittelbarer Nähe der Zementmischmaschine war das der Fall. Hier lagen jene aufgerissenen und entleerten Tüten gleich haufenweise herum. So ganz nebenbei fand Jan dazu noch einige große, derbe Jutesäcke, die wir zwar bevorzugten, da sie wesentlich mehr Holzreste aufnehmen konnten als die deutlich kleineren Zementtüten, die uns aber – eben darum – den Abtransport nicht gerade leicht machten. Mehrmals endeten unsere Baustellen-Erkundungs-Expeditionen mit einem ausgiebigen Brennholzsammeln, und das, was jetzt als Ergebnis unserer Bemühungen auf unseren Dachbodenverschlägen fein säuberlich gestapelt lagerte, das konnte sich sehen lassen.

Obwohl das Sehenlassen nur symbolisch zu verstehen ist, denn immerhin handelt es sich bei den ergatterten Holzresten um von uns widerrechtlich Entwendetes und somit Gestohlenes, und die Tatsache, dass das Ganze auf einem Gelände geschah, das von uns nicht einmal hätte betreten werden dürfen, wirft einen gewissen Schatten auf unser Tun. Wie auch immer, man hat uns nicht dabei erwischt, und das Holz liegt jetzt warm und trocken unter unserem Dach – wartet nur noch auf seine Verbrennung im kommenden Winter. Meines Wissens haben Jans Eltern das von ihrem Sohn mit Mühe Gewonnene nicht weiter kommentiert, und wenn es so ist, wie mein Freund es mir berichtet hat, dann hat es sie auch nicht weiter gestört, dass Jan sich zwecks dazu mehrfach und stundenlang auf einer Baustelle aufgehalten hat – klammheimlich und trotz Verbot! Da habe ich andere Erfahrungen gemacht, ganz andere! Als meine Mutter realisierte, woher die vielen Holzreste kamen, ich konnte es vor ihr ja nicht lange geheim halten, da war sie sichtlich besorgt um mich: »Da gehst du mir aber nicht mehr hin, Alex, hörst du!«, hatte sie mir ziemlich streng befohlen, und das in einem Tonfall, der an dieser Stelle keinen Widerspruch duldete. »So eine Baustelle ist äußerst gefährlich, deshalb ist sie ja auch rundum abgesperrt!« Recht hat sie im Grunde, daran hege ich keinen Zweifel, dennoch ist ihre Sorge – wie immer in solchen Fällen – etwas übertrieben. Und ja, über das Feuerholz hatte sie sich gefreut, sie ist extra noch einmal mit mir auf den Dachboden gestiegen, um sich mein Werk näher anzusehen. »Das ist wirklich gutes Brennholz, sehr gutes sogar«, lobte sie mich anerkennend, als sie erstaunt auf das blickte, was ich mit viel Mühe – in prall gefüllten Säcken und Tüten – die ganze Straßenlänge entlang und letztlich all die vielen Treppen hinaufgeschleppt hatte, »und gutes Anmachholz ist ziemlich teuer, wie du weißt!« – »Trotzdem, Alex, du musst mir aber fest versprechen ...« Es war mir klar, dass so etwas noch kommen musste. All die vielen Bretter müssen nur noch von mir entsprechend zerkleinert werden. Eine Aufgabe, die ich demnächst erledigen werde. Bevor ich sie alle mit einem Beil in schmale Stücke spalte, werde ich einige besonders lange Abschnitte noch mit dem Fuchsschwanz auf die richtige Länge sägen müssen – eine Arbeit, die mir so richtig gefällt – und dann kann es im kommenden Winter getrost losgehen.

Jetzt, wo ich mit beiden Händen in den Hosentaschen langsam den Gehweg entlang schlendere, immer parallel zum Bauzaun und den Blick fest auf den Bauplatz gerichtet, kommt es mir vor, als lägen all diese wunderbaren Abenteuer ganz weit hinten, unerreichbar weit in der Ferne zurück. Aber nein – die Arbeiter sind auch jetzt bereits wieder im Feierabend, alles liegt ruhig und wie komplett verlassen da –, jederzeit könnte ich das wiederholen, über das ich jetzt gerade nachdenke. Dort hinten, vor einem der Eingänge des Hauses, steht eine Schubkarre. Die Karre ist über ihren Rand hinaus mit Schutt beladen, und obendrauf steckt eine breite Schaufel mit einem langen Stiel. Etwas unbeholfen ragt der Stiel gen Himmel. Zwischen der Zementmischmaschine und einem bergförmig angeschütteten Haufen Kies liegen wieder unendlich viele leere Zementtüten herum, die meisten zerknüllt und wie achtlos auf den Boden geworfen. An der runden Trommel der Zementmischmaschine lehnt eine weitere Schaufel. Auf mehreren auf dem Boden liegenden, langen dicken Holzbalken lagert ein Stapel Eisengitter. Es sind die gleichen, die auch für den Zaun benutzt wurden. »Die kommen zwecks Stabilisierung immer zwischen den Beton, mit dem die Decken des Hauses geschüttet werden!«, erklärte mir vor Tagen ein freundlicher Arbeiter, als ich ihn durch den Zaun hindurch nach dem Zweck dieser angerosteten Eisengitter-Matten fragte. Zugegeben, so richtig vorstellen kann ich es mir allerdings immer noch nicht, wie das zu gehen hat, das Zwischen-den-Beton-Kommen, aber der Mann machte auf mich nicht den Eindruck, als habe er mich auf den Arm nehmen wollen. Ich blicke auf das Gerüst, das vor der gesamten gemauerten Hausfront steht, eine gewaltige Ansammlung an Bohlen, Brettern, Rohren und Leitern. Seit letzter Woche stehen am Tage immer einige der Arbeiter – Maurer vielleicht? – auf den begehbaren Brettern des Gerüstes und schmieren mit schmalen, langen Kellen dunklen Mörtel zwischen die roten Steine. Im Endergebnis sieht die hinterlassene Mauerfläche dann irgendwie sauberer und somit akkurater aus als zuvor. Jedenfalls für mein Empfinden verhält es sich so.

»Und? Willst du dort einziehen, wenn das Haus fertig ist?« Ich drehe mich um – hinter mir steht jetzt plötzlich ein älterer Herr mit einem Hund an der Leine. Sein Kommen habe ich nicht bemerkt. Er sieht mich freundlich an, während sein Hund – ein Dackel mit einem spiegelglatten Fell – vorsichtig an meinen Schuhen schnüffelt. »Nein, nein. Wir haben bereits eine Wohnung. Ich interessiere mich nur für die Arbeiten, schaue manchmal kurz hier vorbei, beobachte, wie das alles so weitergeht.« Der alte Herr und ich, wir blicken jetzt beide durch den Zaun auf das Haus. Ein leichter Windzug lässt etwas von den Ausdünstungen zu uns herüberwehen, die jede Baustelle verursacht, typische Gerüche, die immer dort entstehen, wo Wasser Zement und Steine miteinander verbindet. Wie riesige dunkle Augenhöhlen starren uns die fensterlosen Maueröffnungen entgegen. Die Eingänge, die ebenfalls weder mit Türen noch mit Türrahmen versehen sind, lassen ähnliche Vergleiche zu. »Das Haus hat zwar Augen, Nasen und Ohren«, höre ich mich denken, »aber man hat diesen Sinnen längst noch nicht das nötige Leben eingehaucht.« Wir sehen uns an, der Mann mit dem Dackel an der Leine und ich. Für einen kurzen Moment habe ich den Eindruck, als würde er meine Gedanken erraten. Er lächelt. – »Na, dann will ich mal wieder«, mit einem leichten Ruck zieht der Mann die Leine zu sich heran. »Komm, Herrmann, du hast jetzt genug geschnuppert!« Mit einem angedeuteten Kopfnicken verabschiedet sich mein Gesprächspartner von mir. Der Hund folgt ihm widerspruchslos. »Herrmann?«, frage ich mich, »wie kann man einen Hund mit solchen kurzen Beinen und einem so glatten Fell nur ›Herrmann‹« nennen?« Ich sehe dem Alten hinterher, sehe, wie er langsam den Damerowsweg in Richtung Kraepelinweg bummelt. An jedem Baum versucht Herrmann anzuhalten und an seinem Stamm zu schnuppern. Für einige Sekunden macht sein Herrchen das Spiel sogar mit, dann signalisiert ein leichter Ruck an der Leine, dass es nun aber bitte weiterzugehen hat. Jetzt – im Moment – sind sie beide um die Ecke in den Kraepelinweg eingebogen, sind meinen Blicken entschwunden. Ich drehe mich um und mache mich ebenfalls auf den Weg, schreite den Bauzaun in entgegengesetzter Richtung ab.

Doch, das Holzstehlen hat Spaß gemacht, unglaublich viel sogar. Und niemals zuvor konnte ich ein echtes Abenteuer mit einem derart sinnvollen Ergebnis verbinden. Vor dem Haupteingang der Baustelle bleibe ich noch einmal stehen, versuche, den Baustellengeruch noch einmal einzuatmen. »Sonderbar«, so erinnern mich jetzt meine Gedanken, »so, wie die entstehenden Gebäude ihren ureigenen Geruch entsenden, so halten es auch die sich verabschiedenden Gebäude, die Ruinen, allerdings mit einer ganz anderen Art von Geruch.«

Die restlos zerstörten Häuser in der Gegend, deren Steine – mehr ebenerdig denn hoch hinaus – als riesige Schutthaufen auf den Kellerdecken lagern und langsam vor sich hin gammeln, die riechen anders. Die Überreste jener Gebäude riechen moderig, riechen muffig. Hier ist es das Wasser des Regens und des Schnees, das nun die völlig ungeschützten Steine feucht und glitschig hält, ja Stein und Mörtel wild und ungelenkt mit Moos und Gräsern bewachsen lässt. – Ich sehe zu dem Schild hinüber, das Unbefugten den Eintritt verwehrt. Morgen, so ab sieben Uhr, könnte an dieser Stelle wieder ein Lastwagen auf das Gelände fahren. Genau zwei der Zaunelemente sind dann von den übrigen völlig gelöst und lehnen – jeweils eins links und eins rechts – leicht schräge, mehr senkrecht, gegen die angrenzenden. Auf dem Gehweg vor mir lassen sich gut die Spuren erkennen, die die breiten Reifen der mehrfach am Tag hin- und herfahrenden Baufahrzeuge in den Boden gewühlt haben. Wenn es anhaltend geregnet hat, dann ist diese Stelle für Fußgänger eigentlich unpassierbar, dann kann man nur noch in einem möglichst weiten Bogen auf der gepflasterten Straße des Reyesweg ausweichen, was ja auch problemlos möglich ist.

———

In fünfzehn Minuten müsste er da sein, mein Großvater, dann ist es nämlich genau 12:30 Uhr, und wenn man von irgendjemandem sagen kann, dass er auf die Minute pünktlich ist, dann ist es ganz sicher mein Großvater. Er kommt zum Essen zu uns. Meine Mutter hat ihn eingeladen, was sie hin und wieder mal tut. Heute ist Sonntag. In aller Regel ist es sonntags, wenn er bei uns zu Mittag isst. Ich kann mich jedenfalls nicht daran erinnern, dass er mal an einen anderen Tag der Woche zu uns in den Reyesweg kam. Klar, bis auf Weihnachten natürlich. Weihnachten bildet da eine Ausnahme. Irgendwie zählen aber solche besonderen Tage nicht, wie ich finde. An den Feiertagen ist eben alles anders, was ganz besonders für das Weihnachtsfest gilt. So meine Meinung. Meinem Vater wird meine Mutter es später nicht erzählen, dass ihr Vater wieder einmal zum Essen da war, dem gefällt das nämlich nicht besonders. »Ich weiß wirklich nicht, wieso du deinen Vater noch bedienst«, habe ich ihn mal sagen hören, »und ich kann es auch nicht verstehen, dass er dir das überhaupt zumutet!« Was genau nun mit: »dass er dir das überhaupt zumutet!« zu verstehen ist, das ist mir zwar ein Rätsel, aber dass mein Vater es ernst meint, daran zweifle ich nicht. Bratwurst gibt es heute, Bratwurst mit Blumenkohl und Kartoffeln. Zwar läuft meine Mutter immer noch wiederholt und scheinbar etwas aufgeregt zwischen Küche und Wohnzimmer hin und her, aber wie ich es einschätze, ist sie bereits mit allem, was vorzubereiten ist, fertig. Die Kartoffeln stehen gekocht und abgegossen in einem Topf auf einer der Herdplatten – auf einer abgeschalteten, natürlich –, der Blumenkohl steht in einer Schüssel dampfend mitten auf dem Wohnzimmertisch, und die Bratwürste brutzeln noch etwas in der Pfanne vor sich hin. In der gesamten Wohnung duftet es nach diesem Gericht, wobei der weiße Kohlkopf sich stark in den Vordergrund zu drängen versteht. – Mag sein, dass mein Großvater – unmittelbar nach seiner Ankunft und nach einem kurzen Rundgang durch die Wohnung – seiner Tochter einen dezenten Hinweis darauf geben wird, dass er es etwas bedauert, dass die Kartoffeln bereits abgegossen sind. »Du weißt doch, Anneliese, dass ich es als reine Verschwendung betrachte, das vitaminreiche Kartoffelwasser einfach in den Handstein – er meint damit das Spülbecken – zu gießen!«, wird er dann sagen, und: »Das nächste Mal fange es doch bitte für mich ab, ja? Ich trinke es dann gerne während des Essens. Es gibt kaum etwas, was für einen Menschen noch gesünder ist als Kartoffelwasser!« Doch, eigentlich rechne ich fest damit, dass meine Mutter auch heute so etwas zu hören bekommt. – »Du kannst dich schon mal setzen!« Mit beiden Händen hinter dem Rücken löst meine Mutter flugs den Knoten ihrer Küchenschürze, zieht sich die obere Schlaufe über den Kopf, legt die Schürze mit routinierten Bewegungen mehrfach zusammen und hängt sie über die Rückenlehne des Küchenstuhls, der am Spülbecken steht. »Teller, Messer und Gabeln habe ich schon aufgedeckt. Die Bratwurst bringe ich, wenn dein Opa da ist und wir alle komplett am Tisch sitzen.«

Wieso es meinem Großvater stets gelingen kann, *derart* außergewöhnlich pünktlich zu sein, das ist mir schleierhaft. Immerhin kommt er per Bahn. Er muss also von seiner Wohnung aus zur U-Bahn-Station Feldstraße gehen, eine längere Strecke mit der Bahn fahren und dann vom Dehnhaide-Bahnhof ein gutes Stück zu Fuß bis zum Reyesweg marschieren. Und dass er trotzdem noch genau zur vereinbarten Zeit erscheint – das soll schon was heißen! Oder? Meine Mutter ist nervös, das merke ich genau. Wieso sie das ist, das kann ich nicht sagen. Das Essen ist fertig zubereitet, der Tisch gedeckt, was kann – oder was könnte – da noch groß schiefgehen? Damit die Kartoffeln ausdünsten, aber nicht etwa zu sehr abkühlen, liegt zwischen Topf und Deckel ein zweifach gefaltetes Geschirrhandtuch. Eine praktische Maßnahme, die meine Mutter auf Anraten meines Vaters übernommen hat. »Wenn du die dampfenden Kartoffeln in dem Topf fest mit dem Deckel verschließt, dann werden sie bereits nach nur wenigen Minuten matschig«, sagt er, »irgendwo muss der heiße Dampf ja schließlich bleiben. Den Deckel über einen längeren Zeitraum ganz weglassen, das geht auch nicht, aber ein Stück Tuch zwischen Deckel und Topf – da kann der überschüssige Dampf geregelt entweichen und die Kartoffeln bleiben lange warm!« Das leuchtet mir ein. Auch in so kleinen Dingen, in Nebensächlichkeiten, macht es sich bemerkbar, finde ich, dass mein Vater ein gelernter Koch ist, also ein echter Fachmann, der sein Handwerk versteht. 12:25 Uhr – gleich ist er da, mein Großvater! Ich öffne die Wohnungstür, trete einen Schritt in das Treppenhaus hinein und halte – um besser in das Treppenhaus hinein horchen zu können – kurzzeitig den Atem an: Niemand auf den Stufen, alles liegt in absoluter Stille. Vielleicht verspätet er sich diesmal ja wirklich, was doch durchaus sein könnte und auch in keinster Weise schlimm wäre. Ich atme weiter, trete noch ein Stück vor und blicke – nun am Treppengeländer stehend und etwas vornübergebeugt – nach unten in die Tiefe. Nichts! Irgendwie, ja, irgendwie ist er mir unangenehm, dieser Blick bis hinab zum Erdgeschoss, den der relativ schmale Freiraum zwischen den Treppenläufen zulässt. Ich gehe zurück in die Wohnung und lasse die Tür ins Schloss fallen. »Alex – was ist denn nun? Willst du nicht so langsam mal zur Ruhe kommen und dich endlich an den Tisch setzen? Entschuldige bitte, aber dieses andauernde Hin-und-her-Gerenne, das macht mich jetzt etwas nervös. Wir wollen doch jeden Moment essen.«

Eigentlich ist es eher langweilig, das Leben, trist und – ja – streckenweise sogar unerträglich öde. Jedenfalls ist das der Fall, solange man noch nicht erwachsen ist, solange man ein Kind ist, ein heranwachsender Mensch eben. Zu dieser Erkenntnis bin ich gekommen, und ich gehe davon aus, dass ich längst nicht alleine dastehe mit dieser Beurteilung. Die meisten meiner Freunde sehen das genauso. Bis auf Jan, aber was den betrifft, da bin ich mir nicht einmal sicher, ob er überhaupt versteht, was ich mit meiner Meinung sage. Ist ja auch gut so. Die Menschen sind halt verschieden. Was gibt es denn für einen Jungen meines Alters großartig an Abwechslung? Viel fällt mir dazu auf Anhieb nicht ein: Aufstehen, Schule, Schularbeiten, hier und dort einige Stunden durch die Straßen ziehen und ab ins Bett – und bis auf das Kino am Wochenende war's das dann aber auch schon. Im Großen und Ganzen betrachtet verhält es sich so. Gut, in den Ferien, da ist das natürlich etwas anders, das stimmt, und trotzdem ... Alles in meiner unmittelbaren Umgebung dreht sich stets und ständig um dasselbe. Wenn ich beispielsweise meine Mutter nehme: Putzen,

Einkaufen, Kochen und Essen. Oder? Bei meiner Schwester – das Gleiche. Im Groben ist es so. So und nicht anders. Punkt! Nicht jeder hat damit Probleme. Meine Mutter zum Beispiel, die kommt mit dieser Tretmühle bestens klar. »Es geht doch nichts über den stinknormalen Alltagstrott!«, sagt sie des Öfteren. »Da weiß man wenigstens, woran man ist!« Und sie meint es genau so, wie sie es sagt. Besonders nach einer Reihe von Feiertagen erwähnt sie ihre Einstellung gerne, dann nämlich, »wenn endlich wieder alles seinen gewohnten Gang geht«, wie sie es auszudrücken pflegt. Ich kann sie verstehen. Das, was sie meint, das sehe ich im Grunde genommen ähnlich. Und dennoch ... Von welcher Seite her ich es auch betrachte, eines ist unumstößlich klar: Auf den »stinknormalen Gang« in die Schule könnte ich ohne Weiteres verzichten. Dem ganzen Schul-Klimbim würde ich keine Träne nachweinen, nicht eine einzige! Ob es mir später, als Erwachsener, wesentlich anders ergeht, das steht in den Sternen. Jedenfalls werde ich mich bemühen, dieser Routine möglichst zu entfliehen, werde mir etwas Entsprechendes einfallen lassen. Das ist so sicher wie das Amen in der Kirche. Der Gedanke, dass ich das, was mir an und in dieser Welt gefällt, immer nur per Kinofilm auf der Leinwand oder als spannend erzählte Geschichte im Buch *miterleben* soll, der ist mir unerträglich. Als Anregung mag es vorerst reichen, das Filmtheater und das Buch, das ja, aber nicht etwa als endgültige Zielsetzung.

Ja, die Langeweile ... Meinem Vater hingegen – dem ergeht es anders. Ganz anders! Da bin ich mir ebenfalls sicher. Sein Leben – als Seemann immer rund um die Welt – ist ein einziges Abenteuer. Zwar äußert er sich diesbezüglich anders, wenn es mal zur Sprache kommt, »wie es sich denn so auf den Weltmeeren lebt«, aber ich denke, dass er sich gar nicht in unser Leben hineinversetzen kann. Er weiß es eben nicht richtig einzuschätzen, was er an seinem Seemannsleben hat. Wie sollte er auch? »Heini ist mittlerweile doch völlig weltfremd geworden!«, habe ich meine Großmutter einmal zu meiner Mutter sagen hören. »Außer dem überschaubaren Tagesablauf auf seinem Kahn kennt der doch reinweg nichts!« Meine Großmutter ist zwar eine weise Frau, dessen ungeachtet bin ich mir aber nicht sicher, ob man das so sagen kann. Ausgerechnet nun einen alten Weltenbummler als *weltfremd* zu bezeichnen, das halte ich nicht unbedingt für logisch. – »Jeder soll gefälligst dort seine Pflicht tun, wo ihn das Leben hingestellt hat!«, eine Aufforderung, die mein Großvater mit Nachdruck wiederholt, wenn er der Meinung ist, dass sein Gesprächspartner einen solchen Hinweis dringend benötigt. »Würden die Menschen sich mehr ihren Pflichten stellen«, so sagt er, »dann sähe es auf dieser Welt wesentlich besser aus als jetzt!« Was genau er mit dem Sich-seinen-Pflichten-Stellen meint, das habe ich meiner Ansicht nach zwar noch nicht ausreichend verstanden, aber wie ich ihn kenne, hat es wieder irgendet-was mit Religion zu tun. Ulrich hingegen mag das Wort Pflicht nicht. »Da waren mir in jüngster Vergangenheit aber einige Bürger unseres Landes *zu* pflichtbewusst!«, warf er in ungewohnt ernstem Ton ein, als es wieder einmal in größerer Runde um Politik ging. Auch in dem Punkt bin ich mir nicht sicher, ob ich meinen Schwager da richtig verstanden habe.

Fünftes Kapitel

»In zehn Minuten können wir essen, Alex! Bist du dann bitte fertig?« Die freundlich gesprochenen Worte meiner Mutter erreichen mich zu einem Zeit-punkt, der besser nicht sein könnte. »Kein Problem, ich bin gerade fertig geworden, und einen ziemlichen Hunger habe ich auch.« Ich falte die zwei soeben von mir geschriebenen Seiten genau mittig zusammen und schiebe sie in den blaurot umrandeten Umschlag. Post für meinen Vater! Das Schreiben auf diesem speziellen, hauchdünnen Luftpostpapier ist alles andere als einfach. Die harte Mine des Kugelschreibers drückt die Schrift auf dem samtweichen Papier auffällig durch, ja neigt fast dazu, das Papier förmlich zu zerreißen, was sich mit meinem ausgeprägten Ordnungssinn nur schwer vereinbaren lässt. Außerdem neige ich dazu, die Tinte während meines Schreibens zu verwischen, was bei einem Linkshänder in der Natur der Sache liegt. Beides zusammen – das überempfindliche Papier und die teilweise leicht verwisch-ten Worte – kann einem die Korrespondenz ganz schön vermiesen. So mei-ne Erfahrung. Heute verhielt es sich erfreulicherweise anders. Heute ging es mir reibungslos von der Hand. – Mein Vater hatte sich während seines letzten Landurlaubs deutlich darüber beklagt, dass er so wenig Post von uns bekäme. »Ihr müsst euch das bitte einmal vorstellen, wie es ist, wenn man nach Wochen auf See endlich den Zielhafen erreicht hat, und jeder Mann der Besatzung – außer mir! – bekommt einen Brief von seiner Familie ausge-händigt …« Gut, das kann ich verstehen. Aber nun habe ich ihm ja ein paar Zeilen geschrieben. Den Brief werde ich gleich nach dem Essen bei Leudkes an der Ecke in den wundersam blauen Kasten stecken. Fertig – ich gehe in die Küche. Der kleine Küchentisch ist gedeckt. Für uns, für zwei Personen, reicht der Platz allemal aus. Gefüllte Paprikaschoten und Reis – eines meiner Lieblingsgerichte.

Im Wohnzimmer stecken ein halbes Dutzend langstielige Chrysanthemen in der hohen Bodenvase – die Lieblingsblumen meiner Mutter. Heute hat sie sich für die kupferfarbenen Blüten entschieden. Alle Zimmer der Wohnung sind aufgeräumt und zeigen sich lichtdurchflutet. Die meisten Klappen der Oberlichter stehen auf kipp, bürgen für frische Luft. Der Duft, den flüssige Reinigungsmittel auch noch lange nach ihrem Einsatz an die Atmosphäre abzugeben pflegen, schwebt durch die Räume. Der gerade in allen Zimmern benutzte Staubsauger steht in der Nische des Flurs, dort, wo hinter einem Vorhang – auf tiefen Regalen sorgfältig gestapelt – die Utensilien lagern, die es üblicherweise in einem jedem Haushalt zu verbergen gilt. »Habe noch schnell die Fenster geputzt!« Meine Mutter sieht mich, über das ganze Gesicht strahlend, freundlich an. »Den Dreck konnte ich langsam nicht mehr sehen. Hoffentlich regnet es nicht gleich wieder in Strömen, wie so oft, wenn die Scheiben gerade sauber habe.« Meine Mutter macht auf mich einen entspannten Eindruck. Sie wirkt ausgeruht und angenehm aufmerksam. Das ist eigentlich so gut wie immer der Fall, wenn sie sich – wie sie es nennt – *gut fühlt*. Heute scheint sie sich besonders gut zu fühlen. Wenn ich sie so von der Seite her ansehe: für ihr Alter sieht sie noch ganz gut aus. Mit der Meinung stehe ich nicht alleine da. Wenn sie will, dann kann sie was aus sich machen. Jederzeit und problemlos! »Was hast du heute noch so vor?« Wenn meine Mutter so fragt, dann hat sie bereits etwas geplant, wo sie mich mit einbezogen hat. »Nichts Besonderes. Ich stecke gleich den Brief in den Kasten und drehe bei der Gelegenheit vielleicht noch eine kleine Runde mit dem Fahrrad. Nur ein wenig Luft schnappen. Wieso fragst du?« – »Wir könnten heute vielleicht ins Kino gehen, Alex. Im Rondeel gibt es einen interessanten Film, den würde ich mir gerne mit dir ansehen.« Für das Kino bin ich jederzeit zu haben, das lässt sich nicht leugnen. Gleich nach meiner Liebe zu guten Büchern kommt meine Begeisterung für gute Filme. »Wie heißt der Film und wann beginnt die Vorstellung?« – »Der Titel fällt mir leider momentan nicht ein. Können wir ja nachsehen. Den Tipp bekam ich von Ulrich. Ich glaube, dass ich die Zeitung vom Dienstag noch aufbewahrt habe – wo liegt die ›Morgenpost‹ noch gleich? –, zumindest die beiden Seiten mit den Kinoanzeigen. Ich dachte an die 16:15-Uhr-Vorstellung, das könnten wir noch dicke schaffen. Bräuchten uns noch nicht einmal mit dem Essen zu beeilen.«

»Die beiden Jungs dort, die haben von allen hier in der Klasse mit Abstand die größte schöpferische Fantasie!« Mit einem unüberhörbaren Stolz in der Stimme weist Herr Pohl auf meinen unmittelbaren Sitznachbarn – Michael Rinne – und mich. Herr Pohl unterrichtet Kunst an der Von-Essen-Straße, und wir haben den Lehrer im Zeichenunterricht. Der Schuldirektor hat Besuch seitens der Behörde bekommen, und jener Inspizient lässt sich am heutigen Vormittag durch die Schule führen. »Und?«, der Inspizient bleibt vor unserem Tisch stehen, sieht kurz zuerst Michael Rinne, dann mich und dann Herrn Pohl an, »wie macht sich das bemerkbar?« Das interessiert mich natürlich auch, es kommt selten genug vor, dass ich gelobt werde. »Egal welches Thema ich der Klasse stelle«, so Herr Pohl, »die beiden setzen es stets in einer erstaunlichen Weise um. Die Sprache der Künstler – der Maler und Zeichner –, scheinen sie bereits in einer Weise verinnerlicht zu haben, die sie zu ganz hervorragenden Ergebnissen führt!« Ich mag den Herrn Pohl, und keineswegs nur deshalb, weil er sich eben über mich so ermutigend geäußert hat. Nein, ich mochte diesen jungen Lehrer von Anfang an. Allerdings wusste ich nicht, dass er eine *so* hohe Meinung von mir hat. Das habe ich nicht einmal geahnt! Michael Rinne – ein ruhiger, etwas dicklicher Mitschüler – kann gut zeichnen. Sehr gut sogar. Das habe ich immer schon an ihm bewundert. Sicher habe ich auch einiges von ihm gelernt. Immer dann, wenn es sich ergibt, dass wir im Kunstunterricht zeichnen und wir nebeneinandersitzen dürfen, werfe ich hin und wieder einen Blick auf sein Blatt. Für mich ist es immer wieder ein zusätzlicher Ansporn, was ich dort zu sehen bekomme: Michael Rinne beherrscht die Kunst des dreidimensionalen Zeichnens nahezu perfekt! Mit einem ruhigen Strich gleitet sein Stift über das Papier, und immer erreicht er die von ihm gewünschte Zielsetzung. Das Radiergummi kommt dabei nur selten zum Einsatz. So gut wie unbenutzt verbleibt es wohlgeordnet – unter einer der Gummilaschen steckend – in seiner aufgeklappten Federtasche. Meine Ergebnisse können sich ebenfalls sehen lassen. Man sagt mir Ähnliches nach. Und werden die Arbeiten abgegeben und zensiert, was längst nicht immer der Fall ist, dann bekomme ich in aller der Regel die Note »Eins«. Das Vergnügen des Beieinandersitzens, das ist uns – Michael und mir – nur selten gestattet. Letzteres liegt mehr an mir. Gewohnheitsmäßig wird einem auffälligen Schüler ein Platz in einer der beiden Ecken der allerletzten Reihe zugewiesen, und ich bin eben auffällig. Heute, und wie so oft, wenn Lehrer Pohl unterrichtet, verhält es sich anders: Jeder darf dort Platz nehmen, wo er es gerne möchte, und ich sitze jetzt neben Michael Rinne – ganz vorne in der allerersten Reihe. Wie ich stark vermute, wäre es anders auch nicht zu dem freundlichen Kompliment gekommen. »Wenn Sie gestatten ...«, mit einer höflichen Geste signalisiert Herr Pohl seinem Besuch, dass zumindest er nun bereit wäre, den Rest der Klasse vorzuführen. Mit einem leutseligen Blick, in dem so etwas wie ein angedeutetes Lächeln liegt, sieht der Inspizient noch einmal zu uns beiden Jungen herab, blickt Michael Rinne und mich kurz an. »Danke, Herr Pohl, vielen Dank! Ich denke aber, wir lassen die Klasse jetzt lieber weiterarbeiten.« Ohne zu zögern drehen sich beide um, verlassen der Schuldirektor und der Inspizient schnellen Schrittes den Raum. Leise, kaum hörbar, schließt sich die Türe hinter ihnen.

»Man muss sich auch mal was gönnen!« – Mit sichtlich gerötetem Kopf und Schweiß auf der Stirn erhebt Onkel Wilhelm das Glas, das er in seiner rechten Hand hält, und macht Anstalten, meinem Vater zuzuprosten. »Oder, Hein, was sagst du? So jung kommen wir jedenfalls nicht mehr zusammen!« Onkel Wilhelm hat sich einige Zentimeter aus seinem Sessel erhoben und hält meinem Vater – leicht über den Tisch gebeugt und mit ausgestrecktem Arm – das Glas entgegen. »Komm, Heinrich, lass uns beide anstoßen!« Einige Tropfen des Cognacs sind bei Onkel Wilhelms imposanter Bewegung übergeschwappt, sind an der Außenseite des Glases hinunter über Onkel Wilhelms Zeigefinger und auf die weiße Tischdecke getropft. – Wie gewohnt, wenn er nach einer längeren Seereise für einige Wochen bei uns in Hamburg im Urlaub ist, hat mein Vater auch jetzt – nachdem er in den ersten Tagen an Land und im Kreise seiner engeren Familie das Nötigste sortiert und geregelt hat – einige Personen aus dem erweiterten Kreise der Verwandtschaft geladen. Zumeist handelt es sich um Verwandte, aus der von meiner Schwester angeheirateten Familie. Personen, die den Seemann Heinrich Zinser von den Weiten der Meere erzählen hören wollen, von den Häfen dieser Welt und von den unterschiedlichen Lebensgewohnheiten der Menschen in der Fremde. Heute sind aus dieser Ecke Ulrichs Eltern und sein ältester Bruder Wilhelm nebst Gattin Ilse erschienen. Zusammen mit meinen Eltern, meiner Großmutter, meiner Schwester Barbara, meinem Schwager Ulrich und mir sind wir immerhin zu zehnt. Was das Anberaumen so einer Feierlichkeit anbelangt, hier, in unserem relativ kleinen Wohnzimmer, so ist für mein Empfinden die Grenze des Machbaren längst erreicht. Zu warm ist es hier, zu warm und ebenfalls zu hell. Aber darauf hat man hier noch niemals Rücksicht genommen. Ich halte mich zurück, kann derartige Festivitäten nicht leiden.

Gewöhnlich halte ich mich in solchen *geselligen* Stunden – mit kleinen Unterbrechungen – in meinem Zimmer auf. Ich gehe dann nur kurz – so für einige Minuten – ins Wohnzimmer, setze mich in eine der äußersten Ecken und schaue mir das ganze Szenario aus der Distanz an. Mein Vater erzählt von seinen Reisen, berichtet von den Auffälligkeiten anderer Länder und Städte und von den Ozeanen, die für einen Seemann alles miteinander verbinden. Mit Inbrunst berichtet er von den tosenden Stürmen, von den erbarmungslosen Hurrikans, in deren Mitte er sich mit seinem Schiff bereits wiederholt befand. Ich, sein Sohn, höre ihm gerne zu und ich weiß, dass er es ehrlich meint. Hier allerdings, inmitten dieser Zuhörerschaft, in der ein ernsthaftes Sprechen und Zuhören sich binnen Kurzem konsequent von selbst verbietet, und zwar deshalb, weil eine gekünstelte Lustigkeit sich überbreit behauptet, hier mündet auch heute jeglicher Versuch, eine vernünftige Unterhaltung zu führen, in einer ziemlich engen Sackgasse. Entschlossen stehe ich auf, verlasse möglichst unbemerkt das Wohnzimmer, was erfreulicherweise tatsächlich niemand ernsthaft wahrzunehmen scheint (?), lege mich der Länge nach auf mein Bett und versuche, mich von dem durch alle Wände dringenden Gelächter-Durcheinander abzulenken. Dem Lärmen auf diese Weise zu entfliehen, das erweist sich – wie ich es auch erwartet habe – als bereits im Ansatz jäh zum Scheitern verurteilt. Meine Gedanken – sie drehen sich im Kreis, versuchen einen verlässlichen Ankerplatz zu finden. Dieses Durcheinander … Dieses Gelächter … Diese Ruhelosigkeit … Das abgedunkelte Zimmer …

Auf der Kommode in meinem Zimmer steht eine Lampe aus Porzellan, die die Form einer Vase hat. Ein dünnes grünes Tuch hängt weit ausgebreitet über dem Lampenschirm. Es soll mir in den Abendstunden das ansonsten für mein Empfinden etwas zu grelle Licht auf ein erträgliches Maß dämpfen. Mein Blick fällt auf diese Vorkehrung, fällt auf das grüne Tuch, das mich hier und jetzt an eine Situation erinnert, die ich vor einigen Jahren, als kleines Kind, in der beengten Räumlichkeit der Clemens-Schultz-Straße erlebte.

Es war gegen Abend. Wir hatten über den Tag Besuch bekommen. Wir, das waren in dem Fall meine Mutter und ich. Mein Vater befand sich auf See, und meine Schwester übernachtete bei ihrer Freundin. Ludwig van Geldern, ein Holländer, hielt sich für ein paar Tage geschäftlich in Hamburg auf und nutzte diesen Anlass, um einmal – wie er sich ausdrückte – »kurz bei uns vorbeizuschauen.« Woher die Verbindung stammt, beziehungsweise wie sie zustande kam und wann, das entzieht sich meiner Kenntnis. Meine Mutter jedenfalls kannte den Mann dem Anschein nach schon länger und hat sich über seinen Besuch gefreut. Ich kann mich erinnern, dass mein Vater des Öfteren mit meiner Mutter über Ludwig van Geldern sprach, so, wie man eben über den einen oder anderen Bekannten zu sprechen pflegt. Als die vorgerückte Stunde mein Zubettgehen einleitete und ich mich – wie es mit nur wenigen Ausnahmen ein jedes Kind hält, wenn Besuch da ist – nach besten Kräften dagegen zur Wehr setzte, da hielt mir Onkel Ludwig – woher auch immer er ihn so plötzlich hatte – einen länglichen Pappteller hin, mit einem Paar Wiener Würstchen darauf. »Möchtest du das gern haben, Alex?« Ich blickte auf das mir Präsentierte, erkannte schnell, dass es sich bei dem eckigen Teller zwar um einen echten Pappteller handelte, dass die Würstchen und der Senf hingegen aus Marzipan waren. Die Anordnung war stramm in eine durchsichtige Folie gehüllt, auf der ein kleines ovales, goldfarbenes Etikett klebte. »Ich schenke dir die Würstchen, Alex, wenn du nun sofort brav ins Bett gehst und schläfst!« Das hatte gewirkt! Ohne jeden weiteren Einspruch tat ich, was von mir gewünscht wurde, und legte mich auf die Liege, die meine Mutter – wie immer am Abend – eigens für mich zum Schlafen vorbereitet hatte. »So ist es gut, Alex! Das Geschenk bekommst du morgen früh, gleich nach dem Aufstehen. Aber auch wirklich nur dann, wenn du jetzt – wie wir beide es verabredet haben! – sofort einschläfst!«

Die Zeremonie des Zubettgehens war in der Clemens-Schultz-Straße ohnehin eine besondere, eine, mit der wir – meine Mutter, meine Schwester und ich – uns zwar nie wirklich angefreundet haben, die aber aufgrund des uns zur Verfügung stehenden sehr begrenzen Raumes nicht zu umgehen war. Ein und dasselbe Zimmer war am Tage das Wohn- und Spiel- und in der Nacht das Schlafzimmer. So wurde auch meine Schlafstätte immer wieder aufs Neue bereitet. Soweit so gut. Allerdings gehörte ich – ein Kind, das noch keine sieben Jahre alt war – wesentlich früher ins Bett als der Rest der Familie, und um dieser Tatsache gerecht zu werden, war jenes Zimmer für einige Stunden zeitgleich sowohl ein Schlafzimmer – nämlich meines, der seinen Schlaf brauchte! – als auch ein Wohnzimmer – nämlich für Vater, Mutter, Schwester sowie für jeden etwaigen Besucher. Zeitgleich, wie gesagt! Das war alles andere als einfach, war für niemanden aus der Familie wirklich erträglich. Gut, meine Eltern haben das Beste daraus gemacht. Decken- und Wandlampen blieben in diesen Abendstunden ausgeschaltet, das Radio leiser gedreht. Nach meinem Zubettgehen pflegte meine Mutter einen ihrer dünnen Schals über die einzige Lampe zu hängen, die brennen blieb – eine hohe, dickbäuchige

Porzellan-Vasenlampe. Das den Lampenschirm umhüllende Tuch filterte den Schein der Lampe erheblich, verlieh dem Raum eine gewisse, in Rot oder Grün gekleidete Gemütlichkeit. Eine Behaglichkeit, die aber auch etwas Armseliges in sich barg.

Die Durchführung der Verabredung erwies sich als nicht ganz so einfach, wie wir – der Holländer und ich – es uns anfangs erhofft und vorgestellt hatten. »Du hast mir fest versprochen zu schlafen, Alex, aber so – so wird das nichts!« Der Holländer gab sich keine Mühe zu verbergen, dass ihm meine momentane Unfähigkeit einzuschlafen nicht gefiel. Immer wieder sah meine Mutter verunsichert zu mir hinüber. Das Licht, das Radio, das Klirren der Gläser und die verbrauchte Luft in dem Raum – ich konnte einfach nicht einschlafen. Die mehr oder weniger im Flüsterton geführten Gespräche lenkten mich ebenfalls ab. Ich wühlte in meinem Bett, sehnte mich verzweifelt nach Ruhe. Wie aufgezogen wälzte sich mein Körper automatisch hin und her. »Alex!«, meine Mutter schaltete sich irgendwann mit ein, »wenn du jetzt nicht endlich Ruhe gibst, dann bekommst du morgen ganz sicher nicht das Geschenk!« Allmählich gefiel ihr gleichermaßen weder das Gewühle noch die Kommentare, mit denen ihr Sohn in regelmäßigen Abständen sein immer stärker anwachsendes Unbehagen signalisierte, was ebenfalls mehr automatisch als von mir beabsichtigt geschah. »Am besten drehst du dich mit dem Gesicht zur Wand und bleibst eine Weile still so liegen! Du wirst sehen, dann kannst du auch einschlafen ...« – Während ich mich zur Wand drehte, meinen Kopf möglichst eng an die Tapete schmiegte, waren meine Gedanken bei den so fein servierten Würstchen aus Marzipan. Jenes Arrangement »Würstchen und Senf aus Marzipan« ganz sicher zu erhalten, es am nächsten Morgen endlich auf dem länglichen Pappteller überreicht zu bekommen, akkurat in einer durchsichtigen Folie geschützt und dazu noch mit einem goldenen Etikett versehen, das war meine ganze Hoffnung an diesem späten Abend. Eine Hoffnung, die mich dann auch still werden ließ.

So meine Erinnerungen an Onkel Ludwig, an den Holländer, der mir ein paar Wiener Würstchen aus Marzipan schenkte, an Ludwig van Geldern, der mich letztlich nur ertrug, weil ich mein Gesicht konsequent zur Wand drehte. – Nun gerade blicke ich zur Decke meines Zimmers hinauf, höre auf zu träumen, verabschiede mich von diesen Gedanken, die mir meine Erinnerungen erweckten. Im Wohnzimmer nebenan wird soeben die Musik deutlich lauter gedreht. Die mehr dröhnende denn klingende Musik ist mir nur zu bekannt, und obwohl er mir absolut nicht gefällt, kenne ich den von Liselotte

Malkowsky gesungenen Schlagertext auswendig. »*In der Bar zum Gold'nen Anker ...*«, tönt es aufdringlich von nebenan. Immer wenn das eine oder andere Gläschen bereits getrunken ist, legt meine Mutter diese Polydor-Schallplatte auf – in letzter Zeit wirklich ausnahmslos! – und die an Hafen, verlassene Liebe und Treue erinnernde Stimmlage von Liselotte Malkowsky wird von ihr dann so laut gewünscht, bis sie raumfüllend dominiert und mit keinem einzigen Einspruch mehr zu rechnen braucht, »*... sitzt ein Mädchen ganz allein ...*« Kein Zweifel – Onkel Wilhelm singt jetzt den Text mit, »*... ja so war es mit der Liebe und so ist es mit der Liebe und so wird es mit der Liebe immer sein ...*« Simultan kommt die in der Musiktruhe auf dem drehenden Plattenteller sitzende Liselotte Malkowsky und Schwager Ulrichs im Sessel sitzender Bruder Wilhelm zu Ehren. Gläser klingen durch die Wand. Das Ächzen des sich auf dem leicht eiernden Plattenteller abmühenden Tonarms mischt sich in das Sprachgewirr: »*In der Baaaar zum Gold'nen Ankerrrr ...*«

Herbst 1959

Ich stehe am Fenster meines Zimmers und blicke – über Bäume und Dächer hinweg – zum Stadtpark. Von hier oben, aus der Höhe der vierten Etage, kann ich bei gutem Wetter das Planetarium sehen. Der Blick über einen großen Teil des Stadtteils Barmbek – und in dem Fall sogar ganz bis nach Winterhude – ist einer der wenigen Vorteile, wenn man so hoch oben wohnt wie wir. Gerne stehe ich hier an meinem Fenster – oder sitze auf der Fensterbank – und genieße eine gute Zeit lang diese Höhe, diese Distanz zum Erdboden, zur Realität der Straße. Von diesem meinem Platz aus halte ich auch gern Ausschau nach dem ankommenden Besuch, wenn wir denn einen erwarten. So sehe ich beispielsweise – lange bevor sie oben an unserer Wohnungstüre steht – meine Großmutter kommen, wenn sie langsam den Reyesweg hinunterschlendert, kurz einige Meter vor der Nummer 24 stehen bleibt, hochschaut und mir freundlich lächelnd zuwinkt. Heute erwarte ich nichts und niemanden. Ich setze mich auf die Fensterbank, ziehe meine Beine an und sehe auf die Straße hinunter. Die Laubbäume – Linden sind es –, die beidseitig der Straße in regelmäßigen Abständen gepflanzt sind, hatten im vergangenen Sommer aufgrund der lang anhaltenden Trockenheit stark gelitten. Die Bäume sind alle noch sehr jung. Ihre Wurzeln ragen noch nicht sehr tief in das Erdreich hinein. Besonders die drei, die unserem Eingang genau gegenüber auf der anderen

Seite der Straße stehen, signalisierten durch ihr schlaff herunterhängendes Blattwerk deutlich ihren Wassermangel. Die gesamte Straße schien das nicht zu bemerken. Keiner der Anwohner nahm Anstoß daran! Allein mein Vater war es, der sich der Sache annahm und die Not leidenden Bäume versorgte. Ohne großes Drumherum tat er das! Aus unserer Küche hatte er gleich eimerweise das Wasser all die Treppen hinuntergetragen. Immer und immer wieder, schier unermüdlich und wie selbstverständlich schleppte er – an jeder Hand einen vollen, schweren Eimer – das Wasser die Treppen hinunter und bis auf die andere Straßenseite, um dieserart den drei durstenden Bäumen den Mangel wenigstens etwas zu lindern. – Die Straße. Die Linden. Ich träume. Wenn jetzt mein Vater käme ...

Der Moment seiner Ankunft ist für mich immer ein Ereignis, das mich ziemlich überwältigt. Das kann ich ohne die geringste Übertreibung sagen. Normalerweise ist der Zeitpunkt, wann mein Vater für einige Wochen seine Seereisen unterbricht und zu uns in den Reyesweg kommt, genau definiert. Der von meinem Vater per Luftpostbrief als *ungefähr* angekündigte Termin seiner Ankunft, der wird einige Tage vor dem tatsächlichen Ereignis seitens der Reederei – und ebenfalls per Post – dann noch einmal genauer terminiert. »Die Fahrt eines Schiffes durch die Weiten der Meere, das Erreichen des eingeplanten Zielhafens, das ist in einem sehr hohen Maße vom Wetter abhängig«, so hat es mir mein Vater mehrfach erklärt. »Das war immer so, das ist so und das wird auch immer so bleiben.« Dessen ungeachtet kann man sich aber auf die diesbezüglich letzte Auskunft seitens der Reederei einigermaßen verlassen. Und dennoch: Warten bleibt Warten. Am Ankunftstag wird das Warten dann von einer höchst nervösen Atmosphäre begleitet, einer überreizten Stimmung, die sich bis zum Erreichen des ersehnten Moments stetig zu steigern versteht. Meine Mutter *wandelt* dann förmlich durch die gesamte Wohnung, rückt in den bereits mehrfach aufgeräumten Zimmern hier und da noch eben den einen oder anderen Gegenstand in eine etwas andere Position und wirft dabei in immer kürzeren Abständen einen Blick aus einem der zur Straße liegenden Fenster. Fraglos verhalte ich mich ebenfalls auffällig erregt, laufe ebenfalls hin und her, sehe ebenfalls ungeduldig aus dem Fenster und hinunter auf die Straße.

Warten. Ja, und plötzlich hält dann endlich – endlich! – ein Taxi im Reyesweg vor dem Haus mit der Nummer 24 an. Eine der beiden hinteren Türen öffnet sich, und mein Vater steigt aus. Mein Vater zieht seine Brieftasche aus dem Jackett (ein Portemonnaie nutzt er prinzipiell nicht – Kleingeld trägt er lose in einer Mantel- oder Jacketttasche), klappt sie auf, wählt zielsicher einen der Geldscheine aus, die jetzt offen auf einer der beiden aufgeklappten Brieftaschenhälften liegen, zahlt dem Fahrer den Fahrpreis – plus eines großzügigen Trinkgeldes, versteht sich – und bittet ihn dann, seine Koffer über die Terrazzostufen (aus schwarzen und weißen geschliffenen und polierten Steinchen) zu uns hoch in die vierte Etage zu tragen. Meistens sind es zwei Koffer, die dann plötzlich bei uns oben im Türrahmen stehen. Koffer aus hellem Leder, die jeweils, noch zusätzlich zu den blanken Schnappschlössern, mit zwei breiten Ledergurten verschlossen und gesichert sind. Dann ist er endlich da, mein Vater.

Nach einer nur kurzen Begrüßung im Flur – es fällt uns dreien immer unsagbar schwer, mit den nun aufkommenden Gefühlsbewegungen fertig zu werden, ohne vollends in Tränen auszubrechen – geht mein Vater mit langsamen Schritten durch die Wohnung. Er begibt sich für einige Minuten in jedes Zimmer und kommentiert – ebenfalls mit nur knappen Bemerkungen – die eine oder andere Veränderung, die sich seiner Ansicht nach während seiner Abwesenheit ergab. Eine Duftwolke von Eau de Cologne zieht dann durch die gesamte Wohnung, was alles andere als unerwartet geschieht. »Echt Kölnisch Wasser«, das Markenzeichen meines Vaters – stets hat er ein Fläschchen jenes erfrischenden Duftwassers aus dem Hause »4711« dabei. Ob er nun nach der morgendlichen Nassrasur mit dem Wasser seine nunmehr glatte Haut benetzt oder einen klitzekleinen Spritzer auf sein frisch ausgetauschtes Taschentuch tröpfelt, ob er nun unmittelbar vor dem Ausgehen schnell noch Hals und Wangen mit dem Wasser abtupft oder zum Einschlafen einige Tropfen auf die Ecken seines Kopfkissens gibt – egal –, er benutzt es mehrfach am Tage. Der Duft von Echt Kölnisch Wasser ist für diesen Mann charakteristisch. Sie gehören fest zusammen, sind auf alle Zeit unzertrennlich miteinander verbunden, das Eau de Cologne und er. Dieser Duft von »4711« steht für mich signifikant für das Wiedersehen mit meinem Vater, allerdings aber auch für die Trennung von ihm.

»Alex – Alex! Träumst du?« Mit einem Zettel in der Hand steht meine Mutter in der Tür meines Zimmers und sieht mich lächelnd, fragend an. »Magst du vielleicht schnell noch einmal runter zu Gerkens und ein paar Dinge einkaufen, nicht viel, habe es dir hier aufgeschrieben.« Ich nicke. Ohne ein Wort zu erwidern, schnappe ich mir die Liste, gehe an meiner Mutter vorbei in den

Flur und ziehe meine Schuhe an. »Wenn Herr Gerkens diese leckeren Kekse wieder hat, diese ›Wiener Taler‹, kann ich uns dann eine Tüte davon mitbringen?« Meine Mutter streckt mir einen Zehnmarkschein entgegen, überlegt kurz und erklärt sich dann – ebenfalls per Kopfnicken – einverstanden. »Ja, gut, aber bitte wirklich nicht mehr als einhundert Gramm. Allerhöchstens einhundert Gramm! Diese Dinger sind zwar außergewöhnlich köstlich, sind dafür aber auch außergewöhnlich teuer. Und wir haben in diesem Monat schon genug Geld ausgegeben – hörst du ...« – Die Wohnungstür auf und ab in das Treppenhaus sind wie eine einzige Bewegung für mich. Nach einigen kolossalen Sprüngen, schätzungsweise zehn, immer eine Hand am grauen, runden Handlauf des Geländers und mit den Füßen auf dem aus geschliffenen und polierten, schwarzen und weißen Steinchen genährten Terrazzo-Treppenabsatz landend, springe ich die gesamten Etagen hinunter bis in das Erdgeschoss. »Alex! Kannst du denn nicht *einmal* vernünftig die Treppen hinuntergehen? Ein einziges Mal wenigstens. Das ist ja fürchterlich!«, höre ich es noch mit deutlicher Verärgerung in der Stimme hinter mir her rufen – Frau Marschner aus dem dritten Stock? –, bevor ich mit Schwung die Haustür aufreiße und hinaus auf die Straße renne. Dort bremse ich meine Vehemenz sofort ab, passe mich unverzüglich dem Rhythmus an, der hier zu erwarten ist, ich möchte schließlich nicht sonderlich auffallen. Bevor ich rechts die paar Meter zu Gerkens Kolonialwarenladen gehe, bleibe ich für einige Sekunden stehen und sehe zu den drei Linden herüber. Und ja, sie schauen tatsächlich ebenfalls zu mir herüber, und – ich kann das deutlich erkennen – sie winken mir sogar verstohlen zu. Niemand außer mir wird diesen Gruß bemerken können, da bin ich mir sicher, und das ist gut so. Ansonsten wäre es mir auch etwas unangenehm.

Von mir aus gesehen spielt sich das Ganze zwar hinter den haushohen Pappeln ab, die in einer nahezu geschlossenen Reihe den riesigen Innenhof einmal quer unterteilen, aber aufgrund der heißen Sommertage haben die schlanken Bäume ihren herbstlichen Laubfall merklich vorgezogen – tragen längst nicht mehr ihr volles Blattwerk – und lassen von daher problemlos meine interessierten Blicke zu: Von unserem Balkon aus und nach links geschaut lässt es sich sehr gut beobachten, wie sich nach und nach immer mehr der Wohnungsbalkone des Heinrich-Groß-Hofs – der wohl rund ein Drittel des gesamten Innenhofs ausmacht, den die Häuserreihen Reyesweg, Damerowsweg, Kraepelinweg und Pinelsweg bilden – bunt geschmückt zeigen. Einmal im Jahr, und immer im Herbst, und immer nach demselben Muster richtet die Schiffszimmerer-Genossenschaft für ihre Mieter ein großes Laternenfest aus, in dessen Mittelpunkt ein pompöser Umzug mit Musik, Fackeln und Laternen steht. Dieser Tag ist heute. Der große Laternenumzug findet zwar erst nach Eintritt der Dunkelheit statt, aber im Zusammenhang mit diesem außergewöhnlichen Ereignis wird den Anwohnern bereits im Verlaufe des Tage einiges geboten. Der bestgeschmückte Balkon – beispielsweise – wird von einer Jury ausgewählt und mit einem Preis bedacht, mehrere Stände bieten zum herabgesetzten Preis Kuchen und Getränke an – für die Erwachsenen Wein und Bier, für Kinder und Jugendliche Limonade – und für anderweitige Unterhaltung ist ebenfalls gesorgt. So wie die absolute Hauptattraktion des Tages – nämlich das gemeinsame Laternelaufen in die frühe Nacht hinein, unter der Leitung einer kompletten Feuerwehrkapelle –, so ist das vorherige Programm ebenfalls besonders für die Kinder der Umgebung zugeschnitten. Gleich hinter den Pappeln, an ihrem Fußende sozusagen und so gut wie in der Mitte der gesamten Baumreihe, steht sie schon fertig aufgebaut, die Puppenbühne für das Kaspertheater, das für den frühen Nachmittag geplant ist. Von meiner jetzigen Position aus kann ich allein auf die Rückseite der Bühne blicken, auf den hinteren Teil des Holzrahmengestells, das rundum mit dunkelblauen Tüchern behängt ist. Zwischen den Stämmen einiger Pappeln tritt das Blau der Bespannung schattenhaft in Erscheinung, das an einigen Stellen immer mal wieder leicht vom Wind bewegt wird.

»Heutiges Programm: ›Kasper und die gestohlene Kaffeemühle‹ – Vorstellungsbeginn 13:30 Uhr«, so steht es mit weißer Kreide deutlich lesbar auf einer Schiefertafel geschrieben, die schräge zwischen Sitzfläche und Rückenlehne eines alten Stuhls lagert, den man mittig der Bühne und unterhalb des zurzeit geschlossenen Vorhangs aufgestellt hat. Jan und ich, wir waren am Vormittag natürlich längst persönlich vor Ort, sind dort selbstverständlich ausgiebig herumgelaufen, haben uns das Leben und Treiben im Hof aus allernächster Nähe angesehen, wozu die Puppenbühne unweigerlich gehört. Nicht etwa, dass uns solche albernen Kasperle-Geschichten in irgendeiner Weise nennenswert interessieren würden, aus dem Alter sind wir eindeutig raus, dennoch zieht uns das Drumherum solcher Veranstaltungen irgendwie in seinen Bann. – Doch, er zeigt sich jetzt von allen Seiten her farbenreich dekoriert, der Hof, dessen Häuserfronten in dem Abschnitt ansonsten eher etwas düster wirken, was nicht zuletzt an dem dunklen braunroten Klinkerstein liegt, mit dem die Wände und Balkone dort gemauert sind. Dort, wo an und über den Brüstungen und Geländern der Balkone normalerweise die Wäsche zum Trocknen an gespannte Wäscheleinen gehängt wird, baumeln jetzt vereinzelt Lampions – bunte, farbenprächtige Papierlaternen in allen Formen und Größen. Einige Exemplare hängen an stinknormalen Paketschnüren, andere sogar an bunten Girlanden, an eingefärbten Papierstreifen, wie man sie von Silvester her kennt, wo man sie kreuz und quer über das Mobiliar der Zimmer wirft. Fast alle Türen, die die Häuser mit dem Hof verbinden, sind ebenfalls mit Laternen und Girlanden verziert, die sich dort an den Außenlampen und Türgriffen klammern. Selbst die Büsche, Sträucher und Birken der Anlage hat man nicht vergessen. Am Balkon, mir schräg gegenüber, da lacht eine Mondlaterne zu mir herüber. Eine jener großen runden Lichtquellen – strahlend gelb mit einem breiten blauen Rand, auf dem sich wiederum gelbe Sterne abzeichnen – die nachher besonders romantisch leuchten werden. Im Zentrum der Laterne ein gütiges Gesicht mit großen, leicht schläfrigen Augen: das beruhigende Lächeln des Mondes. Nicht, dass ich das von hier aus alles so genau erkennen kann, aber solche Mondlaternen sind mir bekannt. Die ruhige und schnöde Teppich-Klopfstangen-Atmosphäre, die der Hof gewöhnlich konsequent wie beharrlich vermittelt, die wurde von innen und außen in die äußerste Ecke gestellt.

»Yooouuuiiii ...« – für eine knappe Sekunde zerschneidet ein schrilles, unangenehm durchdringendes Pfeifen die Ruhe, das – kaum Zeit, sich die Ohren zuzuhalten – nach einer kurzen Pause von einem tiefen, zitternden und nicht ganz so unangenehmen Dröhnen abgelöst wird, das allerdings – ebenfalls nur sehr, sehr kurz – am Leben bleibt. Pause!? »*Spiel noch einmal für mich, Habañero*«, klingt jetzt – zwar in einer wankelmütigen Lautstärke, aber nunmehr erträglichen Tonqualität – von links unten zu mir hoch, »*denn ich hör' so gern' Dein Lied ...*« Caterina Valente aus der Musikanlage – Tonbandgerät mit Lautsprechern –, die soeben reguliert wird. »Alles perfekt«, sage ich mir, »jetzt kann es langsam losgehen. Fehlt nur noch die Dunkelheit, damit all die vielen Kerzen in den Laternen angezündet werden können, die dann für Stunden den gesamten Hof mit ihrem romantischen Licht verzaubern.« Nie lassen sich so viele Menschen auf den Balkonen sehen, schon gar nicht zeitgleich. Das geschieht nur an diesem Tag. Allmählich sammeln sich die Menschen auch unten auf den Wegen und Plätzen der Anlage – Stimmengewirr, das sich in Caterinas Gesang mischt, was die Dame allerdings keineswegs irritieren wird. Hier und dort klingen zaghaft Gläser aneinander. Kinder rufen – mehr oder weniger laut –, einige von denen schreien, und in der Hoffnung, möglichst einen guten Platz zu ergattern, sammeln sich vor der Puppenbühne bereits die Kleinsten von ihnen. Stimmen. Gläserklingen. Stühle werden gerückt, schrammen mit ihren Beinen über Gehwegplatten oder knirschen kurz im Kiesbett. Die Lautsprecher der Musikanlage ...

Nachher, später, wenn es so weit ist, nach Sonnenuntergang also, wenn es einigermaßen dunkel ist, dann werden Jan und ich mit dem Menschenauflauf um den Häuserblock ziehen. Wir werden zwar keine Laterne an einem Stock spazieren führen – insofern nicht wirklich an dem Laternenumzug teilhaben, beziehungsweise ihn nur sehr, sehr passiv unterstützen – aber wir werden auch diesmal dabei sein. Weder die Musik der Feuerwehrkapelle wird uns gefallen noch die akkurat uniformierten Beamten der Schutzpolizei, die immer anwesend sind (sein müssen!), wenn sich derartig viele Menschen mitten durch die Straßen bewegen. Gut, die Fackelträger, die den Umzug in regelmäßigen Abständen flankierend begleiten, die geben dem Ganzen das gewisse Etwas, sie unterstreichen den Schein der Laternen, die zu Hunderten leuchten und das Dunkel des Kopfsteinpflasters flackernd erhellen. Und auch die Lütten, die Kleinsten der Kinder, dich sich noch gerade soeben wach halten können oder die zumindest so tun, als ob sie es können, die sind es allemal wert, dass man sie eine Zeit lang still begleitet. Jan gibt es zwar nicht offen zu, aber er hält bei solchen Gelegenheiten auch gleich Ausschau nach einer Freundin, nach einem Mädchen, das ihm gefallen könnte. Ich merke das natürlich, bringe es aber nicht zur Sprache. Was mich betrifft – ich habe ähnliche Gedanken, bin allerdings froh, dass er es ebenfalls nicht anspricht. Das Verliebtsein – ja, das ist fürwahr so eine Sache für sich. Darüber kann man idiotischerweise nicht sprechen – mit keinem! Die Person, der die Zuneigung gilt – und ich wüsste schon ... –, die kommt keinesfalls infrage für eine derartige Offenbarung, und zwar alleine schon deshalb nicht, weil es einem irgendwie zu peinlich ist, und die Personen, von denen man hierzu Rat und Zuspruch bekommen könnte, die sollen es doch nicht erfahren. Nein, auf keinen Fall, weil es – ja, ebenso irgendwie – nicht in das Bild passt, das man tunlichst von einem Heranwachsenden zu haben hat. Meine Familie, voran meine Mutter! ... Wenn die Gedanken lesen könnten.

Der feine Kohlenstaub – der scheint mir mit jedem meiner Atemzüge in die Nase zu dringen, das ist einer der Nachteile, hier in meiner Zufluchtsstätte.

Auch gibt es hier kein elektrisches Licht, das mittels eines Schalters ein- und ausgeschaltet werden kann. Und überhaupt ist der Aufenthalt in dem Raum alles andere als leicht für mich. Herr Renk, Besitzer und auch Mitbewohner des Hauses Reyesweg Nummer 24, darf mich hier nicht erwischen. Er duldet es nicht, dass Kinder auf dem Dachboden spielen. Hauswirt Renk, der mit seiner Frau – und einem grünen Wellensittich – gleich unten im Erdgeschoss die erste Wohnung rechts bewohnt, der muss so etwas wie einen Siebten Sinn besitzen. Das würde jedenfalls einiges erklären. Auffällig oft steht er plötzlich in dem dunklen Gang, von dem die Dachboden-Verschläge abzweigen, die den Mietern zugeteilt sind, und ertappt mich beim Brechen dieser seiner gestrengen Regel. »Na! Was machst du denn hier, Alex? Wie oft hab ich dir gesagt ...« Mit solchen oder ähnlichen Worten leitet sich dann für gewöhnlich sein Erscheinen ein, das meine Ruhe jäh unterbricht. Herr Renk ist im Grunde ein netter Mensch, und so fällt es mir auch nicht sonderlich schwer, ihm wiederholt zu beteuern, dass es nicht wieder vorkommen wird. Nach einem kurzen, aber eindringlichen Wortwechsel, bei dem er der gewichtige Wortführer ist und ich ihm versprechen muss, dass ich unverzüglich den Verschlag verschließe und den Dachboden verlassen werde, begibt sich Herr Renk dann wieder zurück ins Treppenhaus, und ich kann ihn noch eine Zeit lang die vielen Stufen hinuntergehen hören. Heute wird er mich hier nicht stören, er ist nicht da, ich habe ihn mit seinem Auto fortfahren sehen.

Nur spärlich dringt Tageslicht durch die kleine Luke in der Dachschräge. Ich nehme mir die Schachtel Zündhölzer, die auf dem verstaubten alten Küchenhocker liegt, und zünde die Kerze an, die ebenfalls dort ihren Platz hat. Mein Tisch (jener Hocker) hat gut einen Meter Abstand von den bis auf zirka einen Meter an der Wand hoch gestapelten Briketts – da kann wirklich nichts passieren. Das Gefühl, hier einen geheimen, ruhigen Ort mein Eigen nennen zu dürfen, einen Platz zu haben, der mir jeweils gemäß meiner Lust und Laune als »Ritterburg«, »Cowboy Saloon«, »Micky-Maus-Klubhaus« oder »Bastelwerkstatt« dient, dieses gute Gefühl wiegt mir die Nachteile allemal auf. Die Sonne meldet sich gerade, wirft einige helle, lange Lichtstreifen durch die schmutzige Scheibe der Luke, gebündelte Lichtreflexe, die auf ihrem Weg – vom Fenster in den Verschlag hinein – die besagten Staubpartikel erkennen lassen, die wie wirr in der Luft schweben. Ja, arg staubig ist es hier, das lässt sich nicht leugnen. Eine unvermeidbare Begleiterscheinung der hier lagernden Kohlebriketts und Eierkohlen, die wir uns für die kalte Jahreszeit zentnerweise anliefern lassen. Im Winter trage ich die Kohlen annähernd täglich von hier in unsere Wohnung und direkt bis vor die Öfen – an manchen Tagen sogar zweimal –, und in dieser Zeit wird dann natürlich ständig alles aufgewirbelt, das bedeutet: feiner Kohlenstaub, oben im Verschlag und unten in den Zimmern!

Von all den Mitbewohnern des Hauses, die ihren Heizvorrat ebenso hier oben einlagern, haben wir es, zusammen mit unserem unmittelbaren Nachbarn aus der Wohnung genau gegenüber, am bequemsten, die Kohlen zu schleppen – nur zweimal zehn Stufen trennen uns vom Dachboden. Nicht alle Mitbewohner haben aber einen Verschlag unterm Dach. Zu den Wohnungen, die im Erdgeschoss sowie auf der ersten und zweiten Etage liegen, gehören Kellerräume, in denen ebenfalls Kohlen eingelagert werden können. Die Briketts müssen nach der Anlieferung ordentlich aufeinandergestapelt werden, und sie sorgfältig zu stapeln – das gehört ebenfalls zu den Aufgaben, die ausschließlich ich erledige. Nicht, dass ich das muss, gezwungen werde ich nicht, ich mache das gerne. Aber auch nicht ohne jeden Hintergedanken. Einerseits wäre der Verschlag für mich nicht zu benutzen, wenn ich es bei dem wüst hingeworfenen Haufen belassen würde, den die Kohlenträger nach der Lieferung hinterlassen, nachdem sie unter grobem Poltern ihre vielen Säcke dort entleert haben – nein, weder als Ritterburg noch als Cowboy Saloon, nicht als Micky-Maus-Klubhaus und auch nicht als Bastelwerkstatt – und andererseits bekomme ich nach getaner Arbeit von meiner Mutter immer eine kleine Aufbesserung meines Taschengeldes.

Heute jedenfalls sitze ich in der Hamburger Zentrale des ›Deutschen Micky-Maus-Klubs‹. Das habe ich soeben beschlossen. Ich blicke mich um: »Hier muss jetzt unbedingt einiges verändert werden«, sagen mir meine Gedanken. Der feine Kohlenstaub in meiner Nase – gleich muss ich kräftig niesen. Gerade noch rechtzeitig gelingt es mir, mein Taschentuch aus meiner Hosentasche zu zerren. Da – das Treppenhauslicht geht an. Durch die geöffnete Tür des Dachbodens fällt jetzt Licht in den Gang. Mein Blick richtet sich kurz auf das vom Kohlenstaub geschwärzte Taschentuch, auf die dunklen Schleim-Schlieren, die sich schräg über das Muster gelegt haben. Ich lausche – ja, ich höre sie deutlich, die Schritte auf den Stufen. Schritte, die lauter werden, Schritte, die näher kommen. Ich puste die Kerze aus. Dunkelheit. Eine dünne, nach Wachs riechende Rauchfahne steigt neben mir auf und verliert sich schnell im Raum. Ein schweres Atmen aus dem Treppenhaus ist zu hören. Stille. »Was machst du hier, Alex?« Die Stimme – Hauswirt Renk! Sein siebter Sinn – er ist doch im Hause. »Wie oft hab' ich dir schon gesagt, dass ich das nicht erlaube!« Das Treppenhauslicht erlischt. Der Gang vor mir ist wieder unbeleuchtet. Entsprechend wird es einige Sekunden dauern, bis sich meine Augen an die Dunkelheit gewöhnt haben, in die sie nun blicken. Die Silhouette vom Renk – ich kann sie noch gerade so eben wahrnehmen, was vermutlich auf Gegenseitigkeit beruht. Stille. Jetzt kann ich wieder alles einigermaßen erkennen, er, wie ich vermuten muss, ebenfalls. »Hier liegen neben den Briketts zusätzlich noch überall leicht entflammbare Gegenstände gelagert«, Herr Renk sieht auf den Kerzenstummel, der auf dem Küchenhocker steht, »wie leicht kann es hier zu einem verheerenden Brand kommen!«

———

Plötzlich, vollkommen unerwartet – von jetzt auf jetzt sozusagen! – erfüllen sie mit absolut raumfüllender Kraft die Atmosphäre, die schrill blechernen Klänge, ja scheinen förmlich gegen die Scheiben der geschlossenen Fenster gepresst zu werden, so, als wollten sie keinesfalls allein nur den Gesang begleiten, sondern selbstverständlich keinerlei Grenzen akzeptieren: »*Oh, du lieber Augustin, Augustin, Augustin ...*«, die traurig-lustige Melodie des alten Volksliedes – sie erklingt von unten von der Straße her und lässt auch mir keine andere Wahl, als ihr augenblicklich und gebannt zuzuhören. »*... oh, du lieber Augustin, alles ist hin.*« Automatisch klappe ich das Buch zu, das ich in den Händen halte – »Biologie und Naturkunde«, so steht es mittig auf seinem Umschlagdeckel, fett in Schwarz gedruckt –, stehe rasch von meinem Stuhl auf und bin mit einem Schritt an meinem Fenster. »Interessiert mich sowieso nicht sonderlich«, sage ich mir, »inwieweit – wenn überhaupt? – sich das Skelett einer gemeinen Wühlmaus von dem einer gemeinen Feldmaus unterscheidet.« In der festen Überzeugung, dass die Erledigung meiner Hausaufgaben durchaus einen kleinen Aufschub vertragen kann, werfe ich mit einem lässigen Schwung das Buch in Richtung meines Bettes, wo es am Kopfende sofort einen weichen Landeplatz findet. »Wieso diese Pauker nun ausgerechnet auf das Wissen von derartig unwichtigen Gegebenheiten pochen, das wird mir wohl ewig ein Rätsel sein.« Da unten stehen sie, die drei Männer, von denen zwei für mich den Eindruck erwecken, als würden sie unentwegt und mit sichtlicher Anstrengung Luft aus Bauch und Brustkorb atmen, um sie dann – über zugespitzte Lippen in dicken Backen – in die Mundstücke ihrer Blechblasinstrumente pusten zu können. Zwei Instrumente – eine knuffige Tuba und eine auffallend kurze Trompete – und ein Sänger sind es, die sich momentan bemühen, möglichst den gesamten Reyesweg zu unterhalten. »*Geld ist weg, Mäd′l ist weg, alles weg, alles weg ...*«, trällert der Straßentroubadour mit nach oben geneigtem Kopf, »*... oh, du lieber Augustin, alles ist hin.*«

Straßenmusiker. Hin und wieder kommen sie hier vorbei und präsentieren für eine kleine Weile ihre laute Kunst, die auf Anhieb den Eindruck erweckt, als sei sie ein Teil einer Zirkusvorführung. Zwar sind es längst nicht immer dieselben Musikanten, die hier – in der Hoffnung, sich ein paar Groschen verdienen zu können – um die Häuserblocks ziehen, und sie kommen auch nicht immer zu dritt. Diese drei Männer aber sind mir bekannt. »Das sind«, hatte mein Vater mal mit Achtung in der Stimme zu mir gesagt, »recht lustige Burschen, diese Drei, und ihr Handwerk verstehen sie prächtig!« Doch, das, was da unten jetzt passiert, was den Leuten auf der Straße und an den – teilweise geöffneten – Fenstern gerade geboten wird, das durfte ich bereits des Öfteren erleben. »*Oh, du lieber Augustin, Augustin, Augustin ...*«, ertönt es melodisch zu mir hinauf, »*... oh, du lieber Augustin, alles ist hin*«, und der Sänger des Trios will sich von den goldglänzenden Blasinstrumenten seiner Kollegen nicht übertönen lassen, »*Rock ist weg, Stock ist weg, Augustin liegt im Dreck ...*«, was ihm zwar nicht leicht fällt, dennoch aber ganz gut gelingt, »*... oh, du lieber Augustin, alles ist hin.*« Im Häuserblock gegenüber ist inzwischen nahezu jedes dritte Fenster weit geöffnet, Menschen – mit den Händen auf der Fensterbank abgestützt – blicken hinaus auf das Geschehen. Einige der Zuschauer – meist Frauen – haben es sich sogar mit einem Kissen auf der Fensterbank bequem gemacht, harren – die Ellenbogen auf dem Polster und den Kopf zwischen den Händen – in gebeugter Haltung und lauschen der schrulligen Musik. Ich öffne ebenfalls mein Fenster und lehne mich etwas hinaus. »*Oh, du lieber Augustin, Augustin, Augustin, oh, du lieber Augustin, alles ist hin.*« Die drei Musikanten stehen mitten auf dem Kopfsteinpflaster der Fahrbahn, und während sie aus Leibeskräften blasen und singen – oder, singen und blasen? –, blicken sie immer mal wieder in die Runde über die Bürgersteige sowie – soweit es ihnen ihre musikalischen Bemühungen gestatten können – die Häuserfronten hinauf zu den Fenstern bis in die oberen Etagen.

»Letzten Endes sind es bedauernswerte Menschen«, hatte mein Vater mir damals zu erklären versucht, »zumeist Gestrandete, die – aus welchem Grunde auch immer – irgendwie keinen vernünftigen Beruf mehr ausüben können. Und das, obwohl wir mittlerweile in unserem Lande eine außergewöhnlich niedrige Arbeitslosigkeit haben. Na ja, der Krieg ... Vom Leben im Stich Gelassene, Verlierer, die leider den Anschlusszug verpasst haben!« Er sprach das sehr leise, eher mit sich im Selbstgespräch und mit einer zwar sanften, aber unüberhörbaren Traurigkeit in der Stimme. »Schön ist allerdings«, und das sprach er wieder deutlicher und mit der ihm eigenen, verschmitzten Heiterkeit in der Betonung, »dass diese Menschen mit einer besonderen künstlerischen Ader gesegnet sind, dass sie ein Musikinstrument beherrschen und dass sie singen können. Das kann sie wenigstens über Wasser halten.« – Ich blicke hinunter zu den dreien, die den Reyesweg bereits mehrfach mit alten Gassenhauern unterhielten so wie jetzt, mit altbekannten Schlagern eben, die ein jeder ohne Vorbereitung mitsingen kann. Was ihr Aussehen betrifft, und das fällt mir auf, so sind sie sich ziemlich ähnlich, jedenfalls von hier oben aus betrachtet, aus meiner Sicht heraus. Nicht nur, dass sie mit geringen Abweichungen gleich gekleidet sind (graue Tuchhose, graues Sakko, dunkler Hut mit Krempe, offenes kariertes Hemd und alles – bis auf den Hut – mindestens eine ganze Nummer zu groß) – sie haben auch beinahe ein und dieselbe Körpergröße. Und keiner von ihnen ist dick – fettleibig, wie man so schön sagt, nein, sie sind eher als hager zu bezeichnen. Letzteres – das Hager-Sein – ist allerdings nichts Besonderes. Bis auf Herrn Renk, unseren Hauswirt, und dem glatzköpfigen Turnlehrer Heike kenne ich kaum einen Menschen, der so richtig dickbäuchig ist.

Gleich, wenn das Lied – dessen Strophen sie ganz offensichtlich mehrfach wiederholen – zu Ende gespielt und gesungen sein wird, wenn die Bläser ihre Instrumente abgesetzt haben und der Sänger zeitgleich verstummt ist, wenn ihnen von allen Seiten her ein mehr oder weniger intensives Händeklatschen einen Applaus spendet, dann werden sie sich mehrfach – nach allen Seiten hin freundlich lächelnd – verbeugen. Sie werden zum Dank ihre Hüte abnehmen und sie während der Verbeugungen leicht an ihre Oberkörper drücken. Einige der an den Fenster stehenden Zuschauer werden ihnen Geldmünzen hinunter auf die Straße werfen, meist ein, zwei oder gar drei Groschen, die zuvor vorsorglich in ein Stück Papier eingewickelt wurden, damit sich das auf dem Pflaster der Straße landende Geld von den Männern besser auflesen lässt. – »*Oh, du lieber Augustin, Augustin, Augustin, oh, du lieber Augustin, alles ist hin.*« Wie zu erwarten, nimmt die Kraft der Töne jetzt deutlich ab. »*Geld ist weg, o du Schreck, das ist schlecht und nicht recht, oh, du lieber Augustin, alles ist hin ...*« Ja, die Straßenmusikanten lassen das Volkslied langsam ausklingen.

Dezember 1959 –
eine Woche vor Weihnachten

»Mit dieser Tanne haben Sie bestimmt eine sehr gute Wahl getroffen!« In
der einen Hand eine Zigarette und mit der anderen Hand das Bäumchen an
der Spitze senkrecht haltend, steht der Händler mit zwei Metern Abstand vor
der älteren Dame. »Soll der Junge ihnen den Baum nach Hause tragen?« Die
Frau blickt zu mir herüber, sieht mich von oben bis unten an, überlegt kurz,
wendet sich an den Mann: »Das Angebot nehme ich gerne an. Für mich ist
das Tragen nicht mehr so einfach. Mein Rücken, die Schultern – sie wissen …«
Seinen Kopf leicht in meine Richtung wendend, nickt der Händler kurz zu mir
herüber, ein Zeichen, dass ich spätestens jetzt vortreten soll. Die Frau scheint
mit dem Verlauf der Dinge zufrieden zu sein. In ihrem schweren schwarzen
Persianermantel sieht sie noch gedrungener aus, als sie tatsächlich ist. Mit
einer ebenso schwarzen wie schweren, zylindrisch geformten Kappe auf dem
Kopf – ebenfalls Persianer? –, dicken braunen Winterstiefeln an den Beinen,
braunen Lederhandschuhen und einem Täschchen an der Hand beobachtet
sie, wie der Mann eine Seite Zeitungspapier doppelt legt und es im Bereich
der Mitte des Baumes mehrfach um den Stamm wickelt. »So lässt sich die
Tanne besser transportieren. Die Nadeln pieken nicht so arg. Das macht dann
drei Mark und fünfzig Pfennige, meine Dame!« Selbige hängt sich ihr Täschchen über den linken Arm, zieht sich den rechten Handschuh aus – wobei ihr
kurzfristig ihre Zähne behilflich sind –, öffnet das Täschchen und zieht ein
Portemonnaie heraus. Während sie das abgezählte Geld reicht und er es ent-
gegennimmt, schnappe ich mir den Tannenbaum an der zuvor präparierten
Stelle und stelle mich in einem Meter Abstand neben den Persianermantel.
Sie schließt das Portemonnaie, steckt es zurück in die Handtasche, schließt
jene ebenfalls und zieht den Handschuh wieder an. »Fertig«, sie blickt auf,
»na, dann lass uns mal gehen, mein Junge. Wie heißt du denn?« – »Alexander!« Wir verlassen gemeinsam den Platz, der für einige Tage mittels eines
langen, um einige provisorisch aufgestellte Holzpfeiler geschlungenen Seils
als Tannenbaum-Verkaufsbereich gekennzeichnet ist. »Danach komme ich
dann noch für zwei Stunden!«, rufe ich dem Händler zu. Sicherlich wird er
mir den Platz freihalten, wieso auch nicht, hat ja bis jetzt alles gut mit uns
beiden geklappt. Mein Bemühen, mir diesen Hilfsjob per Zuruf schnell noch
vorsorglich zu sichern, das scheitert. Der Händler hat sich bereits abgewandt.
Stellt – während er zufrieden an seiner Zigarette zieht – die zuvor der Kundin

präsentierten Bäume wieder an ihren Platz zurück. Sie hat ja nun ihre Wahl getroffen – für ihn ist dieses Jahr der Fall erledigt.

Wie bereits im letzten Jahr verdiene ich mir kurz vor dem Weihnachtsfest auch in diesem Jahr ein paar Groschen, indem ich Tannenbäume transportiere. Für zwei, drei Stunden am Tag und nach der Schule mache ich das. Nicht der Händler zahlt den Transport, nein, die Kunden des Händlers – meist sind es ältere Frauen –, denen ich den Baum nach Hause trage, tun das. Zwei, drei oder manchmal auch fünf Groschen »Trinkgeld« steckt man mir in den meisten Fällen nach getaner Arbeit zu. Da mein Taschengeld nicht ausreicht, um die Weihnachtsgeschenke zu bezahlen, die zu verschenken ich mich entschieden habe, bin ich heilfroh über die sich in diesen Tagen ergebende Gelegenheit. Trotz der Tatsache, dass der Händler eine – nämlich meine – Hilfe anbieten kann, die ganz sicher auch seinen Verkauf unterstützt, wird aus dieser Ecke nichts herausgerückt. Kein einziger Pfennig. »Das ist nicht gang und gäbe«, wie es so schön heißt. Darüber wird kein einziges Wort verloren. Jene Geschäftsleute wissen auch sehr genau, wie beliebt unter den Barmbeker Jungs vor Weihnachten diese Gelegenheit der Taschengeldaufbesserung ist, und so viele Verkaufsstände gibt es nun auch wieder nicht in unserer Gegend. Längst nicht jeder Bewerber bekommt die Möglichkeit, so eine Transportarbeit zu übernehmen, und so gesehen wird vermutlich bereits die Absegnung, sie überhaupt tun zu können, für eine angemessene Entlohnung gehalten. Mein Stand ist in diesem Jahr jedenfalls der, der sich, wie jedes Jahr, in der Nähe des U-Bahnhofs Dehnhaide, genauer gesagt vor dem Fahrradgeschäft Waldraff, eingerichtet hat. Leicht ist diese Arbeit nicht. Zum einen sind es die Feuchtigkeit und die Kälte, die einem während dieser Tätigkeit zu schaffen machen, zum anderen ist es der stets und ständig nadelnde und am Körper piekende Baum, der sich bereits nach nur wenigen Schritten unbeliebt macht – von seinem Gewicht, das nach einer gewissen Zeit mit jedem Meter merklich zuzunehmen scheint, einmal ganz abgesehen.

»Gleich haben wir es geschafft!« Der Persianermantel, der stetig mit einem Abstand von eineinhalb Metern vor mir geht, weist mit der flachen Hand beherzt quer über die Straße. »Dort drüben, nur einmal noch die Seite wechseln, dann sind wir schon da.« – »Gleich haben *wir* es geschafft ist gut«, denke ich mir, »*wir* – so kann man es natürlich auch sehen.« Ich kann nicht einmal sagen, in welcher Straße wir uns zurzeit befinden. Zu sehr habe ich mich in den jüngst vergangenen Minuten auf meine nassen Füße konzentriert, auf meine Schnürschuhe, deren gefrorenes Leder mir an den Fußknöcheln drückt, und auf die Nadeln der Tanne, die längst das Zeitungspapier durchdrungen haben und deren Spitzen sich nun unaufhörlich in meine Handballen bohren. Am Kantstein bleiben wir stehen. Ich nutze die Gelegenheit, um noch einmal schnell die Seite zu wechseln beziehungsweise den Baum von der linken in die rechte Hand zu nehmen. Wir – der Persianermantel wieder ein gutes Stück voraus – überqueren die Fahrbahn. »Dort, dort vor der nächsten Ecke, der Hauseingang ist es, da wohne ich!«

»Marschnerstraße«, so lese ich es auf dem blauen Straßenschild an der Hauswand, na ja, dann weiß ich, wo ich hier bin. »Nummer 32«, sagt die Frau, »wir sind da.« Sie hängt sich ihre Tasche wieder über den linken Arm und streckt mir ihre rechte Hand entgegen, signalisiert mir freundlich lächelnd, dass sie nunmehr bereit ist, ihren Kauf an sich zu nehmen. Geschafft! Für mich eine echte Erlösung. »Wohnt sie im Erdgeschoss ganz unten oder direkt unterm Dach?«, frage ich mich, »Egal, nun kommt es mir auf ein paar Treppen auch nicht mehr an.« – »Soll ich Ihnen den Baum noch kurz hochtragen?« Das Angebot wird ohne Zögern angenommen. »Gut. So machen wir das. Wir müssen in den zweiten Stock. Komm, ich halte dir die Haustür auf. Wie war doch gleich dein Name?« Mit dem Baum an meiner Seite zwänge ich mich durch den Eingang, dicht am Persianermantel vorbei, der auffallend muffig riecht. »Alexander«, sage ich«, »ich heiße Alexander!« Die unteren Zweige der Tanne reiben sich bedrohlich raschelnd am Holz des Türrahmens, verlieren an dieser Stelle wahrscheinlich deutlich mehr Nadeln als während des gesamten vorherigen Transportes. Einige Nadeln haben sich in dem nassen Fell des Mantels verhakt, hängen dort wie angeklebt, was scheinbar nur ich bemerke.

Das Treppenhaus riecht ähnlich muffig wie der Persianer. Die aus Holz gefertigten Treppenstufen sind mit Linoleum ausgelegt, dünsten ihren typischen Duft aus, der sich aus den über die Jahrzehnte in den Belag gesogenen Bohnerwachs-Schichten nährt. Ich kenne das. Das Treppenhaus in der Sierichstraße, wo Barbara und Ulrich wohnen, das riecht ähnlich (allerdings weniger nach Persianer, sondern mehr nach Bohnerwachs). Einerseits ist es ein gemütlicher und irgendwie an Beständigkeit erinnernder Geruch, andererseits aber – im gleichen Sinne *irgendwie* – auch ein armseliger. Mit der rechten Hand am Geländer und mit der linken den Baum möglichst hoch haltend, erklimme ich Stufe für Stufe. Und trotzdem: mit den unteren Zweigen beständig die Stufenkanten berührend, verliert der Baum weitere Nadeln. Die zweite Etage. Hier muss es sein. Diesmal bin ich vorgegangen. Keuchend folgt mir die alte Dame die Treppen hinauf. »Ich bin gleich bei dir. Warte eine Sekunde ...« – »Schreiners«, so steht es auf dem blanken Messingschild an der Tür, in deren Schloss sie jetzt einen Schlüssel steckt. »So, das war' s. Das wäre geschafft!« Sichtlich erleichtert steht Frau Schreiners in der Tür zu ihrer Wohnung. Ein kleiner Tropfen hängt an ihrer Nasenspitze, der sich zweifellos gleich von dort lösen wird. Ich setze die Tanne vorsichtig ab, lehne sie an die linke Seite des Türrahmens, direkt vor die Schwelle, ziehe das Stück Zeitung heraus – ohnehin nur noch ein Fetzen – und zerknülle es in meinen Händen. »Den Rest schaffe ich allein, mein Junge.« Frau Schreiners greift nach der Spitze der Tanne und sieht mich fragend an. »Soll ich dir das Papier abnehmen?« Ich stecke das Knäuel in meine Jackentasche. »Nein danke. Ich werfe es unten an der Straße in den nächsten Papierkorb.« Während ich mich nach nur kurzem Zögern gezwungen sehe, die Sache zu Ende zu bringen – eine komische Situation!? –, bemüht bin, mich in irgendeiner Form zu verabschieden, sehen wir – der Persianer und der Lastenträger – uns noch für einen Augenblick an. »Na, dann mal tschüss, mein Junge. Und vielen Dank. Lass dir zum Fest etwas Schönes schenken!« Mit einem dumpfen Geräusch fällt die Tür ins Schloss.

Ich müsste jetzt dringend meine Jacke abklopfen, auch an ihr hängen kreuz und quer Tannennadeln im Stoff. Den Gedanken verwerfe ich sofort. Meine Finger sind schmutzig, Harz klebt an ihnen. So jedenfalls bin ich kaum in der Lage, die Nadeln von der Jacke zu entfernen, ohne einen größeren Schaden anzurichten. Das Geschehene ist mir vor mir selber peinlich. Das machen mir meine Gedanken deutlich: »Meine Zeit habe ich verplempert – regelrecht sinnlos –, habe für meine Arbeit keinen einzigen Groschen bekommen. Das ist ungerecht. Hat die Frau es nur vergessen, wie sie sich in einer solchen Situation eigentlich abschließend hätte verhalten müssen? Hätte ich sie vielleicht – wie auch immer ich das hätte bewerkstelligen sollen? – daran erinnern müssen?« – »Hätte, hätte, hätte. Nun ist es zu spät!« Wütend bin ich, wütend und traurig zu gleichen Teilen. Innen wie außen. Es fehlte jetzt nur noch, dass der Stand – *mein* Stand – anderweitig besetzt ist. Interessenten sind ja genug da. Daran mangelt es nicht. Und wie der Händler sich verhält, das kann ich nicht einschätzen. Ich bin auf ihn angewiesen, er nicht auf mich. Soviel steht schon mal fest. Etwas Geld *muss* ich noch dazuverdienen. Zwar habe ich von meinem Taschengeld einiges gespart, aber mit dem Endergebnis komme ich trotzdem nicht über die Runden. Egal, irgendwie werde ich das schon hinbekommen, das mit meinen Weihnachtsgeschenken an die Familie, an meine Mutter, an Oma, an Barbara und an Ulrich. Mein Vater ist auch in diesem Jahr Weihnachten nicht bei uns. Der erwartet ganz bestimmt kein Geschenk mehr, wenn er im

Sommer kommt. Was meinen Opa betrifft, der hat mit dem Fest nichts am Hut. »Zeugen Jehovas feiern kein Weihnachten«, betont er jedes Jahr aufs Neue und das aus einer – wie er es nennt – »inneren Überzeugung« heraus, die seinen Zuhörern auf der Stelle ein schlechtes Gewissen macht. »Das ist ein heidnisches, ein durch und durch unchristliches Fest!« So gesehen – weder ein Geschenk für meinen Vater noch eines für meinen Großvater – halten sich meine Besorgungen in erträglichen Grenzen. Bisher habe ich es immer geschafft, meiner Familie eine Freude zu bereiten. Auf irgendeine Weise wird es auch mit etwas weniger Geld gehen, als eingeplant war. Und es ist nicht immer eine Frage des Geldes, manchmal muss man sich halt etwas einfallen lassen.

Am allerwichtigsten ist mir aber das Geschenk für meine Mutter. Ganz in unserer Nähe, nämlich in der Hufnerstraße, bei Walter Messmer, dem noblen Fachgeschäft, das feine Süßwaren, erlesenes Gebäck und spezielle Kaffee- und Teesorten verkauft, da gibt es für gewöhnlich – und das besonders um die Weihnachtszeit herum – so schöne Vorratsbehälter für den Kaffee. Runde oder eckige Blechdosen mit einem stramm sitzenden, fest schließenden Deckel, die ziemlich genau ein Pfund ungemahlenen Kaffee aufnehmen können. Rundum sind sie von jeher mit einem netten Motiv versehen – gelegentlich sogar nach einem romantischen Ölgemälde als Vorlage –, das die Dosen, diese Schmuckdosen! – ganz zweifellos zu einem wertvollen Geschenk macht. Darüber würde meine Mutter sich ganz bestimmt freuen. Auf jeden Fall werde ich versuchen, für sie solch ein Prachtstück zu bekommen. Die Walter-Messmer-Filiale in der Hufnerstraße verschenkt jene Kaffeedosen in der Adventszeit an ihre Kunden. Eine wirklich nette Geste, die sich inzwischen herumgesprochen hat. Das wirklich Dumme ist nur, dass jenes schöne Präsent immer in Verbindung mit einer dort im Geschäft gekauften Ware – Kaffee, in der Regel – ausgegeben wird: Ein Pfund Kaffee der Sorte »Mein Bester von Walter Messmer« – zum Beispiel –, und schon stellt einem eine der freundlichen Verkäuferinnen das Gewünschte einschließlich der begehrten Trophäe auf die gepflegt polierte Glasfläche der Ladentheke. Genau so läuft das ab. Jedenfalls für jeden, der das Geld für ein Pfund Kaffee in der Tasche hat, was bei mir eben nicht der Fall ist, nicht, wenn ich darüber hinaus noch weitere Geschenke besorgen muss. Vielleicht – ja, vielleicht kann ich eine der Verkäuferinnen überreden, dass sie mir eine Dose schenkt, *ohne* das ich Kaffee oder sonst irgendetwas dort einkaufe. Die Möglichkeit besteht immerhin. Ich denke, dass es mir geringstenfalls gelingen wird, einen Walter-Messmer-Jahreskalender für das kommende Jahr zu bekommen. Der liegt dort zwar auch nicht stapelweise frei herum, sodass sich ihn jeder am Kalender Interessierte kurz schnappen und unauffällig wieder fortgehen kann, das nun nicht, aber er wird gerne und ohne zu Zögern auf Anfrage ausgegeben. Das habe ich noch vom letzten Jahr in guter Erinnerung. Das Motiv auf dem Deckblatt des Kalenders, das ist ebenfalls ein sorgsam ausgewähltes, was ihn auch zu einem ganz passablen Weihnachtsgeschenk macht.

Donnerstag, 24. Dezember 1959 – Weihnachten

Jeden Moment müsste meine Großmutter da sein. Selbstverständlich kommt sie. Über die Weihnachtsfeiertage ist sie immer bei uns. Natürlich übernachtet sie dann auch bei uns. Entweder schläft sie im Wohnzimmer auf dem Klappsofa oder im Schlafzimmer im Ehebett, neben meiner Mutter, auf der Seite, auf der mein Vater schläft, sofern er denn da ist. Barbara und Ulrich kommen auch. Das hat Ulrich jedenfalls fest versprochen, was allerdings nicht unbedingt was heißen soll. Die fahren irgendwann natürlich wieder zurück in die Sierichstraße, schlafen bei sich zu Hause. Mein Großvater kommt ganz sicher nicht. »Jesus wurde nicht am 24. Dezember geboren. Das weiß die Kirche ganz genau!« – Ich sehe ihn förmlich vor mir, wie er so da steht und scheinbar nicht damit aufhören kann, selbstsicher und mit einer finsteren Miene auf die Kirche zu schimpfen: »Ich beteilige mich jedenfalls nicht an diesem verlogenen Fest. Die Kinder werden belogen. ›Es gäbe einen Weihnachtsmann‹ – erzählt man ihnen.« Na ja, was mich betrifft, an den Weihnachtsmann habe ich noch nie geglaubt, auch als kleines Kind nicht, und was Jesus betrifft ... Es geht eben auch um das Beisammensein, um das gemeinsame Essen im Kreise der Familie, auch wenn mein Vater daran nicht teilhaben kann. Außerdem gibt es da noch einen weiteren – einen ganz anderen Grund, weshalb mein Großvater auch diesmal nicht mit uns gemütlich zusammensitzen wird. Als wenn ich das nicht wüsste. Würde er kommen, dann würde meine Großmutter nicht kommen – so einfach ist das. Sie will nicht mehr mit ihm an einem Tisch sitzen. Auf gar keinen Fall will sie das. Niemals! Weshalb das so ist, das sagt mir hier niemand. Allein an der Tatsache, dass sie geschiedene Leute sind, dass sie – ab irgendwann – nicht mehr als Eheleute miteinander leben wollten und es von daher vorzogen, lieber voneinander getrennt zu leben, kann es meiner Meinung nach doch wohl kaum liegen. Oder?

Über die vielen kleinen wie größeren Streitigkeiten, die normalerweise mit einer Scheidung einhergehen, darüber sollte – wie ich es verstanden habe – mittlerweile wohl ausreichend Gras gewachsen sein. So klingt es für mich jedenfalls durch, wenn hin und wieder innerhalb der Familie das Thema Scheidung zur Sprache kommt. »Man kann sich doch nicht bis an sein Lebensende bekriegen, nur weil das gegenseitige Verständnis abhandengekommen ist. Irgendwann muss damit endgültig Schluss sein.« Mit solchen oder ähnlichen Aussagen wird das am Tisch diskutierte Thema Scheidung dann gerne beendet. An seiner religiösen Überzeugung allein kann es letztlich aber auch nicht liegen, denn – so ist es ja nicht –, Hans Quandt geht Weihnachten keinesfalls gänzlich konsequent aus dem Wege. Nein, noch bis zum Fest des letzten Jahres war allein er es, der die Tanne unten am Stamm mit Beil und Raspel so lange bearbeitete, bis das Bäumchen in den gusseisernen Ständer passte (bis auf das eine Mal – vor einigen Jahren war es, als mein Vater Weihnachten ausnahmsweise nicht auf See verbrachte – hatte Hans Quandt stets einen Tag vor Heiligabend diese Arbeit übernommen, weil sie ansonsten auch niemand anders hätte tun wollen oder tun können). Kurz nach Erledigung dieser übernommenen Pflicht, wenn der Baum endlich fest und möglichst senkrecht auf dem Ständer stand, ging er dann wieder. Zwar hat er mir niemals ein Weihnachtsgeschenk gemacht, mein Opa, niemand aus der Familie bekam je eines – da musste dann doch wieder sein fester Glaube herhalten!? –, aber ich hatte schon den Eindruck, dass er gerne über diese Stunden hinaus geblieben, beziehungsweise zum darauf folgenden Heiligen Abend wieder zu uns gekommen wäre. »Dein Vater ist krankhaft geizig«, hörte ich meinen Vater mal zu meiner Mutter im grimmigen Tonfall sagen, »ansonsten würde er seinem einzigen Enkel doch mal was Vernünftiges zu Weihnachten schenken. Oder? Seinen Glauben schiebt er immer nur vor, dort und überhaupt!« – »Seinen einzigen Enkel?«, höre ich mich denken, »seinen einzigen Enkel? Und was ist mit meiner Schwester Barbara? Was ist mit Barbara, seiner einzigen Enkelin?« Redewendungen und Gesprächsfetzen, die zu Ungereimtheiten beitragen.

Elf Mal schlägt die Uhr auf dem Wohnzimmerschrank! –, jeden Moment müsste meine Großmutter da sein. Sie kommt immer rund eine Stunde vor dem Mittagessen, und an solchen Tagen ist sie sowieso ganz besonders pünktlich. Meine Mutter ist guter Dinge. Sie summt ein Lied vor sich hin. Angenehm hell leuchtet das Tageslicht durch das Fenster in die Küche hinein, in der es nach allerlei Köstlichkeiten duftet. Wonach genau es duftet, das ist für mich kaum definierbar. Den Tannenbaum – den habe ich diesmal aufgestellt, habe gestern eigenhändig seinen Stamm in den Fuß des Ständers eingepasst. Wenn das richtige Werkzeug parat ist, dann ist das keine allzu schwierige Aufgabe. Nun steht er da in seiner Pracht, lässt das Wohnzimmer nach Tannennadeln duften. Seitdem rechts vom Fenster, dort genau in der Ecke, die Fernsehtruhe mit dem »SABA Rundfunkempfänger« drauf ihren Platz hat und nicht mehr das kleine Tischchen, steht der Baum in der Ecke links vom Fenster auf der Musiktruhe. Sein gusseiserner Fuß behauptet sich nun mittig auf einer grünen Brokatdecke, damit er die schöne, auf Hochglanz polierte Oberfläche der Truhe nicht etwa verkratzt. »Bring bitte die Kerzenhalter so an, dass das Wachs nicht herunter auf die Decke tropft, Alex!«, so gestern Nachmittag die vorsorglich gesprochene Anweisung an mich. »Das ist«, denke ich mir, »gar nicht möglich, die wackeligen Halter so zu platzieren, dass später irgendeine der Kerzen nicht auf die Decke tropft, das müsste sie nach all den Erfahrungen der letzten Jahre inzwischen begriffen haben.« Viel wichtiger ist es doch, dass die Kerzen *so* auf den Zweigen sitzen, dass keines der Flämmchen den Zweig unmittelbar über sich entflammen kann. »Dass das Wachs nicht auf die Decke tropft – *auf die Decke* – die Frau hat vielleicht Sorgen.«

Fünf Pappteller stehen unter dem Baum. Sie nehmen fast den gesamten Platz der Musiktruhen-Oberfläche ein, sind von daher ganz offensichtlich weitaus eher gefährdet, vom etwaig heruntertropfenden Kerzenwachs belästigt zu werden. Bunte, mit weihnachtlichen Motiven bedruckte Teller sind es. Überall auf ihnen tummeln sich schlittenfahrende und mit Schneebällen werfende Kinder in dicken, dunklen Klamotten, Schal und Mütze und mit roten Nasenspitzen. Vereinzelt laufen auch niedliche Rehe über die Teller oder lugen hier und dort irgendwelche Hasen hinter irgendwelchen Bäumen hervor. Meine Mutter wird die Teller noch mit Nüssen, Lebkuchen und Kringeln auffüllen, und etwas Marzipan, in Form von Broten, wird ebenfalls zu finden sein. Fünf Teller – für jeden von uns einen. Ich blicke aus dem Fenster, sehe hinunter auf die Straße. Nun dürfte sie aber so langsam erscheinen. Der Reyesweg ist belebt, belebter als an gewöhnlichen Tagen. Die meisten Läden schließen um Punkt 12:00 Uhr, und zwar nicht nur für die übliche Stunde Mittagspause, sondern ab dann über die gesamten Festtage hinweg. So wie es aussieht, fehlt in jedem zweiten Haushalt noch dies oder das. Bei Hoppe, dem Gemüseladen, stehen die Leute an. Bis vor die Tür und in einem engen Bogen, ein gutes Stück den Bürgersteig entlang reicht die Schlange. Einige Menschen gehen hinein, andere kommen heraus. Meist Frauen mit einem Einkaufsnetz an der Hand, je nach dem, ob sie kommen oder gehen, mit einem leeren oder vollen. Die Geschenke an meine Familie habe ich längst eingepackt. In der Kommode, die in meinem Zimmer steht, gleich unterhalb der beiden Schubladen und hinter den zwei verschließbaren Türen, da liegt alles verborgen gesichert. Bis zur letzten Minute habe ich zwar kämpfen müssen, um all die geplanten Besorgungen zu erledigen, letztlich hat es dann aber noch ganz gut geklappt.

Selbst die schöne Kaffeedose für meine Mutter habe ich bekommen. »Hier, mein Junge, kein Problem, die schenke ich dir doch gerne!« Die nette junge Dame von Walter Messmer hat mir mit ihrem Verständnis für meine Situation ziemlich aus der Patsche geholfen. »Einen Jahreskalender stecke ich dir auch noch mit in die Tüte. Frohe Weihnachten!« Kaffee musste ich nicht kaufen. Die Dose, den Kalender und einen kleinen, eigens von mir aus Holz geschnitzten Löffel bekommt sie von mir, einen Salzlöffel für den Salznapf aus dickwandigem Glas mit Griff, der zusammen mit zwei weiteren Näpfen – nämlich für Zucker und Mehl – in unserem Küchenschrank hinter einer türähnlichen Klappe in einer speziellen Halterung steckt. Und darüber hinaus habe ich noch eine ganz besondere Überraschung für sie parat: Eine wirklich wunder-, wunderschöne Schachtel aus dickem, festen Karton, mit einem aufklappbaren Deckel. Gold- und türkisfarben. Innen, auf einem weichen, gelblichen Samt gelegen, ein flaches Fläschchen »Tosca Eau de Cologne« und ein Stück Seife. Fläschchen und Seife haben eine länglich ovale Form und sind mit türkisfarbenen, goldumrandeten Etiketten mit der Aufschrift »Tosca 4711« versehen. Das erste Mal gesehen habe ich die Schachtel in einem der beiden nobel dekorierten Schaufenster der Drogerie Dirker, gleich rechts hier an der Ecke, und gekauft habe ich sie dann bei Karstadt in der Wandsbeker Chaussee. Derartige Kostbarkeiten werden in dem großen Warenhaus in diesen Tagen immer etwas günstiger verkauft als bei Dirker. – Was ich mir zu Weihnachten gewünscht habe, das ist eindeutig klar, steht lange schon fest, nicht nur zum 24. Dezember: Bücher – ich wünsche mir Bücher! In dem Falle sind es einige Bände von Karl May und zwei Erzählungen von Erich Kästner – die Titel habe ich benannt. Mehrfach habe ich das bewusst betont, jedem in meiner Familie dürfte es hinlänglich bekannt sein. Von daher ist zu erwarten, dass ich zwar nicht mehr sonderlich zu überraschen bin, dass ich mich aber dennoch über jedes einzelne der von mir ausgesuchten Bücher freuen werde.

Zwei meiner Wünsche habe ich mir bereits selbst erfüllt, oder genauer gesagt: Ich war an der Umsetzung der Erfüllung meiner Wünsche nicht ganz unbeteiligt. Letzte Woche erhielt ich einen Brief – »An Alexander Zinser, 2 Hamburg 22, Reyesweg 24« –, er war von meinem Vater. Es war ein freundlicher Brief, beinhaltete nett geschriebene Zeilen an mich. Als ich ihn öffnete und das Briefpapier auseinanderfaltete, da fielen zwei Banknoten heraus und vor meinen Füßen zu Boden: zwei Englische Pfund. Die waren für mich. »... und kauf die was Schönes für das Geld!« So stand es auf dem Papier. Die englischen Pfundnoten habe ich in der Bank umgetauscht, habe einundzwanzig Mark und vierunddreißig Pfennige dafür bekommen. Ja, und für das Geld habe ich mir dann am Tag darauf zwei Bücher gekauft. Im letzten Jahr habe ich mir den Michel-Katalog gewünscht und auch bekommen. Kein Katalog im herkömmlichen Sinne. Der »Michel« ist ein ziemlich dicker Wälzer, der sich speziell und detailliert – per unzähliger Abbildungen und Erläuterungen – mit Briefmarken beschäftigt. Er ist *das* Standardwerk für Sammler, eingebunden wie ein Buch und sehr, sehr teuer. Ich bin unter uns Jungen längst nicht der einzige, der Briefmarken sammelt, aber der einzige, dem ein solches Nachschlagewerk zur Verfügung steht. Dass ich so ein kostbares Buch – es hat fast zwanzig Mark gekostet! – in meinem Besitz haben darf, das macht mich schon etwas stolz, das muss ich wohl zugeben. In meinem Bücherregal hat der Michel-Katalog selbstverständlich einen Ehrenplatz.

Es läutet. »Von unten oder von oben?«, frage ich mich. »Von oben!« Jemand steht im Treppenhaus vor unserer Haustür. Ich kann es deutlich wahrnehmen. Das kann nur meine Großmutter sein. Nun ist sie endlich da. »Machst *du* bitte auf, Alex, ich habe den heißen Deckel der Backhaube in den Händen!« Hätte ich sowieso getan, bin bereits an der Tür, öffne sie mit Schwung, lasse meine Oma herein in den Flur kommen. Wie gewohnt werde ich von ihr sofort in einer Weise begrüßt, die mich ihre zugängliche Aufmerksamkeit spüren lässt, mit der sie ihren Enkel zu betrachten pflegt. Noch in Hut und Mantel – mit ihrer Handtasche so wie einer prall gefüllten Einkaufstüte in den Händen – streichelt sie mir über die Wangen und sieht mir in die Augen. »Na, Alex, was macht die Kunst? Bist du schon aufgeregt?« – »Du bist spät dran«, meine Mutter steht im Türrahmen der Küche und hält – um jeden der zwei schwarzen Griffe einen Topflappen gelegt – den oberen Teil der Backhaube in den Händen. »Hast du deine Bahn nicht bekommen?« Meine Großmutter stellt Tasche und Tüte in die Ecke des Flurs, wo Staubsauger, Besen, Handfeger und Schaufel, hinter einem Vorhang verborgen, in einer Nische ihren Platz behaupten, wo auf und unter den tiefen Regalen eben die Dinge lagern, die man in jedem Haushalt möglichst etwas abseits hält. Ich helfe ihr aus dem Mantel, hänge ihn an einen der freien Garderobenhaken. »Nein nein, auf die Hamburger U-Bahn ist Verlass. Ich bin nur etwas langsamer gegangen als gewöhnlich.«

Sie streckt ihrer Tochter zur Begrüßung beide Arme entgegen. »Habe mir nur kurz einige der hell beleuchteten Schaufenster angesehen. Ist ja heute alles so herrlich geschmückt.« Immer noch hält meine Mutter den Deckel der Backhaube vor sich, der sie nicht nur am Öffnen der Haustür, sondern nun auch an der Begrüßung ihrer Mutter hindert. Wenn sie sich nicht bald entscheidet, dann rennt sie, wie ich vermute, noch die nächste Stunde mit dem Ding durch die Wohnung. Bei ihr ist das durchaus in Betracht zu ziehen.

Eigentlich sieht der Baum schrecklich aus. Doch, wenn ich ihn so betrachte – schön ist er nicht gerade. Dabei haben wir ihn doch mit so viel Mühe geschmückt, meine Mutter und ich. Aber im Nachhinein betrachtet haben wir das gewünschte Ziel eben nicht erreicht. So sehe ich das. So muss ich es sehen! Gedrungen sieht er aus, klein wie ein Gnom. Gut, er ist ja auch nicht besonders groß. Und etwas schief gewachsen ist er auch. Was seine Größe betrifft: einerseits müssen wir der Deckenhöhe gerecht werden, sie ist nun mal bei Weitem nicht so hoch wie die von Barbaras und Ulrichs Wohnzimmer in der Sierichstraße, und andererseits ist ein großer Baum auch sehr teuer. Das gilt es auch zu bedenken. Dessen ungeachtet aber könnte der Baum allerdings etwas weniger schief gewachsen sein. Je mehr wir ihn geschmückt haben, je mehr wir ihn mit Kringeln, Kugeln und Lametta behängt haben, desto kleiner, breiter und gedrungener kommt er mir vor. Nun steht das Endergebnis vor mir, steht links vom Fenster, unfreiwillig aufgebahrt auf der zu Hochglanz polierten Oberfläche der Musiktruhe. Ein Gnom. Ein glitzernder, über und über behangener Gnom! »Die Kerzen sind vielleicht die Rettung!«, fällt mir ein. Ja, sind all die Kerzen erst einmal angezündet – die jetzt neu und unberührt und nahezu senkrecht in ihren an den Zweigen geklammerten Haltern stecken – und das elektrische Licht ausgeschaltet, dann sieht der Baum sicherlich ganz anders aus, da bin ich mir sicher. Der Baum gehört nun mal zum Weihnachtsfest, so wie meine Großmutter dazugehört und mittlerweile auch mein Dazuverdienen durch den Transport von Tannenbäumen. Hingegen gehören weder mein Vater noch mein Großvater dazu. Das muss ich akzeptieren, so schwer es mir auch fällt. Und wenn es auch an Erklärungen wirklich nicht mangelt, Erklärungen, die mir begründen sollen, weshalb es so ist, wie es ist – trotzdem: Mir erscheint es wie eine äußerst lieblos gedrehte Szene aus einem ziemlich schlechten Film. »Weihnachten« – ich überlege immer, ob ich das Fest wirklich – wirklich! – mag.

Dezember 1959 –
zwei Tage vor Silvester

»Einige Knallfrösche, Kanonenschläge und Luftheuler habe ich, und auch massenhaft viele Piepmansche! Gold- und Silberregen sowie Wunderkerzen natürlich auch, aber die kommen zuletzt dran, die zähle ich nicht mit.« Jans Begeisterung ist kaum zu bremsen, und wenn es so ist, wie er sagt, dann hat er auch allen Grund dazu. Jans Eltern geben relativ viel Geld aus für Silvesterknaller, wesentlich mehr beispielsweise, als meine Eltern je bereit wären, für dieses Vergnügen auszugeben. Letzteres trifft eher auf meine Mutter zu, was logisch ist, weil mein Vater in den seltensten Fällen Neujahr zuhause ist und von daher kaum sein Mitspracherecht einsetzen kann. »Das macht einmal kurz ›bumm‹, und dann ist das schöne Geld auf Nimmerwiedersehen weggeschossen. Das können wir uns nicht leisten!«, sagt sie gerne, mit einer gespielten Miene des Entsetzens, womit sie im Grunde ja auch nicht so ganz falsch liegt. Letztlich bekomme ich es aber dennoch irgendwie hin, dass ich für die anstehende Silvesterknallerei ausreichend gewappnet bin. Irgendwie klappt es immer, was ansonsten für mich auch ausgesprochen traurig, ja schier unerträglich wäre. Es gehört in der Silvesternacht eben unumstößlich dazu, das stundenlange Herumknallen in den Straßen unserer Gegend, sowie es dunkel ist und man gespannt dem Zeitpunkt entgegenfiebert, in dem sich alle Menschen lauthals ein »Prost Neujahr!« zurufen. Und dazu, für jenes dazugehörige Herumknallen, werden eben einige gute Böller benötigt. »Und Bienenkörbe?«, ich blicke Jan fragend an, »konntest du in diesem Jahr einen von diesen Super-Kanonenschlägen ergattern?« – »Spinnst du? Die Dinger sind schweinegefährlich! Die würden meine Eltern mir nie erlauben. Und selber kaufen geht schon mal gar nicht. Die verkaufen nichts Brauchbares an Elfjährige, das weißt du doch.« Mein Freund scheint sich über die Frage zu ärgern. Anstatt nach den Sternen zu greifen, sollte ich wohl besser seine Ansammlung bewundern, was ich doch ohnehin bereits tue.

»Wie sieht es bei dir aus«, Jan will jetzt endlich den Vergleich anstellen, »hast du schon alles?« Nein, ich weiß zwar nicht, wie Jan es angestellt hat – sehr wahrscheinlich hat sein Vater die Sachen wieder für ihn gekauft –, aber ich habe noch nichts gespeichert. Was aber auch absolut keinerlei Anlass zur Besorgnis gibt. Es ist alles abgesprochen und komplett geregelt. Wie Jan schon ganz richtig sagt, verkaufen die keinen *echten* Sprengstoff an Jugendliche, und ich bin ebenfalls darauf angewiesen, dass man mir dabei hilft.

»Nein, ich habe noch nichts im Haus, habe aber bereits alles in der Drogerie Dirker ausgesucht und zurücklegen lassen. Schwager Ulrich holt mir dann die Tüte am 31. ab. Die haben am Donnerstag ja noch bis um 12:00 Uhr geöffnet.« – »Na, das wird aber knapp!« Die Besorgnis meines Freundes klingt echt. »Hoffentlich kommt dein Schwager rechtzeitig in die Puschen, danach geht nämlich rein gar nichts mehr.« »Doch«, denke ich mir, »der wird schon rechtzeitig erscheinen.« Silvester wird in diesem Jahr im Reyesweg gefeiert, nicht wie im vergangenen in der Sierichstraße. Barbara, Ulrich und meine Großmutter kommen, und da wir sowieso gegen Mittag gemeinsam essen möchten, will mein Schwager noch deutlich vor Ladenschluss bei uns sein. »Gleich heute Morgen war ich bei Dirker. Piepmansche hätte ich natürlich sofort mitnehmen können, klar, so wie den langweiligen Gold- und Silberregen selbstverständlich auch, ich will aber lieber alles auf einmal haben. Meine Tüte steht jedenfalls zur Abholung bereit.« – »Komm, lass uns aufhören, ich kann mich sowieso nicht mehr richtig auf das Spiel konzentrieren.« Jan hat recht, mir geht es ähnlich, ich mag eigentlich auch nicht mehr hier am Tisch sitzen und spielen. Seit gut zwei Stunden hocken wir gelangweilt im Wohnzimmer der Familie Holtan – Reyesweg, Hausnummer 16, zweiter Stock rechts – vor dem Monopoly-Spiel und schieben lustlos die Figuren im Uhrzeigersinn über die bunten Felder. »Gute Idee«, ich werfe meinen Würfel auf das Brett, »ich hätte sowieso haushoch gewonnen. Lass uns lieber ein bisschen an die Luft gehen.«

Das, was unmittelbar vor Silvester passiert, also in den Tagen zwischen Weihnachten und Neujahr, das gefällt mir von der gesamten Feierei unweigerlich am besten. Meinen Freunden ergeht es ganz genauso, da bin ich mir sicher. Verständlich, weil: Einerseits liegt das, was an der Weihnachtszeit zumeist anstrengend, aufreibend und auch etwas enttäuschend ist, hinter einem, und andererseits ist der sich rasch nähernde und absolute Ausklang des Jahres mit sehr vielen spannenden Momenten verbunden. Die Luft, sie scheint in diesen Tagen, Stunden und Minuten – zwischen Weihnachten und Neujahr – förmlich zu brodeln. Ja, irgendwie spitzt sich alles zu irgendwas Abenteuerlichem zu, fließt schnell und schneller und immer noch schneller in Richtung »Feuerwerk«, wenn ich das mal so sagen darf. Von all den unzähligen, kleinen wie großen Vorbereitungen, die es in dieser Zeit rechtzeitig zu erledigen gilt (und hier habe ich manchmal den Eindruck, dass es sich hauptsächlich um die Einkäufe spezieller Lebensmittel handelt, die man meint, für all die vielen und besonderen noch ausstehenden Festtags-Essen, die bis zum Jahreswechsel noch aus dem Kreise der Familie heraus erwartet werden, zu benötigen), gehört es ebenso dazu, dass man sich einen anständigen Silvesterhut besorgt. Ja, so einfallslos es sich in dem Zusammenhang auch anhören mag – ein Silvesterhut muss her! Die Zeit, in der ich zusätzlich das Geld für den Kauf einer Maske benötigte, für eine jener Gesichtsabdeckungen aus dünner Pappe, die einem vorübergehend das Antlitz eines dunkelbraunen Mohren, gelben Chinesen oder roten Indianers verleihen und die man dann – beispielsweise – für eine oder zwei Stunden zum Rummelpottlaufen aufsetzten kann, die ist vorbei. Letztes Jahr haben wir es noch gemacht, Jan und ich.

Bis vor einem Jahr haben wir es noch getan, sind am 31. Dezember noch für zwei, drei Stunden vor Mitternacht von Hauseingang zu Hauseingang ums Karree gezogen, haben in möglichst vielen Treppenhäusern an den Wohnungstüren geklingelt und haben, immer in der freudigen Erwartung, eine kleine Belohnung ausgehändigt zu bekommen, im Wechsel unser kleines Gedicht aufgesagt: *»Bitte eine Spende, für mich und meine Frau, für neunundneunzig Kinder und 'nen Holz-Wauwau!«* In der Regel wurden unsere Erwartungen nicht enttäuscht. Mandarinen, Nüsse und Schokolade gab man uns an den geöffneten Türen, hinter denen zumeist in hellen, mit bunten Papierschlangen geschmückten Räumen laut und lustig gefeiert wurde. Einige öffneten ohne groß zu zögern ihr Portemonnaie und drückten jedem von uns großzügig ein paar Groschen – manchmal sogar ein silbernes Fünfzigpfennigstück! – in die Hand. Vor lauter Freude über unseren gelungenen Beutezug vergaßen wir dann fast, dass unser warmer, feuchter Atem mit der Zeit unsere Masken ziemlich unangenehm angeweicht hatte, was jeweils natürlich besonders im Bereich des Mundes der Fall war, der in den Masken, so wie die Augen auch, nur ein länglich ausgeschnittenes Loch ausmachte. Spätestens dann, wenn sich die Einfärbungen der Masken so nach und nach lösten, wenn uns die braune, gelbe oder rote Farbe wie eine Soße den Hals herunter und hinter die Hemdkragen lief, zogen wir in Betracht, die Sache so langsam als beendet zu erklären. Am Silvesterabend verkleidet und vermummt zu »rummeln«, ausgerüstet mit einem Sack, in dem die ersungenen Spenden gesammelt und transportiert werden können, das ist eine ganz fantastische Angelegenheit. Aber das Allerbeste von allem ist nach wie vor zweifellos das Herumziehen mit Knallkörpern und Streichhölzern, das Stromern durch unsere Straßen, beide Jackentaschen voller Böller, Frösche, Heuler und Piepmansche, die nur darauf *warten*, von uns angezündet und hinein in die Nacht geschleudert zu werden. »Wumm!« – das ist ein Riesenspaß. Und die überaus fantastische Tatsache, dass man auch nach Einbruch der Dunkelheit lange noch nicht erwartet wird, dass man einfach mal *weg* sein darf, dass man nicht doch noch – in irgendeiner Weise – kontrolliert und entsprechend gemaßregelt wird, die ist das i-Tüpfelchen des gesamten Vergnügens.

Meinen Silvesterhut, den werde ich – wie in jedem Jahr – auch in diesem Jahr in dem Eisenwarenladen »Koch« kaufen. Da sehe ich keine Alternative. Das ist schon beinahe so etwas wie eine Art Familientradition. In dem Geschäft, das sich genau schräg gegenüber dem Fahrradgeschäft Waldraff befindet, haben wir auch bislang die besagten Masken gekauft, die ich für das Silvester-Rummeln benutzte. In der Weihnachts- und Silvesterzeit, da gehören sie für mich untrennbar zusammen, das Fahrradgeschäft und der Eisenwarenladen, was sicher allein daran liegt, dass sich der Tannenbaum-Verkaufsbereich – in dem ich mir mit Tannenbaumschleppen mein Taschengeld etwas aufbessere – direkt vor den Schaufenstern des Fahrradgeschäftes Waldraff ausbreitet. Während ich dann dort am Stand und in der Kälte auf einen Kunden warte, dem ich seinen Baum nach Hause tragen darf, blicke ich hin und wieder – einmal quer über die Dehnhaide – zu dem Eisenwarenladen »Koch« hinüber, sehe auf seine hell erleuchteten Schaufenster, deren Auslagen sich mir aus dieser Entfernung zwar nur als ein buntes Gemisch präsentieren – als eine nur erahnbare Vielfalt an unantastbaren Schätzen –, die aber dadurch für mich nichts von ihrer Faszination einbüßen.

»Und? Hast du dir schon einen Hut für Donnerstag besorgt«, Jan scheint meine Gedanken erraten zu haben, »oder musst du das auch noch erledigen?« – »Nein, habe ich noch nicht. Muss ich noch. Werde ich vielleicht heute machen. Kein Grund zur Eile.« Jan, der inzwischen lustlos Papiergeld, Spielkarten, Spielsteine und die Würfel eingesammelt hat, legt als Letztes das zusammengeklappte Monopoly-Spielbrett in die Pappschachtel und schließt alles mit dem Deckel. »Wenn wir noch loswollen«, Jan sieht zu mir herüber, »dann aber jetzt sofort. Ich soll für meine Eltern nachher noch einiges besorgen.« Im Grunde genommen ist ein Silvesterhut das Albernste, was man sich überhaupt vorstellen kann. Das Meiste, was man an derartigen Papphüten zu sehen bekommt, das lässt die Leute, die sich derartiges auf den Kopf setzen, noch blöder aussehen, als sie ohnehin schon aussehen. So beurteile ich das! Diese grellbunten, glitzernden, viel zu kleinen, spitzen Tüten-Hütchen beispielsweise, die sich die Leute schräge auf die Haare stülpen und gegen ein Herunterfallen mittels eines unter das Kinn geklemmten Gummibandes sichern, die sind wirklich das »Ende vom Lied« – ja, in jeder Hinsicht sind sie das. Was mich betrifft – so etwas würde für mich niemals infrage kommen. Nein, auch nicht Silvester! Ein »Cowboyhut« wird es wieder sein, ein fescher, formschöner Cowboyhut, dessen breite Krempe an den Seiten hochgezogen ist. Davon gehe ich nicht ab. Allerdings sind solche Hüte nicht gerade billig, gerade im Kochs Eisenwarenladen nicht, der wiederum die Besten dieser Sorte zur Auswahl anbietet. Die haben dort ihren Preis.

»Na, ihr beiden Herumtreiber, wo wollt ihr denn noch drauflos?« Jans Vater! Jetzt, wo wir endlich im Treppenhaus stehen und Jan im Begriff ist, die Wohnungstür hinter sich zu schließen, kommen seine Eltern die Treppen hoch. Unmittelbar vor der ersten Stufe des letzten Treppenlaufs, der uns voneinander trennt, halten beide auf dem Treppenabsatz nebeneinander an. »Tag, Alex, alles im Lot?«, Herr Holtan sieht mich mit einem freundlichen Lächeln an. »Oder hast du etwa wieder irgendwelchen Unsinn ausgeheckt?« Ich erwidere sein Lächeln, weiß ja nur zu gut, dass er es längst nicht so meint, wie es sich anhört. »Ne, ne, alles in bester Ordnung, Herr Holtan, wie immer sind wir artig wie die Bergziegen.« – »Ihr seid mir schon so Bergziegen«, Frau Holtan sieht jetzt ebenfalls freundlich zu uns hoch, »euch kann man doch nicht eine einzige Sekunde aus den Augen lassen!« Jan – beide Hände tief in seinen Hosentaschen – sieht hinunter zu seinen Eltern und spielt, seinen Blicken nach, den Beleidigten. »Egal was wir auch machen: immer ist es in den Augen der Eltern falsch. Das nervt!« Jan verdreht gekonnt die Augen, schließt die Tür – der Schlüssel steckt noch im Schloss – wieder auf und geleitet seine Eltern, die beide mit Tüten und Einkaufsnetzen schwer beladen sind, in die Wohnung hinein. Jans Vater geht stracks in die Küche, seine Mutter setzt ihren Einkauf gleich im Flur ab. Ohne zu zögern machen wir uns erneut auf den Weg, gehen jetzt flugs die Treppen hinunter in Richtung Reyesweg. »Und bleib nicht allzu lange weg, Junge. Hörst du? Du hast noch etwas für uns zu erledigen!«, hören wir noch die besorgt mahnende Stimme seiner Mutter rufen, auf die wir aber nicht mehr reagieren mögen. Die Familie Holtan wohnt auf der zweiten Etage, und von dort – zweites Stockwerk! – ist es ein Leichtes, blitzschnell hinunter auf die Straße zu gelangen. Auch ohne gleich ganze Treppenläufe hinunterzuspringen ist das der Fall, was in dem Treppenhaus ohnehin strengstens verboten ist! Ein solches Springen ist bei uns im Haus allerdings ebenfalls strengstens verboten, aber hier, hinter diesem Hauseingang mit der Nummer 16, da haben die Mieter das wesentlich besser im Griff als bei uns. Was mich betrifft, so würde ich hier sowieso nicht springen wollen, auch dann nicht, wenn ich hier auf der vierten Etage wohnen würde. Nein, in diesem Treppenhaus sind Stufen und Absätze aus Holz gefertigt und mit Linoleum ausgelegt. Hier landet ein Treppenspringer eben nicht auf einem kühlen, glatten Terrazzo aus geschliffenen und polierten, schwarzen und weißen Steinchen, sondern auf einem nach Bohnerwachs riechenden dunklen Braun. Nicht etwa, dass ich etwas gegen das Treppenhaus habe, das ist es nicht, es eignet sich eben nur nicht für diese von mir gepflegte Spring-Leidenschaft. Es wurde im vergangenen Krieg eben *nicht* – wie unser Treppenhaus – von einer Bombe zerstört und musste somit *nicht* von Grund auf neu aufgebaut werden. Es konnte seine alten Materialien bis in die heutige Zeit hinein hinüberretten.

Das, was hier momentan auf der Straße – im Reyesweg – los ist, das muss zwar nicht unbedingt als ein »reges Treiben« bezeichnet werden, aber irgendwie ist trotzdem alles etwas anders als gewöhnlich. Nahezu in regelmäßigen Abständen werden Böller oder Heuler gezündet. Wie ich es sehe, nicht im Reyesweg zurzeit, sondern irgendwo in den angrenzenden Straßen. Immer wieder zerreißt das kurze, trockene Krachen eines explodierenden Silvesterknallers oder das anhaltend schrille Jaulen eines Luftheulers die Stille, die ansonsten hier in der Luft liegt. Ein kleiner Vorgeschmack dessen, was sich hier am kommenden Donnerstag, so rund um Mitternacht herum – und selbstverständlich im Besonderen um Punkt 00:00 Uhr! – abspielen wird. Klar, der absolute Höhepunkt, der erfolgt exakt um die ersten Minuten nach null Uhr – Neujahr! –, aber das, was in den Stunden davor geboten wird, das ist auch nicht von schlechten Eltern. »Wir könnten allerdings auch schon mal so langsam loslegen. Lust darauf hätte ich jedenfalls! Was meinst du?« Dass mein Freund Jan auf diese Idee kommt, das war zu erwarten. »Wie gesagt, ich bekomme meine Ration erst übermorgen. Bin da voll und ganz auf Ulrich angewiesen. Vorher komme ich absolut an nichts Nennenswertes heran. Aber wenn du unbedingt schon jetzt etwas von *deiner* wegballern willst ...« Will er nicht. Das verraten mir untrüglich seine immer schneller werdenden Schritte in Richtung Langermannsweg-Spielplatz – zwei Straßen weiter – sowie die ausbleibende Antwort auf meine Bemerkung. Ohne ein weiteres Wort darüber zu verlieren, einigen wir uns – was das anteilige Verballern von Jans Ration betrifft – auf morgen. Aber spätestens morgen! So jedenfalls verstehe ich unsere Reaktionen. Wo wollen wir überhaupt hin? Geplant ist nichts. Wie es aussieht, werden wir uns kurz auf dem Gelände des Spielplatzes umschauen, was zwar ebenfalls nicht abgesprochen ist, wovon dennoch aber auszugehen ist. Von den drei Möglichkeiten – links den Reyesweg entlang und dann zum Spielplatz, rechts den Reyesweg entlang und dann in Richtung Rondeel Kino oder nur kurz über die Straße und stracks in die Behelfsheimsiedlung – wählen wir in der Regel die Erstgenannte, wenn wir – immer in der Hoffnung, dass sich schon noch irgendetwas für uns ergeben wird – einfach mal so drauflos laufen. »Lass uns kurz zum Spielplatz gehen, mal sehen, was da los ist. Oder?« Meine Vermutung bestätigt sich schneller als erwartet. Der Spielplatz soll es sein, der Spielplatz und das Gelände um ihn herum.

Bei Leudkes herrscht ein reges Kommen und Gehen, die Leute geben sich buchstäblich die Türklinke in die Hand. Solches Verhalten ist an den Feiertagen stets zu beobachten und besonders dann, wenn jene Tage so liegen, dass über mehrere Tage hinweg nichts eingekauft werden kann. Wenn übermorgen pünktlich um 12:00 Uhr die Läden schließen, dann öffnen sie frühestens wieder am darauf folgenden Montag, was somit bedeutet, dass vorher möglichst genau überlegt sein muss, was bis dahin – von Donnerstagmittag bis Montagfrüh – benötigt wird und von daher auch vorher eingekauft werden muss. Immer wenn ich an diesem Laden vorbeigehe, dann muss ich automatisch an Jans gewaltigen Wutausbruch denken, der letztendlich darin mündete, dass er in seinem Zorn die Glasscheibe der Ladentür zertrümmerte und sich dabei ganz gewaltige Schnittverletzungen zuzog. Jan ist das, was man sich unter einem »Wutkopf« vorzustellen hat. Das ist alles andere als ein Geheimnis. Das ist jedem bekannt, der ihn regelmäßig in seiner Nähe hat. Seine Eltern, seine Lehrer, seine Nachbarn und selbstverständlich seine Freunde – alle wissen es längst, wie es um ihn steht. Die besagte Begebenheit liegt gut ein Jahr zurück. Irgendwie ergab es sich – was genau der Grund war, wie es sich buchstäblich zugetragen hat, das kann ich allerdings nicht sagen –, dass Jan dort bei Leudke nicht das bekam, was er meinte bekommen zu müssen. Sicher ist, dass er sich in irgendeiner Weise ungerecht behandelt fühlte. Um Jan so richtig in Rage zu bringen, da bedarf es nicht viel – das geht recht schnell – und es ist wohl anzunehmen, dass er bereits höchstgradig gereizt war, *bevor* er den Bäckerladen betrat. Wieso und weshalb auch immer – egal –, jedenfalls endete alles damit, dass er beim Hinausgehen die Ladentür mit einem gewaltigen Schwung aufriss – und ihm selbige dabei wohl aus der Hand glitt. Die Tür muss dann mit ziemlicher Wucht gegen die Wand geprallt und dann wieder – der Schwung war sicher enorm – zurück gegen seine Schulter geschlagen sein. Blind vor

Jähzorn, hatte Jan das dann sofort mit einem kräftigen Hieb seiner rechten geballten Faust bestätigt, der die Glasscheibe in der Tür zerschmetterte. Die scharfen, spitzen Glassplitter der zerbrochenen Scheibe schnitten tiefe Wunden in Hand und Unterarm, die furchtbar bluteten. Ich hatte erst einige Stunden nach dem Vorfall von dem ganzen Malheur erfahren, mein Freund war längst im Krankenhaus Friedrichsberg behandelt und verbunden worden. Der lange weiße Verband, der den größten Teil seiner Hand schützte und bis weit den Unterarm hinauf reichte, ließ ungefähr erahnen, wie schwer er sich selber durch seine Unbeherrschtheit verletzt hatte. Groß reden wollte Jan damals nicht über die Sache. »Ist eben passiert«, so sein einziger, trockener Kommentar, als er mir seinen Verband zeigte, »Mein Gott, so schlimm ist das nun auch wieder nicht.«

Ich überlege mir, ob Jan – wo wir gerade auf der Höhe von Leudke sind – jetzt ebenfalls an seinen folgenschweren Wutanfall denken muss. Drauf ansprechen werde ich ihn lieber nicht, das mag er nämlich nicht, das würde zwangsläufig in einer unkalkulierbaren Trotzreaktion enden. Lassen wir das. Berliner werden wir Silvester essen, vielleicht selbst gebackene sogar, die noch richtig warm sind, wenn sie griffbereit mitten auf den gedeckten Kaffeetisch gestellt werden. Mit der Backhaube ist das kein Problem. Das hat meine Mutter oft genug unter Beweis gestellt. Meistens hängen wir auch noch einige Luftschlangen in die Zimmer, jeweils von den Deckenlampen ausgehend und dann – in alle möglichen Richtungen – über alles, was sich zum Drüberhängen irgendwie eignet. Das war's dann aber auch, was die Dekoration betrifft. Meine Mutter wird mit ihrer Mutter mit einem Glas Sekt anstoßen. »Ein Gläschen Sekt gehört dazu!«, sagen beide, wenn es um die Frage geht, was an alkoholischen Getränken besorgt werden soll. Ulrich trinkt keinen Alkohol, auch Silvester nicht. Bei Barbara ist es mal so und mal so. Man kam es eben nicht genau planen. Am 31. Dezember bietet zwar gewöhnlich das Radio den ganzen Tag über ein ganz besonderes Musikprogramm, aber in der Regel wird es so gegen Abend abgeschaltet und im Gegenzug die eine oder andere Schallplatte aufgelegt. Einige Schlager von Liselotte Malkowsky, Freddy Quinn, Caterina Valente – oder so – sind dann an der Reihe. Meine Großmutter mag zwar auch gerne Freddys tiefe Stimme hören, aber wenn *sie* die Wahl hat, dann entscheidet sie sich eher für Harry Belafonte oder – noch lieber! – Rocco Granata. Sein: »*Marina, Marina, Marina…*«, trällert sie mit Begeisterung vor sich hin. Das zwar nicht gerade mit der markant-rauchigen Stimme des Sängers, aber immerhin gibt sie sich alle Mühe, vorübergehend mit ihm ein verträgliches Duo zu bilden.

Soeben fährt der Schornsteinfeger mit seinem Fahrrad an uns vorbei, überholt uns auf dem Bürgersteig, den er normalerweise nicht benutzt. »Das bringt Glück!« (der schwarze Mann, nicht die Tatsache, dass er auf dem Gehweg fährt). Jan bleibt kurz stehen und lacht mich von der Seite an. »Würde allerdings noch besser passen, wenn der sich übermorgen hier sehen ließe.« Jan zieht es zwar gerne ins Lächerliche, tut zumindest so, als wäre Aberglaube für ihn albern und verschroben, aber dennoch – er glaubt an so was. Er hat es bereits mehrfach unter Beweis gestellt, dass er eindeutig abergläubisch ist. »Vielleicht kommt er ja sowohl heute *als* auch am Donnerstag hier durchgefahren«, ich bleibe ebenfalls stehen und sehe dem schwarzen Mann hinterher, »allerdings müsstest du dann auch exakt zur selben Zeit wie er hier erscheinen.« Wir gehen weiter. »Wieso sagst du *du*? *Wir* muss es heißen. *Wir* müssten zur selben Zeit hier erscheinen, Alex, *wir*! Oder willst du etwa kein Glück vom Schicksal entgegennehmen?« Meine Antwort war eindeutig die falsche, und das hätte ich mir durchaus denken können. Bevor nun sein: »Das ist ja klar, dass du das mal wieder alles besser weißt!« kommt, sollte ich vielleicht lieber etwas einlenken. »Stimmt. Recht hast du. Mit seinem Glück sollte man nicht nachlässig umgehen. Zwischen Himmel und Erde gibt es die unglaublichsten Dinge, und ja – wer weiß …« Diese meine Antwort, und da gibt es kein Zweifel, das war eine so richtig nach Jans Geschmack. Immer wenn er sich – so wie jetzt – mit einem lässigen Kopfschwenk die Haare aus der Stirn schleudert, während er zeitgleich und ebenso lässig – mit fast geschlossenem Mund – durch seine Zähne pfeift, ist das ein verlässliches Zeichen dafür, dass für ihn die Welt wieder ein Stück weit mehr in Ordnung ist. Ich gönne meinem Begleiter diese Freude, diesen kleinen Triumph, und das, obwohl ich es tatsächlich besser weiß als er, wie es sich mit dem Glück und mit dem Schicksal verhält, wenn einem eine schwarze Katze über den Weg läuft oder wenn man von einem Fahrrad fahrenden Schornsteinfeger überholt wird. Was das betrifft, so hat mich mein Großvater ausreichend darüber aufgeklärt, und seine Begründungen erscheinen mir alle einleuchtend und logisch zu sein. Was den Aberglauben betrifft, so bin ich mir bei meinem Vater nicht sicher, kann nicht sagen, wie er darüber denkt. »Seeleute sind doch alle abergläubisch!«, sagt meine Mutter gerne bei passender Gelegenheit, und es widerspricht ihr dann niemand ernsthaft. Wenn ich drüber nachdenke, dann kann ich mir gut vorstellen, dass das zumindest auf meinen Vater zutrifft. Ja, wenn er so ins Erzählen kommt, wenn er über die unendlichen Weiten und Tiefen der Meere spricht, dann hat das für mich stets einen ganz gewissen

Hauch vom »Wassergott Neptun« – wenn ich das mal so sagen darf –, einen klitzekleinen, kaum wahrnehmbaren Schimmer zwar, aber den meine ich bemerken zu können.

»Hier ist auch nichts los. Weit und breit kein Mensch zu sehen, den wir kennen. Meinetwegen können wir umkehren.« So sehe ich das auch. Der Spielplatz – wir sind angekommen, und bis auf ein paar kleinere Jungs, die sich auf und an der Rutsche vergnügen, tut sich hier tatsächlich reinweg nichts, was uns interessieren könnte. »War nicht anders zu erwarten. Die hocken alle in ihren geheizten Buden herum und sind leidenschaftlich mit den Silvester-Vorbereitungen beschäftigt. Komm, wir schlendern langsam zurück. Du sollst doch sowieso noch etwas Bestimmtes für deine Eltern erledigen.« Wir kehren um, reden nicht mehr viel, schweigen lieber vor uns hin. Im Reyesweg, vor dem Hauseingang mit der Nummer 16, trennen sich unsere Wege. Jeder von uns ist ohnehin mit seinen Gedanken jetzt ganz woanders. Ich gehe weiter, bleibe nach einigen Metern stehen, drehe mich noch einmal um: »Vielleicht sehen wir uns ja später noch? Kannst gerne vorbeikommen, wenn du dich langweilst.« Jan hebt kurz die Hand, bevor er hinter der Haustür verschwindet. Er hat verstanden. Auf alle Fälle freue ich mich auf Silvester. Diesem bevorstehenden Ereignis gehören momentan alleinig meine Gedanken. Ja, vielleicht backen wir die Berliner wieder selber. Einmal, vor einigen Jahren, als Tante Martha – die Schwester meiner Oma – mit ihrem Sohn Werner bei uns Silvester feierte, da haben wir auch frischgebackene Berliner aus der Backhaube gegessen. Dass ich das so schnell nicht vergessen werde, das liegt keineswegs an diesen warm servierten Pfannkuchen – obwohl sie absolut ein Höhepunkt darstellten! –, nein, in dem Zusammenhang habe ich etwas ganz anderes in Erinnerung.

Wir feierten zu sechst bei uns in der Wohnung: meine Mutter, meine Schwester, meine Großmutter, ihre Schwester Martha, deren Sohn Werner und ich. Anneliese hatte im Verlaufe des Vormittags eine beachtliche Anzahl an Berlinern gebacken, die Erna – mittels einer großen, durchsichtigen Spritze aus Plexiglas – nacheinander mit Erdbeermarmelade füllte. Einen der frisch-gebackenen Berliner füllte sie allerdings scherzhafterweise mit Senf – »mit Senf!« – und stellte ihn mitten zu den anderen auf einen großen, weißen Servierteller. Außer Erna und mir – ich durfte die Aktion beobachten – wusste niemand von dem Streich. »Bin mal gespannt, wer von uns das große Los zieht und heute Nachmittag herzhaft in den Senf beißt.« – So ihre schelmische An-merkung, als sie den sauber dekorierten Teller in die Wohnstube stellte. Onkel

Werner war der Glückspilz, der sich wenig später, natürlich völlig ahnungslos, vom großen Teller bediente und kräftig in den mit scharfem Senf gefüllten Pfannkuchen biss. Er selbst schien es gar nicht mal zu bemerken, schien sich von dem Geschmack nicht groß irritieren zu lassen, was uns beiden (Großmutter und Enkel) – die wir von der besonderen Füllung ja wussten – sein beim Kauen durchgehend unveränderter Gesichtsausdruck verriet. Dass er gerade, zusammen mit dem Hefeteig-Gebäck, den Senf verspeiste, daran gab es für uns keinen Zweifel, davon zeugte die typisch bräunlich gelbe Farbe der Füllung, von der ihm eine Wenigkeit seitlich aus den Mundwinkeln quoll. Meine Großmutter und ich – wir sahen abwechselnd uns und den Berliner verzehrenden Onkel Werner an – waren vor Erstaunen vorübergehend wie gelähmt.

Nun war das Geschehen aber längst nicht so witzig, wie ein vollkommen unbeteiligter Beobachter etwa hätte annehmen können. Eigentlich war vielmehr das genaue Gegenteil der Fall. Onkel Werner (ich nenne ihn so, obwohl der Sohn der Schwester meiner Oma nicht mein Onkel ist) ist von Geburt an stark behindert, ist permanent krank, oder, genauer gesagt: Onkel Werner ist geistesgestört! Hin und wieder ist er dabei, wenn die Familie zusammen feiert, und er stört in keinster Weise. Adrett von seiner Mutter gekleidet, äußerst gepflegt und gut gekämmt, sitzt er stundenlang ruhig und arglos auf dem ihm zugewiesenen Platz und erfreut sich seines Daseins. So empfinde ich es. Gut, dass etwas nicht mit ihm stimmt, das sieht man ihm sogar an, das lässt sich nicht wirklich verbergen, auch nicht per liebevoller Pflege. Sein deutlich vorstehender Unterkiefer und sein gleichbleibend abwesender Blick beispielsweise – doch, seine Gesichtszüge sind schon etwas absonderlich. Und diesem armen, gutgläubigen Menschen hatten wir mit Hinterhältigkeit einen Streich gespielt, ja hatten ihn hemmungslos der Lächerlichkeit ausgesetzt. Irgendwann hatte meine Oma Werner den Berliner dann aus der Hand genommen und ihm einen anderen gereicht. Weder von meiner Mutter noch von meiner Schwester ist der *Scherz* nennenswert registriert worden. Von Tante Martha hingegen schon – glaube ich jetzt zumindest –, die zog es aber vor, geflissentlich über alles hinwegzusehen und der Sache ungehindert ihren freien Lauf zu lassen.

»Tante Martha hat es nicht leicht.« Das bestätigt man sich innerhalb des Familienkreises mit diesen Worten gegenseitig. »Sie ist alleinstehend«, wie es dann immer so schön heißt, »muss mit ihrem Alltag ganz alleine fertig werden.« Ihr Mann ist nicht mehr aus dem Krieg zurückgekehrt. Niemand hat je wieder etwas von ihm gehört. »Dass er jemals wieder zu uns zurückkommt, zu mir und Werner, das halte ich inzwischen für unwahrscheinlich«, habe ich Tante Martha mal sagen hören. »Er ist sicher nicht mehr am Leben. Das spüre ich genau.« Ihren Sohn, den geisteskranken Onkel Werner, den hat sie immer nur an den Wochenenden bei sich zu Hause. Von Freitagnachmittag bis Sonntagmittag in der Regel. Innerhalb der übrigen Wochentage flechtet er tagsüber in einer Werkstatt der Alsterdorfer Anstalten – auf deren Gelände er dann auch versorgt wird und übernachtet – unter Aufsicht Körbe. Eine Tätigkeit, die er beherrscht und die ihm auch recht leicht von der Hand geht. »Dann ist Werner zumindest unter Menschen«, meint Tante Martha. »In unserer kleinen dunklen Wohnung, da stiert er doch nur stundenlang die Wände an.« Auch als ihr Mann noch nicht als vermisst galt, hatte sie kein leichtes Leben, und in Anbetracht dessen, was genau der Familie damals Sorgen bereitete, ist die Umschreibung »kein leichtes Leben« stark untertrieben. In dem Zusammenhang kann man eher von einer unendlichen Traurigkeit sprechen, ja von einer unvorstellbaren Tragödie. Ihren Sohn, den Werner, den wollte man in den Tagen des Krieges wegen seiner Behinderung tatsächlich töten! Ich kann es nicht glauben – nein, ich will es nicht glauben müssen! – und kann es mir auch nicht vorstellen, aber es scheint tatsächlich zu stimmen: Der damals zwanzigjährige Werner sollte – weil er unheilbar krank und somit sehr stark behindert war – umgebracht werden! »Die Nationalsozialisten haben unter der Überschrift »Euthanasie« tausende Menschen ermorden lassen! Auch Behinderte waren für die Nazis nur »unwertes Leben«, Menschen eben, die möglichst konsequent und schnell zu beseitigen waren!«, so hat sich meine Großmutter einmal hierzu geäußert, als im größeren Kreise der Familie über das traurige Schicksal ihrer Schwester gesprochen wurde. Wie Tante Martha es letztendlich geschafft hat, ihren hilflosen, von Geburt an kranken Sohn erfolgreich zu beschützen, ihn vor der drohenden Ermordung zu bewahren und das – da ihr Mann währenddessen irgendwo als Soldat an einer der vielen Kriegsfronten Adolf Hitlers kämpfte – hauptsächlich alleine, darüber wurde zwar ebenfalls in der Runde diskutiert, habe hierzu aber dem Gespräch nichts Genaueres entnehmen können, was nicht zuletzt auch daran lag, dass ich alles von meinem Zimmer aus verfolgte – unfreiwillig und hinter geschlossener Tür, versteht sich –, während die Familie nebenan am Tisch saß und sich so nach und nach gegenseitig mit ihren Beiträgen übertönte. Allerdings meine ich gehört zu haben, dass sie irgendwann einen Arzt fand, den sie dazu überreden konnte, ihr schriftlich zu bestätigten, dass Werner doch noch (?) eine Aussicht auf Heilung hätte, was dann vorerst seine Rettung bedeutete.

»Der Vater kämpft auf Leben und Tod in irgendeinem fremden Land, während die Mutter im eigenen Land um das Leben des gemeinsamen Kindes bettelt – eine unvorstellbare Geschichte!« Meine Gedanken ... Jetzt bin auch ich angekommen, stehe auf dem Gehweg vor dem Hauseingang mit der Nummer 24, blicke kurz hinauf zu meinem Fenster in der vierten Etage und dann die Straße entlang in Richtung Pinelsweg. – Stimmt, das, was hier im Moment auf den Straßen los ist, das ist kaum nennenswert, ist alles andere als ein reges Treiben. Und trotzdem – irgendwie ist alles ganz anders als gewöhnlich. Weiterhin werden in regelmäßigen Abständen Böller und Heuler gezündet, deren mehr oder weniger laute Explosionen und mehr oder weniger lange Pfiffe immer wieder erneut die Luft aufschrecken. Und jetzt auch im Reyesweg, und nicht nur irgendwo in den angrenzenden Straßen. Ja, das ist ein kleiner Vorgeschmack dessen, was sich hier in zwei Tagen abspielen wird.

Freitag, 1. Januar 1960 – wenige Stunden nach Silvester

Deutlich verspüre ich so etwas wie eine – ja, eine Leere in mir. Das Gefühl einer leisen Traurigkeit hat sich meiner angenommen. Eine Gemütsbewegung, die mich jetzt an die Augenblicke erinnert, die sich unausweichlich jedes Mal für mich ergeben, wenn sich nach rund eineinhalb Stunden Kino, langsam und nahezu geräuschlos, von beiden Seiten der Vorhang vor die Leinwand schiebt, weil der Film – eine gut erzählte Geschichte – unumstößlich beendet ist. Derartige Momente mag ich nicht ... Allmählich verebbt das Geknalle vollends. Nur noch vereinzelt werden Böller, Kanonenschläge und Luftheuler gezündet. Raketen steigen so gut wie gar nicht mehr in den Nachthimmel auf. Das war zu erwarten. Es verhält sich immer so, wenn das neue Jahr bereits mehrere Stunden alt ist. Ich liege in meinem Bett. Ich bin zwar ziemlich müde, kann aber trotzdem nicht einschlafen. An dem gelegentlich auftauchenden Lärm, den die restlichen Feuerwerkskörper verursachen, liegt sie nicht, meine momentane Schlaflosigkeit. Nein, einerseits gehen mir noch so einige Gedanken durch den Kopf, und andererseits schmerzt meine rechte Hand. »Das wird sicherlich eine beträchtliche Brandblase geben!« Das hat meine Oma mir bereits prophezeit, als sie mir das Pflaster auf die Daumenmaus klebte. »Du kannst von Glück sagen, dass der nicht im Bereich deines Kopfes explodiert ist und etwa deine Augen verletzt hat. Das passiert nämlich immer wieder am

Silvester.« Ein Knallfrosch war es, der mich verbrannt hat, ausgerechnet der letzte von denen, die ich unten, direkt vor unserer Haustüre, gezündet hatte. Klar, nach einem solchen Missgeschick folgen auf den Fuß stets die guten Ratschläge und Ermahnungen, die dafür sorgen sollen, dass das bloß nicht noch einmal geschieht. »Tausendmal habe ich dir gesagt, dass diese Dinger gefährlich sind und du das besser lassen sollst«, so meine Mutter, während mir meine Hand fachgerecht verarztet wurde, »tausendmal!« Zuerst haben sie mir die betroffene Stelle meiner verletzten Hand mit Mehl bestreut, was eine kühlende Wirkung haben soll, und dann noch das größte Heftpflaster, das sie finden konnten, breitflächig drübergeklebt. Die erste Stunde steigerte sich der Schmerz noch erheblich, und was die »beträchtliche Brandblase« betrifft – *die* Prophezeiung traf hundertprozentig ein. Da – doch noch eine Rakete! Ein lang gezogenes, schrilles Zischen – die Rakete steigt auf –, das in einer dumpfen, trocken donnernden Explosion mündet. Selbst durch die dicken leinenen Vorhänge, die lang und geschlossen vor meinem Fenster hängen, zeichnet sich noch das Bunt der auseinanderberstenden Leuchtkörper ab: ein Zauber, der nur für eine knappe Sekunde anhält.

Die meisten meiner Silvester-Knaller hatte ich bereits – mit Jan zusammen – in den Stunden deutlich vor 12:00 Uhr gezündet, und zwar in den naheliegenden Straßen der unmittelbaren Umgebung, einschließlich der Wege und Gassen der Behelfsheimsiedlung – die meisten, aber eben nicht alle. Kurz vor »zwölf« haben wir uns getrennt, damit wir das neue Jahr im engsten Kreise der Familie begrüßen konnten, versteht sich. Als jene Zeremonie dann beendet war, die gewöhnlich nur wenige Sekunden in Anspruch nimmt und stets in einem »Prost Neujahr!« gipfelt, das man sich gegenseitig fröhlich – und auch etwas bewegt – zuruft, bin ich noch mal kurz runter, habe mir das Feuerwerk von der Straße aus angesehen und habe – in das Kreuz- und Quergeballer hinein, sozusagen – meinen spärlichen Restbestand vollends hinzugefügt. Den besagten Knallfrosch, den, der mir jetzt ziemlich zu schaffen macht, den hatte ich, wie zuvor die anderen auch, vor unserer Haustür auf eine Gehwegplatte gelegt, mit einem Streichholz vorsichtig die kurze Zündschnur angezündet und mich dann gut zwei Meter von dem Feuerwerkskörper entfernt. Mit dem gewohnten Zischen brannte sich die kleine gleißende Flamme den Docht entlang in Richtung »Bombe«, um dann – ja, um dann leider zu erlöschen. Nichts mehr. Ruhe. Kein aufgeregter Frosch, der mehrfach explodierend, lustig wie unkontrolliert in der Gegend herumhüpfte. Nein, alles bewegungslos und still. Wie tot blieb er genau dort liegen, wo ich ihn zuvor abgesetzt und angezündet hatte. Ich wartete eine Weile, schritt in Etappen etwas dichter an den vermeintlichen »Versager« heran und betrachtete ihn argwöhnisch aus der Nähe. Wie es sich herausstellte, war ich ganz offensichtlich leider nicht argwöhnisch genug. Plötzlich – ich muss ihn ganz automatisch zwischen Zeigefinger und Daumen in die Hand genommen haben? – explodierte der Knallfrosch mit einem lauten Krachen in meiner Hand! Selbstverständlich habe ich ihn – ebenso per Reflex – sofort weggeschleudert, allerdings war es da längst schon zu spät, um eine Verbrennung zu vermeiden. Nachdem ich mich vom ersten Schrecken erholt hatte und nach und nach begriff, was da wirklich geschehen war, beziehungsweise die Folgen erahnte, bin ich dann umgehend die Treppen hochgelaufen. Anneliese und Erna hatten gleich die richtigen Rückschlüsse gezogen, als sie mich so hastig kommen hörten. »Mein Gott!«, meine Mutter mit einer beinahe panischen Stimme, »was ist dir passiert?« – »Komm, lass mich das erst einmal genauer anschauen«, so im gewohnt sachlichen Ton ihre Mutter, die sich bereits ihre Brille auf die Nase gesetzt hatte und betont vorsichtig nach meiner verletzten Hand griff.

»Drei Uhr!«, gibt mir von nebenan das Schlagwerk der Wohnzimmeruhr zu verstehen – oder waren es sogar vier Schläge? In der Umgebung scheinen sich nun endlich selbst die ausdauerndsten Sprengmeister zur Ruhe begeben zu haben, jedenfalls ist nichts mehr zu hören, was mich auch nur im Entferntesten an irgendwelche Böller-Aktionen erinnern könnte. Ruhe. Mit etwas Konzentration ist es mir sogar möglich, das Ticken der Uhr zu vernehmen. Etwas komisch ist das schon, finde ich: Für ein Aufstehen ist es einerseits viel zu spät und – tatsächlich zeitgleich! – andererseits aber auch wiederum viel zu früh. Wie auch immer, ein Einschlafen will mir jedenfalls ganz offensichtlich nicht so ohne Weiteres gelingen. Eine ausgesprochen blöde Situation, in der ich mich da befinde. Absolute Stille. Allein das besagte Ticken ist zu hören. Meine Gedanken ...

Morgen kommt endgültig der Tannenbaum weg. Allerhöchste Zeit, dass das geschieht. Bei jeder noch so kleinen Berührung nadelt der Baum erbärmlich. Ich werde ihn zersägen. Die Zweige versuche ich in einen der Ascheimer im Keller zu stopfen, den Stamm werden wir auch in diesem Jahr wohl wieder verheizen. »Jetzt, wo alle Schokoladenkringel ab sind, wo der Baum »geplündert« ist, zeigt er nichts mehr her«, hat Ulrich schon vor Tagen ganz richtig bemerkt. Recht hat er, und die abgebrannten Kerzen, die nur noch als kleine weiße Stummel in den Fassungen stecken, die machen ihn auch nicht unbedingt anmutiger. Und ja – seine Nadeln, die sich nunmehr längst nicht mehr alle dunkelgrün an seinen Zweigen befinden, sondern vielmehr – eher bräunlich – irgendwo im Bereich des gusseisernen Ständers auf der grünen Brokatdecke ruhen (und nicht gerade wenige von denen befinden sich bereits im Inneren des Staubsaugers), auch die stellen das Signal eindeutig auf ein konsequentes »Raus!« Im Treppenhaus, direkt vor unserer Wohnungstür, werde ich den Baum zersägen. Da kann er dann meinetwegen seine allerletzten Nadeln verlieren. Die lassen sich auf dem glatten Terrazzo jedenfalls zehnmal besser wegfegen als in unserem Flur. Ich hoffe nur inständig, dass mir während dieser Arbeit niemand aus dem Hause begegnet. Solche Begegnungen würde ich gerne möglichst vermeiden, jedenfalls was die nächsten Tage anbelangt. Ganz gegen jedes Abraten (mal abgesehen vom strengen Verbot seitens der Hausordnung, und hier denke ich insbesondere an Herrn Renk) habe ich *doch* den einen oder anderen Knaller im Treppenhaus gezündet. Im Treppenhaus! Es gelang mir einfach nicht zu widerstehen. Gut, meistens waren es Piepmansche, und da hält sich die Lautstärke der Explosionen durchaus in erträglichen Grenzen (oder doch nicht?). Allerdings habe ich auch zwei oder drei von meinen dickeren Kalibern geopfert, und da sieht die Sache dann schon ganz anders aus. Das donnerte gestern Abend jedenfalls recht ordentlich im Treppenhaus. Der Hall ist eindeutig um ein Mehrfaches stärker als im Freien auf der Straße. Gleich oben habe ich die Dinger gezündet. Nur einen Schritt weit von unserer Wohnungstür entfernt habe ich sie hinunter auf den nächsten Treppenabsatz geworfen, bin dann aber sofort wieder rein und habe die Tür – noch vor dem zu erwartenden Knall – schnell und möglichst leise geschlossen. »Wumm!« – »Alex – Aleeex! Das kannst du unmöglich machen! Was sollen bloß die Nachbarn von uns denken!« Mehrfach habe ich mir das gestern anhören müssen, mehrfach, und in jeder erdenklichen Tonlage. »Und wenn schon«, so meine Gedanken gestern wie heute, »was soll's, das war mir das Vergnügen allemal wert!«

Irgendwie – irgendwie schwebt wieder dieser wunderlich anheimelnde Geruch durch die Zimmer. Ein seltsamer, eigentümlicher Duft, einer, der sich allein in diesen Tagen – zwischen Weihnachten und Neujahr – einstellt und sich schlussendlich als Mischung aus dem zusammensetzt, was leicht vertrocknete Tannennadeln, langsam erlöschendes Kohlenfeuer und kalter Zigarettenrauch an ihre unmittelbare Umgebung an Gerüchen abgeben.

Das Bild, das ich in den Händen halte, ein kleines Schwarzweiß-Foto mit Büttenrand, zeigt eine junge Frau, die auf der Motorhaube eines am Wege parkenden Autos sitzt. Zusammen mit einer Handvoll weiterer Bilder lag es gleich vorne in dem ledernen Fotoalbum. Es klemmte – zuoberst auf dem Stapel – zwischen dem Deckel und der ersten Seite. Die anderen Fotos sind alle größer als dieses, viel größer, sie haben fast das Format einer Postkarte. Vermutlich war für jene Fotografien kein Platz mehr auf den Seiten des Albums – stabile, schwarze Kartonseiten mit kleinen, durchsichtigen Fotoecken –, und man entschloss sich kurzerhand dazu, sie zumindest in *dieser* Form in eine gewisse Ordnung zu fügen. Ich sehe mir das Foto an. Der Wagen – ein sportlicher Adler mit zurückgeklapptem Verdeck – scheint der Mittelpunkt eines sommerlichen Ausflugs zu sein. Jedenfalls ist das mein Eindruck. Trotz des nur kleinen Formats ist das Nummernschild des Fahrzeugs gut zu erkennen: »HH-16371« lese ich ab. Lässig, in eleganter Pose sitzt die junge Frau zwischen den großen kugelrunden Scheinwerfern, direkt vor dem Kühlergrill, die Füße leicht – eher andeutungsweise – auf der in der Sonne blitzenden Stoßstange abgesetzt. Ein hochgeschlossenes, schlichtes Kleid – grau? –, kniefrei und kurzärmelig, dazu eine Kappe, die die langen dunklen Haare verdeckt, helle kurze Socken in fein geschnittenen hohen Sandalen. Genau so, wie sie zuvor den Fotografen lächelnd angeblickt hat, sieht die junge Frau jetzt den Betrachter des Bildes – mich! – an. Sie passen sehr gut zusammen, das schnittige, offene Cabriolet und die junge Dame. Sie scheinen füreinander wie geschaffen zu sein. Den rechten Arm hält sie hinter sich gestreckt, verdeckt vom Oberkörper stützt er sich vermutlich auf der Motorhaube ab. Der andere Arm hingegen ist voll im Bild. Zeigefinger und Daumen der linken Hand berühren den linken Scheinwerfer des Wagens, scheinen ihn im Moment in der Nähe seines Chromrings anzutippen. Ansonsten ist auf dem Foto nichts Besonderes zu entdecken. Direkt hinter dem »Adler mit Dame« – ein größerer Garten. Der Wagen parkt dicht an dem Zaun des Gartens, der das Grundstück vom Weg trennt. Der Weg selbst ist durchgehend mit Granitsteinen gepflastert. Nicht mit dem üblichen, groben Granit, sondern mit dem kleineren, feineren, den man des Öfteren vor den vornehmen Einzelhäusern der Vorstadt antrifft. Ich drehe das Foto um – »1939« steht mit feiner Bleistiftmine auf der Rückseite geschrieben. Da war sie 21 Jahre alt, die fesche Frau auf der Motorhaube des Adlers. Ein Jahr später wurde Barbara, meine Schwester, geboren. Behutsam lege ich das Foto wieder zurück an seinen Platz, lege es wieder zuoberst auf die anderen Fotos, die zwischen dem Deckel des Albums und der ersten Seite stecken. Wie hübsch sie doch war, meine Mutter.

Sechstes Kapitel

Januar 1960 – Winter

Kunstlehrer Pohl, der uns bisher Mal- und Zeichenunterricht gab, ist weg. »Herr Pohl hat eine andere Aufgabe übernommen.« Mit diesen Worten erfuhren es die Schüler der Klasse von Herrn Schulz, der das mehr so am Rande erwähnte. »Er hat die Schule ganz verlassen.« Frau Frotzer, die wir bereits in Heimatkunde haben, unterrichtet uns jetzt an seiner statt. Ihre Art zu unterrichten ist mit der von Pohl nicht zu vergleichen, nicht einmal in Grundzügen. Herr Pohl ist in meinen Augen ein wirklicher Künstler, ein echter Menschenfreund und durch und durch eine Frohnatur. Die olle Frotzer ist eine – wie wir Jungs im Barmbeker Jargon zu sagen pflegen – »Schnepfe«. Mit der Bezeichnung »Schnepfe« ist sie gut beschrieben. Das trifft es. Da weiß jeder von uns sofort, was gemeint ist. Die Schnepfe Frotzer ist noch nicht da, sie kommt, wie gewohnt, einige Minuten zu spät zum Unterricht. Gleich aber wird die Türe von ihr mit Elan geöffnet werden, und dann haben wir sie unvermeidlich für die folgenden zwei Schulstunden am Hals. Sie wird dann den schmalen Schrank, der das Unterrichtsmaterial beherbergt, aufschließen und ihm einen Stapel Zeichenpapier entnehmen. Mit dem Papier in den Händen wird sie dann schnellen Schrittes durch den Raum gehen und jeweils einen Bogen für jeden besetzten Platz verteilen. Hektisch wird sie das tun, ja, damit sie die verlorenen Minuten möglichst wieder aufholt. Das schmale Gesicht ihres auffällig länglichen Kopfes wird sich während dieser Amtshandlung tiefrot färben, was sie, zusammen mit einem starren, stechenden Blick unter einer kurzen, 'gen Decke gerichteten Frisur tatsächlich an einen Vogel erinnern lässt. – »Guten Morgen, Kinder!« Frau Frotzer schwingt sich durch die Tür in den Klassenraum hinein. »Bleibt sitzen! Wir sind spät dran. Ruhe bitte!« Mit einem dumpfen Geräusch fällt die Tür zurück ins Schloss. »Ich möchte Ruhe, habe ich gesagt! Ruhe, Ruhe, Ruhe ...« Nunmehr raschelt und knistert allein noch die verbissen, Papierbogen verteilende Schnepfe Frotzer. »Alexander! Ich habe um Ruhe gebeten! Steh bitte *sofort* auf, nimm dir deine Sachen und setze dich hinten rechts, dort auf den freien Platz!« Die stechenden Augen in dem roten Gesicht, die mich in die äußerste Ecke dieser Gemeinschaft verweisen, dulden keinen Widerspruch, daran gibt es nichts zu rütteln. Alles Weitere (den weiteren Verlauf des Unterrichts) nehme ich nur noch am Rande wahr, *sehr* am Rande, besser gesagt, und selbst das nur dann noch, wenn ich meinen inneren Rückzug nicht mehr hinlänglich verbergen kann. Ansonsten habe ich den Hebel umgelegt, habe völlig abgeschaltet. Den Kopf zwar folgsam über mein Blatt geneigt, schaue ich aus den Augenwinkeln heraus aus dem Fenster und geradewegs in den hinteren Bereich des Schulhofs. Die Pappeln, die dort das Schulgelände begrenzen, haben eine stattliche Höhe. Die Wipfel dieser schlanken Bäume scheinen in den Himmel wachsen zu wollen. Leicht wiegen sie sich im Wind. »Herr Pohl ist weg«, flüstere ich unhörbar in mich hinein. »Weg. Fort. Nicht mehr da. Einfach so – ist er gegangen ...« Während seines letzten Urlaubs übernahm die Frotzer seine Vertretung. Ich erinnere mich jetzt, versinke förmlich in meinen Gedanken.

Ich saß, wie jetzt im Moment auch, hinten rechts in der Ecke und hatte vor mir einen jener großen Bogen Zeichenpapier. Mein Blatt Papier unterschied sich deutlich von den anderen, die ansonsten auf den Tischen lagen: es war schneeweiß. Die anderen waren grau. Mit nur einer einzigen Ausnahme bestanden alle Blätter, die Frau Frotzer verteilt hatte, aus einem dicken, derb grauen Material. Mein Blatt hingegen war wesentlich feiner in der Stärke und – wie gesagt – schneeweiß! Im Allgemeinen gibt die Schule grundsätzlich jenes graue Zeichenmaterial aus. So hielt es Herr Pohl, so hält es Frau Frotzer, so ist es eben geregelt. Letztere allerdings hat die sonderbare Angewohnheit, für besonders gute Leistungen – oder was sie nun für eine besonders gute Leistung hält – einen *weißen* Bogen zu gewähren. Als Belohnung sozusagen, als eine Geste der Anerkennung, wenn man so will. Nun bin ich zwar auch für die Frotzer alles andere als ein Lieblingsschüler, meinen Mal- und Zeichenergebnissen aber ist sie in diesen Tagen fortwährend mit einer gewissen – ja, doch – Bewunderung begegnet. »Das hast du *ganz* hervorragend gemacht, Alexander«, hieß es dann nicht selten, während sie das Ergebnis meiner Bemühungen – meine Zeichnung – nahm, um sie eingehend zu betrachten. »Für die nächste Aufgabe bekommst du von mir einen schönen sauberen weißen Bogen. Ich habe mir das notiert!« Gesagt, getan. Und so kam es dann, dass ich plötzlich vor einem großen Bogen weißem Zeichenpapier saß. Nur – diese Auszeichnung, die eigentlich ausnahmslos von allen Schülerinnen und Schülern bewusst wie unbewusst angestrebt wurde, die war mir – der sie völlig mühelos erhielt – im Ausgang eine ziemliche Last. Ich wollte kein weißes Blatt, unter keinen Umständen wollte ich es. Nein! Ein makellos weißer Untergrund, der ist nämlich sehr empfindlich, der verzeiht kaum einen Fehler, und ein Linkshänder, der bedingt durch seine Handhaltung dazu neigt, das gerade Gezeichnete zu verwischen, der sieht sich dann mit einer Erschwernis konfrontiert, die ihm das Zeichnen verleiden kann. Die Spuren beispielsweise, die auch nach der gründlichen Ausradierung eines Bleistiftstriches bleiben, die sind auf einem weißen Blatt auf ewig deutlich zu erkennen, ein graues Blatt hingegen verschluckt jenes Radieren erhaben, und je härter und spitzer der Stift ist, den man benutzt, je mehr ist ein Linkshänder mit einem grauen Material eindeutig besser dran. Das graue Papier habe ich geschätzt, weil es mir sehr entgegenkam. So wandelte sich diese besondere Belobigung ganz automatisch in eine besondere Bestrafung. Daraus nun etwas zu machen, das Erstklassige gegen das Minderwertige zu tauschen etwa, das war nicht so einfach. »Bitte, Frau Frotzer, lassen Sie mich doch wie alle anderen auch auf dem gewöhnlichen grauen Material zeichnen, ja? Damit komme ich einfach besser zurecht!«, das durfte jedenfalls nicht kommen. Nein, natürlich nicht, denn dann hätten wir wieder das Thema: „Man nimmt die schöne, die rechte Hand!" Letztendlich hatte ich dann doch noch eine Lösung für das Problem gefunden, das glaubte ich zumindest.

Die Lehrerin Frotzer höchstpersönlich hat mir dabei geholfen, mein Problem zu lösen. Das tat sie zwar höchst unbewusst, aber was den Ansatz betraf, ohne jeden Umweg erfolgreich. »In Anlehnung an die kleine Geschichte, die ich euch in der letzten Stunde vorlas, malen wir heute eine Winterlandschaft – lasst euch was Entsprechendes einfallen.« So die Aufgabe, die sie uns stellte. Die besagte Geschichte, eine Erzählung, handelte von einem kleinen Bergdorf – nur ein paar wenige Häuser, einsam und abgelegen –, das in einem sehr kalten Winter mit lange anhaltendem Frost völlig eingeschneit war. Wege, Gärten, Zäune und Sträucher – alles ruhte unter einer dicken weißen Schneedecke. Aus den Schornsteinen der Häuser stieg der Rauch besinnlich in dünnen Fahnen kerzengerade zum Himmel empor. Kein Windzug, nur starre, eisige Kälte. So der Rahmen der Geschichte, die uns zuvor vorgelesen wurde. »Kinder, dieser Rauch, der ohne die geringste Ablenkung aus dem Schornstein heraus und stracks – senkrecht! – nach oben steigt, den merken wir uns bitte ...« Ohne jeden Zweifel hatte sie diesem senkrechten gen Himmel Gequalme eine besondere Bedeutung zugeordnet. Es war eindeutig der Kernpunkt, den sie der Geschichte entnahm. »Senkrecht aufsteigender Schornsteinrauch im Winter – der Inbegriff von klirrendem Frost!«, so lautete ihre Botschaft an die Klasse. Das nun sollten wir gefälligst nicht unberücksichtigt lassen, wenn wir für unsere »Winterlandschaft« das Wohlwollen der Lehrerin Frotzer wünschten. Das hatte ich verstanden.

So zeichnete ich mit sicherem Strich die Umrisslinien einiger dicht beiein-
anderliegender Dächer, mit jeweils einem Schornstein drauf, gelegen in einem
Tal und dicht am Fuße eines Berges, sowie in Andeutung einige Zaunpfähle
und Äste in ihrer Nähe – alles in Schwarz gehalten und mit einem mehr oder
weniger dicken Stift. Alles andere war Schnee, der – was auf einem weißen
Blatt nicht verwunderlich ist – wie selbstverständlich so gut wie von alleine
dominierte. Eingedenk der Tatsache aber, dass nun – als vollendete Abrun-
dung – der im Dorfe etwaig aufsteigende Rauch gefälligst in dünnen Fahnen
schnurstracks senkrecht aufzusteigen hat, und in der Hoffnung, dass ich mit
meiner speziellen Umsetzung die Aufgabenstellung damit vollends außer Acht
ließ, zeichnete ich nun aus jedem der Schornsteine einen dicken, wallenden
Qualm, der sofort nach seinem Austritt waagerecht und wie gezirkelt *parallel*
zum Dachfirst schwebt, und nicht nur das, ich ließ ihn in sämtliche Him-
melsrichtungen aus den Schornsteinen wehen. Gleich der erste Blick auf das
fertige Bild müsste an eine ungeschickt inszenierte Übung der Freiwilligen
Feuerwehr erinnern, aber in keinster Weise an die besinnliche Ruhe einer
Berggemeinschaft im Winter. Diese meine Winterlandschaft, da war ich mir
in dieser Stunde eigentlich sicher, die wird mir künftig zu jenem von mir ersehnten grauen Bogen Zeichenpapier verhelfen. Allerdings – etwas komisch
ist es schon, dass man als Linkshänder zu solchen verschlagenen Mitteln greifen muss, ja dass ein erklärt guter Zeichner sich ganz *bewusst* bemühen muss,
möglichst erkennbar das gesteckte Ziel zu verfehlen, nur damit ihm das Malen
und Zeichnen nicht allzu schwer gemacht wird. Tja, und trotzdem – unterm
Strich gesehen hat mein durchdachter Plan nicht geklappt, nicht wirklich und
schon gar nicht auf Dauer.

März 1960 – Frühling

An der Straße, direkt vor unserer Haustür, steht ein nagelneues Auto! Dass
es tatsächlich neu ist, neu auf der Welt und nicht nur für den Reyesweg, daran habe ich keinen Zweifel. Schön sieht es aus, wie es so da steht in seinem
glänzenden Lack. Ein makellos poliertes Blau, das zwar bewundert, aber keinesfalls berührt werden möchte. Das liegt auch nicht in meiner Absicht, ich
trete nur etwas näher heran. Ein weißes Dach. Auf der Fläche der Motorhaube
spiegelt sich der Himmel, ziehen die Wolken vorbei. Auf der elegant gewölbten
Fläche des schneeweißen Daches – das gleiche Schauspiel. Hier spiegelt sich
das Astwerk des Linde, vor dem diese Pracht steht. Es ist bereits ein erhabenes

Gefühl, so etwas Schönes überhaupt *ansehen* zu dürfen. Um wie viel glücklicher muss erst Herr Starzinger sein, dem dieses Prachtstück gehört. »Lloyd Arabella!«, sage ich mir, »ein wahrhaft passender Name.« Herr Starzinger muss viel Geld verdienen, denke ich. Reich ist er wohl nicht, jedenfalls nicht im wahrsten Sinne des Wortes, aber wesentlich mehr Geld als die meisten der hier im Reyesweg Wohnenden hat er vermutlich zur Verfügung (?). Anders kann ich es mir nicht erklären. Das ist nun bereits das zweite Auto, mit dem Starzinger vorfährt. Bis vor wenigen Tagen fuhr er noch mit einem Modell zur Arbeit, das wie eine fahrbare Käseglocke aussah. Wer hat denn hier schon ein eigenes Auto? Und nicht nur hier in der Straße, sondern überhaupt hier in unserer Gegend? Wenn ich da an die Sierichstraße denke, an Winterhude, wo Barbara und Ulrich wohnen – gar kein Vergleich. Was den Reyesweg betrifft, so kann man die Personen, die sich einen solchen Luxus leisten können, an einer Hand abzählen.

Etwas weiter hoch, in Richtung des Bäckerladens Leudke, da steht er, der große graue BMW, der ab und zu dort an der Straße parkt. »Eine Limousine der Oberklasse!«, wie meine Mutter es jedes Mal mit dem Unterton der höchsten Bewunderung unterstreicht, wenn von diesem Wagen die Rede ist. »Es ist das Dienstfahrzeug eines Generaldirektors der ›Dr. Oetker Werke Hamburg‹ «, erzählt man sich nach wie vor auf der Straße, »und wenn es sich ergibt, darf der Chauffeur den BMW nach dem Tagesgeschäft mit nach Hause nehmen.« – »Der ›BMW V8‹ mit einem ›3 Liter Motor‹!«, so Heinz würdigend, der sich mit Autos bestens auskennt. Dann haben wir da noch den dreirädrigen »Tempo Hanseat« von Herrn Renk. Gleich hinter mir – zwischen den Eingängen 26 und 24 und im rechten Winkel direkt vor der Hauswand – hat Herr Renk seine private Auffahrt, auf der er das Gefährt parkt. Kein Auto, das man vorzeigen möchte. Eine ziemlich hässliche, verbeulte Kiste mit einer Ladepritsche, die auch vornehmlich für den Transport von Baumaterialien und eher nicht allein zur Personenbeförderung benutzt wird. Herr Renk hat einen kleinen Schornsteinbau-Betrieb, und da kommt der Dreirädrige zum Einsatz. Ich habe mehrfach dabei zugesehen, wie einer seiner zwei Arbeiter – mitunter auch beide –, auf der Pritsche stehend, dort mit Steinen, Zement und Werkzeug hantierten. Momentan ist der Tempo im Einsatz, die Auffahrt leer. Bis auf den Mercedes unserer unmittelbaren Nachbarn, Familie Dau, die Wohnung genau der unsrigen gegenüber, war's das dann aber auch schon. »Herr Dau ist ein erfolgreicher Makler!«, so meine Mutter, was immer auch ich darunter zu verstehen habe. Herr Dau fährt einen olivgrünen »Mercedes 170«, der von einem 40-PS-Motor angetrieben wird (das mit dem Motor, das weiß ich ebenfalls von Heinz). Das Auto pflegt er normalerweise genau dort zu parken, wo zurzeit Herr Starzingers Lloyd Arabella steht.

Der Gemüseladen »Hoppe«, der einzige Laden in der unserer Mietshäuser-Reihe gegenüberliegenden Behelfsheimsiedlung, ja, zu dem gehört – das hätte ich jetzt fast übersehen – ebenfalls ein Transporter. Keiner mit einer offenen Ladefläche, so wie sie Renks Tempo hat, sondern ein rundum geschlossener. Der macht zwar einen etwas besseren Eindruck als der vom Hauswirt, er ist auch wesentlich neuer und fährt immerhin auf vier anstatt auf drei Rädern, aber er ist für mich im gleichen Sinne – wie der Tempo – kein richtiges Auto, nein, nicht in dem von mir gemeinten Sinne, und ich zähle ihn hier nicht gerne mit. Er parkt auf der Straße und direkt am Kantstein vor deren Geschäft. Ich blicke hinüber zu Hoppes, und ja, der »Ford« – da steht er. Deutlich lesbar, auch von hier, aus rund dreißig Metern Entfernung, zeichnet sich die mit großen, orangefarbenen Buchstaben auf die Seite des Transporters gemalte Werbung ab: »Hoppe – Obst und Gemüse«. Das war's dann aber wirklich. Mehr Autos lassen sich – die Straße rauf und runter geblickt – hier nicht entdecken. Nein, die Anzahl der Leute, die in unserer Gegend ein eigenes Auto besitzen, die ist recht überschaubar. Und wie gesagt: »Der Starzinger ist zwar nicht unbedingt reich, aber arm sicherlich auch nicht – der ›Lloyd Arabella‹ ist der beste Beweis.« Ich trete noch etwas dichter heran, werfe durch das Fenster der Fahrertür einen Blick in den Innenraum: weiße Sitze, weiße Sonnenblenden, weißes Lenkrad und ein gepolstertes Armaturenbrett! »Dieses Auto hat eine höhere Ausstattung!«, würde mein Freund Heinz jetzt ganz sicher feststellen. Am liebsten würde ich mich jetzt umgehend hinter das Lenkrad setzen und eine kleine Runde drehen. Nur einmal um den Häuserblock und selbstverständlich ganz, ganz langsam, versteht sich, im Kriechtempo sozusagen, das würde mir reichen, immerhin habe ich ja keinen Führerschein. »Na, der ›Neue‹ vom Starzinger?« Wie aus heiterem Himmel steht Heinz jetzt unerwartet neben mir. Wenn man vom Teufel spricht ... Beide Hände tief in den Taschen und vornüber gebeugt, sieht er ebenfalls ins Innere des Wagens. »Das ist doch mal was Vernünftiges! Kein Vergleich zu seinem Messerschmitt Kabinenroller«, bemerkt Heinz mit professioneller Kennermiene. »Klar, Alex, sein ›KR 200‹ hatte im Gegensatz zum Vormodell sogar einen Rückwärtsgang, aber das hier ... Das ist schon was ganz Reelles.«

Heute kommt der Fernsehtechniker zu uns, um sich unseren defekten Fernseher anzusehen, und mit etwas Glück kann er ihn sogar gleich vor Ort reparieren. So hat sich jedenfalls der Chef des Rundfunk- und Fernsehgeschäftes ausgedrückt, den meine Mutter vor zwei Tagen anrief und dringend um Hilfe bat. »Es muss doch nicht gleich die Bildröhre sein, Frau Zinser«, hatte er tröstend gesagt. »Vielleicht ist es ja nur ein kleiner elektronischer Baustein, der ausgewechselt werden muss, ein Kondensator oder Widerstand möglicherweise? Warten wir es doch mal ab!« Beim letzten Mal war es der Zeilentrafo – oder so ähnlich? –, wenn ich mich recht erinnere, eine sehr aufwendige, teure Reparatur, für die der Techniker den gesamten Apparat mit in seine Werkstatt genommen hatte. Allerdings zeigt sich diesmal der Fehler ähnlich. »Der Fernseher macht weder ein Bild noch einen Ton!«, hatte meine Mutter dem Manne mitgeteilt, als er sich näher nach dem bemängelten Fehler erkundigte, »er zeigt nur von einem lauten Brummen begleitete Streifen, die kurz nach dem Einschalten quer über den gesamten Bildschirm flimmern!« Na ja, jedenfalls haben wir zügig einen festen Termin bekommen, was alles andere als selbstverständlich ist. Diese Fernsehspezialisten haben gut zu tun und sind in der Regel den ganzen Tag über unterwegs, nicht selten bis in den späten Abend hinein. »Rechnen Sie so circa ab 16:00 bis 16:30 Uhr, Frau Zinser«, hieß es vorgestern abschließend am Telefon. »Falls etwas Unerwartetes dazwischen kommt, kann es allerdings auch erheblich später werden! So genau kann man das nicht sagen, Frau Zinser.« Egal – wie spät es auch werden wird –, Hauptsache ist, dass er überhaupt erscheint und dass es diesmal wirklich nicht die Bildröhre ist, die ihren Geist aufgegeben hat. So eine aufwendige Reparatur – Austausch der Bildröhre – kann man sich kaum leisten. Es ist deutlich nach 16:45, zeigt mir die Uhr auf dem Wohnzimmerschrank. In der Hoffnung, dass er gerade vorfährt, womit nunmehr durchaus jeden Moment zu rechnen ist, werfe ich in immer kürzeren Abständen einen Blick hinunter auf die Straße, schaue aus dem Fenster, halte Ausschau nach dem Mann, der stets in einem blütenweißen Kittel gekleidet und mit einem schmalen Werkzeugköfferchen an der Hand aus seinem Auto steigt. »Jetzt könnte er aber mal so langsam hier eintrudeln!«, meine Mutter zeigt sich ebenso ungeduldig wie ich, »ich will nun endlich wissen, woran ich bin …« – »Und wenn du im Geschäft kurz anrufst, vielleicht ist etwas dazwischen gekommen, und es wird heute nichts mehr?« – »Ich renne doch jetzt nicht extra hinunter zur Telefonzelle, Alex, da warte ich lieber noch etwas ab. Der wird schon noch kommen.«

Dass mein Vorschlag nicht unbedingt sofort in die Tat umgesetzt wird, das hätte ich mir eigentlich denken können.

———

Das Bild – das eingerahmte Foto – das auf dem Radio steht, das zeigt Hans, den Bruder meiner Mutter. »Das ist mein Bruder Hänschen«, hat meine Mutter mir schon mehrfach wiederholt erklärt, »wir haben uns immer sehr gut verstanden!« Hans – Hänschen – hat ihr sehr viel bedeutet. Das spüre ich deutlich. Nicht umsonst nimmt sie den Bilderrahmen so oft in die Hand, blickt für einige Minuten still und in Gedanken versunken auf das Schwarz-weiß-Foto und stellt ihn dann wieder behutsam an seinen Platz zurück. Wenn ich ehrlich bin, dann kommt es mir immer etwas wie ein »Altar« vor, das Arrangement: Radio, mittig auf der Fernsehtruhe und Bilderrahmen mittig auf dem Radio. Dazwischen jeweils entsprechend ein großes und ein kleines Deckchen aus schwerem Brokat, in dem kunstvoll sowohl Gold- als auch Sil-berfäden eingewoben worden sind. Das Foto zeigt seinen Oberkörper, der in einer korrekt sitzenden Wehrmachtsuniform steckt. Mit ernstem, etwas zur Seite gewandtem Gesicht blickt der Bruder meiner Mutter – zwischen Uniformjacke und Schirmmütze – aus seinem Rahmen heraus und direkt in unser tadellos aufgeräumtes Wohnzimmer hinein, in dem alles fein säuber-lich und akkurat ausgerichtet an seinem Platz steht. Steifer Kragen, Schulter-klappen, blanke Metallknöpfe und in unmittelbarer Nähe der aufgenähten Brusttaschen einige Orden und Ehrenabzeichen. Hänschen ist im Zweiten Weltkrieg in Russland *gefallen,* wie man es zu nennen pflegt. Im metallenen, silberfarbenen Bilderrahmen spiegeln sich schattenförmig einige der im Zim-mer befindlichen Gegenstände, genau wie auf den dunklen Lackschichten der Fernsehtruhe und des Radios, die die Brokatdeckchen nicht bedecken. Ich kenne das. Der wöchentliche Hausputz meiner Mutter liegt auch noch nicht so lange zurück. Auf der rechten, äußersten Ecke der Fernsehtruhe steht ein offenes Fläschchen mit Möbelpolitur, unmittelbar daneben ein grob zu-sammengefaltetes Staubtuch, auf dem die rote Verschlusskappe des Fläsch-chens ruht. »Gefallen!« Das, was sich hinter diesem Wort verbirgt, was es letztendlich bedeutet, das sollte besser anders genannt werden – *ganz* anders! »Gefallen …« Der Bruder meiner Mutter wurde von einer Bombe zerfetzt! Das berichtete uns einer seiner Kameraden, der dabei war, der das miterlebt hat. Ein »Heimkehrer«, ein Mann, der den Feldzug überlebte. Genauer gesagt hat er es meiner Mutter berichtet, die es dann später mir erzählte. Er kam damals extra von weither in die Clemens-Schultz-Straße gereist, um ihr davon zu berichten, was er, laut meiner Mutter – soweit es eine derartige Situation überhaupt zulässt –, sehr einfühlsam und rücksichtsvoll tat. Sie sollte dann auch selber abwägen, wann und inwieweit sie ihre Eltern mit jener Nachricht konfrontieren dürfe. Ihre Eltern – mein Großvater und meine Großmutter, die ihren einzigen Sohn im Krieg verloren haben. »Verloren haben!« Auch so eine Redewendung, die es ganz und gar nicht trifft, die an der Realität vorbei führt. »Volltreffer. Der Unterstand war getroffen. Wie alle seine Kameraden, die sich zum Zeitpunkt mit ihm in dem Bunker aufhielten, war Hans auf der Stelle tot. Gelitten hat er nicht ...« Bevor er ging, überreichte der Überbringer der Nachricht meiner Mutter noch wortlos die Armbanduhr ihres Bruders. Allein diese Uhr – mehr blieb nicht von ihm übrig.

Meine Mutter hatte mir des Öfteren von Hänschen erzählt, von ihm und von der schönen großen Wohnung in der Deichstraße in der Nähe des Hamburger Hafens, in der sie und Hänschen aufwuchsen. Das war lange bevor die Familie dort »ausgebombt« (so sagt man) wurde. Darüber zu sprechen – über ihre Jugend, über ihr Leben mit dem Bruder vor dem Krieg – ist ihr ein Bedürfnis. Und ich tue ihr den Gefallen, gehe meiner Mutter bereitwillig ein Stückchen entgegen – wenn man es so bezeichnen will –, denn schließlich sprechen wir dann über einen mir völlig unbekannten Menschen, einen Menschen, der in einer Zeit lebte und starb, die mir ebenfalls vollkommen unbekannt ist. Aber gut, es hilft ihr, wie ich meine, und es kommen für sie wohl nicht allzu viele Menschen infrage, mit denen sie sich über die Jahre ihrer Jugend unterhalten kann. »Mit wem außer dir, Alex, kann ich mich denn über diese Zeit unterhalten?« Wieso das so ist, was sie im leidigen Tonfall beklagt, das kann ich nicht verstehen, aber dass es sich so verhält, das will ich ihr natürlich glauben. In einem Holzkästchen, in dem sie veraltete wie aktuelle Familienurkunden und weitere Dokumente aufbewahrt, befindet sich ein zweifach gefaltetes Blatt, ein vor vielen Jahren aus einer Zeitung herausgeschnittenes Bild, das ganz zuunterst am Boden des Kästchens liegt. Vor einiger Zeit hatte sie dem Kästchen das alte, bereits teilweise vergilbte Stück Zeitung entnommen, es vorsichtig auseinandergefaltet und vor mir auf den Tisch gelegt. »Das ist er, mein Bruder, der da ganz vorne.« Das Bild zeigt eine Gruppe marschierender Männer. Sie marschieren in Viererreihe, werden von einem Mann angeführt, der eine Fahne trägt. Meine Mutter zeigte auf den Mann mit der Fahne. »Das war auf dem Gänsemarkt. Im Hintergrund, an dem Gebäude dort in der Häuserreihe, kann man über dem Eingangsportal noch deutlich den Schriftzug »Hamburger Anzeiger« erkennen. Das war die Tageszeitung, die das fotografiert hat.« Eine erschreckende Szene, die sich mir da bot. So mein sofortiger Eindruck, obwohl ich es nicht erklären kann, wieso mich der Ausschnitt in dieser Form berührt. Vielleicht sind es die vielen langen, blitzblank geputzten Stiefel, in denen die Männer im Gleichschritt über das Kopfsteinpflaster marschieren, oder die übergroße Fahne, die in einem weißen Kreis ein dickes, schwarzes Hakenkreuz zeigt – ich kann es nicht sagen. Der Mann mit der Fahne – Hänschen, der Bruder meiner Mutter – trägt an seinem linken Arm eine breite Armbinde mit einem jener Hakenkreuze drauf. Die ihm folgenden Männer sind zwar ebenfalls in dieser Weise dekoriert, aber da er allein und als Erster voranmarschiert, kommt das dicke, schwarze Symbol bei ihm am deutlichsten zur Geltung. Eine fürwahr bedrückende Darbietung, zumindest ist sie es für mich. »Er war bei der ›SA‹, bei der ›Sturmabteilung‹.« Meiner Mutter war dieser Hinweis an mich sichtlich unangenehm, das verrieten mir ihr Gesichtsausdruck und ihre Stimmlage. »Er wusste nicht, was er tat ...«

»Da machen wir ganz bestimmt nichts falsch. Das Buch kann ich Ihnen wirklich guten Gewissens empfehlen. Eine sehr gute Wahl, die Sie da getroffen haben!« Der Herr vom Bertelsmann-Verlag legt das von ihm mitgebrachte Buch betont vorsichtig auf den Tisch – *Drei Männer im Schnee*. »Eine herzliche, ganz wunderbar erzählte Geschichte, die der Erich Kästner uns geschrieben hat!« Dieser Mann besucht uns regelmäßig. Nicht gerade oft ist das der Fall, aber eben regelmäßig. Seinen Namen kenne ich nicht. Er wurde sicherlich mehrfach genannt, ist ganz bestimmt des Öfteren im Zusammenhang mit seinen Hausbesuchen gefallen – vorher so wie nachher – das schon. Und trotzdem, sein Name will mir jetzt partout nicht einfallen. Ist ja auch nicht so wichtig. Eigentlich finde ich es jedes Mal gut, wenn er uns besucht, wenn er es sich im Wohnzimmer auf dem Sessel am Fenster bequem macht – meistens nimmt er nämlich dort Platz –, meiner Mutter gegenübersitzt und die Bücher seines Verlags in aller Ruhe vorstellt. Einen Katalog hat er stets dabei, eher ein schmales Heft, ein Journal, wenn man so will, aus dem meine Mutter sich ein oder zwei Werke aussuchen soll, die dann von ihm umgehend bestellt und auch zuverlässig ausgeliefert werden. Meistens entscheidet sie sich für zwei Bücher. Das dauert dann einige Tage, bis die Bestellung da ist beziehungsweise bis er – mit den gewünschten Büchern in seiner Aktentasche – wieder bei uns vorstellig wird. »Möchten Sie vielleicht noch einen Kaffee?«, meine Mutter sieht den Vertreter freundlich an und deutet mit der flachen Hand auf die Kanne, die auf dem Tisch steht. »Ja, bitte, Frau Zinser, eine Tasse würde ich tatsächlich ganz gerne noch trinken, wenn ich darf.« Während sie sich erhebt und nach der Kanne greift, um die Kaffeetasse unseres Besuchs erneut zu füllen, öffnet Herr »Bertelsmann« seine Aktentasche, die er immer dicht an seinem Sessel abstellt, und zieht ein Bestellformular heraus. Ich sitze in der Ecke auf dem Sofa und blättere in dem besagten Katalog. »Dann darf ich das jetzt bitte für Sie notieren: *Ein Baum wächst in Brooklyn* von Betty Smith und *Via Mala* von John Knittel – ja? – und das war's dann wieder für heute ...« Ich blicke auf den Füllfederhalter, der auf der Formularseite akkurat die entsprechenden Einträge mit blauer Tinte notiert, blicke auf die Kaffeetasse, die – nunmehr wieder gefüllt – direkt vor der Nase des Schreibers abgestellt wird. »Milch und Zucker nehmen Sie sich bitte selbst – ja?« Meine Mutter setzt sich wieder zurück in ihren Sessel, schlägt die Beine übereinander und greift nach ihrer Tasse. »Ja, danke, Frau Zinser, haben Sie vielen Dank. Gleich nehme ich mir noch ein Schlückchen Milch. Ich erledige nur noch schnell die Routinearbeit«, er blickt kurz auf, zeigt ein angedeutetes Lächeln. »Damit dann alles seinen geregelten Gang geht.«

Jetzt, wo alles erledigt ist, wo das vor einigen Tagen bestellte Buch von Erich Kästner nun auf dem Tisch des Hauses liegt und zwei neue Bücher ausgesucht und ordnungsgemäß geordert wurden, jetzt unterhalten sich die beiden noch eine Weile. So machen sie es immer. Sie sprechen über dies und über das und selbstverständlich auch über das Lesen. Über den einen oder anderen Schriftsteller wird gesprochen – über Literatur eben. Ich kenne das, erwarte es nicht anders, höre diesen Gesprächen immer gerne zu. Letzteres am liebsten immer dann, wenn man mich nicht registriert, ja wenn es nicht oder nur am Rande wahrgenommen wird, dass ich als Person überhaupt anwesend bin. Einem derartigen Gedankenaustausch als Unbeteiligter folgen zu dürfen, die einzelnen Rückschlüsse und anderweitigen Ergebnisse einfach nur als schweigsamer Zuschauer zur Kenntnis nehmen zu können, das gefällt mir außerordentlich, und ich empfinde diese Situationen stets erneut als eine besondere Wohltat. Damit ich möglichst unbemerkt bleibe, zeige ich mich auf den Katalog konzentriert. Möglichst geräuschlos blättere ich ihn von vorne bis hinten durch, verharre auf der einen oder anderen Seite etwas länger und sehe mir die einzelnen Angebote genauer an. So gut wie auf jeder Seite gibt der Verlag eine Empfehlung ab, empfiehlt einen Autoren – macht auf sein

Werk aufmerksam. So wie ich es sehe, ist für mich diesmal trotzdem kaum etwas dabei, nein, eher nichts. Logisch, *Drei Männer im Schnee* werde ich selbstverständlich lesen, das ist doch klar – Kästner! –, aber das Buch haben wir ja auch ab heute in unserem Besitz. Ansonsten werde ich mich wohl, wie gewohnt, weiterhin in erster Linie aus den Regalen der Leihbücherei bedienen.

Eigentlich lesen alle in meiner Familie gerne. Das fällt mir auf. Besonders meine Großmutter ist eine leidenschaftliche Leseratte. Ganz selten nur kann man sie ohne ein Buch in der Hand oder zumindest in ihrer Nähe sehen. Irgendwie wirkt das gemütlich, ja hat es etwas Beruhigendes, finde ich. Eine Tasse schwarzen Kaffee, eine Juno-Zigarette und ein gutes Buch – mehr braucht sie anscheinend nicht, um rundum ein zufriedener Mensch zu sein. Ich denke, so kann man es ausdrücken. Mein Großvater liest zwar auch viel, aber nahezu ausnahmslos beschränkt sich seine Auswahl auf das, was seine Zeugen der Wachtturmgesellschaft stets und ständig drucken und emsig vertreiben. »Das ist wirklich Literatur, die lebenswichtige Erkenntnisse vermittelt!«, sagt er immer, wenn er stolz auf jene Bibel-erklärenden Bücher hinweist. Meine Mutter sieht das manchmal auch so wie er – zumindest sagt sie das dann? – und versucht hin und wieder, sich durch diese sogenannte »lebensnotwendige Literatur« durchzuackern, mit der ihr Vater sie liebend gerne in regelmäßigen Abständen versorgt. Die Formulierung *durchackern* passt in dem Fall wie die Faust aufs Auge, ja, denn jener Lesestoff erweist sich in der Regel als derart gedehnt und langweilig, dass man sich schon ziemlich zusammenreißen muss, um ihn nicht gleich wieder entschlossen beiseite zu legen. Wenn ich es richtig verstehe, dann zieht meine Mutter es tatsächlich in Erwägung, dass es allein an *ihr* liegen könnte, wenn ihr die einzelnen Kapitel und Absätze, in denen es ausschließlich um Gott, Bibel und Religion geht, als unzumutbar trocken vorkommen. Sie ist sich eben nicht hundertprozentig sicher, ob sie wirklich, wirklich klug genug ist für jenen »hochgeistigen Inhalt«. Wenn es nach meinem Vater geht, der übrigens auch ein überaus emsiger Leser ist (klar, was sollte ein Seemann in seiner Freizeit ansonsten auf den Weiten der Meere auch großartig anderes tun), dann sollte seine Frau sich nicht mit dem beschäftigen, was ihr Vater ihr und uns so dringend empfiehlt. »Das ist Schund – schwachsinniger Schund! –, nichts anderes. Dieser ganze Blödsinn, der verdient es überhaupt nicht, als ›Literatur‹ bezeichnet zu werden.« – Originalton Heinrich Zinser. Und er meint es genau so, wie er es sagt, da kommen bei mir keine Zweifel auf. Er kann es auch überhaupt nicht ab, wenn die Bücher, die aus den Händen

186

meines Großvaters stammen, bei uns zwischen den anderen Büchern stehen, was seine Frau, aus einer gewissen Arglosigkeit heraus, immer mal wieder völlig unberücksichtigt lässt. »Nun schmeiß den Ramsch doch endlich mal weg! Das wäre mir mehr als peinlich, wenn die Menschen, die uns besuchen kommen, irgendwann einmal diesen Quatsch zu sehen bekämen.« Was meine Oma von solchen Zeugen-Wachtturm-Bibel-Werken wie *Vom verlorenen Paradies zum wiedererlangen Paradies* hält, das kann sich jeder denken, der sie und ihre strikt ablehnende Haltung zur Religion kennt: »Ja ja, schon klar, Anneliese. Wir kommen alle, wie wir da sind, in den wunderschönen Himmel Gottes, und was Hans Quandt betrifft, deinen Vater, der doch sowieso ...« In dem Punkt sind sie sich absolut einig, mein Vater und seine Schwiegermutter, das kann man getrost und uneingeschränkt, laut und deutlich behaupten. Was das betrifft – ja.

Siebtes Kapitel

Der Weg, den wir gingen – ich nehme mir das Buch aus dem Bücherregal meines Schwagers, setze mich zurück auf den Stuhl und schlage das Buch an der Stelle auf, an der ich vor einigen Tagen zu lesen aufgehört habe. Eine Postkarte, die ich zwischen die Seiten steckte, weist mir nun die Stelle. Hier, an diesem Platz, sitze ich fast immer, wenn meine Schwester und ihr Mann in ihrer Wohnung eine größere Feierlichkeit veranstalten. Der von mir gewählte Platz befindet sich, wenn man das Wohnzimmer betritt, gleich links neben der Tür an einer der beiden kürzeren Wände des rechteckigen Raumes, jener Wand, die sich im rechten Winkel der längeren Türwand anschließt und an der sich allein das Bücherregal und ein verkleideter, voluminöser gusseiserner Heizradiator behaupten. Der Stuhl steht direkt vor dem Bücherregal. Zurückgezogen und dennoch präsent kann ich derartige Ereignisse am besten ertragen. Ich mag dieses Wohnzimmer, so wie mir die Wohnung insgesamt gefällt. Ein Altbau – im Jugendstil so um die Jahrhundertwende erbaut – mit hohen Decken und knarrenden, dicken Holzdielen am Boden. Auch der Stadtteil gefällt mir. »Winterhude« – eine vornehme Gegend, mit schönen alten Stadthäusern, mit gepflegten Villen, breiten Straßen und einem alten, erhabenen Baumbestand.

Der Weg, den wir gingen – ein ungewöhnliches Buch. Ein Buch, das sich mit keinem der von mir bislang gelesenen Büchern vergleichen lässt. In einer ähnlichen Situation wie der heutigen – es wurde im größeren Kreise in der Sierichstraße gefeiert – hatte ich es mir kurz entschlossen aus dem Regal gegriffen, nachdem ich der Reihe nach, von oben nach unten und von links nach rechts, die Titel auf den ordentlich nebeneinandergestellten Buchrücken las. Rein zufällig, wenn man so will, stieß ich auf dieses Buch. Der Titel »Der Weg, den wir gingen« weckte sofort mein Interesse. Eine Fügung, die bereits nach dem Lesen der ersten Seiten einiges in mir bewirkte, ja die gewissermaßen sofort eine bedeutende Weiche in meinem Leben stellte, das habe ich gefühlt. Sofort habe ich das gefühlt! Der Autor des Buches berichtet hier in einer schonungslos offenen Art über die schrecklichen Geschehnisse, die während des Zweiten Weltkriegs in den Konzentrationslagern geschahen ... Ich lese. Ich lese? Nein, nein – im Moment kann ich mich nicht recht konzentrieren –, nicht im wahrsten Sinne des Wortes. Ich ertappe mich dabei, dass ich Absätze nicht nur mehrfach lese – immer und immer wieder dieselben Zeilen –, sondern dass ich in dem Buch auch wahllos vor- und zurückblättere.

Ich halte das in grobem Leinen gebundene Buch zugeklappt in meinen Händen, den Zeigefinger der linken Hand an der Stelle, an der ich nur wenige Minuten zuvor das Lesezeichen entnahm. Ich sinne über das bisher Gelesene nach, während ich gedankenversunken in den Raum und auf das Gewimmel schaue, das sich mir aus meiner gewählten Distanz offenbart. Das, was ich hier lesend miterlebe, das ist mir so gut wie unbekannt, eher fremd. Mit Begriffen wie »Drittes Reich«, »Nationalsozialismus«, »Faschismus« und »Holocaust« konnte ich bis dato eigentlich nichts anfangen. Wie auch? Wurden jene Begriffe genannt, wann, wo und in welchem Zusammenhang auch immer das geschah, dann blieb es für mich – in Ermangelung entsprechender Erklärungen – bei diesen Schlagworten. Eine brauchbare Mitteilung, eine Information etwa, die an dieser Stelle den einen oder anderen Sachverhalt hätte erläutern können, die gab es nicht. Jedenfalls nicht für mich. In meinen Schulbüchern werden die Themen »rund um den Zweiten Weltkrieg« vollständig ausgeklammert. Meinen Fragen weicht man aus, weist allerhöchstens mit bitter-trauriger Miene darauf hin, dass man *Schlimmes* durchgemacht hat. Lehrer, Eltern, Onkel, Tante und Nachbarn – alle tun das. Er liegt gerade mal eineinhalb Jahrzehnte zurück, dieser Krieg, und ist schon verdrängt?

Und hier lese ich nun den Bericht von einem gewissen Bernard Klieger, der selbst Gefangener in einem Konzentrationslager war – ein Augenzeuge also, der genau wusste, wovon er sprach! –, erfahre über die unfassbar grausamen Gräueltaten, die in solchen Lagern geschehen sind. Nun bekommen

Schlagworte wie »Auschwitz« und »Buchenwald« für mich schrittweise eine Bedeutung, ja wenn auch eine, die ich absolut nicht verarbeiten kann, eine, die sich ganz und gar nicht in das fügen will, was ich als »mein Leben« bezeichne. Dieser Bericht – das sind nicht nur einfach Geschichten, spannende Erzählungen, die den Leser unterhalten sollen und auch unterhalten können. Nein, das, was hier geschrieben steht, das ermöglicht dem Leser einen Blick in einen tiefen, kalten Abgrund oder – besser gesagt – *zwingt* ihn dazu, in jene abstoßende Tiefe hinabzuschauen, egal wie schlecht es ihm dabei auch ergehen mag. Ich kann das nachempfinden, habe es von Anfang an genau so erlebt, kann dem Abgrund ebenfalls nicht ausweichen ... Ich schaue auf die vielen Menschen hier, die sich mehr oder weniger vergnügt über die knarrenden Dielen bewegen, in welcher Form auch immer – sie tanzen? – sie das tun. Onkel Wilhelm ist auch dabei. Auffällig läuft er gerade meiner Schwester hinterher. Irgendwelchen Frauen läuft Onkel Wilhelm immer hinterher.

»*Unter fremden Sternen* ...« – Ulrich hat Freddy Quinn aufgelegt. Geschmeidig fließt seine markante Stimme aus dem Lautsprecher der Musiktruhe heraus und in den Raum hinein. Text und Melodie kommen an. Es wird mitgesungen. Auf der Musiktruhe – auf einer roten Serviette – steht ein Glas mit einem bunten Rand, das mit Salzstangen gefüllt ist. Die Stangen verteilen sich kreisförmig um den Rand des Glases. Gelegentlich werden ein, zwei Stangen entnommen. Meine Schwester füllt das Glas immer schon auf, bevor es gänzlich leer ist. Der Aschenbecher auf dem Tisch ist überfüllt, ausgedrückte Zigarettenstummel grinsen zuhauf aus ihm heraus. Auch durch diesen Raum schwebt er, der ständig ein- und ausgeatmete Qualm des verbrannten Tabaks. Mein Schwager wird gefeiert, sein Geburtstag, genauer gesagt. So ziemlich seine gesamte Familie ist anwesend. Von unserer Familie sind – außer meiner Schwester und mir – meine Mutter und meine Großmutter da. Mein Vater ist auf See. Ulrichs Verwandtschaft ist komplett erschienen. Zumindest sieht es so aus. Die Männer, fast alle im weißen Hemd nebst einer Krawatte um den Hals. Hin und wieder sieht man zu mir herüber, tritt aus dem Trubel heraus, spricht mich an. »Na, Alex, alles in Ordnung?« – »Was macht die Schule, Alex?« – »Geht`s gut, Alex?«

Dass ich lese – oder es zumindest versuche, dass ich hier und jetzt zumindest meine Ruhe haben möchte, das wird nicht wahrgenommen. Eine Tatsache, die mir jedenfalls einmal mehr bestätigt, dass mir mein Rückzug eher gelungen ist. Mit einem Nicken beantworte ich diese labilen Gesprächsfetzen, die flatternd zu mir herüber wehen. Eine Antwort – eine *lebendige* Antwort – erwartet sowieso niemand von mir. Genau wie in der Bogenallee-Versammlung, in die mich mein Großvater manchmal mitschleppt. Ich blicke auf das Buch in meinen Händen, betrachte die Abbildung auf dem Buchdeckel: unten, fast mittig, eine einfache, in schwarzweiß gehaltene Zeichnung. Von weither, anfangs nur angedeutet und wie aus dem Inneren des Buches heraus, schleppt sich ein Zug von Menschen in Richtung des Betrachters. Je mehr sich der Zug dem Betrachter nähert, desto deutlicher zeichnen sich die Konturen der Menschen ab. Der voran geht – der *mir* Entgegenkommende – ist am realistischsten dargestellt. Sein Angesicht, halb beschattet, spricht Bände. Obwohl mit nur wenigen Strichen gezeichnet, liegt in ihm eine hoffnungslose Trostlosigkeit. Mit gebeugten Knien, kraftlos und ausgemergelt, steht jene Seele für all die Seelen, die ihr – in den Tod folgen.

Ein Bild des Schreckens, das diese armselige Kolonne heraus aus dem Buch und direkt in meinen Kopf trotten lässt. Wer waren diese Menschen, von deren Verhängnis Bernard Klieger berichtet, und was hatten sie getan, dass man sie derart grausam behandelte? Und wo sind die abgeblieben, die die Konzentrationslager leiteten und verwalteten, und was war geschehen, dass sie zu derartigen Unmenschlichkeiten imstande waren? Wer von den Menschen aus meiner unmittelbaren Umgebung war an diesen Taten beteiligt? Niemand? Hat jemand von denen, die mir tagtäglich begegnen, als Verwandte, als Nachbarn und als Lehrer, das Feuer dieser Hölle mit geschürt? In welchem Alter sind sie heute, jene Menschenschinder – vielleicht so zwischen 47 und 77 Jahre alt? Fragen über Fragen, auf die ich noch keine befriedigenden Antworten habe. Ich schlage das Buch wieder auf, werde mich nun bemühen weiterzulesen, möchte mehr erfahren von dem Stück Vergangenheit, das für mich bislang in vollkommener Dunkelheit ruhte. »*Addio Amigo ...*« – irgendjemand hat die Schlagersängerin Lolita aufgelegt. Auch sie kommt an, auch ihr Text wird mitgesungen. Barbara reißt eine Verpackung Salzstangen auf, füllt das Glas auf, das mit dem bunten Rand, das auf der Musiktruhe – mittig auf der roten Serviette – seinen Platz hat.

———

Samstag – 07:00 Uhr: »Reine Zeitverschwendung, samstags noch in die Schule zu gehen«, sage ich mir, nicht ohne Resignation. »Eine Stunde Kunst und eine Stunde Werken ... Kunst können die sich langsam schenken, und bei Kellerschreck darf ich doch ohnehin lediglich kleine Salzlöffel schnitzen. Das mit der dämlichen »Salzlöffelschnitzerei«, das hat er sich als Strafe für mich ausgedacht, als »erzieherische Maßnahme«, wie er sagt, weil ich ihm deutlich zu frech bin und ich „ihm nicht gehorchen will", wie er unentwegt betont.« Frühstunde – um diese Zeit hält sich der in Richtung Von-Essen-Straße bewegende Schülerstrom in Grenzen, und ich kann ungestört meinen Gedanken nachgehen.

»Die anderen in meiner Klasse dürfen längst aus einem groben Stück Holz eine schöne Schale ausstechen – für Obst beispielsweise, das man dann in dieser Schale bei sich zu Hause auf den Tisch stellen kann –, was ich natürlich auch gerne machen würde. « Mit Kellerschreck kann ich nichts anfangen, er allerdings auch nichts mit mir. Wir mögen uns nicht. »Du schnitzt wieder einen dieser praktischen Salzlöffel, Alexander, das andere ist noch nichts für dich!«, so Kellerschreck, nach dem bereits dritten Exemplar jenes *praktischen* Küchenutensils. »Salzlöffel – wenn das so weitergeht, dann hat bald die ganze Familie einen von mir im Schrank ...« »Unser Kellerschreck, der ist einer vom ›alten Schlage‹, ein Erklärer aus echtem Schrot und Korn«, so klingt es selbst aus der Mitte des Lehrerkollegiums heraus. Ja, das ist er wirklich, das werde ich nicht bestreiten. Er erklärt meinen Freunden, wie man eine Schale aus einem groben Stück Holz herstellt, und er erklärt mir, wieso ich – der Schüler Alexander Zinser – das als einziger keinesfalls machen sollte (und das begründet er sogar pädagogisch korrekt und hemmungslos vor der ganzen Gruppe).

Einmal – und das werde ich wohl niemals vergessen – hat er uns Schülern sogar erklärt, wie man Schuhe *richtig* putzt. Mitten im Werkunterricht zog er sich plötzlich seinen rechten Schuh aus – wie es dazu kam, das habe ich leider nicht mitbekommen – und erklärte der im Halbkreis um ihn versammelten Schar, wie eine richtige Schuhpflege gefälligst auszusehen hat. Er wies auf das Leder, rieb – er tat so, als würde er es tun – den gesamten Schuh mit Schuhcreme ein, legte besonderen Wert auf das Miteinbeziehen der Lasche, unterhalb der Schnürösen, und ließ auch die rundum verlaufenden Nähte oberhalb der Laufsohle nicht unkommentiert. »Das muss alles sauber und gleichmäßig eingerieben werden!«, so Kellerschreck mit beinahe furchterregendem Augenrollen. »Und, was heutzutage von vielen Menschen leider überhaupt nicht bedacht wird«, Kellerschreck zeigte mit dem ausgestreckten Finger auf die leicht gebogene Innenseite des Absatzes, »ist das Sohlengelenk!« Pause. Triumphierender Blick in die Runde, auf einem Bein etwas unsicher stehend und den Absatz seines Schuhs präsentierend. »Wenn auch ansonsten der gesamte Schuh gereinigt und geputzt ist, aber die Innenseite des Absatzes dabei ausgeklammert wird, dann ist der Schuh *nicht* geputzt!«

Kellerschrecks Gesichtszüge lieferten nun einen auffallend milden Ausdruck. Er sah uns an, wie vermutlich Jesus Christus die Zuhörer während seiner Bergpredigt ansah. »Hört ihr? Habt ihr das verstanden?« Wir hatten verstanden. Er ist eben ein besonders befähigter Erklärer.

Alles bekommt man als heranwachsender Mensch erklärt, einfach alles, selbst das, was im Leben von einer *ganz besonderen* Wichtigkeit ist. Und tatsächlich kann es *jeder* Erwachsene genauestens erklären, jenes einzig Wichtige, mit dem das langsam beginnende Leben dann später untrüglich steht oder fällt, kann den tieferen Sinn erläutern, der hinter dem Ganzen steckt, und was man gefälligst zu tun und zu lassen hat, als Kind, als Heranwachsender, als Unmündiger, um hier nur keinen falschen Schritt zu setzen. Und jeder der »Großen« hält es dann auch so, erklärt – mit mehr oder weniger Geduld im Gepäck – den »Kleinen« das Leben. Da bildet der Lehrer Munte (alias Kellerschreck) weiß Gott keine Ausnahme. Der Lehrer Schulz, um ein weiteres Beispiel zu nennen, erklärt es, das Leben, mein Großvater ebenfalls, so wie mein Vater es eben auch tut. Sie alle stehen sich da in nichts nach, nein, sie wissen alle genau, wo es lang geht. So jedenfalls die Meinung jener erwachsenen Erklärer. An dieser Stelle wird von ihnen keinerlei Zweifel zugelassen! Aus einem zaghaft gesprochenen Widerspruch wird – und das geschieht höchst automatisch! – eine trotzige Besserwisserei. In der Regel ist das so, von welcher Seite man es auch betrachtet. Manchmal ist es allerdings besonders auffällig, was da so mir nichts dir nichts seitens der Erklärer alles vertreten wird.

Ich denke da beispielsweise an Frau Radtke, die an der Von-Essen-Straße unter anderem Biologie und Religion unterrichtet. Als wir sie vertretungsweise für einige Wochen in der Religionsstunde hatten, vertrat sie mit Überzeugung die Meinung, dass der Mensch von Gott *erschaffen* worden sei, erschaffen, so wie es in der Bibel und dort im Schöpfungsbericht geschrieben steht (sie würde sich ganz sicher mit meinem Großvater glänzend verstehen). Erschaffen! Das eine oder andere sei – laut Frau Radtke – zwar in einem gewissen Sinne sinnbildlich zu verstehen, dennoch aber gäbe es keinen berechtigten Zweifel daran, dass Gott in seiner Eigenschaft als der Schöpfer aller Dinge die ersten Menschen – Adam und Eva – erschuf. Nur wenige Tage später dann, im Biologieunterricht in der Klasse 7a, hörte sich das ganz anders an. »Das Leben auf Erden hat sich *höchst langsam* entwickelt. All die Pflanzen, die Tiere und auch wir Menschen – alles hat sich über Jahrmillionen entwickelt. Das hat die moderne Wissenschaft eindeutig bewiesen.« – so Frau Radtke. Ich war wieder einmal zum Nachsitzen verurteilt, und in Ermangelung einer anderen Möglichkeit saß ich meine Stunde in der hintersten Reihe dieser siebten Klasse ab. Die Radtke hatte mich nicht bemerkt, glaube ich jedenfalls. Ja was denn nun? Welche der beiden Varianten ist die richtige oder – das würde mir für den Anfang auch schon reichen – welche Version wird denn nun seitens der Mehrheit der Lehrerschaft real vertreten? Wie auch immer, gelehrt wie gelernt werden beide Versionen, freiwillig wie unfreiwillig – und auch zensiert.

Später ergab es sich, dass ich die Radtke einmal nach ihrer persönlichen Meinung fragen konnte. Nach der Schule und auf dem Heimweg ging sie irgendwann einmal ein paar wenige Schritte vor mir. Auch ihr Schultag war beendet, sie hatte den Unterricht hinter sich und war im Begriff, ihren Sohn vom Kindergarten abzuholen. Der Kindergarten ihres Sohnes liegt im Pinelsweg und dort im Heinrich-Groß-Hof, und so hatten wir ein Stück weit denselben Weg. Sie bemerkte mich, hielt an, wartete, bis ich auf ihrer Höhe war, und deutete mir unverkennbar ihre Absicht an, mit mir ein Stück gemeinsam gehen zu wollen. »Ich denke, Alexander, wir haben die gleiche Richtung (!?). Wo genau wohnst du noch mal ... Oder gehst du nicht nach Hause?« – »Im Reyesweg wohne ich, und ich gehe jetzt nach Hause.« Gemeinsam gingen wir langsam weiter. So ergab sich ein Gespräch zwischen Lehrerin und Schüler. Zwar gab sich Frau Radtke alle Mühe, hauptsächlich freundlich zu wirken, sie konnte es aber nicht verbergen, dass sie eine gewisse Botschaft an mich hatte. »Du gehst nicht gerne in die Schule ... Oder täusche ich mich da?« Eigentlich kennt mich Frau Radtke kaum. Sie unterrichtet zwar immer mal wieder, in mehr oder weniger größeren Abständen in meiner Klasse, aber sie ist nicht fest in den Stundenplan der Klasse eingeplant. »Du scheinst nicht gerade unbegabt zu sein, Alexander. Wenn du dich etwas mehr auf den Unterricht konzentrieren würdest, dann hättest du bestimmt recht schnell bessere Ergebnisse. Davon können wir ausgehen ...« Wie ich vermute, wird sich im Lehrerzimmer doch mehr über die Schüler unterhalten, als ich bis zu dieser Begebenheit annahm, und irgendwie scheine ich da im Blickpunkt jener Pädagogen zu liegen. »Nein, da haben Sie vollkommen recht, ich gehe nicht gerne in die Schule ...«, rutschte mir heraus. Eigentlich war ich froh, das einmal irgend jemandem von denen so unverblümt sagen zu können.

Nein, die Einrichtung namens Schule – die liegt mir absolut nicht. Sowohl auf die Schule als auch auf die Lehrer könnte ich übergangslos und ohne im Geringsten zu zögern verzichten. Abrupt blieb ich stehen: »Die Schule empfinde ich als Hemmschuh. Sie stellt mir mehr Fragen, als sie mir beantwortet.

Sie widerspricht sich fast tagtäglich und das gleich mehrfach. Obendrein lenkt sie mich mit ihren unzähligen Aufgabenstellungen, Regeln und Geboten vom Wesentlichen ab – von meinen eigenen Überlegungen nämlich. *So* können meine Fragen vermutlich niemals beantwortet werden.« – floss es förmlich aus mir heraus. Frau Radtke – noch langsamer als zuvor war sie einige Schritte weitergegangen – blieb jetzt ebenfalls stehen und sah mich sichtlich erstaunt an, und das in einer Weise, als würde sie mir zuflüstern: »Sprich weiter, Alexander, sprich dich ruhig mal aus ...« – »Mich interessiert es eben ganz und gar nicht, wodurch sich das Skelett einer Wühlmaus von dem Skelett einer Feldmaus unterscheidet, um ein Beispiel zu nennen – mich interessiert aber brennend, ob wir Menschen vor nur wenigen Jahrtausenden ›mal eben so nebenbei‹ von einem Gott erschaffen wurden oder ob wir vor Jahrmillionen begannen, uns zum heutigen Menschen zu entwickeln! Stammen wir von Adam und Eva oder von den Affen ab?« – Ohne dass ich es groß bemerkte, war unser gemeinsamer Spaziergang plötzlich beendet. Wir standen beide vor dem Haus Reyesweg Nummer 24. Unsere Wege trennten sich dort. Ich musste von hier in den vierten Stock steigen, die Lehrerin einige Schritte weiter zum Kindergarten ihres Sohnes gehen. »Wenn dich das alles so außerordentlich interessiert, Alexander, dann lies Darwin. Lies das Buch *Die Entstehung der Arten* von Charles Darwin. Nicht sofort solltest du das tun, besser ein paar Jahre später, wenn du etwas älter geworden bist. Es ist eine rein wissenschaftliche Lektüre, und sicherlich bist du momentan noch zu jung, um sie angemessen verarbeiten zu können.« Bis wir uns verabschiedeten, herrschte für Sekunden eine erholsame Stille. Sie gab mir nicht die Hand, nickte nur kurz, sah mich dabei mit einem angedeuteten Lächeln freundlich an und ging dann weiter ...

Meine nach links und nach rechts gerichteten Blicke versichern mir, dass aus keiner der beiden Richtungen ein Auto kommt. Leer die Fahrbahn, wie ausgestorben. Das ist längst nicht immer der Fall. Immerhin ist die Dehnhaide Straße eine Hauptstraße, und sie wird für den Berufsverkehr genutzt. Aber an einen Samstag ... Schnellen Schrittes überquere ich die Straße. Gleich bin ich in der Schule. Beim Bäcker Hansen werde ich heute nicht mehr vorbeischauen. Zwar hätte ich für den Einkauf einiger Punschkugeln noch ausreichend Zeit, aber mir ist momentan nicht danach. Die mir bis zum Läuten der Schulglocke verbleibende Zeit, die möchte ich nutzen, um mich von meinen bisherigen Gedanken abzulenken. Einfach einmal an *nichts* denken – das wäre doch was ...

»Das eine was man will, das andere was man muss!« – so, oder ähnlich so, formuliert mein Vater es gerne, wenn er mich wieder einmal auf meine Pflichten aufmerksam machen möchte. Als er mich das letzte Mal mit dieser Redewendung belehrte, ging es um das Fahrrad, das ich gerade über das Treppenhaus in unseren Bodenverschlag trage. »Einen Kellerraum – den haben wir nun mal leider nicht, und im Flur des Treppenhauses gibt es ebenfalls keine Möglichkeit, ein Fahrrad abzustellen. Du kommst nicht drumherum – du musst das Rad immer mit nach oben nehmen!« Recht hat er, mein Vater. Unten, im Eingangsbereich direkt vor der Haustür, da ist es auch nicht gestattet, das Abstellen von Kinderwagen, Rollern und Rädern, und an der Straße, an einem der Bäume, ist mein Rad einerseits zu sehr der Witterung ausgesetzt und andererseits wird es womöglich noch gestohlen. Zwischen der dritten und der vierten Etage halte ich auf dem Treppenabsatz an und setze das Rad ab. Meine Schulter schmerzt. Das obere Rohr des Rahmens drückt mit einem beträchtlichen Gewicht. »Das eine was man will, das andere was man muss!« Ja. Manchmal ist es leichter gesagt als getan, jedenfalls immer dann, wenn es darum geht, ein relativ schweres Fahrrad von der Straße über die vierte Etage hinaus und auf den Dachboden eines Mietshauses zu transportieren. Dieses wüste Geschleppe! Umständlicher geht es zwar kaum, aber – es hilft alles nichts – da muss ich mit fertig werden. Mein Problem! Ich atme tief durch. Es ist ja nicht etwas so, dass mit dem jetzigen Transport diese Anstrengung ein Ende hat – das wäre schön –, nein, einhergehend damit habe ich gerade mal *eine* Radtour so beendet, wie mein Vater es sich vorstellt. Jede weitere Benutzung des Rades beginnt und endet ebenfalls mit dem Treppab-treppauf-Getrage. Das Problem werde ich hier und jetzt kaum lösen können, und bevor ich völlig im Sumpf negativer Gedanken versinke, beende ich die Pause lieber, schultere mein Rad und besteige weiter die aus geschliffenen und polierten, mit schwarzen und weißen Steinchen genährten Terrazzostufen des Treppenhauses in Richtung Dachboden.

Mein Vater hatte den Kauf des Rades – ein Geschenk an mich – von meinem Versprechen abhängig gemacht, dass ich mich stets gemäß den Gegebenheiten verhalten werde. »Nicht etwa, dass du mir da Ärger machst, wenn ich weg bin, Alex, wir haben das jetzt ausführlich besprochen und abgemacht: das Fahrrad wird immer nach oben getragen, und damit basta!« Was verspricht man nicht alles seinem Vater, wenn man sich ein eigenes Rad wünscht ... Geschafft! Ich bin oben! Die Blechtür zum Dachboden ist abgeschlossen. Ich lehne mein Rad an die Wand, springe zweimal zehn

Stufen hinunter und hole mir den Schlüssel aus unserer Wohnung. Der Schlüssel hängt im Flur an einem Schlüsselbrett – eine Laubsägearbeit, die ich vor Jahren meiner Mutter zu Weihnachten schenkte. Zusammen mit dem kleinen, dicken Schlüssel für das Vorhängeschloss, mit dem der Bodenverschlag verschlossen ist, hängt er dort an einem Ring. Meine Mutter saugt im Wohnzimmer Staub. Die Wohnzimmertür ist geschlossen. Durch die geriffelte Scheibe in der Tür zeigt sich ihr verschwommener Schatten, ein Schatten, der die obligatorisch rhythmische Hin- und Herbewegung der Arme bestätigt, die das Absaugen eines Teppichs mit sich führt. Ich greife mir die Schlüssel, springe wieder die Treppen hinauf, schließe die Blechtür und das Vorhängeschloss auf und schiebe mein Fahrrad in den Verschlag. Fertig! Was jetzt noch zu tun bleibt – alles wieder abschließen, die Treppen hinuntergehen und die Schlüssel zurück an das Brettchen hängen – hat mit Anstrengung nichts mehr gemeinsam. Vieles geschieht automatisch, vieles – wie selbstverständlich – wie von allein. Zumindest erweckt es den Anschein, dass es sich so verhält. Oder? »Das Rad ist nicht das eigentliche Problem«, sage ich mir. »Das Versprechen, das du abgeben musstest und das es nun einzuhalten gilt, *das*, Alex, *das* ist das vornehmliche Problem.«

»Alex, Alex! Magst du mal kurz hinuntergehen und nachsehen, ob wir vielleicht Post haben?« Auch das gehört neuerdings mit zu meinen Aufgaben. Nach gut zehn gewaltigen Sprüngen (immer eine Hand am Handlauf des Geländers und auf dem Terrazzo landend) stehe ich im Erdgeschoss und blicke – etwas aus der Puste, natürlich – auf die Anordnung von diversen Kästchen aus graublauem Blech. Jedes Kästchen ist mit einem Türchen verschlossen, in dem sich – im oberen Bereich der Tür und dort in der Mitte – ein länglicher Schlitz befindet, gleich unterhalb des Schlitzes ein kleiner Rahmen, in dem ein weißes Pappkärtchen steckt – ein Namensschild, auf dem in akkurater Schrift der Nachname des Mieters geschrieben steht, zu dem das Kästchen gehört. Die neuen Briefkästen! Der Postbote hat es neuerdings erheblich leichter mit der Zustellung der Sendungen, zumindest was die Briefe und Postkarten betrifft, die er in unserem Haus verteilt. Zwei Reihen mit je fünf Postkästen hat Herr Renk unlängst übereinander im Erdgeschoss des Treppenhauses montieren lassen – wenn man das Haus betritt, gleich rechts an der Wand und in Augenhöhe eines Erwachsenen. Damit entfällt für den Boten das Treppensteigen. Dafür ist es nach der Umstellung für uns etwas umständlicher geworden. Nunmehr liegt unsere Post nicht mehr auf dem Boden des Flurs, nachdem der Postbote sie oben an der Haustür durch den Briefschlitz gegeben hat, sondern nun heißt es »Treppensteigen!«, wenn wir eine Nachricht erwarten und wissen wollen, ob sie uns bereits erreicht hat oder nicht. »Zinser« – steht in Großbuchstaben auf dem Namensschild des uns zugewiesenen Kästchens. »Wir haben Post!«, das sagt mir auf Anhieb mein Blick, ohne den Kasten geöffnet zu haben. Gleich hinter seinem Einwurfschlitz, dicht an eine doppelt gefaltete Zeitung (Postwurfsendung) gepresst, die etwas herausragt, lässt sich ein weißer Briefumschlag erkennen, den man – mittels Daumen und Zeigefinger – auch problemlos durch den Schlitz hätte zurückziehen können. Mit dem kleinsten Schlüssel am Bund schließe ich das Türchen des Postkastens auf – und kann den Umschlag gerade noch so eben auffangen: Die Zeitung hat den Brief per Federwirkung in Richtung »hinaus« und mir entgegen befördert. »An Familie Heinrich Zinser, 2 Hamburg 22, Reyesweg 24« – steht mit blauer Tinte auf dem Kuvert – und »Absender K. Mittermayer, Burghausen, Oberbayern«. Während ich zurück in den Vierten steige, sehe ich mir die Schrift genauer an. Eine auffallend schöne Handschrift! Das muss ich schon sagen. Wenn man so gut schreiben kann, und dann noch mit einem Tintenfüller, dann bringt das Schreiben vermutlich sogar Spaß.

»Wir haben Post!« Ich reiche meiner Mutter Brief und Zeitung. »Tante Käthie aus Burghausen hat uns geschrieben.« Noch im Flur (die Zeitung unter dem Arm geklemmt) öffnet sie den Brief, zieht zwei Bogen in der Mitte gefaltetes Briefpapier heraus und begibt sich lesend in die Küche. »Onkel Martin und Tante Käthie laden uns ein ... für ein paar Tage nach Burghausen zu kommen.« Ihre Verwunderung über die Nachricht, deren Hauptanliegen gleich in den ersten Zeilen deutlich wird, ist nicht zu überhören. »Jetzt, in diesem Sommer, sollen wir kommen ... wenn du Schulferien hast und Papa in dieser Zeit ebenfalls für einige Wochen Urlaub hat ...« Meine Mutter setzt sich an den Küchentisch, legt Zeitung und Briefkuvert an die Seite und liest still weiter. Ich ziehe mich in mein Zimmer zurück und schließe hinter mir die Tür, beabsichtige, mich etwas später mit der angebotenen Planung zu beschäftigen.

Meine Eltern waren schon einmal für einige Tage in Burghausen, die beiden alleine, ohne mich. Das liegt schon sehr, sehr lange zurück. Wir wohnten damals noch in der Clemens-Schultz-Straße. An diese Trennung, sie soll nur eine knappe Woche gedauert haben, habe ich keine Erinnerung. Tante Käthie, die Schwester meines Vaters, war bereits zweimal in Hamburg. Sie hatte uns in unserer *neuen* Reyesweg-Wohnung besucht. Lange blieb sie nicht. Das erste Mal – sie kam allein – blieb sie drei Tage, das zweite Mal – sie war mit Onkel Martin und Sohn Hans Joachim (genannt »Hansi«) auf der Durchreise – nur einige Stunden. Das mit der Aktion »drei Tage Besuch von Verwandten«, das war allerdings die Grenze des Erträglichen. Für länger andauernde Besuche reicht der uns zur Verfügung stehende Platz einfach nicht aus. Meine Mutter kommt mit Tante Käthie nicht so gut klar. Das hat sie des Öfteren betont. »Wir sind uns nicht grün«, sagt sie dann gerne. »Irgendwie passen wir nicht zusammen, die Käthie und ich.« Den Martin hingegen, ihren Mann, den mag sie. »Der Martin, das ist ein *ganz* Gemütlicher! Chemiker ist er, bei den Münchner Wacker-Werken. Ein erfolgreicher Chemiker, hat sogar mehrere Patente erworben.« Nicht etwa, dass meine Mutter ihre Schwägerin nicht ebenfalls bewundert, so ist das nicht. »Die Schwester deines Vaters, die ist auf ›Nonnenwerth‹ erzogen worden!«, hat sie mir gegenüber wiederholt betont. »Auf einer Insel, die mitten im Rhein liegt. In einem privaten Mädchenpensionat!« Sowohl das Mienenspiel als auch die Tonlage ließen keinen Zweifel daran aufkommen, dass sie diesen Sachverhalt mit einer unumstößlichen Ehrerbietung verband. Was diesen Zweig der Familie betrifft – und überhaupt die Familie meines Vaters! –, so ist meine Mutter ziemlich stolz darauf, eine »Zinser« zu sein. Dass das so ist, das sickert immer wieder durch ... Auf meiner Fensterbank hockend, blicke ich hinunter auf die Straße.

„Die Zinsers! Eine ehemals wohlhabende Familie, reiche Leute, die ihr Vermögen während des Ersten Weltkriegs verloren, nachdem die Gelder, die sie dem Staat für die Finanzierung des Krieges geliehen hatten, die sogenannten ›Kriegsanleihen‹, nicht mehr zurückgezahlt werden konnten ...“ – Wie oft habe ich mir die Berichte über die Familie meines Vaters – seine Geschichte – angehört ... Ein Thema, das immer wieder auflebt, das immer wieder von allen Seiten betrachtet und diskutiert wird. Zumeist noch selbigen Tages, wenn mein Vater von See kommt, um für einige Wochen Urlaub zu machen. Es gibt dann erwartungsgemäß einiges zu besprechen, zwischen meinem Vater, meiner Mutter und mir, und am Tage seiner Ankunft sitzen wir dann bis in den späten Abend hinein und erzählen uns gegenseitig das, was wir für wichtig halten. Und im Allgemeinen liefert die Geschichte der Familie meines Vaters den Stoff für die letzten, abschließenden Gedanken dieser Stunden. Weshalb sich jenes – man kann es so nennen – »Ritual« vornehmlich so ergibt, das kann ich nicht sagen. Es ist eben so, gehört zum Ablauf irgendwie mit dazu, gehört zum Eintreffen meines Vaters, wenn man so will. Aber auch zu anderen Gelegenheiten schwebt die aristokratisch angehauchte Geschichte der Zinsers immer mal wieder durch den Raum. Wenn man beispielsweise – aus welchem Anlass heraus auch immer das sein mag – in gemütlicher Runde über die *besseren* Leute der Gesellschaft spricht, dann findet meine Mutter gewisslich eine schmale Brücke, die ohne einen nennenswerten Umweg zu der Vergangenheit der einst so reichlich begüterten »Familie Zinser« führt. »Heinrich kommt aus gutem Hause!« – mit diesem Hinweis beginnt oder beendet sie ihren kleinen Rundflug, hinweg über die Köpfe der altehrwürdigen Familie Zinser, deren Namen sie trägt.

Eine stattliche Wassermühle hatten sie besessen, die nahen Verwandten meines Vaters, eine Mühle, die das Korn für die familieneigene Brotfabrik lieferte, dazu einen beachtlichen Bäckerladen und eine große Konditorei, meine Großeltern väterlicherseits – beide lange tot – und deren Verwandte, die ich alle nie kennenlernte. Er, der Vater meines Vaters, der als Kaufmann anteiliger Mitbesitzer der Betriebe war (in welcher Form auch immer), hat sich mit seinem Jagdgewehr erschossen, als er begriff, dass sein Geld – jene Kriegsanleihen – für ihn unwiederbringlich verloren war. Sie, die Mutter meines Vaters, hatte sich von den Schicksalsschlägen nicht mehr richtig erholt, starb dann, relativ arm, nur wenige Jahre später. Sicher, im erweiterten Familienkreis der Zinsers war noch ausreichend Kapital vorhanden. Die zwei Onkel meines Vaters beispielsweise, die hatten sich nicht mit Anleihen verzettelt und besaßen noch ihren Teil des Familienbesitzes, hatten sich aber, was den *alten* Zinser betraf, nicht für einen entsprechenden Ausgleich entschieden – sie halfen ihm nicht, mittels eines Teils ihres Vermögens wieder auf die Beine zu kommen. Die Familie ging auseinander, die einen nahezu mittellos, die anderen nach wie vor mit Geld gesegnet. Mein Vater, der zu den Erstgenannten gehörte, wurde Seemann, bereiste fortan die Meere dieser Welt, besuchte die Häfen fremder Länder. Was ihm von den »besseren Tagen« der Familie Zinser blieb, war eine qualifizierte Ausbildung: Heinrich Zinser betrat als gelernter Koch und Konditormeister sein neues Leben. Mein Blick aus dem Fenster meines Zimmers – meine Straße – meine Linden, die beidseitig der Straße in regelmäßigen Abständen stehen. Meine Gedanken …

So jedenfalls hat mein Vater mir den Teil seiner Vergangenheit geschildert, der eine der gravierendsten Weichen seines Lebens stellte. Zumindest ist es das, was ich verstanden habe, was ich den Erzählungen entnahm. »Als Kind, da fuhr man mich mit einem ›Sechszylinder Maybach‹ zur Schule«, schwärmte mir mein Vater wiederholt vor. »Und mindestens einmal im Monat speiste sonntags der Pfarrer in unserem Haus.« Bedienstete hatten sie sogar, Personal, das sowohl das große Haus als auch die in ihm lebende Familie betreute, Kutschen und Pferde, Gärten, Weiden und Wald, mehrere Hunde für die Jagd. All das schilderte der Seemann Heinrich Zinser mir in den schillerndsten Farben, mir, seinem Sohn Alexander Zinser, und manchmal, so kam es mir vor, manchmal waren seine Darlegungen von einem leisen – kaum wahrnehmbaren – Appell an seinen Sohn (an mich) begleitet, von einer Art stiller Aufforderung, er (ich) möge all das – die Wurzeln seiner Herkunft – nicht vergessen, ja in gewisser Weise sogar weiterleben lassen. Und nun hat sie uns geschrieben, meine Tante Käthie, die Schwester meines Vaters, die mit ihrem Mann und dem einzigen Sohn Hans in Burghausen lebt, und zwar tatsächlich *auf* der alten Burganlage selbst, die, mit ihrer Länge von rund eintausend Metern, die längste Burg Europas ist. »Vom Balkon ihres Wohnzimmers aus können sie direkt hinüber nach Österreich schauen«, so mein Vater, »die Burg liegt direkt an dem Fluss ›Salzach‹, der an der Stelle die deutsch-österreichische Grenze bildet.« Post von Tante Käthie, von der Frau, die auf Nonnenwerth, in einem privaten Mädchenpensionat, das Gymnasium besuchte, als es den Zinsers noch gut ging, als die Mitglieder dieser Familie noch zu den sogenannten *besseren* Menschen gehörten.

Unten, auf der Straße im Reyesweg, fährt Herr Gerkens, der Kolonialwarenhändler, mit seinem Fahrrad vorbei. Gemächlich – mehr als nur recht langsam die Pedalen tretend – bewegt der alte, bescheidene Mann das Rad. So kenne ich ihn. Eine hagere Gestalt, mit einem ernsten, stolzen Gesichtsausdruck, der sich immer dann erhellt, wenn er mit mir spricht, wenn wir ein paar Worte wechseln. Wir unterhalten uns oftmals eine kleine Weile, zumeist dann, wenn ich in seinem Laden für die Woche unsere Lebensmittel einkaufe. Mal sind sie verbindlich, unsere Gespräche, mal aber auch belanglos. Ich halte Herrn Gerkens für klug, ja, sogar für ziemlich weise. Was er zu erzählen hat, das hat immer Hand und Fuß. In seiner Mittagspause, wenn sein Geschäft für eineinhalb Stunden geschlossen hat, liefert er manchmal für den einen oder anderen seiner Kunden – meist handelt es sich um alte, gebrechliche Leute, die nicht mehr so gut auf den Beinen sind – einige Waren aus, die nötigsten Dinge eben, auf die man im Leben normalerweise angewiesen ist. Allerdings liefert er auch Dinge direkt ins Haus, die man nicht *unbedingt* zum Leben benötigt. Zu einem ganz anderen Zeitpunkt allerdings, nämlich morgens, in aller

Herrgottsfrühe. Dann bringt der fleißige Mann, noch bevor er seinen Laden öffnet, für besonders verwöhnte Kunden frische Milch, Brötchen und die Tageszeitung an die Tür. All das transportiert Herr Gerkens auf seinem Fahrrad. In einem großen, dickwandigen Pappkarton, der quer auf den Gepäckträger eingeklemmt lagert, finden sich dann mehrere Halbliter- und Literflaschen Milch, eine Anzahl prall gefüllter Tüten, auf denen – mit einem Bleistift dick geschrieben – die Namen der Empfänger stehen, sowie auch einige, gewissenhaft einmal in der Mitte gefaltete Tageszeitungen. »Irgendwann werden wir uns diesen Luxus auch gönnen«, so meine Mutter. Kann sein, dass wir uns das später ebenfalls leisten werden, zumindest den Milch-Brötchen-Luxus, auf die Zeitung würden wir wohl verzichten. Da unten fährt er nun, der dürre alte Herr. In seinem derben dunkelbraunen Anzug (Herr Gerkens trägt immer Anzug und Krawatte), der seine besten Tage lange hinter sich hat, hat seine Erscheinung etwas Gespenstisches. Aus den Augenwinkeln heraus – ohne den Kopf zu bewegen – schaue ich ihm nach. Sein schwarzes, angerostetes Rad. Seine silberblanke Fahrradklammer (ein schmales, zum Kreis gebogenes Stück Blech mit Federwirkung), die, gleich über seinem rechten schwarzen Schnürschuh, den unteren Teil seines Hosenbeins vor dem Kettenantrieb schützt. Der stabile Karton, mit der – in dicken roten Buchstaben gehaltenen – Aufschrift »Persil«. Langsam entfernt sich die Erscheinung, und, gleichlaufend mit ihr, das monotone Klirren und Scheppern, das allein die auf einem Gepäckträger transportierten Flaschen und Dosen verursachen können, die per Fahrrad über ein holperiges Kopfsteinpflaster transportiert werden.

Herr Gerkens ist jetzt außer Sichtweite. Er ist weg. Das Klirren und Scheppern, das mit ihm einherging, das ist von hier oben aus nun nicht mehr vernehmbar. Nicht, dass es mich gestört hat, es war zurückhaltend, aber – Ruhe. Auf der Straße wie hier in meinem Zimmer auf der Fensterbank – ein entspannender Stillstand. Meine Gedanken hingegen, die wollen sich noch nicht zurückziehen. Nein. Gedanken, die mich immer wieder nur *erahnen* lassen, Gedanken, die – verschwommen nur – auf all die Dinge weisen, die einfach keine verlässlichen Konturen besitzen: die Zinsersche Mühle, die Brotfabrik und die Konditorei. Die Zinserschen Kutschen, Pferde, Gärten und Weiden. Die Bediensteten der Zinser. Die Nobelkarosse mit dem klingenden Namen »Maybach«, dem großen Auto – oder sagt man besser *Wagen*? –, in dem die alten Zinsers die jungen Zinser in die Schule fahren ließen. Und letztendlich, ja, letztendlich auch die Kriegsanleihen, die allem ein Ende setzten. All diese schönen wie tragischen Geschichten … Ich misstraue meinem Vater nicht.

Er ist ein guter Vater, ein verlässlicher Vater. Und dennoch ist es mir nicht möglich, diesen seinen Schilderungen *das* Stück Realität zu verleihen, das ihnen – dem Anschein nach – zusteht. Ich kann es mir nicht erklären, wieso das der Fall ist, kann meine Zweifel nicht mittels einer Logik unterstreichen. Für meinen Unglauben erkenne ich keinen Ankergrund, auf den ich geradlinig verweisen könnte. So werde ich mir auch künftig die »Zinsersche Familienhistorie« anhören, die Geschichte der Familie meines Vaters (die irgendwo auch *meine* Geschichte ist), wenn mein Vater sie erzählt, wenn meine Mutter sie erzählt, oder wenn sie anderweitig – von wem auch immer und aus welcher Ecke heraus – erzählt wird. Diese vergangenen Existenzen – sie sind, so denke ich, noch lange nicht in meiner Wahrnehmung angekommen, nicht gültig, nicht für mich kalkulierbar. Das darf ich wohl sagen. Aber ich will nicht ausschließen – das räume ich durchaus ein –, dass sich das in ferner Zukunft einmal ändern wird.

Achtes Kapitel

»Barbara ... Barbara ist deine Halbschwester ... « – Nach dem Flüstern ein Schweigen. – Meiner Mutter fiel diese Aussage alles andere als leicht, aber nun ist es raus. »Barbara ist deine Halbschwester ...«, wiederholen mir meine Gedanken, »Deine ... Halbschwester.« Wir sitzen uns im Wohnzimmer am Tisch gegenüber und sprechen miteinander. Es ergab sich. Wie wir auf das Thema »Barbara ist ...« kamen, das in meinem Inneren, in meinem Kopf – wie nach einer gewaltigen Explosion – gerade stoßartig alles durcheinanderwirbelt, das kann ich nicht sagen. Mit einem Mal waren wir mitten drin. »Barbara *und* dich ... Ich habe euch *beide* geboren. Deine Schwester aber ... Sie hat einen anderen Vater.« Ineinander gefaltet hält meine Mutter ihre Hände auf dem Schoß – was etwas unbeholfen aussieht – und blickt zu Boden. Stille. »Alex ...« Das Ticken der Wohnzimmeruhr, die mittig oben auf dem Schrank steht, wird zum unüberhörbaren, immer und immer lauter werdenden Taktgeber meiner Gedanken. »Es war eine schlimme Zeit, die wir ... die ich ... die ich im Krieg durchgemacht habe.« Vornüber gebeugt blickt meine Mutter jetzt zur Seite. Ein starrer, ins Leere gerichteter Blick. Es ist, als würde sie einen schweren, staubigen Vorhang öffnen wollen, als versuchte sie, einen Blick auf lange Verhülltes zu werfen. »Was soll ich sagen – Alex? Was soll ich sagen ...« Ich rücke tiefer in meinen Sessel, suche eine etwas bequemere Sitzposition, blicke mich im Raum um, vermeide es tunlichst, dass unsere Blicke sich treffen, vermute, dass das für sie momentan eine gewisse Hilfe sein könnte. Alles andere wird sich ergeben – muss sich ergeben.

Die Stube ist picobello aufgeräumt. Alles steht, akkurat ausgerichtet, an seinem bestimmten Platz. Draußen scheint die Sonne aus einem tiefblauen Himmel in den Tag hinein. Die geöffnete Klappe des Oberlichts sorgt zwar für einen gewissen Austausch der Zimmerluft, trotzdem lässt sich das Aroma, das die unlängst angewandten Putz- und Reinigungsmittel immer noch unbeirrt ausdünsten, nur schleppend verdrängen. Ich mag diesen Geruch, diesen Duft, diese Mischung aus dem Draußen und dem Drinnen, der Frische und der Sorgsamkeit. Was das aufgeräumte Wohnzimmer betrifft – mir gefällt diese Atmosphäre. Das Ticken der »Junghans«, deren mechanisches Uhrwerk meine Mutter vor nur wenigen Minuten mit einem Schlüssel aufgezogen hat (was sie im Rahmen des wöchentlichen Wohnungsputzes immer tut), das hat sich normalisiert, fügt sich nunmehr wieder mit normaler Lautstärke in den Moment. Das Wohnzimmer ist gewöhnlich zuletzt an der Reihe, und dort endet das gesamte Putzen stets mit dem Aufziehen der Uhr. In einer Hand noch das Staubtuch, dreht sie mit der anderen Hand vorsichtig den Schlüssel, der die Feder dann spannt. Dann schließt sie das runde Glasfenster der Uhr wieder, hinter dem sich unterhalb der Zeigerachse die beiden runden Schlüssellöcher für das Aufziehen von Schlag- und Gangwerk befinden, wischt mit dem Tuch etwaige Fingerabdrücke von dem auf Hochglanz polierten Gehäuse, steckt sich das Tuch in die Schürze und legt den Schlüssel in die obere Schublade hinter der linken Schranktür. Meist lässt sie sich dann in den Sessel sinken, der dem Fenster genau gegenübersteht, und blickt für eine Weile – über den Tisch hinweg und aus dem Fenster hinaus – von dort in den Himmel hinein. So in etwa muss es sich auch heute abgespielt haben, vor nur wenigen Minuten, als ich mich auf dem Weg von der Schule nach Hause befand. Lange bin ich noch nicht da. Als ich kam, habe ich nur kurz meine Schulmappe in mein Zimmer gestellt und mich ebenfalls in das Wohnzimmer gesetzt. Wir sprachen, plauderten, unterhielten uns. Über dies und über das sprachen wir – was man halt so redet, wenn man gerade nach Hause gekommen ist. Belanglosigkeiten. Wie wir aber auf das Thema: »Barbara ist ...« gekommen sind – nein, nein, das kann ich momentan wirklich nicht nachvollziehen.

Eine bequeme Sitzposition finde ich nicht. Das mit dem »An-meiner-Mutter-Vorbeischauen« will mir ebenfalls nicht mehr gelingen. »Habe ich das *richtig* verstanden«, ich schaue sie an. »Barbara ist nicht die Tochter meines Vaters?« Meine Mutter wendet ihren Kopf, sieht einige Sekunden an sich herunter – blickt mich dann mit leidvollen Augen an. »Ja ... Dein Vater ... ist Barbaras Stiefvater.« Die Bedeutung der Aussage kann ich nur wie aus weiter Ferne gerufen und auch nur in grob formgebenden Konturen wahrnehmen, tonlos und in schwarzweiß sozusagen, dessen bin ich mir bewusst. Aber das reicht ja auch fürs Erste. »Wem ist das bekannt und ... und seit wann ...?« Ich bin mir immer noch nicht sicher, ob ich wirklich verstehe. – Stille. – Da ist es wieder: das ungewohnt kräftige Ticken der frisch aufgezogenen Uhr auf dem Schrank. »Und weshalb erfahre ich das heute, hier und jetzt von dir?« Plötzlich drängen sich viele Fragen gleichzeitig durch die weit offenstehende Tür zu meinem Inneren, zu viele. »Meine Schwester ... Barbara ... weiß Barbara davon? Ich meine – habt ihr darüber gesprochen? Wie kam es dazu? Was genau war wann und wo geschehen? Wer ist denn der Vater meiner Schwester? Ist Ulrich, Barbaras Ehemann, informiert? Entspricht das auch wirklich der Wahrheit, was du da sagst – ohne jeden Zweifel?« Ganz im Gegensatz zu mir ist meine Mutter mit diesen Fragen nicht überlastet. So kommt es mir jedenfalls vor (?). Im Gegensatz zu mir erhofft sie sich am Ende – den Verdacht habe ich jetzt –, durch den Umgang mit den Fragen eine gewisse Erlösung. Aber – das sind alles nur Vermutungen, so wie in unserer Familie eben alles immer nur *vermutet* werden kann. Und klar, das ist *mein* Eindruck. Das sieht nicht jeder aus der Familie so. Egal – nun sprechen wir erst einmal drüber. Fragen werden gestellt. Fragen werden beantwortet. In beide Richtungen. Eine kleine Ewigkeit diskutieren wir. Stunden? Es ist anstrengend. Meine Worte (Fragen), vermischen sich mit ihren Worten (Antworten), die entweder leicht und locker im Raume herumschweben oder hier und dort auch gegen eine der vier Wände prallen. All die vielen Fragen und Antworten – sie fließen in der Gesamtheit unaufhaltsam mit dem immer lauter werdenden Ticken der Wohnzimmeruhr ineinander. Sie fließen über! Ich möchte das nicht. Ich erbitte Ordnung. Überall würde ich jetzt sein wollen, überall, bloß hier nicht, hier, wo mir alles zu nahe kommt, wo mich alles bedrängt und zu ersticken droht.

»Ich möchte dir ein Foto zeigen.« Meine Mutter steht auf, wendet sich gebückt zum Schrank, zieht die unterste der drei schweren Schubladen auf, die sich in der Mitte des unteren Teiles des Schrankes befinden, entnimmt ihr gezielt eine eckige Blechschachtel und setzt sich wieder. Sie setzt die Schachtel auf ihren Knien ab, öffnet sie, legt den Deckel auf den Tisch. Die Dose, die ehemals feine Kekse beinhaltete – vor längerer Zeit ein Geschenk meines Vaters an meine Mutter –, ist bis zum Rand mit Fotografien gefüllt, zumeist ältere, soweit ich es von meinem Platz aus erkennen kann. Mit beiden Händen greift meine Mutter immer wieder in die Dose, sieht sich rasch die herausgefischten Ablichtungen an, behält einige in den Händen, andere legt sie vor sich auf dem Tisch ab. »Was ... was genau suchst du?«, meine Frage. Meine Mutter blickt kurz auf, ist aber abwesend, scheint sich für eines der Fotos in ihrer Hand besonders zu interessieren, sieht es deutlich länger an als die anderen. »Ach ... nichts ... Es war keine gute Idee. Das Foto, das ich suche, das ist hier wohl doch nicht zu finden.« Mit wenigen Handgriffen verschwinden die Bilder wieder in der Dose, das besagte Foto mittendrin in diesem Stapel. Sie schließt den Deckel, setzt die Blechschachtel zurück in die noch offenstehende Schublade des Schrankes und schiebt die Lade hörbar mit Schwung zu. Sie setzt sich nicht wieder zurück an den Tisch – (?) –, geht langsam und mit kurzen Schritten in Richtung Flur, bleibt im Türrahmen kurz stehen und dreht sich um. »Lass uns lieber heute Abend ausführlicher darüber sprechen, Alex ... Ja? Ich muss noch schnell einige Einkäufe erledigen, bevor die Läden schließen. Bin aber gleich wieder zurück ...« Jetzt wirkt sie entspannt, lächelt mich freundlich an. »Zu Gerkens muss ich auch. Soll ich uns irgendetwas Schönes mitbringen – eine Tüte *Wiener Taler* vielleicht, falls er noch welche vorrätig hat?« Die letzten Worte klingen zuerst aus dem Flur und dann aus der Küche zu mir ins Wohnzimmer. »Es war eine schlimme Zeit, Alex, die wir im Krieg durchgemacht haben ... Eine sehr, sehr schlimme Zeit. Das kann nur verstehen, wer das miterlebte ...« Schweigen. Stille. »Die Schule!« – meine Hausaufgaben zu morgen bringen sich plötzlich höchst unangenehm in Erinnerung, sind im Begriff, mich im gleichen Atemzug unmissverständlich anzuklagen. »Ich muss mich umgehend darum kümmern«, befehle ich mir, »muss meine Gedanken jetzt in Richtung »Mathematik-Berichtigung« lenken.« Wut steigt in mir hoch, oder ist es nur einfach – die gewohnte Verzweiflung?

———

»Meinst du, dass wir gleich noch einmal ins Kino dürfen?« Jan sieht mich von der Seite her an. Wir *kommen* gerade aus dem Kino und gehen – eher laufen – schnellen Schrittes in Richtung Reyesweg. »Schaffen würden wir es, wenn unsere Eltern es erlauben, das ist nicht das Problem.« Recht hat er, die Zeit wäre das geringste Hindernis. Jan ist nun mal der von meinen

Freunden, mit dem ich am häufigsten ins Kino gehe. Das hat sich im Laufe der Zeit so ergeben. Und nicht nur weil wir befreundet sind, so gut wie im gleichen Alter sind und dicht beieinander wohnen. Wir teilen uns eine Leidenschaft – wir sind beide ziemlich kinosüchtig. *Kinosüchtig!* – das kann man so sagen. Das hören wir uns zumindest ständig von denen an, die unseren ausgeprägten Hang zum Kino in irgendeiner Weise dulden und auch finanzieren. Heute ist Sonntag. Von den vielen Kinos, die wir in unserem Stadtteil Barmbek haben, bevorzugen wir das »Rondeel«. Sonntags kommen für uns Jungs dort zwei Vorstellungen infrage: die 11:00-Uhr- sowie die 13:30-Uhr-Vorstellung. Die späteren Anfangszeiten, wie 16:00 und 18:30 Uhr, die liegen für Jungs unseres Alters nicht unbedingt günstig und nicht zuletzt deshalb, weil die dann gezeigten Filme einer mehr oder weniger strengen Altersbeschränkung unterliegen. So ist das nun mal. Ja, und wir, Jan und ich, wir saßen noch bis vor wenigen Minuten in der fünften Reihe des Rondeel Kinos und lachten herzlich über Jerry Lewis und Dean Martin als Golfprofis. »Der Tollpatsch« wurde gezeigt – von 11:00 bis circa 12:30 Uhr lief der Film – und nun ist es tatsächlich unsere ganze Hoffnung, so verrückt es auch klingen mag, dass man uns noch einmal gehen lässt, beziehungsweise dass man uns jeweils bereitwillig ein weiteres Fünfzigpfennigstück in die Hand drückt,, um an der Rondeel-Kasse die Karten für den um 13:30 Uhr beginnenden Film lösen zu können.

»Ein Western mit Audie Murphy«, keucht Jan, schon deutlich außer Atem. »Den Film würde ich gerne sehen.« – »Knapp wird es«, bestätige ich die Bedenken, die nun doch in der Stimme meines Freundes liegen, »aber es wäre nicht das erste Mal, dass es uns gelingt.« Na ja, immerhin fliehen die Zeiger stramm in Richtung 13:00 Uhr, selbst wenn wir das pünktlich servierte Mittagessen ausfallen lassen dürften – was ohne erheblichen Widerspruch kaum der Fall sein wird –, und selbst wenn wir den Fünfziger anstandslos bekämen, selbst dann bliebe uns nicht gerade viel Zeit, um pünktlich zum Beginn – um 13:30! – wieder im Kino sein zu können. Diese Abwägung behalte ich in dem Fall für mich, und wie gesagt, es wäre nicht das erste Mal, dass wir all diese Hürden erfolgreich nehmen. »Auf die Wochenschau vorweg können wir gerne verzichten, falls wir zu spät kommen, meine ich, zumal wir sie bereits heute Vormittag gesehen haben.« Mit einem Nicken bestätigt mein Freund meine Überlegung. Wir beeilen uns. Wir haben es gleich geschafft. Im Reyesweg – vor dem Haus mit der Nummer 24 – trennen sich unsere Wege. Ich haste über die Terrazzo-Stufen (aus schwarzen und weißen geschliffenen und polierten Steinchen) in die vierte Etage und mein Freund Jan, der rennt weiter in Richtung des Hauses mit der Nummer 16.

Von all den Freunden, die ich habe, ist es Jan Holtan, mit dem ich den größten Teil meiner Freizeit verbringe. Das war schon immer so. Nach unserem Umzug von der Clemens-Schultz-Straße in den Reyesweg, versteht sich. Die Jahre davor, die zählen da selbstverständlich nicht mit. Wie auch? Ich kann mich doch kaum noch an diese Davor-Zeit erinnern. Nicht, dass mir die anderen meiner Freunde nichts bedeuten, so verhält es sich nicht, sie haben eben nur einen anderen Stellenwert, einen ganz anderen, was ich nur natürlich finde. Das hat sich – wie das Kinogehen mit Jan – ebenfalls so ergeben, was mir im gleichen Sinne logisch erscheint. Jan und ich, wir sind vom Charakter her grundlegend verschiedene Menschen, und ich glaube fast – nein, ich bin sicher! –, dass darin gebettet das Geheimnis unseres freundschaftlichen Bundes ruht. »Jan ist irgendwie gestört. Er hat sich nicht im Griff. Er kann sich einfach nicht beherrschen.« So urteilt seine Mutter über ihn. »Jan mag ich. Mir gegenüber ist er immer freundlich und hilfsbereit.« So sieht das *meine* Mutter. Ab und an treffen sich die beiden Mütter auf der Straße auf dem Weg zum Einkaufen, oder wenn sie vom Einkaufen kommen, oder auch in einem der Läden und dort in der Gruppe der Wartenden. Dann ergibt sich meist eine kurze Unterhaltung zwischen ihnen. Ansonsten aber haben Jans Eltern und meine Eltern nichts miteinander zu tun. Dass Jan sich nicht beherrschen kann, das kann ich allerdings unumwunden bestätigen. Nicht selten verfällt er gleich bei der geringsten Unstimmigkeit zwischen uns in einen Zorn, der kaum mehr zu bremsen ist. Da zählen dann weder Argumente noch Verständnis meinerseits: Jan läuft rot an und ballt zitternd die Fäuste. Wir trennen uns dann, gehen auseinander, und wenn wir uns dann irgendwann wiedersehen, dann ist alles vergessen. Eigentlich – mal abgesehen vom erlebten Wutausbruch – ein idealer Zustand. So ist Jan.

In der Schule hat Jan natürlich mit seiner Verhaltensweise die allergrößten Probleme. Dort stößt er auf keinerlei Verständnis für seine Verschrobenheit, was ich auch nicht anders erwarten würde. Wenn er beispielsweise, bei etwaigen Auseinandersetzungen mit Schülern und Lehrern – halb zitternd, halb weinend – mit den Füßen aufstampft und kurz darauf wüst schimpfend den Ort des Geschehens verlässt. Entsprechend lausig sind selbstverständlich seine Zensuren und Zeugnisse, und das selbst in der Hilfsschule, die er seit zwei Jahren besucht. Gut, ich bin zwar kein Hilfsschüler, aber ich bekomme auch eher schlechte Zensuren ins Heft geschrieben, was sich in den Zeugnissen natürlich fortsetzt. Was die Schule betrifft, so ist der Unterschied zwischen Jan und mir folgender: Jan würde ziemlich gerne das dort von ihm Verlangte erfüllen, was er aber diesbezüglich zu geben hat, das reicht nicht aus, nein, weder vorne noch hinten. Seine Bemühungen laufen stets ins Leere. Was mich betrifft, ich stehe der sich mir zeigenden Einheit namens »Schule« stark kritisch gegenüber, möchte diesem System – irgendetwas hindert mich daran – nicht das dort Verlangte geben – freudestrahlend sowieso nicht. Allerdings könnte ich ... Beide mögen wir die Schule nicht, empfinden sie als Last. In dem Punkt sind wir uns einig.

Einig sind wir uns auch, was das Tun und Lassen in unserer Freizeit betrifft. Vom Ansatz her jedenfalls. Wenn wir gerade mal nicht gemeinsam durch Barmbeks Straßen und Gassen streifen, immer auf der Suche nach irgendwelchen Abenteuern, dann halten wir uns, beispielsweise, auch gerne mal im Bereich *unserer* Eisenbahnbrücke auf, die nur wenige Meter vom Reyesweg entfernt ist. Wir hocken dann auf einem der gemauerten und verklinkerten Pfeiler der alten rostigen Brücke, den wir erst mühselig erklimmen müssen, und bewundern von dort ehrfurchtsvoll die langen Eisenbahnzüge, die mit gewaltigem Getöse unmittelbar an uns vorbeiziehen. Nicht selten zählen wir bis zu fünfzig – fünfzig! – Anhänger, die eine dampfende Lokomotive mit einem Höllenlärm ratternd über die Geleise zieht. »Das Spielen am Bahndamm ist strengstens verboten und absolut lebensgefährlich!« – So meine Mutter, als ich ihr leichtsinnigerweise von unserer Vorliebe erzählte. Aber da sollte sie sich bitte keine Sorgen machen, unsere »Brückenpfeiler-Bahndamm-Besuche« werden deutlich seltener. Es lässt sich nicht leugnen: So langsam werden wir erwachsen, Jan und ich, und was uns noch im Alter von acht, neun oder zehn Jahren unsagbar viel Spaß gemacht hat, das reizt uns – als nunmehr fast Zwölfjährige! – nur noch am Rande. Selbst die alte Bunkeranlage aus dem Krieg, die sich auf dem Gelände der Behelfsheimsiedlung im Reyesweg befindet, die inspirieren wir nur noch gelegentlich. Obwohl es weiterhin ein echtes Abenteuer verspricht, die mit Moos bewachsenen, feucht glitschigen Stufen hinab und durch den mit Kreuzspinnen-Netzen behangenen Eingang hinein in den Bunker zu gehen, um sich dann durch die kühle, muffig riechende Dunkelheit der Anlage zu tasten – und dort ist es weiß Gott dunkel! Der größte Teil des Bunkers ist tief in das Erdreich hinein betoniert, der kleinere Teil, der bogenförmig herausragt und ihn – den Bunker – nur aus geringer Entfernung als solchen erkennen lässt, der ist mittlerweile mit allen möglichen Gräsern und Pflanzen bewachsen, ist uns ein willkommener Hügel, auf dem im Sommer gespielt und im Winter mit Schlitten gerodelt wird. Wenn wir uns gegenseitig in unseren privaten Reichen (Jan hat wie ich ein eigenes Zimmer) besuchen, was regelmäßig geschieht, dann spielen wir in letzter Zeit fast ausschließlich »Monopoly« – was einen mehr oder weniger heftigen Streit zwischen uns so gut wie sicherstellt. Jan kann leider kein Schach spielen, was ich sehr bedaure. Er lehnt es auch entschieden ab, es von mir zu erlernen. »Das Schachspiel hat fürchterliche, langweilige Regeln. Es macht mich nervös. Lass mich damit gefälligst zufrieden!« – Jans Wortlaut. »Na gut, was soll's, wenn es ihn doch so aufregt …« – meine Reaktion. Manchmal sitzen wir aber auch nur still und einträchtig bei mir im Verschlag unter dem Dach und rauchen im Schein einer Kerze vor einem Stapel Briketts in aller Ruhe eine Zigarette.

Mit meinen anderen Freunden, wie da sind: Klaus Bürger, Heinz Brücke, Michael Schwarz und Dicki (Joachim) Palkow, um nur die für mich wichtigsten zu nennen, treffe ich mich ebenfalls zu den verschiedensten Unternehmungen, nur eben, wie gesagt, nicht in dem Maße, wie es mit Jan Holtan der Fall ist. Klaus, Heinz, Michael, Dicki und ich, wir gehen in dieselbe Klasse, haben dieselben Lehrer, blicken in dieselben Bücher und werden mit denselben Aufgaben betraut, was uns aber nicht im Geringsten daran hindert, es – betreffs unserer Leistungen – mit den unterschiedlichsten Ergebnissen zu tun. Allerdings *gut* – was die Lehrer darunter verstehen –, *gut* sind wir alle nicht. Was uns an dieser Stelle vielleicht verbindet, ist unsere unterschiedliche Art des Widerstandes, mit dem wir der Schule, bewusst wie unbewusst, begegnen. Klaus und Heinz wohnen ebenfalls wie ich im Reyesweg, gleich nebenan, in dem Haus mit der Nummer 22, in den beiden Wohnungen des zweiten Stockwerks. Michael und Dicki hingegen wohnen – den Reyesweg ganz runter und dann rechts in die Straße einbiegen – im Pfenningsbusch.

Klaus' Vater ist Frührentner. »Ein bleibendes Andenken vom Krieg …«, wie er, auf sein linkes Bein deutend, bei jeder sich bietenden Gelegenheit betont. Man sieht ihn mehrfach am Tage mit seinem Hund Kora die Straße entlangschlendern. Eine große wie behäbige Schäferhündin mit auffallend langem, zottligen Fell, die der hinkende, zumeist Pfeife rauchende Herr Bürger an einem breiten ledernen Riemen führt. Den Riemen über die Schulter des Mannes und dann quer über seinen massigen Bauch gehängt, ist die gute Kora fest mit ihrem Herrchen verbunden, und die Tatsache, dass beide mit annähernd gleicher, gutmütiger Miene dreinschauen, die stellt vielleicht unter Beweis, dass hier auch eine *geistige* Verbindung vorhanden ist, möglich wäre es immerhin. Für einige wenige Stunden im Monat ist Klaus' Vater ein Nachtwächter. Ein Wachdienst-Unternehmen greift dann und wann auf ihn zurück, wenn mal wieder etwas für die Nacht bewacht werden soll, meist handelt es sich um größere Baustellen. Kora begleitet ihn durch diese Nächte. Die Hündin ist dabei, wenn er seine Kontrollrunden dreht. »Eine Aufbesserung meiner bescheiden ausfallenden Rente«, lässt er die Nachbarn lachend wissen, »die meine Kora mir freundlicherweise ermöglicht!«

Heinz' Vater ist Kranführer in einer Affinerie. Er sitzt in seiner Freizeit gerne am Fenster seines Wohnzimmers und sieht von dort auf die Straße hinunter, schaut gebannt den spielenden, johlenden Kindern zu. Er blickt in der Regel etwas düster drein, so, als ob es für ihn immer etwas zu kritisieren gäbe. Im Sommer macht Herr Brücke seine Beobachtungen oft aus dem geöffneten Fenster heraus. Die Ellenbogen auf der Fensterbank abgestützt, dazwischen ein vom Sofa entliehenes Kissen, und den Kopf – als würde er ihm nicht recht zutrauen, dass er das von alleine kann – in beiden Händen haltend, vermag der Mann das offenbar stundenlang auszuhalten. Michael hat meines Wissens keinen Vater, jedenfalls keinen, der ihm nennenswert zur Verfügung steht. Ich habe ihn jedenfalls noch nie zu Gesicht bekommen. „Seine Mutter zieht ihn alleine groß", wie ich es auf der Straße zu hören bekam. (Zieht ihn groß – *zieht* ihn –, eine Redewendung, die es zwar trifft, mit der ich mich aber nicht anfreunden werde.) Dickis Vater ist ein witziger, ein fröhlicher Mensch. »Na, Alex, was macht die Schule? Wollt ihr wieder up'n Swutsch?« So in etwa lautet seine überaus freundliche Begrüßung, wenn ich an seiner Haustür stehe, um seinen Sohn abzuholen, und es ärgert mich, wenn ich auf der Straße höre, dass er nur dann freundlich ist, wenn er nach Alkohol riecht. Mein Vater, der Seemann Heinrich Zinser, der als Schiffskoch über die Weiten der Meere fährt, der so verlässlich nach »Kölnisch Wasser« von »4711« und so gut wie nie nach Alkohol riecht, dieser Vater ist ebenfalls ein recht Netter. Das allerdings wissen meine Freunde nur vom Hörensagen, allein von meinen Erzählungen her. Ob sie es mir glauben, und wenn ja, inwieweit sie es überhaupt verstehen können, das kann ich nur vermuten. Sie erleben – *erfahren* – meinen Vater ja so gut wie nie. Ein Umstand, den ich ein gutes Stück mit ihnen teile.

»Und, Alex? Weißt du etwas mit dem Begriff ›Blumento-Pferde‹ anzufangen?« Herr Gerkens kann es einfach nicht lassen. Immer und immer wieder kommt er mit dieser dümmlichen Frage, die in einer langweiligen Eselei mündet. Langsam müsste er es gemerkt haben, dass wir das Spielchen bereits des Öfteren spielten. Trotzdem – ich tue ihm auch heute den Gefallen, antworte nicht, schaue ihn nur fragend an. »Na, kommst du nicht drauf, Alex?« Herr Gerkens vergisst in seinem naiven Eifer glatt für einen Moment das Abwiegen des Käses. »Überleg doch mal. *Blumento ...*«, er spricht jetzt betont gedehnt, »*Pferde*. Ist doch ganz einfach!« Die fünf soeben von ihm abgeschnittenen Scheiben Tilsiter liegen auf einem Stück Pergamentpapier auf der alten Waage und warten seit einer kleinen Ewigkeit darauf, nun endlich registriert und eingewickelt über den Ladentisch gereicht zu werden. Ich lächle ihn verlegen an, gestikuliere mit meinen Händen mein Nicht-drauf-Kommen. »*Blumento-pf-Erde*, Alex, *Blumentopferde*!« Der Kolonialwarenhändler Gerkens freut sich wie ein kleines Kind über seinen vermeintlichen Erfolg, lacht mich strahlend an, ist allerbester Laune. Ich gönne ihm das, bin heilfroh, dass ich wieder einmal auf seine Marotte eingegangen bin. Abschätzend blickt er auf den langen Zeiger der Waage, sieht auf die Skala hinter dem Zeiger, schlägt dann rasch den Schnittkäse ins Papier ein. »Macht eine Mark und zwanzig Pfennige. Soll es sonst noch was sein?« Mit einem dicken langen Bleistift notiert sich der alte Mann auch diesen Betrag auf einem schmalen Block. Gleich, wenn wir meinen Einkaufszettel abgearbeitet haben, dann wird er einen Strich quer unter seinem letzten Eintrag ziehen, wird die Summen darüber addieren, den von mir zu zahlenden Betrag unter den Strich schreiben, wird ihn ebenfalls quer unterstreichen, allerdings doppelt, noch einmal gegenrechnen, den Zettel vom Block abreißen und ihn mir, bei gleichzeitiger Nennung des Endbetrages, mit starrer Miene über den Tresen reichen. So und nicht anders wird es kommen. Herr Gerkens ist eben ein Hanseat, ein »Kaufmann von altem Schrot und Korn«, ein verlässlicher Mensch. Manchmal denke ich, dass Herr Gerkens mindestens tausend Jahre alt ist und dass er es ausgezeichnet versteht, diese unglaubliche Tatsache gut zu verheimlichen.

———

»Wir brauchen kein Telefon. Wirklich nicht!« Meine Mutter zeigt sich etwas erregt. »Und wir können uns auch keins leisten!« Ich hatte ihr von der neuesten Errungenschaft der Familie Holtan berichtet und konnte meine Bewunderung natürlich nicht verbergen. Jan hatte mich mit nach oben genommen, um mir dort voller Stolz die besagte Anschaffung zu zeigen, von der ich gerade angeregt berichte: ein weißes Wählscheiben-Telefon! Es steht im Schlafzimmer seiner Eltern, direkt an der rechten Seite des Doppelbetts, mitten auf dem Nachtschrank. »Es ist die Seite, an der mein Vater schläft.« Hatte mir Jan gleich erläutert. »Wenn mein Vater des Nachts überraschend gebraucht wird, weil einer seiner Kumpel ausfällt oder sein Arbeitgeber unerwartet einen neuen und wichtigen Job herein bekommen hat – was immer mal wieder vorkommt! –, dann ist er gleich an der Strippe.« – »Nun ist dort kaum noch ausreichend Platz für seine Nachttischlampe«, bemerkt Jans Mutter – die aus der Küche dazukommt und plötzlich hinter uns steht – im freundlichen Ton. »Gefällt es dir, Alex?« Natürlich gefällt es mir. Und ob es mir gefällt. So ein eigenes Telefon im Haus und noch dazu ein so edles, weißes. Das ist schon was Besonderes, ist was ganz besonders Feines. »*Wir brauchen kein Telefon ...*«, plappere ich im Gedanken den Einwand meiner Mutter nach, »*und wir können uns auch keins ...*« Ich war mir dessen bewusst, dass sie so reagieren würde, konnte aber trotzdem nicht umhin, sie zumindest darauf anzusprechen. »Überleg doch mal – wir bräuchten dann nie wieder zur Telefonzelle an der Ecke zu laufen, könnten jederzeit mit Barbara und Ulrich telefonieren. Und – und überhaupt ...« So schnell gebe ich nicht auf. Meine Schwester und mein Schwager besitzen längst ein eigenes Telefon, zwar kein weißes, sondern ein ganz normales schwarzes, aber immerhin. Das Telefon der beiden steht im Flur. Rechts der Garderobe, auf dem schmalen Tischchen unter dem Garderobenspiegel – neben dem rechts ein Schirmständer steht und links an der Wand ein kleines Schlüsselbord hängt – hat es seinen Platz. »Ach, was – du übertreibst. So oft telefonieren wir nun auch wieder nicht ... Und wenn es angebracht ist, dann können wir *durchaus* weiterhin die paar Schritte bis zur Zelle gehen, so, wie wir es bislang immer gemacht haben. So weit ist es doch wirklich nicht.« Habe ich mir gedacht, habe genau so eine Antwort von ihr erwartet. Wenn ich nur daran denke, wie lange es gedauert hat, bis sich meine Eltern endlich – endlich ein Fernsehgerät angeschafft haben.

Nun wird so ein Telefon zwar nur von der Post *gemietet*, muss also nicht für viel Geld gekauft werden – meines Wissens ist das so!? – und trotzdem fällt mir hier der Wahlspruch meines Vaters ein, der sich immer sehr schwer damit tut, wenn es um irgendwelchen »Schnickschnack« – wie er mitunter die normalsten Dinge der Welt bezeichnet – geht, den niemand wirklich benötigt, der im Grunde eine »sinnlose Verschwendung des Geldes« bedeutet: »Wenn wir uns etwas Größeres anschaffen, dann muss es wirklich wohlüberlegt sein, und dann bezahle ich es auch in bar!« So meines Vaters

Worte, die er stets in einem Tonfall spricht, der keinen Zweifel daran duldet, dass das sein diesbezüglich letztes Wort ist. Aber *wenn* er denn endlich etwas kauft, wenn er eine größere Anschaffung tätigt, dann ist es auch nicht das Schlechteste, was er sich aussucht, dann achtet er sehr auf Qualität. Die Fernsehtruhe im Wohnzimmer beispielsweise, die den Bildschirm so elegant hinter zwei jeweils zweifach klappbaren Türen verbirgt, wenn das Gerät nicht benutzt und die Truhe geschlossen ist, die ist der beste Beweis. Ob er sich überhaupt irgendwann einmal für ein Telefon entscheiden wird, es muss ja nicht unbedingt ein weißes sein, das steht in den Sternen. Ich überlege mir trotzdem, wo es wohl stehen könnte, *unser* neues Telefon. Im Flur vielleicht, unter dem Garderobenspiegel, mittig oben auf dem Schuhschränkchen aus Nussbaum, zwischen Kleiderbürste und Aschenbecher (beides hat dort auf dem Schränkchen einen festen Platz). »Hier im Haus haben sich fast alle von der Post einen Telefonanschluss legen lassen«, mein vorerst letzter Trumpf, »wenn es so weiter geht, dann sind wir die Einzigen, die dafür kein Geld ausgeben wollen.« – »Nun übertreibst du wieder. Daus, Starzingers und Renks haben einen Anschluss ... Otto Dau braucht ihn dringend für sein Maklergeschäft, Hans Renk tagtäglich für seinen Schornsteinbau-Betrieb – beide also beruflich ... Was die Starzingers betrifft, die haben einen gewissen Hang – entschuldige bitte, Alex! – zur Angeberei, zumindest er.«

Jans Vater ist *Fastmoker*, wie man es in Hamburg und ganz besonders im Hamburger Hafen nennt! Ein »Festmacher« ist er, ein Tagelöhner, der die von See kommenden Schiffe an der Kaimauer des Hafens festmacht. Das wird von solchen Arbeitsmännern entweder von einem Festmacher-Boot aus unternommen oder an Land, am Kai stehend. So einer ist Herr Holtan – Jans Vater. Er arbeitet fast immer von einem Boot aus. Er fährt dem Schiff entgegen, hält längsseits des Schiffes kurz an, lässt sich von einem Matrosen der Schiffsbesatzung eine dünne Wurfleine zuwerfen, an deren anderem Ende die schwere Trosse hängt, mit der das Schiff letztlich festgemacht wird. Mit *seinem* Ende der Wurfleine, die vom Schiff aus entsprechend der Entfernung stets nachgegeben werden muss, fährt er unverzüglich bis direkt an die Kaimauer heran, lässt es dort von einem bereitstehenden Kollegen entgegennehmen – er wirft die Leine zu ihm hoch, so dass dieser das Ende fangen kann, die schwere Trosse über die eingeholte Wurfleine sofort zu sich an Land zieht und letztlich das Auge (die Schlaufe am Ende der Trosse) über einen der dicken, stabilen

Poller legt. Ungefähr so – grob geschildert – verhält es sich, wenn Herr Holtan zum Einsatz kommt. Normalerweise sitzt er zusammen mit einigen seiner Kollegen, alle ebenfalls Festmacher wie er, in einer kleinen, budenähnlichen Unterkunft, die auf einem verankerten Ponton steht – somit, wenn man es genau nimmt, ebenfalls auf dem Wasser schwimmt –, und wartet auf seinen nächsten Einsatz – auf einen »Job«, wie es in jenen Kreisen genannt wird. Wenn ein Schiff den Hafen anläuft und es diesen Service benötigt, dann lässt der Kapitän, rechtzeitig und per Funkfernschreiber, einen entsprechenden Auftrag an das Festmacher-Unternehmen senden. Der Auftrag kann sogar vom Schiff aus direkt an die Bude gesandt werden, ja, an den Fernschreiber, der dort in der äußersten Ecke steht. Die ungefähre Ankunft des Schiffes – so genau, wie die Umstände es eben zulassen –, an welcher Kaimauer des Hafens das Schiff anlegen soll, so wie Art und Größe des »Pottes« – das sind wohl die wichtigsten Angaben, die dergestalt vermittelt werden müssen (Name und Heimathafen des Schiffes sind selbstverständlich vorweg genannt). Dann geht es streng der Reihe nach weiter. Wer auf der Wartebank als Erster sitzt, dem wird der nächste Auftrag zugeteilt, kehrt er nach getaner Arbeit wieder in die Bude zurück, dann setzt er sich an das Ende der Warteschlange.

Ich weiß das alles so genau, weil Jan und ich tatsächlich einmal mit ihm hinausfahren durften. »Wenn du möchtest, Alex, dann nehme ich dich auch mal mit.« Ich hatte irgendwann wieder Interesse gezeigt, hatte mich mit dem Mann über seine Arbeit und die Arbeit meines Großvaters unterhalten, über den Hamburger Hafen, über Schiffe und über das Festmachen einer Barkasse. Etwas überrascht war ich schon, auch unsicher, ob das Angebot ein ernstgemeintes war. »Jan war schon öfters mit, kannst deinen Freund fragen, der kennt das bereits.« Doch, sein Angebot stand auf festen Beinen. Eines Tages war es dann so weit: Jan und ich, wir saßen mit ihm inmitten der ebenfalls auf einen Job wartenden Männer, starrten beide auf den Fernschreiber, der nach einer empfundenen Ewigkeit auch für uns endlich tickerte. Zwar hatte er nur einen einzigen Job mit uns zusammen erledigt, immerhin ist die Sache ja nicht so ganz ungefährlich, aber – das war schon mal was ... Ich durfte in dem kleinen, offenen Boot mit hinausfahren, mitten auf der Elbe einem riesigen Schiff entgegen, das, von dem kleinen Festmacherboot aus betrachtet, etwas überaus Gigantisches hatte. Ich habe die Arbeit von Jans Vater aus allernächster Nähe miterlebt. Einen »Heiermann«, wie man hier zu sagen pflegt, bekommt Herr Holtan für jeden erledigten Job – ein anderer Name für ein silberglänzendes 5-Mark-Stück. Je nachdem, wie viele seiner Kumpel zum

Dienst erschienen sind, also mit ihm auf der Bank sitzend auf die nächsten Schiffe warten, verdient er verhältnismäßig viel oder leider nur wenig Geld in seine Tasche, und verhältnismäßig *viel* auch nur bei einer entsprechend guten Auftragslage. »Da muss man eben, wenn's schlecht kommt, mal die eine oder andere Nachtschicht gleich hinten an die Tagesschicht dranhängen«, meint Jans Vater, »das hilft alles nichts, da muss man durch. Hart arbeiten müssen wir schließlich alle für unseren Lebensunterhalt!« – »Und der Mann sagt es nicht nur, nein, er macht es auch!«, betont meine Mutter, wenn sie über Jans Eltern spricht. »Er ist wirklich ein sehr, sehr fleißiger Mensch, Jans Vater!« Was diese Art der Anerkennung betrifft, so hält mein Vater sich da eher zurück. Ich merke das deutlich. »Die Familie Holtan – das sind alles Proleten!« Zwar spricht er das mit einem breiten Lächeln im Gesicht und auch eher in einer völlig normalen Tonlage, dessen ungeachtet aber belässt er es gewöhnlich bei diesem Urteil, was in der Gesamtheit dann irgendwie alles andere als freundlich im Raume stehen bleibt. So empfinde ich es. Für meinen Freund Jan steht es jedenfalls fest, dass er nach der Schule ebenfalls »*Fastmoker*« werden will. Das hat er nach unserer abenteuerlichen Tour, während der Heimfahrt, gleich mehrfach prophezeit. Wieder zu Hause im Reyesweg angekommen, hatte Herr Holtan – wir konnten ihn absolut nicht davon abhalten! – den für *unseren* Job verdienten Heiermann mit Jan und mir gerecht geteilt, das heißt – er hat ihn sogar, ohne zu Zögern, für Jan und mich aufgerundet, ja, weil sich doch ein 5-Mark-Stück nicht durch »drei« teilen lässt. »Ist er ein Prolet?«, frage ich mich manchmal. Ich weiß es nicht, kann mit dem Wort *Prolet* auch nicht groß was anfangen, weiß es nicht zu bewerten. Ich mag Jans Vater, mag auch seine Mutter, das hingegen weiß ich genau, kann es auch jederzeit begründen.

»Der Schornsteinfeger ... Deerr Schoornsteinfegerr ... Deeerrr Schooornstein-fegerrr!« Laut und klar erschallt der Ruf des Schornsteinfegers vom Erdge-schoss bis zu uns herauf. Seine eindeutige Botschaft: »Achtung, Leute, gebt Acht, ich bin jetzt bei euch im Haus, und gleich passiert hier einiges!«, die er gewöhnlich immer in dieser Weise ankündigt, erfüllt das gesamte Trep-penhaus. Und jedes Mal bekomme ich – wie soeben auch – einen richtigen Schrecken, wenn diese seine eigentümliche Anmeldung, die für mich so gut wie immer überraschend erfolgt, sich jäh zwischen meine Gedanken drängt. Und nicht nur, dass der schwarze Mann, nachdem er mit Elan die Haustür aufgerissen hat, sich allein in dieser, rufender Weise lauthals in Erinnerung

bringt, nein, während seiner lang gezogenen Rufe fährt er noch zusätzlich mit der hölzernen Rückseite seines Handfegers mehrfach kräftig über die senkrechten Gitterstäbe des Parterre-Geländers hin und her, sodass er während dieser schrecklichen Sekunden zusätzlich von einem aufmüpfigen Gerassel begleitet wird: »*Der Schornsteinfeger ...*« – »schrumpel, peng, schrumpel, peng« – »*Deerr Schoornsteinfegerr ...*« – »schrumpel, peng, schrumpel, peng« – »*Deeerrr Schooornsteinfegerrr!*« – »schrumpel ...« Spätestens jetzt weiß es jeder der Mieter, die sich zurzeit im Hause Reyesweg Nummer 24 aufhalten: »Der Schornsteinfeger ist gekommen und wird nun unverzüglich mit seiner rußigen Arbeit beginnen!«

Was den Lärm betrifft, so wird dieser Auftritt nur noch von den Männern der Müllabfuhr übertroffen, die die schweren, randvollen Ascheimertonnen die Kellertreppe hoch und aus dem Haus hinaus bis an den Kantstein der Straße ziehen – die Tonnen entleeren und dann zurück in den Gang des Kellers schleppen. Das ist dann in der Tat mit einem enormen Krach verbunden, der mit nichts vergleichbar ist, nein, auch nicht mit dem Lärm, den der Schornsteinfeger soeben verursacht hat. Und jene Männer der Mülle, die kündigen sich noch nicht einmal vorher an, jedenfalls nicht gezielt, nicht geplant. Gut, an welchen Tagen sie kommen, das ist hinlänglich bekannt – bei uns werden die Tonnen immer mittwochs entleert –, das geschieht nach einem festen Plan, aber alles andere passiert dann ziemlich spontan. Plötzlich wird die schwere eiserne Kellertür aufgerissen (das unmittelbar vorangegangene energische Öffnen der Haustür bekommt man – im Gegensatz zu dem energischen Haustüröffnen des Schornsteinfegers? – komischerweise in den höheren Etagen nicht unbedingt mit) und mit kräftigem Schwung in dem metallenen Riegel eingerastet, der vor der nächstgelegenen Wand im Boden fest einzementiert ist. Das allein ist schon eine Handlung, die mit einem nur schwer zu beschreibenden Eisen-an-Eisen-Radau einhergeht, der auf jeden Fall höchstgradig aggressiv wirkt. Die Stimmen der dann in den Keller stürmenden Männer – die scheinbar unter dem mir rätselhaften Zwang stehen, stets sehr laut und auch möglichst gleichzeitig sprechen zu müssen? –, sind hinauf bis in die vierte Etage zu hören. Den eigentlichen, den *richtigen* Krach aber verursacht wie gesagt der Transport der großen Tonnen aus schwerem Zinkblech – der eher als ein brachiales Ziehen und Zerren zu bezeichnen ist –, besonders wenn sie mit ihrer unteren Kante mehrfach gegen die Steinstufen der Kellertreppe schlagen.

Je länger ich darüber nachdenke, je grotesker erscheint mir die ganze Angelegenheit mit den Ascheimern im Keller: Mindestens einmal im Jahr liefert der

Kohlenhöker uns Briketts und Eierkohlen, die seine Männer zentnerweise in Säcken von der Straße hinauf zum Dachboden schleppen. Im Verlaufe der Wintermonate schleppen wir dann jene Briketts und Kohlen, per Kohlenschütte und Brikettträger, vom Dachboden hinunter in die Wohnung. Nahezu tagtäglich tragen wir in dieser Zeitperiode die Asche (die aus den Aschekästen der Öfen) eimerweise aus der Wohnung hinab in den Keller und kippen sie in die Ascheimer, die dort im finsteren Kellergang stehen. Ja, und die Männer der Müllabfuhr kommen einmal in der Woche und zerren jene schweren, in der Regel randvoll gefüllten Tonnen letztlich aus dem Keller an die Straße, wo sie dann nacheinander in dem Müllwagen entleert und somit die Asche – zusammen mit dem anderen in den Tonnen befindlichen Abfall – endgültig abtransportiert wird. So geht es immer und immer wieder hinauf und hinunter – geht es stets und ständig von der Straße hinauf in die fünfte Etage, von der fünften Etage hinab in die vierte Etage, von der vierten Etage hinab in den Keller und vom Keller hinauf auf die Straße. Doch, in gewisser Weise ist das ziemlich komisch. Dieser Kreislauf ist nicht mit den Handlungen vergleichbar, die von unserem Schornsteinfeger erwartet werden. Seinem »*Der Schornsteinfeger* ...« – »schrumpel, peng, schrumpel, peng« – »*Deerr Schoornsteinfegerr* ...« – »schrumpel, peng, schrumpel, peng« – »*Deeerr* ...« folgt einige Minuten später lediglich ein dumpfes, verhohlenes Gerumpel, das seine Eisenkugel verursacht, wenn er sie, hoch oben auf dem Dach des Hauses stehend, an einem Seil mehrfach den Schornstein hinunterlässt und wieder hinaufzieht. Genau dieses Gerumpel will der schwarze Mann den Mietern des Hauses auch ankündigen, damit sich keiner von ihnen etwa zu wundern braucht, wenn hinter den Wänden der Wohnungen ungewöhnliche Geräusche vernommen werden.

Und – da ist es auch zu hören, das zu erwartende Geräusch. Deutlich vernehme ich das vertraute Gerumpel der Kugel ... Ich stelle mir vor, wie der Schornsteinfeger jetzt – nahe dem Dachfirst und direkt vor dem Schornstein – auf der dicken kurzen Holzbohle steht und von dort, über die vielen Dächer Barmbeks hinweg, in die Ferne blickt, während er zeitgleich die Kugel hinunterlässt, die er verlässlich gleich danach wieder zu sich heraufziehen wird. Irgendwie ist es tatsächlich sehr befreiend, wenn man sich in einer solchen Höhe aufhält. Das weiß ich aus eigener Erfahrung. Mehrfach schon sind wir aus einer Bodenluke hinaus und direkt auf das gemeinsame Dach unserer Häuserreihe gestiegen, Jan und ich, sind von dort – zwischen den Hauseingängen 24 und 16 – auf den roten Schindeln des Firstes vorsichtig – ganz, ganz vorsichtig! – entlang balanciert. Das ist selbstverständlich strengstens verboten, darüber bin ich mir durchaus im Klaren. Von der Dachspitze bis auf die Straße ... Wer aus dieser Höhe hinunterfällt, dem ist ganz sicher nicht mehr zu helfen. Meine Eltern, denen das nicht verborgen blieb, haben mir das wiederholt und ausdrücklichst ans Herz gelegt, so etwas gefälligst nie, nie wieder zu tun. Jans Eltern ebenfalls, wie ich vermute. »Das ist doch kein Spiel ... das Herumturnen auf dem Dach ... Das ist gefährlich und absolut unzulässig!«, so mein Vater, dem kurzfristig die passenden Worte fehlten. »Du musst auch mal an *mich* denken, Alex. Wenn dir etwas passiert ... Nicht auszudenken ...«, so meine Mutter, die ebenfalls mehr sprachlos war. Was Hauswirt Renk dazu sagen würde, der zum Glück von unseren abenteuerlichen Unternehmungen auf seinem Dach nicht das Geringste ahnt, das kann ich mir lebhaft vorstellen. Eigentlich ist die ganze Aufregung übertrieben. Wir halten uns, gut ausbalanciert, genau mittig des Dachfirstes, und dann geht die Sache auch glatt über die Bühne. Wenn überhaupt irgendetwas an dem Abenteuer gefährlich werden könnte, dann ist es sicherlich die Kletterei von der Luke hinaus zum First und wieder zurück. Ja, diese Strecke ist zwar verhältnismäßig kurz, aber eben sehr schräg, und wenn die roten Schindeln dann noch etwas feucht – also glatt sind ...

Neuntes Kapitel

Herr Tänzer ist tot. »Er hat sich umgebracht!«, so hört man es auf der Straße munkeln. »Selbstmord!« »Hat sich direkt vor den einfahrenden Zug auf die Gleise der U-Bahn gestürzt«, sagt meine Mutter. Ich kann es nicht glauben. Herr Tänzer, der Polizist, der Familienvater, der in unserem Haus in der ersten Etage wohnt, dem werde ich nie mehr begegnen – werde nie wieder ein paar Worte mit ihm wechseln können? Das ist unvorstellbar für mich. Eigentlich bin ich noch nicht aufnahmebereit, schon gar nicht für derartig tragische Nachrichten. Ich habe die Türklinke doch noch in der Hand ... »Komm erst mal herein«, jetzt bemerkt auch meine Mutter ihr unsensibles Vorgehen, »und setz dich.« Ich stelle meine Schulmappe vor die Tür meines Zimmers und folge meiner Mutter in die Küche. »Erzähl ...«, mehr bringe ich nicht heraus. Meine Mutter hat geweint. Dass sie geweint hat, das kann sie nicht verbergen, das will sie auch nicht verbergen. Sie weint oft und auch ausgiebig, macht sich längst nicht immer die Mühe, es vor mir zu überspielen. Eher nicht. Ich kenne diesen melancholischen Gesichtsausdruck nur zu gut. Jetzt aber hat sie einen triftigen Grund. Das sehe ich natürlich ein. Nur, nur möchte ich sie jetzt nicht auch noch trösten müssen, sondern möchte erfahren, was genau passiert ist. »Herr Tänzer – ist er wirklich … tot? Bist du sicher? Hat er das nicht letztlich doch überlebt und … und ist vielleicht nur verletzt? Erzähl doch endlich!« Während ich mir das anhöre, was das Erahnbare immer fühlbarer in die Realität der Gegenwart zieht, sehe ich den Mann vor mir, den Menschen, der so plötzlich, so unerträglich, unerwartet aus meinem Leben verschwunden ist …

Herrn Tänzer begegnete ich mehrfach in der Woche. Allerdings traf ich ihn immer nur im Treppenhaus oder auf der auf Straße. Nirgendwo sonst fanden diese Zusammentreffen statt. Eigentlich, wenn ich es mir so überlege, kann ich die beiden Orte, an denen wir uns begegneten, noch wesentlich genauer beschreiben: Im Treppenhaus begegneten wir uns stets zwischen dem Erdgeschoss und der ersten Etage, auf der Straße zumeist auf dem Weg zwischen unserem Hauseingang und dem Kolonialwarengeschäft von Herrn Gerkens. Das ergab sich in dieser Weise, war rein zufällig, wenn man so will. Ja, der Zufall wollte es bereits mehrfach, dass ich Herrn Tänzer direkt vor die Füße sprang, wenn ich gerade aus der Vierten die Treppen hinuntertobte und er ausgerechnet in dem Moment in der Ersten in seinem Türrahmen stand und im Begriff war, seine Wohnung zu verlassen und das Treppenhaus zu betreten. Er wollte dann zum Dienst! Oder aber, ich war bereits im Erdgeschoss angekommen und sprang fast gegen die – selbigen Moments von ihm weit geöffnete – Haustür. Er kam dann *vom* Dienst! Auf der Straße verhielt es sich anders. Da war er entweder auf dem Weg zu Gerkens (hatte zwei leere Bierflaschen dabei) oder er kam *von* dort (hatte zwei volle Bierflaschen dabei) und wollte zurück ins Haus. »Der Tänzer, der trinkt …«, hörte ich einmal meine Mutter zu meiner Großmutter sagen. »Den sieht man immer nur sein Bier holen, und … er hat auch einen auffällig roten Kopf. Und das als Beamter – als Polizist – na ja …«

Stimmt, einen auffällig roten Kopf hatte Herr Tänzer tatsächlich. Von alleine wäre ich aber nicht darauf gekommen, dass das tatsächlich mit dem Trinken von Bier im Zusammenhang zu bringen ist.

Und wenn wir uns im Treppenhaus oder auf der Straße trafen, dann hatte er für mich immer ein freundliches Wort parat. Das kann ich nicht anders sagen. Obgleich die jeweiligen Situationen es an sich kaum zuließen, nahm er sich dennoch die Zeit für ein klitzekleines »Gespräch unter Männern«, wie er es gern auszudrücken pflegte. »Hallo Alex, du Räuber! Auf welchem der sieben Weltmeere schwimmt dein Vater zurzeit ... willst du mir das einmal verraten?« Meist legte er für einen kurzen Moment seine Hand auf meine Schulter und sah mich schweigend an. Es interessierte ihn wirklich. Es war nicht nur so eine Redensart von ihm, eine, die man gedankenlos im Vorbeigehen spricht, ohne eine Antwort zu erwarten. »Lass man, Alex, das wird schon werden. Bald steigt er wieder aus einem Taxi, schnappt sich seine Koffer und ist wieder für eine lange, lange Zeit bei *dir* an Bord. Dann ist die Welt wieder ein Stück weit mehr in Ordnung für dich!« Was seine Frau betrifft, die ist nicht so nett. Sie ist eher unfreundlich. »Verdammt noch mal, Alex, jetzt reicht es aber wirklich! Kannst du nicht ein einziges Mal wie jeder andere die Treppen hinuntergehen?« So, oder ähnlich so, Frau Tänzer. Sie gehört zu denen hier im Haus, die sich am meisten über mein Treppen-Hinunterspringen aufregen, und selbst wenn ich möglichst leise springe, kann sie sich nicht zurückhalten, die Tür aufzureißen und gleich loszukläffen: »Das ist ja nicht auszuhalten mit dir! Du hast keinen Funken Respekt! Man müsste dir ...« Recht hat sie, die gute Frau. Vor ihr habe ich keinen Respekt. Diesen Mangel erkenne auch ich. Vor ihrem Mann – ja, da hatte ich Respekt, einen gewissen zumindest, wenn das, was ich unter Respekt verstehe, eine Gültigkeit haben darf. Nicht etwa wegen seiner Polizeiuniform, in der ich ihn ab und an kommen oder gehen sah, wenn ich ihm mal wieder vor die Füße gesprungen bin, nein, vor seiner Freundlichkeit hatte ich Achtung und davor, dass er mich ernst nahm.

In der Behelfsheim-Siedlung, die sich überaus großflächig der im Reyesweg gegenüberliegenden Miethäuserreihe zeigt, in der ich oft und gerne auf den Wegen und Plätzen zwischen den Baracken Fußball spiele – *bolze,* wie wir es nennen –, sind mir viele der dort wohnenden Leute bekannt. Besonders einige der jungen Anwohner kenne ich etwas näher, die Jungen und Mädchen meines Alters – die einen mehr, die anderen weniger. Das Wort »Baracke«, das hören diese Menschen dort nicht gerne, dass weiß ich von den dortigen Jungen und Mädchen, mit denen mich sogar eine bestimmte Art von Freundschaft verbindet. Wie gesagt: eine bestimmte, keine gewöhnliche Freundschaft, eine, die sich von den üblichen meiner Freundschaften merklich unterscheidet. Wieso das so ist, wie es ist, das kann ich nicht sagen, das können auch meine herkömmlichen Freunde, wie Klaus, Heinz, Michael und Dicki, nicht sagen. Denen ergeht es genauso wie mir. Ich weiß das. Wir sprachen mehrfach darüber. Einen Freund wie Jan einer ist, beispielsweise, den kann ich dort in der Siedlung schon gar nicht finden. Davon bin ich fest überzeugt ... Und nein, man wohnt dort keinesfalls in einer Baracke! Man wohnt dort mit den Nachbarn zusammen in einer – wie sie es nennen – »Häuserreihe« oder – schlimmstenfalls und auch nicht gerne – »in einem Behelfsheim«. Was aber gemeint ist, beziehungsweise wovon gesprochen wird, wenn die Bezeichnungen »Baracke«, »Häuserreihe« und »Behelfsheim« gewählt werden, das ist in der Tat so eine Mischung aus allem zusammen: mehrere ebenerdig, also eingeschossig erstellte, mit Teerpappe gedeckte Flachdach-Reihenhäuser-Zeilen, in denen sich in der Regel sechs bis acht gleichartig gestaltete Wohneinheiten befinden. Diese Hausreihen sind im Grundriss gemauert, nicht unterkellert und pro Wohneinheit mit einem kleinen, rechteckigen Vorgarten versehen. Bescheidene Wohnungen – zwei kleine Zimmer, eine noch kleinere Küche und eine winzige Toilette –, deren dünne Innenwände in Holz-Leichtbauweise unterteilt sind. Jeweils an den beiden Enden dieser Häuser finden sich schmale, lange Räume – Holzdecke, Zementboden und die Außenwände ungeputzt –, die per ungehobelter Bretter und rostigem Gitterdraht in gleichgroße Parzellen unterteilt und den einzelnen Wohnungen fest zugeordnet sind: die sogenannten Keller- oder Bodenersatzräume der Bewohner, in denen immerfort genau die Gegenstände abgestellt werden, die man momentan aus den Augen haben möchte. Zumeist handelt es sich um eine bunte Mischung aus Gerümpel, die dort in den feuchten, unbeleuchteten Räumen muffig riechend vor sich hindöst.

Es mögen so um die zehn, elf oder zwölf – vielleicht sogar mehr? – Flachdach-Reihenhäuser-Zeilen sein, die sich dort über die gesamte Siedlungsfläche verteilen. Gezählt hatte ich sie zwar irgendwann, habe das Ergebnis aber längst wieder vergessen. Einige dieser mausgrauen Bauten stehen parallel zueinander, andere tun das in einem rechten Winkel. Im Ergebnis sind sie aber so angeordnet, auch vom Abstand her, dass sie den Bewohnern einerseits so etwas wie einen geschlossenen Innenbereich erschließen und sich andererseits auch regelrechte kleine Gehwege und Gassen ergeben. Eine kleine Stadt eben, eine, wie man sie von den Wildwestfilmen her kennt – ich ziehe mal den Vergleich. Kopfsteinpflaster fand hier für die Pfade keine Anwendung (wie in einem echten Western), nein, bis auf einige, in Eigeninitiative verlegte Gehwegplatten-Anordnungen bildet lediglich ein festgetretenes Lehm-Sandgemisch den Grund (mehr Sand, der bei länger anhaltendem Regen einen tiefen Matsch und bei anhaltender Trockenheit einen unangenehmen Dreckstaub ergibt). Und Gras! Ja, überall wächst wildes Gras – Wildgras und anderes Wildkraut.

Lang wogt es in den Monaten des Sommers und bis in den Herbst hinein, auf all den Flächen der Siedlung, die nicht benutzt werden, für die sich niemand ernsthaft verantwortlich fühlt. So mancher Hügel, so manche Fläche wird dann konsequent vom wuchernden Grün bedeckt, zu dem sich Löwenzahn, Schachtelhalm und Klee gesellen. Grasbüschel und Gänseblumen auch zwischen den Häusern – und sogar einige Zentimeter an ihren Mauern hoch. Zwischen den Gehwegplatten (in deren Fugen) wie zwischen den mehr oder weniger gepflegten, senkrecht wie schräge stehenden Pfählen und Latten der Zäune, der mehr oder weniger (eher weniger) gepflegten Vorgärten: Gras, Disteln und Kamille. Eigentlich ist es ganz schön in der Behelfsheimsiedlung. Wir halten uns gerne dort im »Wilden Westen« auf, meine Freunde und ich. Selbst die bestimmte Distanz, die wir, Klaus, Heinz, Michael, Dicki, Jan und ich – allen voran Jan, komischerweise! – zu den Jungen und Mädchen der Siedlung nun mal haben, hindert uns nicht daran, das eine oder andere Abenteuer mit ihnen gemeinsam zu erleben, mit ihnen, jenen am Rande der Straße lebenden Cowboys, Ranchern und Viehzüchtern.

Einige dieser Freunde sind Zigeuner. Genau genommen sind es die Kinder von Zigeunerfamilien. Der in der Siedlung lebende Anteil an Zigeunern ist beachtlich. Mindestens ein Drittel der ansässigen Familien sind Zigeuner. »Zigeuner!«, wie sich das bereits vom Ansatz her abenteuerlich anhört. Oder? Dass diese Menschen für den Reyesweg etwas Besonderes sind – egal ob in positiver oder negativer Hinsicht –, das lässt sich nicht verbergen. Das schimmert immer und jederzeit durch, wenn auf der Straße über sie gesprochen wird. Einer meiner Freunde dort ist Marko Majoré. Über Marko wird nicht gesprochen. Den kennt kaum jemand. Ich hingegen, ich kenne Marko gut. Wenn wir uns sehen, was in der Regel rein zufällig geschieht, so ganz ohne jede Verabredung, dann hoffe ich immer insgeheim, dass ich ein paar Schritte durch den kleinen gepflegten Garten gehen darf, den seine Familie vor ihrer Wohneinheit – an deren Hausmauer Gras und Gänseblumen wuchern – mit viel Liebe angelegt hat. Wenn es sich tatsächlich so ergibt, dann ist es immer ein Abenteuer. Marko und seine Familie – die Majorés –, stammen alle aus Ungarn, wenn ich es richtig verstanden habe. Sein Vater ist eine höchst erstaunliche Erscheinung: weiße Lacklederschuhe mit auf Hochglanz polierten schwarzen Spitzen, eine schwarze Krawatte zum zwar eleganten, dennoch aber leger getragenen Nadelstreifenanzug und einen auffälligen goldenen Siegelring an der rechten Hand, so – und nur so! – kenne ich ihn. Die Tatsache, dass Markos Vater stets einen Hut auf dem Kopf hat, dessen ungewohnte Form jeden Betrachter zum längeren Hingucken zwingt – er ist ungewöhnlich flach, dafür aber mit einer überaus breiten Krempe versehen –, die halte ich mittlerweile kaum noch für eine erwähnenswerte Besonderheit, genauso wie ich mich längst an seinen pechschwarzen, gedrehten dünnen Zwirbelbart gewöhnt habe, der gleich unterhalb seiner Nase beidseitig stracks waagerecht zur Seite wächst und sogar einige Zentimeter länger ist, als sein Gesicht an der Stelle breit. Gelegentlich zeigt sich eine ältere Frau im Bereich des Hauses – Markos Mutter oder Großmutter? –, sie ist dick und klein und geht schwerfällig. Marko hat noch einen großen Bruder und eine Schwester. Der Name des Bruders ist mir nicht bekannt. Seine Schwester heißt Lisa, sie ist elf Jahre alt. Am Ende der langen Hausreihe, in der die Majorés wohnen, gleich um die Ecke, an der fensterlosen Querseite der Baracke, steht ein übermäßig langes, breites Auto – »Ein echter Straßenkreuzer!«, schwärmt Heinz –, mit wulstig dicken, verchromten Stoßstangen. Ein altes, leicht verbeultes Modell, dem man seine Jahre zwar ansieht, das aber – mit seinen riesigen, schnittig geformten Heckflossen – sehr imposant wirkt. Das allzeit geschlossene schwarze Faltdach ist defekt. An einigen Stellen ist es notdürftig mit Flicken verklebt. Die untere Hälfte des Wagens ist rot, die obere weiß. Rundum verlaufende Zierleisten unterteilen die Hälften in interessante Sektoren. »Das Prunkstück der Familie«, betont Marko gerne. »Das Wichtigste an ihm ist die Anhänger-kupplung!«, fügt er dann lachend hinzu. Zwar habe ich noch nie jemanden mit dem Prachtstück fahren sehen, dennoch aber steht es ab und zu nicht an seinem Platz. Das wundert mich etwas.

In der genau parallel zum Reyesweg verlaufenden Baracke, gleich vorne an der Straße, da hat die Familie Hoppe nicht nur ihren Gemüseladen, son-dern auch ihre feste Bleibe. Familie Hoppe bewohnt zwei Wohneinheiten, die sich – jeweils eine links und eine rechts – direkt an ihren Laden anschließen. Die Eingangstür zum Laden sowie ein kleines, mit Holzleisten umrahmtes Schaufenster rechts neben dieser Tür liegen mittig zwischen den zwei Fens-tern, die zu ihren Wohnbereichen gehören. Damit die Fläche zwischen dem Kantstein der Straße und dem Eingang zum Geschäft sowie unterhalb des Schaufensters möglichst staubfrei gehalten wird, liegen dort vereinzelt Geh-wegplatten auf dem Schotterweg. Einige der lose auf den Weg gelegten Platten wippen jedes Mal leicht unter meinen Füßen, wenn ich sie betrete. Die Hop-pes sind keine Zigeuner, so wie alle in dieser Reihe keine Zigeuner sind. Im Gemüseladen bedienen zumeist Frau Hoppe und deren Mutter Alma Hoppe. Samstags sowie unmittelbar vor den Feiertagen steht Vater Hoppe mit hinter der Theke, weil dann gewöhnlich wesentlich mehr los ist als an den anderen Tagen. Ansonsten kümmert er sich um den Einkauf, übernimmt also die täglichen Fahrten zum Gemüsemarkt, die in aller Herrgottsfrühe stattfinden. Und das nie enden wollende Ein- und Ausladen irgendwelcher Waren in Säcken, Kisten und Kästen, das ist ebenfalls sein Part. Von all den Geschäften in unserer Gegend, in denen ich regelmäßig gewisse Besorgungen tätige, kaufe ich dort – und bei Gerkens! – am liebsten ein. Auch die Tatsache, dass es drinnen, in dem flachen Raum der Baracke, etwas zu dunkel ist und auch leicht feucht muffig riecht, ändert daran reinweg nichts. Das mit Sorgfalt und Bedacht in schräg gestellten Kisten und hinter dem Glas der Theke ausgelegte Obst und Gemüse macht das alles dicke wieder wett – und ja, die eigentlich immer gut gelaunte Bedienung trägt ebenfalls mit dazu bei. Zwei Kinder haben die Hoppes, Wolfgang und Jürgen, die beide nicht so freundlich sind wie der Rest der Familie. Im Gegenteil! Wolfgang ist zwei Jahre älter und Jürgen zwei Jahre jünger als ich. Mit beiden komme ich nicht gut zurecht. Der eine ist mir zu alt, der andere zu jung. Wir gehen uns lieber aus dem Weg. Treffen wir uns, was nicht immer zu vermeiden und zumeist innerhalb der Siedlung der Fall ist, dann gibt es fast immer Streit. Streit mit dem jüngeren Hoppe, weil er ein dummer, frecher, verwöhnter Bengel ist, Streit mit dem älteren Hoppe, weil ich seinem Bruder mal wieder kräftig in den Hintern getreten habe. Nicht selten mündet der Streit mit Wolfgang in einem handfesten Gerangel, wobei ich, weil er größer und kräftiger ist, letztendlich den Kürzeren ziehe (er bekommt allerdings ebenfalls seinen Teil, so ist das nun auch wieder nicht ...). Wolfgang ist hier in der Gegend mein absoluter Lieblingsfeind. Das kann ich so stehen lassen. Und nicht allein deshalb, weil er mit seiner dicken, dunklen, eckigen Brille an seinem dicken, roten, runden Kopf eine feiste Erscheinung ist – dafür kann er nichts – und auch nicht etwa, weil er insgesamt dick, fett und am restlichen Körper weißhäutig ist – wofür er vermutlich ebenso wenig etwas kann –, sondern weil er ein äußerst hinterhältiger Mensch ist, der einen miesen Charakter hat. Die Tage, an denen ich mit ihm zurechtkam, und das allein deshalb, weil er etwas von mir wollte und ich besonders gute Laune hatte – ihm von daher bereitwillig ein Stück *entgegenging*, die kann man locker an einer Hand abzählen.

Von dem Fenster meines Zimmers aus, an dem ich jetzt stehe, kann ich nahezu über die gesamte Siedlung blicken. Klar, einiges wird natürlich durch die Häuserreihen verdeckt wie auch durch die zwischen ihnen wachsenden Bäume und Büsche, entzieht sich somit meinem Blick, lässt sich allein noch erahnen.

Aber von hier oben, aus der Höhe der vierten Etage, liegt alles wohlgeordnet vor mir. Ich schaue auf die vielen mit Teerpappe gedeckten Dächer, auf die tiefdunklen, länglichen Rechtecke, die die Häuser an die Rückseiten von Dominosteinen erinnern lassen, Dominospielsteine, die man – unmittelbar nach dem Spielende – in Gedanken versunken und wie automatisch vor sich auf der Tischplatte positioniert hat: einige parallel – andere im rechten Winkel zueinander ... Von hier aus gesehen zeigt sie sich mir so, die Siedlung. Auch einen Teil des Kriegs-Bunkers kann ich erkennen. Die Bunkeranlage, mit ihren mit Moos bewachsenen, feuchten Stufen. Stufen, die hinab ins Erdreich und bis zu dem von Kreuzspinnen behangenen Eingang führen. Ich kann ihn erkennen. Das heißt – einige Meter des mit Gräsern und Pflanzen bewachsenen Hügels kann ich sehen, unter dem sich der Bunker befindet. Und da – das Ende einer riesigen, schnittig geformten linken Heckflosse ... Der Straßenkreuzer der Majorés! Ja, und gleich hier vorne – das Gemüsegeschäft. Genau davor, auf der Straße, parallel und dicht am Kantstein – der Ford. Der Transporter mit der auffällig in orangefarbenen Buchstaben gemalten Werbung an beiden Seiten: »Hoppe – Obst und Gemüse«.

———

»Und ... und du bist dir da tatsächlich sicher?« Meine Mutter – der ich am Wohnzimmertisch genau gegenübersitze – zeigt sich verwundert und geängstigt zu gleichen Teilen. Mit einer solchen Reaktion habe ich natürlich gerechnet. Vor knapp zwei Minuten habe ich ihr meine bereits seit Längerem gehegte Befürchtung gestanden. »Ja. Bin ich. Es ist genau so, wie ich es dir sagte.« Sie ist merklich betroffen, das ist ihr anzusehen. Obwohl – verstehen kann ich es nicht, dass sie so *überaus* überrascht ist. Meine gleichbleibend schlechten Noten in den Hauptfächern, ich meine – das hätte ihr doch auffallen müssen. »Ich bleibe sitzen. Ich werde ganz bestimmt nicht versetzt. Herr Schulz hat es mir gesagt.« – Schweigen. – Das Ticken der Wohnzimmeruhr empfinde ich als ein Hämmern. Meine Mutter steht von ihrem Platz auf. – Stille. – Sie geht ein paar Schritte durch den Raum. Sie setzt sich wieder zurück auf den Sessel. – Pause. – »Ich kann das nicht verstehen. Du ... du bist doch nun wirklich alles andere als dumm ... Was ist nur mit dir los?« Besorgnis zeichnet sich in ihrem Gesicht ab – nein! –, Verzweiflung! »Was soll aus dir nur werden? Die Schule, das Lernen ... Es ist doch so wichtig für dein Leben ... für deine Zukunft ...« Ja, die Schule ist wichtig, daran zu zweifeln wäre töricht. Und dennoch ist es nun mal so, wie es nun mal ist. »Ändern kann ich jetzt nichts

mehr daran ... falls du das meinst.« Diese dunkle Wolke in meinem Leben ...
Innerlich bin ich bereits den Tränen erdrückend nahe.

Was die Schule betrifft, so hat meine Mutlosigkeit ihren Höhepunkt längst
erreicht. Vor Jahren bereits! Ich *gehe* diesen Weg nicht mehr, nein, ich *torkle*
ihn dahin. Mit allen Konsequenzen, wie man jetzt ja sieht. Nicht versetzt zu
werden, die Klasse wiederholen – eine in jeder Hinsicht üble Angelegenheit,
die nach einer bestimmten Gesetzmäßigkeit ihren unbarmherzigen Verlauf
nimmt, die auf Anhieb sogar logisch erscheint: Zu Beginn ist die Versetzung
nur gefährdet, dann ist das Klassenziel leider nicht erreicht worden, und
schlussendlich wird man nicht versetzt, bleibt auf der Stufe stehen, wiederholt die Klasse. Punkt! Die alten Klassenkameraden gehen und rücken vor,
die neuen kommen und rücken nach, man selber aber bleibt noch ein Jahr
genau dort, wo man ist. So einfach ist das. Ich kann das durchaus beurteilen.
Ich habe das schon mehrfach mit Jungen aus meiner Gegend besprochen, mit
den sogenannten »Sitzenbleibern«, die das bereits erlebten. Ist man dann
»der Alte«, oder ist man dann »der Neue«? – Egal, auf jeden Fall ist man
der Versager! Die Bestätigung, dass das so ist, die bekommt man von allen
Seiten geboten, und nicht zuletzt von den Lehrern. Auch das kenne ich, auch
davon kann ich ein Lied singen. Eigentlich, eigentlich möchte ich darüber
nicht mehr sprechen. Nein, auch mit meiner Mutter nicht. Vielmehr möchte
ich mich jetzt unverzüglich in mein Zimmer zurückziehen und einen Plan
schmieden, einen Plan, der mir weist, wie ich mein Versagen größtmöglich
verbergen kann, ja, und wie ich es schaffen könnte, den nun unmittelbar zu
erwartenden Fragen erfolgreich aus dem Wege zu gehen. Ich erhebe mich aus
meinem Sessel, nicke – ohne hinzusehen – freundlich in Richtung meiner
Mutter und begebe mich in mein Reich.

Zehntes Kapitel

Ein Traum. Zwar war es nur ein Traum, eine durch und durch unwirkliche
Begebenheit, die sich vor nur wenigen Sekunden im Nichts aufgelöst hat – und
trotzdem ... In meinem Bett liegend starre ich an die Decke. Ich schwitze.
Meine Stirn ist klatschnass. Irgendwie habe ich das Gefühl, dass ich eben
nicht genug Luft zum Atmen bekam, dass das auch der Grund meines plötzlichen Erwachens ist. Mein Herz rast. Jeder einzelne Herzschlag lässt meinen

Körper spürbar erbeben. Bis hinauf zum Hals merke ich meinen Puls. Beruhigen muss ich mich ... Der Raum liegt im Halbdunkel. In dem Weiß der Zimmerdecke reflektiert sich schattenhaft das schwache Licht der Straßenlaterne vor dem Haus. Es dämmert, wird langsam hell. Der Tag wird gleich auch für mich beginnen. Darauf kann ich warten, während ich mich langsam zur Ruhe zwinge. Nur ein Traum ... Mein Erwachen kommt mir jetzt wie eine Erlösung vor – mein Erwachen aus dieser unschönen Geschichte. So, als wollte es sich keinesfalls kampflos von mir trennen, klammert es sich noch fest an mein Empfinden, das soeben Erlebte – die Begebenheiten in meiner Traumwelt –, aber längst ist mir klar, dass ich nichts zu befürchten habe. Eben nur die imaginären Geschehnisse innerhalb einer bedrohlich wirkenden Illusion – nichts weiter. Ein bizarres, flüchtiges Schauspiel, das ganz allein für mich – für mich! – und tief in meinem Inneren aufgeführt wurde:

Wir haben Besuch. Viel Besuch. Mein Vater ist da. Ulrichs Bruder Wilhelm ist gekommen, mit seiner Frau Ilse. Ulrichs Eltern ebenfalls. Meine Mutter, meine Oma, Ulrich und Barbara ... Alle sitzen sie zusammen im Wohnzimmer. Die Tür zum Wohnzimmer ist geschlossen. Längst habe ich mich abgesetzt, bin gegangen. In dem Raum war es mir zu warm und zu hell. Ich kenne das. Zu viele Menschen. Allein sitze ich im Treppenhaus (wieso nicht in meinem Reich?), hocke auf dem Boden des Treppenabsatzes auf den schwarzen und weißen Steinchen des Terrazzos. Angenehme Kühle. Erholsame Ruhe. Die Haustür steht weit geöffnet. Der Flur sowie die geschlossene Wohnzimmertür unserer Wohnung liegen in meinem Blickfeld. Hinter dieser Tür, im überfüllten Zimmer, wird laut gesprochen. Ein wirres Gemisch aus Musik und Gerede dringt zu mir ins Treppenhaus herüber, macht (wie auch immer das geschehen kann?) unmittelbar vor der Schwelle zum Treppenhaus halt. Hinter der geriffelten, blickdichten Glasscheibe in der Wohnzimmertür tummelt sich ein Wirrwarr von ineinanderfließenden Schatten – die Struktur des Glases lässt alle Konturen kompromisslos verschwimmen. Der Flur, der zwischen mir und dem Gemenge aus Musik, Gerede und Schatten liegt, zeigt sich mir als so eine Art neutrale Sicherheitszone. Das scheint klar zu sein, will nicht infrage gestellt werden. Ich fühle mich wohl – ja geborgen in meiner Flucht, genieße die Distanz, die sich mir als Freiheit offenbart. Im Schneidersitz und etwas vornübergebeugt hocke ich dicht vor dem Treppengeländer und blicke zwischen den senkrecht verlaufenden Rundstäben hinab bis zum Erdgeschoss. Der relativ kleine Freiraum – eher ein breiterer Schlitz –, der sich zwischen den Treppenläufen zwangsweise ergibt, gestattet mir diesen Blick. Viel zu sehen gibt es da nicht. Nein, im Grunde liegt allein der runde Handlauf in meinem Blickfeld: diese graue, kalte, überlange Schlange aus Eisen, die sich von oberhalb der vierten Etage bis hinab zum Parterre schlängelt. Ich betrachte die Schlange, sehe auf das graue Rund, das jedem Richtungswechsel der Treppenläufe mit einer eleganten, engen bogenförmigen Bewegung folgt. Da unten, ganz tief unter mir, ganz weit weg, da endet und beginnt das Treppenhaus ...

Und plötzlich – da! –, was ist das? Da unten, im Treppenhaus, noch ganz weit weg – wie ist das zu verstehen? Eine Hand ... Eine Hand! Die Hand greift nach dem runden Lauf des Geländers ... Der zur Hand gehörige Körper – er liegt nicht in meinem Sichtbereich – scheint sich zügig in Richtung »nach oben« zu bewegen. Zu mir hinauf! Die Hand – für die Sekunde, in der sie nachgreift und der dazugehörige Körper zwei bis drei Stufen nimmt – entzieht sich meinem Blick, um dann einige Zentimeter weiter oben am Handlauf des Geländers wieder zu erscheinen. Bedrohlich ... Es ist bedrohlich! Ich sehe immer nur die Hand. Diese Hand! Ich will jetzt sofort aufstehen, will mich schnell erheben. Fliehen – möglichst schnell in unseren Flur hinein rennen – will die Haustür schnell hinter mir schließen, will die Wohnzimmertür aufreißen und hinein zu den anderen, zu meiner Familie und deren Gästen entkommen. So meine Gedanken. Aber – ich kann mich nicht erheben! Ich kann mich zwar bewegen, mich aber nicht von den schwarzen und weißen Steinchen des Terrazzos entfernen – sie scheinen mich unerklärlicherweise festzuhalten! Ich weiß nicht, wie ich mich verhalten soll. Panisch blicke ich hinunter – auf welcher Höhe ist sie bereits angelangt, die Hand? –, schaue zwischen den Freiraum, sehe angsterfüllt in den senkrechten Kanal der Treppenläufe hinein.

Die Hand – im stetigen Rhythmus bewegt sie sich nach oben. Hier umfasst sie mit festem Griff das Geländer, dort entschwindet sie meinem Blick, taucht dann einen kurzen Moment später ein Stück weiter oben wieder auf. Diese blasse, kräftige Hand – sie nähert sich mir unaufhaltsam. Aufstehen kann ich immer noch nicht, nicht einen einzigen Millimeter. Ich will schreien. Mein Schreien könnte mich vielleicht erlösen. Voller Entsetzen, ja in gesteigerter Panik recke ich mich mit meiner letzten Kraft in Richtung Wohnzimmertür und schreie, schreie so laut ich kann ... jedoch – bleibt es allein bei dem Versuch. Ich kann gar nicht mehr schreien. Kein einziger Laut verlässt meinen Mund. Es ist mir auch nicht mehr möglich zu rufen. Es bleibt bei der lautlosen Bewegung meines weit geöffneten Mundes ... Die Hand – sie muss inzwischen auf der Höhe der zweiten Etage sein, und mit ihr die Bedrohung, die der dazugehörige Körper ganz unabweisbar für mich bedeutet. Mit Gewalt versuche ich mich vom Boden loszureißen, strecke meine Arme ringend in Richtung Flur. Der Flur ist mit einem Mal keine Sicherheitszone mehr für mich. Das spüre ich jetzt deutlich. Nein, er will mich absolut nicht mehr aufnehmen. Er lehnt mich rigoros ab, liegt distanziert zwischen mir und der für mich unerreichbaren Tür zum Wohnzimmer. Es gelingt mir weiterhin nicht, mich zu befreien, es will mir einfach nicht gelingen. Auch meine erbärmlichen Rufe, sie verhallen tonlos in meinem Inneren. Frei im Raume, dennoch aussichtslos geknebelt und gefesselt, wälze ich mich in meiner unbeschreiblichen Angst. Erschreckend allein bin ich. Hier wird mir garantiert keiner helfen, ja *kann* mir niemand mehr helfen. Hinter der undurchsichtigen, geriffelten Scheibe der Wohnzimmertür übertönt das Geschehen jede meiner kläglichen Bemühungen, mich in irgendeiner Form bemerkbar zu machen.

Von den vergnügten Seelen – den feiernden Menschen – dort hinter der Tür des Wohnzimmers kann ich keine Hilfe erwarten. Wie auch – wo ich für jene doch momentan nicht vorhanden, nicht existent bin. Dort dreht sich alles weiterhin lustig im Kreise. Immer und immer schneller dreht sich der bunte Trubel der alles beherrschenden Oberflächlichkeit, eine Inhaltslosigkeit, die mit einer unüberwindbar magischen Kraft alles in ihrem »Schwitzkasten-Griff« hält, was sich ihr nicht sofort anzupassen versteht. Ich denke, das trifft es. So kann man es sagen. Verlässlich ist einzig und allein die Tatsache, dass ich mich weder aufrichten noch rufen kann und dass ich anscheinend dazu verdammt bin, gefälligst in starrer Einsamkeit abzuwarten, was die immer näher kommende Bedrohung mit mir anzustellen gedenkt. Es kommt, wie es kommt. Ich ergebe mich meinem Schicksal ... Eine Hand – unbestritten eigentlich etwas völlig Normales – wird hier für mich zu einem Dämon der Einsamkeit. Oder – ich überlege in die Richtung –, oder bereitet mir doch nicht allein das, was ich sehe – der Teil eines Körpers (die Hand) –, sondern tatsächlich vielmehr das, was sich von mir allein *erahnen* lässt – der Rest des Individuums – mein Entsetzen? Ich werde daraus nicht klug. Und all das ist weitaus mehr, als ich je ertragen möchte – als ich momentan ertragen kann!

Ich bekomme nicht mehr genügend Luft, kann nicht mehr atmen und ... erwache. Was ist wahr, was ist unwahr? Ich will das möglichst sofort voneinander trennen. Ich muss mich aber erst beruhigen. Mein Zimmer liegt im Halbdunkel. Die Straßenlaterne vor dem Haus reflektiert ihr Licht an die Decke des Raumes. Langsam wird es hell. Der Tag beginnt. Nur ein Traum. Ein Traum nur ...

»Das Blaupapier war es, was mich verraten hatte. Das Blaupapier.« Heinz will es ganz genau wissen. Für derartige Gespräche eignet sich der Schulweg ausgezeichnet. Wir gehen nebeneinander den Reyesweg hinunter in Richtung Von-Essen-Straße. Noch gut zwanzig Minuten Zeit habe ich, um die ganze Geschichte zu erzählen. »Wenn ich nur etwas vorsichtiger gewesen wäre, dann hätte es vermutlich geklappt.« Nicht, dass ich meine Schlappe im Nachhinein noch vor Heinz rechtfertigen muss, ich soll ihm nur darlegen, wie es dazu kam. »Ich hätte eben etwas besser aufpassen müssen. Dann wäre sicherlich alles in bester Ordnung gewesen.« – »Und ... wie geht es nun weiter?« Dass Heinz meine Zeichen- und Malbegabung insgeheim bewundert, so wie es fast alle aus meiner Klasse tun, dessen bin ich mir bewusst, und meine Bereitschaft, jenes Talent auch für das Fälschen von Unterschriften einzusetzen, das findet gleichermaßen seine Anerkennung. Letzteres allerdings insbesondere unter den Jungen, für die ich das mache, und jener Kreis ist nicht allzu groß. »Wie es weitergeht, das kann ich nicht abschätzen. Von der Schule fliegen werde ich deshalb wohl nicht gleich.« Jedenfalls kommt jetzt jede Reue zu spät. »Wie sagt man so überaus passend: ›das Kind ist in den Brunnen gefallen‹ – du verstehst?« Ich sehe meinen Freund einen Moment lang von der Seite her an. »Da gibt es jetzt für mich nichts mehr dran zu rütteln.« Die Geschichte – was genau war geschehen? Ich erzähle sie meinem Weggefährten und ... und zeitgleich zieht das Geschehen noch einmal in der Gegenwart an mir vorbei.

Für Klaus Bürger hatte ich in dem Fall mein Talent eingesetzt. Klaus hatte mal wieder eine Fünf in Chemie – die dritte in Serie. Als Herr Wiesengrund, der Physik und Chemie unterrichtet, Klaus mit der Bemerkung: »Eines der schlechtesten Ergebnisse der gesamten Klasse ...« das Heft mit der von ihm korrigierten und bewerteten Arbeit auf den Tisch knallte, konnte der seine Tränen nicht zurückhalten. Die pure Bestürzung auf seinem Gesicht. Ich hatte ebenfalls eine Fünf. Mir war das egal. Für Klaus war sein Ergebnis niederschmetternd. Was die Zensuren ihres Sohnes betrifft, so sind Klaus' Eltern ziemlich wachsam, erwarten gute Leistungen von ihm. Das ist mir bekannt. In dieser Hinsicht kennen die kein Pardon. Bei mir ist das anders. Mein Vater kennt meine Zensuren nicht, und meine Mutter hat momentan ganz andere Sorgen. »Wenn meine Eltern diese Fünf sehen ...«, nach der Schule, auf dem Heimweg, bestätigte Klaus mir noch einmal seine berechtigte Sorge, »dann bin ich endgültig geliefert!« Klaus fiel es merklich schwer, sich mir zu offenbaren. »Dann bekomme ich nicht nur mehrere Tage Stubenarrest – das ginge ja noch –, dann melden die mich obendrein auch noch im Fußballverein ab ... Da kennen die nichts.« Das hatte ich nun nicht gedacht, dass seinen Eltern eine derartige Strenge zuzutrauen ist. Eigentlich sind sie recht umgänglich – besonders der Vater, der Nachtwächter, der immer mit der Schäferhündin Kora spazieren geht, der kommt mir ausgesprochen gutmütig vor. »Wiesengrund erwartet doch, dass mein Vater oder meine Mutter ihre Unterschrift unter die Fünf setzen. Zur nächsten Physikstunde bereits – die ist morgen, gleich nach dem Turnen – soll ich ihm das Heft mit der unterschriebenen Arbeit vorlegen. Unaufgefordert!«

Wortlos gingen wir einige Schritte nebeneinander her. – »Du musst deinen Eltern die Fünf nicht unbedingt zeigen, Klaus ... es ... es geht auch anders.« Eingedenk meiner Fähigkeit, bezüglich der geforderten Unterschrift ersatzweise für die Eltern eintreten zu können, kann ich der Verzweiflung etwas entgegensetzen. »Mach dir keine unnötigen Sorgen, ich werde dir helfen.« Mehrfach schon hatte ich eine »Eltern-Unterschrift« für eine Zensur gezaubert, die alles andere als eine goldene Medaille war, und jedes Mal wurden meine Bemühungen seitens des zuständigen Lehrers akzeptiert beziehungsweise anstandslos angenommen. Im Reyesweg angekommen, blieb ich gleich am Anfang der Straße stehen. »Komm, gib mir jetzt das Heft. Ich erledige das. Ich sorge für eine Unterschrift, gebe es dir dann gleich morgen in der Frühe zurück. Da merkt keiner was.« Ganz wohl war ihm nicht dabei, das sah ich ihm an. Trotzdem – er hatte keine Wahl. Er befand sich in einer Zwickmühle. Klaus, der einige Schritte weitergegangen war, hielt jetzt ebenfalls an, stellte seine Mappe vor sich auf den Weg, zögerte kurz, öffnete sie, zog das Heft heraus, zögerte abermals und reichte es mir dann halbwegs entschlossen. Ich nahm das Heft und steckte es in meine Mappe. Wir gingen weiter. »Mensch! Mach dir bloß nicht so viele Gedanken, Klaus, das ist die Sache nicht wert.« Vor dem Hauseingang 22 trennten sich unsere Wege. Ich sah meinem Freund nach, sah ihn noch hinter der Tür verschwinden. Für einen flüchtigen Augenblick ließen seine Körperhaltung und sein Gang – der hängende Kopf zwischen den eingezogenen Schultern – ihn mir kurzfristig wie einen alten Mann erscheinen.

In meinem Zimmer hatte ich dann mein Versprechen umgehend eingelöst, hatte nach bestem Wissen und Gewissen sofort mein Können eingesetzt, wobei – und das gebe ich zu – ich mich mit meinem Gewissen nur sehr, sehr flüchtig über den Fall unterhielt ... Zuerst kopierte ich mittels eines Bogen Kohle-Blaupapier eine der in Klaus' Schulheft bereits vorhandenen Unterschriften seines Vaters auf ein weißes Blatt Papier, das ich direkt unter *die* Heftseite legte, auf der sich jene Signatur befand. Und dann ... Das ganze Unterschriftenfälschen ist wesentlich unkomplizierter, als es sich auf Anhieb anhören mag. Also:

Das Blaupapier zwischen der Seite mit der besagten Unterschrift und dem unbenutzten, weißen Blatt (auf letzterem musste natürlich die blaue Kopierfarbschicht ruhen), zeichnete ich mit der Spitze einer dickeren Stricknadel vorsichtig und detailliert die Konturen der in geschwungener Schrift geschriebenen Signatur: »*K. Bürger*« nach. Das »K« für »Kurt« – »Kurt Bürger«! Dann legte ich das Blaupapier kurz zur Seite, nahm das weiße Blatt mit der nunmehr komplett kopierten Unterschrift von Klaus' Vater, legte es auf die Heftseite, auf der die besagte, unglücklich verlaufene Klassenarbeit quittiert werden sollte, und richtete es letztlich so aus, dass mein soeben errungenes »*K. Bürger*« sich nach dem folgenden Kopieren genau unter Wiesengrunds »Fünf« platzierte. Gesagt, getan! Eine letzte Kontrolle der Ausrichtung – da man nur einen einzigen Versuch hat, muss alles haargenau stimmen –, dann, per senkrecht gehaltenem und steif ausgestrecktem Zeigefinger, die Blätter gegen etwaiges Verrutschen gesichert und – ganz, ganz vorsichtig das Kohlepapier zwischen diese beiden Seiten gelegt, wobei der fixierende Zeigefinger mehrfach kurzfristig zurückgenommen werden musste, damit das Kohlepapier überhaupt im Format dazwischen passte. (Am Ende ruhte die blaue Kopierfarbschicht selbstverständlich auf der verhauenen Klassenarbeit.) ...

Nun waren nur noch die soeben frisch kopierten Konturen von »*K. Bürger*« mit der per leichtem Druck geführten Stricknadel zu verfolgen, das Blatt und das Kohlepapier beiseitezulegen (beides hatte ja ausgedient), die durchgepauste Unterschrift mit einem normalen Kugelschreiber akkurat nachzuzeichnen – und fertig. Fertig! Und da war sie nun, die gewünschte Bestätigung »des Vaters«, die Lehrer Wiesengrund am nächsten Tag Klaus Bürger abverlangte. Da stand es – ruhte gelassen unter der mit Wiesengrunds roter Tinte geschriebenen Fünf, behauptete sich unter dem Objekt der Traurigkeit und des Zornes –, mein »*K. Bürger*« ...

Als ich Klaus am nächsten Morgen das Heft auf dem Weg in die Schule überreichte (was ich vorsichtshalber erst ganz am Ende des Reyesweg tat, weit außerhalb des Blickfeldes seiner Eltern, die ihrem Sohn gerne mal – an ihrem Wohnzimmerfenster stehend – eine Zeit lang nachwinkten), war er sichtlich erleichtert. »Das ist perfekt ... ist ... ist einfach genial ...«, so seine spontane

Reaktion, gemischt mit einer großen Portion Hochachtung für mich, als er interessiert die Seite aufgeschlagen hatte, auf der *sein Vater* gestern Nachmittag seine Fünf unterschrieben hatte. »Das werde ich dir nie vergessen!«

Nun, ganz so »perfekt« war es leider doch nicht. Nein, das Gegenteil war im Endeffekt der Fall. Was sich uns, Klaus und mir, an diesem Tage als ein »genialer Erfolg« zeigte, entpuppte sich gleich am darauf folgenden Tag als eine kleine Katastrophe. Wie geplant – noch bevor er mit dem eigentlichen Unterricht begann – sammelte Wiesengrund hastig die Hefte ein. Auf sein: »Und, habt ihr alle die Unterschrift?«, wurde ihm von einigen Plätzen aus kleinlaut gebeichtet, dass die Eltern noch nicht unterschrieben haben. Wir, Klaus und ich, wir hatten heute nichts zu beichten. *Meine* Mutter hatte unterschrieben. Wortlos und ohne einen Kommentar tat sie das, wie aus einer Routine heraus. Klaus' Vater – für den ich eintrat –, na ja, in gewisser Weise hatte er ebenfalls ohne eine Bemerkung unterschrieben. Lehrer Wiesengrund knallte den Stapel mit den eilig eingesammelten Klassenarbeiten auf sein Pult und begann sofort mit dem Physikunterricht. Eigentlich hatten wir die Angelegenheit damit bereits vergessen. Dessen ungeachtet hat sie sich ziemlich schnell wieder in Erinnerung gerufen. Die Schummelei flog auf ... Noch am Tage der Abgabe und auf Herrn Wiesengrunds Schreibtisch bei ihm zu Hause, als er gewissenhaft kontrollierte, ob, und wenn ja welche Eltern mittels ihrer Unterschrift die Benotung ihrer Kinder zu Kenntnis genommen haben, hatte sich das »*K. Bürger*« in Klaus' Heft als das erwiesen, was es war – als Betrug. Dem auch in dieser Hinsicht geschulten Pädagogen – und hier passt das Wort »Hinsicht« perfekt – fiel es sofort auf, dass im unmittelbaren Umfeld der vermeintlichen Unterschrift ein seichter, kaum wahrnehmbarer bläulicher Schimmer das Papier eingefärbt hatte.

Er musste schon genau hingesehen haben, der gute Mann, hatte das aufgeschlagene Heft vielleicht sogar leicht schräg unter eine Lampe gehalten, aber dann – ja, dann war es offensichtlich: diese Unterschrift war gefälscht! Klaus und mich erreichte die langsam sich aufbauende Flutwelle erst am Tage darauf. Mitten im Unterricht ging plötzlich die Tür auf, und Herr Wiesengrund kam herein. Nach einem knappen und geflüsterten Wortwechsel mit Herrn Schulz, der uns gerade unterrichtete, hatte er sich Klaus kurzerhand geschnappt und ist mit ihm lautlos aus dem Klassenzimmer gegangen. Als sich die Tür hinter Lehrer und Schüler so lautlos schloss, da hatte ich schon so ein komisches Gefühl in der Gegend meines Magens. Da das aber keine Seltenheit ist, dieses

Gefühl, habe ich es vorgezogen, daran keine weiteren Gedanken zu verschwenden. Als Wiesengrund nach einer knappen Viertelstunde Klaus wieder zurück in die Klasse brachte – ihn per Handzeichen anwies, sich wieder auf seinen Platz zu setzen – und dem Lehrer Schulz etwas direkt ins Ohr flüsterte, da kreisten meine Gedanken doch wieder recht wirr in meinem Kopf. Beide Lehrer – Wiesengrund und Schulz – standen kerzengerade und dicht nebeneinander und starrten mit ernstem Gesicht zu mir herüber. Stille! Eine eiskalte Ruhe, die mindestens für die unerträgliche Länge von drei Sekunden den gesamten Raum beherrschte. »Alexander Zinser!«, – Wiesengrunds Stimme zerschnitt scharf die Dicke-Luft-Wolke zwischen ihm und mir. »Nach vorne kommen!« Ich erhob mich und ging nach vorne. Lehrer Schulz trat einen ganzen Schritt zurück, signalisierte dergestalt, dass er mich meinem Schicksal überließ ... Den kläglichen Rest habe ich nur noch schemenhaft wahrgenommen – mehr verschwommen – und von weit, weit her. Als man mich vor der versammelten Klasse mit den nun zwangsweise folgenden Konsequenzen konfrontierte – Wiesengrund hörte in seiner Empörung gar nicht mehr auf, auf mich einzureden –, hat mich das alles längst nicht mehr berührt.

»Bumms, fertig, aus ...«, ich blicke meinen Weggefährten von der Seite an. »Das war sie, die Geschichte. Das war geschehen. Und wie gesagt, das Blaupapier war es, das mich hier verriet.« Heinz, der sich das alles stillschweigend und höchst interessiert angehört hat, schießt mit dem Fuß einen auf dem Wege liegenden Stein ein paar Meter vor sich weg. »Man, Alex ... da hast du aber wieder was angezettelt!« Er bleibt stehen, sieht mich fragend – und auch mit einer klitzekleinen Spur Mitleid im Blick? – an. »Bei dir dürfte das Maß so langsam aber voll sein. Der Beliebteste bist du weiß Gott nicht bei den Paukern. Meinst du nicht, dass du nun von der Schule fliegst?« – »Das werden wir ja sehen. Deren Entscheidung kann ja nicht unendlich lange geheim gehalten werden ... Wir haben noch etwas Zeit. Wollen wir uns noch schnell ein paar Punschkugeln beim Bäcker Hansen kaufen?«

———

»Don Quijote!« – Ich weiß es noch genau, das aller-, allererste Buch, das ich mir hier in dieser Leihbücherei auslieh, war *Don Quijote – Der Ritter von der traurigen Gestalt*. Ich hatte es mir einfach aus einem der vielen Regale genommen, weil sich der Buchrücken dieses Buches von den anderen Buchrücken, die sich linksseitig wie rechtsseitig von »Don Quijote« in beachtlicher

Anzahl aneinanderreihten, deutlich unterschied. Jene schmale, senkrecht stehende Seite hatte mein Interesse geweckt, wieso das der Fall war – daran habe ich keine Erinnerung mehr. Acht Jahre alt war ich damals, und ich wusste nicht, auf was ich mich da einließ. Zwar las ich in dem Alter schon relativ gut (deutlich vor meiner Einschulung konnte ich auf der Straße nahezu sämtliche Reklameschilder der Geschäfte fließend lesen), aber ich war damals der Meinung, und das weiß ich noch genau, einen zünftigen Ritterroman gegriffen zu haben – durch den hätte ich mich vermutlich problemlos durchgeackert – und nun brachte ich die Geschichte eines Träumers mit nach Hause, eines weit von der Realität Entrücktem, dessen Taten ausnahmslos nur so vor Verrücktheiten strotzten. Das Buch floss förmlich über von all den unzähligen, doppelsinnigen Schilderungen, die sich am liebsten zwischen den Zeilen zu erkennen gaben. Doch, ganz durchgelesen hatte ich es damals, aber ob ich es auch erfasst habe, zumindest einigermaßen verstand, dieses faszinierende Buch, dieses mehrere Jahrhunderte alte Meisterwerk der Literatur, das möchte ich heute eher anzweifeln. Was ich dessen ungeachtet aber ganz sicher zufriedenstellend verstanden habe, auf mich bezogen allerdings, dass ist »die Moral von der Geschicht«, wie man zu sagen pflegt. »Die grobe Überschrift«, unter der die Geschichten jenes Fantasten allesamt stehen, die hatte ich meiner Meinung nach sofort begriffen. Übergangslos floss sie aus den Zeilen des Buches heraus und mir geradewegs entgegen, um frech wie frei direkt dort Platz zu nehmen, wo sich gewöhnlich mein Verstand und mein Herz zum notwendigen Abwägen der Gegebenheiten verabredeten. Von da an – nun legten sowohl der gute alte Don Quijote als auch sein Knappe und Lebensgefährte Sancho Panza ein gewisses Gewicht auf die Waagschale meiner Überlegungen. Früh hatte ich es erkannt, dass auch ich, Alexander Zinser, in bestimmter Weise durchaus in die Geschichten passte, die mir das Buch nicht müde wurde zu erzählen. Auch ich war wohl damals bereits ein Don Quijote, daran hege ich mittlerweile keinen Zweifel. Das hat mich das Buch gelehrt.

Heute habe ich allerdings eine ganz genaue Vorstellung von dem, was ich mir ausleihen möchte. Zwei Bücher suche ich in den Regalen: *Die Entstehung der Arten* von Charles Darwin und *Götter, Gräber und Gelehrte*. Den Darwin, den hat mir Frau Radtke empfohlen, die Lehrerin, die in der Von-Essen-Straße Biologie und Religion unterrichtet. »Lies das Buch: *Die Entstehung der Arten*«, empfahl sie mir, als sie im Rahmen eines persönlichen Gesprächs, das sich zwischen uns ergab, meine Zweifel bemerkte, meine Unsicherheit bezüglich des in der Schule Gelehrten. Das liegt etwas zurück. Nicht sofort sollte ich mich dem Stoff widmen, später sollte ich ihn lesen, viel später, wenn ich ein paar Jahre älter wäre, so jedenfalls habe ich Frau Radtke verstanden. So lange will ich aber nicht warten, wüsste auch nicht einen einzigen Grund, der das rechtfertigen könnte. Gut, mein Alter, meine Unerfahrenheit auf diesem Gebiet ... Und wenn schon – wer Don Quijote verstehen kann, der wird auch Darwin verstehen können. Das Alter spielt da keine Rolle, auch wenn Frau Radtke mir das nicht zutraut. So mein Ansatz. Was das andere Buch betrifft – *Götter, Gräber und Gelehrte* –, so ist mir der Name des Verfassers unbekannt. Im Reyesweg, in dem uns genau gegenüberliegendem Haus, ein paar Eingänge weiter rechts von uns und dort im Parterre, da wohnt ein Schriftsteller. Dieser Mann – ein netter, älterer Herr – hatte mich auf das Buch aufmerksam gemacht. Er wohnt dort alleine, ist nicht verheiratet. Das heißt – so ganz alleine nun auch wieder nicht. Er hat einen Hund, einen friedfertigen Terrier, der ebenfalls nicht mehr der jüngste ist. Sowie das Wetter im Sommer es zulässt, sitzt der Mann auf seinem Balkon an einem kleinen Tisch und tippt auf seiner Schreibmaschine. Sein Balkon geht zur Straße raus, und da konnte ich es des Öfteren beobachten. Wenn man an seinem Balkon vorbeigeht, dann kann man es auch deutlich hören, das Getippe – das Anschlagen der Tasten – so wie auch die anderen Geräusche, die das professionelle Schreiben auf einer Schreibmaschine mit sich bringt. Der Terrier liegt dann gerne unter dem Tisch und schaut mit halbmüden Augen zwischen den Gitterstäben des Balkons dem Leben und Treiben auf der Straße zu.

Eines Tages sprach der schreibende, nette ältere Herr mich freundlich an. Ich kam mit einem Stapel Bücher aus der Bücherei, die seiner Wohnung nur unweit gegenüberliegt, und war auf dem Weg nach Hause. Er saß auf dem Balkon und tippte. Als ich auf seiner Höhe war, allein getrennt durch zwei Bürgersteige und dem Kopfsteinpflaster dazwischen, unterbrach er sein Schreiben, blickte auf, sah zu mir herüber, erhob sich von seinem Stuhl und trat an das Geländer. »Dein Name ist Alexander ... nicht wahr?« Aus den Augenwinkeln heraus hatte ich ihn längst bemerkt. Ich blieb stehen und sah ihn an. »Ja. Ich heiße Alexander ... Man nennt mich aber auch ›Alex‹!« Über die Gelegenheit, mit diesem interessanten, irgendwie – ja, *besonderen* Menschen ein kurzes Gespräch führen zu dürfen, habe ich mich sofort gefreut. Ohne zu zögern ging ich die paar Schritte über die Straße zu ihm hinüber und stellte mich vor seinem Balkon auf. Es ergab sich umgehend eine Unterhaltung zwischen uns, die ich wohl mein ganzes Leben lang nicht vergessen werde, was allein an der Art und Weise lag, in der dieser Mensch mit mir sprach. Wir wechselten nur wenige Sätze, redeten nicht lange, dennoch wurde mir innerhalb dieser Minuten eine innere Ruhe vermittelt, die mich – ich kann nicht deuten, wie es geschah – nachhaltig stärkte. Klar, wir sprachen über das Lesen, sprachen über Literatur – über Bücher. Hauptsächlich aber sprachen wir über das, was ich bereits gelesen hatte, was ich momentan las und was ich noch gerne lesen möchte. Irgendwann dann, nach einer längeren Gesprächspause, zeigte er auf die Bücher, die ich in meinen Händen hielt. »Die sind sicherlich schwer, Alexander ... werden vermutlich immer schwerer.« Er lächelte mich an. »Es wäre wohl angebracht, wenn du sie jetzt erst einmal in deine Wohnung trägst.« Ja, diese Entscheidung kam zur rechten Zeit – meine Arme drohten zu erlahmen –, ich wollte nur nicht unhöflich sein, wollte die Unterhaltung nicht von mir aus unterbrechen. »Und komm mich doch mal besuchen, Alex, ich unterhalte mich gerne mit dir.« Auf das Angebot ging ich ein. Wiederholt besuchte ich den freundlichen, weisen Schriftsteller, diesen Mann, der so viel Ruhe ausstrahlt, der im Sommer, zusammen mit seinem Terrier, auf dem Balkon sitzt und auf der Schreibmaschine seine Gedanken zu Papier bringt. Immer und immer wieder sprachen wir über Literatur, über neue wie alte Bücher. Auch die eine oder andere Geschichte aus der Bibel fand Erwähnung. Und die Empfehlung, einmal in *Götter, Gräber und Gelehrte* hineinzuschauen, die bekam ich auch in dem Zusammenhang. Zwei Lexika habe ich von ihm geschenkt bekommen, beide zwar nicht neu und sichtlich gut benutzt, trotzdem – über das Geschenk freute ich mich riesig.

»Kann ich dir vielleicht behilflich sein?« Eine junge Frau steht plötzlich vor mir. Vom Sehen her ist sie mir bekannt. Sie arbeitet hier, ist eine Angestellte dieser staatlich geführten Leihbücherei. Mit ihrem stramm zurückgekämmten Haar, das an ihrem Hinterkopf zu einem großen Knoten gesteckt ist, wirkt sie auf mich zu ernst für ihr Alter. »Ja. Bitte. Ich suche ...«, weder auf die plötzliche Begegnung noch auf die Frage war ich vorbereitet, »ich suche den Don Quij ... äh, nein, nein ... Entschuldigung! Nein, ich suche das Buch *Die Entstehung der Arten* von Charles Darwin und das Buch *Götter, Gräber und Gelehrte* – die beiden Bücher möchte ich mir gerne ausleihen!« Zwei Augen sehen mich eindeutig verwundert an. »Bist du sicher?« Ich erwidere den Blick. Mein Schweigen bestätigt meinen Wunsch. »Die benötigst du aber nicht für die Schule ... oder?« Die Frau mustert mich von oben bis unten. In der Regel komme ich schneller an die Bücher als heute. Die Angestellte dreht sich um, gestikuliert mit einem knappen Schwenk ihres Kopfes in Richtung der

Holztreppe, die auf eine Empore führt, und geht auf die Stiege zu. Mit einem Abstand, der mir in der Situation angemessen erscheint, folge ich ihr gehorsam. Oben, und dort in einem gesonderten Zimmer, befinden sich vermutlich die Bücher, die nicht so häufig gewünscht werden (?). Grell scheint dort die Sonne durch zwei geschlossene Fenster, was sofort die stickige Luft im Raum erklärt. Mehrere dicht aneinandergestellte Regale an den Wänden, deren hölzerne Borde fast lückenlos mit Büchern vollgestellt sind. Auch hier geht es streng nach dem Alphabet. Kleine blaue Kärtchen mit weißen Anfangsbuchstaben darauf – Hinweise auf die hinterlegten Exemplare –, stecken hier und dort zwischen den Büchern. »C ... Ce ... Ceram – da haben wir es!« Noch während sie mir – ohne sich umzudrehen – mit nach hinten ausgestrecktem Arm das soeben von ihr entdeckte Buch: *Götter, Gräber und Gelehrte* von C. W. Ceram hinhält (deutlich steht der Name unterhalb des Titels), streift ihr Blick forschend über den D-Bereich. »D ... Da ... Dar ... – nein, tut mir leid, den Darwin haben wir momentan nicht da. Den könnte ich dir aber besorgen!« Wir verlassen den Raum, begeben uns auf den Weg nach unten. Dort angekommen, ist die Luft auch nicht wesentlich frischer, was mir aber jetzt erst auffällt. Vorerst fühle ich mich mit dem »Archäologie-Sachbuch-Wälzer« (wie meine fürsorgliche Hilfe sich ausdrückte) in der Hand bestens bedient. Das Buch wird auf der Rückseite meiner Mitgliedsausweiskarte eingetragen. »Hier, junger Mann, deine Karte. Den Darwin bestelle ich dir. Es dauert allerdings etwas ... Schau in ein paar Tagen einfach mal wieder vorbei.« Ich bedanke mich zweifach bei der jungen Angestellten, die mich jetzt sehr, sehr freundlich ansieht. »So eine Leihbücherei ist eine feine Angelegenheit«, denke ich mir im Stillen, und die 20 Pfennige Beitrag im Monat, die ist sie mir allemal wert.

Vermutlich werde ich es niemals herausbekommen können, was die Menschen, die mich tagtäglich umgeben, die mir fortwährend begegnen, während des Krieges getan – oder auch gelassen! – haben. Vermutlich bleibt es für mich im Verborgenen ... Aber interessieren tut es mich sehr. Das muss ich zugeben. Ich denke hier jetzt nicht unbedingt an die Menschen innerhalb meiner eigenen Familie, denke weder an meine Eltern noch an meine Großeltern und auch nicht an Barbara, meine Schwester, oder an Ulrich, meinen Schwager. Nein, von denen weiß ich, wie sie in diesen Tagen lebten, jedenfalls bezüglich dem, was meine *eigentliche* Frage betrifft. Mich lässt beispielsweise die Frage einfach nicht los, wer von den unzähligen Menschen, die sich während des Krieges aktiv an den unbeschreiblichen Gräueltaten beteiligten – von denen ich einiges hörte und auch selbst las –, sich heute in meiner unmittelbaren Umgebung aufhält. »Wo sind all jene Täter abgeblieben«, frage ich mich unaufhörlich, »die den Krieg in diesem Land überlebten, in diesem Land blieben und jetzt seit Jahren wieder ein normales Leben führen?« Wie viele von denen leben zurzeit in Hamburg, wohnen und arbeiten in den Straßen Barmbeks, ja – sind Anwohner im Reyesweg? Nach dem, was sich grob errechnen lässt, könnte ich das jeden fragen, der mir hier auf der Straße als Passant begegnet und dessen Alter sich zwischen 47 und 77 Jahren schätzen lässt. Oder vertue ich mich da vielleicht, und meine Überlegungen sind von Grund auf falsch? Wie alt sind beispielsweise Herr Wiesengrund und Herr Schulz, die beiden Lehrer der Von-Essen-Straße, und was genau taten sie in dieser Zeit des Krieges? Und der verschlagene Kellerschreck, der an meiner Schule den Werk- und Schwimmunterricht gibt und der mit richtigem Namen Munte heißt – was ist (was war) mit dem? Oder – ein weiteres Beispiel – was ist mit unserem Hausarzt Doktor Weser? Er müsste meiner Schätzung nach auch so zwischen fünfzig und sechzig Jahre alt sein – was tat er in den Jahren zwischen 1939 und 1945? Selbstverständlich will ich niemanden pauschal anklagen oder verdächtigen, aber irgendwo *müssen* sie doch abgeblieben sein, diese Verursacher jener Unmenschlichkeiten ... Die hat doch nicht alle der Erdboden verschluckt! Es hinterlässt wahrlich kein gutes Gefühl, nein es fühlt sich sehr unsicher an, wenn ich mir, mit derart finsteren Gedanken in meinem Kopf, diese Fragen im Zusammenhang mit dem alten Gerkens stelle, dem kauzigen Krämer aus dem Reyesweg, oder in Verbindung mit dem zurückhaltenden Herrn Kurdamm, der bei uns im Haus auf der dritten Etage rechts wohnt, oder auch ...

Elftes Kapitel

Interessieren tut es mich nicht, das Theaterstück, das die Klasse unter der Leitung von Frau Frotzer eingeübt hat. Bereits die Proben machten es mir deutlich, dass das nichts für mich sein kann. »Kriemhild und Siegfried« – am kommenden Freitag soll die Aufführung sein. »Der krönende Abschluss des Deutschunterrichts« – Wortlaut Frau Frotzer –, in dem sich über Wochen und Monate alles allein um die Nibelungensage drehte. Gut, wie Lehrer Schulz den Stoff behandelte, das war in Ordnung, war nicht uninteressant, das kann man nicht anders sagen. Besonders die Stunden, in denen er das Buch nahm, sich vorne und mittig zwischen die Tisch- und Stuhlreihen setzte und uns vorlas, die haben so einiges retten können. Lesen – das kann Schulz, oh ja. Seine angenehm leise, aber deutliche Stimme sowie seine auffallend sachliche Betonung, die haben mich sogar Hagen von Tronje, König Gunther, Brünhild – ja den gesamten Worms-Königshof ertragen lassen. Das soll schon was heißen ... Ansonsten aber nervt mich das ganze blöde Gehabe rund um das Drachen-Tarnkappen-Ring-Gürtel-Speer-Gedöns ganz gewaltig. Und nun auch noch als Theater Aufführung! Lächerlich, das Ganze. In regelmäßigen Abständen ließ sich Schulz bei den Proben sehen, hatte dann seinen Senf dazugegeben, wenn seiner Meinung nach das eine oder andere *Spiel* nicht passte. Die Frotzer hatte sich dann entsprechende Notizen gemacht, hatte seine sachkundigen Hinweise umgehend »in die ›künstlerische Leitung‹ mit einfließen lassen«, wie sie es, stolziert betont, nannte. Weshalb man nun ausgerechnet davon ausgeht, dass die Schnepfe Frotzer so eine Inszenierung hinbekommt, das ist mir schleierhaft. Vielleicht werden Pädagogen, die sich gerne als Kunsterzieher sehen, automatisch mit derartigen Aufgaben betraut. Das würde die Frage beantworten.

Und *was* sie da alles angezettelt hat: Ritterrüstungen, Waffen, Umhänge und sonstige Gewänder für die Darsteller, für uns, die Jungen und Mädchen der Klasse. Die Rüstungen aus Pappe, die Waffen aus Sperrholz und die Klamotten aus irgendwelchen bunten, durchsichtigen Tüchern und Schals. Den Klassenraum, in dem das Drama am Freitag aufgeführt werden soll, hat sie in drei Bereiche unterteilt: zwei Drittel Zuschauerraum und ein Drittel Bühne. Die Bühne wird wiederum halbiert: Die linke Hälfte ist der Odenwald, und die rechte Hälfte soll den Eindruck vermitteln, sie gehöre zu so etwas wie einer Burg oder einem Schloss. Für den Odenwald musste die gesamte Klasse im Werkunterricht Eichen- Ahorn- und Lindenblätter herstellen. »Die Umrisse der Blätter auf Papier aufzeichnen, mit Wasserfarben aus dem Tuschkasten entsprechend ausmalen und das Ganze dann ausschneiden«, hieß die Devise. An den Fensterscheiben wie an den Wänden – überall klebt jetzt der Baumbestand des Odenwaldes. Albern. Einfach nur albern und blamabel! Aber Hauptsache der Schulz nickt das ab und die Frotzer ist zufrieden. Na ja, bis Hagen dann am Freitag letztendlich Siegfried seinen Speer zwischen die Schulterblätter rammt, werden die Eltern – die hat die Frotzer nämlich als

Zuschauer erkoren – noch einiges ertragen müssen. Es wird auch noch heftig mit einem Drachen gekämpft werden (erspart bleibt einem da nichts). Der Kopf des Ungeheuers ist aus Pappe, ebenfalls bunt angemalt, der Rest besteht aus mehreren kompliziert zurechtgeschnittenen Wolldecken. Manfred Späting und Michael Schwarz stecken unter der Verkleidung. Manfred steckt in dem Kopf des Pappmonsters, Michael unter den grün eingefärbten Decken. Es muss unangenehm warm sein in dem Drachen. Beide setzten sich nach den Proben, kreideweiß und durchgeschwitzt, erst einmal für einige Minuten unter ein geöffnetes Fenster.

Die Eltern kommen zur Aufführung? Bei mir kommt allein meine Mutter. Wie könnte es auch anders sein? Mein Vater schwimmt mit seinem Tanker am Persischen Golf – oder in der Nähe. In seinem letzten Brief erwähnte er den Suezkanal. Da wäre ich am Freitag auch gerne – am Persischen Golf ... Vielleicht kommt Otto Dau mit, unser Nachbar. Meine Mutter deutete es jedenfalls an. Dann braucht sie am Freitagnachmittag nicht zu Fuß vom Reyesweg zur Von-Essen-Straße gehen. Otto Dau hat ja ein Auto. Nach der Aufführung würden wir dann alle gemeinsam zurückfahren. Das wäre mal was. Ich würde mich freuen. In seinem 170er Mercedes bin ich schon einmal mitgefahren, das heißt, sind *wir* mitgefahren – meine Mutter und ich. Vor ungefähr zwei, drei Monaten war es. Einen Ausflug hatten wir gemacht, einen gar nicht mal so kleinen. Wessen Idee es war, gemeinsam eine Fahrt ins Grüne zu unternehmen, das kann ich nicht sagen. Jedenfalls fuhren wir nach Geesthacht, wir drei, Otto Dau, Anneliese und Alexander Zinser. Wir schauten uns das Pumpspeicherwerk dort an, ein hochmodernes Kraftwerk direkt an der Elbe, das seit rund zwei Jahren – seit 1958? – aus der Energie des Wassers Stromenergie gewinnt. Was ja an sich wohl ganz gut ist. Wie das funktioniert, das wurde mir gleich von zwei Seiten erklärt, grob zumindest. Einmal in der Schule (für mich eher unverständlich) und einmal von Otto Dau (wesentlich verständlicher) während des Ausflugs. Sein 170er Mercedes – mit so einem Wagen zu fahren, das hat schon was. Das sieht meine Mutter auch so. »Wer immer nur zu Fuß, mit dem Fahrrad oder mit U- und S-Bahn unterwegs ist, der weiß so eine Fahrt mit einem Mercedes erst richtig zu schätzen!«, sagt sie. Das hatte sie auch während unseres Ausflugs mehrfach hervorgehoben.

So ab und an fahren wir mit einem Taxi, was aber wirklich eher die Ausnahme ist, allein von den Kosten her natürlich. Von der Sierichstraße zurück in den Reyesweg beispielsweise, wenn wir Barbara und Ulrich besucht haben und es *etwas später* geworden ist, dann erlauben wir uns eine Fahrt. Mit nur sehr wenigen Ausnahmen – »Opel«, zum Beispiel – sind die Taxen durchweg Autos der Marke »Mercedes«. So gesehen wissen wir, wovon wir sprechen, wenn wir sagen: »Mit einem Mercedes zu fahren – das hat schon was ...« Also, Otto Dau, der will vielleicht zur Aufführung kommen? Das soll er bitte tun. Otto Dau ist ein Netter. Nicht nur ein Mitbewohner, so wie die anderen in unserem Haus. Er ist ein Freund der Familie. Nicht, weil wir auf derselben Etage wohnen, nicht, weil er die Wohnung gemietet hat, die der unsrigen unmittelbar gegenüberliegt, nicht, weil die Wohnungstüren der Familien Zinser und Dau nur wenige Meter voneinander entfernt sind – nein, das trifft es nicht. Zu Otto Dau haben wir einen besonderen Kontakt. Das kann man so sagen. Vor Jahren war es, da hatte mein Vater die Familie einmal zu uns in die Wohnung eingeladen, hatte, wie er es manchmal macht, wenn er nach einer längeren Seereise für einige Wochen zurück in den Reyesweg kommt und einige *ausgewählte* Personen aus der Nachbarschaft einlädt, um von den Weiten der Meere und den Häfen der Welt zu berichten, das Ehepaar Dau mit ihrer Tochter Margerite – ihrem einzigen Kind – geladen.

Ich erinnere mich an den Besuch. Man sprach viel, redete über dieses und über jenes, diskutierte auch darüber, wie ein »Makler für Versicherungen« sein Geld verdient. Und natürlich wusste mein Vater – zwischendurch sogar – immer wieder eine fesselnde Geschichte über die Seefahrerei zu erzählen, was mir von vornherein natürlich klar war. Meine Eltern verstehen sich seitdem ganz hervorragend mit der Familie. Das gilt besonders für Otto Dau, der ihrer Meinung nach ein ausgezeichneter Unterhalter ist. »Otto ist ein äußerst amüsanter Zeitgenosse. Er hält sich zwar für was Besseres, aber das ist ihm zu verzeihen.« So gleich nach dem Besuch mein Vater, und zwar mit einem *bestimmten* Unterton, in dem noch ausreichend Raum für eine gewisse Sympathie steckte. Seine Frau hingegen hinterließ da einen etwas anderen, einen eher negativen Eindruck, der sich leider auch – so sieht es vorwiegend meine Mutter – immer wieder bestätigt. »Mit ihr wird man nicht so schnell warm. Sie möchte unter allen Umständen auch zu uns genau die Distanz halten, die sie zu allen anderen Bewohnern des Hauses hält. Das spüre ich.« Margerite, die Tochter, ist eine hübsche junge Frau, in die sich jeder Junge meines Alters sofort verliebt. Das kann ich wiederum bestätigen, obwohl sie mit ihren 19 Jahren schon ziemlich alt ist. Sie mag mich, das merke ich, das zeigt sie bei jeder Gelegenheit. »Alex, du bist mein kleiner Bruder!« Sie hatte mir sogar mal eine echte Armbanduhr geschenkt. Eine kleine, runde Herrenarmbanduhr (mit Datumsanzeige!) – eine, die sogar noch einigermaßen funktionierte. Das war gleich nach unserem Einzug – so um den Dreh. Wieso sie das tat und woher sie überhaupt so eine kleine, runde Herrenarmbanduhr hatte, das konnte ich nicht herausbekommen. Auch meine Großmutter mochte Otto Dau sofort, was wohl auf Gegenseitigkeit beruhte. Das wundert mich nicht, wo sie doch beide einen erfrischenden Humor haben. Im Laufe der Zeit kam Otto Dau immer öfter zu uns. Auch wenn mein Vater auf See war, kam er. Er besuchte mich – ja mich! –, wenn ich mich beispielsweise an einem Sonntag wieder einmal langweilte. Wir spielten dann eine Partie Schach oder ordneten in meiner Briefmarkensammlung anhand meines Michel-Katalogs die noch nicht erfassten Exemplare. Gelegentlich gab er mir sogar das Geld für einen Kinobesuch, spendierte mir an Sonntagen des Öfteren das von mir heiß ersehnte Fünfzigpfennigstück für eine der beiden Vorstellungen im Rondeel ... Ja, und wenn dieser Nachbar am Freitag auch mit zu der Aufführung kommt, wenn er, in einer der Reihen sitzend, die ganze »Säbelfechterei« geduldig über sich ergehen lässt, dann ist das schon ein Opfer, das ich zu schätzen weiß.

»Alex! Aleeex! Seit einer halben Stunde sitzt du einfach nur da und starrst vor dich hin ... Über was denkst du denn so angestrengt nach?« Ja, stimmt, recht hat Frau Renk, die Frau vom Hauswirt Renk. Mit angezogenen Knien sitze ich auf der Klinkerstein-Mauer, die den Vorgarten zum Hauseingang Nummer 26 umsäumt, und gebe meinen Gedanken einen weiten Raum. »Mit dem Hosenboden direkt auf dem kalten Stein – das ist nicht gesund!« Mit einem Einkaufsnetz an jeder Hand und einem freundlichen Gesicht bleibt sie vor mir stehen. »Als ich das Haus verließ, hocktest du dort, inzwischen habe ich meinen Einkauf erledigt ... und du stierst immer noch auf denselben Fleck.« Noch bevor ich mich für eine passende Antwort entscheiden kann, ist Frau Renk mit ihrem Einkauf in unserem Hausflur verschwunden.

———

»Und nicht vergessen, nach der Schule gleich zu Opa! Wir fahren dann gemeinsam wieder zurück«, sagte meine Mutter heute Morgen zu mir, bevor ich mich auf den Weg in die Schule machte. »Nach der Schule gleich zu Opa!«, wie könnte ich das vergessen ... Neuerdings besucht sie zweimal im Monat ihren Vater, steigt U-Bahn-Station Dehnhaide ein und U-Bahn-Station Feldstraße wieder aus. Bis zur Ölmühle (in der Straße befindet sich die kleine Einzimmerwohnung meines Großvaters) sind es dann nur noch ein paar Schritte zu gehen – so um die fünf Minuten Weg vielleicht. Sie übernimmt dann gewisse Putz- und Reinigungsarbeiten für ihn, räumt etwas in der Wohnung auf, wischt den Staub von den Möbeln, erledigt dies und das. Was eben so anfällt in einem Haushalt. »Das kann er nicht mehr alles alleine schaffen«, meint sie. »Einkaufen, kochen, waschen bügeln und dann die Wohnung – das ist zu viel für ihn!« An diesen Tagen fahre ich gleich nach der letzten Schulstunde ebenfalls nach St. Pauli, steige ebenfalls Dehnhaide ein und Feldstraße wieder aus. Üblicherweise hat meine Mutter dann zwar das Wesentliche bereits geschafft, aber irgendetwas findet sich letztlich immer noch – ja drängelt sich förmlich auf! –, was mehr oder weniger dringend auf eine Erledigung wartet. Und nicht zuletzt erwartet mein Großvater auch von seinem Enkel, dass er Zeit für ihn hat, dass er ihm ausführlich berichtet, was es in der Schule und auch im Reyesweg alles so Neues gibt.

Was das *heutige* Bahnfahren betrifft – das liegt jetzt zur Hälfte hinter mir. Station Feldstraße ausgestiegen und an der Ampel die Feldstraße überquert, bin ich jetzt auf dem Weg in die Ölmühle ... Diese Putztag-Besuche empfinde ich als überaus anstrengend. Das muss ich mal sagen. Das »Zweimal-im-Monat«, das kommt mir wie ein »Tagtäglich« vor. Mit meinem Großvater bin ich wirklich gerne zusammen, freue mich immer, wenn wir uns treffen, und er freut sich ebenfalls sehr. Aus dieser Ecke kommt es nicht, was mich solche Tage als eine unangenehme Pflicht empfinden lässt. Was mir nicht gefällt, ist das Drumherum, das mit den Aktionen untrennbar verbunden ist. Mit dem lästigen Aufwand, den ich noch *nach* der Schule – und zwar übergangslos! – betreiben muss, mag ich mich nicht anfreunden. Von der Von-Essen-Straße zu Fuß bis zur U-Bahn-Station, dann mit der Bahn durch die halbe Stadt bis nach St. Pauli und von dort zu Fuß in die Wohnung –, das ist es, was mir den Besuch vermiest. Ganz abgesehen davon, dass mir das Ganze unmittelbar nach dem Besuch – der für mich eineinhalb bis zwei Stunden dauert – auch in umgekehrter Reihenfolge bevorsteht, nur dass es dann nicht in die Von-Essen-Straße, sondern – noch weiter weg – in den Reyesweg geht. Und nicht zu vergessen, dass ich die ganze Zeit über die schwere Schulmappe mit mir herumtrage, die mich obendrein noch gewichtig daran zu erinnern versteht, dass ich gleich danach – wieder im Hause angekommen – meist noch irgendwelche Hausaufgaben zu erledigen habe. »Schön« ist was anderes.

Nun bin ich da. Die Anreise liegt hinter mir, der Besuch vor mir und die Schulmappe im engen Flur. Sieht alles blitzblank und somit sauber aus – mein erster Eindruck heute –, aufgeräumt und sauber. »Setz dich erst mal, Alex.« – Ich sitze bereits seit einigen Minuten – »Und ... was gibt es

Neues?« Mein Opa sieht mich erwartungsvoll an, erwartet jetzt einen Bericht über – wer weiß was – von mir. Da gäbe es einiges zu berichten, denke ich mir, aber das, was ich für erwähnenswert halte, das will keiner von den beiden wirklich hören. Dessen bin ich mir sicher. »Wie war's in der Schule, Alex?«, vermutlich habe ich für sein Dafürhalten zu lange mit einer Antwort gezögert – seine Stimme klingt leicht ungeduldig. Zeitgleich unterstützt seine Tochter seine Bemühung: »Nun erzähl doch mal!« Beide konzentrieren sich auf mich. Sie tut das – hinter meinem Sessel und somit mir im Rücken – während des Abwischens der Fensterbank, er – mir gegenüber am runden Tisch im Sessel sitzend –, indem er mich gütig, aber standhaft mit freundlichen Augen betrachtet. »Alles in Ordnung«, sage ich mit dem Brustton der Überzeugung. »Da gibt es nichts Interessantes zu berichten.« Wenn ich hier schon sitze, dann will ich wenigstens für ein paar Minuten meine Ruhe haben und mich etwas entspannen … Meiner Mutter scheint es gut zu gehen. Das merke – ja sehe – ich ihr an. Ich kenne das. Ihr Vater versteht es hervorragend, sie zu ermuntern. Das Wort *ermuntern*, das benutzt er oft. »Die Bibel *ermuntert* die Menschen, sich entschlossen dem wahren Gott zu nähern … und allein innerhalb seiner (Jehovas) Religionsgemeinde«, so mein Großvater mit beschwörender Betonung, »da hat man diese Aufforderung real in die Tat umgesetzt.« Ja, so einfach ist das! Wie ich vermute, hat er ihr auch heute wieder einiges aus der Bibel vorgelesen. Dazu fühlt er sich berufen, er, mein Großvater, wo er doch die genaue Erkenntnis – die alleinige Wahrheit! – hat. »Wenn du regelmäßig zu uns in die Versammlung kommst, Anneliese, dann hast du bald keine Tabletten mehr nötig!«, behauptet er in einer Tonlage, die nicht den geringsten Zweifel daran aufkommen lässt, dass er es genau so meint, wie er es sagt. »Du wirst es sehen, Anneliese, du brauchst dann künftig keinen Arzt mehr!« Jedenfalls tut es ihr im Moment gut, dieses *Geländer*, das er ihr bietet, und ich muss zugeben, dass ich die Zeit der Ruhe begrüße, die sich aus der Tatsache ergibt, dass Anneliese Zinser sich – nach einem derartigen Trost – für die darauf folgenden Tage (manchmal Wochen) auffallend ausgeglichen zeigt. Diese Phasen der Entspannung gönne ich ihr oder – besser gesagt – gönne ich uns. Obwohl mir der religiöse Beigeschmack, dem dieser Zuspruch anhaftet, vermutlich immer irgendwie fremd sein wird. Das kann ich erahnen.

»Hast du es auch richtig eingestellt … Vermutlich muss es für deine Augen nachjustiert werden.« Die Frage seitens meines Großvaters hat mich jetzt nicht großartig überrascht. Ich habe mir das Fernglas genommen, das auf seiner Fensterbank einen festen Platz hat, und schaue – über einen relativ großflächigen, unbebauten Platz hinweg – auf die lange Häuserfront, die genau gegenüber der Ölmühle liegt. Eine alte, verwitterte Mietshausreihe, deren gesamte Vorderseite (der Putz, die Türen und Fenster – einfach alles) längst einen neuen Farbanstrich benötigt. Auf dem Dach dort hantiert ein Schornsteinfeger ... Es ist mir zur Gewohnheit geworden, dass ich mir, wenn ich meinen Großvater besuche, das Fernglas schnappe und für einige Minuten aus seinem Fenster spähe. Und pflichtgetreu stellt er mir währenddessen jedes Mal die Frage, ob ich denn auch die erforderliche Einstellung vorgenommen habe. »Na klar, natürlich habe ich ... ist alles perfekt eingestellt!« Der heutige Hausputz neigt sich wohl dem Ende zu. Jedenfalls deutet einiges darauf hin. »Soll Alex vielleicht kurz runter und uns ein paar Stücke Kuchen kaufen gehen? Wir könnten doch noch gemeinsam gemütlich einen Kaffee trinken. Zeit genug hätten wir ...« Dass meine Mutter mit einem solchen Vorschlag kommt, das war zu erwarten. Ja. Für sie ist das abschließende Kaffeetrinken so eine Art »i-Tüpfelchen«. Für ihren Vater einerseits zwar ebenfalls, aber für ihn gibt es da noch eine andere Seite zu beachten, das meint er zumindest. Er achtet peinlich genau auf sein Geld, vermeidet konsequent – also kompromisslos – jede überflüssige Ausgabe und »ein paar Stücke Kuchen«, die hält er eben nicht für erforderlich. Das spricht er zwar nicht offen aus, schafft es aber immer wieder problemlos aufs Neue, das hinlänglich verständlich zum Ausdruck zu bringen (und dass er aus der Situation heraus diesen Kuchen bezahlen muss, das ist auch ihm klar). »Gut, Anneliese, das machen wir.« Mein Großvater sieht mich eine Weile wortlos an. Scheint konzentriert zu überlegen, während er langsam sein Portemonnaie aus der Tasche zieht. »Anneliese, was meinst du – am besten keine Torte –, soll Alex uns eine halbe Platte Butterkuchen vom Bäcker holen?« Während Hans Quandt in der Küche den Kaffee durchlaufen lässt, seine Tochter die Putzutensilien an ihren Platz zurückstellt, besorgt sein Enkel vom Bäcker Butterkuchen und einen kleinen Becher Schlagsahne. »... und ein Achtel Pfund Sahne reicht völlig für uns aus«, hatte er ihm noch mit auf den Weg gegeben.

Ich kaufe gerne in dieser Gegend ein, schlendere gerne durch die Straßen rund um die Ölmühle. Die Häuser, Läden, Toreinfahrten und Plätze hier, die haben alle etwas *Zwielichtiges* an sich, etwas *Anrüchiges,* etwas wie – »da steckt sicherlich noch irgendwas Verborgenes, Spannendes dahinter ...« Hier scheint was in der Luft zu schweben, das nach Abenteuer riecht, nach Spannung, nach

Unentdecktem – und das gefällt mir eben. Hier kennt mich niemand. Hier falle ich nicht auf. Hier kann ich unbeobachtet schauen und erahnen. Hier komme ich mir selbstständig vor, ja beinahe einigermaßen erwachsen. Ein Gefühl, das mir zwar nur selten und nur jeweils für den kurzen Zeitraum einer Besorgung vergönnt ist, das ich aber mit jedem meiner Schritte in vollen Zügen einatme. Ich gehe meinen Gedanken nach ... Mein Vater ... Mein Vater war wohl noch nie in der Ölmühle, jedenfalls nicht in der kleinen Wohnung seines Schwiegervaters –?–, davon ist auszugehen. Was hindert ihn daran? Was meint er, wenn er seiner Frau sagt, dass ihr Vater nicht immer so tun solle, als wäre er *besonders* fromm? Gut, Hans Quandt hat auch seine Schrullen, wer hat die nicht, aber im Grunde ist er ein lebenserfahrener, gütiger Mensch, ein weiser Mann, der immer Zeit für mich hat. Und wovon spricht mein Vater, wenn er sagt, dass ein Wort von ihm genügen würde, und Hans Quandt müsse ins Gefängnis? Dass mein Vater seine religiöse Überzeugung nicht teilt, ja dass er sie für verlogen hält und verurteilt, das ist offensichtlich, daraus macht er kein Geheimnis, im Gegenteil, das betont er ständig. Aber wie passt das »In-das-Gefängnis-Bringen« da hinein? Dass die beiden sich nicht mögen, das ist zwar traurig, aber damit kann ich leben. Nichtsdestotrotz hätte ich gerne eine Erklärung dafür, möglichst eine, die mir verständlich ist ... Meine Gedanken haben dafür gesorgt, dass ich an meinen Einkauf so gut wie keine Erinnerung habe. Reine Routine. Bei dem Bäcker war ich des öfteren Kunde. Also – kein Wunder. Ich stehe an der Tür und drücke den Klingelknopf. Stille – dann Schritte. »Da bist du ja endlich«, mein Opa öffnet mir die Tür, tritt einen Schritt zurück und lässt mich herein. »Hast du alles bekommen?« Der Duft von frisch gebrühtem Kaffee begrüßt mich. Das flache Kuchenpaket und die Schlagsahne (125 Gramm) werden mir abgenommen und auf den Küchentisch gestellt.

Das Fernsehen ist schon eine faszinierende Sache, das kann man ohne jede Einschränkung sagen. Seitdem wir einen eigenen Apparat besitzen, ist die Unterhaltung gesichert, ausnahmslos, per Knopfdruck sozusagen. Mit so einem Gerät kommt die Welt förmlich zu einem ins Haus, ja, und zwar direkt ins Wohnzimmer und dort zumeist in irgendeine der vier Ecken. Klar, das Kino kann das Fernsehen mir nicht ersetzen. Die Filme, die ich im Rondeel, Melodie Scala, Drosselhof oder Roxi zu sehen bekomme, die kann mir das über die Antenne gesendete Programm nicht bieten, wobei – und das muss ich zugeben – Ausnahmen auch diese Regel bestätigen. Nein, und die Stimmung, die mich dort in den Kinos erwartet, die darf im Wohnzimmer sowieso nicht erwartet werden. Wie auch sollte das gehen? Wenn im Saal ganz, ganz langsam das Licht erlischt, sich zeitgleich der Vorhang lautlos zu beiden Seiten öffnet und sich in den Stuhlreihen schlagartig eine Ruhe einstellt, die von einer von vielen Menschen nun gemeinsam erwarteten Spannung zeugt – eine derartig willkommene und vollkommene Reizung der schaulustigen Sinne, die ist allein in einem dieser Filmtheater möglich. Keinesfalls aber möchte ich unseren Fernseher je wieder hergeben müssen. Und ja, in dem Moment, in dem die zwei zweifach klappbaren Türen der Fernsehtruhe zu beiden Seiten hin geöffnet werden und sie mir nun den Blick auf den Bildschirm freigeben, werde ich in der Tat – aber nur für einen sehr, sehr flüchtigen Augenblick – an einen lautlos sich öffnenden Kinovorhang erinnert. Und natürlich wird im Fernsehen einiges gezeigt, was mir gut gefällt. Alle paar Wochen, jeweils an einem Freitag, gibt es beispielsweise für eine knappe Stunde »Die Firma Hesselbach«. Ein in Etappen erzählter Einblick in eine Familiengeschichte – mal lustig, mal traurig, aber immer amüsant –, die dem gemütlich im Sessel oder auf dem Sofa sitzenden Zuschauer einmal das erlaubt, was im Grunde doch unzweideutig verboten ist: nämlich einen neugierigen Blick durch das Schlüsselloch und auf die höchst privaten Angelegenheiten – auf die Höhen und Tiefen – anderer Leute. Eine unterhaltsame Serie, die ich mir gerne zusammen mit meiner Familie ansehe – beziehungsweise mit dem Teil meiner Familie, der gerade anwesend ist.

Die amerikanische Fernsehserie »Abenteuer unter Wasser« hingegen, *die* dagegen gehört mir allein. Das soll bitte möglichst auch so bleiben. Der Taucher Mike Nelson, der immer am Samstagvormittag für fünfundzwanzig Minuten in alle möglichen Abenteuer verwickelt wird, und zwar ausnahmslos unter Wasser, der läutet mir das Wochenende ein. Gleich nach der Schule, die am Samstag Gott sei Dank nach nur zwei Stunden Unterricht vergleichsweise früh endet, bringt mich der Froschmann, der ehemalige Kampfschwimmer Mike Nelson, auf Gedanken, die mich die Unebenheiten der Woche auf eine angenehm unkomplizierte Weise vergessen lassen. Er schließt mir die eine Tür fest zu und öffnet mir eine andere weit auf – so in etwa könnte man es sagen. So unterhaltsam sie auch sein mögen, all die vom Fernsehsender »ARD« gebotenen Serienabenteuer, eines haben sie alle gemeinsam: Das Inhaltliche gerät schnell in Vergessenheit. Da hat Lehrer Schulz nicht ganz unrecht, wenn er seine Abneigung gegen das Fernsehen nicht zuletzt mit dem Argument unterstreicht, dass das Programm zu oberflächlich ist. »Von dem stundenlangen Glotzen werdet ihr ganz bestimmt nicht klüger, falls ihr das denkt ... Es lenkt euch nur vom Wesentlichen ab!« Kann sein, dass er das perfekt durchschaut hat, kann aber ebenso sein, dass er allein befürchtet, die Schule könnte zu kurz kommen, die Hausaufgaben könnten vernachlässigt werden. So sind sie, die Lehrer, etwas anderes kann aus dieser Ecke nicht erwartet werden. Und ja – doch! –, es werden auch Sendungen im Fernsehen gezeigt, die ohne Frage sehr lehrreich sind. »So weit die Füße tragen« zum Beispiel! Eine durch und durch spannende Geschichte, die letztes Jahr in der Advents- und Weihnachtszeit – hintereinander in sechs Folgen und jeweils Sonntagnachmittags – gezeigt wurde. Die Handlung spielt kurz nach dem Zweiten Weltkrieg und schildert die zermürbende, abenteuerliche Flucht eines deutschen Kriegsgefangenen, der aus einem russischen Gefangenenlager flieht und – allein mit sich und der Welt – einen langen, unsagbar beschwerlichen Weg nach Hause auf sich nimmt. Eine tiefsinnige Erzählung mit viel Schnee, viel sibirischer Kälte. Gemütlich im geheizten Wohnzimmer sitzend, haben wir uns das Abenteuer angesehen, meine Mutter und ich. Es war Winter, und die Tatsache, dass es an jenen Tagen immer wieder schneite, dass wir einen klirrenden Frost hatten, ja manchmal sogar Eisblumen an den Fenstern der Zimmer, die hat uns zeitweise – Hand in Hand mit dem flüchtenden Soldaten sozusagen – ebenfalls durch die schneebedeckten Weiten frostiger Landschaften stapfen lassen. »So weit die Füße tragen« ist an sich ein Roman, der dem Fernsehen als Vorlage diente. Das weiß ich von Herrn Brunner, dem Schriftsteller, der in dem uns gegenüberliegenden Haus im Parterre wohnt. Das Buch *Der Weg, den wir gingen* ist dem Mann ebenfalls bekannt. Wir sprachen ausgiebig darüber. Über beide Geschichten. Sowohl über die verfilmte Flucht des Menschen, der nach dem Zweiten Weltkrieg aus einem russischen Kriegsgefangenenlager entrinnen konnte, als auch über jenen Bericht, der von einigen Menschen handelt, die während des Zweiten Weltkriegs den deutschen Konzentrationslagern nicht entfliehen konnten.

Das alte Buch *Entstehung der Arten* von Charles Darwin hilft mir nicht groß weiter. Wenn ich die Aussage des Wissenschaftlers richtig verstehe, dann widerspricht er letztendlich kompromisslos dem Schöpfungsbericht, der wiederum bereits im Ansatz der Wissenschaft deutlich widerspricht. Der Schöpfungsbericht wird durch die Bibel gestützt, einem noch viel älteren Buch, das eindeutig von der Kirche als *einziger* Wegweiser hochgehalten wird. Die Kirche aber wiederum vertritt »menschenfeindliche Irrlehren, die sie klar als eine Gruppierung von Heuchlern kennzeichnet«, so Hans Quandt, ebenfalls mit der Heiligen Schrift in der Hand. Dieser nun schiebt, laut Heinrich Zinser – der in seiner Eigenschaft als Weltenbummler zweifellos ein sehr lebenserfahrener Mensch ist – seinen Glauben nur vor und gehört im Grunde ins Gefängnis. Hans Quandt schert das wenig, ja, für den ist Heinrich Zinser nämlich – weil katholisch – ein Mensch, der, »wie es alle Katholiken gerne tun, die Wahrheit scheinheilig verdreht«. Die Biologie- und Religionslehrerin Radtke löst den Knoten jedenfalls auch nicht für mich auf. Sie hat im Religionsunterricht nicht den geringsten Zweifel daran, dass ein Gott der Schöpfer aller Dinge sei und somit auch die ersten Menschen – Adam und Eva – erschuf, und zwar ganz genau so, wie es der Schöpfungsbericht aussagt. Dann aber erklärt dieselbe Frau im Biologieunterricht, dass das Leben auf unserer guten Mutter Erde sich über viele Jahrmillionen hinweg entwickelt habe. Mit Letzterem verbrüdert sie sich unumwunden allein mit der Wissenschaft, mit Charles Darwins Aussage, die aber doch ihrer erst formulierten Meinung konkret widerspricht. Das ist ziemlich verworren und für mich momentan ohne jede Hoffnung auf Klarheit.

»Das wird aber ein ganz schönes Geschleppe werden« – ich zeige auf die Bleirohre, die wir soeben mühevoll aus der Dunkelheit der alten Bunkeranlage gezogen haben, die auf dem Gelände der Behelfsheimsiedlung steht. Der Fund (vier dickwandige Rohre von gut einem Meter Länge, die vermutlich zu einer ehemaligen Wasserleitung gehörten) liegt direkt vor unseren Füßen auf dem Sand, aus dem stellenweise wilde Grasnarben wachsen. »Bis zum Schrottplatz Alter Teichweg ist es ziemlich weit zu laufen!« Jan tritt mit der Hacke seines rechten Stiefels eines der Rohre am unteren Ende platt zusammen. »Wir könnten ... wir könnten die Rohre zusammenpressen – so etwa! – und dann in der Mitte zusammengefaltet auf dem Gepäckträger transportieren. Das könnte klappen.« Ich überlege kurz. »Ja ... könnte gehen. Wir müssten allerdings das Fahrrad bis zum Schrotthöker auf dem Gehweg *schieben* – und zwar vorsichtig. Ansonsten wird es während der Fahrt auf dem Kopfsteinpflaster der Straße so wackelig, dass die Dinger uns gleich an der nächsten Ecke herunterfallen.« Nach kurzer Absprache entscheiden wir uns für einen solchen Transport und letztlich sogar für Jans Rad. Sein Gepäckträger ist zwar nicht so stabil wie der von meinem Fahrrad, aber seins steht bei ihm im Keller, und meins müsste ich erst umständlich vom Dachboden hinuntertragen. »Dann hole es am besten sofort aus dem Keller. Ich bleibe inzwischen hier und bewache unseren

Schatz.« Das wird was bringen, denke ich mir, gleich nach Kupfer bringt Blei das meiste Geld. Wir wissen das, haben da einschlägige Erfahrungen gemacht. Es ist bei Weitem nicht das erste Mal, dass wir uns mit solchen Funden unser Taschengeld aufbessern. Der »Alter Teichweg Höker« nimmt zwar auch Lumpen, Glasflaschen und sogar alte Zeitungen entgegen, aber die wenigen Pfennige, die er dafür zahlt, die lohnen das Sammeln nicht. Metall hingegen bringt ordentlich was, Eisen, Zinkblech, Blei und Kupfer – je schwerer, desto besser. Und Metall lässt sich zwischen den Steinhaufen der Ruinen in unserer Gegend – sowie in deren Kellern, falls begehbar – reichlich finden. Natürlich wird man mit etwas Glück ebenfalls in den Bunkeranlagen fündig – der Bunker hier in der Siedlung ist nicht der einzige in der Gegend –, aber die erweisen sich in der Regel als furchterregend dunkel, feucht und übel riechend.

Nicht immer ist die Abgabe von solchen *wertvollen* Tauschobjekten mit einem langen Transportweg zum Schrottplatz verbunden. Der Schrotthöker fährt ab und zu mit seinem dreirädrigen Transport-Fahrzeug im Kriechtempo durch unsere Straßen und kümmert sich selbst aktiv um etwaige Kunden. Dann geht es aber in erster Linie nicht um Metalle, was seine wiederholten Ausrufe schnell verdeutlichen: »*Der Lumpensammler! – Alte Kleidung, Stoffreste, Lappen und Papier ... Der Luuumpensammler!*« Manchmal ist der Mann auch in Begleitung einer weiteren Person, die dann für ihn im Transporter hinter dem Lenkrad sitzt, während er selber nebenher schreitet, im Wechsel links wie rechts die Häuser emporblickt und dabei eine Handglocke schwenkt, deren Geläute sich in seine Rufe mischt: »*Der Lumpensammler!*« – »klingelingeling« – »*Alte Kleidung, Stoffreste, Lappen und Papier*« – »klingelingeling« – »*Der Luuumpensammler!*« – »klingelingeling ...«

»Hat der heute überhaupt seinen Platz geöffnet?« Jan kommt mit seinem Fahrrad zurück. Kaum in Sichtweite, ruft er mir schon seine Besorgnis zu. »Wenn der Höker mal wieder auf Achse ist, dann sind seine Eingangs-Gittertore doch verschlossen.« Recht hat er, damit müssen wir wohl oder übel rechnen, dessen ungeachtet möchte ich es aber zumindest versuchen. »Komm, lass uns das Zeug jetzt aufladen und hinkarren ... Ansonsten bekommen wir es nie heraus. Außerdem haben wir sowieso nichts anderes vor ... Oder?« Jan zeigt sich verständig. Gemeinsam treten wir die Rohre hinlänglich platt, knicken sie einmal in der Mitte, pressen die jeweiligen Hälften übereinander und lagern sie quer auf dem Gepäckträger seines Fahrrads. »So, festbinden und fertig ist die Laube!«, mein Geschäftspartner greift in seine Hosentasche und zieht ein Stück dickeres Band heraus, »bin mal gespannt, was wir dafür kriegen.« Bisher hat es sich immer gelohnt, wenn wir unsere Fundsachen zum Alten Teichweg gebracht haben, besonders dann, wenn es sich um größere Mengen Kupfer oder – wie heute – Blei handelt. Im Grunde ist unser Tun verboten. Irgendwie – ich kann auch nicht genau erklären wieso – dürfen wir jene Materialien nicht einfach aus den Ruinen und Bunkern herausholen und verkaufen. »Ganz abgesehen von der Tatsache, dass das Betreten dieser ›baulichen Überreste‹ aus dem Zweiten Weltkrieg ohnehin strengstens verboten ist, gehören die etwaig dort vorhandenen und noch verwertbaren Gegenstände keinesfalls den Sammlern und Findern, die wegen solcher besagten Schätze dort widerrechtlich eindringen, sondern in dem Falle allein dem Staat!«, so hat es uns vor einiger Zeit einmal der Schrotthöker und Lumpensammler höchstpersönlich zu erklären versucht, als wir mit einem großen Bündel Elektrokabel-Gewirr aus umsponnenem Aluminiumdraht bei ihm erschienen waren. »Und wenn ich es genau nehme, Jungs, dann dürfte ich euch diese Sachen überhaupt nicht abkaufen!« Die Beachtung seiner Argumente, die ich wirklich nicht vollends verstanden habe, die waren ihm zwar ganz offensichtlich ziemlich wichtig, die Aluminiumkabel hatte er uns aber trotzdem abgekauft. Er nahm uns die Kabel ab, die wir zusammengerollt auf einem alten Kinderwagenuntergestell transportiert hatten, und legte sie auf die große, schwere rostige Waage, die unmittelbar vor einer Überdachung in seinem Hof steht. »So, Jungs, dann wollen wir mal ... Die Isolierung muss ich natürlich vom Gesamtgewicht abziehen. Die ist absolut wertlos ... muss ich ohnehin noch umständlich abbrennen.« Er zeigte auf das große, runde Zifferblatt der Waage: »Rund acht Kilo. Ohne das Umsponnene, versteht sich. Ich gebe euch eine Mark und fünfzig Pfennige. In Ordnung?« Klar war das in Ordnung (auch wenn sich unser Gefühl, dass wir immer in irgendeiner Weise von dem Mann betrogen werden, einmal mehr in Erinnerung brachte), unterm Strich gesehen hatte sich die Aktion wieder einmal gelohnt.

Obwohl der Höker uns wiederholt die Kilo-Preise für die einzelnen Metallsorten nannte – und an der Schuppentüre gleich rechts vom Eingang hängt ein per Hand geschriebenes Schild mit genau diesen Angaben –, können wir das, was wir für das Blei gleich bekommen werden, nicht einschätzen. Jan schiebt das Rad. Immer mit einer Hand an den beidseitig vom Gepäckträger überstehenden platten Rohren, trotte ich im Gleichschritt hinterdrein. »Blei ist sauschwer, und wir haben da bestimmt rund zwanzig Kilo auf dem Gepäckträger«, das sagt mir mein abschätzender Blick auf unsere Ladung. Jan dreht sich kurz zu mir und dem Blei um, während er – beide Hände fest am Lenker – sein Fahrrad langsam weiter schiebt: »Ich glaube, das wird diesmal aber *ordentlich* was geben.« So wie es aussieht, gehen seine Gedanken in dieselbe Richtung.

Zwölftes Kapitel

Mein Fahrrad ist defekt. Das Tretlager ist derart schwergängig, dass da unbedingt etwas geschehen muss. Selber reparieren kann ich es in dem Falle ganz sicher nicht. Ein platter Reifen – ja, das ist kein Problem für mich, selbst wenn es der hintere ist und einhergehend mit der Reparatur die Fahrradkette abgenommen werden muss. Aber die Reparatur eines Tretlagers, die ist eindeutig eine ganze Nummer zu groß für mich. Ich brauche es aber, mein Rad, dringend sogar. Bei Waldraff, dem großen Fahrradladen an der Straßenecke Dehnhaide-Vogelweide, da werden solche Reparaturen ausgeführt. Wir haben es sogar bei Waldraff gekauft, das Rad, das liegt allerdings schon ein paar Monate zurück. Das heißt, mein Vater hat es gekauft, für mich, im letzten Jahr, als Überraschung. Ein fabrikneues Fahrrad! Alle meine Fahrräder hat er dort für mich ausgesucht (drei insgesamt), aber dies war mein erstes neues. Das davor war ein gebrauchtes, und das *davor* war eigentlich kein richtiges Fahrrad – war ein behelfsmäßig zum Fahrrad umgebauter Tretroller. Das zählt nur halb, finde ich. Obwohl, als ich es damals von ihm bekam, das kleine, eher albern wirkende Ballonroller-Fahrrad mit der aufgesetzten Sattelstange und dem hinzugebastelten Kettenantrieb, da war ich in Wirklichkeit stolz auf meine neue Errungenschaft. Das liegt zwar lange zurück, aber ich erinnere mich noch genau daran. Das Ding durfte sogar im Keller stehen, in der Waschküche von Frau Renk – dort aber nur in der linken hinteren Ecke, hinter dem abgedeckelten, emaillierten Waschzuber. Mein jetziges ist zu groß für den Keller, das schleppe ich mehrfach die Woche bis über die vierte Etage hinaus zum Dachboden und schließe es dort in unserem Verschlag ein. Da steht es auch jetzt, warm und trocken – nur eben mit einem kaputten Tretlager. Das Geld, um es bei Waldraff reparieren zu lassen, das habe ich nicht.

Es gibt hier noch ein weiteres Fahrradgeschäft, sogar ganz in unserer Nähe, allerdings ein kleines, ein sehr kleines! Nur über die Straße, gleich hinter Hoppe rechts den Weg, dann quer durch die gesamte Behelfsheimsiedlung bis zur nächsten quer verlaufenden Straße mit dem etwas dörflich klingenden Namen »Alter Teichweg« und ein paar wenige Schritte links die Straße hochgegangen. »Fahrrad Köhler – Verkauf & Reparaturen«, steht in schwarzen Buchstaben auf dem grauen Holzschild, das dicht über der Eingangstür angeschraubt ist. Auf einem von drinnen in das Türfenster geklemmten Pappschild per Handschrift der zusätzliche Hinweis: »Stundenweise Vermietung von Fahrrädern«. Früher habe ich mir bei dem alten Köhler (er führt den Laden allein) mehrmals ein Rad ausgeliehen. Eines jener schnittigen Bambi-Räder – kleine Rennräder, superleicht, mit nach unten gebogenem Rennrad-Sportlenker und so ... 15 Pfennige per Stunde nahm er für so ein sportliches Rad. Meine Eltern sahen es nicht gerne, wenn ich mit so einem »unkontrollierbaren Flitzer«, wie sie es nannten, unterwegs war. Für den Straßenverkehr sind ihnen die Dinger weitaus zu gefährlich. Das haben sie mehrfach betont. Na ja, jetzt bin ich sowieso zu groß für die Räder. Köhlers Laden befindet sich inmitten einer Flachdach-Reihenhäuserzeile, einer langgezogenen, mit Teerpappe gedeckten Baracke, die allerdings nicht mit zur Behelfsheimsiedlung gehört, was man – wenn man allein ihr Erscheinungsbild betrachtet – durchaus annehmen könnte. Meinen zum Fahrrad umgebauten Tretroller, den hatte mein Vater dort einmal reparieren lassen. Es handelte sich zwar nur um einen Plattfuß vorne, aber damals war ich noch zu jung, zu unerfahren, um das alleine erledigen zu können. Zum Glück war mein Vater gerade nicht auf See, sondern hatte Urlaub und war zuhause. Ich war damals recht stolz darauf, dass *wir* uns eine Reparatur leisten konnten, dass wir reparieren *ließen*, und soweit ich weiß, hat sich bisher auch noch keiner meiner Freunde je so eine Reparatur geleistet. Das ist innerhalb unseres Bandenkreises einfach nicht üblich. So wie auch kein Einziger von denen je ein nagelneues Fahrrad bekam.

»Wer ein eigenes Fahrrad besitzt, der sollte es gefälligst auch eigenhändig pflegen und reparieren können!« – hier auf der Straße wird gerne so argumentiert. Und ich kann das durchaus verstehen. Aber irgendwo ist natürlich die Grenze zu ziehen. Mit meinem Tretlager-Problem kann ich dem Köhler jedenfalls nicht kommen. Nein, selbst dann nicht, wenn ich es bezahlen könnte. Nur ungern holt er sich Räder in die Werkstatt, die nicht bei ihm gekauft wurden. Das sagt er zwar nicht, aber er lässt es einen merken. Vielleicht macht Dicki das Tretlager wieder gangbar, er kann so etwas, zumindest traue ich es ihm zu. Von uns Jungs ist er mit Abstand der geschickteste Bastler. Er ist sich seiner Fähigkeit bewusst, hat sogar mehrfach einen dementsprechenden Berufswunsch geäußert: »Gleich nach der Schule suche ich mir eine Werkstatt und werde Automechaniker!« Klar, auch Dicki will bezahlt werden, was er auch nicht offen äußert, was er aber ebenfalls (ähnlich wie der alte Köhler) anderweitig durchblicken lässt. Außerdem ist es in gewisser Weise auch so etwas wie eine Ehrensache, dass alles irgendwie seinen Preis hat. Nur – ihn, Dicki, *kann* ich bezahlen! Ja, und zwar nahezu problemlos. Wir haben da unter uns Jungs eine eigene Währung, ein Zahlungsmittel, das uns in der Regel ausreichend zur Verfügung steht: Wir zahlen mit Comic-Heften! Je nachdem, was getauscht, getan oder auch gelassen werden soll – alles hat seinen Comic-Heft-Preis! So in etwa könnte man es getrost ausdrücken. Akzeptiert werden beispielsweise Micky-Maus-, Fix-und-Foxi-, Tarzan- und Prinz-Eisenherz-Hefte. Wobei die Prinz Eisenherz Ritter-Abenteuer – rund um König Artus und seine Tafelrunde – mit zu den höchsten Zahlungsmitteln gehören. Und wenn man dann noch mit Heften aufwarten kann, die durchgehend nummeriert sind, die vielleicht die Geschichten, die in Folge über mehrere Ausgaben hinweg laufen, vom Anfang bis zum Ende erzählen, dann hat man ein äußerst zugkräftiges Kapital auf der hohen Kante. Dieses gilt selbstverständlich für sämtliche Comics. Ich denke, für den Anfang biete ich meinem Freund Dicki Palkow für die Reparatur meines Tretlagers acht Micky-Maus-Hefte an, und zwar solche, die zwar nicht in Folge, aber zumindest alle in demselben Jahr erschienen sind.

»Es verhält sich längst nicht so, wie du es dir vorstellst, Alex …« Wieder einmal sitzen wir uns am Wohnzimmertisch gegenüber und führen miteinander ein ernstes Gespräch. »Mit deinem Vater … ist es alles andere als leicht. All das kannst du gar nicht wissen.« Und wieder einmal wird das gleichmäßig monotone Ticken der Wohnzimmeruhr zum unüberhörbaren Taktgeber des Gesprächs. Wieder einmal hält meine Mutter ihre Hände ineinander gefaltet auf ihrem Schoß und blickt vor sich auf den Teppich hinunter, so, als würde dort auf dem Boden sonst was Interessantes passieren. »Jetzt, wo er etwas älter ist … ja, da geht es einigermaßen. Aber früher, als er noch jung war …« Nun blickt sie zur Seite, sieht – etwas vornübergebeugt und mit starrem Blick – in irgendeine imaginäre Leere, die ebenfalls unmittelbar vor ihr zu liegen scheint. »Er ist ein Herrenmensch … ein Herrenmensch wie alle Zinser.« Pause. Stille. Allein das Ticken der Uhr, das Anstalten macht, zu einem Hämmern anzuschwellen. Wir sehen uns an. »Im Grunde … ist dein Vater ein jähzorniger Mensch, einer, der keinen Widerspruch duldet …« Ich ringe auf meinem Sessel nach einer angenehmeren Sitzposition, blicke zeitgleich auf den Tisch, blicke auf die kunstvoll bestickte, blütenweiße Baumwolldecke, die diagonal versetzt den größten Teil seiner Oberfläche abdeckt, ein leuchtendes Quadrat, das mich fast blendet. »Er hat sich nicht immer anständig benommen. Wirklich nicht … Das kannst du mir glauben.« Vom oberen Teil des Schrankes herunter mischt sich die Junghans mit ihrem immer lauter werdenden Ticken mit all den Gedanken, die kreuz und quer durch den Raum kreisen. »Wie soll ich es dir sagen, Alex, es ist nicht einfach …« Nein, einfach ist es nicht, nicht für sie und nicht für mich. Ich habe das unbestimmte Gefühl, dass Anneliese Zinser an dieser Stelle Fragen erwartet, Fragen, die ihr das Erklären etwas erleichtern sollen. Ich *kann* aber keine Frage stellen. Ich kann meine Gedanken noch nicht einmal sortieren, geschweige denn, sie in halbwegs vernünftige Bahnen lenken. Wie auch immer dem sei, ganz offensichtlich will sie irgendetwas loswerden, will sich irgendetwas von der Seele reden. Scheinbar *muss* sie es mir erzählen … Meiner Mutter geht es nicht gut. Das steht fest. Ich möchte ihr helfen. Was aber soll – was kann ich tun?

Es würde *mir* jetzt helfen, wenn ich zumindest *zwei* Informationen hätte. Erstens: Was ist mit der Flasche Stonsdorfer Kräuterlikör, die ich noch vor einigen Tagen – ungeöffnet! – hinter der Klappe der kleinen Hausbar im Schrank stehen sah, und zweitens: Wie voll ist das Fläschchen mit den Aneural-Dragees, die sie vorgestern von ihrem Arzt gegen ihre Depressionen und Angstzustände verschrieben bekommen hat? Sie geht nicht immer ausreichend umsichtig mit dem Medikament um, nimmt manchmal ohne zu zögern ein Mehrfaches von dem ein, was ihr Doktor Weser streng zugeteilt hat. Das ist mir nur zu gut bekannt … Alles im Raum steht wohlgeordnet an seinem Platz. Eine kaum wahrnehmbare Staubschicht auf den polierten Flächen der Möbel – ertappt durch das gebündelte Tageslicht, das das Fenster einlässt – sorgt erstaunlicherweise für eine beruhigende Atmosphäre. So empfinde ich es. Seltsam … Morgen ist Putztag. Dann wird in der gesamten Wohnung nicht nur alles sorgfältig geordnet an seinem Platz stehen, dann wird auch der Duft von Möbelpolitur und Reinigungsmitteln beharrlich durch alle Räume ziehen. Vielleicht wird in dem Zusammenhang sogar der schwere Wohnzimmerschrank von der Wand gerückt, so weit, dass man mit dem verchromten Rohr des Staubsaugers zwischen den unteren Teil seiner Rückwand und die Fußleiste an der Wand gelangen kann. Das geschieht nicht selten. Aber momentan – heute, hier und jetzt – ist Anneliese Zinser keine gründlich arbeitende Hausfrau, momentan ist Anneliese Zinser eine mitteilungsbedürftige Seele.

Anneliese Zinser erzählt – und Alexander Zinser hört ihr zu. Das Gesagte ist nicht sonderlich neu, das Thema beiden Menschen hinlänglich bekannt, im Großen und Ganzen jedenfalls – das glaube ich zumindest ... Mehrfach haben sie drüber gesprochen. Allein der Grund, die Fragmente gelebter Vergangenheit und Gegenwart *erneut* zu beleuchten – heute, hier und jetzt – ist nicht bekannt. Mir nicht ... Manchmal möchte der Mensch nur verstanden werden, verstanden, mehr nicht. Und ich glaube, dass ich sie verstehe.

Meine Eltern führen keine allzu glückliche Ehe. Inwieweit man es überhaupt als Ehe bezeichnen kann, wenn der Mann über viele Monate hinweg nicht zu Hause ist, das steht auf einem ganz anderen Blatt. Möglicherweise kann meine Mutter das Zusammenleben mit meinem Vater nur deshalb ertragen, weil sie eben *nicht* mit ihm zusammenlebt. Sie leben doch überhaupt nicht zusammen, nicht im wahrsten Sinne des Wortes. Längst hat sie sich daran gewöhnt, dass ihr Lebenspartner nur noch für wenige Wochen im Jahr zu Besuch kommt. Lange schon geht sie ihren Trott allein und – ja – ist auf ihre situationsbedingte Selbstständigkeit indessen sogar angewiesen. Ob das auf Gegenseitigkeit beruht, das bleibt zu vermuten. Beide haben sie eine Ebene gefunden, auf der das Notwendigste funktioniert oder – besser gesagt – das ordnungsgemäß abläuft, was sie für das Notwendigste halten. Hier in der Straße führen *diejenigen* eine gute Ehe, die nicht geschieden sind. Man lässt sich eben nicht scheiden! »Das kann man seinen Kindern unmöglich antun!«, heißt die Parole. So einfach ist das. Mit diesem Kompromiss bin ich nicht unzufrieden. Zum einen bin ich mir nicht ganz sicher, ob ich die Sachlage auch wirklich richtig beurteile, zum anderen möchte ich weder meinen Vater noch meine Mutter verlieren. So wie es ist, so ist es zwar nicht sonderlich gut, aber auch nicht besonders schlecht. Es ist – mal mehr und mal weniger – halt erträglich.

»Brauchst du sonst noch was?«, Herr White stellt das soeben von ihm abgewogene und verpackte Stück Butter vor mir auf die kühle graue Marmorplatte des Tresens, direkt neben die volle Flasche, in deren Öffnung er nach dem Einpumpen der Milch einen runden Pappdeckel drückte. »Einen Liter Milch und ein halbes Pfund Butter – war's das?« Herr White ist Engländer, seine Frau Deutsche. Beide haben den Milchladen, der unmittelbar gegenüber Gerkens Kolonialwarenladen liegt. Das heißt, beides stimmt nicht so ganz. *Ihr* gehört der Laden »Voss – Molkereiprodukte« allein, und Frau Voss ist auch nicht *seine Frau* – jedenfalls sind sie nicht miteinander verheiratet –, sie leben aber seit Jahren zusammen. Manchmal fällt es mir schwer, Herrn White zu verstehen, was einerseits daran liegt, dass er ein Deutsch-Englisch-Gemisch spricht, und andererseits daran, dass er etwas zum Nuscheln neigt. Hin und wieder ärgert es ihn, wenn er merkt, dass ich ihn nicht verstanden habe, dann stellt er sich auffallend grade, sieht mich ernst an, zeigt eine Miene, die keinen Zweifel daran lässt, dass er etwas verstimmt ist. Diesmal habe ich ihn aber gut verstanden. »Bitte noch drei Scheiben von dem gekochten Schinken ... und das ist dann alles.« Herr White sieht mich für einen flüchtigen Moment etwas verwundert an, so, als hätte er eine Nachfrage erwartet, weil er mal wieder von mir nicht verstanden wurde. Ich vermute mal, dass er sich seiner undeutlichen Aussprache durchaus bewusst ist. Eigentlich ist er ein umgänglicher Zeitgenosse – trotz seiner herunterhängenden Mundwinkel.

Wer es möchte, der kann auch ein Glas gut gekühlte Milch direkt vor Ort im Laden trinken, eine Möglichkeit, von der ich mitunter Gebrauch mache. Besonders an den heißen Tagen des Sommers komme ich gerne auf das Angebot zurück, und vorrangig bestelle ich mir dann ein großes Glas von der Buttermilch. Wenn ich so richtig durchgeschwitzt bin, dann erfrischt mich Buttermilch immer ganz besonders. Allerdings muss die Buttermilch noch einen Tick tiefer gekühlt sein als die normale Milch, jedenfalls nach meinem Geschmack. Auf meine individuellen Wünsche kann Herr White selbstverständlich nicht eingehen, insbesondere nicht, was die Kühlung seiner Milchprodukte betrifft. Dennoch sind ihm meine Vorlieben bekannt, und wir wechseln manchmal ein paar Worte darüber. »Du bist eben unbelehrbar, nicht, Alex, du nimmst eben nicht gerne einen guten Rat an!«, habe ich mir mal von ihm anhören müssen, als ich ein großes Glas, randvoll gefüllt mit der köstlich erfrischenden weißen Flüssigkeit, mit nur einem einzigen Schluck austrank. »Ich habe es dir schon mehrfach erklärt: Kalte Milch so hastig herunterzustürzen, das ist nicht gesund für den Magen! Lass dir doch Zeit.« Der Milchmann schüttelte zwar noch für einige Sekunden wortlos seinen Kopf, was seine Kurzpredigt zum Abschluss noch einmal unterstreichen sollte, aber wir wussten beide, dass wir uns diesbezüglich gegenseitig weder etwas einreden – noch etwas ausreden konnten. Wenn außer mir keine Kundschaft im Geschäft steht, dann führen wir meistens ein kurzes Gespräch miteinander, reden über dies und über das. Gerne berichtet Herr White über England, erzählt von seiner Heimat, über das »wesentlich bessere Wetter dort«, wie er beteuert. Er kommt dann förmlich ins Schwärmen. Meinem Vater – irgendwie muss er von seinen Englandschwärmereien erfahren haben – gefällt das nicht. »Wenn es ihm in England doch so außergewöhnlich gut gefällt, dem Herrn White, dann soll er doch gefälligst nach dorthin zurückkehren, von wo er hergekommen ist! Wieso hat der Gute denn nach Kriegsende das Land nicht einfach wieder verlassen?«

Gerkens und White sind sich nicht grün, was von den beiden aber niemals offen ausgesprochen wird. Sie verstehen sich als Konkurrenten, als Rivalen, die sich gegenseitig die Kunden abspenstig machen, und das, obwohl sie in der Hauptsache grundverschiedene Waren anbieten (Frau Voss hält sich da raus). Die Eingangstüren zu ihren Läden liegen sich exakt gegenüber, sind nur zweieinhalb bis drei Meter voneinander entfernt, und ich kann mir durchaus vorstellen, dass sowohl Herr Gerkens als auch Herr White hin und wieder durch die kleinen viereckigen Fenster in den Türen ihrer Läden schauen und beobachten, was der eine oder andere Kunde auf der anderen Seite so alles eingekauft hat, was sie in dem Moment, wo der Einkäufer den gegenüberliegenden Laden wieder verlässt, durchaus mitbekommen können (manchmal zumindest). Und tatsächlich gibt es da Verschiedenes, dass zwar beide im Angebot haben, das wir aber eindeutig lieber *gegenüber* kaufen. Gerkens Tilsiter Käse beispielsweise, der schmeckt meiner Mutter wesentlich besser als der vom Milchmann White, hingegen hält sie White's Butter für die bessere, die ihrer Meinung nach bei Gerkens auch nicht fachgerecht gelagert wird. –

»Das war's dann wohl, Alex!« – So, nun liegt auch der gekochte Schinken neben der Butter und der Milch, eingepackt in einer zum flachen Paket gefalteten Seite Pergamentpapier. Während mir von der anderen Seite der Marmorplatte noch in wenigen Sätzen erläutert wird, wie schön das Wetter das ganze Jahr über in Cornwall ist, zahle ich den genannten Betrag, sammle meinen Einkauf ein und gehe langsam rückwärts in Richtung Tür. »Danke, Herr White ... bis bald dann.« – »Übrigens, Alex – eins noch ...«, die Türklinke schon in der Hand, werde ich nun mit einer unangenehmen Frage überrascht, auf die ich so gar nicht vorbereitet bin, »liefert der Gerkens euch morgens auch Milch und Brötchen ins Haus?« – »Ja ...«, während ich den Laden verlasse und im Begriff bin, die Tür hinter mir zu schließen, beantworte ich seine Frage noch schnell, »aber nur samstags!« – »Stopp! Alex, nicht so eilig ...« Nun scheinen sich die Ereignisse zu überschlagen: Beinahe renne ich die alte Frau Bonnermann, die Witwe, die in unserem Haus im Erdgeschoss neben Renks wohnt (in der Sekunde will sie das Geschäft betreten!), um. »Du kannst die Tür ruhig offen lassen!« – »Entschuldigung!« – ich wähle mein freundlichstes Mienenspiel und lächle sie an, »ich habe Sie nicht kommen sehen.« Besonders auf die Flasche mit der Milch achtend, gehe ich vorsichtig die parallel zu den Läden verlaufende Stufenanlage hinunter. »Nun fehlt mir zu meinem Glück nur noch«, denke ich mir, »dass sie mir aus den Händen gleitet, die Milchflasche, und mit einem lauten Knall am Boden zerschellt.«

———

»North State« – die amerikanischen Zigaretten, die mein Vater im Schlafzimmer hinter der Klappe seines Nachtschranks gleich stangenweise hortet, die sind alles andere als leicht. Die deutschen Marken raucht er aber nicht so gerne. »Der Pfälzer Tabak ist mir viel zu geschmacklos«, wie er sagt, und wenn er für einige Wochen Landurlaub sein Schiff verlässt, wenn er »von Bord geht«, wie er es nennt, dann nimmt er sich gewöhnlich genau so viele amerikanische Zigaretten mit, wie es ihm die gestrengen Zollvorschriften gestatten. Wenn er allerdings eine Chance sieht, diese erlaubte Menge unentdeckt zu überschreiten, dann macht er das, ohne mit der Wimper zu zucken (und nicht gerade selten sieht er eine solche Gelegenheit, die seinen Speicherinhalt dann erheblich vergrößert). Da er einerseits zu Hause nicht nur Zigaretten, sondern auch gerne mal in Gemütlichkeit eine holländische Zigarre raucht und er sich andererseits letztendlich doch mit einer deutschen Zigarettenmarke – nämlich »Gold Dollar« – anfreunden konnte, zu der er zwischendurch immer mal wieder anstelle seiner »Amerikaner« greift, hinterlässt er bei seiner Abreise ein beträchtliches Angebot seiner erklärten Lieblingsmarke North State. »Die bewahre ich mir lieber vorsorglich für später auf!«, so seine Worte, die einen gewissen Triumph durchblicken lassen. Ganz bewusst sage ich, dass er ein *Angebot* hinterlässt, ja, weil ich es als ein höchstpersönliches Angebot empfinde. Mein Vater sieht das sicherlich völlig anders – nein –, besser gesagt: Er sieht es überhaupt nicht, da er ja nicht anwesend ist. Meine Mutter weiß nichts von diesem besonderen Schatz im Nachtschrank, neben der Bettseite ihres Mannes, jedenfalls schenkt sie ihm keinerlei Beachtung. So erklärt es sich, dass ich in wiederkehrenden Abständen auf das Angebot zurückkomme und mir von einer bereits geöffneten Stange (10 Zigarettenpäckchen in einem länglichen Paket) die eine oder andere Packung nehme. Seit dem letzten Jahr geht das so (?), ungefähr jedenfalls ... Sehr lange rauche ich also noch nicht, und *ständig* – ständig sowieso nicht. Aber – ich rauche gelegentlich und dann auch gerne. Zwanzig Zigaretten sind in einer Packung North State, die reichen dann erst einmal für eine Weile. Klar, in meinem Alter geht auch das Rauchen nur heimlich, was mir das Vergnügen natürlich immer dann schmälert, wenn es aufzufliegen droht, aber andererseits auch vergrößert, wenn es eindeutig im Verborgenen bleibt. Dass die von meinem Vater *gespendeten* Zigaretten ohne Filter sind, das ist fürwahr ein echter Wermutstropfen für mich, das gebe ich zu. Filterlose Zigaretten lassen sich eindeutig schwerer genießen als die mit Filter, wie ich finde. Ständig hat man da bittere Tabak-Fussel auf der Zunge, und manchmal bleibt das hauchdünne Zigarettenpapier auch direkt an den Lippen kleben und verletzt dort die empfindliche Haut, wenn man die Zigarette – gehalten zwischen Zeige- und Mittelfinger – vom Mund löst, um den Rauch auszuatmen. Mein Vater raucht ausschließlich filterlos. Meine Großmutter raucht ebenfalls filterlos. Das scheint förmlich in der Familie zu liegen. Da kann man nichts machen. Nur Schwager Ulrich raucht mit Filter. Aus der Ecke heraus kann ich aber noch nichts erwarten. Er ahnt zwar, dass ich rauche – eigentlich weiß er es genau –, wir sprechen aber nicht darüber.

Ausnahmslos alle meine Freunde rauchen, und von denen Jan am meisten. Einmal sind Jan und ich – in der Nähe des Langermannsweg-Spielplatzes, auf dem Weg in den Reyesweg – mit einer Zigarette in der Hand von einem Streife gehenden Polizisten erwischt worden, auf offener Straße ertappt sozusagen. Wir konnten die Kippen nicht rechtzeitig genug ausdrücken. Pflichtbewusst wie er war, hatte uns der Polizist beide nacheinander nach Hause gebracht, hatte erst mit Jans Mutter gesprochen und dann mit meiner. Das war peinlich und überflüssig zu gleichen Teilen. Jeweils im Treppenhaus und an der Wohnungstür stehend, mussten wir dem Ordnungshüter hoch und heilig versprechen, dass wir von nun an ganz bestimmt nicht mehr rauchen würden. Mit ernster Miene und fester Stimme hörten die Mütter nicht auf zu beteuern, dass sie das auf jeden Fall sehr gewissenhaft überwachen werden ... Bevor ich die Nachtschrank-Quelle entdeckte, habe ich des Öfteren mal Pfeife geraucht. An der Ecke Alter Teichweg-Pfenningsbusch gibt es ein Tabakwarengeschäft, dort konnte ich vor einiger Zeit eine Pfeife und den dazugehörigen Tabak günstig kaufen. Tabak mit dem klingenden Namen »Orlando« hatte ich mir ausgesucht, der in einem länglichen Beutel aus Plastik steckt und so an ein prall gefülltes Kuvert erinnert. Es ist zwar so ein Sorte Tabak, wie ihn die Raucher benutzen, wenn sie sich ihre Zigaretten selber drehen, aber ich musste preisgünstig einkaufen, und er war mit Abstand der billigste. Der Orlando wurde in meiner Pfeife sehr heiß, unangenehm heiß sogar, und recht bitter roch und schmeckte er auch. Pfeife und Tabak bewahre ich bis zur nächsten Benutzung stets gut versteckt auf dem Dachboden auf, in unserem Verschlag, dem geheimen Ort, der nur mir allein gehört. Dort, unter dem Dach, kann ich zwar auch eine North State genießen, aber nicht unbedingt in Ruhe. Ständig muss ich damit rechnen, dass urplötzlich der Renk in dem dunklen Gang steht, von dem die Verschläge abzweigen, und der Mann wäre – würde er mich dabei ertappen – dann absolut nicht mehr zu beruhigen. In der Siedlung hingegen, jeweils an den Enden der Baracken und dort in den schmalen, langen und unbeleuchteten Gängen, zwischen den vielen, per Bretter und Gitterdraht in gleichgroße Parzellen unterteilten Abstellräumen, wo die Bewohner nutzlosen Plunder und Gerümpel abstellen, dort – dort lässt es sich ganz ausgezeichnet rauchen. Obwohl sich die Zugangstüren abschließen lassen, wird von dieser Möglichkeit kaum Gebrauch gemacht. Dort, von innen im Türrahmen stehend, die Tür einen Spalt weit geöffnet, das Dunkel hinter mir und in das helle Licht des Tages schauend, dort finde ich die Ruhe, die ich suche.

Manchmal ist die Schule zu ertragen. Heute zum Beispiel, heute ist so ein Tag. Herr Schulz, unser Lehrer, ist krank, und eine Vertretung lässt sich ausnahmsweise nicht organisieren. So der Direktor, der erst eine gute Viertelstunde nach dem Läuten der Schulglocke zu uns in die Klasse kam. Wir hatten uns bereits etwas gewundert, wo der Schulz abbleibt, aber damit – Pauker krank und der Unterricht fällt aus – haben wir nicht gerechnet. Die Stunden danach entfallen ebenfalls. Weshalb auch diese Stunden ausfallen, das hat uns der Direktor nicht wissen lassen. »So, ihr könnt jetzt eure Sachen packen und nach Hause gehen. Morgen aber alle wieder pünktlich!« Das waren seine abschließenden Worte. Die Überraschung ist gelungen. Der Tag fängt gut an. Letzteres in gleich dreifacher Hinsicht: Nicht nur, dass mir jetzt massenhaft Freizeit zur Verfügung steht, nein, es entfällt auch die angekündigte Mathearbeit und – da rollt mir ein riesiger Stein vom Herzen – die nicht von mir gemachten Hausaufgaben bereiten mir keinerlei Unannehmlichkeiten. Das ist doch schon mal was. Nichts wie weg, bevor die sich das noch anders überlegen, bevor denen noch was anderes einfällt. Michael Schwarz drängelt sich beim Hinausgehen an mir vorbei, drückt mich leicht gegen den Türrahmen und gleich rechts daneben an die Wand. »Mach dich nicht so dick, Zinser!« Während er sich mit einem ausholenden Kopfschwenk die Haare aus der Stirn schleudert, grinst er mich über das ganze Gesicht frech an. »Andere wollen da heute auch noch durch.« Ich verstehe seine Geste, ich kenne ihn – er meint es nicht so, wie es aussieht. Michael ist ein ruhiger, gutmütiger Kerl, seine Freundschaft ist mir viel wert. Mit ihm legt sich so schnell keiner an, freiwillig jedenfalls nicht. Bei seiner Größe und Kraft ist das auch mehr als verständlich. Im Flur, vor dem Hauptausgang, bleibt er neben Dicki stehen. Beide scheinen auf mich zu warten. »Wir wollen die gewonnene Zeit nutzen und ein bisschen durch die Straßen ziehen. Vielleicht ergibt sich was. Kommst du mit?« Auch Dicki ist in Ordnung, in jeder Beziehung ist er das. Er ist zwar eher klein und auch etwas rundlich, also das genaue Gegenteil von Michael, aber wenn es so einen Menschen wie Dicki – Joachim Palkow – nicht gäbe, ja. dann müsste man ihn schleunigst erfinden. Allerdings – deren „durch die Straßen ziehen" kenne ich, da sollte man besser schon sehr genau unterscheiden, inwieweit man mit ihnen gemeinsamen *an einem Seil ziehen* möchte.

Wie gesagt, Michael, Dicki und ich, wir drei sind Freunde, dicke Freunde sogar, das hat sich mehrfach bewahrheitet. Dessen ungeachtet haben wir grundverschiedene Ansichten über die Grenzen, die uns im Zaum halten sollten. Geht es etwa um ein etwaig unerlaubtes Tun, um das Abwägen, ob ein Ja oder ein Nein – ob ein Tun oder ein Lassen –, dann entscheiden Michael und Dicki im Zweifelsfall frei nach dem Motto: »Wenn ich nicht dabei erwischt werden kann, dann werde ich es ohne Weiteres wagen!« Zugegeben, ich bin wahrlich kein Engel, weiß Gott nicht, und mein Denken und Handeln lässt in vielerlei Hinsicht zu wünschen übrig, das kann ich nicht leugnen, nichtsdestotrotz berät mich mein Gewissen in solchen speziellen Fällen grundlegend anders, lässt mich schlussendlich andere Weichen stellen. Ich denke, das trifft es ungefähr. Die beiden akzeptieren das, sehen in meinem Anderssein keinen Verrat. Klar, von Zeit zu Zeit verlieren sie schon mal ein Wort darüber, lästern – mehr oder weniger offen – so dann und wann ein wenig über mein Verhalten, aber niemals unfair, nein, unterm Strich immer mit einem guten Verständnis, ja manchmal sogar – so kommt es mir vor – mit einem gewissen Respekt vor meiner Überzeugung. Michael versteht sich als ein sogenannter »Halbstarker«, gibt sich ganz bewusst in einer lässigen Weise, die ihn an seine Vorbilder James Dean und Horst Buchholz erinnern lassen, Schauspieler, Idole, die gelegentlich von riesigen, über den Kinoeingängen gespannten Plakaten zu uns Jungen herabblicken. Später, da will er sich unbedingt ein Moped kaufen, möglichst eine »Kreidler Florett.« »Die geht gut ab«, wie er es begeistert beteuert, »die hat fast zwei PS und macht locker ihre 40 Kilometer pro Stunde!« Im nächsten Jahr will er unbedingt Zeitungen austragen – das »Hamburger Abendblatt« –, die Arbeit wird gut bezahlt, und damit verdienen sich einige Jungens aus unseren Straßen das Geld, um ihre größeren Wünsche zu realisieren, sobald sie es vom Alter her dürfen. Dicki ist Michaels Nachahmer. Das ist ganz offensichtlich. Zumindest bemüht er sich, sich so wie Michael zu geben, was bei seiner Statur gewissermaßen aussichtslos ist. Außerdem ist er rothaarig – *rothaarig* –, was seine stark nach außen gekämmte Haartolle etwas lächerlich wirken lässt. Das kann weder die original amerikanische Nietenhose noch die schwarze, leicht nach Gummi riechende Lederjackenimitation ausgleichen. Ich denke, dass Dicki das auch weiß.

Die Erwachsenenwelt ist ganz und gar gegen Halbstarke eingestellt, weit vorneweg die Lehrer. »Deine schöne Elvis-Tolle, Schwarz, die erinnert mich stark an den Afrikanischen Affenbrotbaum!« Lehrer Schulz hatte das mal in einem ironisch abfälligen Ton zu Michael gesagt, als es mal wieder darum ging, „was gehört sich und was nicht?" Was genau er damit meinte, der Schulz, das hat er leider offen gelassen. Affenbrotbaum? Vielleicht spielte er auf die deutlich nach vorne ausladende Form seiner Frisur an, die – über die Stirn hinaus gekämmt – weit in die Gegend ragt und letztlich die besagte »Tolle« ausmacht, verglich genau *das* mit den schräge vom Stamme weg wachsenden Zweigen der Affenbrotbaum-Krone. Wer weiß, möglich wäre es, dass der Schulz das in dem Sinne gemeint hat. »Und Ihre Frisur erinnert mich – ebenso stark – an die Deutsche Glattbuche!«, hatte Michael leise vor sich hingemurmelt. Was er damit meinte, das war indes klar verständlich: Lehrer Schulz hat kaum noch Haare auf dem Kopf, hat eher eine Glatze. Zu meiner Überraschung hatte Schulz Michaels geflüsterte Antwort dennoch tatsächlich verstanden. »Es gibt überhaupt gar keine ›Glattbuche‹ in der uns bekannten Botanik, Schwarz, wenigstens das sollte dir bekannt sein!« Nein, es gibt sie wohl nicht, die von Michael ins Feld geführte Glattbuche, jedenfalls konnte ich sie weder in dem einen noch in dem anderen Lexikon ausfindig machen, die der Schriftsteller Brunner mir überlassen hat. Nichtsdestoweniger steht es fest, dass Eltern wie Lehrer absolut keine Halbstarken ertragen wollen. »Die wollen alle doch nur Krawall machen, diese aggressiven Rock'n'Roller, diese aufgebrachten Jugendlichen, die vor nichts und niemanden mehr Respekt haben!«, so vor einigen Tagen ein aufgebrachter Herr Gerkens, als ich in seinem Laden stand. »Früher, bei uns, da hätte es so etwas nicht gegeben. Nein!« Zweimal schlug er energisch mit der flachen Hand auf die Titelseite der vor ihm auf dem Tresen liegenden Bildzeitung. »Niemals!« So kenne ich ihn eigentlich nicht, den Gerkens … Regelmäßig berichtet die Bild auf der ersten Seite von Massenschlägereien, ja von zahlreich zerschlagenen Stühlen, Tischen und Bänken, die rücksichtslos randalierende Jugendliche in den Kino-

und Konzertveranstaltungen hinterlassen. Das geht selbstverständlich zu weit. Und das ist nicht allein meine Meinung. Das billigen auch Michael und Dicki nicht. Und trotzdem – so wie sie sich anziehen, meine beiden Freunde, wie sie reden, ja wie sie sich insgesamt geben, werden sie mit jenem »kriminellen Pack« – Originalton Heinrich Zinser – in einen Topf geworfen.

Was mich betrifft – und bei allen Gegensätzlichkeiten –, ich mag diese Jungs der Straße, diese sogenannten Störenfriede der Gewohnheit, denen man im Allgemeinen lieber aus dem Wege geht, weil sie einem unberechenbar erscheinen. Nicht, dass ich so sein will wie sie, nicht, dass ich damit zu kämpfen habe, dass ich ein solches Leben nicht führen kann – und ich könnte es wirklich nicht! –, nein, das trifft es nicht. Mein Weg ist ein anderer! Was mich diese Barmbeker Kampfhähne mögen lässt, das ist die Ehrlichkeit, die ich in ihren Kreisen erfahre, eine Aufrichtigkeit, die ich unter den Menschen, die sie so konsequent verurteilen, immer wieder aufs Neue vermisse, und auch die Tatsache, dass sich ihre Vorstellung von Leben, Lust und Abenteuer bei Weitem nicht mit der meinigen deckt, kann meine Verbundenheit mit ihnen nicht schmälern. Seitens der Erwachsenen wird ihnen weitaus mehr Negatives angeheftet, als ihnen zusteht. Da bleibt die Gerechtigkeit locker mal auf der Strecke. Michael Schwarz, Joachim Palkow und Alexander Zinser – wir drei können uns aufeinander verlassen, nehmen uns gegenseitig so, wie wir sind, brauchen uns nicht großartig zu verstellen, und das ist der eigentliche Grund, wie ich vermute, weshalb ich immer mal wieder mit den beiden durch die Straßen ziehen werde.

Dreizehntes Kapitel

»Gut, wenn du partout nicht singen willst … zwingen kann ich dich nicht.« Die Frotzer nun wieder! »Dann bekommst du für Musik eben eine ›Fünf‹ ins Zeugnis geschrieben … Deine Entscheidung!« Sie läuft rot an, und ihre Stimme fängt leicht zu zittern an. Das kenne ich bereits. Unmittelbar vor den Zeugnissen – immer das gleiche Spielchen. Da muss ich durch. Ich stehe ganz vorne, stehe im Gang zwischen den beiden Tisch- und Stuhlreihen und blicke in den Klassenraum hinein. Momentan herrscht Ruhe in der Klasse, was selten genug vorkommt. Alles schaut wie hypnotisiert nach vorne, blickt abwechselnd auf die Frotzer und auf mich. Man ist gespannt, wie die Angelegenheit wohl ausgehen wird. »Und? Willst du es dir vielleicht doch noch mal überlegen?« Jetzt, wo sie während ihrer Drohansprache zwei Schritte von ihrem Pult weg und auf mich zugegangen ist, steht die Schnepfe Frotzer unmittelbar neben mir. »Mein Gott, Junge ... was hindert dich denn daran, uns hier jetzt etwas vorzusingen? Du musst es doch nur versuchen ... selbst wenn du nicht gut singen solltest – besser als eine ›Fünf‹ wird es auf alle Fälle.« Warum lässt mich die Frau nicht einfach in Ruhe? Weshalb sagt sie nicht einfach, dass ich mich auf meinen Platz setzen soll, und fertig? Genau so endet es doch sowieso. Wieso sagt sie nicht einfach: »Zinser setzen!« und macht sich eine entsprechende Notiz in das Klassenbuch? Eine Fünf – und Schluss, aus, fertig! Damit wäre mir geholfen. In jedem Jahr das Gleiche: Alle Schüler werden nacheinander aufgerufen, gehen nach vorne, stellen sich dort in Positur und singen auf Kommando ein Lied. Aufruf, Liedauswahl und Kommando kommen von Frau Frotzer, die das Vorgetragene dann sofort entsprechend kommentiert und letztlich das jeweilige Zeremoniell abschließt, indem sie eine Note hinter dem Namen des Probanden in das Klassenbuch schreibt. Ich werde selbstverständlich auch jedes Mal irgendwann aufgerufen, begebe mich dann ebenfalls unverzüglich nach vorne, stelle mich ebenfalls in Positur (was sich komischerweise automatisch ergibt), bekomme ebenfalls ein Lied zugeteilt und höre ebenfalls das Kommando: »So, und nun los!« –, aber singen, singen tue ich nicht. Nein. Habe ich nie getan, werde ich auch heute, hier und jetzt nicht tun und ganz sicher auch im nächsten Jahr nicht. Ich werde überhaupt nicht vorsingen, mein ganzes Leben lang will und werde ich das nicht machen! Das – mein Benehmen – hat natürlich seine Gründe. Gründe, die seitens der Lehrerschaft zwar nicht akzeptiert werden, was mir auch irgendwie einleuchtet, die dennoch aber ein Vorsingen meinerseits unmöglich machen – ja!

Das, was an dieser Stelle verlangt und geboten wird, das ist an Peinlichkeit kaum noch zu überbieten. So empfinde ich das. Mit glühenden Ohren, die zunehmend röter werden, vor der gesamten Klasse stehen, von den Mädchen genauestens unter die Lupe genommen werden und in dieser Situation dann auch noch ein Liedchen anstimmen – eines, was in der Regel vom Text her schon mehr als idiotisch ist! –, das kann ich mir unmöglich zumuten. Das klammere ich aus. Von meiner entschlossenen Haltung bringt mich nichts und niemand ab! Man sollte mir das allmählich glauben. »*Auf einem Baum ein Kuckuck ...*«, und dann das: »*Sim sa la bim, bam ba, sa la du, sa la dim ...*«, wie blöd ist das denn bitte? Oder: »*Jetzt fahr'n wir übern See, übern See, jetzt fahr'n wir übern See ...«*, und dann: »*Mit einer hölzern Wurzel, Wurzel, Wurzel, Wurzel, mit einer hölzern Wurzel, kein Ruder war nicht dran ...«*, verrückter geht es nun wirklich nicht mehr. Man stelle sich das bloß einmal vor: Da stellt sich einer vor die Klasse hin und trällert in hohen Tönen: »*Sim sa la bim, bam ba, sa la du, sa la dim ...«*, und: »*Mit einer hölzern Wurzel, Wurzel, Wurzel ...«* – das war's dann aber auch, ich denke, das langt. Einigen scheint der Zirkus ja reinweg nichts auszumachen. Nein, das genaue Gegenteil ist bei manchen Zeitgenossen sogar der Fall. Wenn ich zum Beispiel an Arno Kubitsch denke, der sich vor nur wenigen Minuten leicht wie locker da vorne hingestellt hat und schier erbarmungslos sein: »*Aber Heidschi bumbeidschi bumbum ...«* in den Raum schmetterte, freiwillig, als Zugabe, und das nur, um vielleicht anstatt einer Zwei eine Eins zu bekommen ... Na ja, die Frotzer war hin- und hergerissen, war nahezu begeistert, das sah man ihr deutlich an. Dass hier kurz vor Ostern ein echtes Weihnachtslied für den Versuch einer Zensuraufbesserung herhalten musste, das scheint das Normalste von der Welt zu sein. Michael, in der vorletzten Reihe rechts hinten, war ebenfalls schwer beeindruckt, das merkte man ihm an. Einen Augenblick lang dachte ich wirklich, dass er jeden Moment vor unterdrücktem Lachen ersticken müsste. Als Arno sein glückseliges »*Bumbum-Bumbeidschi«* endlich zu Ende gesungen hatte und er zurück auf seinen Platz schwebte, da ging es wieder mit Michael. Er hat es noch einmal überlebt, und diesmal tatsächlich ohne loszuprusten. Nee, nicht mit mir, wirklich nicht, komme, was will. Es geht mir maßlos gegen den Strich, das »*Simsalabimbambasaladusaladim-Wurzel-Wurzel-Wurzel-Bumbum-Spektakel«* Das sage ich laut und deutlich jedem, der es hören will.

Ich habe die Dichter und Denker, die derartiges Volksliedgut geschrieben und an die Menschheit weitergereicht haben, stark im Verdacht, dass sie allein darauf bedacht waren, ihren Reim durchzusetzen, dass ihnen – frei nach dem Motto: »Hauptsache es reimt sich oder es passt sonst wie hinein!« – jeder noch so absurde Quatsch geeignet schien, um dieses Ziel zu erreichen. Dass ich hier eventuell viel zu voreilig und mit zu wenig Sachkenntnis urteile, das ziehe ich in Betracht, auch, dass ich das mit einer an Sicherheit grenzenden Wahrscheinlichkeit nur deshalb denke, weil mir jener Singsang in der Schule so viel Ärger bereitet. Vermutlich ist auch die Schnepfe an meiner Abneigung nicht ganz unschuldig, die Frotzer, die spindeldürr, stur wie steif und kerzengerade ausgerichtet, hilflose Seelen zum Singen auffordert und dann mit stechenden Augen und hochrotem Kopf, zumeist leicht zitternd, Lob und Tadel in die Klasse wiehert. Möglich, dass es sich so verhält. »Gut – so kommen wir nicht weiter ... Ich denke, das war's dann wohl. Setzen, Zinser, bevor du mir da noch anwächst.« Erlöst! Den Blick fest auf meinen Platz gerichtet (allerletzte Reihe hinten rechts, direkt hinter Michael) schreite ich erlöst den Gang ab. Links wie rechts folgen mir mehrere tausend Augenpaare. Mit hinter dem Kopf verschränkten Armen und insgesamt bequem auf seinem Stuhl zurückgelehnt, grinst Michael höchst teilnahmslos zur Decke.

Es fällt mir auf: Links wie rechts der Hauseingänge in unserer Straße lehnen immer weniger rostige Fahrräder an den gusseisernen Gittern der Vorgärten. Stattdessen stehen immer mehr blankgeputzte Motorräder und Mopeds in dem unmittelbaren Bereich der Eingänge. Und dort nun, wo das eine oder andere Motorrad – an dessen Anblick ich mich über die Jahre gewöhnt hatte – unerwartet, wie über Nacht verschwunden ist, ja da parkt jetzt stolz ein Auto vor dem Haus am Kantstein der Straße. Die Autos scheinen sich überhaupt peu à peu zu vermehren, und nicht allein im Reyesweg. Vielleicht kommt es mir aber auch nur so vor. Im Eingangsbereich des Hauses Reyesweg Nummer 16 steht urplötzlich, leicht zur Seite geneigt und von einem Seitenständer verlässlich abgestützt, ein funkelnagelneues Moped. »Eine ›Hercules 220‹«, lässt mich Heinz wissen, »mit einem 1,6-PS-Sachs-Motor.« Nicht ohne Bewunderung begutachten unsere Augenpaare die Maschine. »Sie gehört Jans Vater«, weiß Heinz zu berichten. Ich staune nicht schlecht. Von dieser Anschaffung wusste ich rein gar nichts. »Das Ding hat eine leicht zu bedienende 3-Gang-Handschaltung ...« Es hört sich fast so an, als wäre Heinz mit dem graugrünen Kunstwerk, dessen verchromter Benzintank beeindruckend in der Sonne glitzert, bereits mehrfach durch die Straßen Barmbeks gegeigt. Bewundernswert. Einfach bewundernswert. Beides, sowohl das neue Moped als auch Heinz Brückes Kenntnisse über die Maschine und deren Besitzer. Was ich in dem Zusammenhang allerdings als ausgesprochen lächerlich empfinde, das ist die Tatsache, dass hier wie dort und überall in den Hauseingängen anscheinend die Motorräder, Mopeds und Fahrräder problemlos abgestellt werden dürfen, egal, ob nun an diesem oder jenem Vorgartengitter gelehnt oder mittels eigenem Ständer abgestützt, hingegen ich aber mein Fahrrad treudoof, wie selbstverständlich, stets und ständig von der Straße zum Dachboden und vom Dachboden zur Straße schleppen muss.

Eine angenehme Melodie. Unmittelbar nachdem die Wohnungstür hinter mir ins Schloss gefallen ist, empfängt sie mich wohlwollend: »Die Moldau« – sanft entspringt sie der Musiktruhe, fließt gelassen durch das Wohnzimmer und schlängelt sich geschmeidig zu mir in den Flur. Wenn meine Mutter diese Platte auflegt, dann geht es ihr entweder sehr gut oder ganz schlecht. Beides ist möglich. Sie liebt diese Musik, mag sie ganz besonders, lässt sich von ihr begleiten, wenn sie froh ist, aber lässt es auch zu, dass die Klänge ihr innerhalb einer tiefen Traurigkeit begegnen. Heute ist wohl alles in Ordnung. Das spüre ich. »Na, Alex, wie war's?« Mit forschen Schritten und nach vorne geneigtem Kopf kommt sie aus dem Badezimmer und bleibt vor mir im Flur stehen. Zwischen Daumen und Zeigefingern, unterhalb des Hinterkopfes jeweils die Verschlusshälfte einer Perlenkette haltend, versucht sie geduldig – blind und frei in der Luft sozusagen – jene Hälften hinterrücks ineinanderzuhaken. »Kannst du sie mir bitte schließen, ich bekomme das irgendwie nicht alleine hin.« Wie gesagt, heute ist alles in Ordnung. »Gut war es ...«, ich komme gerade von Jan, » Jans Eltern sind wirklich klasse.« Jan, seine Eltern und ich, wir haben den Nachmittag über eine Runde Monopoly gespielt. Während ich die Verschlusshälften vorsichtig ineinanderfüge, berichte ich kurz über meinen Besuch bei Holtans. »Die Kette muss richtig zu sein ... Ist sie das auch?« Mit einem unüberhörbaren »Klick« schnappt der Verschluss der Kette ordnungsgemäß ein. Ohne sich zu mir umzudrehen, geht sie in die Küche. Schwarzer, enger Kostümrock, schneeweiße Bluse, dunkle, hochhackige Schuhe und eine frisch gewaschene, weich glänzende und scheinbar ausgiebig gebürstete Haarpracht – doch, sie kann sich allemal sehen lassen! Ich suche die Quelle der Moldau auf, begebe mich in das Wohnzimmer.

Auf der Musiktruhe liegt die Hülle der unter dem Tonabnehmer sich drehenden Schallplatte. »Bedřich Friedrich Smetana – Die Moldau – Herbert von Karajan«, so steht es, fein gezeichnet in schwarzen Lettern auf einem hellgelben Untergrund, in einem breiten Streifen oberhalb eines Bildes. Beides, der feine Schriftzug und die – gleich einem Ölgemälde – mit ausgewogenen, leuchtend bunten Farben umgesetzte Darstellung einer ländlichen Szene lassen die Plattenhülle wertvoll erscheinen. Entweder ich habe es komplett vergessen, oder es hat sich ziemlich kurzfristig etwas ergeben. »Hast du heute noch was Größeres vor, oder weshalb hast du dich rausgeputzt?« Unmittelbar neben mir entspringt die Moldau, und in der Küche signalisieren klappernde Töpfe, dass vermutlich noch irgendetwas zubereitet werden soll (?). Beides kann ich nicht so ohne Weiteres übertönen, meine Frage versinkt augenblicklich in den friedlich dahinströmenden Fluten des Flusses. Im Türrahmen des Wohnzimmers stehend und deutlich lauter in Richtung des Küchengeklappers rufend, wird es mir aber gelingen. »Ob du heute noch ausgehst, möchte ich gerne wissen!« Das Gerummel ebbt merklich ab. »Ja ... In die Oper ... Der Onkel Paul hat mich eingeladen.« Es hat also geklappt! »Der Fliegende Holländer«, wird mir noch aus der hintersten Ecke der Küche zugerufen, »eine Oper von Wagner.«

Onkel Paul – ich glaube, er ist der Schwager meine Großmutter? – ist der Vater von Herbert Bannhofer. Er gehört – genau wie sein Sohn – ebenfalls zu dem Kreis, den meine Mutter so gerne als sogenannte »bessere Gesellschaft« bezeichnet. Ab und an besucht uns der alte Mann. Was mich betrifft, ich kann auch ihn nicht besonders leiden. Was nicht etwa heißen soll, dass ich ihn nun überhaupt nicht mag. Seine Art zu sprechen, seine Stimmlage, die ist ähnlich der seines Sohnes und somit für mich nur sehr, sehr schwer zu ertragen. Onkel Paul besitzt ebenfalls die eher seltene Gabe, sich zeitgleich affektiert und süßlich-überheblich ausdrücken zu können. Ihm trage ich es aber weit weniger nach als seinem wunderbaren Herbert – dem Erzieher aus Hahnöfersand *mit Abitur!* –, was wohl daran liegen mag, dass er, wie gesagt, bereits ein recht alter Mann ist. Im Grunde ist er ein alter *Herr.* Doch, ja, ein *Herr* ist er in gewisser Weise schon. Das kann auch ich nicht anders sagen. »Er hat in der Hamburger Staatsoper einen festen Platz abonniert, im Parkett sogar, und das soll schon was heißen!«, schwärmt meine Mutter jedes Mal, wenn sie auf Onkel Paul zu sprechen kommt. »Prokurist war er früher, in einer alteingesessenen hanseatischen Firma!« Sie sagt es dann immer in einer ganz bestimmten Art und Weise, so, als müsse man, im Gedenken an ihn, eigentlich sofort in Ehrfurcht auf die Knie fallen. Irgendwie hat Anneliese Zinser es mit diesen – ich sag mal – »Sondermenschen der Verwandtschaft«. Meine Großmutter ist weitaus weniger begeistert von der Familie Bannhofer, aber sie redet da nicht groß drüber. Kann natürlich auch sein, dass ich das falsch verstehe. Anneliese Zinser hingegen verstehe ich ganz bestimmt nicht falsch, da bin ich mir sicher. Und heute Abend gehen die zwei in die Oper. Für meine Mutter freut es mich. Ich weiß doch, wie sehr sie dieses Haus liebt, das große Orchester, die ergreifende Musik – ja die gesamte Atmosphäre dort. Einmal war sie auch mit ihrem Vater dort, mit meinem Großvater, der ebenfalls die Oper mag. »Wenn das Licht langsam erlischt, das gewaltige Orchester einsetzt, der schwere Vorhang sich öffnet und den Blick auf die riesengroße Bühne freigibt, Anneliese, dann kann ich meine Tränen nicht mehr zurückhalten ...«, habe ich ihn mal sagen hören.

Ja doch, stimmt – heute ist der Tag –, jetzt fällt es mir wieder ein. Sie hat es mir erzählt, liegt allerdings schon etwas zurück. Als Herbert Bannhofer das letzte Mal meine Mutter besuchte, da hatte er sie, im Auftrag seines Vaters, zu dieser Opernvorstellung eingeladen und gleichzeitig auch mit ihr die Organisation des Abends gründlich besprochen. Ich war nur der Meinung, es wäre erst in der nächsten Woche ...»Wie kommst du dort hin?« – »Mit einem Taxi. Das gönne ich mir. So wie ich angezogen bin, möchte ich mich nicht in die Bahn setzen.« – »Wann genau musst du los?« – »Den Wagen habe ich zu um 17:30 Uhr bestellt. Wir wollen rechtzeitig da sein, damit wir uns vor dem Beginn noch in aller Ruhe etwas unterhalten können. Onkel Paul nimmt sich auch ein Taxi. Wir treffen uns direkt am Haupteingang vor der Oper.« Onkel Paul setzt sich nicht mehr hinter das Steuer. Wie er selber sagt, ist diese Zeit endgültig vorbei. »Mein Gesundheitszustand gestattet es mir nicht mehr. Mein Herz – ihr versteht. Da muss man vorrangig die Vernunft walten lassen.« »Geld genug hat er ja. Er könnte sich ohne Bedenken des Öfteren mit einem Taxi durch halb Hamburg kutschieren lassen«, so sein Sohn Herbert.

Smetanas Moldau klingt jetzt aus, nur noch leise, zaghafte Töne zeugen von ihrer Gegenwart, perfekt zurückhaltend verliert sie an Kraft. Ich gehe in die Küche, setze mich an den kleinen Tisch. Zwei Teller, zwei Messer und zwei Gabeln sind akkurat gedeckt. Dazwischen steht der Salzstreuer. »Ich habe den übrig gebliebenen Rest Tomatensuppe von gestern Mittag auf dem Herd. Alex, wollen wir noch schnell zusammen essen?« Tomatensuppe mit Hackklöschen und Reis – der Vorschlag kommt absolut zum richtigen Zeitpunkt. Gut kann sie kochen, meine Mutter, sehr gut sogar, und nicht nur so eine köstliche rote Suppe mit Einlage. So wahnsinnig viele verschiedene Gerichte stehen allerdings nicht zur freien Auswahl, und wie sie wohl niemals müde wird, mir zu versichern, ist die Tag für Tag von ihr zu treffende Entscheidung »Was koche ich heute?« im Regelfall mit einem lästigen Kampf verbunden. Aber das, was sie dann letztendlich kocht, brät oder backt, das ist ausnahmslos rundherum in Ordnung. »Was ist denn nun ...«, mit einer Suppenkelle den Inhalt des Topfes auf der Herdplatte etappenweise umrührend, blickt sie mich fragend an. »Willst du jetzt einen Teller oder nicht?« Klar, dass wir schnell noch gemeinsam essen. Heute ist ein guter Tag. Sie soll sich jetzt einen schönen Abend in der Oper machen, und ich bin auch ganz froh über die Tatsache, dass ich die gesamte Wohnung für ein paar Stunden ganz für mich alleine habe. 16:45 Uhr zeigt mir der Wecker auf dem Küchenschrank. »Ja gerne, füll uns bitte auf – ist doch sowieso schon alles vorbereitet.« Ich nehme den unmittelbar vor mir auf dem Tisch stehenden Teller und halte ihn ihr mit ausgestrecktem Arm demonstrativ entgegen. »Danach musst du dich aber zügig fertigmachen, ansonsten klingelt unten dein Taxi, und du bist nicht rechtzeitig parat. Ich mache in der Zwischenzeit Backschaft, wasche das Geschirr ab und räume die Küche wieder auf.« Alles ist gut – ja! –, alles ist gut.

Mittwoch, 13. April 1960 – Osterferien

»Ich hätte dir das wirklich gerne erspart, Alexander, aber da war nichts mehr zu retten.« Nun habe ich es schwarz auf weiß: »Nicht versetzt in die 6. Klasse«, so lautet der letzte Satz auf dem Papier, das ich in meiner Hand halte. Heute gab es Zeugnisse, und bis auf mich hat Herr Schulz gleich nach der Vergabe die gesamte Klasse in die Ferien entlassen. Vor wenigen Minuten sind alle Schülerinnen und Schüler aus dem Raum gestürzt. Nun hat eine bedrückende Stille das fröhliche Gejohle abgelöst. »Du wusstest doch seit Monaten, dass deine Versetzung stark gefährdet ist, Alexander, es kann also keine Überraschung für dich sein. Oder?« Nein, nein, es ist alles andere als eine Überraschung für mich. Allerdings habe ich den Gedanken an ein Sitzenbleiben verdrängt, so wie ich überhaupt alle Probleme, die ich im Zusammenhang mit der Schule habe, in ihrer Gesamtheit immer verdränge. So gesehen bin ich nun doch etwas überrascht. Herr Schulz sitzt auf einer Ecke seines Katheders und sieht mich an. Mit immer weicher werdenden Knien stehe ich dicht vor ihm und blicke auf den ausgefransten Riss, den ich zu meinen Füßen in dem braunen Linoleumbelag des Bodens entdecke. »Nein. Ich ... natürlich ... ich wusste es. Doch ... es war mir klar.« Vermutlich gelingt es mir nicht gut, meine tiefe Verzweiflung vor dem Lehrer zu verbergen. Die Situation ist peinlich und ausweglos zu gleichen Teilen. »Da hätte längst etwas unternommen werden müssen, Alexander, längst schon! Deine durchgehend schlechten Noten in den Hauptfächern – was haben deine Eltern denn dazu gesagt?« Herr Schulz steht auf, geht um das Pult herum und setzt sich auf seinen Stuhl. »Und dann die ganzen Fehlzeiten, teilweise unentschuldigt – wie hast du dir das vorgestellt?« Er wendet seinen Kopf zur Seite und blickt aus dem Fenster, sieht ins Leere. »Auf dem letzten Elternabend wollte ich deine Mutter unbedingt darauf ansprechen. Sie ist aber leider nicht erschienen ... so wie auf dem Elternabend davor ebenfalls nicht ...« Recht hat er. Er hatte sie sogar schriftlich eingeladen, hatte, um sicherzustellen, dass sie diese wichtige Mitteilung auch zur Kenntnis nimmt, auf dem Informationszettel eine Unterschrift von ihr gefordert. Zwar hatte sie auch ordnungsgemäß unterschrieben, kam dann aber nicht. »Du kannst mehr leisten, als du es tust, Alexander, wesentlich mehr sogar«, in seiner Stimme schwingt so etwas wie ein versteckter Vorwurf mit. »Das weiß ich genau ... Und ich stehe mit meiner Meinung nicht alleine da. Davon sind deine anderen Lehrer ebenfalls überzeugt!«

Das kann mich jetzt auch nicht trösten. Was mich zumindest etwas trösten wird, ist der Gedanke, dass sowohl Michael Schwarz als auch Dicki Palkow ebenfalls »sitzen geblieben« (wie es so passend genannt wird) sind. Nicht, dass ich meinen beiden Freunden – die heute tatsächlich weder zum Unterricht noch zur Zeugnisvergabe erschienen sind – diese Schande in irgendeiner Weise gönne, aber die Tatsache, dass wir drei nicht nur in derselben Schule, sondern weiterhin auch in derselben Klasse zusammenbleiben, die ist mir in dieser Lebenslage eine beträchtliche Hilfe. Das sind jetzt meine Gedanken. Etwas komisch ist das schon: Jetzt plötzlich verspüre ich Mitleid mit dem Lehrer, der mir soeben das Zeugnis aushändigen musste. Ganz wohl ist ihm nämlich auch nicht dabei – so, wie der mich ansieht ... Herr Schulz richtet noch einige Worte an mich. Ermahnungen? Hinweise? Ratschläge? – Ich weiß es nicht, kann es wirklich nicht sagen. Lediglich die Bewegungen seiner Lippen nehme ich wahr. Was er sagt, das höre ich nicht mehr. Es ist mir, als käme seine Stimme von weit, weit her. Jetzt erhebt er sich von seinem Stuhl, geht wieder um das Pult herum, tritt ganz nah an mich heran, legt seine linke Hand auf meine Schulter und reicht mir seine rechte Hand. »Denk mal darüber nach. Und nun ... und nun genieße deine Ferien.« Er lächelt mich an. »Auf Wiedersehen, Alexander.« Innerlich kommen mir die Tränen, ob auch äußerlich, dessen bin ich mir momentan ebenfalls nicht sicher. Ich wende mich ab und gehe. Herr Schulz bleibt stehen. Er sieht mir nach, das spüre ich deutlich. Laut hallt auf dem menschenleeren Gang des Flurs jeder meiner Schritte.

»Und diese hier ... sieh mal, Alex ... diese Marke ... die gehört ganz offensichtlich zu *der* Serie ...« Otto Dau hält mit der Spitze einer Pinzette eine Marke an das Ende einer längeren Reihe von Briefmarken, die auf der linken Hälfte des aufgeklappten Albums und dort ganz oben hinter einem durchsichtigen Einsteckstreifen klemmen. »Genau hier, gleich hinter der ›Zwölfer‹, gehört die ›Fünfzehner‹ einsortiert!« Eine graublaue, abgestempelte Marke – der Kopf Adolf Hitlers im Profil. »DEUTSCHES REICH« – so steht es auffällig groß gedruckt unterhalb des Kopfes, und in dem Bereich der oberen Ecken – links wie rechts – zeigt sich jeweils deutlich eine alleinstehende »15«. Heute ist Sonntag, und unser Nachbar hat sich freundlicherweise bereiterklärt, für ein bis zwei Stunden mit mir zusammen meine Briefmarkensammlung auf Vordermann zu bringen. Viele dieser »Deutsches Reich Hitler-Marken« habe ich in meiner Sammlung, habe sie irgendwann einmal von Freunden per Tausch erhalten oder auch in größeren Mengen selber gekauft, sie sind relativ billig zu bekommen. »So ... das war's. Die hätten wir dann schon mal an richtiger Stelle positioniert, Alex.« Mit geübtem Kennerblick widmet sich mein Gegenüber umgehend wieder dem kleinen Kästchen – eine alte Pralinenschachtel –, das, relativ vollgepackt, eine ziemlich große Anzahl Briefmarken beinhaltet. »Vielleicht, Alex, vielleicht wäre es nicht verkehrt, wenn du dich für eine bestimmte Richtung entscheiden würdest ...«, Otto Dau nimmt seine Brille ab und blickt abwechselnd auf das Kästchen und auf die fünf Briefmarkenalben von unterschiedlicher Größe auf dem Tisch. »Was ich meine, ist ... Ich meine, damit es auf die Dauer nicht zu unübersichtlich für dich wird, könntest du deine Sammlung doch begrenzen. Du könntest – um ein Beispiel zu nennen – möglicherweise ausschließlich *deutsche* Briefmarken sammeln. Oder allein welche aus England – oder so ... Du verstehst?« Ich schaue ihn an. »Das habe ich mir auch schon überlegt ... weiß aber nicht so recht, welches Gebiet ich zu guter Letzt nehmen soll. Einerseits bringt mir mein Vater regelmäßig die schönsten Briefmarken aus sämtlichen Ländern der Welt mit – schöne, bunte Motive aus der Tierwelt beispielsweise – und andererseits besitze ich Unmengen Marken aus Deutschland, alte wie neue, gestempelte wie ungestempelte. Das macht mir die Entscheidung nicht gerade leicht.« – »Das war ja auch nur eine Anregung – ein Vorschlag von mir. Das kannst du später immer noch entscheiden.«

Unsere gemeinsamen Briefmarkensammlung-Einsortierbemühungen, sie nehmen heute nicht nur den gesamten Tisch in Anspruch, sondern gleichsam auch einen beträchtlichen Teil des Sofas. Überall, wohin man auch sieht, Utensilien, die in irgendeiner Weise mit meinem Hobby in Verbindung stehen: Zu- oder aufgeklappte Alben, Briefmarken, die bereits für eine nähere Begutachtung vorgemerkt und separat beiseitegelegt sind, die eine oder andere Pinzette, eine Lupe und selbstverständlich auch der Michelkatalog. Nicht zu vergessen das prallvolle Kästchen in der Hand meines Nachbarn. Meine Mutter brüht in der Küche einen Kaffee auf, der angenehme Duft zieht zu uns herüber, hat das Wohnzimmer längst erreicht. »Bitte, so langsam müsst ihr die Sachen ein kleines bisschen zur Seite räumen und den Tisch möglichst freimachen. Ich komme gleich mit einem vollen Tablett und würde gerne aufdecken ...« Sie war gestern Vormittag nach dem Einkaufen noch kurz bei dem Bäcker an der Ecke. Ein paar Stücke Kuchen hat sie noch vorausschauend besorgt – sie muss wohl von dem heutigen Besuch bereits gewusst haben? –, das macht sie fast immer an solchen besonderen Tagen. »Eine Viertelstunde musst du uns aber noch geben!« Verschmitzt zieht Otto Dau eine Grimasse in Richtung Tür. »Wir können an dieser Stelle jetzt unmöglich aufhören, Anneliese!« Lustig ist er ja, unser Nachbar Otto Dau, lustig und so gut wie immer froh gelaunt. Meine Großmutter mag ihn ebenfalls, das hat sie oft genug beteuert. »Der Dau, das ist ein angenehm witziger und hochinteressanter Mensch. Wahrlich kein Langweiler! Der versteht es zu leben, geht seinen Weg.« So schwärmt sie mit Überzeugung. »Seine kleinen Angebereien – mein Gott! –, die sind doch das Salz in der Suppe. Die sollte man ihm verzeihen. So sind sie nun mal, die Herren der Schöpfung.« Sie begegnen sich des Öfteren, unterhalten sich dann ausgiebig miteinander. Meist geschieht das an den Wochenend-Tagen, wenn *sie* uns sowieso besucht, und *er* zu uns herüberkommt, um mit mir einige Partien Schach zu spielen oder um mich – so wie jetzt – in Sachen »Briefmarkensammlung« zu beraten. Was die Art und Weise betrifft, seinem Gesprächspartner mit einer gewissen Gewitztheit zu begegnen, mit einer eigens ironischen Freundlichkeit, so sind sich meiner Meinung nach diese beiden Menschen – Otto Dau und Erna Quandt – ohnehin bemerkenswert ähnlich. Das fällt nicht allein Alexander Zinser auf, das sagt auch Anneliese Zinser.

Richtig Wertvolles befindet sich wohl nicht in meinem Besitz, davon ist eigentlich auszugehen. Hin und wieder kommt es allerdings vor, dass ich das dennoch kurzfristig denke. Dann sichte ich das eine oder andere Exemplar, von dem ich spontan annehme, dass genau *das* mir irgendwann einmal, während des Durchblätterns des Michelkatalogs, als besonders kostbar aufgefallen war. Beim näheren Hinsehen jedoch hält die Marke letztendlich leider dem Vergleich mit der im Katalog abgebildeten – ja der dort höchst präzisen Beschreibung! – nicht stand. Dann hat die Marke, die sich zwischen den Spitzen meiner Pinzette befindet, entweder eine andere Färbung oder Zähnung, oder es ist sonst irgendetwas Abweichendes an ihr, was sie umgehend wieder zu einer völlig normalen degradiert. Die Ungewissheit aber, ob sich nicht vielleicht doch noch ein zwar winzig kleiner, dennoch aber kostbarer Schatz zwischen dem unsortierten Haufen versteckt hält, die lässt die Sammlerleidenschaft nie so ganz versiegen. Nun gut, es ist, wie es ist. Wir klappen die Alben zu, schließen die alte Pralinenschachtel und räumen, wie soeben mit Nachdruck gewünscht, alles – samt Michelkatalog, Lupe und Pinzetten – gehorsam beiseite. »Für heute machen wir an dieser Stelle Schluss, Alex, einiges haben wir ja immerhin geschafft.« Otto Dau steckt die Marken, die wir für eine nähere Begutachtung bereits beiseitegelegt, aber noch nicht einsortiert haben – eine gute Handvoll mögen es wohl sein –, in einen weißen, leeren Briefumschlag. »So, das war's dann, diese werden wir und beide das nächste Mal vorknöpfen.« Meine Mutter kommt mit dem Tablett herein und stellt es, unmittelbar vor dem nun leer geräumten Tisch, vorsichtig auf dem Teppich ab (?). »Oh, eine Decke fehlt ... Die habe ich doch glatt vergessen.« Eine der weißen Tischdecken aus einer der Schubladen des Wohnzimmerschranks ziehen und selbige mit elegantem Schwung auf die Tischplatte legen – das geschieht jetzt wie mit einem einzigen Handgriff. Sie lächelt freundlich nach allen Seiten hin, während sie das Tablett nunmehr vom Teppich hebt, es mitten auf den Tisch stellt und routiniert das Kaffeegeschirr für drei Personen verteilt. Je ein größeres Stück Butterkuchen mit Zuckerguss liegt bereits auf den Tellern. »Einen Moment noch bitte ... die Kanne mit dem heißen Kaffee, die bringe ich immer getrennt aus der Küche. Eine alte Gewohnheit. Ich habe immer ein bisschen Angst, dass mir ansonsten die Kanne auf dem wackeligen Tablett umkippt.« Während wir den Kuchen essen, unterhalten wir uns über Herrn Renk, sprechen über seine Art, das Haus zu verwalten und über seinen kleinen, aber gut florierenden Schornsteinbau-Betrieb. Das Thema »Briefmarken« ist vorerst vergessen.

Sie stellt einen Aschenbecher auf den Tisch. »Danke, Anneliese ...«, seine beiläufige Bemerkung. Unser Besuch hat sich eine Zigarette angezündet und sitzt bequem, weit zurückgelehnt und mit übereinandergeschlagenen Beinen auf dem Sofa. Die Schuhe hat er sich ausgezogen, die stehen jetzt im Flur. Nach dem Essen oder auch zum Kaffee in aller Gemütlichkeit eine Zigarette rauchen – das scheint eine Angewohnheit von ihm zu sein. Mehrfach habe ich das so beobachtet. Er beugt sich leicht vor und nimmt sich seine Tasse samt der Untertasse in die Hand. Meine Mutter hat ihm gerade aus der Kanne nachgeschenkt. »Im Radiant-Kino, da gibt es einen guten Abenteuerfilm – ich glaube in der 16:30-Uhr-Vorstellung – wäre das nicht was für dich?« Mit hochgezogenen Augenbrauen sieht er mich an. »Irgendetwas mit britischen Soldaten ... Soldaten, die in der Wüste gegen aufständische Beduinenstämme kämpfen oder so … in Farbe sogar …« Ich blicke zur Junghans auf dem Schrank – gleich 16:15 Uhr! Mein abschätzender Blick wurde registriert. »Ja … ja, Alex, wenn du dich beeilst, dann könnte es gerade noch klappen. Die Wochenschau vorweg, die interessiert dich doch sowieso nicht … Die hast du bereits x-mal im Rondeel gesehen, wie ich dich kenne. Zum Hauptfilm sitzt du dann aber dicke auf deinem Platz.« Er rollt fröhlich mit den Augen. »Die Eintrittskarte spendiere ich dir natürlich, das ist doch Ehrensache!« Das Radiant ist in der Bramfelder Straße. Bei Hoppe stracks durch die Behelfsheimsiedlung bis zum quer verlaufenden Teichweg, links den Teichweg ganz bis zur Ecke hoch, rechts in die Bramfelder und die Straße ein ganzes Stück entlang … Dafür, dass in knapp einer Viertelstunde der Film beginnt, ist es ein beachtlicher Fußmarsch. Nur wenige Minuten später, nach schätzungsweise zehn gewaltigen Sprüngen durch das Treppenhaus – mit immer einer Hand am Handlauf des grauen, runden Geländers –, lande ich im Erdgeschoss und reiße die Haustür auf. »Alex! Verdammt noch mal! Musst du denn immer so laut die Treppen hinunterspringen. Das ist ja nicht auszuhalten mit dir!« Diesmal nicht Frau Marschner aus dem dritten Stock, sondern Frau Bonnermann, gleich hinter mir – die Wohnung im Erdgeschoss –, das konnte ich noch so grade eben aus dem Augenwinkel heraus wahrnehmen, bevor die Haustür wieder zurück in ihr Schloss gefallen ist.

»Entweder ich trinke einen *richtigen* Kaffee, oder ich lasse es lieber gleich ganz bleiben.« Erna Quandt gießt aus dem Kessel so lange einen Strahl Wasser – das vor wenigen Sekunden noch glucksend, sprudelnd kochte – auf das dunkelbraune Pulver, bis die Tüte in dem Porzellanfilter, der auf der bauchigen Porzellankanne steht, bis knapp unter den Rand aufgefüllt ist. »Wenn es um meinen Kaffee geht, dann kann ich nämlich keine halben Sachen vertragen.« – Das kann ich nur bestätigen, was ich da aus der Küche vernehme: In Sachen Kaffee versteht meine Großmutter keinen Spaß. Bereits die Zubereitung überlässt sie nur ungern jemand anderem. Gut, was das Mahlen der Bohnen betrifft, was mit einer gewissen Anstrengung verbunden ist, so darf ich an dieser Stelle hin und wieder für sie einspringen. Dazu hat sie nicht immer Lust, diese Arbeit darf ich dann manchmal komplett übernehmen. Aber den Rest, die Menge des gemahlenen Pulvers bestimmen, das in den Filter kommt so wie das Aufgießen desselben – das Wesentliche des Kaffeekochens also! –, den übernimmt sie gerne uneingeschränkt persönlich. »Deinen Kaffee will ich dir doch auch in keinster Weise ausreden. Aber gestern ... gestern war er nahezu ungenießbar für mich ...«, Anneliese Zinser gibt so schnell nicht nach. »Nichts gegen eine schwarze, starke Tasse am Morgen, aber man kann auch alles übertreiben.« Ein Wortwechsel, den ich, so oder ähnlich so, bereits des Öfteren zu hören bekommen habe. »Wie stark muss oder darf ein *richtig* aufgebrühter Kaffee sein?« – das Thema erörtern die beiden nicht gerade selten. Mitunter ist das Gebräu, das Erna zubereitet, meiner Mutter wesentlich zu stark, so wie es auch heute der Fall ist. »Da bleibt einem ja fast das Herz stehen! Ich kann das jedenfalls nicht mehr vertragen.« Erna lässt sich nicht großartig beirren. »Du kannst ja deinen Schluck in der Tasse mit einem Schuss heißem Wasser verdünnen. Warum tust du das denn nicht? Außerdem ist er heute wirklich nicht zu stark ... Er ist so wie immer.« Zwecks erneutem Aufguss wird der Wasserkessel jetzt im Moment von der Herdplatte genommen. Das Geräusch ist unverkennbar, ebenso wie das Geräusch unverkennbar ist, das der nächste Wasserstrahl gleich verursachen wird, wenn er sich leise gurgelnd mit dem nun bereits durchnässten Kaffeepulver vereint. Der typische Duft, den frisch aufgebrühter Kaffee rasch in seiner Umgebung verbreitet, ist längst auch in mein Reich eingeschwebt. Ein einzigartiger Duft, der mich schon von frühester Kindheit an in seinen Bann gezogen hat. Mit dem aufgeschlagenen Schulheft in der Hand stehe ich am Fenster meines Zimmers und blicke auf das letzte von mir geschriebene Diktat: Schrieft: 3, Fehler: 11 – eine glatte 5! Und das Wort »Schrift« wieder mit »ie« geschrieben, was den letzten von mir gemachten Fehler der Klassenarbeit ausmacht. Die beiden Worte Schrift und Fehler, so wie jeweils die Doppelpunkte dahinter, die sind von mir, die Zensuren hinter den Doppelpunkten natürlich vom Lehrer. Die Drei, die Elf und die Fünf – in einem leuchtenden Rot prangen mir diese drei Zahlen entgegen, zeigen sich mir, als bemühten sie sich gerade, aus dem Heft und mir entgegenzuspringen. »Zu Morgen muss ich die Berichtigung fertig haben«, höre ich mich denken, »vielleicht sollte ich die Sache jetzt sofort und auf der Stelle hinter mich bringen.«

»Vielleicht sollten wir uns demnächst auch so eine elektrische Kaffeemühle anschaffen, wie sie heutzutage immer mehr Leute zum Mahlen der Kaffeebohnen benutzen, Anneliese, oder was meinst du? Sind wohl ganz praktisch, diese Dinger.« Meine Großmutter versucht das Thema zu wechseln, was zumindest mir nicht verborgen bleibt. »Das erleichtert die Sache wirklich erheblich, Anneliese ... Haben Barbara und Ulrich sich nicht auch gerade so ein praktisches Ding gekauft?« Die Antwort meiner Mutter kann ich nicht verstehen, den Geräuschen nach kramt sie irgendetwas aus der Speisekammer hervor und spricht somit direkt in den kleinen Verschlag hinein, der sich in der Küche rechts vom Fenster befindet. Ja, Barbara und Ulrich besitzen neuerdings eine elektrische Kaffeemühle, ich bin da informiert, habe sie bereits selber einmal benutzen dürfen. Mein Schwager hat sie meiner Schwester vor einigen Wochen geschenkt. »Vorzeitig zum Geburtstag«, wie er sagte. Wie gesagt, das Mahlen per Hand mit unserer Mühle ist tatsächlich nicht leicht, was auch der Grund dafür ist, dass ich das dann und wann übernehmen *darf*. Aber immer habe ich dazu selbstverständlich ebenfalls keine Lust. Bei Gerkens kann man sich den Kaffee mahlen lassen, den er verkauft. Bei Walter Messmer natürlich auch, das ist klar. Gerkens Kaffee mag meine Mutter nicht besonders, und vom Preis her ist sein Angebot auch nicht verlockend. Der Röstkaffee aus der Messmer-Filiale, der schmeckt ihr zwar mit Abstand am besten, und »es muss ja auch nicht unbedingt die allerteuerste Sorte sein, die Messmer im Sortiment hat«, wie sie betont, aber zu diesem noblen Geschäft ist es recht weit zu laufen, was letztendlich dazu führt, dass sie ihre Ware hauptsächlich bei Leudke einkauft: ungemahlenen Röstkaffee – 250- und 500grammweise abgepackt und einigermaßen preisgünstig.

Wie auch immer und wo auch immer – was die Schularbeiten betrifft, hier die Berichtigung meines verhauenen Diktats, so entscheide ich mich spontan, diese Pflichtübung etwas nach hinten zu verschieben. Eine gute Entscheidung, wie ich meine. Ohne auch nur einen einzigen letzten Blick auf das per roter Tinte hinterlassene Endresultat meiner Bemühungen zu werfen – die aufdringlich leuchtende Fünf! –, klappe ich das Heft zu und werfe es an das Fußende meines Bettes. »Dazu fehlt mir jetzt absolut jeglicher Nerv«, so meine lautesten Gedanken. »Entweder ich erledige das später, oder aber ich lasse mir zu morgen etwas Passendes einfallen.« Der Duft, der aus der Küche zu mir herüberzieht, hat jetzt ein Ausmaß erreicht, dem ich kaum ausweichen kann. Nach nur wenigen Schritten sitze ich auf dem Stuhl hinter der halb geöffneten Küchentür, an dem kleinen Tisch dort, und möchte keinen Zweifel daran lassen, dass ich an diesem Vergnügen nun ebenfalls teilhaben will, was meiner Mutter im Grunde nicht gefällt. »Oh ... Alex ... du kommst gerade rechtzeitig«, meine Großmutter nimmt den Filter von der Kanne, setzt ihn zum Abtropfen in eines der beiden Spülbecken und schließt die Kanne mit einem Deckel. »Der Kaffee ist gerade durchgelaufen. Möchtest du eine Tasse?« Mit einer Konservendose Brechbohnen in der Hand steht Anneliese an der Tür der Speisekammer und sieht ihre Mutter fragend an. Man sieht es ihr an, wie sie über das Angebot denkt.

Vierzehntes Kapitel

»Ein allerletztes Mal gebe ich dir noch ein Rezept für deine Mutter mit, Alexander, ein allerallerletztes Mal, aber dann ist wirklich Schluss damit, dann muss sie wieder selbst zu mir in die Praxis kommen!« Herr Doktor Weser sieht mich über den dicken Rand seiner schwarzen Hornbrille ungewohnt ernst an. »Ich will ihr gerne helfen, bin wirklich der Letzte, der kein Verständnis für sie hat, aber so kann das nicht mehr weitergehen! Ich komme doch in Teufels Küche, wenn das herauskommt, und das weiß deine Mutter auch ganz genau ... ich habe es ihr wiederholt erklärt.« Doktor Weser ist verärgert, das habe ich verstanden. Während er mit einem Tintenfüller das gewünschte Rezept ausschreibt, blicke ich mich verlegen im Raum um. Alles im gewohnten Weiß. Es riecht nach Desinfektionsmittel. Sagrotan? Es erinnert mich jedenfalls an die letzte Impfung, die ich, ebenfalls auf diesem Stuhl sitzend, von ihm bekam. Mir ist die Angelegenheit mehr als peinlich. Das wissen beide – der Arzt wie seine Patientin – nur zu gut. Was soll ich machen? Sie ist nicht in der Lage zu kommen. Es geht ihr nicht gut. Sie *fühlt* sich nicht, hat Kreislaufstörungen, kann den Weg hierher momentan unmöglich schaffen. Doktor Weser hält mir das Rezept hin, während er sich zeitgleich von seinem Stuhl erhebt und mir die Hand reicht. »Hier, bitte. Und richte deiner Mutter aus, dass sie mit diesen Tabletten mindestens einen ganzen Monat auskommen muss – hörst du? –, einen Monat!« – »Aneural 400 Milligramm – 36 Dragees«, kann ich auf dem Zettel lesen, den ich nun abgestempelt und unterschrieben in der Hand halte. »Auf die Dauer kann es für sie sehr gefährlich werden, wenn sie die empfohlene Dosis ständig deutlich überschreitet! Herz und Kreislauf spielen da nicht ewig mit ... Richte ihr das von mir aus.« – »Danke für ihre Hilfe, Herr Weser, vielen Dank.« Doktor Weser öffnet mir die Tür zum Flur, wirft einen kurzen Blick in den gegenüberliegenden Warteraum, während er mich hinausweist. Ich bin entlassen und gehe. »Und richte deiner Mutter bitte auch einen Gruß von mir aus!«, wird mir hinterhergerufen, noch bevor ich das Treppenhaus betreten habe. Das wäre geschafft. Diese Hürde wäre genommen. Die Apotheke ist ganz in der Nähe. Nun schnell das Rezept einlösen und dann nichts wie zurück nach Hause. Sie wird sich freuen. Sicher war es nämlich nicht, dass es klappen würde. Um danach noch in die Schule zu gehen, dafür ist es längst zu spät, das lohnt sich wirklich nicht mehr. Wie sollte ich mein Zuspätkommen denn auch erklären? Einen ganzen Schultag zu versäumen, das ist dann schon eher erklärbar.

Vor der Wohnungstür – den Zeigefinger schon am Klingelknopf – zögere ich abwägend ... Nein nein, die Klingel betätige ich lieber nicht, besser nicht, ist ja auch nicht nötig, habe ja meinen Schlüssel dabei. Möglichst geräuschlos schließe ich die Tür auf und lasse sie gleich hinter mir zurück ins Schloss gleiten. Alle vom Flur abgehenden Zimmertüren sind ebenfalls geschlossen. Mit Ausnahme der Schlafzimmertür spenden ihre geriffelten Scheiben dem kleinen Flur etwas spärliches Tageslicht, leuchten den Boden kümmerlich aus. Unmittelbar hinter dem Glas der Schlafzimmertür hingegen drängt sich rechteckig die Dunkelheit gegen die Scheibe, tut so, als wolle sie unbedingt zu mir herauskommen. Die dicken Vorhänge des Schlafzimmers müssen zugezogen sein. Eine bedrückende Stille empfängt mich. Die Luft ist stickig, erscheint bleiern und verbraucht. So empfinde ich es. Klar ist, dass sie hinter dieser Tür in ihrem Bett liegt und auf das Medikament wartet, ich bin mir aber nur nicht sicher, ob sie schläft oder wach ist ... Wenn ich die Türe jetzt öffne, dann ist es zu spät – sollte sie tatsächlich eingeschlafen sein, würde ich sie wecken. Hingegen – wäre sie wach, dann müsste sie mein Kommen eigentlich bemerkt haben, ja, trotz meiner Bemühungen, möglichst wenig Geräusche zu verursachen, man kann eben keine Haustür völlig geräuschlos aufschließen und öffnen, das ist nicht möglich. Ich überlege, entscheide mich letztlich für ein Abwarten. Da kann ich nichts falsch machen. Oder doch? Das Fläschchen mit den Aneural-Dragees stelle ich demonstrativ auf den Tisch in der Küche. Hier ist alles aufgeräumt. Im rechten der beiden Porzellan-Spülbecken lehnen, leicht schräg gelagert, einige abgewaschene Teller zum Abtropfen. Im linken, etwas tiefer gelegenen Becken steht der Wischeimer. Ein mehrfach zusammengelegtes, dunkelblau-weiß kariertes Geschirrtuch hängt schlapp über dem länglichen Ende des s-förmig gebogenen Schwenkwasserhahns, dessen Wasserauslass direkt in den Eimer zeigt. Der Hahn tropft etwas. In geduldigen Abständen lösen sich einzelne, stets nur für Sekunden am runden Rand hängende Wassertropfen, um letztlich – knapp und einmalig – an den Boden des Eimers zu klopfen. Der Wecker auf dem Küchenschrank tickt seinen verlässlich monotonen Takt, lässt sich von diesen ungeplanten Geräuschen keineswegs irritieren. Der Zeisig im Vogelbauer, mittig auf dem Küchenschrank, der sitzt auf einer der oberen Stangen, ganz dicht am Gitter, und sieht zu mir herunter. Was der wohl denkt, falls er denkt ... Jedenfalls sieht es so aus, als würde er mich tatsächlich (denkend) beobachten. Den schmächtigen Kerl will mein Vater vor Jahren aus Afrika mitgebracht haben – aus Mosambik, wie er selber gerne betont –, wie auch immer er das geschafft haben kann. Ich betrachte mir das von ihm in Handarbeit gefertigte Bauer: ein quaderförmiges Gerüst aus hellen, eckigen Holzleisten und diversen, senkrecht wie quer verlaufenden Drahtstäben. Eine gute Arbeit, eine, für die er bereits des Öfteren gelobt wurde. Ich stelle mich auf einen Stuhl und schaue in das Bauer hinein. Die beiden zwischen Stäbe geklemmten Porzellannäpfe sind gefüllt, eines mit frischem Wasser, das andere mit Hirse-Futter. Ein flacher weißer, ovaler Kalkstein hängt ebenfalls zwischen zwei Stäben. Hier oben, links vom Bauer und gut erreichbar direkt an der Kante des Schrankdeckels liegt das zusammengefaltete Tuch, mit dem der Vogel stets pünktlich zur Nacht abgedeckt wird ... »Hier oben«, sage ich mir, »hier oben auf dem Schrank – da ist die Welt mit Bestimmtheit in Ordnung.« Ich steige vom Stuhl, stelle ihn an seinen Platz zurück, verlasse die Küche, gehe über den nunmehr etwas heller ausgeleuchteten Flur in mein Zimmer, setze mich auf die Fensterbank und blicke, auf meinen Händen sitzend, aus dem Fenster hinunter auf den Reyesweg.

Die Wohnzimmeruhr – mit dumpfen, kurzen Schlägen –, ich zähle mit, signalisiert sie mir die Zeit: 12:00 Uhr! Der Mechanismus des Schlagwerks ist längst nicht immer aufgezogen. In diesen Tagen ist das Räderwerk aber aktiviert, wie man deutlich vernehmen kann. Zeitweise stört meine Mutter sich an den erzeugten Tönen, dann zieht sie für einige Wochen nur noch mit dem Schlüssel die Feder auf, die allein für die Zeiger – für die Anzeige der aktuellen Zeit – zuständig ist. Heute, am Freitag, wäre für mich die Schule sowieso relativ frühzeitig zu Ende gewesen. Das ist einer der wenigen Vorteile, die meine Nichtversetzung, mein Sitzenbleiben mit sich bringt. Nach meinem neuen Stundenplan ist, gleich nach dem Samstag, der Freitag der zweitkürzeste Schultag der Woche. Die in der 6. Klasse müssen da heute deutlich länger hocken. So ist das im Leben – alles hat seine zwei Seiten. Gleich nach den Osterferien mit – bis auf Michael und Dicki – mir völlig fremden Jungen und Mädchen die Schulbank drücken, ohne jeglichen Übergang, mit Schülerinnen und Schülern, die sich bereits über einen langen Zeitraum kennen, die versetzt wurden und nun plötzlich mich (einen Versager!) in ihrem Klassenverband haben – das war nicht leicht. Herr Wiesengrund ist jetzt mein Klassenlehrer.

Ob – und wenn ja in welchem Ausmaß – der Lehrer es mir nachträgt, dass ich für Klaus Bürger die Unterschrift seines Vaters gefälscht hatte, das kann ich nur erahnen. Lehrer Schulz bleibt mir erhalten, wenn auch nur in den Fächern »Religion« und »Geschichte«, aber immerhin. In irgendeiner Form begegne ich allen mir bekannten Lehrern der Von-Essen-Straße, was für mich sowohl Vor- als auch Nachteile birgt ...

Mein Blick aus dem Fenster. Der Reyesweg. Da unten geht Jan ... Will er zu mir? Das würde mir jetzt überhaupt nicht passen. Ich weiß nicht, wie es mit meiner Mutter ausgehen wird, kann noch nicht klar einschätzen, was da noch auf mich zukommt.. Jan soll davon möglichst nichts mitbekommen. Von wegen »deine Mutter ist ja ständig krank« und so weiter ... Klar, er ahnt sicherlich was, da mache ich mir nichts vor. Dass meine Mutter das eine oder andere gesundheitliche Problem hat, das kann ihm nach all den Jahren unmöglich gänzlich verborgen geblieben sein. Mit Jans Mutter habe ich auch schon darüber gesprochen, das ließ sich nicht vermeiden. Irgendwann ergab es sich so, sie sprach mich vor längerer Zeit einmal besorgt darauf an. Dann ist Jan selbstverständlich ebenfalls informiert ... Aber nein, Jan will nicht zu mir. Er geht vorbei, will, wie ich vermute, zu Gerkens oder White. Soweit es mir mein Blickwinkel von hier oben erlaubt, schaue ich ihm nach. Über den Flur höre ich Geräusche. Die Schlafzimmertür – sie wird geöffnet.
»Hast du ... konntest du ... hast du die Tabletten bekommen?« Meine Mutter – sie steht im Flur, hat ihren Morgenmantel an, sieht zu mir herüber. »Was hat er gesagt ... War er nett ... Doktor Weser?« Krank sieht sie aus, verschlafen und krank, aber nicht unfreundlich. Unfreundlich ist sie eigentlich nie, wenn sie sich in einem solchem Zustand befindet, dann schon eher hilflos. »Ja. Ich habe die Tabletten bekommen. Sie stehen auf dem Küchentisch.« Sie dreht sich langsam um, geht – es ist mehr ein Taumeln – in die Küche. »Was hat Doktor Weser gesagt?« – »Er war nett. Er lässt dich grüßen.« – »Es tut mir leid, Alex ... Wirklich.« Mit dem Fläschchen in der Hand erscheint sie im Türrahmen der Küche, ringt sich ein schmales Lächeln ab, das möglichst ungezwungen auftreten soll. »Ich brauche sie doch so dringend. Ich brauche sie wirklich! Aber jetzt kommt alles schnell wieder in Ordnung.« Sie gibt sich alle Mühe, möglichst locker und entspannt zu wirken. Ich merke das natürlich, erkenne die Maske sofort. »Du wirst sehen, Alex, alles wird jetzt wieder gut. Ich ... ich weiß genau, was ich zu tun und zu lassen habe.« Im Bemühen, möglichst überzeugend und selbstbewusst zu wirken, greift sie sich

wiederholt mit beiden Händen in ihre vollen schwarzen Haare und kämmt sie zwischen den gespreizten Fingern forsch nach hinten, so als würde sie – aus welchem Grunde auch immer das der Fall ist – ihren momentanen Sitz unbedingt, unverzüglich und wesentlich verändern müssen. Wir sehen uns an. Die pure Verzweiflung – wie so oft, ist sie uns beiden vermutlich auch in diesem Moment aus den Gesichtern abzulesen. Aber vom ohnmächtigen *Ablesen* zum sachlichen *Herauslesen* – das möglicherweise klärend, hilfreich und somit lösend wirken könnte – klafft ein breiter wie tiefer Abgrund, eine Schlucht, die keiner von uns beiden überbrücken kann. Wer sollte – wer könnte! – das für uns leisten? Außer uns beiden, Sohn und Mutter, ist auch hier und heute niemand da, der auch nur das Geringste für uns hätte herauslesen können, nein, absolut niemand. Nein! Was es hier herauszulesen gibt, was es hier herauszulesen gilt, das lesen allein wir – Anneliese und Alexander Zinser –, wir ganz allein. So gesehen sind allein wir die Fragenden und Antwortenden, so gesehen ist es fest für uns gebucht und gefälligst von uns fest mit in das Tagesgeschehen einzuplanen, das Sich-zu-zweit-im-Kreise-Drehen.

Es regnet in Strömen. Eigentlich wollte ich in der Siedlung zu Marko Majoré, wollte ihn fragen, ob er Zeit hat, mit mir etwas zu unternehmen. Irgendetwas wäre uns bestimmt eingefallen. Er ist nicht da. Wie es scheint, ist überhaupt niemand zu Hause. Jedenfalls hat auf mein mehrmaliges Klopfen niemand reagiert. Die Tür zu dem Gang mit den Abstellräumen am Ende seiner Baracke ist fest verschlossen, die in der Baracke gegenüber zu meinem Glück nicht. Jetzt stehe ich dort in der Tür und warte ab, bis es aufgehört hat zu regnen. Eine besinnliche Situation, eine, die ich besonders mag, weil sie mir für eine Weile verlässlich meine Ruhe garantiert. Der Gang ist zwar nicht beleuchtet, gleich einige Meter hinter mir ist es stockdunkel, aber hier stehe ich trocken und geschützt. Einen Schritt weit von mir entfernt fällt geräuschvoll das Wasser senkrecht vom Himmel. Es ist, als würde ich unmittelbar *hinter* einem rauschenden Wasserfall stehen – zwischen Felswand (finsterer Gang) und dem senkrechten Absturz des Fließgewässers (Niederschlag aus den Wolken), sozusagen. Bei dem Wetter muss ich nicht damit rechnen, dass irgendeiner der Bewohner sich hier blicken lässt und sich spontan über meinen Aufenthalt ärgert. Und außerdem – die Tür war ja nicht verschlossen, war nicht einmal zu, war nur leicht angelehnt. Trotzdem, es wird nicht gerne gesehen, dass ich mich hier aufhalte. »Du hast hier nichts zu suchen! Verschwinde! Aber schnell!«

Rückblickend habe ich das schon mehrfach zu hören bekommen, ja, und in den unterschiedlichsten Stimmlagen, meistens unfreundlich, manchmal sogar eindeutig drohend. Verstehen kann ich es, immerhin lagern hier, in den vom Gang abgehenden Verschlägen, die privaten Sachen der Leute. Zwar handelt es sich meist um irgendein Gerümpel, um die Dinge eben, für die man ganz offensichtlich momentan keine Verwendung hat, aber dennoch sind es in gewisser Weise Wertsachen, die nicht jeder Hans und Franz in die Finger kriegen soll. Verständlich also. Zugegeben, ab und an gehe ich durch den Gang – die Augen gewöhnen sich schnell an die Dunkelheit – und werfe einige neugierige Blicke durch den Gitterdraht, schaue mir das eine oder andere dort Lagernde an. Es liegt aber keinesfalls in meiner Absicht, hier jemals irgendetwas aus den Parzellen zu stehlen.

Von der 11er Packung »Lux«, die ich mir gestern für eine Ein-D-Mark-Münze aus dem Automaten neben dem Tabakwarengeschäft an der Ecke Alter Teichweg gezogen habe, müssten noch neun Zigaretten in der Schachtel sein. Die anderen zwei haben Jan und ich gleich nach dem Kauf auf dem Langermannsweg-Spielplatz geraucht. In der Innentasche meiner Jacke stecken die Zigaretten, in der rechten Hosentasche die Streichhölzer. Ja, genau neun sind es. Ich zünde mir eine Zigarette an, beginne, sie in aller Ruhe genüsslich zu rauchen, während ich weiterhin das Fließen des Regens beobachte. Zigaretten und Streichhölzer werde ich nachher wieder auf unserem Dachboden in Verwahrung geben, beides – je nach Bedarf – dort später wieder aus dem Versteck holen. Mit nur wenigen Ausnahmen wähle ich für diese Geheimhaltung jenen Verschlag unterm Dach. Auf keinen Fall will ich die Zigaretten mit in die Wohnung nehmen. Das darf ich nachher nicht vergessen. Das wäre unverzeihlich dumm von mir. Meiner Familie dürfte es hinlänglich bekannt sein, dass ich gerne mal eine Zigarette rauche, davon ist auszugehen. Man spricht eben nicht groß darüber, oder wenn doch, dann nur ganz, ganz kurz und auch nur andeutungsweise. Meine Mutter riecht es manchmal, wenn ich gerade geraucht habe, fragt mich dann auch danach. »Gewöhne dir das bloß nicht an! Das ist eine Sucht! Du gerätst weitaus schneller in die Abhängigkeit, als es dir lieb ist!« Solche oder ähnlich solche Ermahnungen fallen ihr in der Regel dazu ein. Ich ziehe es dann vor, nicht groß darauf einzugehen, weder auf die Frage, ob ich geraucht habe, noch auf die Warnungen, die mit der Frage Hand in Hand einhergehen. Ich rede etwas drum herum, verwische die Spuren, »murmle mir etwas in meinen Bart«, könnte man sagen, und ziehe mich möglichst zügig in mein Zimmer zurück. Aus der Sache macht sie nicht viel Aufhebens, das ist dann auch damit erledigt. Vorerst genug gesorgt, du gute Welt. »Jetzt«, sage ich mir, »bin ich erst einmal ganz weit weg!« Diese Ruhe. Der Regen ...

———

Meinen Springer von e5 nach g6 setzen und deutlich »Schach!« sagen, geschieht in einem Atemzug.

Von keiner Seite ist mein weißes Pferd bedroht, und ihr schwarzer König (er steht auf f8) kann in keine Richtung mehr ausweichen. Einerseits steht ein Teil ihrer restlichen Figuren dem König stur im Wege (was auf e7, g7 und e8 der Fall ist) – verhindern dergestalt seine Flucht – und andererseits überwacht mein Läufer uneingeschränkt die Felder f7 und g8. »Schachmatt!« Da hat sie wohl nicht aufgepasst. Ich habe auch nicht damit gerechnet, aber ich habe sie tatsächlich »schachmatt« gesetzt! Sie tippt sich mit dem ausgestreckten Zeigefinger ihrer linken Hand an die Unterlippe und lässt ihre rechte Hand für einige Sekunden locker über dem Schachbrett verharren – ansonsten geschieht ihrerseits nichts – was ihre Verdutztheit einmal mehr unterstreicht. Den Namen der jungen Frau – sie mag so um die zwanzig, zweiundzwanzig Jahre alt sein? –, die mir gegenübersitzt und nun nach einigem Hin und Her diese Partie verloren hat, den kenne ich nicht. Mir ist nur bekannt, dass sie die Gruppe leitet, die hier einmal pro Woche im Freizeittreff »Haus der Jugend« zum Schachspielen zusammenkommt. Gut eine Dreiviertelstunde haben wir wohl gespielt, und nun ist es entschieden. Ohne ein einziges Wort zu sagen sieht sie mich nur aus großen Augen an, aber ich hege nicht den leisesten Zweifel daran, dass sie mit dem Ausgang des Spiels ganz und gar nicht zufrieden ist. Ihre Gesten sprechen eine deutliche Sprache. Einige Zuschauer haben die Partie von Anfang an verfolgt, sitzen immer noch in der Nähe unseres Tisches auf der langen, tiefen Fensterbank vor der großen Glasscheibenfront des Hauses, andere kamen irgendwann dazu, standen die ganze Zeit hinter uns, sahen uns beiden über die Schultern. Wie ich annehme, sind die meisten von ihnen aktive Mitglieder des Schachklubs. Das ließen die aus dieser Richtung abgegebenen Kommentare erkennen, die während des Spiels einige unserer vollbrachten Schachzüge beurteilten. Bis auf Michael und Dicki sind sie mir jedenfalls alle völlig unbekannt. Meine beiden Freunde sehen abwechselnd die Verliererin und mich, den Gewinner, an, blicken drein, als hätte sie höchstpersönlich das Spiel gewonnen.

»Und du willst dich wirklich mit der Leiterin des Schachklubs an einen Tisch setzen?« So Dicki, als ich vorgestern spontan das Spiel in größerer Runde ankündigte. »Mensch Junge, das *kann* doch nur nach hinten losgehen!« Ganz wohl war mir wahrlich nicht, als mir dann klar wurde, auf was ich mich da eingelassen hatte, das genaue Gegenteil war der Fall – etappenweise wurde mir vor Aufregung speiübel. Aber das half nun alles nichts mehr, da musste ich nun durch. »Mehr als verlieren kann ich schließlich nicht«, sagte ich mir, »und das Verlieren einer Schachpartie, das ist alles andere als eine Schande, zumal wenn man gegen einen Profi antritt, und dass diese junge Frau, deren Namen ich nicht kenne, so etwas wie ein Profi ist, das wird niemand bestreiten.« So meine tröstenden Gedanken von vorgestern bis heute. Und jetzt das ...

»Revanche ... Wenn du Zeit und Lust dazu hast, Alexander, dann spielen wir in der nächsten Woche noch einmal – ja?« Etwas erstaunt bin ich schon, dass *sie* – *meinen* Namen kennt. »Können wir gerne machen ... werde mich hier rechtzeitig melden.« Langsam löst sich die Gruppe der Zuschauer auf. Allen voran entfernen sich die Personen, die die ganze Zeit gestanden haben, von denen, die einen Sitzplatz haben, geht noch ein wenig mehr Geduld aus. Das ist verständlich. »Ich muss mich jetzt aber mal so langsam wieder im Büro sehen lassen.« Sie steht auf, beugt sich über den Tisch zu mir herüber und reicht mir die Hand. »Sammelst du bitte die Figuren in die Schatulle und stellst sie, zusammen mit dem Brett, ganz oben in das Regal dort hinten an der Wand ... Das wäre nett von dir.« Mit Händedruck und gegenseitigem Anlächeln verabschieden wir uns. Sie entschwindet in Richtung Büro, das sich in der Nähe des Eingangsportals befindet. Michael und Dicki blicken ihr hinterher. »Ich glaube, die ist ziemlich sauer!« In Michaels Bemerkung klingt ein wenig Verachtung mit. »Ich wusste gar nicht, dass du so gut Schach spielen kannst!« Ob sie nun tatsächlich so verärgert ist, wie Michael glaubt erkannt zu haben, das kann ich nicht beurteilen, aber dass es ihr – als Lehrerin, wenn man so will – nicht in den Kram passt, vor versammelter Mannschaft gegen einen Schüler zu verlieren, und ich denke, als einen solchen betrachtet sie mich, das kann ich problemlos nachvollziehen. »So gut wie du denkst bin ich nun auch wieder nicht, aber manchmal gehört eben etwas Glück dazu.« Nein, ein *so* großartiger Schachspieler – für den mich meine Freunde ganz offensichtlich halten – bin ich nicht, da möchte ich die Kirche wirklich lieber im Dorf lassen. »Man spielt im Allgemeinen so gut Schach, wie die Personen es tun, die man in der Regel als Gegner hat!«, sagt mein Großvater, der mir das Spiel beigebracht hat, als ich sechs Jahre alt war. Wenn er da recht hat, dann spiele ich so gut – oder so schlecht? – Schach wie mein Vater oder etwa Otto Dau.

Wenn mein Vater zu Hause ist – was bekanntlich leider selten vorkommt! –, dann spielen wir des Öfteren die eine oder andere Partie Schach miteinander. Meist Sonntags und kurz nach dem Mittagessen. Meine Mutter zieht sich dann ganz gerne für eine gute Stunde ins Schlafzimmer zurück und hält ihren Mittagsschlaf. Während mein Vater noch kurz das Geschirr in der Küche abwäscht und alles ordentlich aufräumt, stelle ich im Wohnzimmer die Figuren auf das Brett. Lange auf ihn warten muss ich in der Regel nicht, er erledigt das recht flott, er ist da außerordentlich erfahren. Gerne zieht er sich dann für das Spiel seine beige, wollene Hausjacke an – die mit den Lederflicken an den Ellenbogen – und raucht mit Hingabe eine seiner edlen holländischen Zigarren. Das sind schöne Momente. Was das Schachspielen anbelangt, so sind Vater und Sohn – insgesamt gesehen – gleich gut. So würde ich es jedenfalls beurteilen. Doch, was das Gewinnen und Verlieren betrifft, so tun wir uns da nichts, das hält sich die Waage. Manchmal allerdings ärgert sich mein Vater, wenn ich gewinne. Er benimmt sich dann ähnlich so, wie sich vor nur wenigen Minuten die junge Frau benommen hat. Diesbezüglich hat sie mich tatsächlich sogar spontan an meinen Vater erinnert. Was Otto Dau betrifft – den kenne ich ja noch nicht allzu lange, aber gut, seitdem ich ihn kenne, spielen wir zusammen Schach. Besonders häufig tun wir das in den letzten Wochen. Meist gewinne ich, vereinzelt er, was ihn scheinbar überhaupt nicht juckt, jedenfalls ist ihm nichts anzumerken. Mit meinem Großvater spiele ich nur noch sehr selten Schach, eher gar nicht mehr, es ergibt sich irgendwie nicht. Wenn er uns im Reyesweg besucht, dann ist dafür die Zeit zu knapp, dann unterhält er sich meist ausgiebig mit seiner Tochter über seinen Glauben, redet ihr freundlich, aber aus der Kraft seiner Überzeugung heraus ins Gewissen, versucht sie davon zu überzeugen, dass sein Weg auch der ihrige ist. »Anneliese ... vertraue auf Gott. Lies in der Bibel. Komm in die Versammlung. Du wirst sehen, Anneliese, dann geht es dir auch sofort gesundheitlich viel besser!« Ich kenne das zur Genüge. Im Grunde ist das auch der Fall, wenn wir bei ihm in der Ölmühle zum Putzen erscheinen. Aber egal, was soll's ... Ich bin häufiger im Freizeittreff, kicker hier zumeist ein paar Runden Tischfußball – hier stehen gleich drei davon in einer Reihe – oder klöne einfach nur mit den Freunden über dies und über das. Vielleicht werde ich künftig auch hier mit irgendjemandem aus dem Klub Schach spielen. Mal sehen. Es muss ja nicht immer gleich so spannend werden wie heute. Vom »Haus der Jugend« bis zu mir nach Hause habe ich es nicht weit: gleich gegenüber – einmal die Bramfelder Straße überqueren – am Tabakwarengeschäft vorbei, ein Stück den Teichweg entlang und dann kurz querfeldein durch die Siedlung bis zum Reyesweg – das war's. Länger als eine Viertelstunde benötige ich nie.

»Und vergiss bitte nicht, dir die ›Rabattmarken‹ geben zu lassen!« Ich schnappe mir die Einkaufsliste, die meine Mutter mir entgegenhält, und werfe – während sie mich weiterhin mit Anweisungen versorgt – einen flüchtigen Blick auf die mit blauer Kugelschreibertinte fein säuberlich untereinander geschriebenen Positionen. »Und das Bauernbrot, das lass dir bitte in mitteldicke Scheiben schneiden. Mitteldick! Hörst du ...« Neuerdings haben wir im Alten Teichweg ein Geschäft, in dem man weitestgehend seinen gesamten Einkauf auf einen Schlag erledigen kann. Dort gibt es einfach alles. »PRODUKTION« – so steht es in hohen, dicken und goldfarbenen Buchstaben quer über dem Eingang. Das heißt – diese pompöse Schrift ragt links wie rechts bis weit über die Eingangstür hinaus, überschreibt noch ein gutes Stück weit – links wie rechts der Tür – jedes der beiden großen Auslagen-Fenster, die die gesamte Breite des Geschäfts erahnen lassen. »Wir kaufen jetzt immer öfter dort in der ›PRO‹ ein«, lautet neuerdings die Parole meiner Mutter, »dort ist alles deutlich billiger!« Herrn Gerkens gefällt das mit dem neuen Laden ganz und gar nicht, was ich durchaus verstehen kann und woraus er kein Geheimnis macht. »Die achten überhaupt nicht mehr auf eine gute Qualität, walten rücksichtslos nach ›Schema F‹, haben riesige Fabriken als Zulieferer. Ihnen kommt es allein auf den hurtigen Umsatz an ... Und einige Menschen fallen darauf auch noch herein!« Herr White ist ebenfalls nicht gut auf den Laden zu sprechen. »Die Leute, die denen jetzt die Bude einrennen, die werden kurz über lang selber merken, dass die auch nichts zu verschenken haben!« Ich mag den Laden auch nicht besonders. Der Verkaufstresen ist ungewohnt tief und auch riesig lang. Die Regale, die sich über die gesamte Wand hinter dem Tresen erstrecken, sind – breit wie hoch – unübersichtlich vollgepfropft mit Waren jeglicher Art, und überall hängen, stehen oder kleben Schilder jeglicher Größe, die, in leuchtenden Farben ausgemalt, Auskunft über Preise, Stückzahl oder Gewicht der einzelnen Artikel geben. Zwischen Regal und Tresen laufen mehrere Verkäuferinnen emsig hin und her, wiegen, verpacken und überreichen das Gewünschte in einer Eile, dass man fast meinen könnte, es ginge allein darum, irgendwelche Punkte für eine in Aussicht gestellte Wettkampfurkunde zu sammeln. Verwirrend! Und die vielen Menschen ... Alleine ist man hier zu keiner Zeit, nein, da kann man kommen, wann man will. Und gleich nach dem Öffnen der Eingangstür geht es ohne jeglichen Übergang sofort los: ein Sprachgewirr wie vor einer Losbude auf dem Hamburger Dom.

Mein Vater meinte dazu, dass er das lange kenne, dass das in Amerika längst schon gang und gäbe wäre, nichts Besonderes also, und dass es in naher Zukunft mit absoluter Gewissheit zu uns »herüberschwappen« – wie er sich ausdrückte – werde ... »Die Amis nennen diese übergroßen Einkaufsläden ›Supermärkte‹; und ihr könnt dort auf einen Schlag alles bekommen, für das ihr ansonsten mindestens vier Läden abklappern müsst.« Er sagte, dass es in diesen gigantisch großen Läden – die in Amerika sogar noch einige Nummern größer sind als die PRO! – so gut wie kein Bedienungspersonal mehr gäbe (?). Die Menschen würden dort große Einkaufskörbe auf Rädern durch die Läden schieben (?), Wagen aus stabilen, verchromten Stahlgittern, in denen sie ihre Artikel legen, die sie sich eigenhändig aus langen, mehrfach parallel aufgestellten und hell ausgeleuchteten Regalreihen nehmen (er will das in New York höchstpersönlich so erlebt haben). »Man nennt das ›Selbstbedienung‹, und bezahlt wird dann – sofort nach dem Einkauf und selbstverständlich alle Artikel gleichzeitig – an irgendeiner der vielen Kassenstationen unmittelbar vor dem Ausgang. Mindestens drei oder vier Kassen sind es in der Regel, die man zwecks Abkassierung kurz vor dem Verlassen des Marktes – alles wie automatisch – passiert. Euer ›PRO-Markt‹, wie sich diese Läden der Konsumgenossenschaft nennen, die sind erst der Anfang. Hamburg ist mit seinen unzähligen ›Tante Emma Läden‹ längst nicht mehr zeitgemäß, und das gilt – im Vergleich zu Amerika – für die gesamte Bundesrepublik.« Ich kann das alles kaum glauben, was er da meint, uns über Amerika berichten zu können, und vorstellen – vorstellen kann ich es mir sowieso nicht. Einerseits ist er häufiger in Amerika und wird wohl wissen, wovon er spricht, andererseits übertreibt er auch gerne ein wenig, schmückt alles etwas nach allen Seiten hin aus. »Einkaufskörbe auf Rädern ... Auf Rädern! Selbstbedienung ... Selbstbedienung? Mindestens drei oder vier Kassen im Ausgangsbereich ...« Nein, so richtig vorstellen kann ich mir das nicht.

Im Flur, im Geiste schon so gut wie draußen, werfe ich einen weiteren Blick auf die Einkaufsliste, überfliege nacheinander kurz die einzelnen Positionen. Sie hat eine gute Handschrift, meine Mutter, ich kann problemlos alles lesen.

»Gut, habe verstanden ... an die Rabattmarken denken und das Brot auf-schneiden lassen.« – »Hast du das Geld eingesteckt? Mein Portemonnaie habe ich auf den Küchenschrank gelegt ... Der 20-Mark-Schein steckt drin-nen. Und nimm das Einkaufsnetz mit!« – »Zettel, Geld und Netz – alles dabei. Jetzt muss ich mich aber langsam auf den Weg machen.« »Und – bitte, Alex – nicht die Treppen hinunterspringen, hörst du. Frau Marschner ...«

»Selbstverständlich springe ich die Treppen hinunter«, denke ich mir, »ge-nauso wie es selbstverständlich zu erwarten ist, dass sich gleich mindestens einer der lieben Nachbarn darüber aufregen wird, dass ich das tue. Wenn nicht die dicke Marschner ihre Türe aufreißt, dann eben irgendjemand anders aus dem Haus. Einer wird sich ganz bestimmt finden, der mir hinterher ruft, dass ich das gefälligst zu unterlassen habe, da bin ich mir sicher.« Manchmal habe ich den Eindruck, als würden jene Menschen den lieben langen Tag über nichts anderes zu tun haben, als still dazusitzen und geduldig abzuwarten, bis irgendwann in der vierten Etage plötzlich die Tür aufgeht und Alexander Zinser anfängt, die Treppen hinunter zu springen. Die *wollen* sich ärgern, diese Lauernden! So gesehen ist es eigentlich fast schon meine heilige Pflicht, das zu tun, was von mir erwartet wird. Oder? Ja doch, etwas über den sprich-wörtlichen Tellerrand gesehen, ist das der Fall. Ich kann all diese wartenden Menschen unmöglich vollends enttäuschen. Aber eigentlich, eigentlich ist diese ganze Treppenspringerei gar kein Problem, jedenfalls kein ernsthaftes. Im Grunde mögen mich die Nachbarn. Ich denke nicht, dass ich mich da täusche. Und im Großen und Ganzen mag ich die Leute hier auch. Dass denen nicht *alles* an mir gefällt – was wiederum auf Gegenseitigkeit beruht –, das ist doch nur zu verständlich. Aber das strebe ich auch in keinster Weise an.

Heute ist in der Schule die Hölle los – genauer gesagt, in meiner Klasse –, das kann man ohne Übertreibung behaupten. Die Klassenkasse wurde gestohlen, beziehungsweise – ihr Inhalt! Eine richtige Kasse ist es nicht, nicht im wahrs-ten Sinne des Wortes, nicht, wie man sich eine Kasse (Kassette) normalerweise vorzustellen hat. Nein, es ist eine eckige Blechdose mit einem Klappdeckel. Im Deckel ist ein Schlitz geschnitten, durch den das zu verwahrende Geld gesteckt wird. Diese Dose – diese Klassenkasse – steht auf dem Lehrerpult, hat dort ihren festen Platz. Für jeden sichtbar steht sie dort, und das bereits seit einer kleinen Ewigkeit. In regelmäßigen Abständen kassiert Herr Wie-sengrund den Beitrag für den Schulverein, den die Eltern den Kindern laut

Verabredung gesondert mitzugeben haben, und dieses Geld – zumeist handelt es sich um einige Groschen – steckt er dann in diese Dose. Spätestens wenn die Dose halb voll ist, dann gibt der Lehrer das Geld im Schulbüro ab, wo es entsprechend – für den einen oder anderen gemeinnützigen Zweck – genutzt wird. Das war's. Noch nie zuvor war sie großartig aufgefallen, die Dose auf dem Pult, zu keinem Zeitpunkt war sie jemals im Gespräch. Bis heute. Heute, hier und jetzt ist sie im Gespräch.

»Ich stelle euch die Frage ein allerletztes Mal im Guten: Wer von euch hat das Geld genommen?« »Im Guten« ist leicht übertrieben, denke ich mir, die Schnepfe Frotzer platzt nahezu vor überschäumender Wut. Mit knallrotem Kopf und am ganzen Körper zitternd steht sie neben dem Lehrerpult und stiert mit stechenden Augen in den Raum. »Verdammt noch mal – ich warte!« Mehrfach und in immer kürzeren Abständen schlägt sie mit dem Handballen ihrer rechten Hand auf die Tischplatte. Mit jedem ihrer Handballenschläge wandert die Dose, die anscheinend tatsächlich völlig leer zu sein scheint, klappernd um einige Millimeter in Richtung der vorderen Tischkante. Die von ihr geforderte Reaktion bleibt aus, ihre Frage unbeantwortet. Seitens der Schülerinnen und Schüler rührt sich in dieser Hinsicht nichts. Jeder sitzt wie versteinert auf seinem Platz und rührt sich nicht. »Das wird ein böses Nachspiel haben ... ein bitter-, bitterböses. Das schwöre ich euch!«, keift die Frotzer in Richtung der Zuhörerschaft. »Jetzt ist mein Geduldsfaden gerissen, und zwar ohne Wenn und Aber!« Da – der letzte ihrer Schläge lässt die Dose endgültig über die Kante kippen –, mit einem kurzen, aber klirrenden Scheppern landet sie direkt vor ihren Füßen auf dem Boden. Stille. Während ihrer Wutausbrüche sah die Frotzer immer wieder zu Manfred Späting hinüber, der links von ihr in der zweiten Reihe zum Gang hin sitzt. Das habe ich bemerkt. Nun ruht ihr Blick fest auf ihm. Das kann ich auch von meinem Platz aus – in der letzten Reihe hinten rechts am Fenster – unschwer erkennen. »Späting! ... Hast du mir vielleicht etwas zu sagen?« Den Späting hat sie in Verdacht, das Geld gestohlen zu haben, das scheint klar zu sein. Eisige Stille im Raum. Manfred Späting schweigt. Da ich ihn nur von hinten sehe, kann ich nicht einmal sagen, ob er seine Richterin zurzeit ansieht oder nicht. Jedenfalls bewegt er sich nicht. Momentan bewegt sich überhaupt nichts im Raum. Stille. Der Kopf der Frotzer leuchtet rot wie eine Backbord-Positionslaterne in der Nacht. Mir gefällt die Aufführung. Manfred Späting tut mir natürlich sehr leid, aber das Spiel, das finde ich gut. Es ist allemal besser als der dämliche Heimatkundeunterricht, den wir ansonsten bereits seit gut einer Viertelstunde gehabt hätten. Letzteres kann man durchaus laut sagen.

Die Frotzer kann den Schüler Manfred Späting nicht leiden. Das ist eine unumstößliche Tatsache. Sie mag ihn einfach nicht, womit sie keinesfalls die einzige Lehrkraft der Schule Von-Essen-Straße ist, die diese Einstellung hat. Das ist ein offenes Geheimnis. Es spricht zwar niemand unverhüllt aus, dennoch lässt die Behandlung, die Späting erfährt, keinen anderen Rückschluss zu als eben diesen. Auch aus dem Kreis der Schülerinnen und Schüler gibt es nicht gerade viele, die mit ihm befreundet sind, das heißt, so richtig gut befreundet. Klar, hier und dort mischt er mit und insofern fällt es nicht jedem sofort auf, dass er auf irgendeine Weise – ja – lediglich so etwas wie eine Randerscheinung ist. Manfred selber wird sich darüber im Klaren sein, wird – selbst wenn er die Gründe nicht akzeptieren sollte – seine Position richtig einzuschätzen verstehen. Davon gehe ich aus. Ich persönlich komme auch eher schlecht als recht mit ihm zurecht, was meiner Meinung nach daran liegt, dass ich mich nicht auf ihn verlassen kann. Er ist irgendwie eigentümlich. Einmal war ich bei ihm zu Hause, was allerdings schon etwas länger zurückliegt. Es ergab sich einfach so. Es ging um irgendwelche Hausaufgaben, wenn ich mich recht erinnere. Genauer kann ich es nicht mehr sagen. Seine Eltern haben sich scheiden lassen, und er lebt mit seiner Mutter zusammen in einer kleinen Neubauwohnung. Seine Mutter hat jetzt einen Freund, der seit einigen Monaten mit in der Wohnung wohnt. Manfred hält diese Situation nicht für die beste Lösung. »Mit dem Kerl komme ich nicht zurecht!«, hatte er mir einmal gestanden. An dem Tag, als ich Manfred besuchte, habe ich den »Kerl« kurz erlebt, und ich kann Manfreds Einschätzung nur bestätigen. Ein unangenehmer Zeitgenosse – mürrisch und launisch –, so mein Eindruck. Wir waren halt Störenfriede für ihn, das habe ich sofort erkannt. »Der ist immer so unfreundlich«, erklärte mir Manfred, als hätte er damals meine Gedanken erraten, »der kann nicht anders. Da musst du dir nichts bei denken.« Seine Mutter stand in der Situation voll und ganz auf der Seite ihres neuen Lebenspartners, auch das war unschwer zu erkennen. Nach dem zu urteilen, was ich von Manfred zu hören bekomme, was er mir und auch anderen aus der Klasse erzählt, wenn er sich über seine Lebensbedingungen äußert, steht er den beiden nur im Wege. Das würde auch zu der Erfahrung passen, die ich an dem besagten Tag bei ihm zu Hause gemacht habe.

Nein, Manfred Späting hat es alles andere als leicht auf dieser Welt, das kann man wirklich sagen. Zu seiner Unbeliebtheit kommt für ihn noch erschwerend hinzu, dass er andauernd krank ist. Mittelohrentzündung! Ständig fehlt er in der Schule, und wenn er da ist, dann hat er häufig entweder eine Kugel aus Watte in seinem linken Ohr stecken, oder aber er trägt, wenn es ganz schlimm kommt, sogar einen relativ großflächigen, schwarzen und ausgepolsterten Verband über dem kranken Ohr, eine Binde, die unter dem Kinn mit einer Schleife zusammengebunden ist und nahezu seine gesamte linke Gesichtshälfte abdeckt. Das macht ihn natürlich auffällig und gibt einigen aus der Klasse einmal mehr Anlass, ihn kräftig zu verspotten. Ich gehöre nicht zu den Spottenden, im Gegenteil, eine derartige Rohheit ist saudumm und weder zu rechtfertigen noch zu dulden. Mehr als einmal habe ich mich sofort eingemischt, wenn Manfred wegen seines Aussehens verspottet und ausgelacht wurde, und mit Michael Davos, dem dicken, eingebildeten Sohn vom reichen Kohlenhändler Davos, habe ich mich sogar einmal heftig deswegen geprügelt. Mag sein, dass das auch der Grund ist, weswegen Manfred und ich eine gewisse Verbundenheit zueinander verspüren. Nichtsdestotrotz ändert es nichts daran, dass wir keine echten Freunde sind und wohl auch niemals sein werden. Was die Lehrer der Klasse betrifft, so werde ich das Gefühl nicht los, dass sie – gewollt wie ungewollt – heftig dazu beitragen, dass Manfred Späting ein Außenseiter bleibt, auf jeden Fall unternehmen sie reinweg nichts, um ihm zu helfen.

»Gut, ganz wie ihr wollt, ich kann auch anders!« Die Frotzer dreht sich auf der Stelle um, geht mit drei Riesenschritten – die wie ein einziger Schritt wirken – hinter das Lehrerpult und setzt sich, vor Wut schnaubend und mit immer noch bemerkenswert rotem Kopf, mit unübersehbar hektischen Gebärden auf ihren Stuhl. »Hefte raus – ich diktiere!« Jedenfalls hat sie den Späting nicht mehr im Visier, denke ich mir, und wieso steht er bei ihr überhaupt unter Verdacht ... »Los, los, los, alle die Hefte auf den Tisch, aber zackig. Ich warte!« Die zur Klassenkasse erkorene Dose muss immer noch auf dem Fußboden liegen, aufgehoben hat sie jedenfalls niemand. »Nein, nein ... das machen wir jetzt anders, ganz anders ... Ich diktiere nicht – ihr macht das gefälligst alles allein!« Krächzend schreit die Frotzer nun ihre neue Anweisung in den Raum. Sie weiß nicht, was sie will. Mit dem Stand der Dinge ist sie eindeutig überlastet. So konfus habe ich sie noch niemals erlebt. »Die Überschrift lautet: ›Wieso es einen außergewöhnlich schlechten Charakter offenbart, wenn man seine Nächsten bestiehlt!‹ – und ihr schreibt jetzt *sofort* auf, was euch dazu einfällt. Mindestens zwei Seiten erwarte ich von euch!« Der neue Ansatz scheint der Frotzer zu gefallen. Ihre Stimme verrät mir, dass sie auf dem besten Wege ist, ihre verlorene Fassung langsam zurückzugewinnen. »Ich gehe jetzt direkt zum Schuldirektor und werde ihm den unerhörten Vorfall melden.« Sie erhebt sich und geht zur Tür. »Und nicht etwa, dass ihr euch während meiner Abwesenheit unterhaltet ... Absolute Ruhe! So – schreiben!« Sie öffnet die Tür und dreht sich, den Türgriff bereits in der Hand, noch einmal kurz zu uns um: »Zwei Seiten mindestens, hört ihr, *zwei* Seiten!« Die Augen der gesamten Klasse blicken in Richtung der Lehrerin. Für den Bruchteil einer Sekunde herrscht wieder Stille auf dem Schlachtfeld. »Ich kontrolliere das, wenn ich zurückkomme!« Während sie die Tür hinter sich schließt – und das nicht gerade leise – erreicht uns noch diese vorerst letzte Anmerkung. Das Hallen ihrer sich rasch entfernenden Schritte verliert sich zunehmend auf den Fliesen des langen Korridors. Wieso musste nun ausgerechnet die Frotzer und nicht unser Klassenlehrer den Diebstahl entdecken? Das frage ich mich. Wiesengrund hat zwar auch seine Macken, aber mit einem derartigen Problem wird er besser fertig. Er hat sich wesentlich besser im Griff. Wieso hat er – den wir doch tagtäglich mehrere Stunden haben – nicht die auf dem Pult stehende Kasse kontrolliert, sondern sie, die olle Schnepfe, die sich sowieso über jede Kleinigkeit maßlos aufregt (womit ich keinesfalls sagen will, dass dieser Klassenkassen-Diebstahl eine ›Kleinigkeit‹ ist) und sofort die Kontrolle über sich verliert? Schicksal – geschehen ist geschehen. Da gibt es jetzt kein Zurück mehr. »Tja«, denke ich mir, »zwar würde ich das niemals gegenüber irgendjemandem aus der Klasse äußern, aber ich kann es mir sehr wohl vorstellen ... dass Späting es tatsächlich war, der sich das Geld klammheimlich geschnappt hat.«

»CARE« – so steht es in dicken, schwarzen Buchstaben mehrfach auf dem Paket abgedruckt. Eigentlich wollen wir gerade los, Jan und ich, und nun hebt Herr Holtan das Paket – ein per Schnur und Klebeband verschlossener dickwandiger Karton – mit einem Schwung mitten auf den Küchentisch und beginnt ohne zu zögern, mit einem Messer die Verpackung aufzuschneiden. »So, nun bin ich aber mal gespannt, was da diesmal so alles Schönes drinnen ist.« Mit wenigen Handgriffen öffnet Jans Vater den Karton im oberen Bereich, zieht nacheinander die an die Familie gesandten Lebensmittel heraus – die zumeist pfundweise in Päckchen oder Dosen abgepackt sind – und verteilt sie auf dem Tisch: Kaffee, Zucker, Schokolade, Honig, Rosinen, Schmalz und Margarine – da steht nun all das und erinnert sehr an einen Großeinkauf für irgendeine größere Feierlichkeit. »So ein ›Care-

Paket‹ ist doch was Feines«, freut sich Jans Vater und angelt zum Schluss noch je eine Dose Rindfleisch und Corned Beef heraus. Sprachlos stehe ich da und kann nur staunen. Noch weiß ich nicht, was ich von der Darbietung halten soll. Wie es aussieht, scheint die Familie des Öfteren derartige Pakete zu bekommen. Auch Jan interessiert sich zwar für dessen Inhalt, ist aber scheinbar keineswegs überrascht darüber, dass die Sendung überhaupt gekommen ist. »Wer macht euch solche Geschenke?«, will ich wissen und stoße meinem Freund in die Seite, der sich, so wie es aussieht, augenblicklich ganz speziell für eine bestimmte Dose interessiert. Jan zögert, scheint kurz zu überlegen. »Genau kann ich es nicht sagen ... Aber ich glaube, dass die Pakete aus Amerika kommen.« Ungeduldig und auch umständlich versucht Jan, den Deckel der besagten Dose mit dem Griff eines Löffels aufzuhebeln. »Oh – Milchpulver ...«, Herr Holtan sieht erst seinen Sohn und dann mich an, »er kann es gar nicht abwarten, mein Herr Sohnemann, so gerne mag er es, dieses weiße, trockene Zeugs.« Der Rand des Deckels ist zwar an einigen Stellen leicht verbogen, aber immerhin ist die Dose nun geöffnet. Geschickt dreht Jan den Löffel in der Hand herum (jetzt wird anstelle des Stiels seine Schale benötigt), schöpft mit ihm aus der bis hoch zur Umrandung gefüllten Dose ein kleines Häufchen Pulver heraus und hält ihn mir strahlend hin: »Hier, Alex, probieren ...« Nicht ohne Bedenken nehme ich das Angebot an und koste vorsichtig. Vergnügt schnappt Jan sich einen zweiten Löffel aus der Schublade des Küchenschranks und bedient sich ebenfalls aus der Dose.

Frau Holtan kommt in die Küche, erfasst mit einem einzigen Blick die Situation: »Kinder, was macht ihr denn da? Oh nein ... das Pulver soll doch mit Wasser verrührt werden ...« Ganz offensichtlich amüsiert sich Jans Mutter darüber, was wir mit dem Inhalt dieser Dose machen, ihre nette Singsang-Stimme sowie ihr ganz offensichtlich gespieltes Entsetzen lassen keinen Zweifel zu. »Mit Wasser verrühren – dann wird es wieder zu Milch und lässt sich trinken.« Mit einer freundlichen, aber bestimmten Geste signalisiert sie uns beiden, dass wir spätestens jetzt unsere bereits benutzten Löffel in ihre ausgestreckten Hände legen sollen, was obendrein noch von einer plausiblen Erklärung ihrerseits begleitet wird: »Und immer wieder mit dem Löffel in das Pulver und zum Mund und wieder zurück ... Das ist nun aber auch nicht besonders hygienisch! Findet ihr nicht?« Frau Holtan legt die ihr überreichten Löffel in das Spülbecken, setzt ihre Brille auf und widmet sich ebenfalls der recht umfangreichen Ansammlung an Lebensmitteln, die sich nun auch ihr auf dem Tisch des Hauses präsentieren. »Oh, sieh an, diesmal sogar *zwei*

Pfund Kaffee ...« Gezielt hat sie sich eine der beiden Dosen geschnappt und studiert anerkennend das gelbe Etikett, das auf ihr klebt: »Und das ist wirklich eine ganz erstklassige Sorte!« Nachfragen möchte ich nicht, zumindest nicht hier und nicht jetzt, aber mir ist immer noch nicht im Entferntesten klar, wer nun der Familie Holtan so ein kostbares Geschenk bereitet und weshalb das geschieht. Werde später Herrn Gerkens fragen – den oder den freundlichen Schriftsteller Brunner, was es mit den Paketen auf sich hat, oder meine Oma ... Ebenso ist es mir ein Rätsel, wieso mein Freund Jan nun so völlig wild darauf ist, das weiße Pulver trocken zu essen, das – wenn ich es richtig verstanden habe – anscheinend zu so einer Art *Milch* wird, wenn man es mit einer entsprechenden Menge Wasser verrührt (?). Mir schmeckt es trocken weder gut noch schlecht, das Zeugs. Etwas Besonderes ist es vorerst für mich nicht. Und wie es mit Wasser verrührt schmeckt, das kann ich nicht einmal erahnen. »Jan hat sowieso einen auffälligen Geschmack«, denke ich mir, »nicht nur, dass er gerne Maggi-Brühwürfel lutscht, nein, hin und wieder isst er sogar kleine Portionen Salz. Pures Salz – ohne irgendetwas dazu.«

Fünfzehntes Kapitel

Und wieder einmal sitze ich auf der Fensterbank meines Zimmers und blicke hinunter auf die drei Bäume, auf die drei Linden mir genau gegenüber auf der anderen Straßenseite. Ich erinnere mich daran, dass mein Vater diese Bäume einmal wässerte, als ihr Blattwerk – aufgrund einer lang anhaltenden Trockenperiode – schlaff herunterhing. Buchstäblich eimerweise hatte er das Wasser aus unserer Küche geholt und vom vierten Stock hinunter auf die Straße geschleppt, um den durstenden Bäumen zumindest etwas zu helfen. Immer und immer wieder tat er das. Unermüdlich stieg er im Wechsel all die Treppen mit zwei vollen Eimern langsam hinunter und kurz darauf mit den leeren schnell wieder hinauf. Den Linden geht es jetzt gut, wie man sieht. Ich bin fest davon überzeugt, dass mein Vater wesentlich dazu beigetragen hat, dass das so ist. Meine Gedanken ...

Otto Dau besucht uns jetzt immer öfter. Vor einigen Wochen, es war an einem Samstag, da kam er sogar zum Frühstück zu uns herüber. Meine Oma war am Tage zuvor am späten Nachmittag gekommen, um das Wochenende bei uns zu verbringen, um von Freitag bis Sonntag im Reyesweg zu übernachten, was sie ja bekanntlich des Öfteren macht. Wir frühstückten dann gemeinsam, also zu viert, an dem kleinen Tisch in der Küche. Für jeden hatte sie ein Ei gekocht, meine Mutter, und Kaffee, selbstverständlich. Mehr zufällig entdeckte unser Nachbar, dass in der Besteckschublade des Küchenschranks ein versilberter Teelöffel lag, ein einziger nur, der sich dort mitten unter die anderen – *normalen* – Teelöffel gemischt hatte und der sich in Form und Größe von den anderen deutlich unterschied. Sofort ging er auf diese Nebensache ein, was mich anfangs überraschte. Er ließ uns wissen, dass er sein Frühstücksei ganz gerne mit einem Silberlöffel isst, dass der charakteristische Geschmack, den so ein »angelaufener« – wie er es nannte – Löffel einem Frühstücksei verleiht, für ihn einen ganz besonderen Genuss bedeutet. »Hühnereier enthalten nämlich Schwefel«, erklärte Otto Dau uns, während er gelehrig wie ein Schuldirektor drein blickte, »und wenn während des Verzehrens das Ei mit der Silberschicht des Löffels in Kontakt kommt, dann ergibt sich sofort eine Reaktion, die einerseits den Löffel auffallend schwarz färbt und andererseits auf der Zunge für einen – ich sag mal ›metallischen‹ Geschmack sorgt.« Daraufhin habe ich mir das zierliche Stück geschnappt und es umgehend mit meinem Ei ausprobiert. Und ja, interessant, der Geschmack ist tatsächlich ein besonderer, einer, dem ich ebenfalls etwas abgewinnen kann. Künftig werde auch ich diesen Silberlöffel benutzen, wenn ich zum Frühstücken ein weichgekochtes Ei esse.

Recht lustig ging es zu an diesem besagten Samstagmorgen, gemütlich und lustig. Meine Mutter, meine Oma und Otto Dau hatten sich lange unterhalten, auch noch nach dem Frühstück. Über die Tatsache, dass ihr Mann sich oft und gerne bei uns aufhält, ist Frau Dau überaus verärgert. Das konnte ich an dem Morgen dem Gespräch eindeutig entnehmen. Otto Dau schien das nichts auszumachen, meiner Mutter hingegen war es – wenn ich es richtig verstanden habe – peinlich. Meine Großmutter wiederum hat sich über das Verhalten der Frau lustig gemacht, was typisch für sie ist. »Die Dame kann sich eben nicht damit abfinden, dass sie längst nicht mehr die erste Geige spielt«, so Erna Quandt mit einer Spur Schadenfreude in der Stimme, »eigentlich ist sie doch vollends damit ausgelastet, so zu tun, als würde sie der Mittelpunkt des gesamten Universums sein. Oder?« Sie rollte gewitzt mit den Augen, während sie das sagte. Mir gefällt das alles ganz und gar nicht. Es kommt mir zunehmend wie eine Verschwörung vor, wie eine Intrige, und ich kann noch nicht einmal sagen, gegen wen oder was sich all das richtet. Diese übertriebene Geheimniskrämerei beispielsweise, die in letzter Zeit bei uns zur Tagesordnung gehört – was, bitteschön, soll das? »Du brauchst es Barbara und Ulrich ja nicht unbedingt gleich auf die Nase zu binden, dass Otto Dau uns gestern Abend besucht hat ...«, so meine Mutter vor einigen Tagen zu mir. Blick und Stimme verrieten mir ihre Unsicherheit, die sie vergeblich versuchte, vor mir zu verbergen. Und so verhielt es sich auch nicht! Nicht *uns* hatte er besucht, sondern ganz allein *sie* hatte er besucht. So war das! Ich mag ihn zwar sehr, den Nachbarn, aber – einerseits ist er für mich so etwas wie ein wunderbarer, erwachsener Freund, der mir viel Gutes getan hat, das muss ich zugeben, andererseits und dessen völlig ungeachtet kommt er mir für mein Empfinden nun aber doch etwas zu nahe.

Sie streiten auch miteinander, meine Mutter und Otto Dau. Ja, das habe ich vor ein paar Tagen, in meinem Bett liegend, deutlich hören können. Manchmal durch die geschlossenen Türen, manchmal durch die Wand, die mein Reich vom Wohnzimmer trennt. Worum genau es da ging, das konnte ich nicht verstehen, aber aus dem Nebenzimmer heraus war es eindeutig zu vernehmen, dass sie sich stritten. Spät war es, nach 22:00 Uhr, oder sogar noch wesentlich später. Vermutlich hatte mich der heftige Wortwechsel geweckt. Ich meine, meine Mutter sogar weinen gehört zu haben, mehrfach, nur kurz und auch nicht laut, eher unterdrückt. Ich kann mich aber auch getäuscht haben. Bevor ich nach einigen Minuten dann wieder einschlafen konnte, hatte ich mir fest vorgenommen, weder meiner Schwester noch meinem Schwager etwas von diesem Streit zu erzählen. Wozu auch? Meine Schwester wird mir eh wieder diverse Fragen stellen, das ist eine unvermeidliche Tatsache. Fragen, die alleine darauf abzielen zu erfahren, wann und wie lange uns der Nachbar zuletzt besuchte. Sie lässt keine Gelegenheit aus, das zu tun. Sie gibt sich dann alle Mühe, ihre Fragen möglichst so zu verpacken, als wäre es das Normalste auf der Welt, sie mir zu stellen, ja als wäre es geradezu *anormal*, würde sie sie mir *nicht* stellen. Barbara sieht mich dann immer mit ihrem ganz speziellen »Denk-dir-nichts-dabei-Alex-ich-frag-nur-mal-so-Gesichtsausdruck« an. Sicher wäre sie ziemlich überrascht, meine Schwester, würde sie erfahren, dass es gerade jene Fragen sind, die mich so verunsichern. Längst habe ich mich daran gewöhnt, dass innerhalb unserer Familie anscheinend vieles im Verborgenen liegt und dass es offensichtlich nicht zuletzt auch vom Alter abhängig gemacht wird, wer wann welche der im Raume schwebenden Ungereimtheiten ausreichend erklärt bekommt (obwohl es mir unverständlich ist, dass es sich so verhält), allerdings kann ich mich ganz und gar nicht mit dem Gedanken anfreunden, dass es – dem Anschein nach – in der Natur der Sache liegt, dass die abgegebenen Erklärungen obendrein noch höchst unterschiedlich ausfallen können, ja dass sie grundverschiedene Rückschlüsse zulassen. Meine Gedanken ...

Zu viele Gedanken ... Gedanken, die in meinem Kopf einen Krieg führen. Fragen, die sich einfach nicht mit den vorhandenen Antworten vertragen können. »Barbara ist deine Halbschwester, Alex!«, sagt Anneliese Zinser, während sie in einer ehemaligen Keksdose, prall gefüllt mit alten Fotos, dem Anschein nach ein ganz bestimmtes Bild sucht. Wie soll ich das verstehen? Wieso ist mein Vater – Heinrich Zinser – in den Augen meines Großvaters – Hans Quandt – ein Heuchler? Nur weil er ein Katholik ist etwa? Und wie ist es zu verstehen, dass mein Vater meinen Großvater umgehend ins Gefängnis bringen kann? »Ein Wort von mir, und er landet im Gefängnis!« – seine Rede. Und soll ich in der Bibel lesen oder in dem Buch, das Charles Darwin schrieb, wenn ich es möglichst genau wissen möchte, wie alles um mich herum entstanden ist – von der Biologie- und Religionslehrerin Radtke werde ich es jedenfalls nicht erfahren. Am allerdeutlichsten aber drängt sich mir immer und immer wieder die mich stark quälende Frage auf, inwieweit die Gesundheit meiner Mutter ernsthaft gefährdet ist. »Auf Dauer kann es für sie sehr gefährlich werden ... Herz und Kreislauf spielen da nicht mit!« Was genau meint ihr Hausarzt Doktor Weser? Wovon spricht er? Verheimlicht er mir etwas Schlimmes? Das Streitgespräch vor ein paar Tagen, das zwischen meiner Mutter und Otto Dau, das steht dagegen ganz weit hinten in dieser langen Warteschlange. Auf eine Ungereimtheit mehr oder weniger kommt es mir nun wirklich nicht mehr an ...

Die drei Linden, da unten im Reyesweg, mir gegenüber, die beantworten mir meine Fragen nicht. Nein, das kann ich auch nicht von ihnen erwarten. Sie stehen nur stumm da, sehen zu mir hoch, blicken zu mir herauf in die vierte Etage, wo ich am Fenster sitze und meinen Kopf gegen die Scheibe lehne. Ein wenig Ruhe spenden sie mir aber. Ja, das tun sie, und sie hören mir geduldig zu. Auf diese Bäume kann ich mich verlassen.

Mai 1960

»Da haben die den Richtigen zu fassen gekriegt ...« Meine Großmutter dreht die vor ihr auf dem Tisch liegende Zeitung so hin, dass ich sie nun lesen kann. »Da, lies!« Während sie ihre Brille abnimmt, tippt sie mit dem Zeigefinger auf die Schlagzeile. »Adolf Eichmann – sagt dir der Name was?« Ihre Frage an mich war nicht ernst gemeint. Sie wartet meine Antwort auch gar nicht erst ab. »Nein. Natürlich nicht ... Dafür bist du selbstverständlich zu jung.« Eine Postkarte als Lesezeichen einlegend, klappe ich mein Buch zusammen und beuge mich vor: »Mossad-Sondereinheit nimmt Adolf Eichmann in Argentinien fest!«, so die Überschrift des Artikels, den sie mir präsentiert. Ich antworte ihr jetzt trotzdem: »Adolf Eichmann? Nein, ich habe den Namen nie gehört. Wer ist das?« Bis vor nur wenigen Sekunden begleitete allein das Ticken der Uhr die ansonsten abgerundete Ruhe im Wohnzimmer. Meine Oma und ich, wir hatten uns nach dem Mittagessen darauf geeinigt, bei einer guten Tasse Kaffee eine Lesestunde abzuhalten, saßen beide am Wohnzimmertisch – sie auf dem Sofa mit der Tageszeitung und ich im Sessel mit einem Buch – und lasen. »Dieser Mann war mitverantwortlich für die Ermordung von rund sechs Millionen Menschen.« Meine Großmutter sieht mich ernst an. »Kannst du dir vorstellen, was das heißt?« Langsam legt sie ihre Brille zusammen, nimmt sich eine Zigarette und zündet sie an. Entschlossen, jetzt den gesamten Artikel zu lesen, lege ich mein Buch auf den Tisch, schnappe mir die Zeitung und lehne mich wieder im Sessel zurück. »Gestern gelang in einem Stadtteil von Buenos Aires einer Fahndergruppe des israelischen Geheimdienstes Mossad der Zugriff auf Adolf Eichmann, den ehemaligen SS-Obersturmbannführer, der während des Zweiten Weltkrieges den Verwaltungs-Apparat des für die Deportation und Ermordung von schätzungsweise sechs Millionen Juden zuständigen Amtes leitete ...« So lautet der erste Satz des Artikels, den ich auch nach zweimaligem Lesen nicht zu meiner vollen Zufriedenheit verstehe. Ich knicke die Zeitung nach hinten und sehe über sie hinweg zu meiner Oma. Sie hat es sich ebenfalls bequem gemacht. Mit übereinandergeschlagenen Beinen und den ausgestreckten linken Arm auf der gepolsterten Rückenlehne gelagert, zieht sie an ihrer Juno. Wir schweigen. Stille im Raum. »Was ist ein SS-Obersturmbannführer«, unterbreche ich das Schweigen, »und ... und wie kann so jemand für den Tod von mehreren Millionen Menschen verantwortlich sein? Was hat der in Argentinien gemacht, und wieso hat man den nicht gleich nach dem Ende des Krieges ins Gefängnis gesperrt?« Sie nimmt einen kräftigen Zug und atmet den Rauch – zuletzt von einem leichten Hüsteln begleitet – stoßweise wieder aus.

Eine Angewohnheit meiner Großmutter weiß ich besonders zu schätzen: Sie nimmt kein Blatt vor den Mund, wenn sie erzählt. Klar und deutlich sagt sie ihre Meinung – jederzeit und überall –, und dabei stört es sie keinesfalls, wenn ihre Gesprächspartner mit Ansichten konfrontiert werden, die, in Anbetracht der Situation, jeder andere vorerst eher verschwiegen hätte. Längst nicht jeder in der Familie segnet diese konsequente Gepflogenheit ab, einige kritisieren sie heftig deswegen, haben Probleme mit dieser – wie sie es nennen – »schonungslosen Offenheit«. Was mich betrifft, wie gesagt, ich kann ihre Art nur gut finden. Ich werde von ihr ernst genommen, auch als Elfjähriger. Und das ist auch hier und heute der Fall, und auch bei diesem Thema. Und so erfahre ich, was ein Obersturmbannführer der SS war, wie so einer im Nationalsozialismus durchaus über Leben und Tod von Menschen entscheiden konnte, dass es unmittelbar nach Kriegsende einigen dieser Herrenmenschen gelang, sich abzusetzen – eben auch nach Argentinien – und sich so einer gerechten Strafe entziehen konnten. Mit groben Gedanken-Bausteinen, ohne viel Drumherum und möglichst für mich verständlich, erbaut sie dieses Vergangenheits-Gebäude der jüngst verstrichenen Geschichte Deutschlands. Per kleinem Rundflug – wenn man so will – zeigt sie mir jene Unfassbarkeiten, die noch gar nicht mal vor so langer Zeit hier, in unserem Lande, geschahen. Selbstverständlich stets aus ihrer ureigenen Sicht heraus, was sie immer wieder betont. Und ebenso ist es eine Selbstverständlichkeit, dass ich absolut nicht weiß, wie und wo ich das nun von ihr Erfahrene einsortieren soll. Nichts von dem Gesagten passt auch nur ansatzweise in das Bild, das ich von Gott und der Welt habe. Nichts! Das, was sich mir durch die Erzählung von Erna Quandt der Reihe nach offenbart, das passt zwar haargenau zu dem, was ich dem Buch *Der Weg, den wir gingen* entnommen habe – fügt sich übergangslos in die Schilderungen von Bernard Klieger, der dieses Buch als ehemaliger Gefangener eines Konzentrationslagers schrieb –, macht mir aber jetzt in überaus erschreckender Weise klar, dass die von mir bislang erahnten Gräueltaten weitaus größer waren, als ich je dachte. Und trotzdem ist es nun vorhanden, das Unverständliche, hat sich in meinem Kopf in die allererste Reihe meiner Gedanken gesetzt. Dort wird es sich auch eine Zeit lang behaupten wollen, das hat es mir bereits überdeutlich zu verstehen gegeben … Erna Quandt erzählt heute lange, länger als je zuvor. Sie berichtet ausführlich und in einem ruhigen, sachlichen Ton über das, was sie meint, hier heute und jetzt ihrem fragenden Enkel Alexander Zinser zu diesem ernsten Thema erläutern zu müssen.

Erna Quandt hat gesagt, was sie sagen wollte, hat mir Fragen gestellt, hat mir Fragen beantwortet. Nun ist sie still. Ruhe. Beide Hände in den Schoß gelegt, blickt sie auf den noch qualmenden Zigarettenstummel, den sie glaubte,

soeben am Boden des auf dem Tisch stehenden Aschenbechers genügend ausgedrückt zu haben. Gedankenverloren stiert sie auf die dünne, bläulich-graue
Rauchfahne, die langsam in Richtung Decke strebt. Stille. Wie auch immer
es geschieht, wie auch immer meine Großmutter es anstellt – die augenblick-
liche Situation lässt in mir keinen Zweifel daran aufkommen, dass sie heute
nicht mehr mit mir in dieser Tiefe über das Thema sprechen wird. Sie erhebt
sich vom Sofa, geht etwas schwerfällig – mit beiden Händen an der Kante der
Tischplatte abgestützt – um den Tisch herum in Richtung Fenster. Vor der geschlossenen Fernsehtruhe bleibt sie stehen und nimmt sich den Bilderrahmen,
der oben auf dem Radio steht, das eingerahmte Schwarzweiß-Foto, das Hänschen zeigt – den Bruder meiner Mutter –, ihren in Russland gefallenen Sohn.
Das Bild mit beiden Händen haltend, sieht sie mich an. »Der ist auch darauf
reingefallen, auf Adolf Hitler und auf seine Ideen.« Sie stellt den Rahmen
wieder an seinen Platz. »So, Alex … und nun begebe ich mich in die Küche
und koche uns beiden erst einmal einen guten, schwarzen Bohnenkaffee. Den
hatten wir nämlich noch nicht.«

»Wenn er weiterhin so viel ›Underberg‹ trinkt, dann ist er auch bald selber
unterm Berg!«, spottet Herr Gerkens, und er spricht von Herrn Schlemping,
der mit seiner Frau im Pinelsweg eine Gärtnerei betreibt. Herr Schlemping
ist das, was man einen Trinker nennt. Das ist längst kein Geheimnis mehr.
Nicht selten, mitunter sogar mehrfach in der Woche, kauft er bei Gerkens
jenen Magenbitter namens »Underberg« ein, den er – da der Schnaps por-
tionsweise in sehr kleinen Fläschchen abgefüllt ist – unauffällig in seiner
Hosentasche verschwinden lassen kann. Ein kleiner, schmächtiger Mann
ist er, mit fettigen schwarzen Haaren, und selbst die wenigen Zähne, die
er noch in seinem Mund hat, die sind alles andere als gesund. Dessen ungeachtet ist er ein recht gutmütiger Kerl. So meine Meinung. Weil Jan und
ich gelegentlich für ihn arbeiten dürfen, kenne ich ihn etwas näher. Sein
Gewächshaus, das genau parallel und ohne nennenswerten Abstand zum
Bahndamm verläuft (in Richtung Friedrichsberg, nur ein paar Schritte weit
von dem verklinkerten Pfeiler der Eisenbahnbrücke entfernt, auf dem ich
dann und wann hocke), wird in der kalten Jahreszeit mit einem großen Ofen
beheizt, in dem dann ständig Koks hineingeschaufelt werden muss. Diese
Steinkohlen lagern zentnerweise unterhalb des Gewächshauses in einem
abgesonderten, unbeleuchteten Kellerloch, ein schroff gemauerter Raum

von nur wenigen Quadratmetern und niedriger Deckenhöhe, der seine Einstiegsöffnung – die mit einem aufgelegten Holzdeckel verschlossen werden kann – in der Zementplatte des Fußbodens hat. Wir – Jan und ich – tragen über eine Leiter und in großen, dicken Körben so lange die groben Brocken aus diesem Keller und direkt vor den Ofen, bis wir einen Vorrat angelegt haben, der für einige Tage reicht. Das Hineinschaufeln in den Ofen übernimmt dann der Gärtner höchstpersönlich. Das Hochschaffen der Kohlen ist eine mühselige, harte Angelegenheit, eine, die Herr Schlemping anscheinend aber sehr zu schätzen weiß, da er uns stets gut dafür bezahlt. Kurz bevor wir nach getaner Arbeit wieder gehen, kommt er zu uns, stellt sich vor uns auf, zückt, über das ganze Gesicht breit grinsend, sein Portemonnaie und gibt mit seinen stets erdig schmutzigen Fingern jedem von uns seinen verdienten Lohn. Das hat er noch nie vergessen. Interessant ist in dem Zusammenhang, dass wir vor der Arbeit zwar noch niemals mit ihm über eine Entlohnung gesprochen haben, über die Höhe des von ihm zu zahlenden Betrages, den wir, seine Arbeiter, gerne hätten oder den er uns zu geben bereit ist (*er* tut es einfach nicht, und *wir* trauen uns nicht, es anzusprechen), aber wir sind jedes Mal angenehm überrascht, wie großzügig er ausfällt. Einmal hat er jedem von uns tatsächlich einen Heiermann – ein Fünfmarkstück! – in die Hand gedrückt, das ist so viel, wie Jans Vater für einen Fastmoker-Job im Hamburger Hafen bekommt. Natürlich sind wir vom Kohlestaub von oben bis unten zwar kohlrabenschwarz, aber mit dem großen, silberblanken Geldstück in der Hand stolz erhobenen Hauptes nach Hause gegangen.

»Wenn er weiterhin so viel Underberg trinkt, dann ist er auch bald selber unterm Berg!« – mir ist, als wolle sich dieser, vor nur wenigen Sekunden von Gerkens ausgesprochene Satz noch eine ganze Weile hier im Raume aufhalten ... Ich wollte gerade seinen Kolonialwarenladen betreten, als Gärtner Schlemping in Gedanken versunken herauskam. Er hatte mich trotz der Nähe nicht erkannt, ging, freundlich grinsend, stracks an mir vorbei. Als er draußen war, ich im Laden stand und die Tür hinter mir geschlossen hatte, fing der Krämer sofort an, über ihn zu lästern. Nicht aus Boshaftigkeit etwa, nein – da kenne ich ihn –, das ist es nicht. Nein nein, Gerkens ist ein überaus trockener, von Grund auf rationaler, reeller Mensch, und er kann es ganz sicher überhaupt nicht verstehen, dass man sich in einer Weise verhält, die ganz zwangsläufig zu unnötigen Problemen führt. Da kommt er einfach nicht mit, das macht ihm zu schaffen, da muss er sich erst einmal Luft machen. Kerzengerade steht er dicht an der Kante seines Tresens, beide Hände ruhen wie zum Gebet gefaltet auf dem Karton, dem er die Fläschchen Underberg Magenbitter für Herrn Schlemping entnommen hatte. Mit ratloser Miene und aufmerksamen Augen sieht er an mir vorbei, blickt gebannt zur Tür, so als könne er seinem soeben um die Ecke entschwundenen Kunden immer noch hinterher schauen. »Wie stellt der Mann sich das nur vor ... Wie soll es mit ihm denn bloß enden?« Das war nun wiederum eindeutig ein Selbstgespräch, eine Bemerkung, die der Gute sich nicht verkneifen konnte. Mit mir würde er so ein Gespräch nicht führen wollen. Mit beiden Händen nimmt Gerkens sich den Karton, dreht sich – ohne seine kerzengerade Haltung zu verändern – um und setzt ihn, mit weit über seinen Kopf nach oben ausgestreckten Armen, im oberen Bereich des dunkelbraun gestrichenen Holzregals ab, das hinter ihm fast die ganze Wand einnimmt. »Eigentlich ... eigentlich bräuchte ich den Karton gar nicht so weit wegzulegen, könnte ihn direkt hier auf dem Tresen stehen lassen. Der kommt doch sowieso heute Nachmittag oder spätestens morgen Vormittag wieder ...«

Recht hat er ja mit dem, was er sagt. Seine Gedanken gehen in die richtige Richtung, und seine Argumente sind nicht von der Hand zu weisen ... Herr Schlemping ist mit Herrn Wiegand, dem Eisenbahnbeamten, der im Haus Nummer 26 wohnt, befreundet. Dort, in Höhe des Eingangs 26, stehen die beiden häufig mitten auf dem Gehweg und unterhalten sich eine Zeit lang miteinander. Der Gärtner steckt gewöhnlich in einer ausgebeulten Hose aus dickem, dunkelbraunen Cordstoff und einem ebenso ausgebeulten, verschwitzten dunkelblauen Troyer und der Eisenbahner in seiner Dienstuniform (schwarze Hose, blaue Jacke), von der die Hose zu kurz und die Jacke zu eng ist. So stehen sie des Öfteren an der Klinkerstein-Mauer des Vorgartens und erzählen sich gegenseitig von ihren Erlebnissen der jüngst vergangenen Tage und Stunden. Herr Wiegand, den ich noch nie anders als in seiner Eisenbahner-Uniform gekleidet sah – ich kann mich jedenfalls nicht daran erinnern –, ist ebenfalls ein Alkoholiker. Mag sein, dass das auch der Grund ist, weshalb sich die beiden so gut verstehen ...

»Und, was kann ich für dich tun, Alex ...«, Herr Gerkens unterbricht meine Versunkenheit, lenkt meine Gedanken auf das aktuelle Geschehen, »eine Tüte Wiener Taler vielleicht?« Erwartungsvoll sieht mich der alte Mann jetzt ernst, aber keineswegs unfreundlich an. »Was ›Blumento-Pferde‹ sind, Alex, das ist dir doch ganz bestimmt bekannt ...« Nun weicht der routinierte Ernst sofort einer kindlichen Verschmitztheit, und ein breites Grinsen präsentiert sich mir.

Von all den vielen Päckchen »North State Zigaretten«, von denen mein Vater annimmt, dass sie in seinem Nachtschrank neben seinem Bett trocken und sicher aufbewahrt sind und dort nur noch geduldig auf seine Ankunft warten, habe ich mir mittlerweile so viele genommen, dass es ihm sicherlich gleich auffallen wird, wenn er denn tatsächlich mal da ist. Leider bin ich mir diesbezüglich nahezu hundertprozentig sicher. Anfangs habe ich mir keine nennenswerten Gedanken gemacht, habe mich (immer im Hinterkopf, dass es ja eine halbe Ewigkeit dauern wird, bis Heinrich Zinser wieder mit dem Taxi vorfährt und die Treppen zu uns hoch in die vierte Etage steigt) so nach und nach – wie selbstverständlich – bedient, aber jetzt, wo ich mir das Ergebnis meiner leichtfertigen Räuberei etwas genauer betrachte ... Es ist kein Zufall, dass ich hier im Schlafzimmer meiner Eltern vor dem geöffneten Nachtschrank meines Vaters hocke und einen besorgten Blick auf den Rest des noch verbliebenen Zigarettenvorrats werfe: Mein Vater wird in den nächsten Tagen für einige Wochen zu uns kommen, wie er uns in seinem letzten Brief mitteilte. Klar, dass ich mich darauf freue, aber ebenso klar ist es auch, dass mir dieser Umstand nun gewisse Sorgen bereitet. Auch zur Aufbewahrung abgelegte Zigaretten verschwinden nicht so einfach »mir nichts dir nichts« von ganz alleine, also kann ich die Angelegenheit keinesfalls auf sich beruhen lassen, so frei nach dem Motto: »Ich weiß auch nicht, wo die abgeblieben sein könnten!« Na ja, und da meine Mutter nicht raucht ...

Einfach wird das wohl nicht für mich. Eine äußerst blöde Situation, in die ich mich da hineinmanövriert habe. Möglicherweise wird er sich noch genau daran erinnern können, wie viele Zigaretten er hier vor seiner letzten Abreise hinterlegt hatte. Oder? Es waren genau fünf unangebrochene Stangen und eine angebrochene, mit einem Restinhalt von drei Päckchen. Ich jedenfalls erinnere mich da genau (glaube ich zumindest). Wie auch immer dem sei – die drei Päckchen habe ich lange schon verbraucht und eine weitere Stange neu angebrochen, der ich bis heute zwei entnommen habe. Und an dieser Stelle liegt der Hund begraben: Unmöglich kann ich diese zwar angebrochene, aber fast noch volle Stange hinterlassen (vorher eine fast leere und jetzt eine fast volle?), *das* könnte ihm nämlich sofort auffallen. Letzteres bedeutet allerdings, dass ich den Inhalt der besagten Stange, die ich vor einigen Wochen öffnete, erheblich reduzieren muss – oder etwa doch nicht? Dieser Lösungsgedanke ist zwar nicht in der Lage, mich zu beruhigen, eher ganz im Gegenteil, er beschert mir ein spürbares Unbehagen, dennoch scheint es momentan das Einzige zu sein, was mir noch zu tun verbleibt, um möglichst das Gröbste zu vertuschen. Wie gesagt, eine blöde Situation! Die Abreisen meines Vaters bereiten mir jedes Mal große Probleme. Sie sind immer mit Tränen verbunden. Daran will und werde ich mich zwar nie gewöhnen können, jedoch ich erwarte es mittlerweile nicht mehr anders. Aber dass mir auch seine Ankunft ein Problem bereitet, das ist für mich eine völlig neue Erfahrung. Ich nehme mir aus der länglichen, eckigen und vorne im aufgerissenen Bereich leicht verknickten Papierhülle fünf Päckchen a 20 Zigaretten heraus, schiebe die verbliebenen vier kompletten Stangen-Pakete nach ganz hinten rechts in den Nachtschrank – jeweils zwei und zwei neben- und übereinander und der guten Ordnung halber in die äußerste Ecke gedrückt –, lege die Hülle mit den drei Päckchen obendrauf und lasse zu guter Letzt die Klappe des Nachtschranks mit einem kräftigen Schwung in ihren Schnappverschluss rasten.

Letzte Juni-Woche 1960 – 1 ½ Wochen vor den Sommerferien

Während ich den Reißverschluss meiner Jacke hochziehe, öffnet mein Vater nahezu geräuschlos die Tür des Schlafzimmers und tritt in den Flur. »Wart’ mal kurz, Alex …«, mit einem Schritt steht er an der Garderobe und greift in die rechte Tasche seines Mantels, der dort an einem der Kleiderhaken hängt. »Ich hab da noch was für dich.« In knapp zwanzig Minuten beginnt die Schule. Ich bin später dran als gewöhnlich, aber in den letzten Tagen ist sowieso alles ein wenig anders als im Allgemeinen. »Hier … ein kleines, zusätzliches Taschengeld für den Tag.« In seiner geöffneten Hand hält er mir einen beachtlichen Haufen 5- und 10-Pfennig-Münzen entgegen, vermutlich das gesamte Kleingeld, das sich in der Manteltasche befand. »Nimm, kauf dir dafür was Schönes.« Mein Vater nimmt meine linke Hand, öffnet sie, legt das Geld hinein und schließt sie mit seinen beiden Händen. »Und bitte … denk dran, ärgere mir die Lehrer nicht!« Er lächelt mich an, lässt sich noch schnell von mir erzählen, wie viele Stunden Unterricht ich heute habe – wann ich wieder im Hause bin – und dreht sich dann in Richtung Schlafzimmer um. »Ich werde mich noch eine Viertelstunde hinlegen.« Bevor ich noch groß etwas erwidern kann, schließt sich die Tür hinter ihm. Hinter der Scheibe liegt alles im Dunkeln. »Hast du dein Pausenbrot eingepackt?« – meine Mutter steht im Morgenmantel und einer Tasse Kaffee in der Hand im Türrahmen der Küche. »Und kauf dir gleich zu Beginn der großen Pause eine Tüte Milch, hörst du … vergiss das bitte nicht. Die Milch ist wichtig für dich!« Ich lasse das mir soeben überreichte Kleingeld-Geschenk in meiner linken Hosentasche verschwinden, schnappe mir meine Schulmappe und öffne die Haustür. »Klar, mach ich, versprochen.« – »Und spring bitte nicht die Treppen hinunter, bitte, es ist noch zu früh!« – »Nein, mach ich nicht, versprochen.« Hätte ich sowieso nicht gemacht, das sollte sie allmählich wissen, allerdings nicht wegen der Uhrzeit, logisch nicht, sondern wegen der schweren Schulmappe.

Vor zwei Wochen »kam er von See« – wie man so schön sagt –, mein Vater. Er fuhr mit dem Taxi vor, ließ sich vom Fahrer einen Koffer hochtragen und war dann da. Alles geschah genau so, wie er es in seinem Brief angekündigt beziehungsweise es die Reederei, ebenfalls mittels eines Briefes, bestätigt hatte. So einfach geht das! Und ja, seitdem ist alles ein wenig anders als gewohnt oder – besser gesagt – vieles auch völlig anders als gewöhnlich. »Die zwei großen Koffer, die lasse ich mir nachsenden. Die können Morgen oder spätestens Übermorgen vom Hamburger Hauptbahnhof abgeholt werden« – nach rund dreizehn Monaten waren das die ersten Worte, die ich von ihm hörte, nachdem ihm der Taxifahrer im Treppenhaus den mitgebrachten Koffer unmittelbar vor der Wohnungstür überreichte. Jedem von uns – meinem Vater, meiner Mutter und nicht zuletzt mir – war auf Anhieb klar, dass wir einer außergewöhnlichen Situation ausgeliefert waren. Ja, ausgeliefert! Jedenfalls hatte ich den Eindruck, dass es von uns allen in dieser Form bemerkt, ja gefühlt wurde, bewusst wie unbewusst. Längst hatte der Fahrer seinen Fahrpreis plus einem entsprechenden Trinkgeld bekommen, längst war der Koffer im Flur vor dem dick-derben Vorhang aus Baumwolle abgestellt, hinter dem sich die Nische mit den tiefen Regalen befindet, auf denen die Utensilien lagern, die es gewöhnlich in jedem Haushalt zu verbergen gilt und hinter dem nicht zuletzt auch der Staubsauger steht.

Die ersten Minuten so eines zwar erwarteten, aber dennoch irgendwie plötzlichen Wiedersehens, die sind kaum zu beschreiben. Alles scheint sich hoffnungslos unkontrolliert ineinander zu mischen. Die Sehnsucht, aufgestaut über Stunden, Tage, Wochen und Monate – sie wird jäh gestoppt von der Gegenwart. Die Erwartung kollidiert mit der Realität. Nichts von dem, rein gar nichts, was dem Anschein nach zueinander gehört, will sich offenbar freiwillig in seine Rolle fügen. Aus Freude wird Unsicherheit, aus Unsicherheit Verlorenheit, aus Verlorenheit Angst. Die Gewohnheit, sie steht weit, weit weg und ganz hinten am Rande, ist kaum noch erreichbar. Was bleibt, ist – außer der Angst – die Frage, wie es möglich ist, all das in nur wenigen Minuten – im Flur stehend! – zu durchleben. »Nein, nein ... so ist es nicht!«, höre ich mich denken. »Nein, es ist doch ganz anders.« Man sollte eben nicht versuchen, es zu beschreiben, es *ist* nämlich nicht zu beschreiben. Jedenfalls nicht von mir, von mir, einem elfjährigen Jungen aus Barmbek ... Was jetzt, wo mein Vater da ist, tatsächlich so viel anders ist als sonst, das kann ich noch gar nicht mal ausreichend verständlich mitteilen. Ich bin nicht in der Lage, es hinlänglich zu beschreiben. Insgesamt gesehen ist es für mich ein befremdendes Empfinden, eines, das sich zwar schleichend, aber verlässlich zu einem unerträglichen Gefühl entwickelt. So jedenfalls sagt es mir meine Erinnerung, wenn ich einen Blick in die Vergangenheit werfe, wenn ich auf die Zeiten blicke, die wir zu dritt verbrachten. »Alles geht seinen Gang«, pflegt meine Mutter immer zu sagen, »und nichts ist besser als der alte, gewohnte Trott!« Vielleicht ist es ja das: Einhergehend mit der Ankunft meines Vaters wird unser althergebrachter Trott übergangslos unterbrochen, der gewohnte Gang umgelenkt, mit dem wir, Mutter und Sohn, eigentlich zufrieden sind und auch zurechtkommen. Plötzlich sind wir zu dritt! Alles, was sowohl im Alltag als auch an den Wochenenden anfällt, muss jetzt zu dritt abgesprochen, entschieden und erlebt werden. Alles! Unzählige Kleinigkeiten, deren Vorhandensein, Planung und Ablauf zuvor entweder nicht nennenswert oder auch ganz und gar nicht auffielen – jetzt stehen sie plötzlich hier wie dort im Mittelpunkt. Jetzt kommen sie zur Sprache. Jetzt bekommen sie einen Stellenwert. Und selbstverständlich will all das leider nicht völlig reibungslos und harmonisch ineinandergreifen.

Und nun ist er da ... Er kam von See, stand inmitten des Flurs, nicht ganz einen Schritt weit von seinem Koffer entfernt. Wir sahen uns an. Wir fassten uns an. Wir gingen ins Wohnzimmer. »Gemütlich habt ihr es hier!« Vor dem Schrank blieb mein Vater stehen und sah sich für einige Sekunden wortlos im Raume um. Er trat an das Fenster, blickte hinaus, sah hinunter auf den Reyesweg. Er schwieg weiterhin. Er griff in seine Hosentasche, zog eine Packung Zigaretten (North State) und ein Feuerzeug heraus, legte beides auf den Tisch und setzte sich zeitgleich auf das Sofa. Er schwieg. Es schien, als müsse er Tränen unterdrücken. *Sie* war inzwischen wieder hinaus und in die Küche gegangen, bereitete dort einige belegte Brote – »Schnittchen«, wie sie sagte –, was von ihr sowohl geplant als auch gut vorbereitet war. Ich setzte mich auf den Sessel, der zwischen Tisch und Fenster steht. Ich schwieg ebenfalls. Ich sah zu ihm hinüber. Er blickte zur Seite, sah mich nicht an, hatte jetzt – das meine ich bemerkt zu haben – vermutlich ein paar Tränen in seinen Augen. Er nahm sich ein mehrfach zusammengelegtes Taschentuch aus der Hosentasche, entfaltete es mit einem leichten Schwung, schnupfte sich kurz die Nase aus und wischte sich danach mit einem Zipfel des Tuches kurz über beide Augen. Ich sah weg, blickte zur Decke, zur Lampe, tat so, als würde ich die Geste nicht bemerken. »Möchtest du vielleicht ein Glas Bier dazu, Heinrich?« – mit einem ovalen Teller voller belegter und vierfach geteilter Brotschnitten kam meine Mutter aus der Küche über den Flur ins Wohnzimmer. »Ich habe ...«, sie stellte den Teller in die Mitte des Tisches, »ich habe eine Flasche im Kühlschrank stehen!« »Wir haben Bier im Haus!«, so mein Gedanke. Ich war etwas überrascht. Im letzten Jahr und so gut wie in der gleichen Situation – mein Vater war gerade nach Hause gekommen –, da hatte sie mich gebeten, ein paar Flaschen Bier für ihn zu besorgen. »Bist du so nett, Alex, und kaufst zwei, drei Flaschen ...« Es war schon spät, war deutlich nach 18:00 Uhr. Gerkens und Hoppe hatten längst Feierabend und ihre Läden abgeschlossen. Milchladen Voss verkauft auch Bier in Flaschen, sogar noch nach Ladenschluss. »Einfach hinten an der Haustür klingeln«, sagt Herr White immer zu seinen Kunden, »wenn wir da sind, sind wir da!« Die wohnen ja auch dort, Herr White und Frau Voss – Laden und Wohnung hängen zusammen –, und mal ganz abgesehen von der Tatsache, dass es im Grunde nicht erlaubt ist, ist der Nach-18:00-Uhr-Hintenherum-Verkauf eigentlich kein Problem, das der Rede wert ist. Wie einige unserer Nachbarn habe auch ich bereits des Öfteren von diesem Angebot Gebrauch gemacht. Meine Gedanken ...

Wenigstens bin ich nicht zu spät gekommen. Seit rund fünf Minuten sitze ich auf meinem Platz in der allerletzten Reihe hinten rechts und schaue gedankenverloren aus dem Fenster. Die Wipfel der schlanken, hohen Pappeln, die ganz weit hinten das Schulgelände begrenzen – sie werden, wie in einem gesteuerten Rhythmus, gleichmäßig vom Wind hin und her bewegt. Ein Schauspiel der Natur, das auch heute beruhigend auf mich wirkt ... »Eigenartig«, denke ich mir, »höchst merkwürdig ... An irgendwelche Einzelheiten meines soeben gegangenen Schulwegs kann ich mich nicht erinnern. Alles weg!« Die Wohnungstür oben im vierten Stock, die unzähligen schwarzen und weißen

Steinchen des Treppenhaus-Terrazzos, die Haustür im Erdgeschoss, der Reyesweg und dann ... der Schulhof. Der Klassenraum, die Schulglocke, Lehrer Wiesengrunds Morgengruß – alles wie weggeblasen. Es ist, als hätte ich das alles gar nicht erlebt. Auch jetzt sind meine Gedanken ganz woanders, weit weg sind sie, sind entfernter als die Bäume, die ich betrachte. Im Raum wird gesprochen. Es wird gefragt. Es wird geantwortet. Stimmen. Stimmen, die übereinander wie untereinander durch die Luft schweben. Worte, die sich kreuzen, die sich nicht berühren sollen, die sich eigentlich binnen Kurzem im Nichts auflösen müssten. Worte, die – wenn sie doch gegeneinanderprallen – kraftlos zu Boden fallen. Ich empfinde das momentan vorherrschende Durcheinander, dieses heillose Stimmengewirr, nicht nur als eine Belästigung, nein, es bereitet mir regelrecht Schmerzen. Würde ich entscheiden können, so per: »Hallo Alexander, ich bin die Zauberfee, und du darfst dir jetzt was wünschen!«, dann wäre ich jetzt nicht hier, nicht in der Schule und nicht in der Klasse. Ich wäre, ginge es nach mir, auch nicht zu Hause. Weder im Reyesweg noch in unserer Wohnung im vierten Stockwerk des Hauses mit der Nummer 24 würde ich mich aufhalten wollen. Nein, ich wäre auf *meinem* Spielplatz, säße auf *meiner* Schaukel, würde mich für ein, zwei Stunden auf dem an zwei Ketten hängenden Holzbrett weit, weit ausholend durch die Lüfte schwingen lassen ... »Zinser!«, die Stimme vom Wiesengrund, »Soll ich dich zudecken, schlafen tust du ja bereits, wie es scheint!« Tausend Augen sind auf mich gerichtet. Stille im Raum. Verschwommen, gerade noch soeben als Umriss, zeigt sich der Lehrer meinen Sinnen. Langsam, ganz, ganz langsam wird alles deutlich. Vorne, am Pult stehend, Wiesengrund. »Kann ich vielleicht jetzt wieder mit deiner geschätzten Aufmerksamkeit rechnen, Zinser – ja? Gut, dann darf ich mit dem Unterricht fortfahren, wenn du gestattest ...« Gelächter im Raum. »Ruhe!« Wiesengrund schlägt mit einem Zeigestock mehrmals auf die Tischplatte. »Absolute Ruhe jetzt!« Wiesengrund schlägt noch zweimal mit dem Stock auf die Platte, dann ist Stille im Raum.

Dass sich mein Vater, wenn er denn mal da ist, des Morgens in der Frühe, unmittelbar bevor ich mich auf den Weg in Richtung Schule mache, kurz im Flur sehen lässt, um seinem Sohn einerseits (aus seinem an der Garderobe hängenden Mantel oder Jackett heraus) mit einem kleinen Geldgeschenk eine Freude zu bereiten und ihn andererseits noch schnell für den neuen Tag begrüßen zu können, das kenne ich bereits, das ist eine seiner Gewohnheiten, die wohl als so eine Art Ritual anzusehen ist. Eine nette Geste, keine Frage. Und trotzdem – wenn ich ehrlich bin, dann stört das nur. Weder die Begrüßung noch die Überreichung der Groschen missfällt mir, daran denke ich jetzt nicht, und ich will keinesfalls undankbar sein über diese aus dem Herzen kommende, gut gemeinte Freundlichkeit, die von mir auch nicht anders verstanden wird als genau das, was sie ist. Nein, sein *Aufstehen* um diese Zeit stört mich – das ist es! –, sein Erscheinen und sein Dasein zu *diesem* Zeitpunkt, das mir die althergebrachte Gewohnheit unterbricht, ja rücksichtslos niederreißt. Ich denke, dass meine Mutter das ähnlich so empfindet. Ja ich glaube, dass es ihr ebenfalls ganz und gar nicht in den Kram passt ... Tagein und tagaus erleben wir beide in der Regel denselben Hergang – mit nur sehr wenigen Ausnahmen ist das der Fall – und auch der morgendliche Alltagsablauf verläuft bei uns nach einem ganz bestimmten Schema, an das wir uns gewöhnt haben. Und nun – mit einem Male ... Das passt nicht! Ich möchte zu gerne wissen, ob es ihm, meinem Vater, was die Gewohnheit betrifft, nicht ähnlich so ergeht wie seinem Sohn und seiner Frau. Würde mich nicht wundern, wenn das so wäre. Er ist es doch auch anders gewohnt auf seinem Schiff. Über Wochen und Monate hinweg erlebt er einen geregelten Gang – auf See, auf seinem Schiff, inmitten seiner Männerwelt –, der mit unserem Leben nichts, aber auch rein gar nichts gemeinsam hat. Nichts, nein, nichts, nicht das Geringste! Sein Leben und unsere Leben, die verlaufen so unterschiedlich, wie sie unterschiedlicher nicht verlaufen können. Und dann das: Mit einem Male treffen wir drei uns in aller Herrgottsfrühe im Flur unserer kleinen Wohnung, die im Reyesweg, im Haus mit der Nummer 24 im vierten Stock rechts liegt. Das ist dann zwar ganz unbestritten nunmehr *unsere* Realität, die sich uns schlagartig in den Weg stellt – dessen ungeachtet aber bedauerlicherweise keineswegs eine Realität, die es erlaubt, so mir nichts, dir nichts zur sprichwörtlichen »Tagesordnung« übergehen zu können. Oder doch? Meine Gedanken – wo wollen sie mit mir hin ...

Gemäßigter Lärm im Raum. Stimmen werden lauter, wachsen langsam zu einem Sprachgewirr an. Hier und dort ein Scharren, ein Geräusch, das üblicherweise Stühle verursachen, wenn sie rasch über den Boden geschoben werden. »Willst du hier anwachsen?« – weit zu mir vornüber gebeugt, mit beiden Händen auf der mir gegenüberliegenden Kante meiner Tischplatte abgestützt, steht Michael Schwarz und grinst mich breit an: »Na ... haben wir das Klingeln etwa nicht gehört?« Er richtet sich auf, schleudert sich lässig mit einem ausholenden Kopfschwenk die Haare aus der Stirn. »Wovon träumst du eigentlich in der Nacht?« Ich sehe zu ihm auf, während ich mich erhebe und zeitgleich meinen Stuhl nach hinten wegschiebe. »Zinser! Das geht auch ohne diese lästigen Schurr- und Scharrgeräusche! Einfach mal den Stuhl anheben!« Der Wiesengrund ... »Schwarz – ab in die Pause! Zinser – nach vorne kommen!« Kurz und bündig, so kenne ich ihn. Ich schaue mich im Klassenraum um. Die letzten Schüler drängen sich durch die Tür in den Gang hinein. Der Klassenraum ist so gut wie leer. Michael ist ebenfalls soeben im Gang verschwunden. Etwas breitbeinig, mit beiden Händen auf dem Rücken, steht Wiesengrund am Fenster und sieht hinunter auf den Schulhof. Wir sind allein. »Würdest du bitte die Klassentür schließen, Alexander, ich möchte, dass wir uns kurz in Ruhe miteinander unterhalten.« Wiesengrund hat sich nicht umgedreht, während er das sagte. Mit einem einzigen Handgriff ordne ich noch schnell drei Hefte und zwei Bücher zu einem Stapel, lege meinen Füllfederhalter mittig oben drauf, schiebe alles an die linke obere Ecke meines Tisches und gehe dann betont schnurstracks nach vorne. Wie gewünscht schließe ich die Tür. Ebenfalls mit den Händen auf dem Rücken bleibe ich – zum Lehrer gewandt – vor der geschlossenen Türe stehen. »Setz dich!« Die Entscheidung, wo genau ich mich letztendlich hinbegeben soll, an welcher Stelle das soeben genannte »Vorne« nach Wiesengrunds Vorstellung liegt, die nimmt mir der Lehrer ab: »Hier, bitte ... Setz dich bitte hierhin.« Mit einem resoluten Griff platziert Wiesengrund einen Stuhl – woher auch immer er ihn so schnell nehmen konnte? – direkt neben seinen, vor dem Lehrerpult stehenden Stuhl. Wiesengrund sieht mich kurz an und setzt sich. »Ich denke, Alexander, dass es langsam an der Zeit ist ... Wir sollten uns ein paar Sätze über die einen oder anderen hier herrschenden Grundsätzlichkeiten unterhalten.« Die Positionierung der beiden Stühle lässt es zu, dass wir uns – obwohl sie ohne eine nennenswerte Entfernung nebeneinander stehen – gleichsam gegenübersitzen. Wiesengrund spricht. Leise und freundlich tut er das. So mein Empfinden.

Er gibt sich alle Mühe, der Lehrer Wiesengrund, das kann ich nicht anders sagen, und jetzt, wo wir beide ganz alleine sind, wo wir uns hier im Klassenraum direkt gegenübersitzen, ist er auch wesentlich einfühlsamer als gewöhnlich. Trotzdem, davon einmal abgesehen: Es ist eine ausweglose Situation. Ich weiß genau, was er mir sagen möchte, ebenso wie es mir bereits sehr wohl bekannt ist, was er von *mir* hören möchte. Aber – was soll das Theater? – ganz so einfach ist das nicht! Mit einem Gespräch allein, in dem sich der Lehrer und sein Schüler gegenseitig Aufmerksamkeit, Verständnis und Mühe zu geben geloben, ist es nicht getan. Für mich bedeutet das Gespräch eine Peinlichkeit mehr. Ja, auch dieses Entgegenkommen seitens meines Lehrers werde ich zwangsweise enttäuschen müssen, das steht ebenfalls so fest wie das sprichwörtliche Amen in der Kirche – und dann? »Du bist doch nicht dumm, Alexander, bist vielmehr das, was man einen ›aufgeweckten Jungen‹ nennt. Wieso ... wieso machst du nichts daraus?« Ja, das kenne ich, und gleich kommt so etwas wie: »Du kannst mehr leisten, als du es hier zeigst und ...« Es mag durchaus sein, dass die Schule wichtig ist, es wird mir ja auch stets und ständig von allen Seiten her beteuert. Und dennoch kann ich mich nicht in dieses allmächtige Gebilde einfügen, das in der Schule alles stursteif vorschreibt, regelt und gnadenlos bestraft, was sich nicht ehrfurchtsvoll vor ihm verneigt. Es ist mir nicht möglich, selbst dann nicht, wenn ich es wollte. So einfach, wie es sich meine Eltern und meine Lehrer vorstellen, so einfach ist es nicht, wobei ich mir nicht sicher bin, ob meine Eltern überhaupt eine Ahnung von dem haben, was ich hier durchlebe. Wie ich stark vermute, haben sie keinerlei Vorstellung, und falls doch, dann haben sie eine völlig falsche. Nein, für mich ist der Zug längst abgefahren, und das – was die Schule betrifft – in jeder Beziehung. Und es ist nicht einmal so, dass mich das in irgendeiner Weise beunruhigt, nicht im Geringsten. Was mich hingegen sehr beunruhigt, ist einerseits die Tatsache, dass ich einen Weg gehen soll, den ich nicht als den meinigen ansehe, und andererseits die Tatsache, dass das anscheinend niemand um mich herum erkennen beziehungsweise verstehen kann. Das Gespräch entwickelt sich ganz so, wie von mir erwartet. Mein Gegenüber wird nicht müde, größtmögliches Verständnis zu zeigen, und ich erwidere diese nette Geste, indem ich hoch und heilig verspreche, dass ich mir künftig mehr Mühe gebe. »Gut, belassen wir es dabei, Alexander.« Der Lehrer erhebt sich – ein Zeichen, dass das Gespräch nunmehr beendet ist – und legt mir seine rechte Hand auf die Schulter. Ich erhebe mich ebenfalls, während seine Hand noch auf meiner Schulter ruht. »Und bitte ... dass du dich nicht wieder mitten im Unterricht so verhältst, als würdest du nicht anders können, als jeden Moment einzuschlafen.« Wiesengrund lächelt und weist zur Tür: »Ab in die Pause!«

Auf dem Schulhof kann ich, im allgemeinen Gewimmel, das hier herrscht, momentan weder Michael noch Dicki ausfindig machen. Ich gehe in Richtung Turnhalle, vielleicht stehen sie ja hinter dem Gebäude und unterhalten sich dort mit einigen Jungs aus der Klasse. Das machen wir öfters so und nicht zuletzt deshalb, weil sich die Pausenaufsicht in der Regel in diesem entlegenen Winkel des Schulgeländes kaum sehen lässt. Dort hat man gewöhnlich in jeder Beziehung seine Ruhe. Aber – hinter der Halle steht zurzeit niemand. Bis auf ein Stück Pergamentpapier, das der Wind kreisförmig über den schmalen Kiesweg weht, bewegt sich hier absolut nichts. In dem Papier waren einige Brotschnitten eingewickelt, das lässt sich unschwer an den entsprechenden Faltungen erkennen, die es immer noch aufweist. Wie von mir erwartet ist es verhältnismäßig ruhig in diesem Versteck, zu ruhig allerdings für meine jetzigen Erwartungen. Der Schulhoflärm kommt hier nur sehr gebrochen an, ist insofern erträglich. Das Glockensignal, das in wenigen Minuten das Ende der Pause befehlen wird, ist selbstverständlich auch hinter dem Gemäuer vernehmbar – das Ding übertönt natürlich alles – und somit ist alles bestens geregelt ...

Neuerdings gehört die Familie Zinser zu den Zeitgenossen, die hin und wieder in der Ferienzeit ihre Koffer packen, die Wohnungstür fest hinter sich abschließen und gemeinsam in den Urlaub fahren. In den kommenden Ferien will mein Vater mit uns per Bahn nach Rurberg in die Eifel und nicht nach Burghausen zu Tante Käthie und Onkel Martin auf die alte Burganlage. »Die besuchen wir vielleicht im nächsten Jahr«, hat er uns wissen lassen, »dieses Jahr fahren wir in die schöne Eifel.« Drei Wochen werden wir dort verbringen. Irgendwie scheint es ihn mächtig in derartige Gegenden zu ziehen, und da er allein es ist, der diese sogenannten »freien Tage der Erholung« plant und organisiert, werde ich mich wohl oder übel auf solche Landstriche einstellen müssen. »Unser Deutschland ist so unbeschreiblich schön«, beteuert er uns gegenüber ständig, »und bevor sich die Menschen nach Spanien oder Italien begeben, da sollten sie sich lieber mal am Rhein oder an der Mosel umschauen!« Klar, ich habe verstanden, und unbedingt auch in der herrlichen Eifel. Begleitend zu seiner Beurteilung, was eigentlich mehr eine Verurteilung ist, die er in einem unzweideutigen Tonfall spricht, zieht er dann jeweils ein Gesicht, das keinem Einwand eine noch so kleine Aussicht auf Erfolg lässt. Einige meiner Freunde reisen in diesem Jahr mit dem Auto nach Spanien oder Italien, was ich auch gerne mal täte. Aber da brauche ich mir keinerlei Hoffnungen machen. Erstens haben wir kein Auto, und zweitens zieht mein Vater es keinesfalls in Erwägung, dorthin zu reisen. »Die südländische Küche übertreibt es mit dem Öl. Ja doch, da ›schwimmt‹ alles förmlich im Öl!«, betont er gerne, zusätzlich mit einem leicht angewiderten Gesichtsausdruck. »Ich kann das beurteilen, schließlich bin ich selber Koch!« Es gibt aber noch einen ganz anderen Grund, weshalb er seine Reisen vermutlich allein auf deutsche Lande beschränken wird. Er erwähnt ihn nicht oft. Mir gegenüber hat er ihn erst einmal genannt, wenn ich mich recht erinnere. »Seit vielen Jahren reise ich nun schon kreuz und quer, rund um die ganze Welt. Ich kenne nahezu jeden Hafen unserer Erde – die großen ausnahmslos! – und da möchte ich nicht auch noch meinen Urlaub im Ausland verbringen«, so sein Argument. Mag sein, dass ein alter Seemann das so sieht, ich will das mal glauben, dennoch sehe ich das aber anders. Ich für meinen Teil *möchte* gerne mal in den Süden reisen, ja, nach Spanien oder Italien. Aber davon darf ich nichts verlauten lassen. Da kenne ich meinen Vater nur zu gut. Wenn der mir einen Rat gibt, dann ist das unterm Strich gesehen so etwas wie ein Befehl. Das zeigt sich jedes Mal spätestens dann, wenn ich anfange, mit ihm zu diskutieren, wenn ich ihm meine ureigene Meinung offenbare, eine Ansicht etwa, die von der seinen abweicht. Das mag er nicht. Das kann er nicht ausstehen. Das lässt er nicht zu ...

Da – die Schulglocke läutet! –, die Pause ist beendet. Ich verlasse diesen Ort. Zügig gehe ich in Richtung der großen, doppelflügligen Eingangstür des Schulgebäudes. Unter meinen Schritten knirscht der staubige Schotter des Hofes. Die meisten der Schüler sind bereits wieder hinter der Eingangstür verschwunden, sind im Moment bestrebt, sich in den jeweiligen Klassenräumen zu sammeln. Das verhält sich in solchen Minuten nach dem Läuten immer so. Während ich mich beeile und wie automatisch demselben Gedanken folge, blicke ich zu Boden: Hier und dort zeigen sich inmitten des tristen Graues der staubigen Schottersteine grüne und blaue Flecken – kleine, zumeist abgerundete, im Licht des Tages aufleuchtende Glasstücke, die üblicherweise unter jeden Schotter gemischt werden. Einige dieser Glasstückchen sind weiß, sie bilden aber deutlich eine Minderheit.

Sechzehntes Kapitel

Zeitungen, überall auf dem Tisch liegen Zeitungen. Unter »aufgeräumt« verstehe ich etwas anderes! Und nicht nur Zeitungen haben sich hier zu einem kleinen Chaos versammelt, nein, ein buntes Gemisch aus Kugelschreibern, Zigarettenpackungen, einer kleinen bauchigen Blumenvase aus Glas, zwei Kaffeetassen (leer, bis auf die braunen, vertrockneten Ränder am Boden), mehreren Feuerzeugen und einem vollen Aschenbecher – um nur kurz das zu benennen, was ich mit einem einzigen Blick erfassen kann – runden das

Bild zu einem lockeren, unüberschaubaren Wirrwarr ab. Und trotzdem fühle ich mich hier sauwohl. Ich kenne das Durcheinander bereits zur Genüge, bin insofern alles andere als großartig überrascht. Gemeinsam mit Jans Eltern sitze ich seit einer guten halben Stunde an ihrem runden, überladenen Wohnzimmertisch und unterhalte mich mit ihnen über dies und über das – über Belangloses eben. Jan und ich, wir wollen gleich zusammen etwas unternehmen, möglicherweise auch zum Rondeel Kino schlendern und nachsehen, welche Filme dort am kommenden Sonntag laufen. »Er ist noch nicht ganz mit seinen Hausaufgaben durch«, wie sein Vater gerade verlauten ließ, »sitzt gereizt in seinem Zimmer und beeilt sich nörgelnd damit, sich jener Pflicht möglichst rasch zu entledigen.« Letzteres hoffe ich zumindest ...

Bei Holtans ist es zwar fast nie aufgeräumt, jedenfalls nicht so richtig, nicht im wahrsten Sinne des Wortes, dessen ungeachtet aber immer gemütlich. So empfinde ich es. Meine Blicke erkunden den Tisch nun genauer. In der Blumenvase befindet sich zwar keine einzige Blume, sie ist aber bis zur Mitte angefüllt mit einer trüben, grauen Suppe – altes, abgestandenes Wasser –, in der einige offensichtlich glitschige Blätter schwimmen. Eine weitere Kaffeetasse zeigt sich mir jetzt, diese ist allerdings halb voll. Wie Teer, so schwarz blickt der Kaffee – der, wie ich annehme, mittlerweile kalt ist – aus ihr heraus. Bis auf eine sind die herumliegenden Zeitungen alle alt, einige von ihnen bereits über eine Woche. Dass eine (ehemals) weiße Leinen-Tischdecke über die Tischplatte gezogen ist, das lässt sich eher an dem Teil des Tuches erkennen, der rundherum senkrecht über der Tischkante hängt, der Teil nämlich, der die Fläche der Platte schützt, ist nahezu ausnahmslos mit den genannten Dingen abgedeckt. »Und, Alex, wie geht's zu Hause?«, Frau Holtan sieht mich an, während sie die überfällige Asche ihrer brennenden Zigarette in den Aschenbecher schnippt. »Hat dir dein Vater wieder etwas Besonderes von See mitgebracht?« Nicht ohne Stolz berichte ich den beiden von dem neuen Fotoapparat, den mir mein Vater in Japan gekauft hat. Eine halbautomatische Kamera allerneuester Bauart, mit einem eingebauten Belichtungsmesser. Natürlich erwähne ich auch die drei schweren Billardkugeln aus Elfenbein – zwei weiße und eine rote –, die mir mein Vater, noch am Tag seiner Ankunft, sofort aus seinem Koffer heraus schenkte. »Eine teure Kamera aus Japan und Billardkugeln aus echtem Elfenbein!«, Herr Holtan zieht anerkennend seine Mundwinkel herunter, während er sich andeutungsweise aus seinem Sessel erhebt, leicht vorbeugt, um ebenfalls etwas Zigarettenasche in den Aschenbecher zu geben. »Sind die Billardkugeln aus Afrika?«

»Dieser verdammte, komplizierte Scheißdreck ... das kann doch kein Mensch jemals begreifen!« Jene, mit großer Wut und weinerlicher Stimme aus dem Inneren heraus gesprochenen Worte, die aus dem Zimmer nebenan zu uns an den Tisch dringen, lassen spontan erkennen, wie es um die *rasche* Erledigung von Jans Schularbeiten real steht. »Raaatsch ...« – ein kurzes, scharfes Geräusch, das unweigerlich an das konsequente Zerreißen von Papier erinnert, kommt aus derselben Richtung. Stille. Spannung. Forsche Schritte – mehr ein unbeherrschtes Getrampel – über den Flur, die die Stille erwartungsgemäß ablösen. Knapp eine Sekunde später steht Jan mit hochrotem Kopf im Türrahmen des Wohnzimmers, hält ein zerknittertes, in der Mitte eingerissenes Heft in der Hand. »Meinetwegen können die ihren gesamten Mist alleine machen ... Mir ist das alles viel zu blöd!« Mit einem überaus kräftigen Schwung schleudert er das ohnehin schon geschändete Heft zu uns in den Raum hinein. »Jan! Jan – was soll das denn nun wieder?« Herr Holtan dreht sich zu seinem Sohn um, sieht ihn entsetzt an. Frau Holtan sieht ihn ebenfalls an, allerdings deutlich gelassener als ihr Mann. Sie blickt so, als würde sie mit keiner anderen Reaktion ihres Sohnes gerechnet haben. Mit einer auffallenden Routine drückt sie den Rest ihrer Zigarette in den überfüllten Aschenbecher aus. Die Finger ihrer Hand, die diese Tätigkeit erledigen, weisen im Bereich ihrer Kuppen bräunliche Stellen auf. Ein Ehering blinkt mehrfach kurz auf, eine durchscheinende Rauchfahne zieht links und rechts an ihm vorbei in Richtung Höhe. Etwas Asche staubt über den Rand des Aschenbechers, verteilt sich in seiner unmittelbaren Umgebung hauchdünn auf der Tischdecke. Die Zigarette ist nun ausgedrückt, ihr Qualm verflogen. Offenbar hat Frau Holtan diese Zeit benötigt und genutzt, um eine Lösung des Problems zu finden. Sie sieht ihren Sohn an, unterbricht die Pause: »Jan ... vielleicht ist es besser, wenn du erst einmal mit Alex losgehst.« Sie schnappt sich ein Feuerzeug vom Tisch und lässt es – zwischen Daumen und Zeigefinger senkrecht haltend – mehrfach auf eine vor ihr liegende Zigarettenschachtel tippen. Um deine Hausaufgaben kümmern wir uns dann später ... Ja?« Herr Holtan wendet sich zu seiner Frau, sagt zwar kein einziges Wort, aber sein Mienenspiel lässt erkennen, dass er ihr zustimmt. Mein Freund steht mit hängenden Schultern immer noch in der Tür und blickt mit gesenktem Kopf zu Boden. Seine Haarsträhnen verdecken zwar sein Gesicht, aber wie ich es einschätze – wie ich Jan kenne! – weint er stumm in sich hinein. Ich stehe von meinem Stuhl auf und gehe einen Schritt auf ihn zu: »Keine schlechte Idee ... Komm, vergiss die Sache für einige Stunden, wir gehen jetzt raus.« Wortlos, weiterhin mit hängenden Schultern und geneigtem Kopf, verharrt Jan in seiner Position. Auch das kenne ich zur Genüge, aber das wird schon. Seine Eltern sehen mich an, erwarten vermutlich von mir, dass ich die peinliche Angelegenheit irgendwie beende. Und auch das ist mir alles andere als ungewohnt. Sie haben es bereits des Öfteren erlebt, dass ich ihren aufgebrachten Sohn – irgendwie – besänftigen konnte. »Alex übt einen guten Einfluss auf Jan aus!«, hat Frau Holtan einmal anerkennend zu meiner Mutter gesagt, »er lässt sich viel von Alex sagen, übernimmt letztlich freiwillig seine guten Angewohnheiten. Das macht sich angenehm bemerkbar. Meinem Mann ist das auch schon mehrfach aufgefallen.«

Nein, Jan ist noch nicht soweit, so wie er eben gekommen war, wütend mit den Füßen stampfend, so begibt er sich wieder zurück in sein Zimmer. Mit einem lauten Knall schlägt er hitzköpfig die Tür hinter sich zu. Ich setze mich wieder zurück an den Tisch und unterhalte mich mit seinen Eltern über das Geschehene. »Vermutlich ist es das Beste ...«, wie von der Ansammlung magisch angezogen, erkunden meine Blicke ganz nebenbei erneut die zahlreichen Dinge auf dem Tisch, »wenn wir ihn jetzt alle für eine kleine Weile zufriedenlassen.« Nicht allein gedanklich versuche ich, die Verhaltensweise meines Freundes zu verteidigen. »So ist er nun mal. Wir kennen ihn doch. Er kann eben auch nicht aus seiner Haut.« Mit hinter dem Kopf verschränkten Armen und weit nach hinten in seinen Sessel gelehnt, hört Herr Holtan sich meine beschwichtigenden Worte an. Seine Frau steckt sich eine weitere Zigarette an, hört mir ebenfalls freundlich wie geduldig zu. »Die sind sichtlich froh darüber«, denke ich mir insgeheim, »dass vorerst – in gewisser Weise zumindest – so etwas wie ein ›Waffenstillstand‹ herrscht.«. Automatisch zähle ich jetzt die Zeitungen auf dem Tisch, versuche auch – bei denen, die halbwegs ordnungsgemäß zusammengefaltet liegen – die eine oder andere Schlagzeile zu lesen, was mir bei den Zeitungen, die sich meinen Blicken auf dem Kopf stehend präsentieren, naturgemäß am schwersten fällt. Jans Eltern schweigen. Er blickt zur Decke, sie auf ihre Zigarette. Eine angenehme Ruhe herrscht im Raum. Zurzeit scheint alles Wesentliche ausreichend besprochen. Mir kommt das gelegen, ich schweige ebenfalls und genieße die Ruhe.

Leicht haben sie es nicht mit ihm, das kann man ohne zu übertreiben sagen. Sie sind nicht in der Lage, ihn richtig zu erziehen, so beurteilen es jedenfalls meine Eltern. Sie mögen ihn zwar, sehr sogar, was aber nicht im Geringsten ihre Überzeugung schmälert, dass sie ihn für ziemlich missraten halten. »Irgendwann dreht der Bengel noch mal richtig durch«, meint mein Vater, »das sage ich euch. Ab einem gewissen Punkt hat er sich einfach nicht mehr im Griff. Da kann dann sonst was passieren!« – »Der Junge ist herzensgut«, findet meine Mutter, »aber wer ihn nicht kennt und so erlebt, wie er sich manchmal gibt, der kann ihn nur für völlig verrückt halten!« Auch die Tatsache, dass Jans Eltern beide arbeiten, wird von meinen Eltern gerne ins Feld geführt. »Nicht selten sind die Alten den ganzen Tag über nicht im Hause. Und dann – wer kümmert sich dann um den Bengel?«, so ein entrüsteter Heinrich Zinser. »Der Junge ist doch ein echtes Schlüsselkind ... Da kann ja nichts Vernünftiges bei herauskommen!«, so eine entrüstete Anneliese Zinser.

»Na ja«, denke ich mir, »da könnte ich auch noch was zu sagen.« Ab einem gewissen Punkt, da haben sich weder mein Vater noch meine Mutter mehr im Griff, und da kann dann ebenso *sonst was* passieren – und was das bedeutet, das habe ich bereits mehrfach erlebt. Hin und wieder ist deren Handlungsweise ebenfalls alles andere als normal und kann dann durchaus ebenfalls als *völlig verrückt* bezeichnet werden. Und ja, es stimmt, die Alten arbeiten beide. Er arbeitet als Festmacher im Hafen und sie in einer Reinigungsfirma als Putzfrau – aber das hat noch niemanden aus der Familie gestört, jedenfalls nicht dass ich wüsste. Einerseits arbeiten Jans Eltern zeitversetzt, sind also längst nicht immer beide zeitgleich aus dem Haus, und andererseits ist letztlich alles eine Sache der Organisation, wie beide immer wieder betonen. Dafür verdienen sie aber auch eine Menge Geld, können sich immerhin was leisten. Sie haben beispielsweise sogar ein eigenes Telefon, haben einen elektrischen Mixer der Marke »Electrostar« (so heißt das Ding, wenn ich mich recht erinnere) in der Küche. Und nicht zu vergessen – die Hercules – das nagelneue Moped von Herrn Holtan! Und was den Vorwurf »Schlüsselkind« betrifft: Jan stört es nicht, wenn er nach der Schule nach Hause kommt und niemand da ist. Er ist ganz gerne mal allein. Er genießt es förmlich in vollen Zügen, die Wohnung eine Zeit lang für sich zu haben. Davon hat er mir mehrfach vorgeschwärmt, und ich kann das auch sehr gut nachvollziehen. Nein, ich denke nicht, dass meine Eltern da richtig liegen, glaube nicht, dass all das in dieser Weise kritisiert werden sollte, was von ihnen in regelmäßigen Abständen verurteilend angeführt wird. Hier mag vielleicht auch etwas Neid eine Rolle spielen, mag eine gewisse Eifersucht ein klitzekleines Wörtchen mitreden.

Ende August 1960 –
nach den Sommerferien

Endlich sind sie fertig, die Bilder. Vor einer Stunde waren sie in der Post. »Innerhalb der Ferienzeit dauert es immer deutlich länger, bis die Dia-Filme entwickelt und abgezogen zurückgeschickt werden«, sagt mein Vater, »was auch verständlich ist«, so mein Vater, »da in diesen Tagen besonders viel fotografiert wird und jeder seine Bilder möglichst schnell zurückhaben möchte.« Damit es etwas schneller geht, versandten wir die zu bearbeitenden Filme diesmal nicht mit der Post, sondern gaben sie direkt im Entwicklungslabor ab. Damit haben wir bereits gut zwei Tage gewonnen. Ich hatte das übernommen, hatte seine Idee in die Tat umgesetzt, hatte unsere zwei Farbfilme persönlich in Wandsbek in der Brauhausstraße bei »Agfa« abgegeben. Klar, wir hätten die Filme auch kurz an der Ecke bei Dirker abgeben können. Die Drogerie übernimmt sowohl den Versand zum Labor als auch die Ausgabe der fertigen und von dort zurückgesandten Aufträge an die Kunden, aber einerseits ist das teurer – die Dirkers wollen schließlich auch dran verdienen – und andererseits verzögert es die Angelegenheit einmal mehr. Ja, weil Dirker nicht sofort nach Erhalt die Filme abschickt, sondern so lange abwartet, bis mehrere Aufträge eingegangen sind, damit sich der Versand auch lohnt ... Obwohl mir an und für sich klar war, dass ich aus den besagten Gründen mit einer längeren Wartezeit rechnen muss, habe ich bereits nach Ablauf der ersten Woche nach der Abgabe tagtäglich auf die Rücksendung gehofft. Mehrfach am Tag bin ich zum Postkasten runter, um letztlich enttäuscht festzustellen, dass ich mich noch weiterhin gedulden muss. Und nun, nach knapp zweieinhalb Wochen Wartezeit, sind sie endlich da. Zweimal sechsunddreißig Aufnahmen – von Agfa bereits fertig gerahmt –, geschützt verpackt in einem dicken, gepolsterten Umschlag, klemmten im Schlitz des Postkastens. Schon während ich die Treppen wieder hinauf in die Vierte stieg, habe ich den Umschlag geöffnet und hineingesehen. – »Na, dann hat das Warten endlich ein Ende ...«, meine Mutter steht an der halb geöffneten Tür und lacht mich an. Es fällt ihr sofort auf, dass die Verpackung bereits von mir aufgerissen wurde. »Sind die Bilder was geworden?« Ich schlängle mich an meiner Mutter vorbei (die wieder einmal keinerlei Anstalten macht, in solchen Situationen entweder die Tür etwas weiter zu öffnen oder zumindest einen kleinen Schritt zurück in den Flur zu treten), gehe stracks in die Küche und lasse die in Papiertäschchen steckenden Dias aus dem Umschlag heraus und mitten auf den Tisch gleiten. »Weiß nicht ... Das kann ich noch nicht sagen. Aber ... so wie es aussieht ...«

Zwei lange, mehrfach zusammengefaltete Streifen von aneinandergereihten dünnen weißen Täschchen sind es, die jeweils sechsunddreißig Rähmchen beinhalten. Meine Mutter schließt die Wohnungstür und begibt sich ins Wohnzimmer. Gleich mein erster Blick auf die beiden nun von mir auseinandergefalteten Streifen lässt mich erkennen, dass längst nicht alle Fotos »was geworden« – wie sie es nannte – sind. »Es sind zwar sämtliche Bilder gerahmt«, rufe ich aus der Küche in Richtung Wohnzimmer, »aber scheinbar machen die auch von *den* Aufnahmen einen Abzug, auf denen ganz offensichtlich nichts Vernünftiges zu erkennen ist.« – »Lass doch mal sehen ... Wollen wir uns die Bilder nicht gemeinsam hier im Zimmer ansehen? In aller Ruhe ...« So richtig beurteilen, wie gut oder wie schlecht das einzelne Dia letztlich geworden ist, das kann ich erst mithilfe des kleinen batteriebetriebenen Betrachtungsgerätes, das ich mir jetzt aus der Schublade des Wohnzimmerschrankes hole. Dort hat es zurzeit neben der Blechschachtel seinen Platz, die bis zum Rand mit alten Schwarzweiß-Fotografien gefüllt ist. Ulrich hatte uns das Betrachtungsgerät vorbeigebracht. Er wird es uns sogar für längere Zeit ausleihen, wie er mir vor einigen Tagen versprach, nachdem er mitbekam, dass wir gespannt auf unsere Urlaubsdias warten. Mit dem Gerät in der Hand setze ich mich an den Tisch und beginne damit, das Ergebnis unserer fotografischen Bemühungen zu präsentieren. »Schön ist das, Alex, wirklich sehr, sehr schön ... Diese Dia-Farbfotografien sind mit den herkömmlichen Papierfotos wirklich nicht zu vergleichen.« Meine Mutter ist sichtlich beeindruckt, kommt aus dem Schwärmen gar nicht mehr heraus: »Es ist beinahe so, als würde man mitten im Geschehen des Bildes stehen. Unglaublich ...« Nacheinander sollen jetzt alle zweiundsiebzig gerahmten Aufnahmen hinter der per Federdruck beleuchteten Lupe des Betrachters erscheinen. Die meisten der nun von uns angesehenen Aufnahmen wurden vor einigen Wochen in der Eifel gemacht, in Rurberg, genauer gesagt dort, wo wir zu dritt neunzehn Tage Urlaub verbrachten. Drei Wochen waren es genau, wenn man die An- und Abreise mitzählt. Zuerst mit dem Taxi vom Reyesweg zum Hamburger Hauptbahnhof, von dort (in Köln kurz umgestiegen) dann mit dem Zug nach Aachen, und vom dortigen Bahnhof letztlich zur Pension mit dem klingenden Namen »Im Malerwinkel«, in die mein Vater uns für die besagte Zeit einquartiert hatte. (Die letzte Etappe regelte der freundliche Herr Leisner, dem zusammen mit seiner Frau die kleine Pension gehört, indem er uns höchstpersönlich vom Aachener Hauptbahnhof mit seinem privaten Auto abholte und in sein trautes Heim kutschierte.) Soweit in Kürze, was unsere Anreise betraf.

Mit dem sogenannten »Trans Europ Express« sind wir gereist, erster Klasse sogar und mit einer Platzreservierung. Die beiden einzigen Fensterplätze des Abteils, die hatten *wir* reserviert, worauf mein Vater mächtig stolz war, was er vor, während und auch nach der Reise gerne mehrmals betonte. »Da *gleitet* man förmlich durch die Landschaft ... So eine Reise mit dem ›TEE‹ – eine Platzreservierung in der 1. Klasse natürlich vorausgesetzt! – ist Erholung pur.« Na ja, es hat schon was, so eine Fahrt mit einem dieser supermodernen Schnellzüge, da hat er nicht ganz unrecht. Dessen ungeachtet aber ist es trotzdem eine recht langwierige und anstrengende Angelegenheit, das sollte man aber auch sehen. Wenn ich allein schon an das Umsteigen in Köln denke ... Nur wenige Minuten Zeit, um mit den schweren Koffern an den Händen (beladen mit dem Gepäck für drei Personen und drei Wochen Urlaub, versteht sich), den Zug über die engen Gänge der Waggons zu verlassen, die vielen unbekannten Treppen hinauf- und hinabzusteigen, und letztendlich (immer in der guten Hoffnung, dass es auch bitte, bitte der richtige sein möge) an einem der vielen Bahnsteige, fast auf die letzte Sekunde, den Anschlusszug zu besteigen. Wieder hoch und durch die schmale Tür hinein in den Waggon, wieder mit den Koffern den engen und teilweise blockierten Gang entlang (selbige mehr zerrend denn tragend) bis zum gesuchten und gefundenen Abteil, in dem die für uns reservierten Plätze geduldig auf uns warten. Nein, ein echtes Vergnügen war das wirklich nicht ...

»Doch, Alex, die meisten Bilder sind gut. Das muss ich sagen. Hier – der Rursee, aufgenommen von unserem Balkon –, hast du das fotografiert oder Papa?« Sie verharrt bei einem Foto, das hauptsächlich das Ufer des Sees zeigt, weist auf die vier Ruderboote, die, bis zur Hälfte aus dem Wasser gezogen, auf dem Sand des Strandes lagern. »Da, die Bootsvermietung, da war auch nie so richtig was los ... kaum Betrieb. Aber eine schöne Erinnerung, diese Aufnahme.« Die Beleuchtung des Betrachters flackert, wird deutlich schwächer, droht zu erlöschen. »Scheinbar sind die Batterien gleich leer«, ich ziehe den See nebst Bootsvermietung aus dem Schlitz des Gerätes, lege das Dia zu den anderen, bereits betrachteten, »lass uns eine Pause einlegen, vielleicht erholen sie sich wieder. Oder haben wir noch neue Batterien im Haus?«

Weitaus die meisten der Aufnahmen sind von mir gemacht, was verständlich ist, immerhin wollte ich meinen neuen Fotoapparat unbedingt erst einmal selbst ausprobieren. Einige wenige Bilder hatte mein Vater aufgenommen, und nicht nur in der Eifel. Bereits zu Hause, vor Rurberg, innerhalb unserer Wohnung, drückte er hier und dort auf den Auslöser. »Versuche«, wie er es nannte, »Tests, um fürs Erste ein Gefühl für das Ding zu bekommen.« »Yashica« – so steht es eingraviert in großen Buchstaben oberhalb des Kameragehäuses. Und darunter, direkt neben dem kleinen runden Sucherfenster, in ebenfalls eingravierten, aber deutlich kleineren Buchstaben: »Made in Japan«. Ein großzügiges Geschenk an mich, ein ziemlich teures, woraus mein Vater auch kein Geheimnis macht. »In Deutschland, da kostet dieser Apparat fast siebenhundert Mark!«, verkündet er voller Inbrunst wiederholt sowohl im gesamten Familien- als auch Bekanntenkreis. »So viel Geld habe ich in Japan natürlich nicht für das Ding bezahlt. Und ein deutsches Fabrikat, das kann ich euch versichern, ist in dieser hervorragenden Qualität und Technik in unserem Lande unbezahlbar.« Trotzdem – siebenhundert Mark! –, unvorstellbar …

Die Pause – die Batterien –, ob der Betrachter jetzt vielleicht wieder funktionsfähig ist? Nein, die Beleuchtung lässt sich nicht einschalten, sie flackert nicht einmal mehr auf. Keine Chance, die Lupe bleibt dunkel, das benutzte Dia (tatsächlich wieder »See nebst Bootsvermietung«) im Verborgenen. Außer einem kaum hörbaren »Klick«, den das in den Schlitz des Betrachters gesteckte und leicht bis zur Schaltfeder heruntergedrückte Rähmchen verursacht, tut sich reinweg nichts in dem Kasten. Diese Batterien erholen sich ganz sicher nicht mehr, die sind endgültig leer, und erwartungsgemäß haben wir keine neuen vorrätig. »Die meisten Bilder haben wir uns doch ansehen können«, entschlossen stelle ich das Gerät auf dem Tisch ab, »und notfalls … notfalls kann man die restlichen Bilder auch *direkt* gegen das helle Licht einer Lampe halten. Bis wir die Batterien besorgt und ausgewechselt haben, sollte das reichen.« – Zurzeit stattet mein Vater in der Innenstadt seiner Reederei einen Besuch ab. »Will mich dort so langsam mal wieder sehen lassen«, wie er es heute Morgen gleich nach seinem Aufstehen ausdrückte, »will mal sehen, was die als Nächstes für mich haben.« Wenn er wieder zurück ist, dann werde ich ihm sofort die Bilder zeigen, und wenn auch nur gegen das Licht einer Lampe haltend. In den jüngst vergangenen Tagen hatte er sich als fast noch ungeduldiger erwiesen als ich, und das soll schon was heißen.

Mein Vater ist wieder weg, schwimmt wieder mit seinem Tanker irgendwo auf dem weiten Meer. Das Schlafzimmer hat er noch tapezieren und streichen können, dieses innerhalb seines Urlaubs zu erledigen, hatte er sich auch fest vorgenommen. »Die Wände, die Decke und die Türen (die vom Balkon war ebenfalls dran) – der gesamte Raum ist längst überfällig, der muss nun endlich renoviert werden!«, wie er sagte. Gleich danach ist er dann abgereist. Immerhin, einige Wochen war er da, und irgendwann ist jeder Urlaub vorbei. So ist das nun mal, egal, ob es einem gefällt oder nicht. Meinem Vater gefällt das ewige Herumreisen zwar von Jahr zu Jahr weniger, zumindest sagt er das immer öfter, aber einerseits sieht er zurzeit – allein aus seiner Situation heraus – zur Seefahrt keine Alternative, und andererseits hat er bis zu seiner Rente noch einige Jahre zu arbeiten. Und ich glaube auch nicht daran, dass er es wirklich ernst meint mit dem Zu-Hause-bleiben-Wollen. Stets und ständig in Hamburg Barmbek? In einem Mietshaus im Reyesweg und dort in einer Wohnung in der vierten Etage? Mein Vater? Das wäre ihm sicherlich zu eng. Gut, irgendwie ist da wohl was dran, wenn er sagt, dass er an manchen Tagen die Nase gestrichen voll hat, das denke ich schon. Doch, ja, *irgendwie* mag das so sein, aber in allerletzter Konsequenz ... Nein nein, der Schiffskoch Heinrich Zinser, der ist und bleibt ein waschechter Seemann! Ich denke, das trifft es.

Alles, was im Hause an Reparatur- und Ausbesserungsarbeiten zu erledigen ist, das erledigt mein Vater innerhalb seines – wie er es nennt – »Landurlaubs«, wann denn auch sonst. Und manchmal fallen eben größere Arbeiten an, wie zum Beispiel das Aufmöbeln eines kompletten Zimmers. Man kann nicht gerade sagen, dass ihm diese Arbeiten sonderlich schwerfallen. Nein, er ist gerne handwerklich tätig, kann mit den üblichen Werkzeugen geschickt umgehen und ist bereits nach einigen Tagen »an Land« ganz froh darüber, wenn er wieder eine sinnvolle Beschäftigung findet. Wenn es ums Tapezieren, Malen und Streichen geht, dann wendet er sich stets an unsere Drogerie an der Ecke. Bei Dirker leiht er sich für einen Tag ein oder zwei der großen, dicken und schweren Tapetenbücher aus – die ganz grobe Auswahl wird in der Regel bereits im Laden getroffen –, um sich dann in aller Ruhe, gemeinsam mit meiner Mutter am Tisch des Wohnzimmers sitzend, für eine Tapete nach ihrem Geschmack zu entscheiden. An dieser Stelle erfahre ich kein nennenswertes Mitspracherecht, soll heißen: Tapeten mit ansehen und aussuchen – ja, letztendlich mit entscheiden, welche von den infrage kommenden genommen wird – nein. Nein! So einfach geht das – mit einem klaren Nein. Mit dieser Gangart kann ich mich mittlerweile abfinden. Vor allen Dingen dann, wenn es allein um die Räumlichkeiten geht, die ich nur mitbenutze, wie da sind: Wohnzimmer, Flur, Bad und Küche, obwohl ich da bereits eine gewisse Ungerechtigkeit erkenne, die mir ziemlich missfällt, aber mit der Tatsache, dass eine solche Entscheidung ebenso konsequent über meinen Kopf hinweg getroffen wird, wenn es um *mein* Reich geht, um *mein* Zimmer, werde ich mich niemals anfreunden. Hier ist ganz klar mein Vater die treibende Kraft. Er ist eben der festen Überzeugung, dass er allein es ganz genau weiß, was hier und was dort gut oder schlecht für mich ist, was infrage kommt und weshalb, und was eben keinesfalls in Erwägung zu ziehen ist, und wieso nicht. Punkt! So ist er, der Heinrich Zinser, da kommt auch Anneliese Zinser nicht gegen an, da resignieren wir beide gleichermaßen.

Wenn ich nur an das Theater mit der »Raufaser« denke ... Ich wollte sie gerne an den Wänden haben – jene »Modeerscheinung«, wie mein Vater eine solche Tapete gleich abfällig nannte, als es darum ging, mein Zimmer neu zu tapezieren –, mein Vater hingegen, der wollte sie natürlich nicht. »Wenn man etwas genauer hinsieht, Alex, dann erkennt man deutlich, dass die Oberfläche der Raufasertapete nicht glatt ist, sondern aus unzähligen, per Zufall angeordneten Unebenheiten besteht«, so der selbst ernannte Tapetenexperte Heinrich Zinser, »und auf dieser ›Berg- und Tallandschaft‹ sammelt sich mit der Zeit der Staub an, der dann dort hängen und liegen bleibt. Raufaser ist nichts für den Wohnbereich, da sollte man sich nicht täuschen lassen. Die Wahl würdest du ziemlich schnell bereuen!« Nun ist aber zu bedenken, dass ein mit freundlichen Worten gesprochener *Vorschlag* meines Vaters im Endeffekt ein *Befehl* ist. Er würde das zwar anders benennen, wäre regelrecht gekränkt, wenn man ihm das so sagen würde, aber er kann eben keinen Widerspruch ertragen. Diesen Vorwurf müsste er hinnehmen. Wie es nicht anders zu erwarten war, hatte er mir dann auch im Handumdrehen selbst eine Tapete ausgesucht, eine mit einem »dezenten Muster«, wie er es damals wohlwollend betonte. Jenes »dezente Muster« erinnerte mich sofort an die Tapete, mit der der Flur der alten Frau Bonnermann tapeziert ist. Na ja, immerhin hatte ich durch seinen Eifer sozusagen »neue Wände«, Wände, deren alten Risse und Löcher – nachdem er sie unmittelbar vor dem Tapezieren fein säuberlich mit Gips zugeschmiert hatte – obendrein auf Nimmerwiedersehen hinter seiner sorgfältig ausgeführten Arbeit verschwanden. Mittlerweile habe ich mich längst an die Bonnermann-Flur-Ausstattung gewöhnt. Das Muster nehme ich gar nicht mehr wahr. »Aber was er macht, das macht er perfekt. Und er kann ja auch alles!«, lässt Anneliese Zinser es – mit der Miene allerhöchster

Anerkennung und ehrfurchtsvoll gedämpfter Stimme – jeden Interessierten oder Nichtinteressierten zu jeder passenden oder unpassenden Gelegenheit wissen. »Heinrich, der ist ein höchst akkurater Handwerker – durch und durch.«

Seit einigen Tagen besucht uns Otto Dau jetzt wieder öfter. Er hat nun endlich wieder etwas mehr Zeit, wie er sagt. Sein »Geschäft« – was auch immer damit gemeint ist – hat ihn in den letzten Monaten einfach nicht zur Ruhe kommen lassen. Und das sei auch der Grund dafür, ließ mich Otto Dau wissen, weshalb er sich in der Zeit, in der mein Vater Landurlaub hatte, bei uns recht rar gemacht hatte. »Schade, Anneliese«, hörte ich ihn sagen, »ich hätte mich mit Heinrich zu gerne einmal ausführlich über seine Reisen unterhalten ...« – es klang zwar interessiert, aber irgendwie auch gezwungen – »Er sieht wenigstens was von der großen, weiten Welt, der Heini.« »Heini«, so wird mein Vater in der Regel nur von seinen Freunden genannt, von seinen Bordkollegen beispielsweise. Das habe ich einigen Gesprächen entnommen, die er mit meiner Mutter führte, als er mal wieder von sich und von seinem Leben auf See berichtete. Meine Großmutter allerdings, die nennt ihren Schwiegersohn auch hin und wieder »Hein« oder »Heini«, in seiner Abwesenheit zumeist, wenn sie über ihn spricht. In solchen Situationen habe ich manchmal den Eindruck, als würde sie es eher etwas abfällig tun. Ja, das meine ich sowohl ihrem Tonfall als auch ihrem Mienenspiel entnehmen zu können, wenn sie über meinen Vater redet. Beides offenbart mir dann eine – ja – sehr spezielle, beachtenswerte Einstellung. Sie hält vermutlich nicht besonders viel von dem Ehemann ihrer Tochter. Das spricht sie zwar nicht offen aus, aber ihre Gebärden lassen diese Überlegung immerhin zu. »Ich möchte nicht wissen, Anneliese, was der Heini alles so treibt, wenn er mit seinem Schiff, nach so vielen Wochen auf See, endlich wieder einen Hafen anläuft ...«, hörte ich sie einmal sagen. Für mich war sofort klar, dass sie genau das – was er dann treibt – eben *doch* wissen wollte, beziehungsweise dass sie sich diesbezüglich längst ihre eigene Meinung gebildet hatte, die sie nun zu gerne einmal zur Sprache bringen wollte. Meine Mutter schien ähnliche Gedanken zu haben wie ich, sie hat die Frage dann auch nicht beantwortet, hat nur mit den Augen gerollt und dann weiter ihre Bügelwäsche zusammengelegt. Den Anfang des albernen Bully-Buhlan-Schlagers: »*Wenn der Hein in Rio ist ...*«, sang Erna dann noch auf dem Flur leise vor sich hin, während sie – mit hoch erhobenem Kopf, geschlossenen Augenlidern und mit einem Aschenbecher in der Hand – zwei, drei Tanzschritte je vor und zurück andeutete. Anneliese hat – mit einem Stapel zusammengelegter Bettlaken in den Händen – aus dem Schlafzimmer heraus zwar kurz zu ihr hinübergesehen und andeutungsweise sogar aufgelacht, was aber nicht darüber hinwegtäuschen konnte, dass sie sich innerlich über das Benehmen ihrer Mutter etwas ärgerte.

———

Aus der untersten der drei schweren Schubladen, die sich in der Mitte des unteren Teils des Wohnzimmerschranks befinden, nehme ich mir die eckige Blechschachtel mit den vielen Fotos heraus, was ich hin und wieder mache, wenn ich alleine bin, beziehungsweise die Wohnung eine gewisse Zeit lang für mich habe. Irgendwie ziehen sie mich immer wieder magisch an, jene alten Fotografien, die dort unsortiert in mehreren Schichten brav übereinander lagern. Es ist ja nicht etwa so, dass ich in der alten Keksdose nicht stöbern könnte, wenn meine Mutter anwesend ist, sie würde mich davon keinesfalls abhalten. Und dennoch, ich weiß nicht, auf irgendeine Weise ist es etwas völlig anderes, wenn ich die Fotos ganz für mich alleine habe, wenn es eben absolut garantiert ist, dass ich sie in aller Ruhe, völlig ungestört, betrachten kann. Genau drei Dinge sind es, die für mich in solchen Situationen untrennbar zusammengehören, die mir eine derart entspannte Ruhe ermöglichen: erstens das gesicherte Wissen, dass mir der Moment ganz alleine gehört, zweitens der bequeme Sessel, der zwischen dem Fenster und dem Wohnzimmertisch steht, und drittens das verlässlich gleichmäßige, monotone Ticken der Uhr auf dem Schrank ... Die Geschichten, die mir die Bilder aus längst vergangenen Tagen dann erzählen, die sind so kurz oder so lang wie die Zeitspannen, die ich sie in meinen Händen halte – mit nur wenigen Ausnahmen handelt es sich um Sekunden oder Minuten. Einige der Fotos erzählen mir keine Geschichte mehr, jedenfalls keine neue, und schon gar keine eigene, was daran liegt, dass das bereits meine Mutter für sie getan hat. Sicherlich geschah das in allerbester Absicht. Klar, so wie es eben passiert, wenn man (in dem Fall ich) gemeinsam mit der Person (in dem Fall meine Mutter) zwischen solchen Bildern kramt, sucht und entdeckt, die sich auf einigen der gesammelten Ablichtungen selber befindet. Aber wie gesagt, mit den abgegebenen Erklärungen ist dann auch alles entschleiert, und das Offenbarte lässt kaum noch einen nennenswerten Spielraum für die Geschichten, die die Fotos mir vielleicht selber gerne erzählt hätten. Aber beschweren, beschweren will ich mich keinesfalls darüber. Nein, innerhalb der Blechschachtel stoße ich trotzdem immer wieder erneut auf Fotos, über die mir noch nie jemand etwas erzählt hat – deren Geschichte ich somit noch nicht kenne – und die auch sofort und bereitwillig damit beginnen, mir gelassen das eine oder andere zu berichten.

Die geschlossene Dose auf den Knien, sitze ich bequem in meinem Sessel und betrachte eine Weile das Bild auf dem Deckel: Wie das Foto eines alten Gemäldes, das als Original irgendwo in einem Museum hängt, so zeigt sich mir die Szene. Meiner Meinung nach spielt sich der festgehaltene Auszug des Geschehens in irgendeinem Hafen Italiens ab. Jedenfalls erinnert mich das Bild auf der Keksdose an Italien. An Italien vor mindestens zweihundert Jahren ... Oder sogar noch länger? Eine Hafenmole: im linken Teil des Hintergrunds einige Häuser – nur angedeutet sind sie zu sehen. Im rechten Teil das offene Meer, das allerdings allein vermutet werden muss. Mittig des Bildes blaues Wasser, das unangemessen hohe Wellenkämme aufweist, wie ich finde. Inmitten dieser schäumenden Wellen ein imposantes Segelschiff, das in ziemlicher Schräglage geradewegs auf den Betrachter – auf mich! – zusegelt. Wie überlange Lanzen ragen die drei Masten des Schiffes gen Himmel. An der Spitze des mittleren Mastes, der zugleich der längste ist, weht eine längliche, schmale dreieckige Fahne im Wind, deren äußeres Ende in eine lange Schnur (oder Kordel?) übergeht. Mit weit ausgebreiteten Flügeln schwebt ein großer Vogel über der Mole, dessen Form und Gestalt an nichts anderes als an ein Fabelwesen erinnert, was der gesamten Szene natürlich umgehend etwas Bedrohliches verleiht. Mit stechenden Augen blickt er aus der Höhe auf das Schiff herab, so als wolle ihm nichts an dem beobachteten Geschehen gefallen. Links vorne im Bild – so etwas wie ein Seezeichen. Eine eher kleine, kugelförmige Boje, in der oben, und dort in der Mitte, eine Stange steckt, an der ebenfalls eine Fahne weht, in Form exakt gleich der, die an der Mastspitze des Schiffes flattert, nur wesentlich kleiner. So wie es aussieht, scheint der Hohlkörper der Boje mehr auf den Wellen zu tanzen als im Wasser zu schwimmen. Mir ist, als wolle sie den Betrachter – momentan mich! – unbedingt daran erinnern, dass sie sich zwar – genau wie das Schiff – ebenfalls in einer ziemlichen Schräglage befindet, dass sie aber, und das ganz im Gegensatz zu dem mit dem Sturme ringenden Schiff, mittels einer fest im Meeresboden verankerten Kette verlässlich gesichert ist.

Jeweils zwischen Daumen und Zeigefinger halte ich die alte Blechschachtel in meinen Händen, hebe sie etwas an und versuche, ihr Gewicht abzuschätzen:

die Fotos da drinnen, sie wiegen einiges. Dort, wo der Deckel mit einer leicht nach außen gerichteten Wölbung rundum die Dose verschließt, signalisiert eine goldfarbene Einfärbung dieses kleinen runden Wulstes deutlich das Ende des Deckels und zugleich den Beginn der Schachtel. So Interesse erweckend, einfallsreich sich das Bild auf dem Deckel auch zeigt, so hoffnungslos trist erweist sich die restliche Gestaltung der Schachtel: Unterhalb des goldenen Wulstes präsentiert sich rundum lediglich ein mattes, unscheinbares Rot, auf dem in regelmäßigen Abständen kleine, goldene Sternchen prangen – das war's dann aber auch. Allerdings kann ich von einem Behälter, in dem ursprünglich Kekse lagerten, kaum mehr erwarten. Ich setze die Blechschachtel wieder auf meinen Knien ab, öffne sie und lege den Deckel vor mich auf den Tisch. Das grelle Tageslicht, das, von warmen Sonnenstrahlen begleitet, direkt hinter mir durch das Oberlicht des Fensters und dergestalt von oben herab in das Zimmer dringt, wird von der glänzenden Fläche des abgelegten Deckels reflektiert, so dass die dramatische Hafenmolen-Szene momentan völlig von einem gleißenden Hell verschluckt wird. Ich schaue auf die vielen Fotos, die scheinbar nur noch darauf warten, dass ich ihnen endlich die ihnen gebührende Beachtung schenke, dass ich sie mit meinen Händen durch wiederholtes Hineingreifen planlos umschichte, ziellos vereinzelnd herausziehe und sie dann – mehr oder weniger lange – ansehe. Mir fällt auf, dass das Ticken der Uhr auf dem Wohnzimmerschrank für mich nur noch vernehmbar ist, wenn ich mich sehr bewusst darauf konzentriere, ansonsten verliert sich ihr monotones Geflüster in der absoluten Ruhe des Raumes, vereint sich liebevoll mit der Sorglosigkeit des Moments.

»Macht gefälligst, dass ihr hier verschwindet! Aber schnell ... Ich will euch hier nicht mehr sehen!« Wir wissen zwar, dass er im Grunde harmlos ist, aber einen Schrecken bekommen wir trotzdem. Ausnahmslos jedes Mal, wenn er uns aus dem geöffneten Fenster heraus lauthals anschreit, bekommen wir einen Schrecken – und heute ist nicht die Ausnahme. Zwei Eingänge weiter wohnt er, Hausnummer 20, und dort im ersten Stock. Seinen Namen kennen wir nicht, mir ist er jedenfalls nicht bekannt. Während unseres Spielens auf der Straße haben wir es bereits mehrfach erlebt, dass er urplötzlich – wie aus heiterem Himmel heraus – sein Wohnzimmerfenster sperrangelweit aufreißt und uns Jungen sofort aus Leibeskräften anbrüllt. Auch jetzt zucken wir zusammen, halten inne, blicken zu ihm hoch ... »Könnt ihr Gören denn nicht hören. Ihr sollt verschwinden. Verschwinden!« Die Hände zu Fäusten geballt, fuchtelt er mit beiden Armen zu uns hinunter. Seine Stimme überschlägt sich fast. Der Mann ist offensichtlich wieder einmal stark erregt, hat sich wieder einmal nicht unter Kontrolle. Sein übermäßig feuchter Speichelfluss – eher schon ein Spucken –, den ich auch von der Straße aus problemlos erkennen kann, unterstreicht seine Hasstiraden einmal mehr. Auch das kennen wir. So, oder ähnlich so, läuft es des Öfteren ab, wenn er uns, am Fenster seines Wohnzimmers stehend und auf die Straße blickend, in der Nähe seines Hauseingangs entdeckt hat.

Wenn ich mich recht erinnere, dann fing irgendwann einmal alles damit an, dass wir auf der Straße im Reyesweg »Cowboy und Indianer« spielten. Das liegt schon etwas länger zurück, mag vielleicht so um die zwei, drei Jahre her sein. Mittlerweile sind wir aus dem Alter raus, solche Spiele interessieren uns eher nicht mehr. Im Bereich der Hauseingänge tollten wir herum, versteckten uns hier und dort, hauptsächlich hinter und vor den Hecken, die die Rasenflächen umsäumen, die entlang der Straße beidseitig der Eingänge angelegt sind. Im Eifer des Gefechtes, des üblichen Trubels wurde einer der »Cowboys« von den »Indianern« an einen der Bäume gebunden, die in regelmäßigen Abständen beidseitig der Straße stehen. Mit einem Seil geschah das, einem Tau, das gleichsam lose um den Körper des »Gefangenen« und um den Baum herum geschlungen wurde. Die Linde, an dem der Gefesselte nun parallel zum Stamm stand, steht direkt vor dem Hauseingang mit der Nummer 20. Ja, und da geschah es dann, dass das besagte Fenster im ersten Stock das erste Mal wegen uns spontan aufgerissen wurde – und man uns von dort herab erstmalig in dieser Weise wüst beschimpfte … Da standen wir nun, wir erschrockenen Helden der Prärie, und sahen (wie wir es auch jetzt wieder tun) zu ihm hoch, zu dem wütenden Mann, der (wie er es auch jetzt tut) in der ersten Etage am geöffneten Fenster seines Wohnzimmers stand und uns unbedingt mit Schimpf und Schande vertreiben wollte.

Was den Menschen damals bewegte, sich uns – spielende Kinder! – gegenüber in dieser Art und Weise aufzuführen, das weiß ich inzwischen, oder – ich kann es erahnen. Zumindest gab es da diesbezüglich einen Hinweis für mich, der mir bis heute einiges halbwegs erklärt. Wieso er uns aber ausgerechnet *jetzt* beschimpft, Michael, Dicki, Heinz und mich, das ist mir wirklich völlig unverständlich, und ich kann mir auch nicht vorstellen, dass sich meine Freunde einen Reim daraus machen können. Im Augenblick bin ich zu überrascht, um sie danach fragen zu können … »Widerliches Pack! Haut endlich ab – verschwindet, aber dalli!« Abwechselnd sehen wir uns an und zu dem pöbelnden Manne hoch, dessen Augen inzwischen stark blutunterlaufen sind, was ihn, zusammen mit seinem vor Zorn kreideweißem Gesicht, zu einer wahren Horrorgestalt macht. »Kommt, lasst uns bloß gehen, ich will mir das nicht mehr länger anhören« – während ich einige Schritte in Richtung »fort von hier« mache, versuche ich meine Kumpel per Kopfschwenkgeste dazu zu bewegen, es ebenfalls zu tun. »Der ist doch nicht mehr ganz richtig im Kopf ...«, Michael macht kein Geheimnis daraus, dass er am liebsten noch bliebe, um einiges von den Beleidigungen zu erwidern. »Der Spinner! Der hat doch nicht mehr alle Tassen im Schrank! Soll er doch runterkommen und uns endlich einmal erzählen, was er eigentlich gegen uns hat.«

Wir gehen. Ohne noch einmal nach oben in den ersten Stock zu blicken und ohne einen weiteren Kommentar in Richtung unseres Hassers hauen wir geschlossen ab. In der jetzigen Situation ist es das Beste, was wir tun können, das sieht selbst Michael ein. Wir wollten ohnehin gleich gehen, haben ohnehin nur dagestanden und uns unterhalten, hier auf dem Bürgersteig, direkt an der Linde vor dem Haus Nummer 20. Auf Heinz haben wir gewartet, und jetzt, wo er gekommen ist, gibt es keinen einzigen Grund mehr für uns, hier noch länger zu verweilen ... »Ich fasse es einfach nicht!«, so richtig beruhigt hat sich Michael wohl doch noch nicht, »steht da oben am Fenster, glotzt auf die Straße und schreit fremde Leute an. Wieso uns – wir sind ihm doch gänzlich unbekannt ...« Michael sieht mich von der Seite fragend an. Ohne stehen zu bleiben, drehe ich mich noch einmal für einige Sekunden um. Der Hitzkopf steht immer noch am Fenster, etwas hinausgelehnt, und blickt uns hinterher. Jetzt, wo er sieht, dass ich mich zu ihm umdrehe, schwingt er drohend seinen erhobenen rechten Arm in unsere Richtung. Zu hören ist er nicht mehr. Falls er noch irgendetwas pöbelt, dann verschluckt es die Entfernung, die mittlerweile zwischen uns und ihm liegt. »Wieso uns?«, Michaels Frage ist berechtigt. Wie gesagt, mir wurde es erklärt, zwar nicht von dem seltsamen Zeitgenossen selbst – nein, kein einziges Wort haben wir je miteinander gesprochen –, aber von meiner Großmutter.

Irgendwann erzählte ich meiner Großmutter von dem merkwürdigen Verhalten des Nachbarn, der links von uns nur zwei Eingänge weiter wohnt. Zwar kann ich heute nicht mehr sagen, wie und wann wir darauf kamen, ausgerechnet über diesen sonderbaren Menschen zu sprechen, hingegen erinnere ich mich umso genauer an die Aussage meiner Großmutter, auf ihre Erklärung, die mich sehr nachdenklich machte. Meine Mutter hatte sich gleich nach dem Mittagessen für eine Stunde ins Schlafzimmer zurückgezogen, und wir saßen beide alleine in der Küche an dem kleinen Tisch ... »Vielleicht, Alex, vielleicht war der Mann im letzten Krieg Soldat – von seinem Alter her könnte es hinkommen – und hatte während dieser Zeit Schreckliches erlebt.« Meine Großmutter sah mich an. »Es sind in diesem Krieg schreckliche Dinge geschehen, Grausamkeiten, die du dir in deinem Alter ganz bestimmt nicht vorstellen kannst ... Viele der an der Front kämpfenden Soldaten waren noch sehr jung, so wie auch mein Sohn es war, als er in Russland ums Leben kam. Hänschen, der Bruder deiner Mutter und somit – würde er noch leben – dein Onkel.« Unwillkürlich musste ich an das eingerahmte Foto denken, das im Wohnzimmer auf dem Radio steht. Auch an das Buch *Der Weg, den wir gingen* dachte ich sofort, das ich bei meinem Schwager Ulrich im Bücherregal fand. Jenes Buch, das mir über unfassbare Gräueltaten berichtete und das dafür sorgte, dass so Schlagworte wie »Auschwitz« und »Buchenwald « für mich nach und nach zwar eine verschwommene – immerhin aber eine *gewisse* Bedeutung bekamen.

»Krieg ... Krieg, Alex, wer so etwas erlebt hat, wer als Soldat mit ansehen musste, wie nacheinander der eine oder andere seiner Kameraden im Feuer der Bomben und Granaten starb, wer als Augenzeuge mit angesehen hat, wie hier und dort in fremden Landen sinnlos gebrandschatzt und gemordet wurde ... so ein Mensch, Alex, der kommt nach dem Krieg, wenn alles vorbei ist, im normalen Leben vorerst nur sehr eingeschränkt klar.« Es fiel ihr schwer, mir, ihrem noch nicht ganz zwölfjährigen Enkel, das zu schildern, was es aufgrund der sich stellenden Frage aber zu schildern galt. Das konnte sie nicht vor mir verbergen. »Und wenn der Mann, von dem wir sprechen, der wütende, schimpfende Nachbar, der euch Jungen regelmäßig mit seinem Hass begegnet, wenn jener nun tatsächlich Derartiges erlebt hat, über Tage, Wochen, Monate – ja vielleicht sogar über Jahre, dann bringt es ihn unter Umständen total aus der Fassung, wenn er Dinge erlebt ... die ihn an all das erinnern. Kannst du das ... kannst du das vielleicht verstehen?« Wir sahen uns an. Ich schwieg. Ich konnte nur schweigen. Meine Gedanken unternahmen wiederholt den Versuch, sich in meinem Kopf zu sortieren, waren bemüht, das zu ordnen, was innerhalb des gerade vor mir ablaufenden Films unangenehm wirr ablief. »Ihr hattet beim Spielen einen Jungen an den Baum gefesselt – du erzähltest es mir –, was an sich harmlos ist, ein Spiel eben. Wenn dieser Mensch das von seinem Fenster aus beobachtet hatte ... und wenn ihn der Gefesselte, der, aus seiner Sicht heraus, einer johlenden Horde machtlos ausgeliefert war, an eine

Begebenheit erinnerte, in der – für ihn! – annähernd Gleiches geschah, aber eben *nicht* im Spiel, sonder im Krieg und mit einem schrecklichen Ausgang, ja dann ...«

Längst haben wir vier – Michael, Dicki, Heinz und ich – den Ort des Geschehens verlassen, sind stracks den Reyesweg runter in Richtung Langermannsweg gegangen und sitzen mittlerweile schon eine Zeit lang auf einer der Bänke des Spielplatzes. Wir sprechen über den gegen uns gerichteten Wutausbruch, dessen Ende wir gar nicht erst abgewartet haben. In dem Zusammenhang berichte ich meinen Freunden ausführlich von dem besagten Gespräch, das ich mit meiner Großmutter führte, gebe möglichst genau ihre Meinung an meine Zuhörerschaft weiter ... Für den Moment scheint alles gesagt zu sein (?). Wir schweigen, sitzen wie stumm da und blicken vor uns auf den Boden. Michael zieht eine verknickte Zigarettenschachtel aus seiner Hosentasche, klariert mit spitzen Fingern das leicht ineinander gedrückte Silberpapier der vermeintlichen Öffnung und hält sie auffordernd in die Runde: »Kommt – ich schmeiß 'ne Lage!« Dicki nimmt sich eine Zigarette, kramt zeitgleich eine Schachtel Streichhölzer aus seiner Jackentasche und sieht mich von der Seite an: »Und du meinst, der Kerl verhält sich so ausgesprochen absonderlich, weil er vor Jahren als Soldat im Krieg schreckliche Dinge erlebt hatte, Grausamkeiten, die er nicht vergessen, sondern nur verdrängen kann, und wir ... wir erinnern ihn an diese Erlebnisse?« Dass zumindest Dicki meiner Erklärung eher skeptisch gegenübersteht, das lässt sich nicht verheimlichen. »Ja, es könnte immerhin sein, dass es sich so verhält. Damals, als wir Jungen im Spiel einen »Cowboy« an den Baum banden, hatten wir in dem Mann vielleicht derartige Erinnerungen geweckt ...«, ich stehe auf, schieße mit dem linken Fuß eine leere Blechdose in Richtung Gebüsch, »und nun erinnert ihn bereits unser Anblick an all das, zieht das Verdrängte wieder zurück in die Gegenwart. Möglich wäre es.« – »Gut, o.k. – es wäre wenigstens mal eine Erklärung«, gibt Heinz im ruhigen Ton seinen Senf dazu, »der Mensch ist mir zwar immer noch nicht besonders sympathisch, wird er mir vermutlich auch niemals sein, aber nun kann ich ihn zumindest ein wenig verstehen.« So kenne ich Heinz, der sich nicht allein mit Autos, Motorrädern und Mopeds ausgezeichnet auskennt, sondern sich obendrein auch stets anderweitig bemüht, eine angenehme Sachlichkeit walten zu lassen.

Das Buch *Die Entstehung der Arten* von Charles Darwin wirft für mich mehr Fragen auf, als es mir beantwortet. Mag sein, dass ich den Inhalt falsch oder gar nicht verstehe. Allerdings habe ich es auch noch nicht ganz bis zum Ende durchgelesen. Möglicherweise erkenne ich etwas später – einige Seiten weiter vielleicht – die Zusammenhänge besser. Gleich nach dem die Angestellte der Leihbücherei (die junge Frau dort, mit ihrem stramm zurückgekämmten Haar, das hinten oben an ihrem Kopfe zu einem großen Knoten gesteckt ist) mir das Buch besorgt hatte, habe ich mit dem Lesen des Buches begonnen. Inzwischen habe ich mir das Ausleihen des Buches von ihr mehrfach verlängern lassen, was allein daran liegt, dass es für mich eben nur schwer verständlich geschrieben ist. Zu meinem Glück stieß ich bei ihr auf Verständnis, ansonsten wird das Ausleihen nicht unbegrenzt verlängert. Ganz unrecht hatte die Radtke jedenfalls nicht, wenn sie mir, einhergehend mit der Empfehlung, den Darwin zu lesen, den Rat gab: »Nicht sofort solltest du das tun, eher ein paar Jahre später. Es ist eine rein wissenschaftliche Lektüre, und sicherlich bist du noch zu jung, um sie verarbeiten zu können.« Anscheinend kennt mich die Lehrerin doch etwas besser, als ich dachte. Einerseits würde ich mich jetzt, wo ich einige der Kapitel bereits mehrfach gelesen habe, gerne mit ihr über den Stoff unterhalten, andererseits wüsste ich wirklich nicht, wo überhaupt eine solche Unterhaltung stattfinden könnte, nein, sollte das innerhalb einer ihrer Biologiestunden oder besser innerhalb einer ihrer Religionsstunden geschehen. Wie auch immer dem sei, alles, was Darwin in seinem Werk schreibt, widerspricht dem, was mir seitens meines Großvaters ans Herz gelegt wurde, das steht schon mal fest. Einer von beiden irrt sich gewaltig, kann sich nur irren! Oder geht beides – gibt es eine Stelle, von der ab sich das eine mit dem anderen verträgt? Ich wünschte, dass mir das endlich jemand erklärt. Meine Großmutter, die kann es nicht erklären, sie kennt sich auf dem Gebiet kein bisschen aus, wie sie selbst zugibt. Mein Großvater vertritt seine altbekannte Meinung und das, ohne nach links oder nach rechts zu schauen, so sieht es mein Vater, der sich da scheinbar auch nicht festlegen will.

———

Ein kurzes Quietschen – das Abbremsen der Räder –, Stahl auf Stahl. Mit einem letzten, kräftigen Ruck hält die U-Bahn parallel zum Bahnsteig an. Ich öffne die Tür und steige aus. Wenn ich rechtzeitig daran denke, dann steige ich in Barmbek möglichst in den letzten Waggon ein, der hält dann in der Station Sierichstraße in unmittelbarer Nähe der Ausgangstreppe, auf der ich den

Bahnhof verlasse. Heute habe ich dran gedacht. Vom U-Bahnhof Sierichstraße bis zu Barbara und Ulrich, die in der Sierichstraße in dem Haus Nummer 60 wohnen, ist es nicht weit zu gehen, ungefähr zwei Kilometer immer geradeaus die Straße entlang. Die Strecke vom Reyesweg nach Winterhude – von uns zu denen – und zurück bin ich auch schon mehrfach mit dem Rad abgefahren, was meine Mutter alles andere als gerne sieht. »Der Verkehr, Alex, der Verkehr!« Sie hat eine ziemliche Angst, wenn ich mit dem Fahrrad unterwegs bin, immer schon, und von Barmbek nach Winterhude – das ist schon eine beträchtliche Entfernung. Sie ist sowieso ein ängstlicher Mensch, hat vor diesem und vor jenem Angst, übertreibt es gerne mit ihren Befürchtungen. Mein Vater sieht das anders. »Der Junge muss doch in den Stadtverkehr hineinwachsen! Irgendwann wird er ohnehin damit konfrontiert, und dann ist es besser, wenn er sich langsam aber sicher darauf vorbereiten kann.« Nicht, dass er völlig unbesorgt ist, mein Vater, das kann man wirklich nicht sagen, aber in solchen Dingen ist er *praktisch* veranlagt … Ich besuche die beiden gerne, meine Schwester und meinen Schwager, egal ob mit dem Rad oder mit der Bahn. Irgendwie geben sie mir das Gefühl, dass sie mich so akzeptieren, wie ich bin – ohne Ausnahme eigentlich! –, und bereits der Weg zu ihnen ist für mich so etwas wie ein gutes Stück Freiheit. So empfinde ich es. Winterhude – eine vornehme Gegend! Die Sierichstraße mit ihren schönen alten Stadthäusern und gepflegten Villen. Eine breite, großzügig angelegte Straße, mit einem alten, erhabenen Baumbestand an jeder Seite. Heute gehe ich besonders gerne diesen Weg, kann ihn doppelt genießen, erlebe eine besondere, eine doppelte Freiheit. Ich schwänze die Schule, bin einfach nicht hingegangen. Meine Mutter weiß das. Sie hat es mir erlaubt. Sie tat das zwar nicht gerne, aber ich konnte ihre Einwände problemlos überwinden. Letztlich gab sie relativ schnell meinem Drängen nach. »Ich fühle mich heute nicht besonders …«, wie sie mich heute Morgen wissen ließ, »habe so entsetzliche Kreislaufstörungen.« Und dass sie sich nicht *fühlte,* das konnte ich ihr auch ansehen. In solchen Situationen fällt es mir nicht schwer, sie zu überreden. Barbara und Ulrich wissen noch nichts davon. Weder von den Kreislaufstörungen noch von dem Schuleschwänzen ahnen sie etwas. Wie auch? Mein Schwager wird nicht zu Hause sein, wie ich annehme. Heute ist Mittwoch, also ein ganz gewöhnlicher Arbeitstag, und um diese Zeit – ein Blick auf meine Junghans: 13:00 Uhr – ist er noch nicht zurück. Hoffentlich ist Barbara da. Ansonsten warte ich im Treppenhaus auf sie, bis sie zurückkommt. Sollte sie nicht im Hause sein, dann ist sie sicherlich nur kurz um die Ecke zum Einkaufen.

Bereits schon der Eingang des Hauses Sierichstraße Nummer 60 ist immer ein besonderes Erlebnis für mich: Vom Bürgersteig der Straße her führt (vom Bahnhof kommend links querab) ein großzügig angelegter Weg zur Eingangstür, die über zwei mit weißem Marmor belegte Stufen zu erreichen ist. Links wie rechts des Weges eine niedrige – vom Bürgersteig her in weit geschwungenen Bogen geführte – Mauer aus gelbem Klinkerstein, deren obere Flächen aus flachen und ein wenig über die Kante der Mauer ragenden Natursteinplatten gebildet wird. Dahinter jeweils eine ansehnliche Rasenfläche, die zur Hauswand hin mit einigen gepflegten Buschanpflanzungen endet. Die schwere hölzerne Eingangstür, die aus einem schmalen, feststellbaren und einem breiten Element – der eigentlichen Zugangstür – besteht, ist mit großen, geschwungenen Glasscheiben versehen, die wiederum von mehreren kleineren, rechteckigen und zum Teil bunten Glasscheiben umrahmt sind. Jede der an den hölzernen Umrahmungen der Scheiben mündenden Kanten des Glases ist fein geschliffen. »Jugendstil!«, betont Ulrich oft und gerne, »Die konnten damals noch bauen.« Ich verlasse den Bürgersteig der Sierichstraße an dieser Stelle, gehe zwischen den beiden Klinkersteinmauern den Weg entlang und über die Marmorstufen bis zur Haustür, öffne sie und betrete das Treppenhaus. Drinnen erwartet mich eine Kühle, eine angenehme, mir bekannte Kühle, eine, die mich jedes Mal aufs Neue zu überraschen versteht. Leicht, nahezu geräuschlos, fällt die Hauseingangstür hinter mir wieder in ihr Schloss zurück. Nach ein paar Schritten in Richtung Fahrstuhl verharre ich für einen Moment in diesem ersten Bereich des Treppenhauses. Stille. Absolute Ruhe. Dazu diese Kühle ... Beidseitig, links wie rechts von mir großflächige Spiegel an den Wänden. Oberhalb der Spiegel und dort mittig jeweils die Figur eines stolzen Schwanes aus Gips. Mit weit auseinandergebreiteten Flügeln sehen sie auf jeden Besucher hinab, erwecken den Anschein, als würden sie die gestrengen Wächter des Hauses sein.

Mein Blick richtet sich zum Fahrstuhl. Die Anlage, die genauso alt ist wie das Haus selber, ist noch voll in Betrieb, wird tagtäglich benutzt. Gerade mal vier (besser drei) Personen zugleich kann die kleine Kabine aufnehmen, ein Kasten aus dunklem, kunstvoll verziertem Holz und geschliffenem Glas, der mittig des Treppenhauses und innerhalb einer eckigen Konstruktion, die mich an einen riesigen Drahtkorb erinnert, leicht rüttelnd auf- und abwärts fährt. Die Kabine wartet irgendwo oberhalb des Erdgeschosses auf ihren nächsten Einsatz, befindet sich auf der Höhe irgendeiner der vier Etagen des Hauses, hier unten ist sie jedenfalls nicht zu sehen. Bevor ich sie jetzt per Knopfdruck

»rufe« und dann abwarten muss, bis sie sich so langsam, aber sicher zu mir herabgehangelt hat – vielleicht steht sie ja ganz oben im Vierten? –, entscheide ich mich heute für die Treppe. Manchmal ziehe ich es sowieso vor, zu Fuß hinauf in die vierte Etage zu steigen, auf der Schwester und Schwager wohnen. Die aus Holz gefertigten und mit einem dunkelbraunen Linoleum ausgelegten Treppenstufen dünsten ihren unverkennbaren Duft aus. Ein Geruch, der sich aus den über die Jahrzehnte in den Belag gesogenen Schichten Bohnerwachs nährt und dem ich immer mal wieder begegne. Trotz der eingeschalteten Treppenhausbeleuchtung liegen die Stufen so gut wie im Dunkel. Zumindest ist das zunehmend der Fall, je weiter ich den Parterre-Bereich verlassen habe, der immerhin noch etwas vom Tageslicht erhellt wird, das durch die Fenster der Haustür dringt ... Ich höre Geräusche – (!?) –, ein leises Rascheln, das scheinbar von oben kommt. Doch, ja, irgendjemand außer mir hält sich ebenfalls hier im Treppenhaus auf, soviel ist sicher. Langsam, den Kopf forschend nach oben gerichtet, nehme ich möglichst leise die nächsten Stufen. »Alex!« – Barbara! Meine Schwester – auf dem Treppenabsatz der zweiten Etage steht sie plötzlich vor mir. »Alex ... was machst *du* denn hier?« Mit umgebundener Küchenschürze, in der einen Hand einen Handbesen und in der anderen ein Kehrblech, sieht sie mich freundlich, aber verwundert an. An der Wand (zwischen den beiden Wohnungstüren, die es auf jeder Etage gibt) lehnen ein Besen und ein Schrubber. Unmittelbar daneben steht ein Eimer aus Zinkblech, über dessen Rand ein nasser Wischfeudel hängt. Barbara und Ulrich bewohnen die sogenannte »Hausmeisterwohnung«, zahlen eine deutlich geringere Miete, als es die übrigen Bewohner dieses »vornehmen« Hauses tun, was aber andererseits natürlich mit einigen Pflichten verbunden ist. Unter anderem ist einmal per Woche das gesamte Treppenhaus dran (von oben bis unten alles durchfegen und danach dann nass aufwischen) und während dieser Arbeit habe ich meine Schwester soeben überrascht. »Hallo ... Ich wollte euch heute unbedingt besuchen ... wenn ich nicht störe ...« – »Nein, nein – ach Quatsch –, du störst mich überhaupt nicht. Natürlich nicht.«

Sie meint es ernst, ihre freundliche Stimme und ihr aufmunterndes Lächeln lassen da keinen Zweifel zu. »Hast du denn heute keine Schule – oder ... sind Stunden ausgefallen?« Sie legt Besen und Kehrblech auf dem Boden des Treppenabsatzes ab und kommt mir entgegen. Wir umarmen uns. Ihr Blick sagt mir, dass sie nun aber eine konkrete Antwort auf ihre Fragen erwartet. »Nein, heute habe ich keinen Unterricht.« Letzteres ist ja nicht gelogen, denke ich mir, heute habe ich tatsächlich keinen Unterricht mehr. Den genauen Umstand dieser Tatsache, den werde ich ihr etwas später erklären, aber nicht hier im Treppenhaus und nicht während der Putzarbeiten. Das Treppenlicht erlischt. Wieder sind die rund drei Minuten abgelaufen, auf die der im Keller installierte Automat die Stromzufuhr für die an den Decken hängenden Lampen begrenzt. Barbara drückt auf den runden, roten Knopf, mittig an der Wand der zweiten Etage, der das Licht erneut einschaltet. Auf jedem Treppenabsatz befindet sich so ein runder Lichttaster, immer auf gleicher Höhe und genau mittig der Wände, die die beiden Wohnungstüren auf Distanz halten. Wenn Ulrich die Reinigung übernimmt, was oft genug der Fall ist, dann klemmt er während der Reinigungsarbeiten stets ein angespitztes Streichholz zwischen den roten, runden Knopf und sein schwarzes, rundes Gehäuse, was ihm ein Dauerlicht garantiert ... »Es dauert nicht mehr lange«, Barbara schnappt sich Besen und Schaufel. »Willst du bei mir bleiben, bis ich hier fertig bin, oder möchtest du lieber oben in der Wohnung auf mich warten?« Sie greift in ihre Schürzentasche, zieht ein Schlüsselbund heraus und hält es mir hin. »Hier, der Wohnungsschlüssel.« – »Ich bleibe. Wir machen den Rest zusammen, dann bist du schneller fertig.« Ich schnappe mir den an der Wand lehnenden Besen. »Soll ich fegen?« – »Wenn du magst – dann fang bitte eine Treppe tiefer an ...« Sie lässt die Schlüssel wieder zurück in die Schürzentasche gleiten. »Von ganz oben bis hierher ist bereits alles erledigt ... Du musst aber nicht!« Sie lächelt. Der Geruch von Seifenlauge zieht zu mir herüber.

Unten, im Parterre, wird soeben eine Wohnungstür geöffnet, kurz darauf dann wieder mit einem Ruck geschlossen. Wie auf Kommando unterbrechen wir beide zeitgleich unsere Arbeit, halten automatisch inne, horchen auf. Ganz offensichtlich wird jetzt ein Schlüssel ins Schloss gesteckt, der die Türe resolut verschließt. Das alles können wir den zu uns dringenden Geräuschen deutlich entnehmen. Ein Tippeln. Kurze, schnelle Schritte, die sich entfernen. »Stöckelschuhe ...« Wieso meine Schwester das in einem für mich kaum hörbaren Flüsterton sagt, das ist mir unklar. Ein Quietschen. Die Haustür wird geöffnet – jemand verlässt das Treppenhaus –, das Zurückfallen in ihre Ausgangsposition, das ist von hier aus nicht wahrzunehmen, das geschieht dafür viel zu leise. Ruhe wieder. »Frau von Reichenbach ...« Meine Schwester flüstert noch immer, macht dabei ein Gesicht, aus dem sich zugleich Anerkennung und so etwas wie Ironie lesen lässt. »Die alte Dame verlässt gewöhnlich um diese Zeit das Haus. Uralter Adel. Schwer reich ...« Während ich nun im lustigen Tonfall und aus verlässlicher Quelle erfahre, wie »wohlhabend« und wie »durchgedreht« die »alte Frau von Reichenbach« doch ist, fegen wir gemeinsam weiter den Staub vom Linoleum. Wieder und wieder schaltet uns der Automat im Keller das Licht im Treppenhaus aus, signalisiert uns dergestalt, dass erneut rundweg drei Minuten vergangen sind. Ich habe das unbestimmte Gefühl, dass er sich stets in den ungünstigsten Momenten in Erinnerung rufen will, ja, wenn man sich beispielsweise nicht auf einem Treppenabsatz aufhält und somit in der Nähe eines roten Knopfes, sondern irgendwo auf den dunklen Stufen zwischen den Etagen.

Wir stehen im Mühlenkamp – ein kleiner Spaziergang von der Sierichstraße entfernt – gleich gegenüber der Straßenbahnhaltestelle, an der Ulrich jeden Moment aussteigen wird ... Wir waren noch keine Viertelstunde mit dem Treppenhaus fertig, Barbara hatte sogar ihre Schürze noch um, saßen gemütlich am Küchentisch und plauderten ein wenig über die neuesten Familienereignisse, als das Telefon klingelte. Sie stand auf, ging über den langen Flur ins Wohnzimmer, telefonierte ein paar Minuten und legte auf. »Ulrich war das. Hab ihm gesagt, dass du da bist. Er freut sich.« Barbaras Information an mich, vom Flur aus, auf dem Weg zurück in die Küche ... »Er fragt, ob wir ihn nachher vielleicht von der Bahn abholen wollen, du und ich. Könnten noch gemeinsam in der Konditorei vorbeischauen und etwas Kuchen kaufen, wie er meinte, zum Kaffee ... Habe zugesagt.« Sie band ihre Schürze ab, hängte sie an den Haken an der Tür und setzte sich wieder zu mir an den Tisch. »Oder – oder hast du keine Lust dazu? Du kannst das ruhig sagen. Ich kann auch alleine gehen, und du wartest inzwischen hier kurz auf uns. Es dauert nicht lange. Wir sind schnell wieder zurück.« Was für eine Frage, natürlich bin ich dabei. Und nun stehen wir hier geduldig an der Straße und schauen in Richtung Innenstadt. »Da hinten – die Linie 14 – mit der müsste er kommen!« Beide haben wir denselben Gedanken. Ich blicke auf meine Uhr: 16:30 Uhr – ja, das könnte stimmen. Die Straßenbahn (ein sich zügig vergrößernder, kastenförmiger *Punkt*, der sich als eine rote Front unterhalb einer relativ großen Glasscheibe erweist, die in ihrer Mitte mit einem runden Scheinwerfer ausgerüstet ist) nähert sich rasch und hält vorschriftsmäßig an geplanter Stelle an. Für Sekunden herrscht an der Haltestelle Mühlenkamp unweigerlich ein ziemliches Durcheinander, was in der Hauptverkehrszeit an solchen Plätzen völlig normal ist. Einige Leute steigen aus, einige ein. Ulrich ist noch nicht zu sehen. Ein kurzes, schrilles Klingelzeichen – die Straßenbahn fährt fahrplanmäßig an. Die Menschenmasse hat sich so schnell aufgelöst, wie sie sich vor nur wenigen Sekunden gebildet hatte. Die Haltestelle zeigt sich nun verlassen. Es wird sicherlich etwas dauern, bis sich hier die Fahrgäste für die nächste Bahn eingestellt haben.

Ein letzter Blick über den Bereich der Straße, in dem mein Schwager eigentlich zu erwarten wäre. Nein, so wie es aussieht, war Ulrich nicht unter den Fahrgästen. Er kommt vielleicht in einer knappen Viertelstunde mit der nächsten Straßenbahn der Linie 14, was zumindest *meine* Geduld auf eine Probe stellt. Oder ... doch, da – mein Schwager –, er kommt direkt auf uns zu, macht einen langen Hals, winkt, ist bereits auf unserer Straßenseite. Wir müssen ihn im allgemeinen Gedränge übersehen haben. Er begrüßt seine Frau mit einem Kuss auf die Wange, schüttelt mir mit festem Händedruck die Hand, was fast gleichzeitig geschieht. »Ihr müsst Tomaten auf den Augen haben, ihr beiden ...«, amüsiert strahlt Ulrich uns an, »ja, ich rufe und winke die ganze Zeit zu euch hinüber, und ihr seht mich nicht, starrt stur und steif genau in die entgegengesetzte Richtung.« Gemeinsam machen wir uns auf den Heimweg, plaudern belangloses Zeug, kaufen wie geplant in der Konditorei schnell noch einige Stücke Kuchen – schließlich wollen wir es uns zusammen noch etwas gemütlich machen, wollen gemeinsam über dies und über das reden ... Immer wieder drängen sich meine eigenen Probleme in den Vordergrund, wollen sich von dem Gerede nur schwer ablenken lassen ... Lastig wie ein Stein (oder wie eine der drei Billardkugeln, die mir mein Vater schenkte) liegt mir der Gedanke an den morgigen Tag auf dem Herzen. Die Schule – heute habe ich sie wieder einmal geschwänzt! –, wer schreibt mir dafür eine Entschuldigung? Meine Gedanken ... Wir sind da, fahren mit dem alten Fahrstuhl bedächtig langsam hinauf in die vierte Etage und steigen aus. Und wieder mache ich die mir ach so vertraute Erfahrung: Die mit dunkelbraunem Linoleum ausgelegten Treppenstufen – sie dünsten auch hier oben ihren unverkennbaren Geruch aus, der sich – wie scheinbar überall in diesen alten Häusern – aus den über die Jahrzehnte in den Belag gesogenen Bohnerwachsschichten nährt. Bohnerwachs ... Ja, einerseits ein gemütlicher und irgendwie auch ein verlässlicher, an Beständigkeit erinnernder Geruch, andererseits aber auch ein armseliger, ein moderiger Geruch.

»Und – war's das?« Die Verkäuferin hinter der Verkaufstheke der Bäckerei Hansen sieht mich erwartungsvoll an. »Ja, danke, das war's!« – »Dann bekomme ich 15 Pfennige von dir.« Mit der linken Hand nehme ich die Tüte mit den drei Punschkugeln entgegen, die sie mir reicht, und mit der rechten Hand übergebe ich zeitgleich das abgezählte Geld. Mein »Auf Wiedersehen!« wird von ihr nicht mehr registriert, wofür ich in dem Falle sogar Verständnis habe. So kurz vor Schulbeginn ist hier nicht selten die Hölle los, da wissen die Leute hinter dem Tresen des Ladens manchmal nicht, wie sie dem Ansturm gerecht werden sollen. Ohne noch groß nach links oder rechts zu schauen, löse ich mich aus der Schlange der mehr oder weniger laut schwatzenden und johlenden Schüler und begebe mich in Richtung Ausgang. Ein Blick auf meine Uhr – zwölf Minuten vor Acht –, es wird allerhöchste Zeit. Der Bäcker ist zwar in unmittelbarer Nähe der Schule, aber trotzdem, einmal über die Straße und dann noch quer über den Schulhof – den Weg muss man von hier aus doch noch hinter sich lassen. Zu spät komme ich eigentlich so gut wie nie. Man kann mir ja einiges nachsagen, aber bestimmt keine Unpünktlichkeit vorwerfen. Kann natürlich vorkommen, dass ich gar nicht erst erscheine, dass ich den Unterricht gleich komplett schwänze, aber zu spät – nein, wenn ich komme, dann bin ich pünktlich an Ort und Stelle. Das ist gewissermaßen eine Ehrensache für mich. Für ein Zuspätkommen würde mir auch keine annehmbare Entschuldigung einfallen, was mir bezüglich eines völligen Fernbleibens keine nennenswerten Probleme bereitet. Ich schaue mich um. Einige Schüler lassen sich beidseitig der Straße sehen, gehen denselben Weg wie ich, auch zu zweit oder zu dritt. Momentan lässt sich niemand aus meiner Klasse blicken, schon gar keine Jungen, die ich zu meinen Freunden zähle. Ich gehe allein.

Meine Mutter hat mir heute Morgen, zwischen Tür und Angel sozusagen, noch schnell einige Groschen in die Hand gedrückt. »Hier, kauf dir was Vernünftiges vor dem Schulbeginn «, hat sie gesagt, » beim Bäcker ein Franzbrötchen vielleicht, und in der Pause dann aber unbedingt eine Tüte Milch, Alex – hörst du!« Ja, ich hatte es gehört, was denn auch sonst. Sicherlich ahnt sie es, dass ich anstatt der *vernünftigen* Franzbrötchen viel lieber die *unvernünftigen* Punschkugeln mit Streuseln mag. Oft genug betont habe ich es ihr gegenüber schließlich. Allerdings – so, wie ich sie kenne, belässt sie es lieber bei ihrer ureigenen Hoffnung, glaubt, was sie eben gern glauben möchte. Was den Milch- oder Kakaotrunk betrifft, der zu Beginn der großen Schulpause, abgepackt in dreieckigen Tüten, zu kaufen ist, den gönne ich mir hin und wieder sogar freiwillig. Milch mag ich absolut gerne, und so wie es aussieht, bin ich längst nicht der Einzige, dem es so ergeht. Davon zeugt immer wieder aufs Neue der große Andrang im Erdgeschoss – vor dem langen Tisch, hinter dem das Hausmeister-Ehepaar diese Tüten in Windeseile ausgibt. Ist man endlich dran, steht in der Schlange der Wartenden vorne, dann geht plötzlich alles wie geschmiert: Einer der beiden Schulbeauftragten nimmt mit der einen Hand das – möglichst abgezählte! – Geld in Empfang, reicht einem zeitgleich mit der anderen Hand den gewünschten Trunk nebst Strohhalm und sticht mit einer metallenen Spitze noch routiniert ein Loch für den Halm in die dreieckige Tüte. Dieser Vorgang erntet immer wieder erneut meine vollste Bewunderung. Ja, zeigt er mir doch, dass es sogar in der Schule Dinge gibt, die zur vollsten Zufriedenheit funktionieren und das, ohne ein einziges, überflüssiges Wort zu verlieren. Das ist alles andere als selbstverständlich.

Den Rest meines Schulweges, von der Bäckerei Hansen bis hier zum Haupteingang der Von-Essen-Straße, den habe ich im Unterbewusstsein abgeschritten, wie im Schlaf gewissermaßen – plötzlich stehe ich vor der untersten der fünf großzügig geschnittenen, kalten Granitstufen, die hinauf und geradewegs in das Innere des Gebäudes führen. Ein wiederholter Blick auf meine Junghans: drei Minuten vor Acht. Bis die Glocke zur ersten Unterrichtsstunde läutet, bin ich längst in der Klasse und sitze brav auf meinem Stuhl. An der mir soeben beim Bäcker überreichten Tüte, die ich abwechselnd mal mit der linken Hand und mal mit der rechten Hand trage, zeichnet sich an einer Stelle ein kreisrunder Fleck ab. Fett! Die Kugeln wurden während des Fußmarsches im gleichmäßigen Rhythmus gegen das Papier gedrückt, und das ist nun das Ergebnis. Ich kenne das. Das gefällt mir zwar nicht, ist aber immer so. Heute habe ich keine Brotschnitten mit, was nicht allein an mir liegt. Ich kann zurzeit eben einfach keine Leberwurst mehr sehen! »Das verstehe ich nun aber wirklich nicht, Alex«, hat meine Mutter heute Morgen noch zu mir gesagt und dabei ein ratloses, etwas enttäuschtes Gesicht gezogen, »*du* warst es doch, der sich die geräucherte Kalbsleberwurst ausdrücklich gewünscht hatte! Und jetzt, mit einem Mal ...« Stimmt einerseits, aber eben nur einerseits. Andererseits verhält sich die Sache nämlich folgendermaßen: Immer dann, wenn mir eines der Brotaufstrich-Angebote, die mir meine Mutter im Laufe der Zeit macht, ganz besonders gut schmeckt und ich daraus auch kein Geheimnis mache, ihr das also zufrieden mitteile, ja, dann kann ich felsenfest damit rechnen, dass ich jenes Angebot ab dann und für die kommenden Tage – und sogar Wochen! – auf meinem Pausenbrot wiederfinde, wenn ich sie bei der Erfüllung ihrer morgendlichen Sorgsamkeit nicht irgendwann bremsen würde. »Ja, schon, das stimmt«, hatte ich ihr heute Morgen etwas flapsig geantwortet, »das war allerdings vor einigen Tagen, und seitdem habe ich tagtäglich Leberwurstbrote mitbekommen, jetzt hängen sie mir langsam zum Halse heraus!« So kam es heute Morgen denn dazu, dass mir noch schnell einige Groschen übergeben wurden, und somit letztendlich – als Folge der

Spende – zu den Punschkugeln von der Bäckerei Hansen ... Das Treppenhaus – die Tür zum Klassenraum steht weit geöffnet. Bevor ich hineingehe, ziehe ich im Flur meine Jacke aus und hänge sie an einen der vielen Haken, die links wie rechts der Tür auf langen, entlang der Flurwand befestigten, dunkel gestrichenen Brettern montiert sind. Heute kann ich mir sogar einen *günstigen* Haken aussuchen – kann einen wählen, der sich in unmittelbarer Nähe der Tür befindet –, was mich durchaus etwas verwundert, weil hier um diese Zeit meistens alles mit allen möglichen Kleidungsstücken zugehängt ist. Manchmal hängen die Klamotten sogar wüst übereinander ... Ich sitze an meinem Platz. Die Schulglocke läutet. Der übliche Lärm, der gleich verstummen wird, wenn der Lehrer eintritt. Die Tüte mit dem Fettfleck schiebe ich in das schmale Fach unter meinem Tisch und schaue aus dem Fenster.

Orange, fast schon kupferfarben, so hat sie sie am liebsten: Stolz ragen die langstieligen Blumen mit ihren auffallend großen Blüten aus der Vase und lassen sich von mir bewundernd betrachten. Eine recht wuchtige, dickwandige Bodenvase, die irgendwann einmal ganz gezielt für jene Pracht angeschafft wurde, die immer mal wieder – so um den Herbst herum – das Wohnzimmer dekoriert. Gestern hatte ich die Chrysanthemen alleine im Blumenladen ausgesucht, bezahlt und meiner Mutter dann überreicht. Alles genau so, wie mein Vater es sich vor einigen Wochen von mir gewünscht hatte, unmittelbar bevor er wieder für Monate abgereist ist. »Wenn es so weit ist, Alex, dann kaufst du dafür bitte deiner Mutter ein paar schöne Chrysanthemen«, hatte er mir augenzwinkernd und mit gedämpfter Stimme zugeflüstert, als er mir den zweimal gefalteten Zwanzigmarkschein unauffällig in die Hand drückte, »damit rechnet sie ganz sicher nicht!« – »Bitteschön! Zum Hochzeitstag!«, mit diesen von mir möglichst feierlich gesprochenen Worten habe ich ihr den bereits im Treppenhaus höchst achtsam ausgewickelten Strauß gleich an der Wohnungstür überreicht, »mit einem herzlichen Gruß von deinem Mann!« Nein – mein Vater hatte richtig getippt , damit hatte sie nun wirklich nicht gerechnet, das konnte ich ihr deutlich ansehen. Mit einem vor Freude strahlenden Gesicht nahm sie die Blumen entgegen und zeigte sich sichtlich gerührt. »Das ist aber wirklich eine gelungene Überraschung für mich. Unser Hochzeitstag ... Dass er daran gedacht hat ...« Von meinem momentanen Platz aus gesehen, von dem Sessel, der vor dem Fenster steht, wirkt die Vase mit ihrem herbstfarbenen Inhalt großzügig, fast schon – ja, etwas erhaben. Ideen hat er, mein Vater, das muss man ihm lassen. Persönlich konnte er die Chrysanthemen seiner Frau zwar nicht überreichen – wie auch, er schwimmt zurzeit mit seinem Pott auf dem Meer –, aber immerhin hat er dafür gesorgt, dass sie sie zu diesem Anlass pünktlich bekommt, ihre Lieblingsblumen.

»Hast du die bei Schlemping gekauft, in der Gärtnerei?« Nachdem sie sich die Vase aus dem Wohnzimmer in die Küche geholt und bis zur Hälfte mit Wasser gefüllt hatte, schnitt sie mit einem Küchenmesser die Stiele der Chrysanthemen auf die richtige Länge und stellte das Ergebnis nacheinander in das Porzellangefäß. »Schön sind die, wirklich, ganz, ganz wunderschön! Und genau *meine* Farbe!« Neun langstielige, orange-kupferfarbene Blüten, die sie, sich an dem Rund der Bodenvase orientierend, nach ihrer Vorstellung anordnete. »Nein«, meine gestrige Antwort, »die sind nicht von Schlemping. Die sind aus dem Laden in der Straßburger Straße. Schlemping hat meist keine schönen Schnittblumen. Die haben sich, was Blumen betrifft, eher auf Topf- und Balkonpflanzen spezialisiert.« Doch, sie hatte sich ziemlich gefreut, meine Mutter. Nun sitze ich hier und betrachte über den Wohnzimmertisch hinweg diese »gelungene Überraschung« aus der Entfernung von rundweg drei Metern. Links, gleich neben dem Sofa, steht sie, die Vase … In der Ecke, vor dem Kachelofen, etwas von der Wand ab und somit deutlich abgesondert. In den nächsten Tagen werde ich meinem Vater von dem Gelingen unseres gemeinsamen Planes schreiben müssen. Das erwartet er auch von mir, da bin ich mir ziemlich sicher. »Wieso auch nicht«, so meine Gedanken, »er beklagt sich ohnehin andauernd darüber, dass er viel zu wenig Post von seinem Sohn bekommt, und dann habe ich doch zumindest schon mal ein vernünftiges Thema parat, worüber ich ihm ausführlich berichten kann.« Das, was ich von mir aus so gerne einmal mit meinem Vater besprechen würde – und zwar dringend –, das bleibt ungesagt, da ist kein Gedankenaustausch möglich, mündlich nicht, weil uns gewöhnlich Tausende Kilometer voneinander trennen, und per Luftpostbrief nicht, weil für das zu Sagende die Aneinanderreihung von geschriebenen Buchstaben allein absolut nicht ausreicht. Es gibt einiges, worüber ich gerne seine Meinung erfahren würde, einiges, was für mich immer nur Fragen, aber niemals brauchbare Antworten aufwirft.

Das Schlafzimmer nebenan, das liegt seit einer knappen Dreiviertelstunde so gut wie im Dunkeln. »Ich muss mich für einige Minuten hinlegen«, hatte sie mir gesagt, »nur einen kurzen Moment, nicht lange.« Alles ruhig jetzt.

Stille in der gesamten Wohnung. Allein das gleichmäßige Ticken der Wohnzimmeruhr auf dem Schrank trägt etwas Leben in diesen bewegungslosen Moment hinein. Die Zeiger stehen auf zwei Minuten vor vier Uhr – gleich wird das Schlagwerk sich melden und die volle Stunde signalisieren. So gut, wie es mir möglich ist, habe ich es mir in meinem Sessel bequem gemacht, sitze mit lang ausgestreckten Beinen (tief zusammengesunken, damit das überhaupt möglich ist) und versuche, meine unkontrolliert schwebenden Gedanken zu sortieren ... Im Treppenhaus wird gerade eine der Wohnungstüren geöffnet und nahezu zeitgleich wieder geschlossen. Dumpf fällt die Tür in ihr Schloss zurück. Schritte verhallen auf dem Terrazzo. Ich lausche und überlege. »Starzinger oder Körber«, sage ich mir, »auf jeden Fall ist es die zweite Etage.« Geräusche ... Geräusche, die ich auch aus meiner Position heraus wahrnehmen kann, ja wahrnehmen muss. Dann wieder diese Stille. Von einem der neun orange-kupferfarbenen Blütenkelche des genau auf Länge geschnittenen Chrysanthemenstraußes löst sich soeben eines der vielen länglichen Blütenblätter. Lautlos fällt es herab, berührt noch kurz den bauchigen Korpus der dickwandigen Bodenvase, bevor es weiter zu Boden schwebt und meinem Sichtbereich entschwindet. Aus dem Inneren der Uhr auf dem Schrank ist ein leise surrendes Geräusch zu vernehmen: Die Mechanik des Schlagwerkes zieht sich auf, damit es die nötige Kraft bekommt, um gleich nachfolgend die zwei mit Filz gepolsterten Hämmer mehrfach gegen die Klangstäbe schlagen zu lassen ... »Vier Uhr!« – die Klangstäbe der Uhr haben ihre Arbeit korrekt abgeliefert, sanft löst sich ihre knappe Botschaft im Raume auf. Nun herrscht wieder absolute Ruhe. Im Treppenhaus, in der Wohnung und, bis auf das gleichmäßige Ticken vom Schrank herunter, hier im Zimmer – Stille. Ja, ich werde es meinem Vater berichten, werde es ihm in den nächsten Tagen schreiben, wie sehr sich seine Frau über die Chrysanthemen gefreut hat.

Stickig ist es hier in unserem Dachbodenverschlag, außergewöhnlich stickig, so empfinde ich es zumindest. Eine drückende, feuchtwarme Luft, die mich mit jedem meiner Atemzüge unangenehm daran erinnert, dass der feine Kohlenstaub, der hier überall hauchdünn auf jeder erdenklichen Fläche lagert, mit jeder meiner Bewegungen unnötig zum Leben erweckt wird. An den rau verputzten Steinwänden wie auf dem Zementboden der Fläche, auf den Balken und Latten der Dachkonstruktion wie auf den quer und senkrecht verlaufenden, ebenfalls hölzernen Verstrebungen der Drahtgitterrahmen, die

die Verschläge voneinander trennen: Überall ruht zumindest der Hauch eines Kohlenstaubschleiers, der sich – unbeabsichtigt aufgewirbelt – kurzzeitig mit dem Dunstkreis verbündet, um sich dann wieder irgendwo auf irgendeine der vielen Ebenen zu legen. Gewitterluft über und in den Straßen Barmbeks, eine Luft, die der Atmosphäre – so hat es den Anschein – einen gewissen eigentümlichen Geschmack verliehen. Vorsichtig puste ich den schwarzen Belag von der Sitzfläche des alten Küchenhockers und setze mich. Mein Blick fällt auf den weißen Kerzenstummel, den ich vor Tagen oberhalb der hier lagernden Briketts gestellt hatte (ein nur spärlicher Vorrat, auf kleinster Fläche turmartig aufeinandergelegt).

Der Kerzenrest ruft mir unverzüglich Herrn Renk in Erinnerung, unseren Hauswirt, der mich hier unter dem Dach keinesfalls erwischen darf. Neben der Kerze ein kleiner Stapel Comic-Hefte. Zwischen den Heften und dem Brikett-Turm zum Schutz der Hefte die mehrfach zusammengefaltete Hälfte einer ausrangierten Wachstuchdecke. Eine angebrochene Packung Zigaretten sowie eine fast volle Schachtel »Welthölzer« lagern hier ebenfalls, allerdings nicht ganz so offensichtlich. Beides, Zigaretten wie Streichhölzer, befindet sich in meinem Versteck, genauer gesagt – sie liegen links vom Turm, am Fuße der schmalen Nische, die sich zwischen den Briketts und dem Schornstein ergibt, auf einem abgesägten Stück Brett. Die gleichermaßen zusammengefaltete zweite Hälfte des Wachstuches, die diesen Schatz vollständig abdeckt, hält einerseits den Kohlenstaub und andererseits unerwünschte Blicke fern. Ein besserer Schlupfwinkel steht mir zurzeit nicht zur Verfügung, jedenfalls fällt mir keiner ein ... Jäh mischt sich der Himmel in meine Gedankenwelt: Ein lang gezogenes, rollendes Donnern aus der Ferne, das nach einer nur sehr geringen Unterbrechung in einem trockenen, überlauten Krachen mündet, zerreißt für Sekunden die Ruhe meiner Umgebung – das zu erwartende Gewitter!

Jetzt, wo mein Fahrrad schon seit Langem nicht mehr hier auf dem Boden in unserem Verschlag steht, ist es auch nicht mehr ganz so beengt in meinem geheimen, ureigenen Rückzugsort. Das fällt mir momentan auf. Allerdings ist es dafür recht dunkel an meinem Platz, was mir auch ein Stück Bequemlichkeit nimmt. Das Gewitterwetter hat den gesamten Reyesweg mehr oder weniger in Finsternis gehüllt und das, was noch an Licht durch das kleine, ovale Lukenfenster in der Dachschräge dringt, das reicht bei Weitem nicht aus, um auch nur ans Lesen *denken* zu können. Die Kerze mag ich heute nicht anzünden, nein, heute irgendwie nicht, ich kann mir auch nicht erklären, warum das so ist. Und, einerseits würde eine einzige Kerze jetzt kaum etwas an Helligkeit bringen und andererseits – lediglich ein erbärmlich kurzer Stummel – wäre sie auch in nur wenigen Minuten heruntergebrannt und somit völlig erloschen. Gut, sei es drum, es ist, wie es ist. Mein Rad befindet sich zurzeit im Keller des Hauses. Es lehnt dort, so gut es eben geht, versteckt in der linken hinteren Ecke von Frau Renks Waschküche – hinter dem emaillierten Waschkessel, der eigentlich nicht mehr benutzt wird – an der Wand. Zwar ist es mir nach wie vor nicht erlaubt, mein *großes* Rad dort unterzustellen, aber ich habe das Gefühl, dass es immer weniger registriert und somit kaum noch nennenswert von den Renks geahndet wird. Wo es früher noch – mit Nachdruck gesprochen – hieß: »Alex! Wie oft habe ich dir gesagt, dass ein Fahrrad nichts in unserem Keller zu suchen hat? Also bitte ... aber schleunigst!«, da kommt heute nur noch ein fast schon Vertrautes: »Alex, wenn das hier nun jeder aus dem Hause täte ... Lässt sich denn wirklich kein anderer Abstellplatz für dein Fahrrad finden?« Mag sein, dass sich das künftig noch einmal ändert, möglich ist es immerhin, ganz sicher bin ich mir da nicht, aber bis dahin nutze ich die Gunst der Stunde, stelle mein Rad dort sicher und trocken ab und verhalte mich ansonsten möglichst ruhig im Keller.

Mehrfach schon wurde das Licht im Treppenhaus eingeschaltet. Frau Marschner aus der Dritten vielleicht, die neugierig zu ihrem Postkasten hinunterging? Herr Kurdamm aus der Dritten vielleicht, der pflichtbewusst seinen Schnauzer Gassi führte? Vielleicht auch die alte Witwe Bonnermann vom Erdgeschoss, die bei Gerkens oder White war und vom Einkaufen zurückkam? Könnte alles sein, wer weiß ... Durch die geöffnete schwere Blechtür des Dachbodens fällt dann jeweils für einige Minuten spärliches Licht in den ansonsten im Dunkeln liegenden Gang, von dem die einzelnen Verschläge abzweigen. Damit ich das Kommen und Gehen auf den Etagen zumindest etwas unter Kontrolle habe, lasse ich diese Tür ganz bewusst einen größeren Spaltbreit offen stehen, allerdings hat es während meiner Anwesenheit heute noch niemand aus dem Hause bis ganz nach hier oben verschlagen, was sich selbstverständlich von einer Minute auf die andere, »übergangslos« sozusagen, ändern kann. Gut, solange ich hier weder eine Kerze brennen habe noch eine meiner Zigaretten rauche, kann man mir ja auch nichts wollen, schließlich halte ich mich ja in *unserer* Parzelle auf, und allein daran kann und wird niemand real etwas Verbotenes finden. Und dennoch ...

Das Gewitter hat nachgelassen, so mein Eindruck, oder »hat sich verzogen«, wie man so schön sagt. Nach einer länger anhaltenden Welle von wiederkehrenden Donner- und Krachgeräuschen ist jetzt lediglich noch ein leichtes Grollen zu vernehmen, das von sehr weit herkommen muss. Es ist auch wieder deutlich heller geworden in meinem kleinen Reich, was ich natürlich sehr begrüße. Ich schnappe mir eines der Comic-Hefte, das auf dem Stapel zuoberst liegende. »Fix und Foxi«, so lassen sich die bunten Buchstaben lesen, die oberhalb des Deckblattes lustig von links nach rechts zu tänzeln scheinen. »Lupo« rennt direkt in den Betrachter hinein, macht ein grimmiges Gesicht, weil er – so wie es aussieht? – wieder einmal über eine riesige Sahnetorte gestolpert ist. Für mich sind die gesamten Hefte des Stapels neu, ich habe sie vor circa einer Woche von Heinz Brücke bekommen, eingetauscht gegen ebenso viele Hefte aus *meiner* Sammlung, die *er* noch nicht kannte.

Siebzehntes Kapitel
September 1960

»Wenn du es nicht willst, Alex, ich meine ... wenn du damit nicht klarkommst ... dann ... dann mache ich es auch nicht ...« Meine Mutter meint es sicherlich gut, davon bin ich überzeugt, trotzdem kann mich das an dieser Stelle weder trösten noch beruhigen. »Irgendwann muss ich mit dir doch darüber sprechen. Wir müssen den Tatsachen doch ins Auge sehen ... können uns den Gegebenheiten nicht völlig verschließen. Du merkst doch sowieso, dass sich da was anbahnt – etwas grundlegend ändert. Oder?« Sie sieht mich fragend an. Schweigen. Allein das Ticken der Wohnzimmeruhr hält sich nicht zurück, verhindert das Absinken in eine unerträgliche Stille. Ja, stimmt, irgendwann musste das leidige Thema auf den Tisch. Ob nun jetzt, morgen oder übermorgen – egal –, unpassend und peinlich ist es ohnehin. Meine Mutter zieht tatsächlich in Betracht, meinen Vater zu verlassen und im Gegenzug den Nachbarn Otto Dau zu heiraten. Das sind ihre Erwägungen. So jedenfalls habe ich das verstanden, was man mir gerade als Ergebnis meines ständigen Nachfragens erklärte. Eigentlich ist damit auch schon alles gesagt, sind die besagten »Tatsachen und Gegebenheiten«, wie sie es nannte, auf den Tisch geworfen. Barbaras und Ulrichs Vermutungen waren also richtig, ihre Andeu-

tungen ergeben jetzt ein klareres Bild für mich. »Du musst etwas besser auf
unsere Mutter aufpassen«, hatte meine Schwester in letzter Zeit wiederholt zu
mir gesagt, »dem Dau, dem traue ich nicht über den Weg!« Und ihre Worte,
die sich anfänglich belanglos und schnippisch, also keineswegs bedrohlich an-
hörten, klingen jetzt, im Nachhinein betrachtet, tief besorgt. Mein Schwager
hatte die seitens seiner Frau angedeuteten »Zweifel« stets nur wortlos durch
ein Kopfnicken bestätigt. Was das aber in der Konsequenz für mich bedeuten
sollte, wie ich wo und wann »besser aufpassen« sollte – ich! –, das war und
ist mir ein Rätsel. »Wenn du damit nicht zurechtkommst, dann werde ich es
bestimmt nicht machen!« Mit der im betrübten Tonfall gesprochenen Wieder-
holung ihrer Beteuerung unterbricht meine Mutter das beschämende Schweigen. »Dein Vater, Alex ... dein Vater ist längst nicht so ein Mensch, wie du es
dir vorstellst ... längst nicht.« Schweigen. »Für mich ist das Zusammenleben
mit ihm alles andere als leicht gewesen.« Das Ticken der Uhr. »Gut, jetzt, wo
er so langsam in die Jahre kommt, wo er älter geworden ist, da hat er sich etwas
gemäßigt, da geht es einigermaßen ... Er ist ja auch selten zu Hause. Wenn ich
an früher denke, damals, als wir noch jung waren, mein Gott ...« Schweigen.
»Im Grunde seines Herzens ist dein Vater ein jähzorniger Mensch, ein Herrenmensch eben ... wie alle Zinsers es sind.« Das Ticken der Uhr. »Er hat sich
mir gegenüber längst nicht immer anständig benommen, Alex, das kannst du
mir glauben. Frag deine Großmutter, die kann dir das bestätigen.« Schweigen.

Die wird mir das bestätigen! Ja, das glaube ich bedenkenlos, wenn es ums
Bestätigen geht, ums Beteuern, dann mangelt es innerhalb unserer Familie
nicht unbedingt an einschlägigen Wortmeldungen. Momentan hilft mir das
jedoch nicht weiter. Keinen Schritt! »Unsere Mutter ist nicht gesund«, so
meine Schwester, »sie ist derzeit sehr labil. Er nutzt das vielleicht aus!« Mit
»labil« bestätigt Barbara vermutlich das, was auch Doktor Weser fortwährend befürchtet, wenn er mit seiner Patientin über ihren besorgniserregenden
Gesundheitszustand spricht, und mit »Er« meint Barbara den Nachbarn,
Versicherungsmakler, Schachspieler und Briefmarkensammler Otto Dau. So
wie meine Mutter mir jetzt ihre Situation schildert, wie ich mit ihr dergestalt gemeinsam in ihre Vergangenheit schaue, ist sie mit ihrem Leben höchst
unzufrieden, und sie hofft eindringlich, dass sich das durch die Trennung
beziehungsweise neue Bindung schlagartig ändert, also zum Guten wenden
wird. Mich trifft diese Nachricht wie ein Blitzschlag! Wie ich vermute, weiß
mein Vater noch nichts von den Plänen seiner Frau, erahnt es nicht einmal,
was sich da mittlerweile angebahnt hat ... »Weiß Papa von deiner Entschei-

dung?« Ich blicke sie an. Ein verzögertes Achselzucken, verbunden mit einem starren Blick in Richtung Teppich – wortlos –, bestätigt meine Befürchtung. »Seit wann habt ihr das beschlossen, du und Otto Dau?« Ein ungehörig langes Schweigen von einigen Sekunden lässt diese meine Frage mehrfach durch den Raum schwirren. Dann: »Nein, Alex ... nein. Noch ist nichts fest beschlossen, gar nichts. Das musst du mir glauben. Und ich sage es dir noch einmal ...« – »Ja, ja, ich weiß, wenn ich es nicht möchte, dann wird nichts aus der Sache, nichts mit der Trennung und somit auch nichts mit einer neuen Heirat, ich habe begriffen.«

Es ist mir nun nicht mehr länger möglich, meine Gefühle – eine erbarmungslos hitzig rotierende Mischung aus Wut, Ratlosigkeit und Angst – zurückzuhalten: Wie ein abgeschossener Pfeil schnelle aus dem Sessel hoch, schiebe ihn mit einem kräftigen Schwung nach hinten weg, sodass er mit einem dumpfen Aufprall an die Kante der Fensterbank stößt, und stürme aus dem Raum hinaus. Es kommt mir vor, als habe ich die Flucht in mein Zimmer mittels nur eines einzigen Schrittes geschafft. Abermals mit einem kräftigen Schwung schleudere ich hinter mir die Türe zu, die sich mit einem lauten Knall in ihren Rahmen presst, was sicherlich im gesamten Haus vernehmbar ist. Mein Reich, mein Zufluchtsort – hier werde ich die Ruhe finden, die ich für Ablenkung und klare Gedanken unbedingt benötige. Das ist zumindest meine Hoffnung. Distanz, Ungestörtsein, Schweigen – das Fensterbrett, mein suchender Blick aus dem Fenster, hinunter auf den Reyesweg, auf die Linden links wie rechts der Straße mit ihrem leicht im Winde rauschenden Blattwerk ... »Alex ...« – »Alex, lass uns doch reden ...« Noch ist an die von mir ersehnte Ruhe wohl kaum zu denken. Zwar bleibt immerhin meine Tür geschlossen, keineswegs aber lässt das Bestreben nach, mich real in einer Flut von Erklärungen zu ertränken, was sich mir überdeutlich zu erkennen gibt. »Wir können über alles in aller Ruhe reden ...« – »Keine Angst, ich komme nicht zu dir herein.« – »Ich gehe jetzt erst einmal in die Küche und koche uns eine Kanne Kaffee.« Schritte über den Flur, Worte aus der Küche. »Und wenn du möchtest, Alex, dann setzen wir uns vielleicht etwas später wieder zusammen und besprechen alles gemeinsam in aller Ruhe, ja?« Ich fühle mich nicht mehr angesprochen, erwidere nichts. Meine Mutter kennt mich. Das Wagnis, in dieser Situation meine Tür vom Flur aus zu öffnen, zieht sie nicht in Erwägung. Das ist auch gut so. Gegenwärtig will ich sie weder sehen noch hören. Niemanden will ich jetzt sehen, und niemanden will ich jetzt hören. Ich will alleine sein, alleine mit mir und meinen Gedanken.

Wo mag mein Vater jetzt wohl sein mit seinem riesigen Tanker, wo auf der großen weiten Welt und auf welchem der Meere befindet er sich zurzeit? In seinen Briefen schreibt er es uns eigentlich verlässlich, teilt uns, sowie und soweit sie ihm bekannt ist, seine Reiseroute relativ genau mit, nennt uns sogar die Namen der Häfen, die er dort anläuft. Allerdings zeigen wir nicht besonders viel Interesse an diesen Dingen, das muss man auch sehen. Darüber hat mein Vater sich bereits mehrfach beklagt, meist im Zusammenhang mit dem Vorwurf, dass wir ihm zu wenig schreiben. »Ihr müsst euch das bitte einmal vorstellen, wie es ist, wenn man nach so vielen Wochen auf See endlich den nächsten Hafen erreicht hat, und jeder Mann an Bord bekommt zumindest *einen* Brief von zu Hause, von seiner Familie, seiner Frau, seinen Kindern ... Jeder bekommt Post – jeder! –, nur ich mal wieder nicht.« Mit diesen Worten hatte er sich einmal bitterlich bei uns darüber beklagt, hat uns beide dabei in einer Weise angesehen, seine Frau und seinen Sohn, die ich nicht vergessen habe. Seine Frau kann es ja auch kaum vernünftig begründen, dass sie so wenig schreibt, kann beispielsweise unmöglich sagen, dass sie keine Zeit für einen regelmäßigen Brief hätte. Zeit hat Anneliese Zinser mehr als genug! Den wahren Grund, nämlich mangelndes Interesse, kann und darf sie ihrem Mann nicht mitteilen. Und was mich betrifft, seinen Sohn Alexander Zinser, ich hätte ebenfalls die Zeit, könnte problemlos zwei, drei oder vier Briefe zwischen den Reisen schreiben, könnte über dies und über das berichten – Belangloses anführen –, könnte die Post, die mein Vater von mir erwartet, anstandslos schicken. Aber ich wiederum habe zwar Interesse, kann ihm aber aus gutem Grunde unmöglich *das* schreibend mitteilen, was mich zutiefst bewegt ... Vermutlich sitze ich hier schon eine ganze Weile an meinem Fenster. Wie lange genau – das kann ich nur erahnen. Es ist auch nicht wichtig. Aus der Küche heraus duftet es nach frisch gebrühtem Kaffee.

———

»Na klar weiß ich, was ›Care-Pakete‹ sind, und ich kann dir auch genau erklären, was es mit denen auf sich hat!« Vergessen hatte ich meine diesbezüglichen Fragen nicht, und die Idee, Herrn Gerkens daraufhin anzusprechen, die war also nicht schlecht. Dachte ich es mir doch, dass der alte Mann sich auch da auskennt, und jetzt, wo wir ganz alleine in seinem Laden sind, ist die Gelegenheit günstig. »Kurz nach dem Krieg, da ging es den Menschen in Europa zweifelsohne ziemlich dreckig. Vieles war zerstört, lag in Schutt und Asche am Boden ...«, mein Gesprächspartner war spürbar in seinem Element, »was teilweise bis zum heutigen Tag der Fall ist. Ein paar Jahre wird das gewiss noch dauern, bis die letzten Spuren der Zerstörungen verwischt sein werden. Aber gleich nach dem Ende des Krieges, in der unmittelbaren Zeit danach, da war es am Schlimmsten, wie es sich denken lässt. Es fehlte bereits an dem Allernötigsten. Es mangelte an vernünftiger Bekleidung, an wichtigen Medikamenten und natürlich an gesunder Nahrung – an Lebensmitteln.« Herr Gerkens hält plötzlich inne und sieht mich fragend an: »Wie kommst du überhaupt auf ›Care-Pakete‹, Alex, habt ihr welche bekommen?« – »Nein, nein, wir nicht, aber ich kenne Leute, die welche bekommen haben.« In wenigen Sätzen erzähle ich von dem Erlebnis, das ich vor einiger Zeit bei meinem Freund hatte, von dem schweren Paket, das seine Eltern auf dem Küchentisch auspackten und von dessen Inhalt. Gerkens überlegt kurz, faltet seine Hände – ein Zeichen, dass er entspannt ist – und fährt dann fort: »In den USA wurde im Jahre 1945, also vor rund eineinhalb Jahrzehnten, eine Hilfsorganisation namens ›Care‹ gegründet, und seit dem Jahre 1946 versendet jene Organisation solche Lebensmittelrationen an bedürftige Menschen. Meines Wissens gingen bisher die meisten Pakete nach Deutschland und Österreich. Eine gute, eine menschenfreundliche Initiative, das kann ich nicht anders sagen ...« Gerkens unterbricht – die Ladentür wird geöffnet – und sieht an mir vorbei zum Eingang. Ich drehe mich um. Frau Tänzer betritt das Geschäft, grüßt in den Raum und schließt leise die Tür hinter sich. Sie kauft selten bei Gerkens ein. Seit dem Selbstmord ihres Mannes lässt sie sich kaum noch auf der Straße blicken. Wir – der alte Gerkens und der junge Zinser – erwidern betont freundlich ihren Gruß. Mit zwei kurzen Schritten steht Frau Tänzer direkt neben mir, lächelt mich von der Seite her an, während sie etwas unbeholfen eine Einkaufsliste aus ihrer Manteltasche fingert. »Was darf es denn heute sein?« Der Krämer widmet sich umgehend seiner Kundin, die mich nun daraufhin fragend ansieht. Gerkens ahnt sofort ihre Bedenken, klärt die im Raume schwebende Frage eilig auf: »Der junge Mann hier ist bereits mit seinem Einkauf fertig – sie sind jetzt dran!« Mit einem Kopfnicken bestätige ich das Gesagte, lächle beide kurz an und wende mich zur Tür. »Und, Alex«, Gerkens spricht jetzt hervorgehoben leise, so, als könne er es tatsächlich in dieser Weise hinkriegen, dass alleine *ich* seine Worte verstehe, »wir können gerne noch einmal drüber sprechen. Die Pakete aus Amerika – da gibt es für dich noch einiges zu erfahren. Eigentlich soll die Aktion nämlich noch in diesem Jahr auslaufen, so habe ich es jedenfalls in der Zeitung gelesen …« – »Danke …«, ich flüstere nicht, gebe mir keinerlei Mühe, auffallend leise zu sprechen, »ja, das interessiert mich, da komme ich sicher in den nächsten Tagen noch mal darauf zurück!« Mit dem Einkaufsnetz an der linken Hand und einem deutlichen »Tschüss!« verlasse ich den Laden. Eine interessante Angelegenheit, denke ich mir während des Hinausgehens, eine, über die ich gerne noch einmal und auch ein bisschen ausführlicher mit ihm sprechen möchte, wo er sich doch so gut mit dem gesamten Vor- und Nachkriegs-Drumherum auskennt. »Lebensmittelrationen an bedürftige Menschen«, sagte Gerkens, an »Bedürftige«, ich wusste beispielsweise nicht, dass die Familie Holtan *bedürftig* ist. Aber vielleicht habe ich das ja auch nur falsch verstanden.

Da unten im Reyesweg auf dem Bürgersteig, da steht er wieder. Ich kann ihn deutlich erkennen. Auch von hier oben, aus der Höhe der vierten Etage und am Fenster meines Zimmers stehend, ist das möglich. Krank ist er, »war im Krieg verschüttet«, so heißt es. Da steht er nun, dieser große, schlanke Mensch mit seinem ewig lächelnden Gesicht. Wie alt er wohl sein mag? So um die fünfundzwanzig Jahre vielleicht? Dann war er im Krieg, als das geschah, noch ein kleines Kind. Meine Großmutter meint, dass das mit dem geschätzten Alter (so um die 25) hinkommt. Genau sagen könne man es aber nicht. Das Alter ist bei derartig kranken Menschen nur sehr schwer zu schätzen, was hauptsächlich daran liegt, dass sich solche »bedauernswerten Seelen«, wie meine Großmutter sie nennt, in jeder Beziehung anders bewegen, als es normale Menschen tun. »Das fängt bei der Körperhaltung an und hört beim ewigen Grimassenschneiden auf«, sagt sie, »und das ständige Gezappel, das macht einem das Einschätzen auch nicht gerade einfach!« Wo er wohnt, das wissen wir ebenfalls nicht, kann aber nicht weit weg sein, sein Zuhause. Manchmal lässt er sich über eine längere Zeit nicht blicken, und dann steht er ganz plötzlich wieder vor einem. Wie aus dem Nichts heraus taucht er auf, steht da, zappelt ein wenig in alle Richtungen, während er überaus freundlich lächelt. Gewöhnlich geht er ein paar tänzelnde Schritte, bleibt dann stehen, verharrt einige Minuten am Fleck, lächelt, zappelt, geht weiter, bleibt erneut stehen … und so weiter. Stören tut er nie, das heißt, *mich* stört er nicht. Auf jeden Fall ist er eine harmlose Erscheinung. Seinen Namen wüsste ich gern, habe wiederholt versucht, ihn danach zu fragen, was immer vergeblich war. Er sah mich nur an, lächelte freundlich, schob seinen Kopf in den Nacken, unterbrach kurz sein Lächeln, richtete seinen Kopf wieder nach vorne, richtete ihn so weit er konnte zur Seite, zur linken, glaube ich, und lächelte wieder. Gesagt hat er aber nichts, nicht ein einziges Wort. Nicht etwa, dass er keinen Ton von sich gibt, das macht er schon, aber jene Töne, eher unkontrollierte Laute, die haben mit dem, was wir Sprache nennen, nichts gemeinsam, nicht das Geringste. Diese Töne, die kommen wie aus einem tiefen Inneren heraus, klingen so, als würde nur er, jene »bedauernswerte Seele«, sich in dieser Weise äußern können. Ein lang anhaltendes Röhren ist es, das, was die Stimmlage betrifft, tief beginnt und in einem spitzen, hohen Singsang mündet. So in etwa könnte man es beschreiben. Auffallend ist auch seine akkurate Kleidung, die er am Körper trägt. Meist kommt er – wie heute auch – mit Jackett und Anzughose gekleidet daher, in Braun oder Grau, beides augenfällig sauber und gebügelt.

Und da unten steht er nun wieder, hat sich in unmittelbare Nähe der Linde gestellt, dort, wo der Weg vom Hauseingang auf den Bürgersteig trifft. Zappeln tut er momentan nicht, das nicht, er steht nur in der für ihn typischen geraden Haltung vor dem Baum, hält die Arme locker angewinkelt vor die Brust und tippt die Fingerspitzen beider Hände wie im Takt gegeneinander. Wie lange er wohl verschüttet war? Verschüttet … »Während der Fliegerangriffe erging es vielen Menschen so«, erklärte mir meine Großmutter, »die Sirenen heulten auf, und die Menschen verließen fluchtartig ihre Wohnungen. Wer im Bunker – der erwartungsgemäß immer nur eine begrenzte Anzahl an Schutzsuchenden aufnehmen konnte – keinen Platz mehr fand oder es nicht mehr rechtzeitig bis dorthin schaffte, was immer wieder vorkam, der flüchtete in den Keller des Hauses. Die Flugzeuge warfen ihre Bomben ab. Die Zerstörung begann erneut. Alles explodierte, brannte. Oftmals fielen die getroffenen Häuser in sich zusammen und begruben die ängstlich in den Kellerräumen harrenden Menschen unter einem großen Haufen Schutt. Nach dem Fliegerangriff versuchten Hilfstrupps jene armen Seelen aus ihrer misslichen Lage zu befreien, leider nicht immer mit dem erhofften Erfolg. Einige konnten nur noch tot aus den Trümmern geborgen werden, andere zwar lebend und ohne sichtliche Verletzungen, aber erst nach Stunden oder sogar Tagen – man muss sich das einmal vorstellen! Und jene Menschen, die man *irgendwann* aus den engen, dunklen, kalten grabähnlichen Verliesen zog, die sind bis an ihr Lebensende gekennzeichnet. So etwas geht nicht spurlos an einem vorbei. Das kann ein Mensch nicht ertragen …«

In letzter Zeit spreche ich mit meiner Mutter nahezu jeden Tag über die Tatsache, dass sie mit ihrem Leben keinesfalls zufrieden ist und dass sie nunmehr dringend eine Änderung herbeiführen möchte. Zwar merke ich, dass sie während der Gespräche das Wort »Scheidung« ganz bewusst vermeidet, dennoch läuft aber alles, was sie andeutet und was sie sagt, mehr oder weniger zielsicher darauf hinaus, dass sie genau das – eine Trennung – beabsichtigt. So empfinde ich es zumindest. Scheidung! Mittlerweile habe ich mich an diesen Gedanken gewöhnt, zumal ihre Argumente nicht gänzlich von der Hand zu weisen sind, was allerdings nicht heißen soll, dass ich dem Entschluss zustimme. »Ich gehe daran kaputt ... gehe langsam aber sicher zugrunde«, betont sie nahezu bei jeder passenden Gelegenheit mit weinerlicher Stimme, wenn sie von ihrem Dasein spricht. »Meine Angstzustände, meine Kreislaufstörungen ... all das hat doch einen Grund!« Es tut ihr immer gut, wenn sie sich ihre Sorgen von der Seele reden kann, danach geht es ihr jedes Mal wesentlich besser. Ein Zustand, der aber leider nicht lange anhält. »Mit dir kann ich über solche Dinge sprechen«, sagt sie mir gerne, »du verstehst mich wenigstens.« Wie ich vermute, ist sie davon überzeugt, dass ich stolz darauf bin, dass sie mir eine solch wichtige Rolle zugesteht, und irgendwie verhält es sich auch so, das kann ich nicht leugnen. Andererseits komme ich mir immer wie ein Verräter vor, wenn ich mich mit ihr über eine Sache unterhalte, die sich letztendlich eindeutig gegen meinen Vater richtet. Klar, ich kam mit Otto Dau immer ganz gut zurecht. Er ist ein witziger und kluger Mensch, war (ist?) irgendwie sogar so etwas wie – ja! – ein Freund für mich, den ich nicht missen mochte. Nichtsdestotrotz hat meine Sympathie für ihn schlagartig nachgelassen, seitdem ich damit rechnen muss, dass er an die Stelle meines Vaters tritt. Ich möchte jetzt nicht mehr, dass er »nur mal eben kurz vorbeischaut«, wie er es gewöhnlich fröhlich flötend nennt und dann noch über Stunden bleibt. Nein, ich will mit ihm weder meine Briefmarkensammlung sortieren noch will ich Schach mit ihm spielen, das ist endgültig vorbei. Alles um mich herum befindet sich in einem Durcheinander, ist verworren und kompliziert. Das, was mir zu denken bleibt, was mir zu tun und zu lassen bleibt, das erinnert mich an eine jener »Zwickmühlen«, mit der man während des Mühle-Spielens konfrontiert werden kann, nur, dass sich die leidige, mitunter völlig ausweglose Situation vis-à-vis so einer Zwickmühlen-Spielstellung in der Regel nach nur wenigen Minuten Enttäuschung und Ärger von selber auflöst.

Ob meine Mutter, wenn sie sich denn von meinem Vater trennen würde, ab dann, zusammen mit unserem Nachbarn, tatsächlich ein besseres Leben hätte, das ist auch noch die Frage. Sie streiten immer öfter miteinander, meine Mutter und Otto Dau, und nicht nur »mal eben so«, wie man halt mal miteinander streitet. Mehrmals habe ich das mitbekommen, meist in meinem Bett liegend und durch die Wand hindurch, die mich vom Wohnzimmer trennt. Sie reden miteinander, versuchen, das möglichst leise zu tun, vergessen sich dann aber immer wieder zwischendurch. Nach dem, was ich auf diese Weise zwangsweise mitbekommen habe, ging es beim letzten Mal um einen Umzug (?), um das Umziehen in eine Eigentumswohnung (?). Aber sicher bin ich mir da nicht. Wie gesagt: Wortfetzen, gefiltert durch die Mauerstärke einer Trennwand ... Zu gerne würde ich darüber mit jemandem sprechen, mit jemandem, von dem ich annehmen darf, dass er mir einen brauchbaren Rat geben kann, wüsste aber nicht, wer das sein könnte. Mein Großvater, Hans Quandt, der kann der von mir ersehnte Ratgeber nicht sein. Längst besuchen wir ihn nicht mehr regelmäßig in der Ölmühle, um – wie es verabredet war – in seiner kleinen Einzimmerwohnung die einen oder anderen Putz- und Reinigungsarbeiten zu erledigen, und zu uns nach Hause zum Essen eingeladen haben wir ihn auch lange nicht mehr. Das liegt meiner Meinung nach nicht zuletzt auch daran, dass seine Tochter seine christlichen Ratschläge fürchtet. In ihrer momentanen Situation möchte sie dem lieber aus dem Wege gehen, was ich wiederum durchaus nachempfinden kann. Ihr Vater hat für jedes ihrer Probleme stets ein und dieselbe Medizin parat: »Lies in der Bibel und gehe in die Zusammenkünfte, dann geht es dir gut!« Genau diesen Rat bekomme ich von meinem Großvater selbstverständlich ebenfalls regelmäßig als Allheilmittel zu hören, so wie ihn tatsächlich *jeder* zu hören bekommt, der mit ihm in irgendeiner Weise ins Gespräch kommt und nicht wie er ein standhafter Zeuge Jehovas ist. An meine Großmutter werde ich mich in dem Fall ebenfalls nicht wenden können, und aus gutem Grunde nicht. Ihre Meinung kann ich problemlos vorab erahnen. Sie kann meinen Vater sowieso nicht besonders gut ab, und was sie von Otto Dau hält, den sie als »angenehm witzig, hochinteressant und für das genaue Gegenteil eines ›Langweilers‹ hält, der stracks seinen Weg geht«, wie sie sich ausdrückt – sie mag ihn! –, daraus macht sie absolut kein Geheimnis.

»Wenn man es genau nimmt, dann ist das einzig und allein die Angelegenheit deiner Eltern«, beteuert mein Schwager Ulrich mir mit Nachdruck, »ich für meinen Teil halte mich da jedenfalls konsequent raus!« Was mich betrifft – ganz so einfach ist es für mich nicht. Mal ganz abgesehen davon, dass hier immerhin eine Entscheidung getroffen werden soll, die auch mein Leben

völlig ändern könnte, werde ich doch immer und immer wieder nachdrück-
lich von meiner Mutter nach meiner Meinung gefragt, ja förmlich gedrängt
sogar, sie mit einzubringen! »Wenn du es nicht willst, dann mache ich es
auch nicht!«, so Anneliese Zinser, und ich werde dabei das unangenehme
Gefühl nicht los, dass es schon ziemlich feststeht, was sie letztendlich von
ihrem Sohn hören möchte ... Wie auch immer dem sei, Personen, die nicht zu
meiner Familie gehören, die kommen für mich erst recht nicht als Ratgeber
infrage, jedenfalls nicht direkt, das ginge eindeutig zu weit, das wäre mir mehr
als nur peinlich. Höchst unangenehm war mir beispielsweise die Situation,
als anstelle meines Vaters Otto Dau zusammen mit meiner Mutter zu der
»Kriemhild und Siegfried Aufführung« erschien, dem Theaterstück, das die
Frotzer mit der Klasse eingeübt hatte. Wohl nicht ganz grundlos, mein Gefühl,
wie ich im Nachhinein denke, ich meine nämlich bemerkt zu haben, dass
sowohl einige der gegenwärtigen Eltern als auch Lehrer Schulz, der während
der gesamten Vorführung anwesend war, die beiden mehrfach von der Seite
her *fragend* angesehen haben.

Oktober 1960

Jetzt, im Herbst, wo es merklich auf den Winter zugeht, da kann ich mir
wieder im Gewächshaus der Gärtnerei ein zusätzliches Taschengeld verdienen.
»Na, Alex, kommst du zum Helfen? Da warten einige Zentner Koks bei mir
im Keller, die dringend nach oben geschafft werden müssen!« So vor einigen
Tagen der nette Herr Schlemping, als ich ihn im Vorbeigehen auf der Straße
antraf. Zusammen mit dem Eisenbahner Wiegand stand er auf dem Bürgersteig vor dem Haus Nummer 26. Die beiden unterhielten sich angeregt, Gärtner Schlemping wie gewohnt mit einem Fläschchen Underberg Magenbitter
in der Hand. »Würde ich gerne machen ...«, hatte ich sofort geantwortet. Bin
dann kurz – mehr andeutungsweise als wirklich – stehen geblieben. »Soll
ich auch meinem Freund Bescheid sagen? Wir würden dann wieder zu zweit
kommen und die Kohlen hochtragen«, fragte ich ihn noch – bereits wieder
einige Schritte weiter –, aber das hat er nicht mehr gehört oder – vielleicht
auch das? – nicht hören wollen. Er hatte sich wieder dem Eisenbahnbeamten
zugewandt. Als ich zurückkam, ich war kurz in der Leihbücherei, standen sie
immer noch vor dem Eingang und redeten aufeinander ein, der Gärtner mit
seiner ausgebeulter Hose aus dunkelbraunem Cordstoff und der Eisenbahner

in seiner offensichtlich etwas zu engen Uniformjacke. Ich denke, die erzählen sich gerne gegenseitig die abenteuerlichsten Dinge. Auch wenn einige Leute aus dem Reyesweg über sie herziehen – man hört ja so einiges aus der Nachbarschaft –, auf mich machen die beiden einen zufriedenen Eindruck. Was den Schlemping betrifft, für den hat meine Mutter auch was übrig. »Der hat zwar keinen einzigen Zahn mehr im Mund, der olle Suffkopp, aber trotzdem ein freundliches Lachen!« Doch, irgendwie mag sie solche Menschen.

»Warte einen Moment, Alex«, mit ihrem Portemonnaie in der Hand kommt mir meine Mutter aus der Küche entgegen, »dafür bekommst du natürlich eine Belohnung von mir!« Heute Vormittag wurden uns für den Winter Briketts angeliefert, die ich gleich nach der Schule, wie von mir gewohnt, ordentlich gestapelt habe. Vor einer guten halben Stunde war ich mit meiner Arbeit fertig, habe mich kurz gewaschen, komme soeben aus dem Badezimmer und will noch schnell mit dem Fahrrad zur Tauschbude in die Dithmarscher Straße fahren. Die für den Tausch ausgewählten Comic-Hefte unterm Arm, stehe ich im Flur und habe die Türklinke bereits in der Hand. »Nicht nötig, danke. Ich muss mich jetzt aber wirklich etwas beeilen. In einer halben Stunde schließt der Laden.« Ohne eine Antwort abzuwarten, stürme ich ins Treppenhaus und – so gut es eben mit einem beachtlichen Stapel an Heften am Körper möglich ist – die Treppen hinunter. Mein Fahrrad steht im Eingangsbereich direkt vor der Haustür. Ich weiß, Herr Renk sieht es nicht gerne, beziehungsweise er verbietet es mir sogar, aber jetzt fahre ich schließlich erst einmal weg, und wenn ich zurückkomme, dann werde ich es zur Abwechslung mal wieder brav auf den Dachboden tragen. Jetzt, wo die neu gelieferten Briketts gestapelt sind, der Verschlag aufgeräumt ist, hat das Rad dort ausreichend Platz. Die Tauschbude trägt ihren Namen »Bude« eigentlich völlig zu unrecht. Es ist eben keine *Bude* mehr. Allerdings war es einmal eine solche Hütte, eine am Rande der »Dithmarscher« mutterseelenallein stehende, aus Brettern zusammengezimmerte Hütte, in der man gebrauchte Comics kaufen oder auch seine alten Hefte eintauschen konnte. Was das Tauschen betrifft, so läuft das hier nach wie vor nach einer ganz einfachen Regel ab: Für jeweils zwei abgegebene Hefte kann man sich eins aus dem Angebot aussuchen und mit nach Hause nehmen. So ist das – seit Jahren schon. Um ein Heft zu erhalten, müssen zwei Hefte abgegeben werden. Einerseits eine gute Sache, wie ich finde, weil man auf diese Weise recht unkompliziert an Comics rankommt, die man noch nicht kennt, andererseits halbiert sich jedes Mal der Bestand. Gut, mehr als einmal (allerhöchstens zweimal) lesen kann ich die Geschichten auch nicht, also – was soll's. Nein, heute ist es wahrlich keine allein in weiter Flur stehende Bude mehr. Heute ist es ein recht passables Geschäft, mit einer richtigen Ladentür, einem großen Schaufenster und – drinnen wie draußen – allem dazugehörigen Drum und Dran, das sich zwar so ungefähr an gleicher Stelle, aber nunmehr nicht mehr auf einem unbebauten Gelände, sondern innerhalb einer ordentlichen, stabil gemauerten Ladenzeile befindet. Absolut kein Vergleich zu früher ...

Gleich bin ich am Ziel, was auch langsam Zeit wird. Mit dem Stapel Hefte unterm Arm ist es auf Dauer nicht gerade leicht, das einhändige Fahrradfahren. Hoffentlich hat die Tauschbude noch so lange geöffnet, bis ich mir in Ruhe einige Hefte ausgesucht habe ... Na, jedenfalls sind die Briketts schon mal gestapelt, schön ordentlich, möglichst eng an der gemauerten Wand hoch und fortwährend im Wechsel – eine Lage längs und eine Lage quer –, damit sie nicht etwa irgendwann nach vorne umkippen. Mehrere Zentner Briketts und Eierkohlen haben sie uns geliefert. Gestapelt werden natürlich nur die Briketts. Die Eierkohlen, die die Träger aus den Säcken einfach mittig des Verschlags zu einem beträchtlichen Berg auf den Zementboden schütten, werden in die äußerste Ecke des Verschlags geschaufelt, in den Winkel hinein, wo die Ziegeln des Daches auf den Zementboden stoßen. Damit man sich überhaupt in dem Verschlag einigermaßen drehen kann, muss dieses Umschaufeln zuallererst geschehen. War 'ne ziemlich anstrengende Angelegenheit. Wenn die Männer wieder weg sind, dann muss natürlich gleich im Anschluss das gesamte Treppenhaus – vom Boden bis hinunter zum Erdgeschoss! – gefegt und gewischt werden, das ist ja klar. Die dicken Sohlen der Stiefel, die die Männer tragen, die verteilen beharrlich den aus den Säcken rieselnden Kohlenstaub im ganzen Haus – und wenn es dann noch während der Lieferung regnet ... Das muss man erlebt haben – ein unvorstellbarer Dreck. Trotzdem, die eigentliche, die *richtige* Arbeit, die haben selbstverständlich die Kohlenträger geleistet. Meine Mutter sagt, dass sie fast eine geschlagene Stunde schwitzend treppauf treppab gelaufen sind, die vom Kohlenhöker geschickten Männer, die sich mit den zentnerschweren Säcken abschuften mussten. Immer und immer wieder ließen sie sich an der Ladefläche des Lastwagens die Säcke auf Schulter und Rücken hieven, um sie dann über all die geschliffenen und polierten schwarzen und weißen Steinchen des Treppenhaus-Terrazzos über die vierte Etage hinaus auf den Dachboden und in unseren Verschlag zu tragen. Mit vollen Säcken, Stufe für Stufe, langsam hinauf, mit leeren Säcken dann schnell wieder hinunter. Eine schwere Arbeit, eine, die man den Männern durchaus ansieht. »Ich habe den Trägern ein anständiges Trinkgeld gegeben«, sagte meine Mutter abschließend, als sie mir nach der Schule von der Lieferung berichtete, »die verdienen auch nicht viel, und gesund ist diese ewige Schlepperei, mit den schweren, harten und staubigen Säcken auf dem Rücken, auf Dauer ganz bestimmt nicht.« Davon bin ich allerdings auch überzeugt, und ich kann es mir nicht erklären, wieso sich jemand einen solchen Beruf auch noch freiwillig erwählt ...

Angekommen! Das Schaufenster der Tauschbude ist noch hell erleuchtet. »Gut«, sage ich mir erleichtert, »glücklicherweise sind die zumindest noch nicht weg. Ob die schon abgeschlossen haben?« Schnell lehne ich mein Fahrrad – links von der Tür – an die Wand des Geschäftes und kann nun endlich den Stapel Hefte in beide Hände nehmen, was mir eine merkliche Erleichterung verschafft. Vor dem Fenster bleibe ich kurz stehen und werfe noch schnell einen Blick in die bunte Auslage: Comics, wohin man sieht – Comics! Schön ... Hier sind sie alle auf engstem Raume versammelt, die erklärten Helden unzähliger Abenteuer, die die Geschichten der Hefte unermüdlich erzählen. Die Titelbilder der Hefte: Hier kämpft der athletische »Tarzan« mit nichts außer einem Lendenschurz bekleidet und einem Messer in der Hand mit einem großen muskulösen, tiefschwarzen Panther, von dem hauptsächlich seine gelb leuchtende Augen und die großen schneeweißen Zähne zu sehen sind, dort latscht der treudoofe »Goofy« freundlich lachend und gedankenversunken durch seinen Garten in Entenhausen, hier zieht der edel gesonnene »Prinz Eisenherz« gerade mutig sein Schwert aus der Scheide, um sich gegen einen schwer bewaffneten Ritter zur Wehr zu setzen, der ihn, hoch zu Ross, höhnisch von oben herab angrinst, dort hecken »Fix und Foxi«, schalkhaft in sich hineinkichernd, natürlich gemeinsam mit »Lupo«, irgendeinen haarsträubenden Blödsinn aus, hier ermahnt der tollpatschige »Donald Duck« seine drei ungestümen Neffen »Tick, Trick und Track« zur Ordnung, dort überlistet der steinreiche und geizige »Onkel Dagobert« wieder einmal erfolgreich die dösig-kriminelle »Panzerknacker-Bande«, hier erscheinen »Tom und Jerry«, mit ...

»Wenn du heute noch deine Hefte eintauschen möchtest, dann solltest du dich jetzt vielleicht so langsam für's Hereinkommen entscheiden!« Der Besitzer der Tauschbude steht plötzlich in der geöffneten Tür und blickt um die

Ecke zu mir herüber. »Ich schließe nämlich in wenigen Minuten!« – »Oh ...«, ich schrecke hoch, »ich komme sofort. Entschuldigung ... werd' mich mit dem Aussuchen auch beeilen. Danke!« Er muss mich wohl von innen heraus durch die Scheibe seines Schaufensters beobachtet haben. Der Stapel Hefte in meinen Händen ist nicht zu übersehen und verrät eindeutig meine Absicht. Mit einer einladenden Geste seines linken Arms und einer weit aufgehaltenen Tür wird mir ein eindeutiges »Willkommen« signalisiert. »Nun musst du dich aber nicht gleich überschlagen ... Komm ganz normal herein, und alles ist gut. So viel Zeit habe ich natürlich ... muss hier sowieso noch einiges aufräumen.« Möglichst zügig begebe ich mich an ihm vorbei, gehe zielsicher – schließlich bin ich hier nicht zum ersten Mal Kunde – quer durch den Laden in Richtung Kasse und lege meine Hefte mit einem Schwung dort auf den Tresen. Wortlos und mit prüfenden Blicken zählt der Hüter der Tauschbude sofort meinen Schatz durch. Zwischendurch hält er mehrmals inne, so als würde er das eine oder andere Heft genauer unter die Lupe nehmen. »Achtunddreißig sind es insgesamt ...«, er sieht mich an, »einige sind mir allerdings etwas zu sehr zerfleddert, die nehme ich eigentlich nicht entgegen.« Er blickt zurück auf den Stapel, denkt kurz nach. »Aber gut ... gut, wir machen das mal heute ausnahmsweise ...« Mit beiden Händen korrigiert er flink die während der Begutachtung ein bisschen durcheinandergeratenen Hefte wieder zu einem rechteckigen Stapel. »Achtunddreißig Hefte – du kannst dir jetzt neunzehn aussuchen und mit nach Hause nehmen. Okay?« Unsere Blicke treffen sich. »Da drüben, dort an der Wand ... in den Kartons auf den Ständern, da kannst du wählen, was du haben möchtest.« Er zeigt auf eine beträchtliche Ansammlung von senkrecht in Kartons lagernden Comic-Heften, fein säuberlich sortiert nach den mir bekannten Helden verschiedenster Fantasiewelten, wobei – so wie ich es sehe – Micky Maus Hefte eindeutig führend vertreten sind. »Nur dort aussuchen, hörst du, nur dort! Die anderen Comics – die dort weiter hinten, da rechts an der Wand –, die sind wesentlich neuer als die von dir abgegebenen, die sind noch sehr gut erhalten und können nur mit gleichwertigen getauscht werden.« Er wendet sich zur Seite, zeigt auf ein Gestell, das sich in Form und Farbe von den übrigen unterscheidet. »Und dort, die Hefte auf dem Ständer – siehst du? –, die kannst du auch nicht haben. Das sind relativ wertvolle ›Illustrierte Klassiker Comics‹ – sind auch deutlich teurer –, die werden nur gegen andere Ausgaben dieser besonderen Comic-Reihe eingetauscht oder aber zu einem entsprechenden Preis verkauft.« Ich habe begriffen und halte mich natürlich an die mir soeben erteilten Anweisungen, die ja auch in keiner Weise unverständlich sind. Schnell überfliege ich das Angebot, blicke hier und dort in die Kartons, konzentriere mich letztlich auf die Geschichten, die von Burgen, Rittern und deren Feldzügen erzählen. Meine Ausschau nach Ausgaben mit durchgehender Nummerierung, die bleibt auch diesmal erfolglos, jetzt, wo die mir zur Verfügung stehende Zeit recht begrenzt ist, sowieso. Dort drüben, unter den sogenannten »wertvolleren, teureren Klassikern«, da sind einige solcher Ritter-Abenteuer zu finden, da bin ich mir sicher, das meine ich auch aus der Entfernung heraus erkennen zu können, aber wie gesagt, die sind für mich heute absolut unerreichbar.

»Klassiker Comics ...«, meine Gedanken. Jetzt, auf der Heimfahrt, mit einem halb so dicken Stapel Hefte unterm Arm, der so dünn ist, dass er eigentlich nicht mehr als *Stapel* bezeichnet werden muss, fällt mir eine Erfahrung ein, die ich vor einiger Zeit mit dem Lehrer Schulz machte. Keine schlechte Erfahrung, nein, eher eine lustige: Sehr zum Leidwesen der Lehrer ist es üblich, dass bestimmte Jungen der Klasse in regelmäßigen Abständen während des Unterrichts den einen oder anderen Comic lesen. Ich gehöre natürlich auch zu dem Kreis derer, die sich manchmal ein oder zwei Hefte mit in die Schule nehmen, um sie dann bei passender Gelegenheit, möglichst unauffällig – unter dem Tisch gehalten, versteht sich – zu lesen, was selbstverständlich seitens der Lehrer nicht nur nicht gerne gesehen wird, sondern strengstens untersagt ist. Ebenso normal ist es allerdings, dass die Lehrer der Klasse in regelmäßigen Abständen, während sie unterrichten, jene Jungen (es sind in der Regel Jungen!) dabei erwischen. Der Unterricht wird dann vom Lehrer, der sich mit Riesenschritten dem Ertappten nähert, jäh unterbrochen. Mit strafenden Blicken und den entsprechenden Kommentaren wird dem Schüler das soeben aufmerksam studierte Heft barsch abverlangt, das er – von der Tischplatte abgedeckt und auf den Knien gelagert – in seinen Händen hält. Nach einer sofortigen Eintragung in das Klassenbuch wird der Unterricht dann letztlich an der Stelle fortgesetzt, an der er von dieser »unerhörten Frechheit« unterbrochen wurde. Dass der auf frischer Tat ertappte Täter den einkassierten Stein des Anstoßes (das Heft) niemals wieder zu Gesicht bekommt, das versteht sich mittlerweile zwar von selbst, wird aber, dessen ungeachtet, seitens des amtierenden Scharfrichters immer wieder besonders betont. In dem Ablauf ist durchaus eine gewisse Routine zu erkennen, eine Routine, die tief blicken lässt. So kenne ich es. Und natürlich war ich bereits mehrfach ein heimlicher Unter-dem-Tisch-Leser, und natürlich wurde ich des Öfteren dabei erwischt.

Einmal las ich, und das ist die besagte Lehrer-Schulz-Erfahrung, an die ich gerade denken muss, während einer äußerst langweiligen Geschichtsstunde mit Hingabe einen Comic aus der besagten Klassiker-Reihe, den ich auf irgendeine Weise kurz zuvor erworben hatte. Ich widmete mich mit zunehmender Begeisterung »Hamlet«. Herr Schulz, der ebenfalls mit Hingabe, aber ohne jede erkennbare Begeisterung seine Geschichtsstunde abhielt, muss mein mangelndes Interesse an seinem vorgetragenen Stoff bemerkt haben und stand urplötzlich vor mir. Zwar fiel mir – mehr im Unterbewusstsein vermutlich – unmittelbar vorher auf, dass er plötzlich mehrfach kurz innehielt, dann leise, mit unpassend langen Pausen zwischen seinen Worten, weitersprach und dann vollends verstummte, was gerne auch ein sicheres Zeichen dafür ist, dass ihm irgendetwas nicht gefällt, aber für ein Verschwindenlassen des Heftes war es eindeutig zu spät.

»Zinser! Was haben wir denn da unter dem Tisch? Aufstehen ...« Mit dem »Hamlet« in den Händen stand ich langsam auf. Mir mit der rechten Hand einen leichten Klaps auf den Hinterkopf geben und mit der linken das Heft aus den Händen nehmen, das erschien mir wie eine einzige Bewegung von Schulz zu sein. »Na, dann wollen wir doch mal nachsehen, welchen Schund du diesmal meinem Unterricht vorziehst ...« Schulz sah auf die Umschlagseite des beschlagnahmten Heftes, ich sah auf Schulz. Stille im Gerichtssaal. Vermutlich hatte er alles erwartet: Tarzan, Prinz Eisenherz, die ganze Verwandtschaft aus Entenhausen, alles, aber sicherlich nicht »Hamlet«. Er war angenehm überrascht, das konnte ich ihm ansehen. Mehrmals sah er abwechselnd mich und die Umschlagseite an. »Hamlet! Sieh an – Hamlet ...«, Schulz konnte sich ein kleines Lächeln nicht verkneifen, »William Shakespeare«, flüsterte er kaum hörbar in sich hinein, »Illustrierte Klassiker Comics ...« Ohne die an dieser Stelle zu erwartende Verachtung im Blick drehte Schulz das Heft behutsam zu einer Rolle. »Na, wenigstens hast du Geschmack bewiesen, Zinser ... Gegen Shakespeare kann ich natürlich nicht konkurrieren, das sehe ich ein.« Er nickte mir zu, hielt kurz inne, beziehungsweise zögerte einen Moment, als wüsste er nicht so recht, ob – und wenn ja – was nun noch zu sagen sei, und machte sich dann entschlossen auf den Weg nach vorne in Richtung Schultafel.

———

»Wenn du willst, kannst du heute ja mal mitkommen.« Ein unerwartetes und zugleich verlockendes Angebot, das mir Marko Majoré da macht, aber leider eines, das ich nicht annehmen kann. »Es spielt sich in der Innenstadt in einem großen, vornehmen Autosalon von ›Opel Dello‹ ab. Man kann vom Bürgersteig aus alles genauestens verfolgen ...« Markos Begeisterung ist fast ansteckend. »Du kannst dich direkt vor die großen Scheiben des Autohauses stellen. ›Gläsernes Studio‹ wird es genannt!« Für Sekunden sieht Marko mich erwartungsvoll an, so als ginge er fest davon aus, dass er mich zum Mitkommen überreden kann, wenn er sich nur ausreichend überzeugend bemüht. »Wir steigen S-Bahnhof Friedrichsberg ein, fahren bis zum Dammtor, dann einmal kurz um die Ecke gehen und – fertig! – schon sind wir da.« Mir ist bekannt, dass Marko hin und wieder am Samstag in die Innenstadt fährt, um sich an dem besagten Platz »Die aktuelle Schaubude« anzusehen, eine Fernsehsendung, die tatsächlich in einem Raum aufgenommen und ausgestrahlt wird, in dem normalerweise Autos zum Verkauf ausgestellt stehen. »Alles live und unter den Augen der an der Straße stehenden Zuschauer!« – er hatte mir mehrfach davon vorgeschwärmt. »Und, Alex, wir brauchen ja nicht unbedingt bis zum Schluss zu bleiben, obwohl die Sendung wirklich nicht sehr lange dauert, wir können jederzeit wieder gehen.« – »Nein, tut mir leid, da wirst du auch heute alleine hingehen müssen, ich habe keine Zeit ... Vielleicht komme ich ein anderes Mal mit. Aber danke!« Mit einem nahezu vollen Einkaufsnetz in der Hand komme ich direkt von der PRO, habe mich für den kürzesten Weg entschieden, den durch die Siedlung. Und plötzlich steht er vor mir, Marko, der Zigeuner, dessen Vater stets weiße Lacklederschuhe mit auf Hochglanz polierten schwarzen Spitzen anhat. Wenn ich ihn richtig verstanden habe, dann räumen die Opel-Leute ihren Verkaufsraum an jedem Samstag so gegen 14:00 Uhr völlig aus – dann ist der Laden nämlich für das Wochenende geschlossen – und überlassen ihn ab dann den Leuten vom Fernsehen für die Vorbereitung der Sendung, die dann nur wenige Stunden später, am frühen Abend, live ausgestrahlt wird. Nein, so mir nichts dir nichts mal eben am Samstag in die Hamburger City fahren – um diese Zeit! –, das ist nicht mein Ding. Was Marko betrifft, so ist das eine ganz andere Sache, Marko ist fast sechzehn Jahre alt, und da ist das durchaus völlig normal, glaube ich zumindest. So meine Gedanken. »Gut, Alex, schade zwar, aber ... Wie du willst. Deine Entscheidung. Ja, vielleicht das nächste Mal.« Er hat zwar verstanden, dass aus dem gemeinsamen Ausflug heute nichts wird, schwärmt aber dennoch ununterbrochen weiter. »Vor zwei Wochen war Freddy Quinn in der Schaubude. Er hat sich zuerst ein paar Sätze mit dem Moderator unterhalten – Bäcker heißt er oder so ähnlich –, ist dann irgendwann aufgestanden, hat sich kurzerhand seine Gitarre geschnappt, ist an einen Mikrofonständer herangetreten und hat gesungen. Einfach so! Live! ›Die Gitarre und das Meer‹ – ein schöner Titel. Ich stand ganz vorne, hinter mir eine beachtliche Menschenmenge, die ziemlich stark nachdrängelte. Hab mir meine Nase an der großen Scheibe regelrecht platt gedrückt und einfach nur gestaunt.«

Mit Herrn Brunner, dem netten Schriftsteller von gegenüber, habe ich mich lange nicht mehr unterhalten. Es ergab sich in letzter Zeit einfach nicht. Jetzt, wo der Sommer endgültig vorbei ist, wo es auch am Tage eher kalt ist, wo es so langsam, aber sicher auf den Winter zugeht, sitzt er natürlich auch nicht mehr mit seiner Schreibmaschine auf seinem Balkon und schreibt, und da es anscheinend nicht mit zu seinen Gewohnheiten gehört, hier, in den Läden des Reyesweg, regelmäßig einzukaufen, ergibt sich von daher leider ebenfalls kaum eine Möglichkeit, ihm zu begegnen. Manchmal, eher selten, wenn ich am Fenster stehend auf die Straße hinunterschaue, dann sehe ich ihn mit seinem Terrier an der Leine den Reyesweg entlanggehen. Zumeist sehe ich ihn in auf seiner Bürgersteigseite in Richtung Pinelsweg schreiten und an der Ecke dann links abbiegen, was vermutlich zufällig ist. Ich kann nicht sagen wieso, aber stets habe ich den Eindruck, dass dieser ruhige und gelassene Mann jene Hunde-Ausführ-Zeremonie möglichst rasch hinter sich bringen möchte ... Ohne Weiteres könnte ich bei ihm jederzeit klingeln, so wie ich es in der Vergangenheit bereits des Öfteren gemacht habe, könnte ihn auch jetzt jederzeit besuchen. Dass ich ein willkommener Gast bin, das hat er mir ja wiederholt deutlich zu verstehen gegeben. Immer wenn ich mit ihm sprach, dann hatte ich das besondere und angenehme Gefühl, dass dieser Mann mehr über mich und mein Leben weiß, als ich erahnen kann, ja, irgendwie vermittelt er mir das Empfinden (?). Aber, wie kann das angehen? Vielleicht verhält es sich so, dass er eben ein durch und durch weiser – ja, ein außergewöhnlich lebenserfahrener Mensch ist, dass er von daher schon das Wesentliche recht schnell erfassen und auch beurteilen kann. Vermutlich ist das des Rätsels Lösung, das könnte ich mir jedenfalls denken. Die zwei Lexika, die er mir vor Monaten freundlicherweise schenkte, die stehen in meinem Bücherregal, haben dort, gleich neben dem Michel-Katalog, einen Ehrenplatz, und immer wenn ich sie dort stehen sehe, dann denke ich an Herrn Brunner, werde wohltuend an diesen Menschen erinnert. Auch wenn sie nicht gerade neu sind, diese beiden Nachschlagewerke, sie erweisen sich mir dennoch immer wieder als äußerst nützlich, das kann ich nicht anders sagen. Zwischen den beiden Buchstützen auf unserem Wohnzimmerschrank oben links, da stehen auch einige Bücher meiner Eltern. So um die zehn, zwölf oder vielleicht sogar dreizehn Bücher mögen es wohl sein. Ein dickes *Volkslexikon* ist auch darunter. Es ist, wie meine beiden Lexika, ebenfalls bereits etwas betagter. Dessen ungeachtet benutzt meine Mutter es dennoch regelmäßig, das weiß ich genau. Sie liest gerne das eine oder andere in dem Buch nach. »Wenn ich erst einmal damit begonnen habe«, erwähnt sie hin und wieder ganz begeistert, »in dem Lexikon zu blättern, dann kann ich gar nicht mehr mit dem Suchen, Finden und Nachlesen aufhören!«. Später werde ich mir auf alle Fälle ein nagelneues Lexikon zulegen, eines, das auf dem allerneuesten Stand ist. Das habe ich mir für die Zukunft fest vorgenommen. Das hatte mir Herr Brunner geraten, hatte mir mit freundlichen, aber entschiedenen Worten sorgsam verdeutlicht, wie wichtig eine solche Anschaffung doch tatsächlich ist.

———

»Der Krieg, der hat viele Menschen grundlegend verändert. Einige von denen, die ihn dem Anschein nach schadlos überlebt haben, sind *in ihrem Inneren* nicht mehr annähernd die, die sie einmal waren.« Ulrich zieht sinnend an seiner Zigarette, atmet tief ein, hält für gut zwei Sekunden die Luft an und bläst dann langsam, mit spitzem Mund, den Rauch in Richtung Decke seines Wohnzimmers. »Da wurden während des Krieges von einigen Menschen so manche Dinge gesagt und getan – und auch gelassen! –, die sich zuvor weder die Täter noch deren Opfer jemals hätten erträumen können.« Ulrich kann das beurteilen, denke ich mir, er war zwar niemals ein Soldat, dazu ist er damals nicht alt genug gewesen, aber er hat den Krieg ein Stück weit als Kind miterlebt. Einerseits muss er damals als Heranwachsender so einiges aus erster Hand mitbekommen haben, andererseits hat er sich als Erwachsener sehr umfangreich mit der jüngst vergangenen Geschichte beschäftigt, bis zum heutigen Tage liest er mit Interesse das eine oder andere Buch, das diese Zeitspanne behandelt ... »Und in welcher Weise«, frage ich betont gelassen, »betrifft das nun deiner Meinung nach meinen Großvater?« Genau deswegen bin ich nämlich hier. Genau das ist der Grund, weshalb ich heute das Gespräch mit meinem Schwager gesucht habe, nämlich um endlich eine einigermaßen befriedigende Antwort darauf zu bekommen, wieso sowohl meine Eltern als auch meine Großmutter, wenn mein Großvater mal wieder der Mittelpunkt des Gesprächs ist, immer und immer wieder gewisse Andeutungen machen,

Anspielungen, die aber niemals zu einem einleuchtenden Ergebnis führen, niemals zu einer nachvollziehbaren Erklärung eben, mit der ich zu guter Letzt etwas Brauchbares anfangen könnte ... »Es ist nicht einfach ...«, mein Schwager sieht mich an, beugt sich dabei etwas vor, schnippt routiniert lässig die Asche seiner Zigarette in den Aschenbecher, der vor ihm auf dem Tisch steht. (Schweigen im gesamten Raum. Kein monotones Uhren-Ticken etwa, oben vom Wohnzimmerschrank herunter, wie es jetzt bei mir zu Haus der Fall wäre. Altgewohnte, unaufgeforderte gesprächsbegleitende Akzente, die ich hier und jetzt vermisse.) »Es ist alles wesentlich komplizierter, als du es dir vorstellen kannst ...« Momentan sieht es leider auch nicht danach aus, als würden meine Fragen heute, hier und jetzt beantwortet werden. Gut, alles weiß Ulrich auch nicht, nein, wie könnte er auch, und ich ertappe ihn manchmal sogar dabei, dass er mehr Erklärungen abgibt, als ihm sein Wissensstand eigentlich gestattet. Dennoch aber, im Großen und Ganzen gesehen, ist er recht beschlagen und weitreichend informiert. Und im Zweifelsfalle ist es allemal besser, wenn er sich auch mal ein wenig zurückzuhalten versteht. »Was genau weißt du über meinen Großvater, beispielsweise über seine Vergangenheit, über seine Lebensgeschichte oder – was *meinst* du, aus gutem Grunde erahnen zu können? Du denkst doch auch nicht besonders gut über ihn, das merke ich deutlich ... Was ist der Grund dafür?« Unsere Blicke treffen sich – nur kurz –, wenden sich gleich wieder ab, so als wäre jetzt nicht der richtige Zeitpunkt für die Nähe, die ein ruhender Blickkontakt ganz zwangsweise mit sich bringt. Wieder ein vorübergehendes Schweigen im Raum. Zigarettenrauch, der still und gelassen dünnfädig in Richtung der Wohnzimmerdecke zieht. Ich warte auf eine Antwort, spüre, dass ich sie bekommen werde. »Ich will hier nichts in die Welt setzen ... Eigentlich kenne ich Hans Quandt doch auch gar nicht. Na ja ... jedenfalls nicht wirklich. Er könnte mir im Grunde egal sein ... völlig egal sogar.« Das sagt er nun zwar gekonnt lässig dahin, das glaube ich ihm aber nicht. Hans Quandt ist Ulrich Hellwig alles andere als egal, jedenfalls längst nicht so egal, wie er es jetzt krampfhaft versucht, zum Ausdruck zu bringen. Immerhin ist mein Großvater doch auch der Großvater seiner Frau – meiner Schwester – und wie ich es in der Vergangenheit wiederholt herausgehört habe, gibt es innerhalb unserer Familiengeschichte das, was man einen »wunden Punkt« nennt. Wie dem auch sei, Ulrich erzählt, ich höre ihm zu ...

Ulrich hat mir einiges erzählt, hat mir dieses und jenes dargelegt und in der ihm eigenen Art geduldig erklärt, bis Barbara, die sich während des Gesprächs überwiegend in der Küche aufhielt, uns darauf hinwies, dass ich mich wohl besser so langsam auf den Heimweg machen sollte, weil es schon ziemlich spät sei. Jetzt, auf dem Weg von Barbara und Ulrich zum U-Bahnhof Sierichstraße, habe ich ausreichend Zeit, um mir das Gesagte noch einmal in aller Ruhe durch den Kopf gehen zu lassen. Recht hatte meine Schwester, es ist bereits dunkel, mein Aufbruch war längst überfällig. Zwar bin ich immer noch nicht im Besitz einer hinlänglichen Antwort, nicht in dem von mir gemeinten Sinne, aber immerhin fügen sich nunmehr einige der »Tratsch-Bemerkungen« (und ich denke jetzt an die besagte Auswahl von Andeutungen und Anspielungen), die ich vorher nirgends einzuordnen vermochte, zumindest in so etwas wie – ja, eine »Geschichte« ein ... So wie es aussieht, hatte mein Großvater, wie es viele andere Menschen neben ihm ebenfalls taten, fest an das »Tausendjährige Reich« geglaubt. Nicht, dass er ein Fanatiker war, einer, der die Unterdrückung von Menschen – aus welchem Grunde auch immer – billigte, das nicht, aber vieles deutet darauf hin, dass sich seine ganze Hoffnung auf die Politik von Adolf Hitler stützte.

»Deutschland ist endlich wieder im Kommen, es geht unaufhaltsam aufwärts, in jeder Beziehung!«, so hieß doch die Devise. Dann, nachdem Deutschland ganz Europa in einen verheerenden Krieg gestürzt hatte, brach alles relativ schnell wieder in sich zusammen. Der Krieg war verloren. Deutschland lag zerstört am Boden, zerstörter, als es jemals zuvor der Fall war. Die klingende Idee namens »Das Tausendjährige Reich« – ein einziger, tragischer Irrtum – zerplatzte auch für meinen Großvater unwiederbringlich wie eine Seifenblase. Und nicht nur das: Hans Quandt verlor durch den Krieg seinen geliebten Sohn, den einzigen Sohn, den er hatte. Gestorben für eine *Wahrheit*, die sich letztlich als eine grausame, widerwärtige *Lüge* entpuppte. Einen letzten Brief schrieb er noch von der Front an seine Familie, an seine Mutter, seinen Vater, seine Schwester. Einige Wochen vor seinem Tod schrieb er ihn, deutete, rücksichtsvoll verhüllt, (im Nachhinein zwischen den Zeilen gelesen) hier bereits seine Befürchtung an, dass er wohl nicht mehr zu ihnen heimkehren würde ... Hans Quandt war ohne jede Hoffnung. Wohin er auch schaute – sein Heimatland, seine Stadt, seine Familie –, nirgends ein Trost. – Ulrich hielt inne, sah mich lange an, unterbrach dann wieder die Stille. »Kein Wunder, dass dein Großvater in seiner Not bereitwillig zugriff, als die ›Zeugen Jehovas‹ ihm über den Weg liefen und ihm Heil und Seelenfrieden versprachen, ja garantierten. Verständlich, dass der Mann sich vehement an den einzigen Strohhalm klammerte, den man ihm in seiner beängstigend dunklen Welt noch zaghaft entgegenhielt, an einen Strohhalm namens ›Bibel‹«. – Gut, könnte sein. Vielleicht liegt mein

Schwager nicht verkehrt, wenn er vermutet, dass das die Geschichte von Hans Quandt sein könnte. – »Die Verheißungen dieser amerikanischen Sekte gaben deinem Großvater endlich wieder eine Hoffnung! Gott würde alles für *sein* Volk zur Zufriedenheit regeln, und das schon bald, würde ihn sogar wieder, laut der in der Bibel verheißenen ›Auferstehung‹, mit seinem Sohn vereinen können ...«

All das würde mir zumindest erklären, weshalb Hans Quandt allein den Besuch der Versammlung der Zeugen Jehovas als vertrauenswürdige Lösung für jedes nur erdenkliche Problem betrachtet. »Lies die Bibel und gehe regelmäßig in die Zusammenkünfte, Alex, dann geht es dir ganz bestimmt in jeder Hinsicht gut!« Oder auch: »Wenn du regelmäßig zu uns in die Versammlung kommst, Anneliese, dann hast du bald überhaupt keine Tabletten mehr nötig!« Allerdings erklärt es mir nicht, was damit wohl gemeint sein könnte, wenn mein Vater davon ausgeht, dass bereits ein einziges Wort von ihm genügen würde, um meinen Großvater ins Gefängnis zu bringen. »Ein Wort von mir – und er landet im Gefängnis!« So, oder ähnlich so, hatte Heinrich Zinser es uns gegenüber bereits mehrfach und in aller Deutlichkeit betont. Auch finde ich in Ulrichs Gedanken immer noch keine ausreichende Erklärung dafür, weshalb meine Großmutter ihrem ehemaligen Ehemann so strikt aus dem Wege geht, ja weshalb sie eine Begegnung mit ihm regelrecht zu fürchten scheint. Können denn tatsächlich allein seine »religiösen Macken«, wie mein Vater seine Überzeugung nennt, eine so abschreckende Wirkung haben? Meine Gedanken ... Die Sierichstraße kommt mir heute irgendwie länger vor als gewöhnlich.

Der Weg zur U-Bahn-Station will heute scheinbar kein Ende nehmen. Ich meine, bereits eine kleine Ewigkeit gegangen zu sein. Ob Barbara und Ulrich sich noch weiter über das Thema unterhalten? Vielleicht gibt es da noch Weiteres zu bedenken, Gegebenheiten, die im Zusammenhang mit meinen Fragen zwar eine gewichtige Rolle spielen, die man mir aber nicht – noch nicht, vielleicht? – mitteilen möchte. Ein Blick auf meine Uhr: Ich sollte längst zu Hause sein. Endlich ist er zumindest zu sehen, der Bahnhof. Schluss jetzt, genug nachgedacht! Für heute reicht es mir. Ich möchte mich nun – allein, ohne weiter nachzudenken – auf die kurze Fahrt durch die Stadt freuen, auch an den Häusern, deren mehr oder weniger hell erleuchtete Fenster jetzt in der Dunkelheit gleich wie flüchtige, gelb glühende Grüße der Nacht an mir vorübersausen werden ... »Einmal Barmbek, bitte!« Ein leicht mürrisch dreinschauender Bahnangestellter in der Fahrkartenausgabe, der mir, ohne mich dabei anzusehen, wortlos die von mir verlangte und zuvor von ihm abgestempelte Fahrkarte über den abgegriffenen Holztresen schiebt, der, wie jedes dieser kleinen, dunkel glänzenden Bretter, immer irgendwie nach kaltem Tabakrauch stinkt. Die breiten Treppen hoch. Kaum Leute auf dem Bahnsteig. Wann kommt der Zug ... Die Hausaufgaben! Die Schule ruft sich in Erinnerung. Zu morgen muss ich noch ein paar Türme rechnen und das Diktat berichtigen, das wir heute zurückbekommen haben.

———

»Man kann doch nicht immer und immer wieder aufs Neue denselben Fehler machen!« Im Grunde haben all die Leute ja völlig recht, die Lehrer, meine Eltern und wer sonst noch davon Kenntnis hat. Und dennoch, ich kann es mir einfach nicht merken, es will und will nicht in meinen Kopf hinein! Dass ich, was die Rechtschreibung betrifft, ganz sicher auf keinen grünen Zweig kommen werde, das ist nicht allein mir bekannt, das hat sich inzwischen breit herumgesprochen. Ausnahmslos jedes der in der Schule von mir geschriebenen Diktate stellt es erneut und somit einmal mehr unter Beweis: Auch in diesem Fach bin ich besorgniserregend schlecht. Weder mich noch irgendjemanden wundert es also großartig. Aber die Tatsache, dass ich tatsächlich bis auf nur verschwindend geringe Ausnahmen jedes Mal aufs Neue das Wort »Schrift« mit »ie« – also »Schrieft« – schreibe, die sorgt in regelmäßigen Abständen für Gesprächsstoff. Was mir durchaus verständlich ist. Ausnahmslos jede in der Schule diktierte Diktat-Klassenarbeit endet damit, dass die Schüler nach dem letzten diktierten und geschriebenen Satz – mit einem entsprechenden Abstand von jenem – die beiden Worte »Schrift« und »Fehler« – beide mit einem Doppelpunkt am Ende – unter das Geschriebene setzen. Später braucht dann der die Arbeiten korrigierende Lehrer nur noch jeweils seine Note für die Qualität der Handschrift (Schrift:) beziehungsweise die Anzahl der von ihm ermittelten Fehler (Fehler:) hinter die Doppelpunkte zu schreiben. Die Zensuren für die mehr oder weniger schön und fehlerfrei geschriebenen Niederschriften, die positioniert er dann in aller Regel gleich unterhalb der beiden Ergebnisse. Eine sinnvolle Sache, ohne jeden Zweifel, ansonsten müsste er doch zigmal diese beiden Wörter selber unter das Diktat schreiben. Und nun verhält es sich tatsächlich so, dass Alexander Zinser in eben dieser Situation, wenn der allerletzte diktierte und geschriebene Satz die Klassenarbeit gerade beendet hat und lediglich noch die besagten beiden Worte nebst Doppelpunkt von ihm zu schreiben sind, innerhalb der ihm noch bis zur Abgabe des Heftes verbleibenden Zeit allen Ernstes intensiv darüber nachdenkt, ob »Schrift« nun *mit* oder *ohne* »ie« geschrieben wird. Wie gesagt, in der Regel entscheide ich mich für die zuerst genannte Variante – und somit leider für die falsche. Wieso das so ist, wie es ist, woher diese meine anhaltende Unsicherheit kommt, nein, das kann ich nicht sagen, das ist mir selber ein großes Rätsel. Mal ganz abgesehen davon, dass ich mir somit zu guter Letzt leider selbst noch schnell einen Fehler garantiere, kommt es auf einen Patzer mehr oder weniger wirklich nicht mehr an. Nein, die vorher von mir gemachten Fehler, die haben die Weiche in Richtung einer Sechs, Fünf oder bestenfalls einer Vier bereits stabil gestellt. Es mutet mich allerdings jedes Mal etwas seltsam an, wenn ich beim Durchblättern meines Heftes auf die kurzen, mit hellroter Tinte geführten Striche des Lehrers stoße, mit denen er in dem Stein des Anstoßes wieder einmal das »e« quer durchgestrichen hatte, das gebe ich zu. Hingegen fallen mir die jeweils dazugehörigen, ebenfalls hellroten, etwas längeren Striche, die – je nachdem was verdeutlicht werden soll – mal senkrecht als auch quer und schräg verlaufend meine mit Mühe geschriebenen Sätze, Worte und Buchstaben erbarmungslos zersägen, längst nicht mehr besonders auf. Mit den zusätzlich noch am rechten wie linken Rand der betreffenden Seite hinterlassenen roten Markierungen, die die einzelnen Maßnahmen buchhaltermäßig registrieren, damit sie am Ende ja auch korrekt mit in die Bewertung eingehen, ergeht es mir nicht anders.

»Wäre die Sache anders ausgegangen, wenn ich es nicht getan hätte?«, die Frage stellt sich mir gerade. Ich stehe im Flur unserer Wohnung, und der Zeigefinger meiner linken Hand streicht behutsam über die Stelle, in die ich das Messer in das Holz des Türrahmens stieß. Er ist kaum noch zu sehen, der schmale Schlitz, den die Klinge hinterließ – wer es nicht weiß, dem fällt es nicht unbedingt auf. Die rechte Seite der Wohnungstür und dort ungefähr in Augenhöhe eines Erwachsenen – diese Position hatte ich dafür ausgewählt. Nicht sehr bewusst entschied ich mich für jene Stelle der Tür, nein, wenn ich mich recht erinnere, dann ergab es sich so, bot sich spontan an. Ich kann es nicht eindeutig sagen, ob meine Handlung in dieser leidigen Angelegenheit letztlich tatsächlich irgendetwas gelenkt und somit beeinflusst hatte, ich kann es wirklich allein vermuten. Auf jeden Fall aber war danach Schluss mit den vielen Besuchen unseres Nachbarn Otto Dau. Meines Wissens hat er unsere Räume anschließend nie wieder betreten. Das hat mir meine Mutter mehrmals mit Nachdruck bestätigt. »Nein, nie wieder! Das kannst du mir glauben, Alex! Das ist für mich erledigt! Ein für alle Mal!« Vieles deutet darauf hin, dass Ulrich recht hat, wenn er sagt, dass das der Tropfen war, der das sprichwörtliche Fass endgültig zum Überlaufen brachte, dass meine Mutter – möglicherweise auch unbewusst – zwar innerlich bereits eine dahingehende Entscheidung getroffen hatte, dass sie nur noch auf eine Hilfe, einen Anstoß wartete, um diese Entscheidung auch nach außen tragen zu können. Wenn es so war, wenn es sich so verhielt, dass Anneliese Zinser hier wirklich das letzte Wort gesprochen hatte, dann ist es gut so, dann bin ich damit sehr zufrieden. Dann ist ihr Sohn nicht auch noch einer von denen, die ihr den Weg vorschreiben, den sie *gefälligst zu gehen hat*. So dicht, wie es mir möglich ist, trete ich heran an die besagte Stelle, begutachte sie aus allernächster Nähe: Doch, die Messerklinge, mit der ich meine eigens von Hand geschriebene Botschaft mit der ganzen mir zur Verfügung stehenden Kraft an den Türrahmen heftete, steckte tief im Holz. Meine Erinnerungen ...

Spät war es in der besagten Nacht, sehr spät sogar. Es muss deutlich nach 23:00 Uhr gewesen sein. Dau kam am Spätnachmittag zu Besuch, blieb dann lange. Mehrfach war ich bereits aufgewacht, gestört von dem Lärm, den eine hitzige Unterhaltung naturgemäß verursacht. Wieder einmal quoll eine nie enden wollende Flut an Wortfetzen aus dem Wohnzimmer heraus, floss unaufhaltsam von dort direkt zu mir herüber, zu mir, der ich mich – seit Stunden? – in meinem Bette hin und her wälzte. Wie so oft, konnten mir auch in jener Nacht weder die beiden Türen noch die Wand, die die beiden Zimmer voneinander trennen, einen brauchbaren Beistand leisten und mir die ersehnte Ruhe gewährleisten. Mal sprach Otto Dau, mal sprach meine Mutter, und manchmal redeten sie beide gleichzeitig aufeinander ein, zumeist in einem gereizten Tonfall. Um was genau es dabei ging, das konnte ich dem Gesagten nicht entnehmen, klar war nur, dass sie miteinander stritten, dass sie sich über irgendeine Sache ziemlich uneinig waren. Das meine ich dem Wortgefecht entnommen zu haben. Immer wieder klang die Stimme meiner Mutter weinerlich, ja verzweifelt. Zwischendurch, wenn ich kurz eingeschlafen war, träumte ich von dem Streit, sah die beiden im Traum im hell erleuchteten Wohnzimmer sich gegenübersitzen, hörte die Uhr auf dem Schrank, deren eindringliches Ticken mahnend und bedrohlich klang. Ich bemerkte irgendwann, dass sich so langsam, aber unaufhaltsam meine Träume mit der Wirklichkeit vermischten, dass ich immer unzuverlässiger zu unterscheiden vermochte, was sich allein in meinem Kopfe – und was sich real im Wohnzimmer abspielte. Langsam, ganz langsam, baute sich in mir ein Gefühl auf, das sich durchaus als Hass bezeichnen lässt. Und selbst wenn ich es gewollt hätte – was aber nicht der Fall war –, diese kritische Entwicklung wäre von mir keinesfalls zu bremsen gewesen. In diesen Momenten, da galt mein Mitleid allein meiner Mutter. Meine Sorge um sie wuchs von Sekunde zu Sekunde an, blähte sich vor mir auf, zeigte sich mir wie ein furchterregender Riese. Auch darauf hatte ich keinen Einfluss.

Und dann geschah es – plötzlich hörte ich allein die Stimme meiner Mutter –, sie weinte laut auf! Nichts anderes war zu vernehmen, rein gar nichts, nur ein lang anhaltendes, tieftrauriges Weinen. Das muss der auslösende Moment gewesen sein! Blitzschnell sprang ich aus dem Bett, schaltete das Licht in meinem Zimmer an, schnappte mir Zettel und Bleistift, ein Buch als Unterlage, und setzte mich auf meinen Stuhl. Ohne groß darüber nachzudenken schrieb ich mir hastig meine Botschaft von der Seele, eine Aufforderung – keine Bitte! – an den Menschen, den ich für all das verantwortlich sah, was geschah. »*Verschwinde endlich, Otto Dau, aber schnell!*«, schrieb ich mit großen Buchstaben auf das Stück Papier und die Worte »aber schnell« unterstrich ich dick und doppelt. Den Zettel in der Hand ging ich mit großen Schritten in die Küche, nahm mir kopflos ein Küchenmesser aus der Schublade, eilte zurück in den Flur, stellte mich vor die Wohnungstür, hielt den Zettel in die Höhe, drückte ihn an den Türrahmen und – stieß das Messer hinein! Mit der Wucht meiner ganzen Kraft rammte ich die Klinge in das Holz, die meine absolut unzweideutige Stellungnahme – geschrieben auf einem Fetzen Papier – in Augenhöhe eines Erwachsenen fixierte! Der Vorgang, für den ich insgesamt ganz sicher nur wenige Sekunden benötigt hatte, der muss gehörig laut gewesen sein: das Rennen in die Küche, das Aufreißen der Schublade, das Zurückeilen in den Flur sowie das Hineinrammen der Klinge – all das ging alles andere als lautlos vonstatten. Das wurde im Wohnzimmer bemerkt. Eine Reaktion aus dieser Richtung wartete ich nicht ab. Augenblicklich verschwand ich in meinem Zimmer, schloss die Tür hinter mir, schaltete das Licht aus und legte mich wieder in mein Bett. Und obwohl mein Herz vor Aufregung raste, war mir jetzt wohler, ja, es ging mir sogar richtig gut. »Egal was jetzt geschieht«, hörte ich mich denken, »ich für meinen Teil habe meine Meinung deutlich gesagt!« Im Dunkel meines Reiches lag ich nun regungslos da und wartete ab ...

Jetzt, wo ich hier alleine im Flur vor der Wohnungstür stehe und meine Hand die Stelle berührt, die die Messerklinge im Holz des Türrahmens hinterließ, läuft das Geschehene – obwohl all das längst der Vergangenheit angehört – noch einmal deutlich vor mir ab, wie ein Film auf einer Kinoleinwand: Für einen kurzen Moment herrscht eine bedrückende Stille. Alles ruhig im Wohnzimmer. Dann ein Flüstern, das, im Wechsel, vermutlich von beiden verursacht wird. Kurze, rasch gesprochene Worte, aber, wie gesagt, in einer kaum vernehmbaren Lautstärke. Schritte. Die Wohnzimmertür wird geöffnet. Leise geschieht das. Schritte auf dem Flur. Wieder ein Flüstern. Die Flurlampe wird angeschaltet. Augenblicklich dringt Licht durch die geriffelte Scheibe meiner Tür. Schattenhaft zeigt sich mir nun die Einrichtung meines Zimmers. Bett, Bücherregal, Kommode, Stuhl und die geschlossenen Gardinen – alles wirkt nebelhaft, ja wesenlos. Sofort nimmt mir diese unbeabsichtigte Begleiterscheinung ein Stückchen von meiner Geborgenheit. Schritte. Flüstern. Alles nun etwas intensiver. Bis auf das kurze Knarren der Flurdielen, das immer hörbar ist, wenn man, vor der Wohnungstür stehend, an einer bestimmten Stelle sein Gewicht verlagert – Ruhe. Die Wohnungstür wird leise geöffnet. Schritte im Treppenhaus, kaum hörbar. Die Wohnungstür wird jetzt vorsichtig geschlossen. Ein Schlüsselbund klappert kurz auf. Ein Schlüssel dreht sich zweimal in dem Schloss der Tür. Die Dielen knarren erneut. Die Flurlampe wird ausgeschaltet. Weder Licht noch Schatten in meinem Zimmer. Ich liege wieder im Dunkeln. Mein Herz überschlägt sich immer noch, will sich nicht beruhigen. Ich schließe die Augen. Stille. Schritte. Schritte in Richtung meiner Tür. Stille. »Alex ...«, die gedämpfte, kaum vernehmbare Stimme meiner Mutter, »wir sprechen morgen. Ja? Alles wird gut. Schlaf jetzt bitte ...« Stille. Schritte. Die Lampe in der Küche wird angeschaltet. Ein Lichtschein dringt durch die Scheibe meiner Tür, kein heller, ein unaufdringlicher, ein diffuser. Ruhe. Ich drehe mich zur Wand und versuche einzuschlafen.

Achtzehntes Kapitel

Oktober 1960 –
gegen Ende des Monats

Die Linden im Reyesweg: Sie tragen so gut wie keine Blätter mehr an ihren Zweigen. Der barsche Herbststurm hat die Baumkronen ziemlich leergefegt, und was sich an den Bäumen noch vor wenigen Tagen – im Lichte des Tages – als ein prachtvolles, gleißend helles Gemisch aus orange-gelben und rostroten Tupfern zeigte, das liegt nun zum größten Teil direkt vor ihnen als welkes Laub am Boden. Hier und dort schweben noch vereinzelte Blätter hinab, verteilen sich mehr oder weniger gleichmäßig auf Gehweg und Straße. Jeder noch so kleine Windzug mischt sich ein in diese Wandlung, ordnet das Bild erneut nach seiner momentanen Laune. Von hier oben, aus der vierten Etage aus meinem Fenster geblickt, präsentiert sich das links wie rechts angesammelte Laub – dort, wo das Kopfsteinpflaster der Fahrbahn am Kantstein mündet – als eine überaus langgezogene Schlange aus dumpf getrockneten Herbstfarben. Ein schöner, ein beruhigender Anblick. Bald werden vermutlich die Männer der Stadtreinigung auch hier erscheinen, werden mit langen Besen unermüdlich die Blätter zusammenfegen und die riesige Ansammlung dann, in Karren geladen, abtransportieren. Eine Arbeit, die sich über mehrere Tage hinziehen wird. Es ist in jedem Jahr das Gleiche ...

Was die kalte Jahreszeit betrifft, so bin ich in diesem Jahr für den Winter besonders gut vorbereitet. Letzte Woche sind wir in die Stadt gefahren und haben für mich im Deutschen Familien-Kaufhaus eine dicke lange Hose, einen warmen Pullover aus reiner Wolle und ein paar Winterstiefel – innen leicht gefüttert – mit derben Sohlen gekauft. »Einen neuen Mantel benötigst du meiner Meinung nach aber auch noch dringend!«, ließ mich meine Mutter auf dem Heimweg wissen. »Den bekommen wir aber nicht bei ›DeFaKa‹, die haben dort leider nichts Passendes für dich.« Neuerdings will sie mir unbedingt einen Mantel einreden, *einen Mantel*, als ob ich jemals, mit einer derartigen Klamotte ausstaffiert, losgehen würde. Bestenfalls eine Jacke dürfte es sein, eine etwas dickere, wärmere Jacke für den Winter, das war's dann aber auch. Weder will ich einen Mantel anziehen, noch werde ich mir eine Mütze auf den Kopf setzen. Das sollte endlich verstanden und akzeptiert werden. Mit so einer Pfingstochsen-Ausstaffierung würde ich mich nur dem Spott meiner Freunde aussetzen – allen voran Michael Schwarz! –, da bin ich mir sicher.

Für mich ist es jedes Mal aufs Neue ein Kampf, wenn es heißt, dass ich »neu eingekleidet« werden soll. Meine Eltern achten allein auf das Praktische, ich hingegen aber auch auf das Aussehen, und mit nur verschwindend wenigen Ausnahmen sind die so genannten »vernünftigen Klamotten« eher peinlich hässlich. Und das ist genau dann die Stelle, an der es unendlich lange Diskussionen gibt. Wenn ich es allein mit meiner Mutter zu tun habe, was in der Regel ja Gott sei Dank der Fall ist, dann ist jener Kampf relativ kurz und geht für mich zumeist siegreich zu Ende. Sie zeigt dann schon eher Verständnis für mein Anliegen, ist eher empfänglich für meine Argumente. Aber vielleicht verhält es sich ja auch so, dass sie einfach nur ihre Ruhe haben will, wofür ich wiederum Verständnis aufbringen kann. Irgendwie kommen wir jedenfalls auch in dieser Angelegenheit ganz gut zurecht.

Neuerdings kauft sie gerne in diesem Familien-Kaufhaus. »Dort brauchen wir nicht sofort alles auf einmal bezahlen«, hatte sie mir mal erklärt, »da kann man seine Rechnung über mehrere Monate hinweg bequem in kleinen Raten begleichen.« Ratenzahlung – mein Vater ist nicht für das so genannte »Abbezahlen in Raten«, das weiß ich genau. Aber in dem Fall, wenn es nun mal an warmer Winterbekleidung mangelt, wenn gleich mehrere Sachen angeschafft werden müssen und das Geld für eine Barzahlung eigentlich nicht ausreicht, dann sollte getrost einmal eine Ausnahme gemacht werden dürfen. So jedenfalls habe ich es verstanden, was mir hierzu wiederholt erklärt wurde. »Wir müssen es mit dem Einkauf ja nicht übertreiben, Alex, wir können es ja in vernünftigen Grenzen halten, brauchen nicht übers Ziel hinauszuschießen, aber wenn ich uns die Sachen erst dann kaufe, wenn ich sie in bar bezahlen kann, dann ist der Winter zum größten Teil bereits wieder vorbei!« Was das Rechnen anbelangt, das Haushalten und vernünftige Kalkulieren, so ist das eindeutig die Angelegenheit von Anneliese Zinser. Sie hat da völlig freie Hand, kann das zur Verfügung stehende Geld so einteilen, wie sie es für richtig hält. »Meine Frau bekommt von mir kein *Haushaltsgeld* zugeteilt«, hatte mein Vater bereits mehrfach in größerer Runde lauthals betont, »sie hat mein vollstes Vertrauen und kann sich von meinem verdienten Gehalt *das* nehmen, was sie ihrer Meinung nach für den Haushalt und zum Leben benötigt. Wenn meine Frau eines kann, dann ist das: rechnen, rechnen und nochmals rechnen!« Er sagt das niemals ohne einen gewissen Stolz, und auch seiner Frau gefällt es, wenn er das mit dem Brustton der Überzeugung über sie verkündet. Beides ist ganz offensichtlich. Nein, das Wort »Haushaltsgeld«, das mag mein Vater nicht ...

Drüben, mir schräg gegenüber auf der anderen Straßenseite, vor der hellrot geklinkerten Giebelwand des Hauses, das Reesing bauen ließ, beschäftigen sich zwei Mädchen laut kichernd mit einem rosafarbenen Hula-Hoop-Reifen. Beide sind mir im Grunde nur vom Sehen (früher vom Verstecken spielen) etwas näher bekannt, ansonsten habe ich mit denen nichts am Hut. Von der einen kenne ich sogar den Namen. Marlies heißt sie und wohnt im Hauseingang Nummer 18. Die andere kommt aus der Siedlung, glaube ich, wohnt dort in irgendeiner der Baracken zum Alten Teichweg hin. Im Wechsel versuchen sie, den Reifen möglichst lange um ihre Körper rotieren zu lassen, wobei allein ihre gekonnt kreisenden Hüften dem Reifen den nötigen Schwung verleihen. Die aus der Siedlung, die kann das eindeutig besser, was Marlies den Spaß anscheinend nicht verderben kann. Immer wenn der Hula-Hoop-Reifen, aus welchem Grunde auch immer, seine Energie verliert, wenn sein Schwung für weitere Rotation um die Körpermitte herum nicht mehr ausreicht und langsam aber sicher von den kreisenden Hüften die Beine hinunter und zu Boden fällt, dann steigert sich das Gekicher zu einem schrillen Lach-Geschrei, was, würde man sich dort unten aufhalten, wohl kaum auszuhalten wäre. Da, im Moment hat der rosa Ring den Bereich von Marlies Füßen erreicht – nachdem er noch zweimal schlapp um die Kniekehlen rotierte – und wird von dem Sand des Bodens mit einem knappen Knirschen endgültig abgebremst.

Und wieder war er da, hat mir einen Besuch abgestattet, dieser Traum, der mich einfach nicht in Ruhe lässt. Klar, es ist und bleibt nur ein Traum, eine nicht real erlebte Begebenheit, vor der ich mich nicht zu fürchten bräuchte. Eine Fiktion eben, die sich – wie vor nur wenigen Sekunden auch heute hier und jetzt – zu guter Letzt im Nichts auflöst. Ich weiß das natürlich. Und wieder liege ich in meinem Bett und starre die weiß getünchte Decke meines Zimmers an. Meine Stirn ist nass. Ich schwitze insgesamt. Ich habe das Gefühl, dass mich die Luft, die ich im Schlaf einatmete, in irgendeiner Weise schwer belastet. Atemnot – vermutlich war sie der Grund meines Erwachens. Erst einmal muss ich mich langsam beruhigen. Wie so oft in dieser Situation liegt mein Zimmer im Halbdunkel. Schattenhaft reflektiert die weiße Decke das Licht der Straßenlaterne vor dem Hauseingang. Lichtgespenster, die vom Reyesweg zu mir hinauf in die vierte Etage schweben. Auch das kenne ich. Irgendwann wird es hell werden, wird sich der Tag auch für mich behaupten. Jetzt möchte ich einfach nur so daliegen und darauf warten dürfen. Aber nein, ich sollte jetzt vielleicht doch besser aufstehen, sollte mich vom Bett und somit vom Ort des Traumes trennen, könnte mich dann in aller Ruhe für die Schule fertigmachen. Etwas Zeit nehme ich mir aber noch ... Nur ein Traum. Noch steckt er tief in mir, will nicht weichen, will sich nicht verabschieden, versucht immer noch, sich an mein Empfinden zu klammern. Und trotzdem, mein Erwachen aus dieser geträumten Realität, es kommt mir auch heute wie eine Erlösung vor. Meine Gedanken. Das im Schlaf Erlebte. Diese unglückliche Geschichte, in die mich dieser Traum immer wieder unerbittlich hineinzieht:

Wir haben Besuch. Mein Vater ist da. Ulrichs Bruder Wilhelm ist mit seiner Frau Ilse gekommen. Ulrichs Eltern ebenfalls. Meine Mutter, meine Großmutter, mein Schwager und meine Schwester Barbara, alle sitzen sie im Wohnzimmer beisammen. Die Wohnzimmertür ist geschlossen. Längst habe ich mich aus der Gruppe gelöst, habe den Raum verlassen, habe mich abgesetzt. Dort im Zimmer war es mir zu warm, zu warm und auch zu hell. Zu viele Menschen. Allein sitze ich nun im Treppenhaus, hocke auf den schwarzen und weißen Steinchen des Terrazzos, die mir eine angenehme Kühle spenden. Endlich Ruhe! Die Haustür – sie steht geöffnet. Der Flur und die geschlossene Wohnzimmertür liegen in meinem Blickfeld. Unmittelbar hinter dieser Tür wird ziemlich laut gesprochen. Ein schallendes Durcheinander. Ein wirres Gemisch aus Gerede, Musik und Gläserklingen dringt zu mir herüber, macht aber – wie auch immer es geschehen kann – unmittelbar vor der Schwelle zum Treppenhaus halt. Das, was mich von dem Palaver noch erreicht, ist hinlänglich erträglich. Ein Gewirr von ineinanderfließenden Schatten tummelt sich hinter der Glasscheibe der Wohnzimmertür, durch die man nicht wirklich hindurchsehen kann, weil die Struktur des Glases alles kompromisslos verschwimmen lässt.

Der Flur, der zwischen mir und dem Gemisch aus Musik, Gerede und Schatten liegt, erweist sich mir als so eine Art Sicherheitszone. Das scheint klar zu sein, will nicht infrage gestellt werden. Jedenfalls fühle ich mich gut in meiner Flucht, genieße diese Distanz, die sich mir momentan als eine gewisse »Freiheit« offenbart. Dicht vor dem Treppengeländer hockend und etwas vornübergebeugt, blicke ich zwischen die senkrecht verlaufenden Rundstäbe geradewegs hinunter bis zum Erdgeschoss. Der kleine Freiraum, der sich zwischen den Treppenläufen ganz zwangsweise ergibt, ein relativ breiter Schlitz, wenn man so will, erlaubt mir diesen Blick. Viel zu sehen gibt es allerdings nicht, nein, im Grunde liegt allein der runde Handlauf in meinem Blickfeld. Wie eine erstarrte, graue kalte Schlange aus Eisen, die sich bis hinab zum Parterre schlängelt, zeigt er sich mir von hier oben. Ich betrachte sie lange, diese leblose Schlange, sehe auf ihr graues Rund, das jedem Richtungswechsel der Treppenläufe mit einem engen, aber elegant geschwungenen Bogen folgt. Da unten, ganz weit unter mir und somit sehr weit weg, da endet und beginnt das Treppenhaus.

Und plötzlich: da – absolut unerwartet! –, was ist das? Da unten – momentan noch relativ weit weg –, wie nur ist das zu verstehen? Eine Hand ... Eine Hand! Eine Hand greift nach dem runden Lauf des Geländers! Der dazugehörige Körper ist nur zu vermuten, er liegt nicht in meinem Sichtbereich. Er scheint sich in Richtung »nach oben« – zu mir hinauf? – zu bewegen ... Die Hand: für die Sekunden, in denen sie nachgreift, der dazugehörige Körper zwei bis drei weitere Stufen nimmt, verschwindet sie, erscheint dann einige Zentimeter weiter oben wieder am Handlauf. Es ist zweifellos bedrohlich. Bedrohlich! Ich sehe immer nur diese Hand. Eine Hand! Unverzüglich will – ja muss ich aufstehen, muss mich schnell erheben. Fliehen! Entfernen will ich mich, nichts wie weg von meinem momentanen Platz, nichts wie weg von hier und hinaus aus dem Treppenhaus! Möglichst schnell zurück in den Flur rennen, die Wohnungstür hinter mir schließen, die Wohnzimmertür aufreißen und hinein zu den andern gehen. So meine Gedanken. Aber – aber, ich kann mich nicht erheben, ich kann meinen gesamten Oberkörper zwar wie gewohnt bewegen, mich aber nicht von den schwarzen und weißen Steinchen des Terrazzos entfernen, die mich – ja – tatsächlich festzuhalten scheinen. Immer und immer wieder sehe ich hinunter, kann einfach nicht anders, schaue in den Freiraum, blicke in den Schlitz zwischen den Treppenläufen. Diese Hand – im stetigen Rhythmus bewegt sie sich zu mir hoch, nähert sich mir unaufhaltsam –, ein fürwahr Grauen erregender Ablauf. Hier umfasst sie mit festem Griff das Grau des eisernen Geländers, entzieht sich dann kurz meinem Blick und taucht dann einen kurzen Moment später ein Stück weiter oben wieder auf. Doch aufstehen – nein! –, aufstehen kann ich nicht. Diese blasse, ja weiße kräftige Hand, die sich mir als eine lautlose (unwirkliche?) und morbide Gefahr zeigt, der ich nicht auszuweichen vermag ...

Schreien will ich. Nichts anderes außer Schreien kommt jetzt noch für mich infrage. Voller Entsetzen und angetrieben von purer Panik recke ich mich mit all meiner Kraft in Richtung der ersehnten Wohnzimmertür und schreie, schreie, so laut ich nur kann ... Jedoch vergeblich. Es bleibt allein bei dem Versuch. Kein einziger Laut verlässt meinen Körper. Es bleibt bei der Bewegung meines Mundes. Ansonsten geschieht nichts. Nichts! Entsetzt muss ich erkennen, dass es mir momentan auch nicht mehr möglich ist, mich in dieser Weise bemerkbar zu machen. Die Hand – inzwischen muss sie auf der Höhe der zweiten Etage sein und mit ihr zweifellos auch die Bedrohung, die der dazugehörige Körper für mich bedeutet. Ich versuche, mich vom Boden loszureißen, strecke verzweifelt meine Arme in Richtung des Flurs. Der Flur – völlig unerwartet ist er keine Sicherheitszone mehr für mich. Nein, er mag mich nicht mehr aufnehmen, der Flur. Konsequent scheint er sich mir zu verweigern, liegt kühl distanziert zwischen mir und der für mich unerreichbaren Tür zum Wohnzimmer. Es gelingt mir einfach nicht, mich zu befreien. So sehr ich mich auch bemühe, es kann mir nicht gelingen. Auch meine weiteren Rufe, sie verhallen stumm in meinem Inneren. Eigentlich frei im Raume befindlich und dennoch vollständig geknebelt und gebunden, wälze ich mich in meiner unbeschreiblichen Angst. Ich bin erschreckend allein. Eine Hilfe darf ich nun nicht mehr erwarten. Niemand wird kommen, um mir zu helfen, niemand.

Unmittelbar hinter der Scheibe – dem Fenster in der geschlossenen Tür zum Wohnzimmer – werden meine Anstrengungen, mich in irgendeiner Weise bemerkbar zu machen, von dem dortigen Geschehen hoffnungslos übertönt. Für die schwatzenden, singenden und johlenden Menschen dort, hinter der Tür im Zimmer, bin ich momentan so gut wie absolut nicht existent. Dort, in jenem Raume der Wohnung, da dreht sich alles wie im Kreise. Immer und immer schneller dreht er sich, der Trubel der alles beherrschenden Oberflächlichkeit, eine mächtige Achtlosigkeit, die scheinbar mit einer schier unüberwindbaren Kraft alles rigoros abzuweisen versteht, was sich ihr als nicht anpassungsfähig erweist. Einzig die lähmende Tatsache scheint mir verlässlich zu sein, dass ich weder aufstehen noch schreien noch rufen kann, ja dass ich eindeutig dazu verdammt bin, in trostloser Verlorenheit abzuwarten, was die stetig sich nähernde Bedrohung, der ich nun ausgeliefert bin, mit mir anstellen wird ... Eine Hand, eigentlich etwas völlig Normales, wandelt sich hier für mich zu einem Dämon der Finsternis. Oder – oder verhält es sich vielleicht so, dass mir nicht das, was ich sehe (den Teil eines Körpers, eine Hand), sondern vielmehr das, was ich *erahnen* soll (der Rest des Individuums) pures Entsetzen bereitet? Das Geschehen in seiner Gesamtheit ist mehr, als ich ertragen möchte, ja mehr, als ich je ertragen kann. Das Erlebte schnürt mir jetzt erbarmungslos den Hals zu, nimmt mir die Atemluft.

Ich erwache, verlasse zeitgleich die Geschichte, bin nicht mehr ihr gelähmter Mittelpunkt. Beruhigen soll ich mich nun, so raten es mir meine

Gedanken. Ich liege im Halbdunkel da. Schattenhaft reflektiert die weiße Decke meines Zimmers das Licht der Straßenlaterne vor dem Hauseingang. Flüchtige Schleier, jeder Einzelne millionenfach leichter als jede Daunenfeder. Lichtgespenster, die unten vom Reyesweg herauf und zu mir in die vierte Etage schweben. Ja, ich kenne das. Wenn es bald hell wird, wird sich wieder der Tag behaupten können – auch für mich.

Neunzehntes Kapitel

November 1960 –
Anfang des Monats

Heute ist Donnerstag, Donnerstag der 3. November – mein Geburtstag –, jetzt bin ich endlich 12 Jahre alt! Schade, dass dieser Tag nicht auf einen Sonntag fällt, dann bräuchte ich nicht hier in der Schule zu sein. Gleich wird mit einem Schwung die Türe geöffnet werden, und irgendeine der Schnepfen wird hektisch in die Klasse kommen. Ich bin mir momentan nicht sicher, was genau der Stundenplan vorsieht, aber ich denke, »Kunst« ist für die nächsten zwei Stunden dran. Irgendetwas werden wir wohl wieder malen oder zeichnen sollen. Vorne in der Ecke, von mir aus gesehen links neben dem Lehrerpult, steht der schmale hohe Schrank, der das dazu benötigte Unterrichtsmaterial beinhaltet: Bleistifte, Buntstifte, Radiergummis, Tuschkästen, Pinsel, Gläser für das Wasser, Knetmasse, dicke rechteckige Unterlagen aus Pappe und natürlich auch stapelweise die weißen wie die grauen Zeichenbögen – all das lagert dort hinter abgeschlossenen Türen. Seitdem das gesamte Geld aus der Klassenkasse gestohlen wurde, wird das Material konsequent eingeschlossen. Dafür hat die Frotzer gesorgt. »Sicher ist sicher«, lautete ab da ihre Parole, die sie uns in regelmäßigen Abständen gerne zitiert, »wir wollen hier niemanden in Versuchung bringen!« Gleich, nur wenige Minuten nach dem Erscheinen der Lehrerin, wird der Schrank erst einmal allein für mich geöffnet werden. Das ist so sicher wie das Amen in der Kirche. Stets werden dem Geburtstagskind feierlich einige Dinge aus dem Schrank überreicht – ein Geschenk der Schule! –, heute bin ich dran. Eigentlich mag ich solche Zeremonien nicht, genauer gesagt sind sie mir sogar zutiefst zuwider. Es würde mir wesentlich besser gefallen, wenn ich nicht in den Mittelpunkt gerückt werde, auch wenn es ausnahmsweise einmal kein unangenehmer Anlass ist, der dazu führt. Meistens sind es ein Bleistift, ein Radiergummi und eine Rolle Knetmasse, die dann mit stets denselben feierlichen Worten dem zu Beglückwünschenden ausgehändigt werden. Die Knete steckt in einer eng anliegenden, besonders dünnen durchsichtigen Zellophan-Folie, ist tiefgrau und erinnert in Form und Farbe spontan an einen dicken Hundeköttel, mich jedenfalls.

Mit einem kräftigen Schwung wird die Tür des Klassenzimmers aufgerissen, und mit einer Aktentasche unter dem Arm tritt Frau Zimker in den Raum. »Guten Morgen!« Mit deutlich geringerem Schwung schließt sie die Tür wieder hinter sich zu und geht stracks in Richtung Lehrerpult. Stuhlgescharre. Bis auf Michael hat sich die ganze Klasse erhoben und steht exakt senkrecht vor den Tischen. »Guten Morgen, Frau Zimker!« Vorne, ziemlich genau in der Mitte zwischen Tür und Pult bleibt die Lehrerin kurz stehen und wendet sich zur Klasse. »Setzen!« Stuhlgescharre. Die ganze Klasse – bis auf Michael, der sitzt ja bereits – setzt sich wieder an die Tische. Frau Zimker nimmt die letzten Meter zum Lehrerpult. Die Aktentasche auf das Pult werfen, den Stuhl zum Sitzen zurechtrücken und das Klassenbuch öffnen – das geschieht wie mit einem einzigen Handgriff. Hier und dort wird zwar noch hinter vorgehaltener Hand getuschelt, ansonsten herrscht Ruhe im Raum. Frau Zimker hat sich ihre Brille aufgesetzt und gleitet mit dem Zeigefinger über die Eintragungen auf der rechten Seite des Buches. »Ah ja ...«, über den oberen Rand ihrer Brille hinweg blickt sie in die Runde, »das ist nun aber wirklich eine angenehme Überraschung!« Sie klappt das Buch zu, nimmt die Brille ab, erhebt sich und sieht in Richtung der letzten Reihe. »Alexander hat heute Geburtstag! Wie schön ...« Sie sendet ihr freundlichstes Lächeln in Richtung nach ganz hinten rechts, wo ich für gewöhnlich sitze. »Magst du bitte mal zu mir kommen, Alexander.« Nein, das möchte ich selbstverständlich nicht, denke ich mir, während ich möglichst geräuschlos meinen Stuhl nach hinten wegschiebe, mich erhebe und mich auf den Weg nach vorne mache. Vorne, und dort in der Mitte des Ganges, steht die Lehrerin und erwartet mich mit ihrem weit ausgestreckten rechten Arm, hält mir, zur Gratulation nun vollends bereit, ihre Hand entgegen. Unmittelbar vor ihr bleibe ich stehen. Wir sehen uns an. Ich reiche ihr ebenfalls die Hand. Sie lächelt immer noch. »Meinen allerherzlichsten Glückwunsch zum Geburtstag, Alexander!« Sie sieht mich immer noch an, scheint mir allerdings etwas aufgeregt zu sein, was irgendwie nun überhaupt nicht zur Situation passt. *Ich* müsste einen roten Kopf haben. *Ich!* »Zwölf Jahre alt bist du nun ...« Sie löst ihre Hand aus meiner und legt sie mir auf meine linke Schulter. »Dann wirst du nach der

Schule ganz sicher mit deiner Familie noch etwas feiern, oder?« Ich nicke. »Ja, wir werden heute wohl etwas feiern.« – »Gut, schön, so soll es auch sein.« Sie nimmt die Hand von meiner Schulter, wendet sich ab und geht zu dem schmalen, hohen Schrank, der jetzt ja wie gesagt immer abgeschlossen ist, weil er doch das wertvolle, für den Kunstunterricht benötigte Material beinhaltet. »Und da habe ich dann auch noch eine kleine Überraschung für dich.«

Seit einer knappen Viertelstunde sitze ich nun wieder ganz hinten in der allerletzten Reihe auf meinem Stuhl. Vor mir auf dem Tisch ein Bleistift, ein Radiergummi und ein in eine eng anliegende, durchsichtige Folie gehüllter, tiefgrauer dicker Hundeköttel. Geschenke seitens der Schule Von-Essen-Straße an mich, freundlich überreicht von der Pädagogin Frau Zimker. Für dieses Jahr habe ich es überstanden, denke ich mir und atme befreit tief durch. Gott sei Dank gehört dieses soeben Erlebte nunmehr zur Vergangenheit. Das Ganze ist mir fast so peinlich wie das blöde alljährliche Vorsingen, das kurz vor den Osterzeugnissen von mir erwartet wird. »Wir werden wohl«, hatte ich gesagt, »etwas feiern.« Das war natürlich gelogen. Nein, eigentlich doch nicht gelogen ... jedenfalls nicht *richtig* gelogen. Was hätte ich denn sagen sollen? Mein Geburtstag wird eigentlich nie so richtig gefeiert. Das, was man üblicherweise unter »wir feiern« versteht, das geschieht jedenfalls nicht am 3. November. Beispielsweise kann ich keine Freunde zu mir nach Hause einladen. Meine Mutter könnte es nicht ertragen. »Es wäre ihr wirklich *zu viel*«, wie sie es selber immer bedauert. Einmal hatten wir es gemacht, einmal hatte ich zwei meiner Freunde zu meiner Geburtstagsfeier einladen dürfen. Das liegt aber auch schon einige Jahre zurück. Meine Mutter hatte eine Kanne Kakao gekocht und einen Rosinen-Puffer aufgeschnitten. Von jedem der beiden Freunde bekam ich ein Geschenk, das ich auf den von meiner Mutter eigens für mich hergerichteten »Geburtstagstisch« mit zu den Büchern legte, die ich aus dem Kreise meiner Familie bekam. Mehr geschah aber diesbezüglich nicht. So meine Erinnerungen. Meiner Mutter war aber auch das bereits zu viel, wie sie mir am Abend, nachdem meine Freunde wieder gegangen waren, mit wehleidiger Stimme mitteilte. »Zu viele Menschen um mich herum, Alex ... das kann ich momentan nicht ertragen.« Nein, feiern werde ich heute nicht. Meine Großmutter wird wohl kommen. Mein Großvater dann natürlich nicht. Barbara und Ulrich – vielleicht schauen sie kurz bei uns vorbei. Von meinem Vater habe ich einen Brief bekommen. Bereits letzte Woche lag er im Postkasten. »Ich denke immerzu an dich«, schrieb er mir unter anderem, »und bald schon bin ich wieder daheim. Du wirst sehen, es dauert nicht mehr lange.« Wie zu erwarten steckte ein Geldbetrag in dem Umschlag. Fünf Amerikanische Dollar. »Und kauf dir dafür etwas Schönes!«, so endeten seine Zeilen an seinen Sohn.

»8. November 1960: Der demokratische US-Senator John Fitzgerald Kennedy aus Massachusetts gewinnt die Präsidentschaftswahl und ist somit ab Januar des kommenden Jahres der 35. Präsident der Vereinigten Staaten von Amerika.« Mit beiden Händen hält Erna Quandt die genau in der Mitte gefaltete Bildzeitung auf ihren Knien gelagert und liest mit leiser, dennoch aber gut hörbarer Stimme die ersten Zeilen des Artikels vom Sofa aus in den Raum hinein, der unmittelbar unter der in fetten Buchstaben gedruckten Überschrift »Präsidentschaftswahl in den USA« folgt. »Kennedy konnte sich nur mit sehr wenig Stimmen Vorsprung gegen seinen Gegner, den Vizepräsidenten der Vereinigten Staaten, den Republikaner Richard Milhous Nixon, durchsetzen.« Meine Großmutter legt die alte Zeitung – sie ist vom vergangenen Dienstag, und heute ist Sonntag – vor sich auf den Tisch, nimmt ihre Brille ab und greift nach der Schachtel Juno-Zigaretten. »Na bitte, wer sagt's denn, da drüben tut sich ja mal endlich was.« Was mich betrifft, ich kann nicht sagen, was genau meine Oma mit dieser Bemerkung – »da drüben tut sich ja mal endlich was« – aussagen will. Weder habe ich je zuvor etwas von einem »Kennedy« noch von einem »Nixon« gehört. Beide Herren sind mir völlig unbekannt. Erna Quandt ist diesbezüglich sicherlich ziemlich gut informiert, davon bin ich überzeugt, das bestätigt meine Mutter des Öfteren. »Deine Großmutter, die ist politisch stark interessiert«, sagt sie immer, wenn sie in dem Zusammenhang von ihrer Mutter spricht, und macht dabei stets eine Miene, die äußerste Anerkennung signalisiert, »sie liest viel und kennt sich gut aus im Weltgeschehen.« Bei uns zu Hause wird viel über Politik gesprochen, manchmal recht hitzig. Ganz besonders ist das der Fall, wenn Heinrich Zinser an der Gesprächsrunde teilnimmt, was allerdings ja eher selten passiert. Wenn er aber da ist, mein Vater, und wenn er dann mit seiner Schwiegermutter oder seinem Schwiegersohn über Politik ins Gespräch kommt, dann mündet es nicht selten in einem – ja, man kann schon sagen – Streit. Die unterschiedlichen Meinungen über dies oder über das des Tagesgeschehens, die sind sehr offensichtlich. Wenn man es genau nimmt, dann sind es eigentlich allein diese drei Personen, die bei uns zu Hause solche politischen Debatten führen: meine

Großmutter, mein Schwager und mein Vater. Und in der Regel sind es, wie gesagt, hauptsächlich die beiden Erstgenannten, die dafür Sorge tragen, dass immer mal wieder solche Themen aufs Tapet kommen.

Mein Vater tritt voll und ganz für die Politik von unserem Bundeskanzler Konrad Adenauer ein, auf ihn lässt er nichts kommen, da versteht er keinen Spaß. »Wer hat denn letztendlich dafür gesorgt, dass unsere Männer ab 1955 aus der sowjetischen Kriegsgefangenschaft entlassen wurden und als ›Heimkehrer‹ zurück nach Deutschland durften? Na – wer denn? Allein Konrad Adenauer war es letztlich, der sich mit seiner geschickten Verhandlungstaktik gegenüber Moskau höchst erfolgreich dafür eingesetzt hatte!« Eines der beliebtesten Argumente meines Vaters, der jene Aktion häufig benutzt, um mit ihr einmal mehr die »außergewöhnlichen Fähigkeiten« – wie er es nennt – seines Favoriten zu unterstreichen. Erna Quandt und Ulrich Hellwig hingegen kommen für Adenauer allerdings nicht ins Schwärmen. »Wo immer er nur kann, versucht dieser Mann seine erzkonservativen Ideen durchzusetzen«, so nörgelt meine Großmutter gerne, »wenn es voll und ganz nach Adenauer ginge, dann hätten wir in der Bundesrepublik Deutschland bald schon wieder Zustände, wie wir es noch vom alten Kaiserreich her in Erinnerung haben.« Ganz so hart urteilt mein Schwager zwar nicht, dessen ungeachtet aber hält auch er Konrad Adenauers politische Ansichten für weitaus zu althergebracht. Beide sind eben weder für die »CDU« noch für Konrad Adenauer. Sie stehen kompromisslos für die »SPD« ein, weisen auffällig oft auf Herbert Wehner hin. »Wehner, das ist mal ein Politiker so ganz nach meinem Geschmack«, so Ulrich, natürlich sehr zum Ärger meines Vaters, »ein echter Sozialdemokrat, mit bemerkenswert fortschrittlichen, weltoffenen Ansichten und Ideen!« Wenn ich es richtig verstanden habe, dann sind sich die drei Diskutierer aber immerhin darüber einig, dass unser Wirtschaftsminister Ludwig Erhard eine ausgesprochen gute Arbeit leistet, da stimmt sogar Anneliese Zinser mit ein, die sich ansonsten eher heraushält, wenn es um Politik geht. »Dem Manne haben wir Deutschen doch unseren Aufschwung zu verdanken«, und an dieser Stelle zeigt sie wieder ihre altbekannte, von Grund auf seriöse Miene der Wertschätzung, »er ist es, Ludwig Erhard und kein anderer, der hier im Lande für das gesorgt hat, was man ›Wirtschaftswunder‹ nennt!« Vermutlich hat er solche Lobeshymnen verdient, denke ich mir, während ich mich nun automatisch an das Buch erinnere, das Herr Brunner, der Schriftsteller, in seinem Bücherregal stehen hat: »Wohlstand für Alle« – so der vielversprechende Titel des Buches, geschrieben von keinem Geringeren als von unserem

Wirtschaftsminister Ludwig Erhard. Und ja, Einigkeit herrscht auch darüber, dass Adenauers Kriegsgefangenen-Heimkehrer-Aktion so etwas wie eine politische Heldentat war. Meine Gedanken ...

»Woran denkst du, Alex? ›Einen Pfennig für deine Gedanken‹ ...« Ich blicke auf. Meine Großmutter hat sich die Zeitung wieder vom Tisch geholt, hält sie mit beiden Händen aufgeschlagen und sieht mich – die Brille erneut auf der Nase – über den oberen Rand der Seiten fragend an. »Du bist so ruhig, stierst vor dich hin und wirkst, als würdest du jeden Moment einschlafen.« Unrecht hat sie da nicht, denke ich mir, etwas müde bin ich tatsächlich. Aber nicht grundlos haben wir beide uns gleich nach dem Mittagessen hier zusammen an den Tisch gesetzt. »Wollten wir nicht eine Runde ›Mensch ärgere dich nicht‹ spielen? Du wolltest doch nur kurz einen flüchtigen Blick in die Zeitung werfen, in Ruhe eine Zigarette dabei rauchen, und dann sollte es losgehen.« Erna Quandt verdreht gekonnt die Augen, während sie mich dabei gewitzt-freundlich anlächelt. »Stimmt. Recht hast du. Hol du uns das Spiel und bau schon mal die Steine auf. Ich nehme Rot.« Sie erhebt sich, legt rasch die Zeitung zusammen, wirft sie mit Schwung auf das Sofa und verlässt den Raum. »Ich koche uns beiden inzwischen schnell noch eine schöne, starke Tasse Bohnenkaffee«, ruft sie mir vom Flur aus zu, betont leise, weil sie ihre Tochter nicht aufwecken möchte, die sich gleich nach dem Essen für ihren sonntäglichen Mittagsschlaf ins Schlafzimmer zurückgezogen hat. Ich nehme Zigaretten, Streichhölzer und Aschenbecher vom Tisch und puste nach und nach die hauchdünnen, grauen Aschepartikel von der Tischdecke, die sich mir auf dem weißen Stoff nun ziemlich hässlich präsentieren. Aus dem unteren Teil des Wohnzimmerschranks nehme ich den flachen Pappkasten, der das aufklappbare »Mensch ärgere dich nicht« Brettspiel sowie eine Anzahl bunter Spielsteine und mehrere Würfel beinhaltet. Viel lieber würde ich jetzt in aller Ruhe eine Partie Schach spielen, aber damit kann ich ihr nicht kommen. Nein, weder jetzt noch irgendwann. Während ich das Spiel aufbaue, die vier roten Steine (zum Sofa gewandt, wo gleich meine Großmutter wieder sitzen wird) und die vier gelben auf die jeweiligen runden Felder setze, denke ich über die Namen nach, die mir meine Großmutter vor nur wenigen Minuten aus der Zeitung vorgelesen hat, versuche mich daran zu erinnern, in welchem Zusammenhang sie genant wurden. Aus der Küche duftet es jetzt nach frisch gebrühtem Kaffee.

»Wer kann, der bringe bitte zur nächsten Stunde einen Pappbecher mit in die Schule, ja? Pappbecher benötigen wir für unser Vorhaben dringend!« Mehrmals hatte Frau Radtke uns in der vergangenen Woche diesen Wunsch mit deutlicher Stimme ans Herz gelegt, das heißt – einigen aus der Klasse, denen nämlich, die sich für das Unternehmen interessieren und sich entsprechend bei ihr zuvor angemeldet haben. Meines Wissens handelt es sich hier um eine Gruppe von rundweg zehn Jungen und Mädchen, mich inbegriffen. Michael und Dicki sind nicht mit dabei. Gleich, wenn der zweistündige Biologieunterricht beginnt, beabsichtigt die Lehrerin, gemeinsam mit der Gruppe etwas für die hungernden Vögel zu tun, die es im Winter, wenn lang anhaltender Frost herrscht, sehr schwer haben, ausreichend Nahrung zu finden. »Genügend Rindertalg und Vogelfutter bringe ich mit«, hatte sie ebenfalls wiederholt angekündigt, »das finanziert die Schule über den Schulverein.« Was mich betrifft – ich bin bestens vorbereitet. Einen Becher aus Pappe habe ich ergattern können, er steht jetzt vor mir auf dem Tisch. Kunsthonig war vorher in dem Becher, dieses süße Zeug, das ich hin und wieder gerne auf Brot esse. Heute Morgen, kurz bevor ich mich auf den Weg in die Schule gemacht habe, war der Becher dummerweise noch fast halbvoll, und da er der einzige Behälter innerhalb unserer vier Wände war, der für das Vorhaben halbwegs infrage kam, habe ich den klebrigen Inhalt kurzerhand auf eine Untertasse umgefüllt. Meine Mutter war nicht gerade begeistert über diesen spontanen Einfall. »Musst du nun ausgerechnet jetzt, wo du spätestens in zehn Minuten das Haus verlassen solltest, noch unbedingt mit Kunsthonig in der Küche rumsauen?« Im Morgenmantel, beide Arme in die Hüfte gestemmt, stand sie urplötzlich an meiner Seite und blickte sichtlich genervt auf das Ergebnis meiner Bemühungen. Ohne ein Wort zu erwidern, habe ich mich sofort daran gemacht, mit einem feuchten Küchenlappen den Tisch von den süßen, klebrigen Schlieren zu befreien, die mir während des Umfüllens irgendwie vom Löffel getropft sein müssen. Die Spuren sind gleich weg, habe ich mir gedacht, und ich selber dann unmittelbar danach ebenfalls. In wenigen Sekunden wird die Tür aufgehen und Frau Radtke in die Klasse kommen. So verheißt es jedenfalls der Stundenplan. Was dann im Anschluss geschehen wird, das sollte mich kaum noch überraschen. Solche Meisen-Becher – als Ersatz für Meisen-Ringe« – hatten wir im vergangenen Jahr auch schon hergestellt. Geschlossen wird sich die kleine Gemeinschaft in einen der Chemieräume der Schule begeben, und Frau Radtke wird vor den Augen der um sie im Halbkreis Versammelten die Füllmasse zubereiten, mit der wir dann gemeinsam die mitgebrachten Pappbecher abfüllen dürfen. Der Rest der Klasse wird währenddessen mit Kellerschreck irgendetwas im Werkraum basteln, Weihnachtssterne aus Stroh vielleicht, wer weiß. Meine Gedanken ...

Alles kommt genau so, wie es zu erwarten war. Einige haben keinen Becher mitgebracht, haben zu Hause keinen bekommen können oder ihn einfach dort vergessen. Andere hingegen haben gleich mehrere Becher mitgebracht, stellen voller Stolz einen oder sogar zwei der Radtke zur Verfügung. »Lasst uns die Becher bitte aufteilen, jeder soll wenigstens einen bekommen, es sind genügend vorhanden«, die vernünftigen Worte einer auffallend gut gelaunten Biologie- und Religionslehrerin. »Und die Becher, die dann noch übrig sind – wenn überhaupt welche übrig bleiben –, die werden wir zu guter Letzt auch noch mit dem Futter befüllen, schaden kann das ja nicht.« Angefangen von der flachen, runden Camembert-Käse-Schachtel über den relativ hohen Sirup-Becher bis hin zum niedrigen Kunsthonig-Becher ist hier nun so ziemlich alles vertreten und wartet auf seinen speziellen Einsatz. Auf einer einzelnen Laborkochplatte erwärmt Frau Radtke in einem Aluminiumtopf einen Klumpen Rindertalg und schüttet – nachdem er flüssig ist – ein buntes Gemisch aus Wintervogelfutter hinein. »So, Kinder, das soll's fürs Erste sein.« Mit einem Kochlöffel rührt die Radtke das Gemisch gleichmäßig in das erwärmte Fett hinein, nimmt den Topf von der Platte und schaltet den Strom ab. »Jetzt müssen wir nur noch abwarten, bis alles gut abgekühlt ist. Das Beste wird wohl sein, wenn wir den Topf vor das Fenster stellen. Dort ist es am kühlsten ...« Gesagt, getan. Wir erfahren auch, was genau sich an Vogelfutter in dem Topf befindet: hauptsächlich Sonnenblumenkerne, Hanfsamen, Erdnussbruch und Getreideflocken, wenn ich es richtig verstehe. Frau Radtke, die immer noch mit einer außergewöhnlich guten Laune auftritt, die liest uns inzwischen einen Artikel aus der allerneuesten Zeitschrift vor, die der Hamburger Tierschutzverein monatlich herausgibt, für den die Schule Von-Essen-Straße mit Überzeugung wirbt: »Auch du bist mitverantwortlich für die freilebenden Tiere in deiner Umgebung«, lautet die mahnende Überschrift der Abhandlung. Was mich betrifft, ich kann das gut nachvollziehen, was mir da geboten wird, und es gefällt mir uneingeschränkt, dass wir uns in der Schule in dieser Form mit dem Thema beschäftigen dürfen. »So gesehen macht die Schule *doch* einen Sinn«, höre ich mich denken, »*so* gesehen ist das tatsächlich einmal zur Abwechslung der Fall.«

Auf der gekachelten Fläche eines langen Labortisches ausgebreitet stehen sie nun fix und fertig da und werden von uns gemeinsam bewundert, die sechzehn bis zum Rand mit einem erkalteten Rindertalg-Vogelfutter-Gemisch gefüllten Meisen-Becher. Bevor wir die abgekühlte Masse in die Becher füllten, haben wir die Böden noch schnell in der Mitte bleistiftdick durchstochen und einen entsprechend langen Stock durch das Loch gesteckt – an irgendetwas müssen sich unsere Schützlinge ja schließlich beim Futtern festklammern können. »Wenn ihr möchtet, Kinder, dann könnten wir sie noch schnell in die Bäume des Schulgartens hängen. Die Zeit sollten wir uns vielleicht noch nehmen.« Mehr eine Anordnung als ein Vorschlag, denke ich mir, aber einer, der ganz sicher einstimmig von der Gruppe angenommen werden wird ... Natürlich haben wir es wie vorgeschlagen in die Tat umgesetzt. Die selbst gemachten Futterstellen hängen jetzt in dem an den Schulhof grenzenden Schulgarten. In allen erdenklichen Größen baumeln sie dort an den Ästen der Bäume. Mein ehemaliger Kunsthonig-Becher ist natürlich mitten unter ihnen.

Dezember 1960 –
Anfang des Monats

»Guten Tag, mein Junge! Wohin denn diesmal so eilig?« Herr Schramm, der alte Geldbriefträger, kommt schweren Schrittes die Treppen hoch, die ich gerade im Begriff bin, so schnell wie nur möglich hinunterzuspringen. Mit einer Hand am Geländer bleibt er nun inmitten des Treppenlaufes stehen und sieht – seine Dienstmütze etwas in Richtung Nacken geschoben – freundlich zu mir hoch. Womöglich wäre ich in meinem Elan noch vom Absatz zwischen der dritten und der zweiten Etage gegen seine große, schwere schwarze Ledertasche gesprungen, die an einem breiten, quer über seiner Uniformjacke gespannten Riemen hängt. »Oh, entschuldigen Sie bitte ... ich habe Sie nicht kommen sehen.« Selbstverständlich bleibe ich nun ebenfalls kurz stehen und schaue ihn ebenfalls freundlich an. »Na ja, ist ja noch mal gut gegangen«, Herr Schramm holt hörbar tief Luft, unterbricht die kleine Pause und nimmt, seinen Oberkörper schwerfällig am Geländer hochziehend, entsprechend behäbig die nächste Stufe, »die Jugend ist eben nicht zu bremsen, und das ist auch gut so.« Ich gehe jetzt auch weiter, nunmehr allerdings betont langsamer als zuvor, was mir meiner Meinung nach die Situation dringend gebietet. Wie zu erwarten kommen wir nicht weit, bleiben auf der Treppe auf derselben Höhe nebeneinander stehen, erwarten noch die eine oder andere Bemerkung zu hören und zu beantworten. »Ich komme heute zwar besonders spät, aber ...

ich komme!« Herr Schramm zieht an seiner Zigarre, atmet ein, dreht den Kopf zur Seite und bläst den Rauch an mir vorbei in das Treppenhaus. »In diesen Tagen, mitten in der Adventszeit, so kurz vor Weihnachten ... da ist die Hölle los!«

Ich mag diesen Mann, der da in seiner Postuniform so plötzlich vor mir steht, habe mich längst sowohl an sein regelmäßiges Erscheinen als auch an seine *Erscheinung* gewöhnt. Die Tatsache, dass er eher klein und auch etwas rundlich ist, die mindert keinesfalls die Autorität, die der Beamte hier in der Straße genießt. Einmal im Monat kommt er auch bei uns vorbei, steigt zu uns hoch in die vierte Etage und händigt meiner Mutter, gegen eine Unterschrift von ihr, das Geld aus, das die Reederei auf Anweisung meines Vaters an sie überweist. In dem Zusammenhang fällt immer wieder das Wort »Ziehschein«. »Er hat ihn in all den Jahren noch nie vergessen, den Ziehschein für uns, niemals!« So meine Mutter, wenn sie – mit Stolz und auch Dankbarkeit in der Stimme – davon berichtet, wie verlässlich ihr Ehemann doch ist, wenn es darum geht, dass die Familie mit dem nötigen Bargeld versorgt wird ...»Du und deine Mutter«, Herr Schramm unterbricht meinen Gedanken, »ihr wartet doch sicherlich auch ungeduldig auf das Geld, um endlich die letzten Weihnachtsgeschenke einkaufen zu können, oder?« Der Geldbriefträger schmunzelt gelassen, hält seine Unterarme nun behaglich auf der großen schwarzen Ledertasche gelagert, die sich, was die Länge und Breite der schweren Tasche betrifft, durch ihr ausladendes Format bestens für solche Bequemlichkeiten eignet. Zwischen Zeige- und Mittelfinger seiner rechten Hand steckt der glimmende Zigarrenstummel, deren bläulich aufsteigender Rauchschleier sich eng an der Schirmmütze vorbei und gegen die Decke schlängelt. »Na ja, Herr Schramm ...«, ich antworte jetzt genau das, was mein Gegenüber vermutlich von mir erwartet, »wir wissen es ja, dass sie letztendlich immer noch rechtzeitig genug kommen«, und als Zugabe, die möglichst *erwachsen* klingen soll: »und dass sich momentan alles allein um das Weihnachtsfest dreht, das merkt man an jeder Ecke.« Wir blicken uns noch für den Zeitraum einiger Sekunden wortlos in die Augen und machen uns dann zeitgleich – er langsam treppauf und ich hurtig treppab – auf den Weg. »Bis zum nächsten Mal«, Herr Schramm tippt grüßend an den Schirm seiner Mütze, »und lass dir etwas Schönes unter den Baum legen!« Auf der dritten Etage wird jetzt eine Wohnungstür geöffnet, das bekomme ich noch gerade soeben mit. »Guten Tag, Herr Schramm!« – unverkennbar handelt es sich um die sachlich-ernste Stimme von Herrn Kurdamm, denke ich mir.

Wenn sich Leute im Treppenhaus unterhalten, dann wartet Herr Kurdamm gewöhnlich mit dem Hinausgehen so lange geduldig hinter seiner Tür, bis »die Luft wieder rein« ist, erst dann verlässt er leisen Schrittes seine Wohnung. Vermutlich hat es ihm heute etwas zu lange gedauert. Jedenfalls fällt mir zu seinem unvermuteten *Wagemut* momentan nichts anderes ein. – »Guten Tag, Herr Kurdamm«, höre ich noch aus der Ferne den Postbeamten freundlich antworten, »zu Ihnen komme ich aber heute nicht.« Mich würde interessieren – mein abschließender Gedanke hierzu –, ob sich zwischen den beiden jemals ein längeres Gespräch ergeben könnte, ein längerer Wortwechsel, der über ein monotones: »Guten Tag Herr ...« hinausgeht. Das Erdgeschoss, die Haustür, der Reyesweg.

Auf dem Langermannsweg-Spielplatz, da sind sie auch nicht zu sehen. Alle meine Freunde, sie scheinen wie vom Erdboden verschluckt zu sein. Menschenleer der Platz. Bis auf den Wärter, der gerade damit beschäftigt ist, zwischen den den Spielplatz eingrenzenden Sträuchern das Papier zu sammeln, das spielende Kinder gerne mal in irgendeiner Form hinterlassen, hält sich hier niemand auf. Dass sich jetzt, in der Winterzeit, hier keine Scharen von tobenden und johlenden Kindern befinden, das ist völlig normal, allerdings ist ja gerade das der Grund, weshalb wir uns in dieser Zeit hier am wohlsten fühlen. Der alte Mann, der hier hauptsächlich im Sommer seinen Dienst verrichtet, der wird auch bald verschwunden sein, wird sich dann erst wieder im nächsten Jahr blicken lassen. Meine Freunde, wo stecken sie? Bei Michael habe ich ebenfalls umsonst geklingelt. »Der ist gleich nach der Schule zu Dicki rüber, hat ihn abgeholt, wollten zusammen zu eurem ... sag mal schnell ... Wie heißt das denn noch gleich? Na – zu eurem ›Dingsbums‹-Haus«, hat mir Frau Schwarz, seine Mutter, wiederholt freundlichst versichert. Mit »eurem Dingsbums-Haus«, da meint sie den Freizeittreff »Haus der Jugend«, wo wir uns tatsächlich oft und gerne aufhalten. Dort waren sie aber nicht, weder Michael noch Dicki. Jan, bei dem ich vorher klingelte, ist momentan auch nicht aufzufinden. Keine Spur, nicht die geringste. »Und ich dachte, dass er bei dir ist, Alex!« Seine Mutter wusste nur, dass er zurzeit nicht im Hause ist, was mir allerdings auch nicht groß weitergeholfen hat. So viele Möglichkeiten gibt es nun auch wieder nicht, wo sie sich aufhalten könnten. Eigentlich dürfte es kein allzu großes Problem sein, sie ausfindig zu machen. Die Behelfsheimsiedlung – das ist die Idee! –, dort habe ich noch nicht gesucht, dort sollte ich vielleicht noch kurz vorbeischauen. Und doch, hier auf dem Spielplatz im Langermannsweg, da sind sie zwar ganz offensichtlich zurzeit nicht anzutreffen, aber sie könnten noch bis vor Kurzem hier gewesen sein. Jetzt, wo ich direkt vor der Bank stehe, auf deren Rückenlehne wir gerne lässig sitzen, um gemeinsam in aller Ruhe eine Zigarette zu rauchen, jetzt blicke ich auf eine Sache, die mir eventuell einen brauchbaren Hinweis geben kann: Auf dem Boden, im Sand, ziemlich mittig der Bank, sehe ich einige ausgedrückte Zigarettenstummel, die – so wie es aussieht? – noch nicht allzu lange dort liegen können. Das nun – jene Ansammlung – ist eine typische Hinterlassenschaft, mit der wir, Michael, Dicki und ich, unsere Rauchertreffen hier gewöhnlich beenden. Ich setze mich auf die Bank, beuge mich vor und begutachte die Stummel aus allernächster Nähe: »Lux-Filter« – eindeutig! Genau die Marke, die die beiden zumeist in ihren Taschen haben. Ausgebrannte Streichhölzer liegen hier nicht im Sand, kein einziges, was ebenfalls passt, weil Dicki neuerdings ein Benzin-Sturmfeuerzeug in seinem Besitz hat.

Wie auch immer, ob meine Freunde nun hier waren oder nicht, jetzt sind sie jedenfalls nicht hier. Ich blicke auf, sehe zu dem Wärter hinüber, der still und geduldig seiner Arbeit nachgeht. Eine Tätigkeit, die ihn vom übrigen Geschehen – so veranschaulichen es mir meine Gedanken – voll und ganz ablenkt. Mich scheint er jedenfalls noch nicht bemerkt zu haben. Mit einem circa einen Meter langen Rundholz, in dem an dem einen Ende ein langer, spitzer Nagel steckt, spießt der alte Mann das Papier auf, das es zu sammeln gilt. Das aufgespießte Papier streift er dann umgehend am Rande eines blechernen Eimers vom Nagel, was er in einer Weise vornimmt, die es ermöglicht, dass es so gut wie immer in den Eimer hineinfällt. Das alles macht er ausschließlich mit der linken Hand, und das nicht etwa, weil er – wie ich – ein Linkshänder ist, sondern zwangsweise allein deshalb, weil ihm, bis auf einen kurzen runden Wulst, gleich unterhalb der Schulter der rechte Arm vollständig fehlt. In seiner derben grüngrauen Jacke befindet sich nur ein linker Arm. Der rechte Ärmel, der zeigt sich flach und steckt im unteren Bereich in der rechten der beiden aufgenähten Jackentaschen. Bei jeder Bewegung, die der Wärter macht, erweist sich jener unausgefüllte Ärmel als eine verlassene, traurige Leblosigkeit, ja unterstreicht stets erneut, dass in ihm ganz eindeutig eine Lebendigkeit fehlt. So empfinde ich es.

» ›Kriegsversehrte‹ sind das«, hatte meine Großmutter mir einmal erklärt, »Menschen, die im Krieg einen Arm oder ein Bein verloren. Die werden vom Staat gerne für solche Aufgaben eingesetzt. Und das ist auch gut so. Etwas anderes können diese armen Seelen ja auch leider nicht mehr machen.« Mein Schwager Ulrich ist da ganz anderer Meinung. »Die haben für das sogenannte ›Vaterland‹ ihre Knochen geopfert und jetzt, wo sie hin sind, die einstigen hochgelobten ›Helden der Nation‹, da will sie plötzlich keiner mehr haben. Eine Schande ist das. Eine Schande!« Mein Vater hingegen, der macht – vorausgesetzt, dass ich ihn richtig verstehe – aus der Not eine Tugend, wie man so schön sagt. »So schlecht haben die es doch gar nicht. Die werden überall in den Großstädten bevorzugt als Parkplatzwächter eingestellt, sitzen, in weiße Uniformen gekleidet, in ihren beheizten Buden und machen ihren Job. Eine krisenfeste Anstellung ist das, eine Tätigkeit, die man problemlos mit einem fehlenden Arm – oder Bein – bewerkstelligen kann. Was soll's, mein Gott, das Leben geht doch schließlich weiter.« So kann man es natürlich auch sehen, zu ändern ist es ohnehin nicht … Das Holz der Bank, auf der ich sitze, ist ziemlich nass, wie ich jetzt bemerke, die Bretter der Sitzfläche feucht und klamm. Ich stehe auf. Zwar habe auch ich Zigaretten in meiner Tasche, aber mir ist momentan nicht nach Rauchen, nicht hier und nicht jetzt. Das würde auch nur Ärger mit dem Wärter geben, der mich ganz sicher spätestens dann bemerken würde. Jetzt unterbricht er seine Arbeit, richtet sich auf, macht sich gerade. Er hält sein Werkzeug, den Papier-Aufpicker, mit dem Nagel nach unten in den blechernen Eimer gelagert und blickt sich um, sieht auch zu mir hinüber. Fast könnte man meinen, dass er meine Gedanken erraten kann.

Der Mann erinnert mich irgendwie an den netten Wärter des Spielplatzes in der Paulinenstraße in St. Pauli. Als kleines Kind habe ich dort oft im Sandkasten gespielt. Das liegt zwar schon viele Jahre zurück, wir wohnten damals noch in der Clemens-Schulz-Straße, aber ich kann mich noch gut daran erinnern. In den Tagen des Sommers war ich entweder mit meiner Oma oder meiner Mutter regelmäßig dort, meistens allerdings mit meiner Oma, insofern seltener mit meiner Mutter und – ich glaube – niemals mit meinem Großvater. Der Paulinenstraßen-Wärter war, wie ich jetzt vermuten muss, wohl auch ein »Kriegsversehrter«. Er hatte zwar beide Arme, dafür aber nur ein Bein. Ein Bein – ich kann nicht mehr sagen, ob das rechte oder linke – fehlte ganz. Anstelle eines gesunden Fußes ragte eine Stelze aus rundem, stabilen Holz aus dem unteren Bereich seines Hosenbeins. Ich habe den Mann immer noch in guter Erinnerung, weil er so ausgesprochen nett war. Zwar erinnere ich mich nicht mehr daran, wie sie sich damals zeigte, seine Freundlichkeit, aber er muss schon etwas Besonderes an sich gehabt haben. Meine Oma erwähnt ihn heute noch von Zeit zu Zeit. Auch nach so vielen Jahren hat sie ihn noch nicht vergessen. »Ja, der Paulinenstraßen-Wärter, das war ein liebenswerter, vergnügter Mensch«, schwärmt sie von dem Mann, »wirklich ein ganz, ganz lieber Zeitgenosse!« Und ja, ein Holzbein hatte er. Ganz genau so ein Holzbein, wie es »Long John Silver«, der zwielichtige Pirat in der Verfilmung des Buches *Die Schatzinsel*, trägt. Lange bevor ich diese spannende Geschichte im Rondeel verfolgte, hatte sie mir mein Großvater über mehrere Tage hinweg aus dem Buch vorgelesen, viel zu früh, wie meine Mutter einmal während einer unserer Lesestunden besorgt bemerkte, was ihn allerdings keineswegs daran hinderte, sie mir dennoch bis zur allerletzten Seite und in fesselnder Betonung darzureichen. »Für einen Jungen seines Alters sind derartige Abenteuer wohl nicht unbedingt das Passende«, so damals Anneliese Zinser. »Außer *Klaus Störtebeker*, *Robinson Crusoe* und *Die Schatzinsel* gibt es sicherlich noch andere interessante Bücher, die für deinen Enkelsohn zum Vorlesen infrage kommen, Literatur, die seinem Alter gerecht wird und die du beruhigt zusammen mit ihm schmökern kannst.« Wobei sie auf die anderen, zuvor gelesenen Abenteuergeschichten anspielte, die sie – mit einem Blick auf ihren Sohn – ebenfalls nicht für altersgemäß hielt.

Meine Gedanken ... Geträumt muss ich haben. Sicher waren es nur wenige Sekunden, in denen ich abwesend war, aber diese kurze Zeitspanne hat ganz offensichtlich völlig ausgereicht, um einiges vor mir verborgen zu halten: Der Wärter – er ist weg! Weder er noch sein langer Papier-Aufpicker noch sein Blecheimer sind zu sehen. Verschwunden. Ich mache mich ebenfalls auf den Weg. Während ich zum Ausgang gehe, schaue ich mir die Sträucher an, die den Spielplatz umsäumen. Kaum noch Blätter an ihren Zweigen, kahl, dünn und schwarz ragt ihr Geäst in alle Richtungen, gibt den Blick auf die angrenzende Straße frei. Nein, Papier liegt nicht mehr am Boden, das würde jetzt auffallen. Allein das herabgefallene Blattwerk zeigt sich flächendeckend zwischen den Büschen, Blätter, die verwelkt, nass und teilweise sogar matschig mehrfach übereinander lagern. Das Leben ist kompliziert, sage ich mir, offenbar gibt es für eine jede Wahrheit mindestens eine Einschränkung, die sie ändern, ja sogar bis hin zum Gegensatz wandeln kann. »Die werden überall in den Großstädten als Parkplatzwächter eingestellt ...«, diese Aussage meines Vaters hat sich in meinem Kopf einquartiert, »... was soll's, mein Gott, das Leben geht doch weiter.« Und verhält es sich tatsächlich so? Ist es wirklich möglich, dass das die Menschen trösten kann, denen man im Krieg einen Arm oder ein Bein abgeschossen hat? Können die Menschen, die von einer explodierten Granate zu einem Krüppel gemacht wurden, hierin tatsächlich einen ausreichenden Trost finden? Diese Frage hält mich fest, klammert sich an meine Überlegungen. Und was ist mit dem Einarmigen, der ab und zu im Rondeel Kino an der Kasse sitzt und Eintrittskarten an die Besucher verkauft? So wie es aussieht, hat der Mann zwar kein Problem damit, mit nur einer Hand Billetts von der Rolle zu trennen, und ebenso verhält es sich mit dem Kassieren und Herausgeben von Geld, aber ist es nicht eine traurige Tatsache, dass er sich darüber *freuen* soll, dass er immerhin noch in der Lage ist, eine stinknormale Tätigkeit verrichten zu können? »Eine krisenfeste Anstellung ist das, die man problemlos mit einem Arm ...« Nein nein, ich denke, mein Vater macht es sich zu einfach mit seinem: »Was soll's, mein Gott, das Leben geht doch schließlich weiter.«

Der Reyesweg. Auf der anderen Seite die Siedlung, zwischen deren Gassen und Wegen ich erhoffe, nun endlich meine Freunde anzutreffen. Bei Hoppe stehen sie wieder Schlange. Mindestens fünf oder sechs Leute warten sogar noch außerhalb des Gemüseladens. Wie viele es genau sind, das kann ich noch nicht erkennen. Direkt vor dem Geschäft, auf der Straße und parallel zum Kantstein, parkt der Ford der Familie. »Hoppe – Obst und Gemüse« prangt in orangefarbenen Buchstaben auf der Seite des Transporters. Herr Hoppe lädt gerade Kisten aus. Eine lange, graue Schürze trägt er, die bindet er sich immer um, auch dann, wenn er keine Kisten und Kästen hin- und herzuschleppen hat. »Mensch, Alex, wo hast du denn die ganze Zeit gesteckt?« Gerade will ich die Straße überqueren – da schlendert mir Jan entgegen. »War auch schon bei dir zu Hause. Bin aber zum Glück nicht bis in den Vierten getobt. Habe von unten geklingelt. Deine Mutter hat aus dem geöffneten Fenster herunter gerufen, hat mir gesagt, dass sie auch nicht weiß, wo du bist.« Grinsend, beide Hände tief in die Taschen gesteckt, steht Jan nun dicht vor mir und wartet verschmitzt auf meine Reaktion. So kenne ich ihn. Dass ich eigentlich eher nach Michael und Dicki Ausschau halte, das werde ich meinem Freund nicht auf die Nase binden, damit könnte er nämlich nur schwer umgehen, darin könnte er unter Umständen sogar einen Grund finden, gleich wieder für mehrere Tage den Beleidigten spielen zu müssen. Außerdem – was soll's, ich habe mein Ziel doch erreicht, nun können wir gemeinsam etwas unternehmen. Die Straße überqueren wir aber jetzt nicht, die Siedlung ist nicht im Gespräch, liegt außerhalb unserer Planung. Wir sind uns sofort darüber einig, dass wir – so mein spontaner Vorschlag – kurz zu Schlemping gehen, in die Gärtnerei, den Alten fragen, wann wir damit beginnen sollen, die Steinkohlen, die zentnerweise unterhalb des Gewächshauses in einem Kellerraum lagern, in

Körben nach oben und direkt vor den Ofen zu tragen. Was mich betrifft, ich bin zwar bereits so gut wie für die Arbeit angemeldet, aber noch wurde nicht klar abgesprochen, ob Jan überhaupt dabei sein darf. Wie gehen allerdings stark davon aus, dass wir gemeinsam die Schlepperei übernehmen werden. Aber zumindest müssen wir den Gärtner fragen.

Dezember 1960 –
einige Tage vor Weihnachten

Schlittschuhe von Tante Käthie! Gestern trug der Postbote das Paket zu uns hoch in die vierte Etage. »An Alexander Zinser, 2 Hamburg 22, Reyesweg 24«, stand darauf und: »Am 24. Dezember zu öffnen!« (das Ausrufezeichen war ganz besonders dick und somit unübersehbar geschrieben). Anfänglich hatten wir es uns auch fest vorgenommen, das Geschenk wie gewünscht erst am Samstag, den 24. Dezember, auszupacken, haben es uns dann aber nur wenige Stunden nach der Übergabe noch einmal überlegt und uns entschieden, das schwere Paket besser doch gleich zu öffnen. Habe ich mir gleich gedacht, dass wir die Geduld nicht aufbringen würden, ich kenne das. Zwar tut meine Mutter nun so, als hätten wir allein aus Rücksicht auf *mich* nicht noch die wenigen Tage bis Weihnachten abgewartet, aber auch ihre Neugierde war ziemlich offensichtlich. Das Paket, ein in braunem Packpapier eingewickelter und mit einer dünnen Schnur verknoteter alter Karton, in dem offensichtlich bereits schon einmal etwas versandt wurde, enthielt einen weiteren, einen blau-weißen, länglichen, nagelneuen Karton. »Hudora Schlittschuhe«, die schön geschwungene Reklameschrift quer auf dem Deckel war nicht zu übersehen. Ich öffnete den Deckel und wir sahen hinein. Jeweils noch in ein dünnes weißes Seidenpapier locker eingeschlagen, zeigten sich uns die beiden blanken Dinger aus geschliffenem Stahl, die ich umgehend ganz auswickelte und vorsichtig in die Hand nahm. »Schön sind die«, sagte meine Mutter, mit dem für sie typischen gewissen Ton der besonderen Wertschätzung, und: »Die sind unter die Stiefelsohlen zu klemmen.« – »Hier ...«, ich hielt ihr den Schlüssel entgegen, den ich am Boden des Kartons entdeckt hatte, »damit kann man sie auf die jeweilige Schuhgröße einstellen und dann festschrauben.« – »Die sollten wir nun aber wieder zurücklegen ...«, meine Mutter schnappte sich den Deckel und wies auf den Karton, »und am Heiligabend werden die dann zusammen mit den anderen Geschenken hübsch auf den Gabentisch gelegt.«

Ja, und nun lagern die Schlittschuhe zurzeit im Flur, genauer gesagt in der Nische hinter dem Vorhang verborgen (wo die Utensilien lagern, die es in jedem Haushalt zu verbergen gilt), und dort auf dem obersten der Regale und ganz nach hinten rechts in die Ecke geschoben. In den kommenden Tagen – mindestens bis zum 24. Dezember – wird das Geschenk aus Burghausen so tun, als wäre es gar nicht vorhanden.

Ja, die Tante Käthie, das ist schon eine ganz nette, daran gibt es nichts zu rütteln, wie es so schön heißt. Zumindest aus meiner Sicht heraus ist das der Fall. Wir haben zwar kaum Kontakt zu den Burghausenern, was sich nicht zuletzt aus der großen Entfernung begründet, die zwischen uns und ihnen liegt. Mit dem Zug von Hamburg bis nach München ist nun mal kein Katzensprung, und von München bis nach Burghausen ist es dann noch einmal eine ziemliche Strecke – umgekehrt natürlich genauso. Aber eine lockere Verbindung bleibt trotzdem erhalten. Hin und wieder macht sie mir ein großzügiges Geschenk, schickt mir zu meinem Geburtstag oder zu Weihnachten ein Paket, das dann stets eine gelungene Überraschung für mich beinhaltet. Sie denkt eben an mich, vergisst ihren Neffen nicht, was auch meine Familie wohlwollend registriert. »Lass Käthie sein, wie sie will, aber das rechne ich ihr hoch an!« So bringt es beispielsweise meine Mutter zum Ausdruck, wenn mal wieder über die Schwester meines Vaters gesprochen wird, aus welchem Grunde das auch sein mag. Was die Sympathiekundgebungen aus dieser Richtung anbelangt, so war's das dann aber auch. Meine Eltern kommen mit Käthie nicht gut klar, besonders meine Mutter nicht, woraus sie kein Hehl macht. »Käthie Mittermayer – das ist ein echter Kotzbrocken!«, so äußerte sie sich wiederholt über ihre Schwägerin. »Sie ist durch und durch ein Herrenmensch«, fügt sie zumeist noch hinzu, »und diese unangenehme Art, mit der sie jeden Menschen über kurz oder lang abstößt, die kann sie einfach nicht ablegen!« Einerseits ist es mir unverständlich, wie eine Frau ein *Herren-Mensch* sein kann, andererseits muss da wohl was dran sein, ansonsten würde diese Bezeichnung, die ich im Zusammenhang mit meiner Tante mehr als einmal zu hören bekam, nicht so gezielt gewählt werden. Zwischen meiner Großmutter und der Familie Mittermayer gab und gibt es keinen Kontakt, insofern äußert sich Erna Quandt auch kaum zu dem Thema »Tante Käthie«, aber innerlich steht sie eindeutig auf der Seite meiner Eltern, daran gibt es für mich keinen einzigen Zweifel.

»Herrenmensch« und »Kotzbrocken« – das sind fürwahr alles andere als freundliche Betitelungen, wobei ich mir aber die Frage stelle, welche von den beiden Bezeichnungen wohl die schlimmere ist. Unter einem Kotzbrocken kann ich mir auf Anhieb etwas vorstellen, was mir hingegen bei dem Titel »Herrenmensch« nicht leicht fällt. Vielleicht wird Tante Käthie von den dreien aber auch deshalb so kritisch angesehen, weil sie bei ihnen unter dem Verdacht steht, in gewisser Hinsicht immer noch das zu sein, was man »eine überzeugte Nazi-Anhängerin« nennt. Letzteres mehr »unterschwellig«, wie es manchmal formuliert wird, also mehr unbewusst. – »Deine Schwägerin hat das nationalsozialistische Gedankengut leider immer noch nicht gänzlich abgelegt!«, hörte ich meine Großmutter einmal entschieden zu meiner Mutter sagen, »sie hat ganz offensichtlich eine nationalsozialistische Weltanschauung!«, und: »Sie kann vermutlich in keine andere Richtung mehr denken!« Mag sein, dass es von meiner Großmutter nicht ganz so gemeint ist, wie sie es zum Ausdruck bringt, sie neigt dazu, sich sehr direkt auszudrücken, aber nach dem, was mir diese Hinweise sagen, handelt es sich hier dennoch um eine schwere Anschuldigung, um eine Anklage, die besser nicht nach Burghausen dringen sollte. Eigentlich weiß Erna Quandt recht genau, wovon sie spricht, was wiederum für mich ein Grund mehr ist, ihre Stellungnahme genau so zu deuten, wie sie bei mir angekommen ist. Andererseits bekomme ich nie so *richtig* heraus, wer in unserer Familie was, wann, wie und weshalb getan oder gelassen hat. Nein, nicht wenn es um Dinge geht, die – ich sag mal – ein Gewicht zu haben scheinen. Jedenfalls werde ich das dumme Gefühl nicht los, dass es sich vorwiegend so verhält. Aber vielleicht bilde ich mir das ja auch alles nur ein. Möglicherweise bin ich mal wieder das Opfer meiner Fantasie, und meine Mutter trifft den Nagel auf den Kopf, wenn sie manchmal mitleidig zu mir sagt: »Du grübelst viel zu viel, Alex. Mach dir nicht immer solche überflüssigen Gedanken. Das belastet dich nur.«

Wenn ich das Alter habe, wenn ich erwachsen bin, dann werde ich irgendwann einmal ganz alleine nach Burghausen reisen und werde meine Tante bei passender Gelegenheit selber auf das Thema ansprechen. Das habe ich mir fest vorgenommen. Man kann doch über alles reden, wenn man den richtigen Zeitpunkt und den richtigen Ton wählt, davon bin ich felsenfest überzeugt. Und ich bin ebenfalls sehr davon überzeugt, dass ich später, als Erwachsener diese Fähigkeit – über alles gefühlvoll reden zu können – auch haben werde. Ich werde meine Tante, Käthie Mittermayer, einfühlsam zu fragen wissen, was an dem Gerücht dran ist, dass mein Onkel, Martin Mittermayer, nicht der leibliche Vater von meinem Cousin, Hans Joachim (Hansi) Mittermayer, ist, sondern dass Martin Mittermayer Hans Joachim angenommen und adoptiert hatte, nachdem er Käthie geheiratet hatte. Ich werde meine Tante dann auch fragen wollen, ob es wirklich stimmt, dass ihr Sohn Hans Joachim das Ergebnis einer flüchtigen Beziehung ist, die sie während der letzten Kriegsjahre zu einem Mann hatte, der als überzeugter und aktiver Nazi mit all seiner Kraft das Hitlerregime unterstützte. »Da meine Schwester mit dem Mann nicht verheiratet war, ist Hansi demnach ein geborener ›Zinser‹ ...«, hörte ich meinen Vater zu meiner Mutter sagen. »Sie heiratete dann Martin, der Hansi adoptierte und ihm somit auch seinen Namen ›Mittermayer‹ gab.« Was letztlich aus Hans Joachims leiblichem Vater wurde, aus dem »hohen Nazi-Funktionär«, wie meine Mutter den großen Unbekannten einmal nannte, darüber schweigt sich die Gerüchteküche aus, genauso wie sie anscheinend reinweg nichts darüber zu berichten weiß, ob jener Mensch überhaupt jemals von Tante Käthies Schwangerschaft (ja von der Geburt seines Sohnes!) erfahren hatte. »Er soll ja damals ...«, hörte ich meinen Vater zu meiner Mutter sagen, und auch dieser Satz wurde für mich nicht zu Ende gesprochen. »Es ist doch auch ganz egal, Heinrich«, – meine Mutter daraufhin –, »jetzt nach all den Jahren. Schwamm drüber. Es waren halt höchst eigenartige, höchst unkalkulierbare Zeiten. Für uns alle! Alles war völlig aus den Fugen geraten und hatte sich zu einem einzigen Durcheinander entwickelt. Alles! Und – na ja ... So war das halt, in diesen fürchterlichen Jahren.«

Gemütlich ist es, wenn der Kachelofen im Wohnzimmer angeheizt ist und seine wohlige Wärme von dort aus in der gesamten Wohnung verbreitet, urgemütlich sogar. Ihn fachgerecht anzufeuern ist anfangs zwar mit etwas Arbeit verbunden, und beidseitig schmutzige Hände lassen sich dabei nur schwerlich vermeiden, eher nicht, dafür sorgen Kohlenstaub, Ruß und Asche, aber wenn er erst einmal so richtig brennt, hält ihn nichts mehr auf, dann geht er glühend seinen Weg. Man sollte ihm dann auch tunlichst nicht allzu nahe kommen, dem Kachelofen, sollte besser einen gewissen – möglichst großen – Abstand halten, wenn man meint, sich überhaupt, aus welchem Grunde auch immer, in seinem Arbeitsbereich aufhalten zu müssen. Besonders den oberen, den beiden gusseisernen Klappen, die einen direkten Zugang in das feurige Innere des glühenden Ofens bieten, ist mit einem entsprechenden Respekt zu begegnen. Ich weiß genau, wovon ich rede, kann mich noch gut an die Situation erinnern, als ich mir vor vielen Jahren an jener Klappe meinen funkelnagelneuen Mantel ansengte.

Es geschah an einem Tag des allerersten Winters, den wir nach unserem Umzug in den Reyesweg erlebten. Gerade mal sieben Jahre alt war ich damals. Meine Großmutter und ich, wir kamen geradewegs aus der Kälte. Bis vor wenigen Minuten zuvor wurde ich noch unermüdlich von ihr mit dem Schlitten durch den hohen Schnee gezogen, der den gesamten Reyesweg mit seinem kühlen Weiß bedeckte. Mehrmals zog sie an einem langen Seil den Schlitten die Straße hinauf und hinunter. Unmittelbar vor unserem Umzug ließen mir meine Eltern von einem befreundeten Schneider, der eine Etage über uns in der Clemens-Schulz-Straße seine Wohnung und Werkstatt hatte, aus einem derben grauen Reststoff einen dicken warmen Wintermantel (einen »Paletot«, wie er in dem Kreis genannt wurde) anfertigen. Und eben diesen Mantel, wie könnte es auch anders sein, der mich doppelt so dick erscheinen ließ, wie ich in Wirklichkeit war, den trug ich an dem besagten Tage. Nachdem meine Großmutter mehrfach geduldig, aber leider vergeblich versucht hatte, mit ihren klammen Fingern die vereisten Knoten meiner Schnürsenkel zu lösen, damit ich mir als Erstes endlich meine durchfeuchteten Lederstiefel ausziehen konnte, stellte sie mich – mit dem Hintergedanken, dass ich insgesamt erst einmal etwas *auftauen* sollte – kurzerhand vor den besagten, seit Stunden gut beheizten Hamburger Kachelofen. Einerseits war das eine naheliegende Idee, andererseits eine, die in letzter Konsequenz stracks zu einer mittleren Katastrophe führte. Erna Quandt entledigte sich zunächst selbst ihrer nassen Klamotten, zog sich ihre Stiefel aus, hängte ihren Mantel, ihre Wolljacke, ihren Schal und ihren Hut an die Garderobe des Flurs und freute sich währenddessen auf einen warmen Platz auf dem Sofa. Alexander Zinser stand inzwischen ruhig und zufrieden dicht vor dem Ofen, der ihn und seine Umgebung in eine kuschelig warme Luft hüllte, und träumte beharrlich vor sich hin, ja bewunderte die vor seinen Füßen langsam aber sicher anwachsende Lache, die sich von den unzähligen Wassertropfen nährte, die sich nun in immer größerem Maße von seinen Kleidern lösten.

»Was riecht denn hier so eigenartig?« – irgendwann erschien meine Mutter im Flur, »als ob hier irgendetwas anbrennen würde.« Nach kurzem Hin und Her, das mehrfach von einem verwunderten »Hier ist auch alles in Ordnung!« begleitet wurde, standen letztendlich beide Frauen im Türrahmen des Wohnzimmers und stierten mich fassungslos an, blickten – für Sekunden regelrecht starr vor Schreck – auf mich und auf meinen dampfenden Paletot aus derbem, grauen Reststoff. Nun war es ganz offensichtlich, was da so angebrannt roch: Ich war zu nahe an den Ofen herangetreten, stand viel zu dicht an der oberen der beiden Klappen, ja bemerkte es nicht, dass ich meinen Mantel das nahezu glühende Gusseisen berühren ließ. Der Stoff war im oberen Bereich angesengt, war an dieser Stelle eindeutig handtellergroß verbrannt und dampfte stinkend in den Raum. Das war's. Nicht mehr und nicht weniger war passiert.

Und ja, selbstverständlich gab es Ärger, und das sogar reichlich. Wobei die Tatsache, dass ich bereits damals als kleiner Junge eine gewisse, aber unübersehbare Abneigung gegen Mäntel hatte, also meinen damaligen Paletot (der Gott sei Dank nach kurzem Zögern seitens meiner Mutter als »nicht mehr tragbar« eingestuft wurde) schon überhaupt nicht mochte, keine Rolle spielte. Nein, meine Mutter unterstellte ihrer Mutter mit Nachdruck ein mangelhaftes Verantwortungsgefühl, und dass man sich einfach nicht auf sie verlassen könne. Als mein Vater später von dem Vorfall erfuhr, tobte er förmlich vor Wut. »So einem Menschen darf man keine verantwortungsvolle Aufgabe übertragen«, seine verurteilenden Worte, »da kann ja sonst was passieren. Da muss man mit allem rechnen!« Noch Jahre später hatte meine Großmutter sich solche oder ähnlich solche Vorwürfe von ihrem Schwiegersohn anhören müssen. Und auch heute, wo eine beträchtliche Zeitspanne die Gegenwart von der Vergangenheit trennt, ist dieses Thema innerhalb unserer Familie noch nicht gänzlich in Vergessenheit geraten. Zwar hat inzwischen der leicht ironische Ton der Belustigung den barschen Ton des Vorwurfs abgelöst, aber im Unterton klingt immer noch hörbar so etwas wie eine kleine Anschuldigung mit. Leider.

Still und friedlich liegt er da, der Reyesweg. Von hier oben aus gesehen und jetzt, wo die gesamte Straße mit Schnee bedeckt ist, wirkt sie ungewöhnlich breit, breiter als gewöhnlich, breiter, als sie in Wirklichkeit ist. Kein Wunder, denke ich mir, die weiße Pracht, eine Schicht von inzwischen knapp einem halben Meter, ruht sowohl auf dem Kopfsteinpflaster der Fahrbahn als auch beidseitig auf dem Bürgersteig und hat alles zu einer einzigen weiten Landschaft vereint. Die Kantsteine, die normalerweise das eine vom anderen geradlinig trennen, die lassen sich zurzeit nicht blicken, liegen unter dem kühlen Gruß des Himmels. Allerdings lässt es sich mithilfe der auf der Straße parkenden, ebenfalls gut eingeschneiten Autos verlässlich erahnen, wo jene Grenzen letztendlich wohl verlaufen. Mit meinen beiden Handflächen habe ich etwas Wärme an die Fensterscheibe gegeben, habe meine Hände so lange gegen eine Stelle der Scheibe gedrückt, bis dort die Eisblumen zurück zu Wasser schmolzen und die Sicht wieder nach draußen freigaben. Auf der Straße ist jetzt niemand mehr zu sehen.

Es ist ja auch bereits recht spät, vielleicht sogar schon kurz vor Mitternacht? Die genaue Uhrzeit ist mir nicht bekannt. Nahezu Windstille. Seit Stunden schneit es. Ruhig und bedächtig tänzelt das Gewirr aus gefrorenen Kristallen aus der Höhe zur Erde herab. In einer ungebrochenen Gleichmäßigkeit zeigt sie sich mir, diese kalte, erhabene Ebene des Winters, diese unberührte Decke aus sauberem, reinen Schnee, die irgendwie unwirklich auf mich wirkt. Keine Reifenspuren, nicht eine einzige. Es muss schon etwas länger her sein, dass ein Auto durch den Reyesweg fuhr. Auch die vielen, unterschiedlich langen, aber immer im selben Abstand verlaufenden Furchen, die die von den Kindern kreuz und quer durch den Schnee gezogenen Schlitten hinterlassen, sind verschwunden, sind zugeschneit, so wie ebenfalls die unzähligen Abdrücke der durch den Schnee stapfenden Stiefel und Schuhe unsichtbar geworden sind. Ruhe. Absolute Stille. Eine Stille, die sich förmlich einatmen lässt, so kommt es mir vor. Manchmal, in der Nacht, wenn an meinem Fenster oben die Klappe einen Spaltbreit geöffnet steht, dann kann man sie ganz deutlich rauschen hören, die Gaslaterne unten an der Straße direkt vor unserem Hauseingang. Allerdings kommt es nicht allzu oft vor, dass die Fensterklappe nachtsüber offen ist, jedenfalls nicht im Winter, nicht bei diesen Außentemperaturen.

Kalt ist es in meinem Zimmer, bitterkalt sogar, um das Wörtchen »saukalt« tunlichst zu vermeiden. Die Eisblumen, die in bizarr hauchdünnen Schichten an meinem Fenster hochwachsen, die können das jederzeit bestätigen. Wenn im Wohnzimmer der Kachelofen nicht mehr mit Briketts versorgt wird, wenn die Flammen langsam verlöschen, nur noch etwas Kohlenasche müde vor sich hin glimmt, dann dauert es nicht lange, und man merkt es in der gesamten Wohnung: Die wohlige Wärme entweicht unaufhaltsam, zieht sich zurück und flieht ins Mauerwerk. Das ist jetzt im Moment der Fall. Es ist mühselig, den Ofen die Nacht über zu betreiben. Wir machen das von daher auch längst nicht immer, heute eben auch nicht. Zuletzt haben wir kurz vor dem Abendbrot einige Kohlen nachgelegt. Es handelte sich um einen nur spärlichen Rest aus der Schütte, die nun dicht neben dem ebenfalls leeren Brikettträger aus gehämmertem Altmessing auf dem Blech steht, das die Holzdielen am Fuße des Ofens vor den sprühenden Funken schützt, die sich beim Nachschütten gerne mal aus dem Feuer heraus und direkt ins Freie drängen ... Das Mondlicht lässt den Schnee etwas bläulich schimmern, lässt überall auf der riesigen Zuckergussdecke die klitzekleinen Eiskristalle blinken und funkeln. Ein überaus faszinierendes Schauspiel in der Nacht, für das ich dankbar bin. Ich öffne die Klappe des Fensters einen Spalt, halte kurz den Atem an und lausche – die Laterne! –, sie spricht tatsächlich. Ein leises, gerade noch so eben wahrnehmbares, gleichmäßiges Rauschen schwebt zu mir empor, schwebt in mein Reich. Ein empfindliches, unaufdringliches Geräusch, das von dem Prozess der Gasverbrennung zeugt und sich mit der Stille der Nacht gut verträgt. Honigfarben ist das Licht, das durch die von der Kälte beschlagenen Gläser der Laterne scheint und die Dunkelheit des Winters etwas erträglicher macht. Eine freundliche, sanfte Helligkeit, die besonders die unmittelbare Nähe des Lichtspenders kreisförmig ausleuchtet. Ich lausche ...

Ich schließe die Oberlichtklappe wieder. Die eisige Luft, die sie in den wenigen Minuten in das Zimmer ließ, die hat längst meine nackten Füße erreicht, versteht es, mich eindringlichst daran zu erinnern, dass die Außentemperatur die Innentemperatur spielend leicht besiegen kann. Die Luft, die ich ausatme, die ist jetzt sichtbar, wie kleine Wölkchen zeigt sie sich mir kurz, bevor sie sich wie im Nichts auflöst. Beharrlich nährt mein Atem die Eisblumen, lässt die Stelle an der Scheibe, die ich mit der Wärme meiner Hände vom Eis befreit habe, leicht beschlagen. Gleich wird mein Fenster im Fenster wieder völlig den grazilen Gebilden gehören, die sich in pflanzenähnlichen Formationen an die Scheibe klammern. Meine Fensterbank ist nass. Das kleine Loch in der Rinne der Fensterbank, das das Abfließen des Tauwassers ermöglichen soll, das sich an der Innenseite des Fensters sammelt und senkrecht an Scheibe und Rahmen herunterperlt, das ist verstopft, ist, wie ich vermute, wieder einmal zugefroren. So, nun ist es aber höchste Zeit, auch wenn morgen Sonntag ist – ich muss ins Bett. Ein letzter Blick aus dem Fenster: In dicken, schweren Schichten lagert der Schnee auf den Ästen und Zweigen der Linden, deren senkrecht aus den Schneemassen herausragende Stämme ein beträchtliches Stück kürzer wirken, als sie es tatsächlich sind. Die Haube der Gaslaterne ist ebenfalls zugeschneit, es sieht aus, als hätte sie sich eine große weiße Pudelmütze aufgesetzt. Einige kleine Eiszapfen, länglich gefrorene Wassertropfen, hängen ringsherum von ihrem Kopf herab, ragen ein Stück weit über die beschlagenen Glasscheiben. Das honigfarbene Licht der Laterne lässt die Zapfen romantisch schimmern. Ja, still und friedlich liegt sie da, meine Straße. Von hier oben aus gesehen und jetzt, wo er einheitlich von einem funkelnden Weiß bedeckt ist, wirkt er tatsächlich auffallend breit, der Reyesweg ... Morgen früh, gleich nach dem Aufstehen, wenn ich auf unserem Dachbodenverschlag die Kohlenschütte und den Brikettträger erneut aufgefüllt habe und meine Mutter inzwischen die kalte Asche aus den Öfen entfernt hat, dann werden wir umgehend für ein gemütliches Feuer sorgen, dann wird sich in den gesamten Räumen unserer

Wohnung schnell wieder eine wohlige Wärme ausbreiten, eine Wärme, die auch die noch verbliebenen Eisblumen von den Fenstern tauen wird.

Dezember 1960 –
letzter Schultag vor den Weihnachtsferien

»So, und jetzt gehen wir ganz langsam und möglichst ohne Lärm zu verursachen aus der Klasse und stellen uns genau dort in Sechserreihen auf, wo sich bereits die Parallelklasse aufgestellt hat.« Die Frotzer hält die Tür geöffnet und weist in den Flur. »Und wie gesagt, schön langsam und lautlos!« Ich kenne das bereits. Die Handlung ist zwar nicht nach meinem Geschmack, dennoch aber zu ertragen: das große Weihnachtslieder-Singen im Treppenhaus der Schule und auf den angrenzenden Fluren. Wie immer in der Adventszeit und bis zu den Weihnachtsferien werden in regelmäßigen Abständen seitens der Schule solche Veranstaltungen anberaumt. Heute auch. »Etwas zügiger bitte, und – was habe ich gesagt? – Ruhe!« Die meisten von uns sind bereits raus, versuchen sich gemäß der Anweisung in Reihen zu je sechs Sängern zu positionieren, was sich auch nicht gerade als einfach erweist. Das Treppenhaus liegt im Halbdunkel. An einigen Wänden hängen schwere schwarze, schmiedeeiserne Kerzenhalter, an denen dicke, gelblich-weiße Kerzen brennen, was dem Treppenhaus etwas Ritterburg-Ähnliches verleiht. Auch die breite Treppenbrüstung aus grauem Granit, die in gleichmäßigen Abständen wuchtige, fensterähnliche Auslassungen aufweist, die jeweils mit schweren, gedrehten Vierkantstäben – ebenfalls aus Schmiedeeisen – verschlossen sind, würde bedenkenlos in jede Ritterburg passen. Das gefällt mir natürlich. Hier und dort reden Lehrer auf Schüler ein, korrigieren noch flugs Standort und Haltung einzelner. Einige Schüler halten Notenständer und Musikinstrumente parat, zumeist sind es Blockflöten. Langsam füllt sich der vorübergehend zum Konzertsaal erkorene Bereich. Von oben bis unten stehen die Jungen und Mädchen aller Klassen jetzt auf den Stufen des Treppenhauses so wie in den abzweigenden Fluren – stets mit dem Rücken in Richtung Wand – und warten gespannt auf die Dinge, die da kommen. Je Gruppe hat sich eine der Lehrkräfte dazugestellt, die sich als Souffleure und Aufpasser zugleich bewähren wird, vereinzelt aber auch als aktiver Musiker, mit Gitarre oder Geige. Etwas weiter unten auf der Treppe, zwischen dem ersten und zweiten Stockwerk, wird soeben eine der Geigen gestimmt. Fast jeder der Anwesenden hat einen Zettel in der Hand, auf dem die Texte von zwei oder drei Weihnachtsliedern abgedruckt stehen, korrekterweise sogar mit den entsprechenden Noten. Alle sollen singen, alle, so ist es geplant. Einige werden allerdings nicht mitsingen, ich natürlich auch nicht, was zumindest von *mir* geplant ist.

Nun scheint alles parat zu sein, scheint mittlerweile alles in Reih und Glied zu stehen, wie es für den Ablauf seitens der Organisatoren geplant ist. Langsam senkt sich der Lärmpegel. Ruhe. Die Lehrer blicken auf die Gruppen, die Schüler zumeist auf ihre Zettel mit den Texten. Absolute Stille. Auf ein Zeichen hin – wer auch immer es gegeben haben mag – ertönt Musik, erschallen Klänge von Blockflöten, Gitarren und mindestens zwei Geigen. Zeitgleich setzt Gesang ein, bis auf verschwindend wenig Ausnahmen tatsächlich zur selben Zeit. »*O du fröhliche, o du selige* ...«, so klingt es nun aus unzähligen Mündern, »*gnaden-bringende Weihnachtszeit!*« Die gemeinhin harmonische Begleitung besagter Musikinstrumente passt sich merklich immer besser an (oder verhält es sich umgekehrt?). Lehrer Schulz ist der Dirigent und Souffleur meiner Gruppe. Er spielt zwar kein Instrument, singt aber deutlich hörbar mit. Die Frotzer hat sich abgesetzt. *Sie* ist die Geige, auf der Treppe zwischen dem ersten und zweiten Stockwerk, das kann ich jetzt genau erkennen. Mit geschlossenen Augen und einem Mienenspiel, als würde sie die erste Geige bei den Wiener Philharmonikern präsentieren, sägt sie konsequent ihre Noten herunter. Zwei Tatsachen verrät mir ein flüchtiger Blick auf den Zettel in meinen Händen: zum einen, dass als Nächstes das Weihnachtslied: »Stille Nacht! Heilige Nacht!« zu hören sein wird, und zum anderen, dass ich heute ganz sicher nicht mit einem »Aber Heidschi Bumbeidschi bumbum!« rechnen muss ... »Aber schön ist es doch irgendwie, was mir die Schule Von-Essen-Straße in diesen Tagen bietet«, höre ich mich tief in meinem Inneren denken, »alles was recht ist.« In irgendeiner Weise berührt mich dieses Zeremoniell, und sogar weitaus tiefer, als ich es mir hier und jetzt eingestehen möchte. Ja, irgendwie hat es mich auch heute wieder in seinen Zauber gezogen ... Der Chor, das mächtige Treppenhaus, das im Schein der Kerzen für mich immer zur Burg wird, die vertrauten Klänge der Blockflöten, mühevoll von den Jungen und Mädchen eingeübt, die hohen Töne der Violinen ... Es ist höchst eigenartig, dieses Gefühl, das mich schleichend überkommt. Am liebsten möchte ich mich jetzt – ja – ausweinen, möchte auf der Stelle leise, aber zwanglos losheulen dürfen, was selbstverständlich das Letzte wäre, was ich in dieser jetzigen Situation je machen könnte. Dieser Versuchung werde ich nicht nachgeben, um keinen Preis der Welt werde ich ihr unterliegen. Und dennoch – etwas komisch ist es schon.

Das Schönste an Weihnachten, das ist für mich die Zeit davor, die Wochen und Tage, an denen man sich etwas wünschen darf und man nicht so genau weiß, was letztendlich dabei herauskommt. Hinzu kommt selbstverständlich noch die dunkle Vorfreude auf das, was als völlige Überraschung dann noch nebenbei unter dem Tannenbaum liegen *könnte*, die Vorfreude auf das Ungeahnte eben, was manchmal, und wenn, von wem auch immer, hübsch verpackt als Geschenk zusätzlich überreicht werden könnte. Eindeutig diese gewisse Geheimniskrämerei ist es, die mir jene Vorweihnachtszeit zu den schönsten Tagen des ganzen Jahres macht. So empfinde ich es jedenfalls. Oder besser gesagt, so empfand ich es. Ja, *empfand*, denn ich verspüre deutlich, dass es für mich noch vor wenigen Jahren eine völlig andere Bedeutung hatte, das Weihnachten, als es heute der Fall ist. Aber ich muss hinzufügen, dass das mein persönlicher Eindruck ist, meine ureigene Meinung, die sich nach und nach gebildet hat, nachdem ich einmal etwas länger über dieses Fest nachgedacht hatte. Klar, ich freue mich natürlich auf Weihnachten, allein schon die vielen schulfreien Tage – die Ferien zwischen Weihnachten und Neujahr – bewirken es bereits, dass ich dem Fest weiterhin ab spätestens Anfang November entgegenfiebere. Und ja, was die besagten Überraschungen betrifft, sie treten zwar deutlich geschmälert auf, tun sich von Jahr zu Jahr schwerer damit, meine diesbezüglich etwaige Erwartungshaltung letztlich zu befriedigen, aber das halte ich inzwischen für normal. Vielleicht liegt es ja auch wirklich daran, dass ich in der Vergangenheit bereits ausreichend beschenkt wurde, und das nicht nur am 24. Dezember. Mag sein, dass das eine gewisse Rolle spielt. Meine Großmutter sagt das jedenfalls, hatte mir mal versucht zu erklären, wieso es sich so verhält, wie es sich verhält: »Die Jugend von heute, die ist leider ziemlich verwöhnt, und du, Alex, du ganz besonders! Deiner Mutter zum Beispiel, der haben wir am Heiligabend ein neues Bekleidungsstück unter den Weihnachtsbaum gelegt, ein paar neue Strümpfe beispielsweise oder einen warmen langen Schal für den Winter. Ein neues Kleidchen für ihre Puppe gab es dazu oder ein, zwei Dinge für die alte Puppenstube. Und Hänschen, ihr Bruder, der bekam in erster Linie ebenfalls etwas zum Anziehen. Ein Buch für jeden lag unter dem Baum, und das eine oder andere Spielzeug wurde für Weihnachten sorgsam repariert und dann erneut mit Farbe bunt angestrichen. Ich kann mich noch sehr gut daran erinnern, wie sehr sich meine Kinder darüber freuten, dass wir ihnen zum Fest das alte Schaukelpferd – das beide benutzten – in dieser Weise renovierten. Einen Teller mit Nüssen, Äpfeln und Lebkuchen für jeden ...

Und beide waren glücklich und zufrieden mit diesen Geschenken!« Ihre Worte, die – was besonders meine Verwöhntheit anbelangt – ausgerechnet mein Schwager Ulrich gerne bestätigt, und nicht nur in diesen Tagen. Gerne höre ich mir das nicht an, und ich bin mir auch nicht unbedingt sicher, ob die beiden damit überhaupt auch nur ansatzweise recht haben. Aber egal, ich habe da sowieso meine eigenen Gedanken, und die gehen nun einmal in eine ganz andere Richtung. Ich bin eben älter geworden – das ist es –, ja, für einen zwölfjährigen Jungen aus Barmbek, da hat das Ganze eben keine richtige Anziehungskraft mehr. So einfach ist das, und völlig normal.

Hinzu kommt noch, dass ich, was die Geschenke anbelangt, oft genug enttäuscht wurde, und das lag keinesfalls daran, dass ich sonderlich Großes erwartet hatte. Nein, ich habe mich des Öfteren über die Tatsache schwarz geärgert, dass das mir überreichte Spielzeug zu allem Möglichen taugen mag, aber ganz bestimmt nicht zum Spielen. Die Märklin-Eisenbahn, um ein Beispiel zu nennen, die ich vor Jahren zu Weihnachten bekam, die ist im Grunde zwar in Ordnung, im Grunde ja, aber das war's dann auch schon. Über den Karton mit der überaus schlichten Grundausstattung kam ich nie bedeutungsvoll hinaus: ein einfacher Schienenkreis, der sich mittlerweile zu einem Schienenoval ausbauen lässt (eineinhalb Meter über alles gemessen, wenn überhaupt), eine Lokomotive mit drei Anhängern sowie ein Transformator für die Stromversorgung – damit ist auf lange Sicht nichts anzufangen. Ähnlich verhält es sich mit dem, was zu einer richtigen Modell-Eisenbahnanlage nun mal an Miniaturen dazugehört: die Häuser, die Bäume, die Autos, Menschen, Tiere und so weiter – es ist zwar alles irgendwie vorhanden, aber eben nur *irgendwie*. Alles ist zusammengeschustert, nichts passt richtig zueinander, nein, nicht einmal annähernd so, wie es in der Adventszeit überall in den Schaufenstern der Spielwarenläden zu bewundern ist. Mein Vater hatte mir einmal vor einiger Zeit für meine Eisenbahn einen Tunnel gebaut, hatte mit hartem Karton, Leisten, Gips und Farbe so lange gesägt, gehämmert, geklebt und modelliert, bis aus dem Material ein Gebilde entstand, das eine verblüffende Ähnlichkeit mit einem richtigen Modelleisenbahn-Tunnel hatte, das muss ich zugeben. Allerdings passen – in dem von mir gemeinten Sinne –, passen tut er zu den übrigen Dingen ebenfalls nicht. Das rund 30 Zentimeter lange Konstrukt namens »Tunnel« stand und steht im krassen Widerspruch zu dem Rest der Anlage. All das widerspricht meinem Ordnungssinn, ärgert mich letztendlich, macht mich unzufrieden. Mag sein, dass Erna Quandt und Ulrich Hellwig doch nicht falsch liegen, mag sein, dass meine Ansprüche doch zu hoch sind, vielleicht bin ich mittlerweile wirklich zu verwöhnt ...

Weihnachtsferien. Draußen herrschen Schnee, Eis und klirrende Kälte, drinnen hingegen die behagliche Wärme, die glühende Öfen spenden. Nach dem Essen werde ich vielleicht mit meiner Großmutter ein paar Runden »Mensch ärgere dich nicht« spielen. Sie kann gerne dabei rauchen. Ich rieche sie gerne, ihre still vor sich hin glimmenden Juno-Zigaretten. Und während des Nachmittags zeigt das Fernsehen hoffentlich einen Abenteuerfilm, vielleicht sogar – was mir ausgesprochen gut gefallen würde – wieder so eine Art »Sibirische-Winterlandschaft-Flucht-Abenteuer« in mehreren Folgen, ja, so wie im letzten Jahr der spannende Sechsteiler »So weit die Füße tragen«. Das würde gut zum Winter passen, zur Kälte, zur Dunkelheit. Und dann die Freiheit, auch am nächsten Tag nicht in die Schule gehen zu müssen – all das ist es, was mir von Weihnachten geblieben ist und was mir gewiss noch viele Jahre bleiben wird ...

Die Sonntage in der Adventszeit, die habe ich ebenfalls in guter Erinnerung. Die unbeschreibliche Gemütlichkeit, die der besinnliche Lichtschein langsam abbrennender Kerzen ausstrahlt, die empfinde ich an diesen Tagen als besonders angenehm. Allerdings denke ich hier vorwiegend nicht an die vielen dünnen weißen Kerzen, die – gleich im Anschluss an diese Sonntage – zwischen dem Gewirr von silbernem Lametta, Schokoladenkringeln und grell bunten Glaskugeln herausragen, nein, hier denke ich vor allem an die vier dicken roten Kerzen, die bei uns zu Hause in der Adventszeit stets am Rande einer flachen, schlichten Porzellanschale stehen. Pünktlich zum ersten Advent holt meine Mutter jene lindgrüne Schale unten aus dem Wohnzimmerschrank heraus, hängt die vier Kerzenhalter – ebenfalls lindgrün und aus Keramik – an deren Kante, legt einige zuvor besorgte Tannenzweige hinein, fügt die Kerzen in die Halter, drapiert alles noch etwas zurecht und stellt letztlich das Ergebnis demonstrativ genau in die Mitte des Wohnzimmertisches. In der gesamten Wohnung riecht es gleich angenehm nach Tannennadeln, besonders im Wohnzimmer. »Jetzt beginnt eine besinnliche Zeit«, flüstert mir die Schale zuversichtlich zu, wenn ich sie gleich danach das erste Mal betrachte. Wir zünden die Kerzen nicht nur an den Sonntagen an, und schon gar nicht in der üblichen Reihenfolge – erst eine, dann zwei, dann drei und dann alle vier –, nein, wir lassen stets alle vier Kerzen gleichzeitig brennen, und zwar immer dann, wenn es besonders gemütlich werden soll. Dass diese

Sonderregelung hin und wieder auf Unverständnis stößt (»So geht das doch nicht ... Herkömmlich brennen erst am vierten Adventssonntag die vier Kerzen gleichzeitig zusammen.«), das kann uns nicht von unserem Entschluss abhalten. Eine schöne Sitte, die ich nicht missen möchte. Manchmal, wenn wir zu zweit oder zu dritt im Wohnzimmer sitzen und in Gedanken versunken auf die brennenden Kerzen schauen, dann zwicke ich mir einige Nadeln aus den Zweigen und halte sie nacheinander in eine der Flammen. Der Duft, den die glimmenden, brennenden Tannennadelspitzen knisternd in den Raum räuchern, der fügt sich übergangslos in den Wohlgeruch, den bereits die auf dem Tisch stehenden Clementinen und Spekulatius-Kekse den ganzen Tag über verbreiten. Die besagten dünnen weißen Kerzen, die später am Heiligabend am geschmückten Weihnachtsbaum brennen, die sorgen natürlich auch für Gemütlichkeit, das gebe ich zu, allerdings signalisieren sie mir gleichzeitig, dass, einhergehend mit *ihrem* Glanz, nun die besinnliche Adventszeit für dieses Jahr endgültig vorbei ist.

24. Dezember 1960

Alle Öfen haben wir angemacht. Eine wohlige Wärme überwiegt in der gesamten Wohnung. Besonders mollig ist es im Wohnzimmer, wo der Hamburger Kachelofen wacker vor sich hin glüht. Schön! Der 24. Dezember – Heiligabend! Alles ist so, wie es immer ist an diesem besonderen Tag, alles ist so, wie ich es erwartet habe. Meine Großmutter ist gekommen, gestern schon, und sie wird noch ein paar Tage bleiben. Barbara und Ulrich werden morgen kommen, zum gemeinsamen Essen, haben sie jedenfalls gesagt. Mein Vater ist auf See, wie Weihnachten meistens. Mein Großvater kommt auch diesmal nicht zu uns, aber das stand für mich bereits vorher schon fest, ist alles andere als eine Überraschung. Einerseits feiert er als »echter Christ«, wie er sich selbst bezeichnet, nicht, »wie die Kirche es verurteilungswürdigerweise hält«, ebenfalls seine Worte, dieses »durch und durch heidnische Fest«, wie er es immer wieder betont, andererseits kommt er nicht, weil seine ehemalige Ehefrau da ist und die beiden sich – aus welchem Grunde auch immer – unter gar keinen Umständen begegnen wollen. Ich kenne das bereits zur Genüge. Gut, wir sind heute zu dritt, und warum auch nicht. Aus dem Radio erklingen Weihnachtslieder, Lieder, die wir noch vor wenigen Tagen in der Schule gesungen haben. Das heißt ... genau genommen, was allein mich betrifft – ich singe ja nicht mit , so habe ich sie nur gehört. Ein paar Tage frei, keine Schule, Ferien. Etwas gelangweilt stehe ich am Wohnzimmerfenster und schaue auf die Straße hinunter. Hoppes haben noch gut zu tun, das kann ich von hier oben deutlich erkennen, eine lange Schlange Wartender hat sich vor dem Eingang gebildet. Binnen Kurzem wird auch hier Ruhe einkehren. Pünktlich um 12:00 Uhr wird Herr Hoppe mit eiligen Handgriffen die vor dem Geschäft ausgestellten Kisten und Kästen hereinholen, die Tür von innen schließen und das Schild mit den Öffnungszeiten an die Scheibe der Tür hängen. Als diesbezüglich letzte Amtshandlung zieht Herr Hoppe dann unmittelbar hinter dem Schild das Rollo an der Tür herunter, sodass von außen niemand mehr in den Laden blicken kann. Das war's dann. Das Ritual lässt sich an jedem Samstag beobachten, nicht nur am 24. Dezember.

Unsere Haupteinkäufe haben wir bereits vollständig – gleich ab dem vergangenen Montag und dann schrittweise über die Woche verteilt – erledigt, den letzten Rest gestern, am Freitag, in der Produktion. »Man muss ja nicht immer alles auf den allerletzten Drücker einkaufen!«, pflegt meine Mutter bezüglich der Einkäufe für die Festtage gerne zu sagen, »man sollte das vernünftigerweise besser in aller Ruhe so peu à peu erledigen«, womit sie wohl recht hat. Selbstverständlich kommt über die Weihnachtstage immer etwas Besonderes auf den Tisch des Hauses, etwas, was es normalerweise nicht jeden Tag zu essen gibt. Einen Gänsebraten oder so, jedenfalls irgendetwas, wozu Rotkohl und braune Soße passen. Einmal – und das war allein die Idee meiner Oma – gab es ausnahmsweise einen sogenannten »Karpfen blau«, was mich betraf, war das ein schlechter Einfall, ein sehr, sehr schlechter sogar. Der Fisch wurde gekocht und – ansonsten so belassen, wie er ist. Ja! Mit Kopf und Augen wurde er serviert! So jedenfalls meine scheußliche Erinnerung an diesen abstoßenden Vorfall. Mit glasigen Augen und leicht geöffnetem, hängenden Maul glotzte mich der widernatürlich blaue Karpfen von einem großen ovalen Servierteller herunter an, erinnerte mich – insbesondere das hängende Maul – an Onkel Paul, den Vater von Herbert, den wackeren Erzieher von Hahnöfersand. Jedenfalls roch – besser: stank – die gesamte Wohnung obendrein noch nach Fisch und nach Essig. Mutter und Großmutter redeten zwar pausenlos auf mich ein, ich solle doch bitte »zumindest erst einmal probieren«, und: »Du wirst dann ganz sicher selber merken, wie gut so ein Karpfen schmeckt und, und und ...«, aber für mich war da absolut eine Grenze überschritten. In diesem Jahr, also heute, haben wir einen Rinderbraten im Backofen, mit dem komme ich problemlos zurecht, einen solchen Braten mag eigentlich jeder.

Den Einkauf für das Weihnachtsessen sowie für das gesamte Drumherum, den übernimmt fast vollständig meine Mutter selbst. »Ich weiß schließlich am besten, was ich über die Feiertage alles im Haus haben muss«, heißt es dann aus dieser Richtung, und: »Bevor ich alles groß auflistе, kann ich lieber gleich selber gehen, und was das Fleisch anbelangt, den Braten, da muss ich sowieso erst einmal sehen, was zurzeit in der Gegend als Sonderangebot angepriesen wird!« Bereits Wochen vor Weihnachten beginnt sie klammheimlich mit ihrem »Lieber-selber-gehen«, besorgt hier, da und dort unter anderem eine ganze Menge Krimskrams, der später entweder an den Weihnachtsbaum gehängt oder gleichmäßig auf die sogenannten »Bunten Teller« verteilt wird. Da wird dann von Marzipan und Fondant-Kringeln über Lebkuchen und Spekulatius bis hin zu in buntem Stanniolpapier eingewickelten Weihnachtsmann und Christkindfiguren so gut wie alles gnadenlos liebevoll herangeschleppt und bis zum Fest – möglichst unauffällig – in den dunkelsten Ecken des Wohn- und Schlafzimmerschranks versteckt gehalten.

Den aller-, aller-, allerletzten Einkauf vor Weihnachten, den habe allerdings *ich* übernommen. Wie üblich, wenn trotz sorgfältigster Planung doch noch irgendetwas fehlt – und irgendetwas fehlt immer. Bei Gerkens war ich heute Vormittag noch kurz. Meine Mutter hatte in der Küche den Rinderbraten auf dem Tisch, und da fiel es ihr plötzlich auf, dass kein Lorbeerblatt mehr im Hause war, kein einziges, weder im Küchenschrank noch in der Speisekammer ließ sich eins finden. »Magst du noch einmal schnell runter, Alex«, so lautete die mit gespielter Panik freundlich vorgetragene Bitte an mich, »Gerkens hat bestimmt Lorbeerblätter im Regal. Damit würdest du mir wirklich sehr behilflich sein – ja?« Na klar bin ich noch einmal die Treppen runter, gerne sogar, und heute ausnahmsweise auch ohne zu springen. Gerkens wusste sofort, wo der Hase im Pfeffer lag. »Na, Alex, was fehlt uns denn diesmal?« Stocksteif stand der Krämer hinter seinem Tresen und blickte mich fragend an. »Wiener Taler können es doch wohl unmöglich schon wieder sein, von denen hat deine Mutter erst vorgestern eine größere Tüte bei mir eingekauft ...« Gerkens lächelt schelmisch. »Oder – oder habt ihr die etwa schon alle wieder aufgegessen?« Ohne mit den spitzbübischen Scherzen des alten Mannes bedacht zu werden, was einem natürlich längst nicht immer so angenehm ist, wie er es sich vorstellt, kam man hier nichts einkaufen. Da muss man durch, da heißt es, Geduld zu bewahren. Natürlich habe ich zu guter Letzt meine Lorbeerblätter auch bekommen, letztendlich ja, aber an einen kleinen Vortrag, wie Weihnachten in einer Zeit gefeiert wurde, »als die Welt noch in Ordnung war«, wie Gerkens es formulierte, kam ich nicht vorbei. »Da brauchte man sich keine großen Gedanken darüber zu machen, ob man eventuell *irgendetwas* nicht im Hause hatte, nein, da gab es nichts *mal eben so auf die Schnelle* zu kaufen!« Kann ja durchaus sein, dachte ich mir, dass Gerkens es in seiner Kindheit alles andere als einfach hatte, er hat es mir gegenüber oft genug betont, dass es sich so verhielt, aber gestern war gestern und heute ist heute. Und ich werde das dumme Gefühl nicht los, dass er es immer darauf anlegt, mir ein schlechtes Gewissen einzureden, wenn er mir, mit seiner entsprechend ernsten Gerkens-Miene versteht sich, derartige Geschichten erzählt.

Und es war heute Vormittag genau die richtige Entscheidung von mir, die Treppen nicht hinunterzuspringen. Später, als ich sie nach dem Lorbeerblatt-Einkauf wieder hinauf stieg, wurde mir das klar. Das gesamte Treppenhaus war ziemlich feucht, eher schon ziemlich nass, wie leicht hätte ich da ausrutschen können. Das war mir vorher nicht aufgefallen. Matsch! Überall die schmutziggrauen Reste von auftauendem Eis, das sich von den feuchten Sohlen der Leute gelöst hat, die vorher durch den Schnee stapften. Da hilft auch der Feudel nichts, den Frau Renk im Erdgeschoss, unmittelbar vor der ersten Stufe, die nach oben führt, vorsorglich ausgebreitet hat. Nass, sichtlich dreckig und vom vielen Abtreten der Füße arg in Falten geworfen, lag der Lappen schlaff am Boden, ließ keine Hoffnung auf ein sauberes Treppenhaus zu. Der Fußabtreter vor der Haustür war ebenfalls nicht hilfreich. Die Zwischenräume des Metallgitters sind mittlerweile von all dem festgetretenen Schnee verstopft und erweisen sich in diesen Tagen als eine einzige glatte Fläche. Genauso wie die Matte aus derbem, schwarzen Gummi, die den Winter über zusätzlich auf dem Gitter liegt, auch ihre Raster sind bis zum Rand mit Schnee gefüllt und können nichts mehr aufnehmen. Wie ich es einschätze, wird irgendwann der eine oder andere der Hausbewohner *seine* Etage reinigen, sagte ich mir, wird sich im Laufe des Tages Schrubber und Feudel schnappen und die Pfützen aufwischen. So ist das immer, wenn es im Winter geschneit hat, und erst recht am Heiligabend. Ansonsten könnte man auch lange warten, bis das graue Matschwasser verdunstet ist, der Terrazzoboden nimmt jedenfalls keine Feuchtigkeit auf, nicht einen einzigen Tropfen. Bis auf wenige Ausnahmen waren die jeweils vor den Wohnungstüren liegenden Fußmatten ebenfalls mit Schnee, Eis und Matsch versorgt. Bei Kurdamms – dritte Etage rechts – ließ es sich sogar so ungefähr erahnen, wann die Matte zuletzt benutzt wurde. Sehr lange konnte es wohl nicht her sein, die Abdrücke der Schuhsohlen waren noch weiß, waren noch nicht aufgetaut und in sich zusammengesunken. – »Ah, schön, du hast die Lorbeerblätter bekommen …«, mit einem Schrubber in beiden Händen, vor sich einen Eimer, über dem ein Wischlappen hing, stand meine Mutter auf dem Treppenabsatz vor unserer Tür und sah zu mir hinunter. »Warte bitte einen kleinen Moment, ja, bis der Boden wieder trocken ist …«, sie streifte sich eine Haarsträhne aus der Stirn, »sonst trittst du mir alles wieder durch.«

Drinnen in der Wohnung schlug mir sofort der typische Geruch entgegen, der allein mit dem Verbrennen von Kohlen einhergeht. Gleich im Flur bemerkte ich es, was gewöhnlich nur wenige Minuten später – man gewöhnt sich recht schnell an diese Ausdünstungen – nicht mehr auffällig war. Eigentlich ein angenehmer Geruch, auf jeden Fall kein sonderlich unangenehmer. Ein Geruch, der mich einmal mehr darauf aufmerksam macht, dass die Öfen ihrer Aufgabe gerecht werden. »Der Ofen in der Küche, der Kohle-Küchenherd, der sollte jetzt aber etwas gedrosselt werden«, mein erster Gedanke, als ich meine Jacke an die Garderobe hängte und dabei einen Blick in die Küche warf. Seine gusseiserne Herdplatte war übermäßig erhitzt, was ich daran erkannte, dass an einigen Stellen ein dünnes Qualm-Fähnchen aufstieg. Damit sie ansehnlich bleibt, muss die schwere, tiefschwarze Platte hin und wieder zur Pflege mit etwas Fett abgerieben werden, was mittels einer Speckschwarte zum Einreiben und eines groben Baumwoll-Lappens zum Nachreiben geschieht. Von dem in das Gusseisen eingeriebene und eingedrungene Fett löst sich bei entsprechender Erhitzung wieder ein Hauch und verursacht dann neben einem entsprechend ölig bitteren Fett-Verbrennungs-Geruch auch diese besagte Rauchentwicklung. Manchmal benutzen wir ihn auch zum Kochen, den Kohle-Küchenherd, und zwar immer dann, wenn die vier Kochplatten unseres Elektroherds nicht ausreichen, was eher selten vorkommt. Ich kann mich noch gut an die Zeit erinnern, als wir gerade eingezogen waren, 1955 war das, und wir in den ersten Wochen noch gar keinen elektrischen Küchenherd besaßen. In diesen Tagen war es eine Selbstverständlichkeit, dass das Essen ausschließlich auf dem Feuer zubereitet wurde – wie auch sonst? Heutzutage dient uns das Feuer hauptsächlich als zusätzliche Heizung, wenn wir im Winter eine besonders lang anhaltende Kälte haben und der Hamburger Kachelofen im Wohnzimmer nicht mehr alleine dagegen ankommt … Meine Großmutter war gerade dabei, den dampfenden Wasserkessel – der gewöhnlich auf einem der drei runden, mit herausnehmbaren Ringen ausgerüsteten Kochfelder steht – ganz bis nach hinten und bis an den äußersten Rand des Ofens zu schieben. Wie es aussah, hatte sie es selber bemerkt, dass die Platte mittlerweile zu heiß geworden war. »Anneliese hat mal wieder zu viele Briketts auf einmal aufgelegt ...«, mit einem einzigen Handgriff stellt sie den Hebel am Ofenrohr so ein, dass die Luftzufuhr vorerst stark reduziert wird, »das Wasser im Kessel kocht bereits.« Einerseits hatte sie sich über den widrigen Umstand etwas geärgert, andererseits genoss sie es ein wenig, dass sie an dieser Stelle rechtzeitig eingreifen konnte – das sah man ihr an. »So, der Hahn ist rechtzeitig abgedreht«, sie rollte zweimal gekonnt mit den Augen hin und her, »und fürs Erste sollten wir es dabei auch bitteschön belassen.« Ich blickte auf den kleinen Spalt am rechten Rand der Platte: ein kleiner Riss im Gusseisen von nur wenigen Millimetern Länge, der sich irgendwann einmal durch genau so eine Überhitzung gebildet haben muss. Wenn der Ofen lange aus und die Platte wieder erkaltet ist, dann schließt sich der Spalt wieder, zeigt sich dann so, als würde ein kurzes, hauchdünnes Härchen auf der Platte liegen, dann muss man schon sehr genau hinsehen, um den Riss überhaupt als solchen zu erkennen. Meine Gedanken ...

Für eine kurze Zeitspanne muss ich geträumt haben, was keine Seltenheit ist, wenn ich am Fenster stehe und hinunter auf den Reyesweg schaue. Ich blicke hinüber zu Hoppes: keine Schlange mehr vor dem Laden, die Türe ist geschlossen, das Rollo heruntergezogen, alles dicht. Dort geht nichts mehr, die haben Feierabend gemacht. Die noch bis vor kurzem vor dem Geschäft ausgestellten Kisten und Kästen – alle restlos verschwunden. Dann muss ich wohl doch etwas länger geträumt haben, als ich annahm. Zwischen der Glasscheibe in der Ladentür und dem Rollo hängt auch das Schild, das schwarz auf weiß die Öffnungszeiten von »Hoppe – Obst und Gemüse« bekannt gibt, das kann ich sogar von hier oben deutlich erkennen ... »Und – hast du vielleicht Lust, mit mir eine Runde ›Mensch ärgere dich nicht‹, ›Halma‹ oder ›Domino‹ zu spielen?« In der einen Hand einen Aschenbecher und in der anderen eine Zigarette, steht meine Oma im Türrahmen des Wohnzimmers. »Deine Mutter steckt in der Küche bis zum Hals in Arbeit. Die wäre heilfroh, wenn wir uns für eine Weile zurückziehen würden.« Ohne meine Antwort abzuwarten, dreht sie sich auf der Stelle um und wendet sich in Richtung Badezimmer – »ansonsten machen wir die Dame des Hauses sowieso nur verrückt!« Stimmt, mit dieser Einschätzung liegt meine Oma nicht falsch. In solchen Situationen ist ihre Tochter stets besonders nervös. Mit den vielen großen wie kleinen Vorbereitungen, die das Weihnachtsfest nun einmal von einer jeden Hausfrau fordert, ist Anneliese Zinser an sich eher überfordert. Jedenfalls betont sie das unentwegt selber. Einerseits bereitet es ihr Freude – das sagt sie allerdings auch –, und andererseits »gibt es ihr den Rest«, wie sie es manchmal resignierend formuliert. Dazwischen, zwischen Begeisterung und Unmut, bewegt sich ihre Gemütsverfassung in aller Regel in diesen Tagen. Da kann ihr auch nichts und niemand helfen, das weiß ich nur zu gut. Da gibt es stets und ständig neue Ansätze, große wie kleine, die sowohl für das eine als auch für das andere unentwegt im Wechsel sorgen. »Ja!«, rufe ich laut von meinem Platz am Fenster in Richtung Flur, gehe einen Schritt und rücke mir den Sessel zurecht. »Ja, das ist eine gute Idee. Lass uns ein paar Runden ›Domino‹ spielen!«

Der fünfarmige Leuchter, der mittig von der Decke des Wohnzimmers herabhängt, ist ausgeschaltet. Allein die Kerzen am Baum – zwölf oder dreizehn mögen es wohl sein – erleuchten den Raum, verleihen ihm etwas Romantisches. Wir sitzen zu dritt im Wohnzimmer und unterhalten uns betont ruhig und gelassen, sprechen über dies und über das und über jenes. So wie ich es einschätze, ist meine Mutter heilfroh, dass sie endlich alles geschafft hat. Sie fühlt sich befreit, fühlt sich erlöst. Das meine ich ihr anmerken zu können. Alles geschah diesmal wie geplant, sogar der Festtagsbraten stand pünktlich auf dem Tisch. Der Abwasch ist lange schon erledigt, in der Küche steht bereits alles wieder an seinem altgewohnten Platz. Im Grunde genommen geht dann der sogenannte »Heilige Abend«, von dem man sich so lange so viel versprach, auch auffallend schnell wieder vorbei. Wie ein D-Zug während einer ungebremsten Durchfahrt, so zieht er an einem vorüber, dieser Abend, so empfinde ich es jedenfalls. Und wenn ich es mir genau überlege, dann ist das alles andere als verwunderlich. Ja im Grunde – um ein Beispiel zu nennen – weiß jeder von uns, was er von wem geschenkt bekommt, das lässt sich immer schwerer verheimlichen. Bereits von daher hält sich schon mal die Erwartungshaltung in überschaubaren Grenzen. Gut, das gemeinsame, besondere Essen am besonders festlich gedeckten Tisch, die vielen brennenden Kerzen am geschmückten Weihnachtsbaum, die alten vertrauten Weihnachtslieder aus dem Radio – das alles hat schon was. Wenn es nicht gerade einen Karpfen gibt, der mich nur blöde und übelriechend vom Teller aus anglotzt, dann ist das eine schöne Sache, auf jeden Fall für die beiden Damen, für meine Mutter und ihre Mutter. Und wenn morgen Mittag, am ersten Weihnachtstag, meine Schwester kommt mit ihrem Mann, meinem Schwager, dann wird das ebenfalls wieder ein besonderer Tag werden. Allerdings hat Ulrich meistens was zu meckern, hat irgendetwas *an* irgendetwas auszusetzen. Einen Grund dafür, den wird er schon finden, da bin ich mir sicher. Vielleicht ist ihm morgen ja der Rinderbraten etwas zu trocken, vielleicht, möglich wäre es, vorstellen kann ich es mir absolut. Und er hätte noch nicht einmal ganz unrecht damit, mit dem Meckern über den trockenen Rinderbraten ... Er war tatsächlich ziemlich trocken, trotz der braunen Soße.

Anneliese hat ihrer Mutter ein Nachthemd geschenkt, ein recht langes, warmes, aus reiner Baumwolle. In einem glänzenden roten Papier und mit einer breiten goldenen Schleife feierlich verpackt, lag es direkt unter dem Baum, darauf noch eine Flasche »Tosca« von »4711«, zwar ohne Karton, aber ebenfalls besonders auffallend eingepackt. Meine Großmutter hat sich sehr über die beiden Geschenke gefreut, mehr über das Nachthemd allerdings als über den Flakon. Ein Kärtchen klemmte noch unter der goldenen Schleife, mit einem biblischen Motiv darauf: der Stall mit dem frisch geborenen Jesuskind in der mit Stroh ausgelegten Krippe und Maria und Joseph (seine etwas traurig dreinschauenden Eltern) an seiner Seite. Hirten, Schafe nebst Kühen fehlten – verständlich, –, dazu reichte auf der kleinen Karte der Platz nicht mehr aus. »Frohe Weihnachten und ein glückliches neues Jahr!«, stand mit einem Kugelschreiber auf der weißen Rückseite geschrieben. Ein warmes Nachthemd – ein sinnvolles Geschenk, ein praktisches, wie ich meine, was meine Großmutter auch umgehend bestätigte: »Das Nachthemd werde ich heute Nacht gleich anziehen!«, sagte sie, als sie es ausgepackt und mit weit ausgestreckten Armen in beiden Händen haltend in seiner gesamten Länge betrachtete. Erna hat ihrer Tochter ein Kaffeeservice geschenkt. Das Porzellan war nicht so schön verpackt wie das Nachthemd, was auch nicht möglich war, weil der Karton, in dem es überreicht wurde, sich für eine solche Verpackung als viel zu groß erwies. Nicht nur, dass meine Mutter sich ein neues Kaffeeservice sowohl eigens gewünscht und auch speziell dieses selber ausgesucht hatte, sie hatte es auch selbst besorgt und dann in dem großen Karton nach Hause getragen. »Wieso solltest du dich in deinem Alter damit noch mühselig abschleppen«, hatte sie schon vor Wochen verständnisvoll gegenüber ihrer Mutter geäußert, »das ist doch Quatsch! Was soll das? Wir sind doch erwachsene Menschen. Ich kann das lieber zwischendurch schnell selber erledigen ... Dessen ungeachtet freue ich mich doch trotzdem darüber, dass du mir ein derart großzügiges Weihnachtsgeschenk bereitest!« Der Karton stand nicht nur nicht unter dem geschmückten Baum – wo wie verabredet meine Hudora-

Schlittschuhe von Tante Käthie aus Burghausen platziert waren –, was aus Platzmangel sowieso nicht möglich gewesen wäre, nein, er stand noch nicht einmal im Wohnzimmer, und zwar ebenfalls aus einem gewissen Platzmangel heraus. Meine Mutter hatte ihn gleich nach dem Kauf vorerst im Schlafzimmer versteckt, im Kleiderschrank hinter der linken Tür, hinter der die langen Mäntel und Kleider hängen, und dort ganz unten und soweit es ging nach hinten geschoben. Rechtzeitig zur Bescherung hat sie ihn dann hervorgeholt und mit einer feierlichen Miene mitten auf den Wohnzimmertisch gestellt. »Sogar für *sechs* Personen«, schwärmte meine Großmutter sofort, als sie in den geöffneten Karton sah und selbst die »gelungene Überraschung« das erste Mal zu Gesicht bekam, »und wirklich, Anneliese ...«, so ihre mit fester Überzeugung hervorgehobene Beurteilung, »ein absolut zeitloses, dezentes Muster!«

»*Schön ist's im Winter, schön ist's im Winter ...*«, singt es aus dem Lautsprecher des Radios heraus. »Die Petersburger Schlittenfahrt ...«, lässt uns Erna Quandt wissen und stimmt umgehend mit ein. Anneliese Zinser bemüht sich geduldig, ihr neues Kaffeeservice, was sie zwecks genauer Begutachtung mittlerweile vollends ausgepackt und auf den Tisch gestellt hat, wieder genauso in dem Karton zu verstauen, wie es vorher untergebracht war. Vergeblich natürlich, so etwas klappt fast nie. »Schön sieht das aus, wie es so still und friedlich vor sich hin schneit.« Erna Quandt steht mit ihren beiden Freunden (Aschenbecher und Juno) am Fenster und blickt auf die Straße hinunter. »Diese dicken weißen Flocken ... Ein Gewirr. Es ist kaum noch was auf der Straße zu erkennen.« Ich sitze auf dem Sofa und genieße ein wenig die Ruhe. Nacheinander nehme ich die Bücher in die Hände, die ich heute bekommen habe, sehe sie mir etwas genauer an. Vier sind es insgesamt, je zwei von Erich Kästner und Karl May. Damit bin ich auf die langen Abende des Winters gut vorbereitet. Die Leihbücherei hat über die Feiertage geschlossen, kann erst wieder im nächsten Jahr besucht werden. »All unseren Kunden wünschen wir ›Frohe Weihnachten und ein glückliches neues Jahr!‹«, so steht es mit dicken bunten Buchstaben auf einem Schild geschrieben, das dort von innen an der Fensterscheibe klebt. Mitten über dem Schriftzug schwebt eine goldene Sternschnuppe mit einem glitzernden Schweif. Darunter, in deutlich kleinerer Schrift und in einem neutralen Schwarz gehalten: »Ab Dienstag, dem 3. Januar 1961 sind wir wieder zu den gewohnten Öffnungszeiten für Sie da.« So weit so gut ... Das weihnachtliche Musikprogramm aus dem Radio bietet momentan einen Singsang, der vermutlich von einem Kirchenchor stammt. »Soll ich uns eine Platte auflegen?« Meine Mutter weist auf die Musiktruhe unter dem Baum. »Vielleicht versuchst du erst einmal einen anderen Sender einzustellen«, meine Großmutter wendet sich vom Fenster ab, drückt ihre bis zu einem kurzen Stummel ausgebrannte Juno im Aschenbecher aus und setzt sich zu mir auf das Sofa, »eine Schallplatte können wir nachher immer noch auflegen. Oder?« Sie stellt den Aschenbecher auf dem Tisch ab und sieht mich von der Seite an. »Und – bist du mit deinen Büchern zufrieden?« Natürlich bin ich das. Alles andere wäre auch höchst verwunderlich. Genau diese Bücher habe ich mir schließlich gewünscht, zwei von denen sogar selber gekauft. »Ja klar – bin ich. Zum Glück mussten die Bücher nicht erst lange vor dem Fest bestellt werden.« Ich erwidere ihren Blick, lächle sie an und nicke bestätigend.

Morgen im Laufe des Tages werde ich einmal kurz bei Jan vorbeischau-en, möchte mir gerne den Weihnachtsbaum ansehen, der bei Holtans im Wohnzimmer steht. Natürlich interessiert es mich auch, was Jan geschenkt bekommen hat. Wie ich vermute, ist es wieder etwas für seine Eisenbahn. Er hat auch eine Märklin, allerdings eine Anlage, die mit der meinigen nicht zu vergleichen ist. Das heißt: Er hat eine *richtige* Anlage, nicht nur einen zum Oval verlängerten Schienenkreis. Seine Modellbahnanlage erstreckt sich über die gesamte Länge seines Zimmers, was gut vier Meter lang sein dürfte. Jans Vater hatte im letzten Jahr eine entsprechend dicke Holzplatte an der Wand befestigt, auf der er dann die Schienen, Kreuzungen und Weichen so wie zwei Transformatoren für die Spannungsversorgung geschraubt hat. Mehrere ineinander übergehende Schienenstrecken wurden von Herrn Holtan auf der Platte angeordnet. Längliche, ovale Kreise, die die Lokomotiven, Züge und Anhänger sogar über eine hohe Brücke und auch durch einen langen Tunnel führen. Dazwischen stehen zahlreiche Häuser und Bäume, ein ansehnlicher Bahnhof sowie mehrere beschrankte Bahnübergänge – und alles, was an Kleinkram noch dazugehört. Es wirkt alles sehr echt. Obwohl die Anlage ein fester Bestandteil des Zimmers ist, also nicht immer wieder auf- und abgebaut werden muss – und auch nicht kann! –, stört sie nicht sonderlich, da sie zwar einige Meter lang, aber nur knapp einen Meter breit ist. Genau genommen ist es die Modellbahnanlage von Jans Vater, jedenfalls habe ich den Verdacht, dass es sich unterm Strich so verhält. Wir, Jan und ich, wir spielen jedenfalls nicht mit dieser Märklin-Bahn, wenn ich dort bin, haben das noch nie getan. Klar, hin und wieder schaltet Jan den Strom ein, nimmt alles in Betrieb, zeigt mir dieses und jenes auf der Platte, lässt auch mal einen Zug über die Schienen fahren, aber das war's dann auch schon. Wir *spielen* sowieso kaum noch, sind allmählich aus dem Alter raus, was mehr als nur verständlich ist. Ja, mit zwölf ist man schließlich kein kleines Kind mehr, was unbedingt noch *spielen* will, jedenfalls nicht in dem von mir gemeinten Sinne. Bücher wird Jan nicht zu Weihnachten bekommen haben. Er mag keine Bücher. Jan liest nicht. Mit dem Lesen hat er überhaupt so seine Probleme, besonders natürlich in der Schule, wo er um das Lesen eigentlich nicht herumkommt. Vielleicht ist das auch der Grund, weshalb Jan mit Büchern auf Kriegsfuß steht, weshalb er keine Bücher mag, sich keine wünscht, keine bekommt. Jans Eltern lesen vermutlich auch keine Bücher, haben auch kein einziges in der Wohnung stehen. Was das schlechte Lesen ihres Sohnes betrifft, so können sie ihrem Sohn keine nennenswerte Hilfe sein, sie können beide, wie ich glaube, selber nicht gut lesen. Das meine ich, ihnen irgendwie anmerken zu können.

———

»Er ist ein Hutmacher, hat im Pfenningsbusch sogar einen kleinen, aber feinen Laden eröffnet!« Meine Großmutter, die mir das berichtet, zeigt sich überrascht. »Da gibt es überhaupt keinen Zweifel, ich habe ihn genau erkannt.« Im Grunde ist sie noch gar nicht richtig angekommen, ist erst vor wenigen Sekunden durch die Wohnungstür, und schon erzählt sie mir von einer Begegnung, die sie soeben, vom Bahnhof Barmbek kommend, auf dem Weg zum Reyesweg gemacht haben will. Sie spricht von dem Mann, der zwei Eingänge weiter von uns in der ersten Etage wohnt und uns Jungen manchmal – urplötzlich! – aus dem geöffneten Fenster heraus aus Leibeskräften anschreit. Das heißt, es liegt schon etwas länger zurück, als er sich uns gegenüber dieses Benehmen zuletzt erlaubte, das fällt mir im Moment hierzu ein. Ich lasse die Tür ins Schloss fallen, konzentriere mich auf die Fragen, die sich mir nun aufdrängen: »Einen Laden eröffnet? Der? Und du bist sicher, dass du da nicht jemand anderen mit ihm verwechselst?« Selbstverständlich bin ich ziemlich verwundert, kann es eigentlich nicht glauben, was sie da meint gesehen zu haben. »Dieser Mensch ist doch – der ist doch irre im Kopf! Verrückt ist der, eindeutig krank. Jedenfalls der Kerl von nebenan, von dem ich rede ...« Mir fehlen die Worte. »Aber wenn ich es dir doch sage. Ich habe ihn gesehen und sofort wiedererkannt. Ich hab ihn sogar eine Weile beobachten können, ja, von draußen, durch die sauber geputzte Scheibe seines Geschäftes. Hinter einem Tisch saß er, war konzentriert damit beschäftigt, eine Krempe an einen Hut zu nähen.« In Hut und Mantel steht meine Großmutter im Flur vor der Garderobe und schlägt sich mit beiden Händen den losen Pulverschnee von der Kleidung. »Nun lass mich erst einmal aus den feuchten Klamotten heraus.«

Während Erna sich etwas behäbig ihre dicken Winterstiefel auszieht, was in ihrem Alter alles andere als leicht ist, sie betont es jedenfalls ständig in derartigen Situationen, ist Anneliese schon damit beschäftigt, mit einem Feudel die kleine Wasserlache aufzuwischen, die sich durch den abgeklopften Schnee sofort gebildet hat. »Hier, darauf kannst du deine nassen Stiefel abstellen.« Mit einigen geübten Handgriffen hat ihre Tochter soeben den Lappen im Bereich der Flurnische auf dem Boden ausgebreitet. So wie meine Mutter reagiert, kann man getrost davon ausgehen, dass sie den kurzen Bericht über den angeblichen »kleinen, aber feinen Laden« des besagten Nachbarn nicht mitbekommen hat. Jedenfalls äußert sie sich mit keinem Wort dazu, konzentriert sich, leicht seitlich vorgebeugt, mit prüfendem Blick auf den Fußboden des Flurs. »Ich denke, das können wir so belassen ... Der Boden ist jetzt wieder einigermaßen sauber und trocken.« Sie macht sich wieder gerade, dreht sich um und ist mit zwei langen Schritten in der Küche. Verständlich, denke ich mir, sie hat sich für die Geschichte vorher auch nicht sonderlich interessiert. Dessen ungeachtet interessiere ich mich allerdings umso mehr für das, was meine Oma da gesehen hat. »Komm, lass uns ins Wohnzimmer setzen, erzähl mir Genaues von dem Laden, von dem Mann, von seiner Arbeit.« Wir gehen ins Wohnzimmer und setzen uns an den Tisch – jeder auf seinen gewohnten Platz. »Der Laden befindet genau an der Ecke Pfenningsbusch – Alter Teichweg. Der Eingang gehört noch zum Pfenningsbusch. Scheinbar eine Neueröffnung ... Was da nun vorher drinnen war, das weiß ich nicht. Weiß du es?« Darauf antworte ich nicht, gehe davon aus, dass meine Oma darauf von mir auch keine Antwort erwartet, was sich auch sofort dadurch bestätigt, dass sie ohne zu zögern weiter fortfährt, mir zu berichten. »Lugscher, heißt der Mann, Werner Lugscher. Oder so ähnlich ...«

Sie zündet sich eine Zigarette an, nimmt einen langen Zug, atmet tief ein und bläst den Rauch nach einer Weile durch Mund und Nase gemächlich wieder aus. »›Werner Lugscher – Hüte und Mützen aus eigener Werkstatt‹ steht groß an der Schaufensterscheibe ...« Sie erhebt sich langsam und geht, etwas gebeugt und mit einer Hand auf dem Rücken, zum Kachelofen, auf dessen heruntergeklappter Abdeckplatte, aus welchem Grunde auch immer, der Aschenbecher abgestellt wurde. »Mir fiel der hell erleuchtete Raum, in den man durch die unverhangene Scheibe blicken konnte, sofort auf ...« In der einen Hand den Aschenbecher und in der anderen die Zigarette, kommt sie langsam zurück, stellt den Aschenbecher auf den Tisch und setzt sich wieder auf das Sofa. »Ja, und da habe ich ihn dann auch sofort wieder erkannt, den Menschen aus dem Reyesweg Nummer 20.« Verblüfft bin ich immer noch. Dieser unbeherrschte Kerl, der uns mehrfach mit Hasstiraden wie »Macht gefälligst, dass ihr hier verschwindet! Aber schnell! Ich will euch hier nicht mehr sehen!« bedacht hat, genau der soll ein Hutmacher sein und im Pfenningsbusch sein eigenes Geschäft haben? Das ist fürwahr etwas Unglaubliches, ja, grenzt für mich – in Anbetracht der Erfahrung, die ich mit diesem Menschen gemacht habe – an ein kleines Wunder. Und tatsächlich verhält es sich so, was mir rückblickend und in dem Gespräch jetzt immer klarer wird, dass jener Mensch uns in den vergangenen Tagen wirklich nicht mehr beschimpft hat. »Hin und wieder«, so berichte ich jetzt, »sah ich ihn auf der Straße, meist im Eingangsbereich des Hauses Nummer 20. Er machte zwar nie den Eindruck, als würde er mich registrieren, auch dann nicht, wenn ich mich in seiner unmittelbaren Nähe befand, aber irgendwie komisch war mir dennoch zumute. Stets war er auffallend blass im Gesicht – eher schon kreideweiß – und seine Augen schienen immer etwas blutunterlaufen zu sein, und überhaupt sah alles an dem Mann so aus, als würde er sich gerade wieder mitten in einem seiner hysterischen Anfälle befinden, was ja ganz offensichtlich wohl kaum der Fall gewesen war.«

»Er hat eben etwas länger gebraucht, Alex, bis er sich wieder so einigermaßen gefangen hatte.« Meine Großmutter bläst den zuvor eingeatmeten Rauch ihrer Zigarette wieder in Richtung Wohnzimmerdecke aus, hustet zweimal kurz hintereinander trocken und streicht gleichzeitig behutsam mit der Handfläche ihrer linken Hand etwas von der vorbeigefallenen Asche von der weißen Tischdecke, »Der arme Kerl ist vermutlich immer noch nicht ganz gesund, aber die Tatsache, dass er – wenn es sich denn tatsächlich so verhalten sollte – seinen alten Beruf wieder aufgenommen hat, die wird ihm vielleicht wieder auf die Beine helfen können.« Zwar ist mir der Zusammenhang, der zwischen der mutmaßlichen Krankheit des Herrn Lugscher, seinen besagten, nunmehr allerdings nachgelassenen Hasstiraden und seiner etwaigen Gesundung aufgrund eines neu eröffneten Hut- und Mützengeschäfts bestehen soll, immer noch alles andere als sonnenklar, aber zumindest glaube ich wohl oder übel erkennen zu müssen, dass das eine mit dem anderen letztendlich wohl in irgendeiner Weise zu tun haben muss. »Gönnen würde ich es ihm von Herzen, diesem *armen Kerl*, wie du ihn nennst, aber für mich ist er vorerst noch ein Unheimlicher, ein äußerst unbequemer Zeitgenosse, ja so etwas wie eine – tut mir leid, das sagen zu müssen – Horrorgestalt, die sich augenscheinlich zwar auf dem Wege der Besserung befindet, um die man aber dennoch besser einen riesengroßen Bogen machen sollte.« Meine Oma drückt den Zigarettenstummel im Aschenbecher aus, blickt gedankenversunken vor sich auf den Tisch, scheint zu überlegen. Eine dünne, blaugraue Rauchfahne steigt aus dem Aschenbecher auf und schwebt geradewegs zur Decke. Wir schweigen.

Zwanzigstes Kapitel

Dezember 1960 – nach Weihnachten, gegen Ende des Monats

»Du hättest Heinrich doch gar nicht geheiratet, wenn du in geordneten Verhältnissen gelebt hättest!« Meine Großmutter sagt das in einem ruhigen, sachlichen Tonfall, der aber keinen Zweifel zulässt, dass das Gesagte sehr wohl ihrer festen Meinung entspricht. »Einen Beruf hättest du erlernt, hättest dein eigenes Geld verdient, wärest unabhängig gewesen.« Auf meiner Fensterbank sitzend, kann ich der Unterhaltung folgen, die die beiden führen, und das, ohne sie bewusst oder gar mit Mühe zu belauschen. Die Küchentür ist angelehnt, steht somit einen kleinen Spalt weit offen, genau wie die Tür zu meinem Zimmer, die ebenfalls nicht ganz geschlossen ist. Meine Mutter wäscht das Geschirr vom Mittagessen ab, davon zeugen eindeutig die Geräusche, die mit dieser Tätigkeit einhergehen. Meine Großmutter sitzt vermutlich am Küchentisch und raucht eine Zigarette, was sie gerne macht in solchen Situationen. »Jetzt, im Nachhinein, nach all den vielen Jahren …«, meine Mutter spricht ebenso beherrscht wie ihre Mutter, macht längere Pausen zwischen ihren Sätzen, scheint sich jedes Wort genau zu überlegen, »es sagt sich jetzt alles so leicht …«, ein knappes Klirren – Porzellan –, ein Teller wird auf einen anderen gestellt, »aber damals … in dieser Zeit …« Der Wasserhahn wird abgedreht. Kein gurgelndes Fließen mehr, das ein im Spülbecken ablaufender Wasserstrahl erzeugt. Teller werden aufeinander gestellt. Ein kurzes Knarren – die linke Tür des Küchenschranks wird geöffnet, hinter der die großen Essteller ihren festen Platz haben. Die Teller werden auf dem Regalbrett abgesetzt. Ein Knarren, ein gedämpftes, hohl klingendes Schnappen, der Schrank wird jetzt wieder geschlossen. Vertraute Handgriffe. Geräusche, die ich unzählige Male gehört habe. Zeremonien, die mir auf ihre Weise – ja – eine gewisse Verlässlichkeit garantieren. So sagt es mir mein Empfinden. »Du warst einfach zu jung damals, Anneliese, hast übersürzt gehandelt. Du hast dich damals viel zu schnell entschieden, und das zugunsten des Mannes, der nun einmal da war, und der sich für dich interessierte.« – »Ja, mag sein, so kann man es sehen. Aber Hein war auch charmant, war eine interessante Erscheinung. Ich mochte ihn auch.« Ein Stuhl wird gerückt. Anneliese Zinser setzt sich zu ihrer Mutter an den Tisch. Auf dem Wohnzimmerschrank schlägt der Mechanismus der Junghans, signalisiert den Stand der Zeit: 12:00 Uhr. Die Tür zum Wohnzimmer muss geschlossen sein, nur gedämpft ist das Schlagwerk von meinem Zimmer aus zu vernehmen. Ungewöhnlich – stelle ich fest –, 12:00 Uhr und sowohl das Essen als auch der Abwasch ist erledigt. Normalerweise ist das erst mindestens eine ganze Stunde später der Fall. Es ist mir vorher gar nicht aufgefallen, dass wir heute so früh dran sind.

Die beiden sprechen jetzt deutlich leiser. Die Stimmen, die nunmehr gedämpft aus der Küche heraus und über den Flur zu mir in mein Zimmer gelangen, die sind jetzt kaum noch zu vernehmen. Zwar bleibt es dabei, dass das Gespräch weiterhin ruhig und sachlich geführt wird, das ist offensichtlich, aber momentan ist es mir nicht möglich, es – was den Inhalt betrifft – zu verfolgen. Es ist nicht das erste Mal, dass ich unfreiwillig das eine oder andere *ernste* Gespräch mitbekommen habe, das absolut nicht für meine Ohren bestimmt war, und es ist für mich auch nichts Ungewöhnliches, dass es sich manchmal nur um einige wenige Gesprächsfetzen handelt, die ich in dieser Lage aufschnappen muss. Sehr bewusst sage ich mir »muss« – aufschnappen *muss* –, denn einigen dieser Gespräche wäre ich liebend gerne aus dem Wege gegangen, und das in einem weiten Bogen. In einer Wohnung, in der die einzelnen Zimmer relativ nahe beieinander liegen, wo sie alle von einem eher kleinen Flur abgehen, da ist sowohl das Raushalten als auch das Verbergen alles andere als einfach. Zumindest führen die dahingehenden Bemühungen längst nicht immer zum gewünschten Erfolg. Das kann manchmal ganz schön an den Nerven zerren. Und davon ist ausnahmslos jeder aus der Familie betroffen. Mit diesen besagten Auswirkungen bin ich ebenfalls verschiedene Male konfrontiert worden. Ich kann mittlerweile ein Lied davon singen, wie man so schön sagt. Jetzt, im Moment, da sprechen sie wieder etwas lauter. Schritte! Meine Mutter muss aufgestanden sein – es sind ihre Schritte –, muss sich vom Tisch entfernt haben. »Die Zeit, Mama, bedenke doch, was das für eine Zeit für uns war …«, ihre Stimme ist jetzt deutlich aus dem Flur zu hören,

»... in der wir lebten, in der wir uns auf Gedeih und Verderb zurechtfinden mussten.« Jetzt hält sie sich eindeutig im Wohnzimmer auf. »Das ist alles richtig, Anneliese. Die Turbulenzen des Krieges, das Danach, es war nicht einfach ... für niemanden war es das!« Die Küchentür steht nun weit offen, wie ich annehme, jedenfalls kann ich Erna Quandt klar und deutlich verstehen. Im Wohnzimmer wird die Klappe des Kachelofens geöffnet. Ein kurzes, blechernes Rauschen, das im Inneren des Ofens in einem dumpfen Aufprall mündet: Aus der Kohlenschütte rutscht der Rest in die lodernden Flammen hinein. Die Klappe wird wieder geschlossen, die Schütte auf dem Blech am Boden abgesetzt. Schritte im Wohnzimmer. Schritte im Flur. »Wenn ich noch einmal die Wahl hätte, Mama, ich würde vieles anders machen, das kannst du mir glauben ... und nicht nur, was Hein betrifft. Es gäbe da einiges, oh ja, einiges.« Die Stimme meiner Mutter klingt jetzt etwas traurig. Nun befindet sich auch meine Mutter wieder in der Küche. Nun allerdings hat sie die Küchentür fest hinter sich zugemacht.

Ob das nun ihr Lieblingsthema ist, das meiner Mutter, meiner Großmutter, das kann ich nicht beurteilen, fest steht aber, dass Mutter und Tochter es – mit einem Blick auf das Gestern – immer und immer wieder besprechen, was nun wer, weshalb und wann hätte besser unterlassen sollen beziehungsweise unbedingt hätte tun müssen. Nicht tagtäglich wird das von ihnen von allen Seiten ausgiebig erörtert, das nicht, aber es wird spätesten dann wieder ganz nach vorne gezogen, wenn ich es fast geschafft habe, sie zu verdrängen, die leidige Angelegenheit. So kommt es mir vor, so erkenne, spüre und empfinde ich es. Was soll das ganze Gerede? Als wenn es möglich wäre, alles noch einmal rückgängig zu machen und noch einmal von vorne zu beginnen, alles völlig anders zu machen. Und genau darum geht es doch letztlich, wenn ich es richtig verstehe. Was aber nun buchstäblich bedauert wird und weshalb, das ist mir immer noch nicht klar. Klar scheint hingegen zu sein, dass die sogenannten »Kriegswirren« – was auch immer in dem speziellen Fall damit gemeint ist? –, für die Entscheidung der damaligen Anneliese Quandt, nämlich Heinrich Zinser zu heiraten, bis zu einem gewissen Grade verantwortlich gemacht werden. Darin sind sich Anneliese Zinser und Erna Quandt halbwegs einig. Meine Gedanken, wo wollen sie mit mir noch ganz hin ...

Meine Schwester Barbara, die ist genau wie meine Mutter eine geborene Quandt. Somit ist sie für mich das, was man eine »Halbschwester« nennt. Wer der Vater meiner Schwester ist, das will man mir nicht sagen, man zieht es vor, es mir zu verschweigen, davon gehe ich schon lange aus. Anneliese Zinser, die absolut dazu neigt, ihrem Sohn alles, aber auch wirklich *alles* zu erzählen, weil sie – wie sie mir unentwegt bestätigt – ansonsten ja auch niemanden hat, dem sie das mitteilen kann, was sie in irgendeiner Form beschäftigt oder gar bedrückt, die verschweigt mir an dieser Stelle ganz gezielt etwas, und dieses Etwas, das muss sehr einschneidend sein. Meine Fragen will sie nicht beantworten. Sie will es nicht! Darüber kann auch ihr wiederholtes, nervöses Kramen in der eckigen Blechschachtel nicht hinwegtäuschen, die sie dann und wann aus dem unteren Teil des Wohnzimmerschranks hervorholt, ihre Suche nach irgend so einem ominösen Foto, das angeblich irgendjemanden zeigt, der ... Ach was soll's – ich weiß es doch auch nicht.

Mein Großvater Hans Quandt, der Vater meiner Mutter, der sagt mir auch nichts. Kann er nicht, weil er nichts weiß, oder will er nicht, weil – ja, weil was? Letztens, als ich ihn alleine in seiner kleinen Wohnung in der Ölmühle besuchte und ihn danach fragte, ob *er* denn wisse, wer der Vater meiner Schwester sei, seiner Enkelin, da blickt er nur eine Zeit lang trübsinnig von seinem Sessel aus über meinen Kopf hinweg zum Fenster und hinaus in die Wolken. In Schweigen hatte er sich gehüllt, hatte gedankenverloren nach draußen und in das helle Licht des Tages geschaut. Eine ganze Weile haben wir beide stumm dagesessen, haben kein einziges Wort miteinander gesprochen. Ich habe meinen Großvater dabei angesehen, und mein Großvater, über den Kopf seines Enkels hinweg, ins Leere. Mein Großvater, das ist ein weiser alter Mann, ein Mensch, der auf mich ausnahmslos eine wohltuende Ruhe ausstrahlt, der mir stets in aller Gelassenheit einen Rat zu erteilen weiß, wenn ich denn dringend einen für mein Leben benötige. Der besagte Tag, der bildete davon eine Ausnahme. In jener Stunde, da war kurzzeitig alles anders, war alles irgendwie – fremd für mich. So hatte ich ihn zuvor noch nie erlebt. Irgendwann dann, nach einer gefühlten Ewigkeit, haben wir das Gespräch wieder aufgenommen. Es ergab sich einfach. Seine Bemerkung, dass die Zeit zwischen 1939 und 1945 auch für ihn eine besonders schwere Zeit war, eine Zeit, in der selbst in seinem engsten Umfeld vieles geschah, was allein der allmächtige Gott im Himmel verstehen und verzeihen könnte, »Jehova« sei sein Name, wie er mehrfach unterstrich, die unterbrach das Schweigen. Etwas später, kurz bevor ich mich zurück auf den Heimweg machte, schien wieder alles so zu sein, wie ich es gewohnt war. Er hatte sich auch alle Mühe gegeben, der alte Mann, dass ich es so empfinden konnte. Er wollte seinen einzigen Enkel nicht einfach so gehen lassen, das habe ich genau bemerkt. Einen seiner vielen »Wachttürme« – wie konnte es auch anders kommen – hatte er mir noch aufgerollt in die Hand gedrückt, einen Wachtturm und 15 Pfennige Fahrgeld für die Rückfahrt nach Barmbek. »Gib die Zeitschrift bitte deiner Mutter«, hatte er gesagt, »sie soll sie lesen. Da steht ein sehr guter Artikel über Depressionen drin und was man dagegen unternehmen kann. Sie soll ihn unbedingt lesen, möglichst noch heute. Hörst du, sag ihr das bitte!« Mit der Zeitschrift in der Hand habe ich mich dann auf den Weg nach Hause gemacht, habe den Wachtturm noch enger zusammengerollt, damit ihn die Leute in der U-Bahn auf keinen Fall als solchen erkennen konnten, was mir ausgesprochen peinlich gewesen wäre. Ihn wegzuwerfen, den Wachtturm, ihn einfach an der nächsten Ecke in den Papierkorb zu stecken, das habe ich mich nicht getraut, obwohl – zugegeben – mir der Gedanke sofort kam, als die Wohnungstüre hinter mir ins Schloss fiel. So ergab es sich, dass ich zwar immer noch keine Antwort auf meine Fragen bekommen hatte, aber stattdessen immerhin für meine Mutter einen »sehr guten Artikel« – seine Worte – über Depressionen.

———

Jetzt, wo er völlig vom Schnee bedeckt ist, dessen Oberfläche zu einer verdichteten, harten Eisschicht gefroren ist, eignet er sich hervorragend als Rodelberg, der Bunker aus dem Zweiten Weltkrieg, der auf dem Gelände der Behelfsheimsiedlung steht. Der größte Teil der Bunkeranlage ist zwar in das Erdreich hinein betoniert, aber das, was bogenförmig aus der Erde herausragt und irgendwann einmal mit einer Lage Erde überschüttet wurde, das hat immer noch eine ganz passable Höhe, sodass eine einigermaßen rasante Abfahrt durchaus gewährleistet ist. Von diesem Angebot machen die Jungen und Mädchen aus dem Reyesweg im Winter selbstverständlich oft und gerne Gebrauch. Zurzeit ist von dem flächendeckenden Bewuchs, der sich seit dem Krieg und über die Jahre hinweg mittels der Erdaufschüttung auf dem grauen Beton gebildet hat, so gut wie nichts mehr zu sehen. Gräser und Pflanzen ruhen tief und flach gedrückt unter der Schneelast. Allein ein paar größere Sträucher ragen vereinzelt – erbärmlich kahl und tiefschwarz – heraus. Die unzähligen Schritte der Kinder, die mit dicken Winterstiefeln ausgerüstet immer und immer wieder und in alle möglichen Richtungen den Berg hinauf- und hinunterstapfen, die haben an einigen Stellen des Rodelhangs für eine besonders spiegelblanke Eisschicht auf der Schneedecke gesorgt, was die Schlittenfahrten und sonstigen Gleit- und Glitschaktionen einerseits beschleunigt, sie aber andererseits auch etwas unsicherer macht. Nicht gerade selten kommt es vor, dass sich irgendeiner der sich hier am Berg austobenden Racker in irgendeiner Weise eine mehr oder weniger starke Verletzung zulegt. Blaue Flecken allein sind sogar an der Tagesordnung, werden auch nicht weiter registriert. »Tja, so ist das nun mal«, wie Herr Gerkens auch hierzu trocken anmerkt, »wenn die Barmbeker Jugend für eine Weile sich selber überlassen ist.«

Dicht vor der Abfahrt, dort, wo es vom Hügel über einen runden Buckel hinunter in die Tiefe geht, habe ich mich vor einigen Minuten auf meinem Schlitten gesetzt, um erst einmal eine kleine Verschnaufpause einzulegen. Auch wenn ich momentan nicht fahre, störe ich hier an dieser Stelle bestimmt niemanden. Die für den Beginn der Schlittenfahrt infrage kommende Startfläche ist recht breit, und mein Schlitten steht zurzeit mehr seitlich geparkt. Und sowieso wird hauptsächlich mehr von der Mitte aus gestartet. Wenn ich von hier oben aus hinunter auf die gesamte Linie der Rodelbahn schaue: die Strecke ist beachtlich lang! Unten am Berg angekommen, kann man noch etliche Meter mit ziemlicher Geschwindigkeit auf gerader Strecke dahinrasen, bevor der Schnee die Fahrt deutlich verlangsamt und letztendlich den Schlitten vollends abbremst. Ohne Frage: Zusammen mit der angrenzenden und mit Schnee bedeckten Wiese bietet der alte Bunker eine ganz akzeptable Rennstrecke. Manchmal rutschen wir Jungen den vereisten Hügel sogar ohne unsere Schlitten hinunter, allein mit den Sohlen der Stiefel auf dem Eis, mit leicht gebeugten Knien seitlich stehend – und mit den Armen fuchtelnd ständig balancierend –, was dann allerdings hin und wieder zu den besagten Unfällen führt. Einmal ist Jan die Bahn sogar auf einem Schlittschuh stehend hinunter – auf einem! –, was dann auch prompt schief ging, wie es bei Jan auch nicht anders zu erwarten war. Michael, Dicki und ich, wir hatten tatsächlich einmal flüchtig mit dem Gedanken gespielt, die Eisdecke mit einem alten, verrosteten Fahrrad hinunterzusausen, haben die Idee aber aus irgendwelchen Gründen dann doch nicht in die Tat umgesetzt. Jetzt, rückblickend, wo ich hier so kurz vor der Abfahrt auf meinem Schlitten hockend auf das spiegelglatte Eis blicke, da kann ich mir sehr gut vorstellen, dass es wohl nicht die schlechteste Entscheidung war, dass wir auf »irgendwelche Gründe« gehört hatten.

Nun ist es aber auch nicht so, dass ausnahmslos *jeder* diesen Rodelberg heiß und innig liebt oder ihn zumindest ein wenig zu schätzen weiß, nein, er hat auch den einen oder anderen überzeugten Gegner. Ganz besonders denke ich da an den alten Herrn Lohmann, den kleinen, rundlichen Rentner, der in einer der Erdgeschosswohnungen des dreistöckigen Reesing-Wohnblocks wohnt, von denen der Bunker nicht weit entfernt ist und die sich zudem exakt parallel zur Rodelbahn befinden. Herr Lohmann ärgert sich maßlos über den Lärm, der im Winter, wenn ausreichend Schnee liegt, nun mal im Zusammenhang mit der Rodelei unausweichlich verbunden ist. Dass sich das Ganze nun ausgerechnet nur einen Steinwurf entfernt von seiner Haustür abspielt, das macht seinen Ärger verständlich. Nur ein schmaler Weg, der ebenfalls parallel zu dem Wohnblock verläuft und den Reyesweg mit dem Alten Teichweg verbindet, trennt Herrn Lohmann von der johlenden Masse, die üblicherweise ab dem frühen Nachmittag erscheint und vereinzelt bis zum Einsetzen der Dunkelheit stramm durchhält. Doch, auch ich kann seinen Missmut durchaus verstehen, so ist das nicht. Was mir hingegen höchst unverständlich ist, das sind seine Reaktionen, mit denen er seit Jahren krampfhaft und ausdauernd versucht, sein vermeintliches Recht auf Ruhe – besser gesagt, was er unter »seinem Recht« versteht – durchzusetzen. Dass Lohmann – Fäuste schwingend und mit hochrotem Kopf – uns wütend aus seinem geöffneten Küchenfenster heraus anpöbelt, sobald er der Meinung ist, dass es jetzt für seine Nachmittagsruhe eindeutig zu laut geworden ist, das kann ich ja noch irgendwie nachvollziehen, aber dass er, wenn der Letzte von uns nach Hause gegangen ist, gerne klammheimlich die Aschekästen seiner Öfen auf dem Eis unserer Rodelbahn entleert, die dann natürlich an den bedachten Stellen sofort stumpf und somit nahezu unbrauchbar wird, das geht meiner Meinung nach entschieden zu weit. Der schmutzige, graugelbe Belag, der sich über Nacht mit der Eisfläche der Abfahrt verbindet, der wirkt wie Schmirgelpapier mit einer ganz groben Körnung.

Unter dem Rodelberg, tief im Inneren des Bunkers, hat sich die Familie Zemke, die gleich gegenüber vom Bunker in einer der Behelfsheimsiedlungs-Baracken wohnt, einen *eigenen* Raum abgeteilt. Zwei Eingänge führen in die unterirdischen Gemächer. Der eine steht für jeden jederzeit offen, den anderen halten die Zemkes mit einer aus dicken Brettern selbst gezimmerten Tür verschlossen. Der frei zugängliche Teil der Bunkeranlage, der besteht aus einem langen, schmalen Gang, von dem beidseitig mehrere Räume abgehen. Wie viele Räume es genau sind, das habe ich noch nicht herausbekommen. Sich durch die kühle, muffig riechende Dunkelheit zu tasten, ist schon abenteuerlich genug, stellt aber das Zählen der eckigen Wände und Kammern aus dickem Beton nicht unbedingt an die erste Stelle. Der Teil des Bunkers, der hinter Zemkes Tür liegt, der besteht lediglich aus zwei Räumen, die unmittelbar ineinander übergehen und sich so zu einem einzigen vereinen. Ob es dort ebenso muffig riecht, das kann ich nicht sagen. Ich habe diesen Ort noch nie betreten. Aber hineingesehen habe ich, das schon. Einmal konnte ich von oben, am Anfang der feuchten, moosbewachsenen Stufen stehend, einen Blick hinab und durch die geöffnete Tür in den Raum werfen. Der älteste Sohn der Zemkes, er mag so um die zwanzig Jahre alt gewesen sein, der hantierte gerade, an einer Werkbank stehend, die wie die Eingangstür ebenfalls aus dicken Brettern selbst gezimmert war, mit irgendeinem Werkzeug an irgendetwas Blechernem herum. Ringsherum standen Regale an den Wänden, die bis zur Decke reichten. Sie waren gleichermaßen aus groben Brettern zusammengesetzt, auf denen – übereinander wie hintereinander – auffällig viel Krimskrams lagerte. Lange stand ich dort nicht. Der Zemke trat dann plötzlich heraus, blickte wortlos zu mir nach oben und signalisierte, allein mit seinem ernsten, übel gelaunten Blick, dass er hier und jetzt keinen Zuschauer wünsche. Sogar elektrisches Licht haben die Zemkes dort zur Verfügung. Ja, eine Glühbirne hing an einem Kabel von der Decke herab, das fiel mir als erstes auf. Wie ich vermute, haben die von ihrer Baracke aus bis hin zum Bunker ein Stromkabel in die Erde gebuddelt. Das muss dann aber schon etwas länger her sein, alles überwachsen, draußen ist jedenfalls nichts mehr von einer Buddelei zu sehen, nicht die kleinste Spur, auch nicht im Sommer, wenn kein Schnee die Flächen bedeckt. So einen Anschluss für elektrisches Licht, das ist wirklich ein gewisser Luxus, denke ich mir, den könnten wir auch ganz gut in unserem Dachbodenverschlag gebrauchen, das würde uns einiges erleichtern. Wie auch immer.

Jetzt, in der kalten Jahreszeit, wird das Innere des Bunkers kaum jemand betreten. Auf beiden Seiten sind die hinabführenden Betonstufen so dick mit Eis und Schnee bedeckt, dass sie kaum noch als solche zu erkennen sind, was infolgedessen alles andere als einladend wirkt. An der aus dicken Brettern gezimmerten Zemke-Tür hängt ein großes altes Vorhängeschloss vor einem Riegel, der, wie auch das Schloss, still vor sich hin rostet. Nein, jetzt im Winter, da spielt sich das Leben allein oberhalb des Bunkers ab, hier auf dem Rodelberg. Ich blicke zu dem Hauseingang hinüber, zu dem Küchenfenster gleich links der Eingangstür, an dem sich jeden Moment der Lohmann zeigen könnte. Rechnen muss man damit in jeder Sekunde. Manchmal kommt er sogar heraus aus seiner Wohnung im Erdgeschoss, geht ein paar Schritte auf uns zu, damit es besser zu verstehen ist, sein wüstes Geschimpfe. Gott sei Dank kann er nicht ganz zu uns an den Rodelberg kommen, jedenfalls nicht, ohne einen beträchtlichen Umweg zu machen. Zwischen dem Weg vor seinem

Haus und dem Gelände der Behelfsheimsiedlung wurden irgendwann über die gesamte Länge Holzpflöcke in den Boden gerammt, an denen großmaschige Drahtgitter hängen. Und genau an dieser Grenze steht er dann, der gute Herr Lohmann, hüpft aufgebracht von einem Bein auf das andere, fuchtelt wie wild mit den Armen in der Luft herum und beschimpft mit Hingabe das lärmende Geschehen. Meine Gedanken … Ein Blick hinunter: kaum jemand auf der Abfahrt – die Bahn ist gerade so gut wie frei! Spontan erkläre ich die Pause für beendet, greife nach dem langen Tau am Schlitten, das ich vorne, an der Querstange, zu einem Zügel gebunden habe, und rücke mich mit den Füßen – auf dem Schlitten sitzen bleibend – stückweise bis auf den runden, vereisten Buckel vor, nach dem es unabwendbar abwärts geht. Nun kann es wieder losgehen.

»Den Tod seines einzigen Sohnes, den hat dein Großvater nie ganz überwunden.« Wieder einmal hält meine Mutter das eingerahmte Foto in ihren Händen und sieht es sich gedankenversunken an. »Ich glaube, so etwas kann ein Vater auch nicht vergessen. Niemals.« Sie spricht leise, spricht in einem Tonfall, der mir unzweideutig sagt, dass sie auf keinen Fall aufdringlich erscheinen möchte. Ich kenne das. »Wie alt wäre Hänschen, dein Onkel, jetzt gewesen …« Lautlos rechnet sie die Jahre nach, behält das Ergebnis aber für sich. »Wir haben uns als Geschwister immer gut verstanden, Hänschen und ich. Da gab es nie einen ernsthaften, einen richtigen Streit zwischen uns …« Ohne ein weiteres Wort zu sagen, stellt sie den Bilderrahmen behutsam wieder an seinen Platz auf dem Radio zurück. Ja, auch jetzt erinnert mich die Anordnung – Radio mittig auf der Fernsehtruhe und Bilderrahmen mittig auf dem Radio – an einen Altar, was nun aber auch nicht notgedrungen etwas Schlimmes ist. Auf meinen Knien eines meiner großen Briefmarkenalben gelagert und in der linken Hand eine Pinzette, blicke ich hinüber zum Radio. Der Tisch, an dem ich sitze, ist nahezu vollständig von meinen Briefmarken in Beschlag genommen, die ich in den vergangenen zwei Stunden mühselig sortiert und entsprechend in kleine Häufchen zusammengefügt habe. Hänschen – Hans, der Sohn meiner Großeltern und Bruder meiner Mutter –, zu dem Thema weiß ich eigentlich nie etwas Sinnvolles zu sagen. Auch heute, hier und jetzt ist das der Fall. Ich belasse es bei meinem Blick zum Radio und schweige.

Manchmal denke ich, das Bild – es sollte besser nicht mehr aufgestellt werden. Was ist Gutes daran, wenn man zwangsweise immer wieder an eine Traurigkeit erinnert wird, an der nichts mehr verbessert werden kann? Das sind momentan meine Gedanken. Vermutlich sieht meine Mutter das ganz anders, was ich verstehen könnte. Dennoch glaube ich, dass wir das Bild allmählich weglegen sollten. Erst einmal versuchsweise, vielleicht. Vielleicht erst einmal für einige Wochen oder meinetwegen auch nur für ein paar Tage? Zurück an seinen gewohnten Platz auf dem Radio, auf das kleine, kunstvoll verzierte Brokatdeckchen können wir es jederzeit wieder zurückstellen. Hinter einer ordentlich gerahmten und sorgfältig geputzten Glasscheibe erwidert der Mann auf dem Radio aus seiner korrekt sitzenden Wehrmachtsuniform heraus jetzt stur meinen Blick. Das, was das Schwarzweiß-Foto von seinem Gesicht zeigt, was sich zwischen Uniformjacke und Schirmmütze an den Betrachter – momentan an mich – wendet, das wirkt ernst, wirkt fast streng, aber auch traurig. Ja, eine eindringliche, durchdringende Traurigkeit, die meine ich seinem Blick entnehmen zu können.

⸻

Ganz anders als in den übrigen Monaten riecht sie, die Luft im Winter, unvergleichbar anders, und das Licht des Tages, das ist ebenfalls ein sehr besonderes! Klar und rein und irgendwie – ja, auf irgendeine Weise vertraut, anheimelnd, verlässlich. Dieser hellen Klarheit kann auch die klirrende Kälte nichts anhaben. Das Gegenteil ist dann schon eher der Fall: Wenn sie nicht sogar hauptverantwortlich sein sollte – die Kälte –, für diesen spürbaren Zauber, dann fügt sie sich zumindest höchst gefällig in ihn hinein. Jedes Jahr verspüre ich das in dieser Jahreszeit erneut mit Freude, und wenn ich so darüber nachdenke, dann ist es mir etwas unverständlich, dass ich das für mich behalte, dass ich ausgerechnet darüber mit niemandem sprechen möchte. Nicht zu jeder Stunde des Winters zeigen sie sich als Geschwister, die sich außergewöhnlich gut verstehen, die klare Luft und das hell triumphierende Licht des Tages. Nein, das nicht, manchmal stimmt das Licht nicht sofort mit ein in diese erfrischende Harmonie, hält sich für bestimmte Zeiten lieber etwas im Hintergrund, überlässt eine Zeit lang seine Trübheit der Bühne der Natur. Vielleicht hat Gott uns Menschen ja genau aus diesem Grunde mit dem seichten Licht der Kerzen so großzügig beschenkt, das an dieser Stelle, in dieser Jahreszeit, sofort einiges liebevoll auszugleichen versteht. Was die Reinheit der Winterluft betrifft, so erweist sich ihre Besonderheit nicht erst unter freiem Himmel, nicht allein auf den Straßen, Gassen und Wegen Barmbeks. Bereits wenn ich die Wohnungstüre öffne, um mich die Treppen hinunter und nach draußen zu begeben, beginnt sie mich zeitgleich in ihren Bann zu ziehen. Das gesamte Treppenhaus – es riecht nach der klaren Frische des Winters, duftet nach Schnee, nach Eis, verlockt zu einem tiefen, langen Durchatmen. Ja, auch hier – auf den Stufen und Absätzen – ist alles erfüllt mit einer faszinierenden Reinheit. Stolz und nahezu schattenfrei ruht das Licht des Tages auch auf dem Terrazzo, vereint sich einfühlsam mit seinen zu einer Ebene geschliffenen und polierten schwarzen und weißen Steinchen. Das, was die Fenster des Treppenhauses diesem Ort jetzt an Helligkeit spenden, das reicht um ein Mehrfaches, um mir dieses wunderbare Erlebnis sorgfältig zu garantieren.

Ohnehin hat dieses Treppenhaus für mich eine ganz besondere Bedeutung, eine Bedeutung, die ich nicht so einfach in Worte fassen kann, eine Bedeutung eben, die somit, wie ich vermuten muss, auch kein Außenstehender mühelos nachvollziehen kann. Von Anbeginn an war das der Fall, vom allerersten Tage an, gleich als ich es das erste Mal betrat, das Treppenhaus. Die frische, klare Luft des Winters, sein einzigartiges, grandioses Licht, das unterstreicht nur jedes Jahr einmal mehr diese wundersame Bedeutsamkeit, ja erinnert mich behutsam an ein vertrautes Verhältnis, das sich von Jahr zu Jahr auf unerklärliche Weise immer mehr zu festigen scheint, was ebenso ganz sicher allein innerhalb meiner ureigenen Empfindung real ist. Inwieweit dabei der Terrazzo eine Rolle spielt, der mir immer wieder in den Sinn kommt, das überaus gigantische Gewimmel von absolut unzähligen schwarzen und weißen, geschliffenen und polierten Steinchen, die sich in ihrer Gesamtheit zu einer monumentalen Untrennbarkeit formieren und somit den Treppenläufen und Treppenabsätzen ganz zweifellos ein Stück Unvergänglichkeit verleihen, das kann ich nur erahnen, das lässt sich bestenfalls von mir nur innerhalb meiner Gedanken fühlend ertasten, keinesfalls aber real erfassen. So mein Gefühl, ein Gefühl, das sich ebenfalls nicht per gesprochenen Worten in einen Rahmen fügen mag. Niemand von den Menschen hier im Hause, die nicht müde werden, mir einen mehr oder weniger handfesten Vorwurf daraus zu machen, dass ich gerne mal die Stufen meines Treppenhauses polternd hinunterspringe, die mir vorwerfen, dass ich die Hürde – möglichst schnell von der vierten Etage hinab bis in das Erdgeschoss zu gelangen – mit rundweg zehn gewaltigen Sprüngen hinter mir lasse, immer eine Hand am grauen Handlauf des Geländers und immer auf dem Terrazzo eines Treppenabsatzes landend, nein, niemand von diesen Menschen wird mich je verstehen können. So ist das nun mal, wenn man derart vermessen ist, sich auf eine feste Freundschaft mit einem Treppenhaus einzulassen.

Epilog

Die
Stürme des Lebens –
so manche Spuren
am Meere des Daseins –
bedecken sie mit dem feinen Sand des Strandes,
und
wieder andere werden von ihnen
freigeweht.

Index

Alexanders Familie

Anneliese Zinser	Mutter
Heinrich Zinser	Vater
Erna Quandt	Großmutter mütterlicherseits
Hans Quandt	Großvater mütterlicherseits
Hans Quandt	„Hänschen", im Krieg gefallener Onkel, Sohn von Erna und Hans Quandt
Barbara Hellwig	Schwester
Ulrich Hellwig	Schwager

Alexanders Verwandtschaft (mehr oder weniger entfernt)

Käthie Mittermayer	Tante, Schwester von Heinrich Zinser
Martin Mittermayer	Onkel, Ehemann von Käthie Mittermayer
Hans Joachim Mittermayer	Cousin, Sohn von Käthie und Martin Mittermayer
Herbert Bannhofer	
Onkel Paul	Herbert Bannhofers Vater
Tante Martha	Erna Quandts Schwester
Onkel Werner	Tante Marthas Sohn
Wilhelm Hellwig	Schwager, Ulrichs ältester Bruder
Ilse Hellwig	Wilhelms Ehefrau

Alexanders Freunde und Schulkameraden

Jan Holtan	Freund
Klaus Bürger	Freund, Mitschüler
Heinz Brücke	Freund, Mitschüler
Michael Schwarz	Freund, Mitschüler
Joachim Palkow (Dicki)	Freund, Mitschüler
Marko Majoré	Freund
Michael Rinne	Mitschüler
Manfred Späting	Mitschüler
Arno Kubitsch	Mitschüler
Michael Davos	Mitschüler

Unmittelbare Nachbarn aus dem Reyesweg Nr. 24

Familie Dau	vierte Etage links, uns genau gegenüber
Frau Marschner	dritte Etage links
Herr und Frau Kurdamm	dritte Etage rechts
Familie Starzinger	zweite Etage links
Familie Körber	zweite Etage rechts
Familie Tänzer	erste Etage links
Frau Bonnermann	Erdgeschoss Mitte
Herr und Frau Renk	Erdgeschoss rechts, Hauswirte und Besitzer des Hauses

Mittelbare Nachbarn aus dem Reyesweg

Herr Brunner	Schriftsteller
Herr Wiegand	Eisenbahnbeamter
Herr Lugscher	Hutmacher

Mittelbare Nachbarn und Eltern der Freunde

Familie Bürger	Eltern von Klaus Bürger, Reyesweg Nr. 22
Familie Brücke	Eltern von Heinz Brücke, Reyesweg Nr. 22
Herr und Frau Holtan	Eltern von Jan Holten, Reyesweg Nr. 16
Frau Schwarz	Mutter von Michael Schwarz, Pfenningsbusch
Familie Palkow	Eltern von Joachim Palkow, Pfenningsbusch

Lehrer

Fräulein Nekel	erste Klassenlehrerin an der Schule Seilerstraße im Hamburger Stadtteil St. Pauli
Herr Munte („Kellerschreck")	Werk- und Schwimmunterricht an der Von-Essen-Straße
Frau Zimker	Lehrerin an der Von-Essen-Straße
Herr Schulz	Klassenlehrer – Deutsch, Mathematik, Geschichte und Religion an der Von-Essen-Straße
Herr Heike	Lehrer – Turnen, späterer Schuldirektor an der Von-Essen-Straße

Frau Frotzer	Lehrerin – Heimatkunde, Musik, später Mal- und Zeichenunterricht an der Von-Essen-Straße
Herr Pohl	Lehrer – Kunst, Mal- und Zeichenunterricht an der Von-Essen-Straße
Herr Wiesengrund	Lehrer – Physik und Chemie an der Von-Essen-Straße
Frau Radtke	Lehrerin – Biologie und Religion an der Von-Essen-Straße

Andere Personen, die namentlich erwähnt werden

Herr Schramm	Geldbriefträger
Familie Zemke	Bewohner der Behelfsheimsiedlung
Herr Lohmann	Wohnblock am Verbindungsweg Reyesweg / Alter Teichweg

Läden und Geschäfte direkt im Reyesweg

Voss	Milchladen (Frau Voss, Herr White) in der Anlage Heinrich-Groß-Hof
Gerkens	Kolonialwarenladen in der Anlage Heinrich-Groß-Hof
Leihbücherei	Anlage Heinrich-Groß-Hof
Dirker	Drogerie, Reyesweg / Ecke Pinelsweg in der Anlage Heinrich-Groß-Hof
Hoppe	Gemüseladen in der vordersten Zeile der Behelfsheimsiedlung
Leudke	Bäckerladen an der Ecke zum Damerowsweg

Läden und Geschäfte in der Nähe Reyesweg

Schlemping	Gärtnerei im Pinelsweg
Hansen	Bäckerei in der Nähe der Schule Von-Essen-Straße
Waldraff	Fahrradladen, Dehnhaide
Köhler	Fahrradladen, Alter Teichweg
PRODUKTION	Lebensmittelgeschäft, Alter Teichweg
Koch	Eisenwarengeschäft Eduard Koch, Dehnhaide 23

Personen, Gegenstände, Institutionen, Redewendungen und Begriffe
der 1950er und 60er Jahre,
die ich hier einmal als »Requisiten jener Zeit« bezeichnen möchte.
Zugegeben,
einige waren es allerdings nur allein für mich –
und manchmal allein im Hamburger Stadtteil Barmbek –
und dort tatsächlich auch nur in meinen Straßen

A

Abenteuer unter Wasser	amerikanische Fernsehserie, 1959 bis 1964 auf ARD ausgestrahlt
Adenauer, Konrad (1876-1967)	von 1949 bis 1963 erster Bundeskanzler der Bundesrepublik Deutschland
Ausgebombt	

B

Belafonte, Harry (geb. 1927)	amerikanischer Sänger u. Schauspieler
Bessen, Edgar (1933-2012)	deutscher Schauspieler, bekannt durch das Ohnsorg-Theater
Bildzeitung	Tageszeitung vom Axel Springer Verlag / Erstausgabe im Jahre 1952
BMW V8	Personenkraftwagen der Oberklasse, gebaut von 1952 bis 1964 von der BMW AG
Brinkmann	Technisches Kaufhaus, von 1948 bis 2002 in Hamburgs Innenstadt in der Spitalerstraße
Buchholz, Horst (1933-2003)	deutscher Schauspieler
Buhlan, Bully (1924-1982)	deutscher Schlagersänger, Pianist und Schauspieler
Bunker	

C

CARE-Paket	Nahrungsmittelpaket, amerikanisches Hilfsprogramm 1946 bis 1960 für Europa nach dem Krieg

D

Dean, James (1931-1955)	amerikanischer Schauspieler
DeFaKa	Deutsches Familien-Kaufhaus, Warenhauskette, 1920er bis 1970er Jahre
Diafilm	Das Diapositiv war in der zweiten Hälfte des 20. Jahrhunderts das „Kino zu Hause"

Die aktuelle Schaubude	Unterhaltungsshow des NDR, 1957 bis 2009
Die Firma Hesselbach	deutsche Familien-Unterhaltungs-Fernsehserie 1960 bis 1967
Drosselhof	Kino in der Drosselstraße, nahe dem Barmbeker Bahnhof, Barmbek-Nord, 1956 bis 1962
Dr. Walther von. Hollander (1892-1973)	1952 bis 1971 Telefonseelsorger in einer NDR-Talksendung

E

Eichmann, Adolf (1906-1962)	
Elvis (1935-1975)	
Erhard, Ludwig (1897-1977)	von 1949 bis 1963 Bundesminister für Wirtschaft
Erhardt, Heinz (1909-1979)	deutscher Komiker, Schauspieler und Dichter

F

Fernsehtruhe	
Fernsehwerbung	Werbespots in Form von Sekunden dauernden Fernsehfilmen, in der BRD seit 1956
Fox' Tönende Wochenschau	Kinofilmberichte vor dem Hauptfilm, 1930 bis 1940 und 1950 bis 1978

G

Gaslaterne	
Gastarbeiter	
Geldbriefträger	Geldboten der Deutschen Bundespost
Gemüseladen	
Granata, Rocco (geb. 1938)	italienischer Schlagersänger

H

Hamburger Abendblatt	Hamburger Tageszeitung vom Axel Springer Verlag, Erstausgabe 1948
Heiermann	5-Mark-Stück
Heimkehrer	Kriegsgefangene und Internierte des Zweiten Weltkriegs, die zurück in die Heimat kamen
Heinrich-Groß-Hof	denkmalgeschützte Wohnanlage in Barmbek (Reyesweg, Pinelsweg, Kraepelinweg)
Hercules 220	in den 1950er bis1960er Jahren erfolgreich verkauftes Moped-Modell

Hitler, Adolf (1889-1945)
HÖR ZU   ab 1946 erscheinende, erste deutsche Programmzeitschrift

Hudora Schlittschuhe
Hula Hoop Reifen   alte Spielzeug-Idee, Rohr / Reif aus Holz, ab Ende der 1950er Jahre aus Kunststoff

Isetta   BMW-Kleinstwagen aus den ersten Jahren nach dem Zweiten Weltkrieg, 1955 bis 1962

Junghans   Firma Junghans, Uhrenhersteller seit 1861
JUNO   „Aus gutem Grund ist Juno rund" – Werbeslogan, auch gesungen von Bully Buhlan

Kabel, Heidi (1914-2010)   deutsche Volksschauspielerin, bekannt durch das Ohnsorg-Theater

Karl, May (1842-1912)
Kästner, Erich (1899-1974)
Kennedy, John F. (1917-1963)   1961 bis 1963 Präsident der USA, gewinnt 1960 Präsidentschaftswahl

Kohlenträger
Kolonialwarenladen
Kreidler Florett   Moped-Modell der im Jahre 1904 gegründeten Fa. Kreidlers Metall- und Drahtwerke

Kriegsversehrtenrente
Kriegsversehrter

Lloyd Arabella   Personenkraftwagen der unteren Mittelklasse, gebaut von 1959 bis1963
LUX 11er   Packung Filterzigaretten

Malkowsky, Liselotte (1913-1965)   deutsche Schlagersängerin, Schauspielerin und Kabarettistin
Melodie   Kino im Stuvkamp, nahe U-Bahnhof Dehnhaide, Barmbek-Süd, 1956 bis 1962

Mercedes 170	Personenkraftwagen der Mittelklasse, Vorkriegsmodell, gebaut von 1937 bis 1952
Messerschmitt Kabinenroller	Kleinstwagen aus den ersten Jahren nach dem Zweiten Weltkrieg
Milchladen	
Muckefuck	Kaffee-Ersatz der Nachkriegsjahre, Kaffee-Zusatzessenz, z. B. von Pfeiffer & Diller
Musiktruhe	

N

Nappo	seit 1925 „holländischer" weißer Nougat, mit dunkler Schokolade überzogen
NIVEA	Nivea Creme, bekanntestes Produkt der Fa. Beiersdorf AG, seit 1911 auf dem Markt

O

Ohnsorg-Theater	1902 gegründet, seit 1954 Fernseh-Aufführungen, Förderung der plattdeutschen Sprache
OTTO	Fa. Werner Otto Versandhandel, seit 1949 Otto-Versand, erster Otto-Katalog 1950

P

Party-Buffet	siehe Anhang 1
Persilkarton	
Petticoat	
Platzanweiser/in	führt im abgedunkelten Kinosaal die Gäste per Taschenlampe an ihren Platz
PRODUKTION	Konsum-Genossenschafts-Geschäft

Q

Quick	1948 bis 1992 wöchentlich erscheinende deutsche Illustrierte
Quinn, Freddy (geb. 1931)	österr. Schlagersänger und Schauspieler

R

Radiant	Kino in der Bramfelder Straße, Barmbek-Nord, 1954 bis 1962
Rondeel	Kino in der Dithmarscher Straße im Stadtteil Dulsberg, 1953 bis 1966
Roxi	Kino in der Fuhlsbüttler Straße, Barmbek-Nord, 1956 bis 1972

Rühmann, Heinz (1902-1994) deutscher Schauspieler
Ruine

S*ABA* — Rundfunkgerätehersteller, 1835 bis 1986
Salamander-Schuhe — mit der Comicfigur „Lurchi" in den bunten Heftchen für die Kinder
Salino
Sarotti-Schokolade — mit dem im Jahre 1922 geborenen „Sarotti-Mohr"
Scala — Kino in der Fuhlsbüttler Straße, Barmbek-Nord, 1929 bis 1962
Schrotthöker
Seepferdchen — Zeichentrickfigur i. der NDR-Fernsehwerbung, 1959 bis 1969 als Werbetrenner eingesetzt
Sinalco — Limonaden Klassiker, seit den 1950er Jahren in der bekannten Sinalco-Formflasche
„So weit die Füße tragen" — sechsteiliger Fernsehfilm von 1959
Suchdienst — 1945 vom Deutschen Roten Kreuz gegründete Suche nach (durch den Krieg) Vermissten

T*auschbude* — An- u. Verkauf gebrauchter Comics sowie Eintausch jener Hefte
Tempo Hanseat — dreirädriges Transport-Fahrzeug der 1928 gegründeten Tempo-Werke, Hamburg-Harburg
Trumpf-Schokolade

U*lbricht, Walter* (1893-1973) Politiker der DDR mit hoher Entscheidungsmacht
Union-Briketts — Brennstoff-Markenartikel unter der einheitlichen Marke Union-Brikett

V*ahl, Henry* (1897-1977) — deutscher Volksschauspieler, bekannt durch das Ohnsorg-Theater
Valente, Caterina (geb. 1931) Sängerin, Tänzerin und Schauspielerin,

Volkswagen	„VW Käfer", PKW der unteren Mittelklasse, gebaut von 1938 bis 2003
Vorlo	Getränke-Frei-Haus-Lieferservice seit Ende der 1950er Jahre

Wählscheiben-Telefon

Walter Messmer Filialen	Fachgeschäfte für Röstkaffee, Tee, Gebäck und Süßwaren, 1934 bis Ende der 70er Jahre
Wehner, Herbert (1906-1990)	führendes Mitglied der Sozialdemokratischen Partei Deutschlands
Welthölzer	Markenname, Schachtel mit 40 Zündhölzern der Deutschen Zündhölzer Monopol Gesellschaftw
Werbesprüche	siehe Anhang 2
Wirtschaftswunder	Bezeichnung des rasanten Wirtschaftswachstums in. der Bundesrepublik Deutschland in den 50er Jahren
„Wohlstand für Alle"	Titel eines von Ludwig Erhard geschriebenen Buches, erschienen 1957

Ziehschein	Abschlagszahlung der Reederei für den Seemann, die an seine Familie geleitet wird

Anhang 1 – Party-Buffet

Fliegenpilz-Eier

Käseigel

Russische Eier

Schinkenröllchen mit Spargel

Tomatenkörbchen mit Fleischsalat

Anhang 2 – Werbesprüche

„Aus gutem Grund ist Juno rund"

„Bauknecht weiß, was Frauen wünschen"

„Wenn einem also Gutes widerfährt, das ist schon einen ASBACH URALT wert."

„Wer wird denn gleich in die Luft gehen? Greife lieber zur HB!"

Inhalt

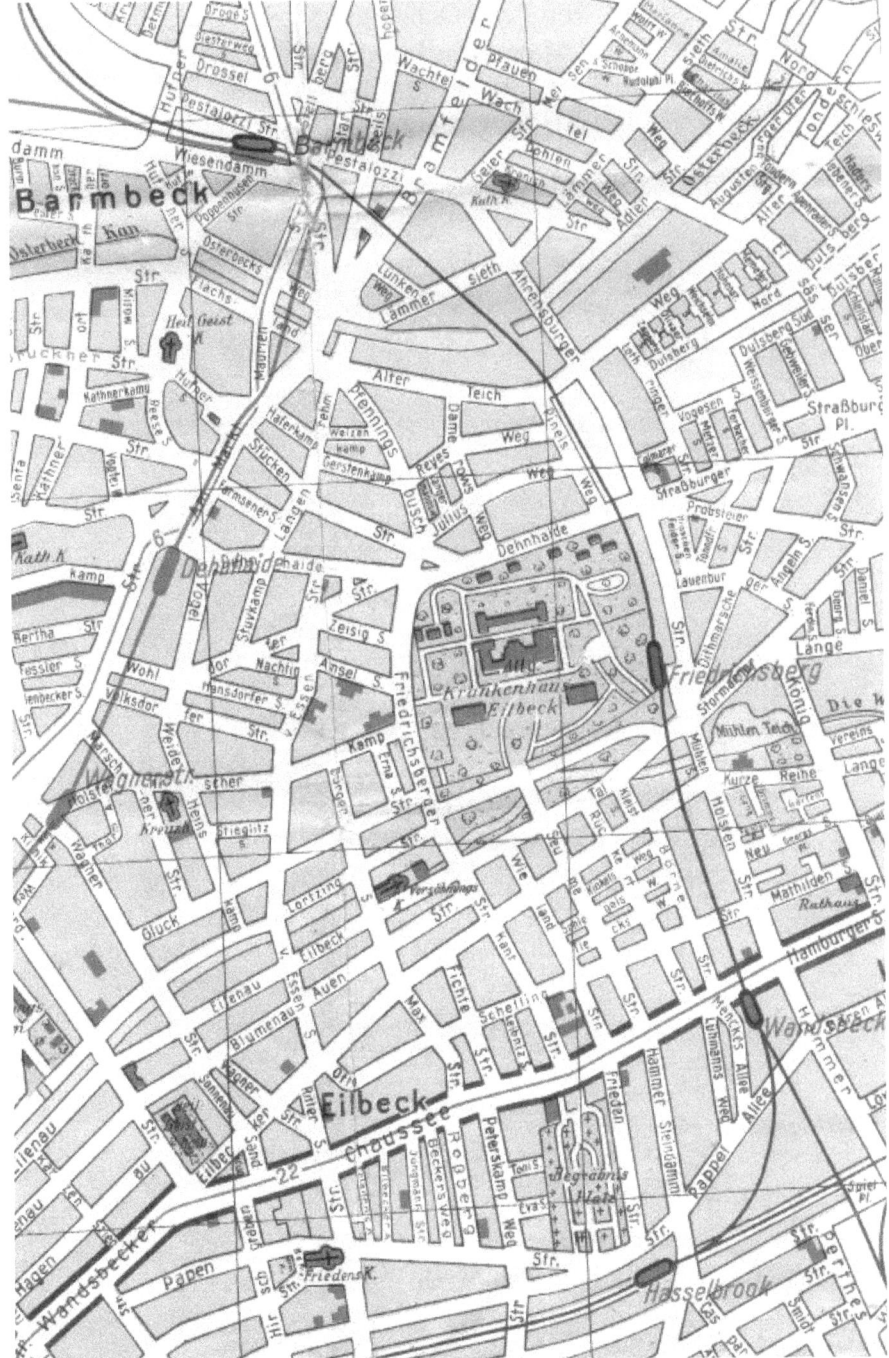

Ebenfalls von Peter Oebel im adlibri Verlag
Momentaufnahmen
Paperback, 120 Seiten
ISBN 978-3-89927-036-5

In 31 Geschichten erzählt Peter Oebel von Augenblicken
im Alltag, in denen das Leben seine Brüche offenbart,
seine Widersprüche und auch seine Schönheit.